源氏物語の方法と構造

森　一郎　著

和泉書院

目次

第三編　源氏物語二層構造論

はじめに

　源氏物語を読む魅力はやはり光源氏像の造型に求められるだろう。そして光源氏を愛しその関係性の中に生きた女君たちの人生の哀歓に心を寄せるだろう。光源氏像の造型は恋と栄華に結晶されるが、皇位継承の史実への回路をテーマとして彼の政治的生涯に視座を構えた論考をはじめとして数篇の論考を収めた。次に桐壺更衣の人物形象と、女君のうち中の品と呼ばれる人びとの中で特に夕顔を考察した論考を多く集めた。重複の感を否めないが、その間思考を深めている跡を見ることができる。『源氏物語の展望第六輯』（三弥井書店、平成二十一年十月）に載せたものが最終の論考であるが、夕顔から贈歌した相手は通りがかりの人物でもなく頭中将でもなく、光源氏の光来の恩恵に浴したかと感動したがゆえであることを強調した一連の論考、就中「光源氏と夕顔—隠ろへごとの恋—」（「王朝文学研究誌」第20号、平成二十一年四月）も力をこめて書いたものであった。夕顔そして玉鬘は源氏物語の女君の中でとりわけ私の関心の深い人物形象である。

　源氏物語の各巻の短篇的完結性には長篇的契機が内在・伏在していると考える。二層構造としてとらえ、局面的リアリティーを読むとともに背後的世界を読む構造的読みが必要ではないかと考える。その論考を数篇収めた。

　前著『源氏物語の表現と人物造型』（和泉書院、平成十二年九月）の表現論に続けて表現方法に関する論考を収めた。

　付編として玉上琢彌先生の源氏物語研究をはじめ諸家の研究の紹介記事を載せた。

第一編　光源氏像の造型

一　光源氏像の造型
――皇位継承の史実への回路――

はじめに

源氏物語に内在する歴史性を考え源氏物語論を目指す本稿は主として光源氏の政治的生涯に視座を構える。源氏物語の歴史性を考える際、周知のごとく『河海抄』の注釈、いわゆる准拠論が重視されるのであるが、准拠論についての批判的論議もある中で、近時、吉森佳奈子氏の『『河海抄』の『源氏物語』』（和泉書院、平成十五年十月）の業績は画期的であった。詳細は同書に直接当たられたいが、『河海抄』が源氏物語以前の史実の例だけでなく以後の例も挙げていることに真正面から向き合い、従来の准拠論がある時は〝史実離れ〟などといって、〝御都合主義〟と批判されるところがあったのに対し、源氏物語以後の例をも挙げる『河海抄』は源氏物語そのものを照らし出す注釈であって、史実の先例を准拠として物語を制作する物語の方法として捉えられてきた従来の准拠論とは違って、「従来の研究では、所謂『准拠』は史実の物語化という方向から考察されてきたが、ことはその逆ではないか。」（同書二六頁）と吉森氏は言われる。そして「『河海抄』の注釈は、『源氏物語』を歴史的先例空間に位置づける行為である。それが『河海抄』の『源氏物語』であった。」というのがこの書の眼目である。

「ことはその逆ではないか」という吉森氏の見解に私は深く共感する。従って本稿は源氏物語を読み解くに際し『河海抄』を源氏物語そのものを照らし出す注釈として尊重し、光源氏像の造型を見きわめたい。皇位継承をめぐる問題を中心に源氏物語の〝歴史空間〟を照らし出し、逆に史実への回路を見るという方向をとる。

一　桐壺帝と桐壺更衣の父大納言

桐壺更衣の父大納言は、臨終の時まで「『ただ、この人の宮仕への本意、かならずとげさせたてまつれ。われ亡くなりぬとて、くちをしう思ひくづほるな』と、かへすがへすいさめお」（桐壺巻二三頁。頁数は『新潮日本古典集成源氏物語』による。以下同じ）いたと、更衣の母君は弔問のお使い靫負の命婦に語った。自分の亡きあとも娘入内の遺志を必ず遂げるように遺言した父大納言の強い念願はどのように理解すべきなのであろうか。いったい娘を後見する父が亡くなってしまった後、後見する政治家の兄弟もいない娘の入内にどういう意味があったのであろうか。父大納言は、自分の死後娘の入内によって皇子が生まれ、その皇子によるわが家の栄華を望んでいたのであろうか。結果論的に言えばそれが実現したことからそのように推測することはできる。この娘入内は帝の強い御希望に発しているので、帝が娘及びその皇子を寵愛して下さることを大納言は信じ、帝の御領導による娘とその皇子の幸い、わが家の栄光を夢みたであろうことも推測できるし、帝が大納言の遺志を尊重された情念も事実として確かめることができるので、父亡きあとの娘の入内の疑問も一応納得できるのであるが、私はこの娘入内の背景があるように思い、なお考えたい。

この大納言の娘の入内は帝の強い御希望に発している。それは帝の「故大納言の遺言あやまたず、宮仕への本意深くものしたりしよろこびは、かひあるさまにとこそ思ひわたりつれ」（桐壺巻二六・七頁。傍線は森、以下同じ）という御言葉にうかがい知ることができる。この御言葉から娘入内は帝の御希望を拝承した父大納言の合意の事情を想定できる。もともと亡き更衣は「生まれし時より、思ふ心ありし人にて、」（桐壺巻二三頁）と母北の方の言葉にあるように大納言としても望み（入内）をかけていたのである。この望みはよく理解できることである。問題は大納言が自分が死んでも娘の入内をあきらめるなと遺言したことでなければならない。帝の強い御希望におこたえしたという単に情意的なものとは考えられまい。母北の方が「はかばかしう後見《うしろみ》思ふ人もなきまじらひは、なかなかなるべきことと思ひたまへながら」（桐壺巻二三頁）と判断しているように当然父大納言は政治家としてそれ以上によく分かっていたはずである。にもかかわらず帝の御希望におこたえし、かつ「生まれし時より、思ふ心」わが本意、念願をつらぬこうとした大納言にはいかなる成算、思惑が存したのであろうか。大納言が死んでしまって、兄弟（政治家の）がいなければ普通にはこの家にとって、政治的権益はないはずである。考えられるのは、皇子の誕生とその皇子による家の繁栄であり、物語はその実現が語られており、ゆえに「家の遺志の物語」(1)として捉えられていることは周知のことである。私は帝と大納言の合意の事情を透視すべくその政治的背景を考察しようと思うのである。

　高橋和夫氏は「母君が靫負命婦に語る言葉の中に、大納言の遺言に従って、母君が出仕させたと言っているが、これは事実ではあるまい。実際は、この女が評判の美人で、帝はかねてから入内を望んでいた。それで故大納言の臨終の席に、見舞と共に、娘の入内を強く求めたのであろう。つまり彼女の入内は、遺言の故でもなければ、遺族の意志でもない。惜しさ故の、帝の強い意志だったと思う(2)」と述べていられる。この高橋氏の想定は、桐壺更衣の入内が父大納言の「遺言の故でもなければ、遺族の意志でもない」と言われるのだから、いわゆる「家の遺志」論を吹き飛ばすかのような趣があるが、後の方で「故大納言の遺志を引き受けた以上云々」という文言がある。「遺言の故でもなければ云々」は「帝の強い意志」を強調する文言であり、大納言の遺言の存在自体（換言すれば遺志）を否定していられるわけではないのである。桐壺更衣の入内が帝の「強い意志」によるものだということは帝の非常な寵愛から考えて首肯すべきと思うし、その所生の皇子（光君）への非常な寵愛から「故大納言の遺志を引き受けた」帝の情念をみとめることができる。

　帝の「故大納言の遺言あやまたず、宮仕への本意深くものしたりしよろこびは云々」は母北の方の「ただかの遺言を違《たが》へじとばかりにいだし立てはべりしを」に一致しており、帝が大納言の遺言の現場に居合わせていられた感があるのであるが、娘入内の強い遺言がそもそも帝の御希望に基づいていることをうかがわせる。大納言の遺言は大納言の意志でもあるが、帝の御希望を拝承している事情があってそれゆえ帝が大納言の遺言内容をご存じであると推定できるのだ。そのような帝と大納言の〝合意〟の事情を母北の方もうかがい知っていて、直接的には夫の大納言のくれぐれも言いおいた遺言に従ったわけだが、その遺言の背後には帝の強い御希望があったことを知っていたと思われる。更衣の死を悲しむ親心の闇とはいえ「……横様なるやうにて、……かへりてはつらくなむ、かしこき御心ざしを思うたまへられはべる」（桐壺巻二三頁）と身に余る御寵愛を「かへりてはつらくなむ」と愚痴を帝に向けてこぼすのは、そもそも娘の入内が「帝の強い意志」に基づくからであったろう。もし明石入道のように夫の強い意志のみに基づくものであったなら、愚痴は夫の故大納言に向けられてしかるべきだ。帝の身に余る御寵愛は娘の入内を強く求められた時から既にその淵源があったと思うから母北の方は娘入内の悲劇を帝に向けて愚痴をこぼすのではないか。されば帝は自らの責任感からも「かくても、おのづから若宮など生《お》ひいでたまはば、さるべきついでもありなむ、命長くとこそ思ひ念ぜめ」（桐壺巻二七頁）と仰せになるのであったろう。実は「さるべきついでもありなむ」に内包される（帝はこの時光君の立太子を考えていられたという『湖月抄』の「若宮を春宮にもとおぼしめす御心なるべし」や玉上琢彌先生『源氏物語評釈第一巻』八三頁の説）〝光君の立太子〟の帝の情念、御意志こそ、娘入内の御希望の政治的背景に胚胎し帝と大納言との〝合意〟のモチーフであり、愛即政治の運命共同体的物語の淵源であったのだ。帝の御希望、「強い意志」は単に「評判の美女」ゆえであったのではなかったようなのである。帝の強い御希望と大納言の強い遺志の間に共通した政治的意志があったと想定できるようなのである。帝の第一皇子に対するのと同様あるいはまさる光君への所遇、天皇親政志向、上皇になられて後も天皇の時と同じように政治をとりしきっていられたその政治志向、右大臣（藤原氏）を抑える政治姿勢は史実における宇多天皇の親政を思わせるものであるが、それは大納言の娘入内の帝の御希望と大納言の意志との運命共同体的合意にさかのぼって考えられるものであったようなのである。

秋山虔氏『源氏物語の女性たち』（小学館、昭和六十二年四月）の「桐壺更衣」によれば、父大納言は「帝と祖を同じくする皇胤《こういん》と目することも失当ではあるまい。―中略―帝の更衣寵愛は、更衣その人の魅力によることもさりながら、その血筋におのずから牽引されたものと解することができるかもしれない(3)」とある。皇族としての血筋に牽引される寵愛なのであった。更衣の母北の方は「いにしへの人のよしある」（桐壺巻一二頁）お方で名門出身である。父大納言は明石入道の父大臣と兄弟であったことが須磨巻で明石入道の口から明らかにされる。「故《こ》母《はは》御息所は、おのが叔父にものしたまひし按察《あぜち》使の大納言の御娘《みむすめ》なり」（須磨巻二四九頁）。ちなみに明石入道は、光源氏と同族なるゆえに「おのれ、かかる田舎《ゐなか》人なりとて、おぼし捨てじ」（同右頁）と言った。光源氏と娘の血縁、同族としてのつながりを言うのである。明石一族と桐壺一族は同じ家門であり、秋山氏の言われるように「大臣と大納言とを並び立たせた家門はけっして並々の貴族ではあるまい(3)」。秋山氏は『講座源氏物語の世界第一集』（有斐閣、昭和五十五年九月）の「桐壺帝と桐壺更衣」で「溯源すれば帝と祖を一つにする王家に属するのであろうか(4)」と想定されている。鈴木日出男氏も右の『講座』の「主人公の登場―光源氏論（1）―」で「いにしへの人のよしあるにて……何ごとの儀式をももてなしたまひけれど」（桐壺巻一二頁）とある「母北の方」への表現から「溯れば皇胤に連なる貴種の家系を想像してよいのではないか」と言われ、「この家柄の由緒正しさには皇胤が想定されてよいように思われる」と述べていられる(5)。この両氏の想定に傾聴したい。帝と大納言の合意（大納言の娘入内についての）にはこのような同じ血筋による結合の政治的意志がうかがえよう。それは左右大臣家、特に弘徽殿女御の父右大臣に対する大納言の政治的対抗意志を読みとることができようか。この大納言は明石入道の言葉によれば「按察使大納言」であった。高橋和夫氏は按察使大納言を「筆頭大納言」で、「右大臣家と対等もしくはそれ以上の高位にありえた」(6)と言われる。岡田奈美氏はこの按察使大納言について詳細に論考し「史実における按察使大納言に任官した人物は、大臣にものぼることのできる権門の出でありながら、他の人物（ほとんどがその兄弟たち）に政治的権力を奪われてしまい、真に権力の頂点に登りつめることはできなかった人々であったと位置付けできるのである」(7)とされた。岡田氏は異母兄弟で按察使大納言に任官した史実例として藤原顕忠・保忠と藤原顕光・朝光の二例をあげ、「前者は父時平の早逝、後者は父兼通の外戚競争敗北により、いずれも権門の子息に生まれながらも、自身が成人する頃にはすでに政治的権力が叔父の手に移ってしまい、歩むはずのエリートコースから脱落してしまった、という共通した一生を送っている」(7)こと、また顕光・朝光兄弟の後宮政策がいずれも失敗に終わっており、顕光の場合はたとえ成功しても息子の重家はすでに出家しており、家の栄華は続かない。朝光も娘姫子を花山天皇に入内させたが、花山天皇が在位二年で出家したので、仮に娘が寵愛おとろえず皇子を産んでいても、一条天皇を擁する兼家の天下に圧倒されたであろうから政治的敗者の兄弟なのであることを述べられた(7)。源氏物語における二人の按察使大納言すなわち桐壺更衣の父、紫上の祖父の造型からこの二組の兄弟を想起するのであるが、これはモデルなどというものではないことはもちろん、准拠として彼らの史実から物語の二人の按察使大納言が造型されたのでもなく、まさに「ことはその逆ではないか」(8)である。源氏物語の二人の按察使大納言は藤原氏ではなく王家に属する皇胤とおぼしく、藤原氏の左右大臣家と対立する勢力であったと想定できるのである。岡田氏の言われるごとく「按察使大納言」の史実例が、大臣にものぼることのできる権門の出でありながら、真に権力の頂点に登りつめることのできなかった敗者であったことは、源氏物語の二人の按察使大納言が桐壺巻の左右大臣の力に押されて敗れ去る敗者のイメージを負っていることと無関係ではないのではないか。

故大納言の家系について解明された坂本和子氏の名高い論文「光源氏の系譜」（『國學院雑誌』昭和五十年十二月）は明石一族と光源氏の血縁関係とさらに六条御息所を血縁に加える論文である。「或いは入道の父大臣と御息所の父大臣との間に、又中務宮も含めて血縁につながる関係を想定して」、「物語に直接書かれていない時代を背景として」作者は六条御息所と明石上を登場させていると言われる。(9) 坂本共展氏は「御息所の父は大臣、明石君の祖父も大臣なのであるから、六条大臣家が姻戚関係にあっても、不思議ではない。明石君の母は中務宮の孫と書かれているので、これは六条大臣家とは無関係であろう。とすると、明石入道との繋がりになる。入道の妹が、御息所の母、六条大臣の北の方だったとしたらどうであろう。十六歳の御息所が前坊に入内した時、入道は四十二歳。入道の妹なら三十五歳から四十歳の間くらいで、御息所の母親の年齢として相応しい(10)」と述べていられる。「六条大臣家と明石大臣家とは、姻戚関係にある。御息所が前坊に入内した時、六条大臣は在世していた。—中略—その六条大臣が、薨去した(11)」。右の坂本氏の文中の「前坊」は六条御息所が入内した時は「東宮」である。「十六にて故宮に参りたまひて、二十にて後《おく》れたてまつりたまふ。」（賢木巻一三六頁）とあるごとく入内後僅か四年にして東宮は亡くなった。六条大臣（明石大臣も含めて）の希望の星が消えたのである。この「前坊」については廃太子説があるが、廃太子説には反対し政治的な怨霊を認める坂本曻氏説（『源氏物語構想論』第六章）が首肯できる。「この御生霊《いきすだま》、故父大臣の御霊《らう》」について坂本氏は「前坊の御息所論」（『講座源氏物語の世界第三集』）で、「左大臣の側で故六条大臣・御息所父娘の祟りを予想し、『この御生霊、故父大臣の御霊』といって名告りを促したところに、源氏をめぐる個人的な愛執という面からでは解決できない、葵の上の父左大臣と御息所の父故大臣との政治的社会的な関係の反映が窺える(12)」と述べていられ説得的である。桐壺帝から皇太弟（「前坊」）へ皇位継承されるはずだったのが「前坊」の死により次代への希望を失った六条大臣は失意の中に死んでいったにちがいない。この「前坊」の死は桐壺帝から同母弟への皇位継承の路線が挫折し、代わって右大臣の娘弘徽殿女御の産みまいらせた第一皇子への皇位継承、すなわち前坊に代わって第一皇子が東宮となられる情勢に俄に直面することとなる。恐らく一院の定めおかれた兄弟のそれぞれの子孫が交替に皇位を継ぐ迭立《てつりつ》の方針が消えたのである。源氏物語で朱雀帝から異母弟冷泉への皇位継承、冷泉から朱雀の皇子（今上）への皇位継承という兄弟間の円満な交替による皇統の安定が実現するが、そのような皇統の安定が一院によってはかられていたとおぼしい。史上で嵯峨天皇が異母弟の皇太子（淳和）へ、ついで淳和は嵯峨の皇子正良《まさら》親王を皇太子とし、正良に譲位し、仁明天皇となり、仁明天皇は淳和の子恒貞親王を皇太子とし、嵯峨と淳和それぞれの子孫が交替に皇位継承する、皇統安定が始発するかに見えたが、知られるように承和《じょうわ》の変が起こった。恒貞皇太子は廃太子となる。桐壺帝と前坊の親密な関係から前坊廃太子説は成り立たない(13)が、桐壺帝の同母妹を北の方とする左大臣は桐壺帝の信頼あそばす側近政治家として、前坊を擁して次代を期していた六条大臣とは政治的に対立関係にあったのではないか。前坊の死で失意のうちに死んでいった故六条大臣の心への思い入れが、葵の上にとりついた物の怪への疑心暗鬼となったのかもしれない。

前坊の死により桐壺帝と前坊の兄弟迭立の皇統安定構想は消えるが、代わって桐壺帝は第一皇子（東宮）に譲位のみぎり冷泉を皇太子とされた。このご兄弟の子孫がそれぞれ交替で皇位継承する迭立の皇統安定をはかられたのであろうか。澪標巻で冷泉皇太子の即位と共に朱雀帝の皇子の立太子があり、次代は朱雀の皇子が皇位継承する迭立の構想である。これは桐壺帝の御遺志を受けついだ朱雀帝と光源氏の合意によるであろう。

もともと桐壺帝の御念願は朱雀と光君との兄弟による皇統迭立であったと思われる。桐壺帝がいかに光君の立太子やがての即位を熱願されたか。帝の情念の真実は第一皇子を差し措いて光君を帝にすることだった。が、その無理はお避けになった。ついで譲位による光君の立太子をお考えになった（想定）のであるまいか(14)。帝も予期できない冷泉の誕生により、立太子は冷泉で実現する。冷泉は帝にとって光君の代替といっても過言であるまい。先帝の四の宮たる藤壺の産みまいらせた冷泉は皇室の血脈にあり、王家に属する皇胤の桐壺大納言家の光君より、はるかに明白に、藤原氏とは異なる象徴的存在であられ、しかも源氏が後見する皇親政治のシンボルとして、はっきり右大臣を外戚とする朱雀朝と対照的となる。

桐壺帝は、醍醐天皇が宇多天皇の親政を継承されつつ、藤原氏との協調もはかりながら聖代を進めていかれた姿を背負っていられるとおぼしいが、文徳、清和、陽成へと藤原良房の摂政にはじまる藤原北家の摂関政治以前の嵯峨天皇以後親政三代が源氏物語の理念、皇権政治として目されているように思われる。源氏物語を読み解く中から史実が回想されるのであって、嵯峨天皇以後親政三代が准拠となって物語が書かれたというのではない。

玉井力氏『平安時代の貴族と天皇』（岩波書店、平成十二年十一月）によれば、摂関制の成立は、律令制の内実が実質化され、律令文書主義の浸透と「律令制的天皇」が完成し、天皇自らがリーダーとして政治の領導をしなくてもよい状態において実現した。天皇自らがリーダーとして親政の実を挙げるには兄弟迭立による天皇の成人としての政治指導が必要なのである。父子直系の皇位継承では時に幼帝の場合は天皇自らのリーダーシップはとりえない[15]。源氏物語は天皇自らのリーダーシップによる親政を理念として目していて、朱雀朝は、それがままならなかった時であった。冷泉朝は、皇子で臣籍降下した源氏の後見による皇親政治である。

後藤祥子氏「光源氏の原像―皇統譜のゆがみと漢文世界―」は「ここにいう『ゆがみ』とは、他でもない、桐壺帝が正統の継承権者を源氏と信じつつ、それを断念して朱雀帝を立坊させた類の理念と現実の齟齬をいう（無論、どちらの選択が正しかったか、ではなく正しいと意識されたか、あるいはそのように書き残されたか、であるが）」と言われ、承和の変で廃太子、後に無実だと分かったが、母と共に出家した恒貞親王が、もし承和の変がなく、嵯峨天皇の定められた路線通りに世が動いていたならば、その即位が実現しており、「文徳以下三代の出る幕はなかった」、「恒貞廃立に臍を噛み、皇統譜のゆがみに憤った承和の変へのこだわり」を「数十年にわたってその事を記憶し続け、書き残した」漢学者紀長谷雄の「亭子親王伝」（「恒貞親王伝」の名で続群書類従に収める）の「反骨、またそれを許す伝統が、「『源氏物語』において兄朱雀を凌駕する源氏の造形を可能にしたのであろう」と述べていられる[16]。これは光源氏の源泉論、准拠論であり、聖徳太子が「即位すべくして、即位せずに畢った王[16]」の造形の原点である系譜の中に恒貞親王が漢文世界に息づいて光源氏の原像たることを論じられ、そのような漢文世界が紫式部の物語制作の源泉的背景にあることを教示された卓論である。氏に導かれて源氏物語の虚構的歴史空間から氏の説かれた光源氏造形の源泉を想起したい。

安田政彦氏『平安時代皇親の研究』（吉川弘文館、平成十年七月）は恒貞親王に関して次のように述べていられる。「淳和天皇が譲位して仁明天皇が即位すると、仁明天皇は当時七歳になっていた道康親王ではなく、淳和皇子の恒貞親王を皇太子とする。」それは「恒貞親王の生母が嵯峨皇女正子内親王であり、道康親王の生母が藤原順子であったからで」、「『桓武皇后腹の血筋』において恒貞親王が勝っていたからである[17]」。また、仁明天皇が恒貞親王を「正嗣」と述べた史料についても「桓武皇后腹の血筋」を濃厚に引くからであるとされ、恒貞親王の正統性を明らかにされている。この正統性をまげて文徳、清和、陽成三代を作ったのが藤原良房で、淳和上皇、嵯峨上皇崩御に乗じ、阿保親王を利用した、承和の変が起こるや、恒貞親王廃立に向かうのである。こういう史実の回想へ向かわしめるのは、光源氏が皇位継承の正統性を持つと造型されながら、朱雀立坊に向かう源氏物語の無念の情念が引きおこすのである。光源氏こそ皇統譜を受けつぐべき皇子でありながらそれが歪められ臣下となる。しかしながらやがて敗者復活し、彼の本来の宿世の相たる帝王相に回帰するのは、まさに史実の反実仮想であるのだ。光源氏は即位しなかった。が、そのいわば代替としての冷泉即位を物語は仕組んだ。光源氏は帝の後見として実質的に治政の中心となり、その帝王相を間接的に具現する。

娘の美貌のみではなく同じ皇族としての血筋に牽引される更衣入内の内実には帝と更衣の父大納言の同じ皇族としての政治的結合の意志があり「藤原氏の左右大臣家がしのぎを削る体制に釘付《くぎづ》けられることへの拒否と表裏する帝の姿勢」[18]に呼応する大納言の政治的意志が自らの死後の娘入内の遺言となる不可解な謎の事情なのであった。

二　桐壺巻前史

桐壺巻前史の重要な事件は前坊の死（光君四歳の時と考えられるので〝前史〟とは言えないかもしれないのであるが、前坊の死を含めて〝前史〟と呼ばせていただく）であると私は見る。前坊の御息所の父大臣と明石大臣を同族と論じられた坂本和子氏「光源氏の系譜」の卓説に首肯して、明石大臣の弟であった桐壺大納言も同族であるから、光源氏の系譜にはこれら大臣たちの敗北の人びとが源流にあることを知るのである。桐壺大納言は娘を桐壺帝に入内させようとしているので六条大臣のように前坊に娘を入れたのとは違うとも言えるのであるが、桐壺帝と前坊は同母兄弟で親密な間柄で、前坊の死がなかったら、皇太弟たる前坊に皇位継承が予定されていたわけであるから、対立的意味はなく、ただ桐壺大納言の方が年齢的に六条大臣より上であったため、娘の入内の対象が兄帝と皇太弟の違いになったのであろう。ついでにいえば左大臣は六条大臣と拮抗する関係で年齢的にもほぼ同等と考えられる。右大臣は年齢的に高く桐壺帝に娘を早くに入内させている。「人より先に参りたまひて、やむごとなき御思ひなべてならず、御子たちなどもおはしませば云々」（桐壺巻一三頁）とある。明石大臣は明石入道の父で、桐壺大納言の兄であるが、娘入内のこともないようである。大臣になっている兄は弟の大納言が死ぬ前に亡くなっているのであろうか。父大臣を亡くして落胆した入道は一門を支える力もなく明石へ下っていったとおぼしい。近衛中将の官職を捨てて播磨守になった変わり者だという（若紫巻一八六頁）。考えてみると坂本和子氏「光源氏の系譜」によって明らかにされた同族一門は桐壺巻前史に死去してしまっているか、入道のように都落ちしたり、桐壺更衣の兄のように出家している（賢木巻一五八頁）。

桐壺帝と皇太弟（同母兄弟。母は后宮）は、一院（父院）の決めおかれた兄弟迭立《てつりつ》の皇位継承路線を王家流の大臣・大納言で固める体制を意図していられたが、前坊の死を象徴的事件として、明石大臣、六条大臣、桐壺大納言等あいついで死に、王家流が力を失うのに乗じ、藤原氏の右大臣は娘を桐壺帝に入内させ、左大臣は桐壺帝の同母妹（母は后宮）を北の方としていただくなどして帝への接近をはかったとおぼしい。右大臣の娘弘徽殿女御は史上、醍醐天皇に入内した藤原基経の娘、時平の妹穏子《おんし》に当てはまろうか。准拠とか、ましてモデルなどというのではない。穏子は中宮となり、保明親王及び朱雀・村上両天皇の母として君臨したが、物語の弘徽殿大后は朱雀帝の母ということが似ており、史上の朱雀天皇が「穏子の偏愛の中で育ち、病弱であった[19]」のと同様のイメージが物語の朱雀帝にある。石田穣二氏「朱雀院のことと准拠のこと—源氏物語の世界—」（『学苑』昭和三十五年一月。のち『源氏物語論集』桜楓社、昭和四十六年十一月所収）は「物語の朱雀院が実在の朱雀院と重なり合ふ」ことを論証していられる。史上の「朱雀院が、譲位後、一時的に二条院遷御のことはあっても、ほぼ一貫して母后穏子と行を共にして朱雀院に在った、といふことは動かせない[20]」など、准拠論である。私が准拠とか、ましてモデル（准拠とモデルとは違うこと周知であろう）などというのではないとあえて言うのは、本稿のはじめに記したように「ことはその逆ではないか」という吉森佳奈子氏のご見解に従い、史実から物語の方向でなく、物語から史実への回路を見ようとするからである。物語の朱雀朝は弘徽殿大后の政治主導、右大臣の政治であるが、「天皇家のミウチ」であり、「天皇家を自家のミウチ」とする右大臣家は源氏や左大臣を圧して権勢をにぎった。倉本一宏氏『摂関政治と王朝貴族』「第三部第一章『源氏物語』に見える摂関政治像」はこの右大臣の権勢を摂関のありようとして捉えていられる[21]。桐壺帝はこの弘徽殿大后・右大臣との暗闘に終始されたのであった。ただ譲位後も「御位を去らせたまふといふばかりにこそあれ、世のまつりごとをしづめさせたまへることも、わが御世の同じことにておはしまいつるを」（賢木巻一四〇頁）とあるように上皇の時は在位中と同じように治世を領導していられた。その点宇多法皇のイメージがある。日向一雅氏「桐壺帝と桐壺更衣」（明治大学文学部紀要「文芸研究」七五号、平成八年二月。のち『源氏物語の準拠と話型』至文堂、平成十一年三月所収）が言われるように桐壺帝は醍醐天皇よりもむしろ宇多天皇との共通点類似が見られる。(22)桐壺帝は、「この大臣《おとど》の御おぼえいとやむごとなきに、母宮、内裏《うち》のひとつ后腹《きさいばら》になむおはしければ」（桐壺巻三九頁）とあるように、皇后を御母としていられる。葵上の母、左大臣の北の方が帝とご同腹の妹宮である。宇多天皇の御母は班子《はんし》女王。班子女王の父は桓武天皇皇子仲野親王で母は当麻氏。光孝天皇の女御である。「皇后」は藤原師輔の日記『九暦』天暦四年六月十五日条の記載に見られる。「東院后」「母后」「東院の后宮」等とある。角田文衞氏・関口力氏はこの『九暦』の記載により、母后としての班子女王の命により宇多天皇が藤原穏子の醍醐天皇元服の時の入内を停められたことを述べていられる。(23)天皇親政を行われた宇多天皇の母后の藤原氏に対するかような政治姿勢と発言力は、桐壺帝の母后の描かれざる像への想像を掻き立たしめられよう。桐壺帝は弘徽殿女御・右大臣に対し抵抗的姿勢であられ、天皇親政を貫こうとされ、一方政治の現実の壁に直面され、その現実凝視との矛盾の中に生きられた。単純に天皇親政を行われたとは言いがたい。天皇親政を志向されたというのが正しいであろうか。源氏物語の桐壺帝は藤原氏の左大臣を大きく信頼された。宇多法皇は藤原時平の弟忠平の人柄を愛され信任あそばした。忠平はしばしば法皇の御所に伺候したこと、法皇が忠平と協議して諸事を沙汰せしめられたことなど『貞信公記』によって龍粛氏『平安時代―爛熟期の文化の様相と治政の動向―』は宇多法皇の政治上の指導性を述べていられる。(24)源氏物語は「女による女のための物語」(25)で直接的に政治を語ることは「女のまねぶことにしあらねば」として避けるが、桐壺帝が左大臣を信任あそばしたことは「この大臣《おとど》の御おぼえいとやむごとなきに」（桐壺巻三九頁）と明記していて必ずしも避けているわけではない。それゆえ史実の宇多法皇と忠平の関係を思いたどるわけである。准拠論ではこれを物語制作の准拠とするであろうが、私は物語から史実をたどり、源氏物語に内在する歴史性を考えるのである。

醍醐天皇は宇多天皇の親政の遺志を継承されるが、母が藤原胤子《いんし》、后は藤原穏子《おんし》（基経の娘）の天皇は「藤原一家につつまれている」(26)。桐壺帝の母后の出自は書かれていないが、桐壺帝の右大臣への抵抗姿勢から見ても宇多天皇の母后のイメージを想像してよいのではあるまいか。桐壺帝は、桐壺巻前史の王家流大臣・大納言に支えられていた帝と前坊の同母兄弟の親愛体制が前坊の死を契機に崩れていく情況の中で、前史における体制の精神で右大臣家（藤原氏）と対立していかれる。兄朱雀（第一皇子）を差し措いて弟光君（第二皇子）を立坊させたいと思し召すのは、光君の英質の有する皇位継承の正統性への帝の愛情によるように物語は語るが、この前史以来の精神すなわち天皇親政の政治姿勢に基づくのである。桐壺巻に書かれた桐壺更衣入内の大納言の遺言は王家流の最後の挑戦というべく、右大臣家への対抗の娘入内の遺志は帝の精神、政治姿勢と同じであり、同志的合意を読みとらねばならない。大納言在生中持ち続けた右大臣への対抗、換言すれば藤原氏への対抗の精神、王家流として帝の親政を翼賛する心意であったからこそ大納言は自らの死に臨んでもすべてを帝にお頼りする気持で娘の入内を遺言したのであろう。皇子の誕生を望んだであろうのは、帝の親政の御大権によるその皇子の第一皇子への対抗という未来図は、前史における王家流の敗北からの回復的復活の願いにほかならないのである。大納言は帝の御内意をお伺いしていたと思う。それは帝が「故大納言の遺言あやまたず、宮仕への本意深くものしたりしよろこびは、かひあるさまにとこそ思ひわたりつれ」（桐壺巻二六・七頁）とあることから窺い知ることができるであろう。

桐壺巻は帝が即位してまだ間もなく、藤原氏の左右大臣が鎬を削り、則闕の官太政大臣はいない情況であり、右大臣の長女弘徽殿女御は第一皇子を産み、その三年後桐壺更衣が第二皇子（光君）を産むが、「前坊」が皇太子として存命であった。光君四歳、第一皇子七歳のとき「前坊」の死があったと〝背後〟が読めるのが「明くる年の春、坊さだまりたまふにも」（桐壺巻二九頁）という皇太子が決まる時とある記事である。唐突といってよいこの記事は「前坊」の急逝を思わせる。事態が急変するわけであるが、帝と同母弟の「前坊」による政治体制が崩れていく事態となるまでの前史の政治情勢は藤原氏の権力が固定せず、天皇親政の希望が期待できるところがあったであろう。桐壺帝はその希望がおありのゆえに、後見のない桐壺更衣とその御子光君の将来について自らの御力に頼むところがおありだったのだ。更衣の父大納言もその天皇親政の御力を頼りとし娘の入内を自分の亡き後にもかかわらず強行しようとしたのであったろう。それは帝と同母弟（「前坊」）との兄弟迭立による親政が期待される体制下であったればこそなのであった。「前坊」の急逝はこの期待に暗雲をもたらし、右大臣の台頭という現実に直面する。第一皇子（朱雀）の立坊を余儀なくされるのである。「前史」の大事件が「前坊」の死というゆえんである。

桐壺巻前史は光源氏の母方の先祖の政治的敗北を透視させる。坂本和子氏「光源氏の系譜」は「作者が入道の父大臣と御息所の父大臣との間に、又中務宮も含めて血縁につながる関係を想定した」構想を考えていられるが、「中務宮も含めて」であれば一層明石一族の、また六条御息所の父大臣家の皇胤、王家統《わかんどおり》が窺える。そして何より明石一族と同族の桐壺更衣家の皇胤が窺えるのである。桐壺帝と前坊は同じ母后の兄弟であり、それを支える皇族体制が前坊の死により崩れて、皇族による政権の芽をつみ、左右大臣家の台頭を惹起した。特に右大臣家は長女を早くに入内させ第一皇子を産んでいたから次の代の政権の展望を持つことになった。天皇親政の御意志が藤原氏の右大臣家との暗闘を余儀なくさせる桐壺帝の造型はこの桐壺巻前史を因由とする。また、明石君が母の祖父に中務宮を持ちその明石君を源氏が妻とする構図は、中務宮＝前中書王兼明親王の史実への回路を読者に喚起させるであろう。「兼明親王像を『源氏物語』の中務宮の背景として認める見方は、明石一族のあり方を別な形で補塡している」といえよう。そして坂本氏「光源氏の系譜」によればまさに光源氏の血脈に兼明親王像の系譜があることとなる。浅尾広良氏は「松風巻での中務宮と大堰の山荘の登場は、対藤原氏との関係において、悲運の生涯を余儀なくされた兼明親王の挫折の過程を一族の根本に据えると同時に、嵯峨天皇及び源融の末裔という意識を吹き込んだ」[30]と言われる。明石大臣の弟である、桐壺更衣の父按察使大納言、すなわち光源氏の母方の祖父も明石一族の同族として、右の浅尾氏の説述が当てはまるのだ。

光源氏こそは藤原氏によって挫折せしめられた先祖の命運に対する無念の思いを背負いつつ本来あるべき皇統譜に向かって敗者復活する人間像の造型を刻む。桐壺巻前半における母の悲劇は桐壺一族の戦いの象徴的具象化であって、光源氏は母の悲劇と一族の命運を背負いつつ勝利に向かって戦う。作者は光君の英質に皇統譜をうけつぐべき正統性を桐壺帝に認知せしめつつそのことによって帝の光君立坊への情念と意志の拠り所とする。

後藤祥子氏「光源氏の原像―皇統譜のゆがみと漢文世界―」が恒貞親王を本来皇統譜を継ぐべき人物とする漢文世界を論じられ、ついで父帝（仁明）の殊寵を得た常康親王と父帝（文徳）の寵愛を得た第一皇子惟喬親王を挙げられるのも、父帝の殊寵を得た光源氏の原像を見ておられるのであって、父帝の高く評価し愛された親王が皇統を継げなかった史実への漢学者たちの批判精神、すなわち漢文世界の伝流を指摘していられるのである[31]。

知られるように、清和天皇は藤原良房の娘明子の所生で、七歳の惟喬親王（長子）ではなく、生まれたての赤ん坊で立太子、三人の兄宮をさしおいて、父の文徳天皇急逝によりわずか九歳で即位。後藤氏は『三代実録』劈頭の清和即位前紀の、生後九ヶ月で立坊した清和を風諭して流行った童謡により、第四皇子惟仁（清和）が三人の兄たちを超えて立坊したことを天が諭しているとする漢文世界を指摘されている[31]。こうした漢文世界の伝流は文徳・清和・陽成三代へと動いていった史実への批判的精神であり、そこに史実への反実仮想の虚構的真実が物語化されるゆえんがあるのである。源氏物語はいわば皇統譜の〝ゆがみ〟を反実仮想の虚構により正そうとする。が、歴史的現実観をしかと踏まえ、理想と現実の相克を描き、決して非現実的な反実仮想の虚構ではない。

「前坊」の急逝（光君四歳の時―推定―）のみぎり、桐壺帝は第一皇子（朱雀）を差し措いて光君を皇太子にしたいとお思いになるが、政治的現実の前に断念に向かわれる。前坊の次は第一皇子（朱雀）という世論の現実があった。帝は光君をという底意を抑えあそばしたのだった。前坊は、葵巻の六条御息所の心中の思いに徴すれば「故前坊の、同じき御はらからといふなかにもいみじう思ひかはしきこえさせたまひて、この斎宮の御ことをも、ねむごろに聞こえつけさせたまひしかば、その御かはりにも、やがて見たてまつりあつかはむなど、常にのたまはせて、やがて内裏《うちず》住みしたまへと、たびたび聞こえさせたまひしをだに、……」（葵巻九八・九頁）とあるごとく桐壺帝と同腹の弟宮で、ご兄弟の中でもお互いに大層仲よくしていらっしゃって、斎宮のことも、前坊は恐らく死の前の遺言で桐壺帝にくれぐれもご依頼申し上げなさったのであったろう。桐壺上皇が「斎宮をも、この御子たちの列《つら》になむ思へば」（葵巻六六頁）と源氏に仰せになっているのに照応することで、桐壺帝と前坊はご同腹の極めて仲の良いご兄弟であったのだ。桐壺帝は皇后を御母としていられる。左大臣の正妻が「内裏《うち》のひとつ后《きさい》腹になむおはしければ」（桐壺巻三九頁）とあることから分かる。すると前坊も「后腹」であり、桐壺帝、前坊、左大臣の正妻は同腹で皇后を御母としておられるごきょうだいなのであった。桐壺帝の同母弟である前坊も、もしその死がなく順当に推移したならば、兄弟共に藤原氏を抑えての天皇親政を推進されたことであったろう。物語での朱雀天皇の実現は、前坊の急逝によって生じた余儀ない結果であった。物語では「帝はいと若うおはします、祖父《おほぢ》大臣、いと急にさがなくおはして、その御ままになりなむ世を、いかならむと、上達部、殿上人みな思ひ嘆く」（賢木巻一四一頁）というように書かれている。桐壺帝と冷泉帝の治政のはざま、ちょうど史実の醍醐天皇と村上天皇のいわゆる延喜・天暦の聖代のはざま、その名も朱雀天皇の時代にあてはまる。即位二年目に宇多法皇が崩じ、摂政藤原忠平の専横が目立ってきたといわれる。(32) 若い朱雀帝が外祖父右大臣の意のままになり、母弘徽殿大后は史実の穏子大后を思わせる権力的姿勢であるなど、朱雀帝は史実と物語が似通っているが、知られる通り物語では弘徽殿大后は悪役、右大臣の政治は劣悪なるものとされている。これは桐壺院崩御後の治政を、桐壺院の天皇親政志向の宇多・醍醐朝のイメージに対比させて、藤原氏の摂関政治的なるものに対する痛烈な批判を内包させていよう。

物語ではこの朱雀帝を光君（光源氏）より劣位性において描く。「一の御子《みこ》は、右大臣の女御の御腹にて、寄せ重く、疑ひなき儲《まう》けの君と、世にもてかしづきこゆれど、この御にほひには並びたまふべくもあらざりければ、おほかたのやむごとなき御思ひにて、この君をば、私物《わたくしもの》に思ほしかしづきたまふこと限りなし」（桐壺巻一二・三頁）。前述したごとく前坊の急逝は光君四歳、第一皇子七歳の時「坊さだまりたまふにも」（桐壺巻二九頁）の唐突な記事の背後に見られよう。それゆえ光君誕生の時は前坊は在世・存命で、第一皇子が「疑ひなき儲けの君」というのは前坊の次の皇太子のことであろう。予定通り順当に桐壺帝の次に前坊が即位されたあかつきには第一皇子が立太子と世間ではお思い申していたということなのである。兄弟の子孫の迭立という皇位継承観からすると、第一皇子即位の時、前坊の皇子が立太子ということになる。ところが前坊の急逝によりこの構想は雲散霧消する。前坊には姫君一人しかいなかった。知られるようにこの姫君は斎宮となり光源氏の養女となり中宮となる。前坊という桐壺巻前史の敗者も、この姫君が光源氏の後見により中宮となる栄えにおいて〝敗者復活〟する。

さて桐壺巻前史において先帝とその御子の兵部卿宮（紫上の父）はどのような位相であったかに触れておきたい。先帝は一院の弟宮で一院の皇太弟であり、一院が先帝に譲位のみぎり、桐壺帝（一院の皇子）を皇太子とされたのであろう。兄弟迭立の皇位継承である。(33) もし先帝が譲位して桐壺帝即位であれば、先帝の皇子兵部卿宮が皇太子となる予定であったろう。ところが先帝（在位中崩御された天皇を「先帝」という）が急に崩御され、桐壺帝即位となり、桐壺帝と仲のよい同母弟（前坊）が皇太子となったため、兵部卿宮は皇太子になれなかったのだ。ついでにいえば、桐壺帝は前坊の急逝による「坊さだまりたまふにも」（桐壺巻二九頁）、兵部卿宮のことは全然顧慮されなかったようだ。一院――桐壺の桐壺朝の路線が敷かれたのだ。先帝、前坊の死はその子孫の兄弟迭立がついえさることになり、桐壺帝は自らの皇子による兄弟迭立の方針を確立された。朱雀帝には冷泉皇太子、ついでその方針は冷泉帝には朱雀帝の皇子が皇太子となるように継承された。ついでであるが、冷泉帝に皇子なく、今上の第一皇子（明石中宮腹）が皇太子になり、続いて第二皇子、第三皇子（匂宮）も将来の立太子が目されているわけで、朱雀朝の継承が予定されていること感慨深いものがある。朱雀帝は桐壺帝の第一皇子であるから桐壺朝の系譜といってよい。ただ右大臣・弘徽殿大后の摂関政治的なるものが、天皇親政の聖なる御意志をまげ、悪しき治政となり、くれぐれも仰せつけあそばした桐壺帝の御遺言も守られなかった。しかし、かろうじて朱雀帝は光源氏の都への召還を決断し、父帝の御遺志を守ろうとされ、冷泉皇太子へ譲位され、その代わり、わが皇子（承香殿女御腹）を皇太子にされ（光源氏との協和による）、兄弟迭立路線は復活した。が、先帝の系譜は置いてけぼりとなった。前坊の死の折も顧慮されなかった兵部卿宮、換言すれば桐壺帝の顧慮はなく、当時の宮廷社会も第一皇子を「右大臣の女御の御腹にて、寄せ重く、疑ひなき儲けの君と、世にもてかしづききこゆれど」（桐壺巻一二頁）と、兵部卿宮を顧慮していない。

日向一雅氏は、「先帝を陽成で断絶した皇統になぞらえ、一院―桐壺帝を光孝に始まる新しい皇統と(34)」考えていられる。「式部卿宮」について、横笛巻の式部卿宮は『花鳥余情』の説に従われ紫上の父宮とされ、「この先帝の式部卿宮が、陽成院の弟の式部卿貞保親王に準拠していると認めることによって、先帝を陽成院に比定してよいと考え(35)」ていられる。光源氏と式部卿宮との対立的な関係は「そこにも皇統の違いからくる緊張関係が潜在していたのではないかという気がする(35)」と言われ説得的である。この宮が、光源氏の須磨退居に見せた冷たい対応も、親王という政治的立場の弱さによる、時の権力者右大臣への迎合もさりながら、立太子の機会に顧慮されなかったことへの恨みが桐壺帝の愛子光源氏に向けられていたのかもしれない。

澪標巻で源氏は晴れて都に帰還し、源氏の栄華への道が輝いてくる。源氏はこの宮に対して冷淡である。信賞必罰と読めるが、その背後には〝桐壺巻前史〟にさかのぼる対立があったのだ。ただ桐壺院崩御、その四十九日の法事が過ぎた頃、藤壺、源氏、兵部卿宮の三人で故院の在世中の思い出話をする（賢木巻一四二頁）あたりは悲境に心を一致させていたたまゆらであったようだ。この紫上の父兵部卿宮について拙稿「源氏物語における政治と人間―「兵部卿の宮」をめぐって―」[36]及び「兵部卿の宮（紫上の父・藤壺の兄）―人物造型の准拠―」[37]において述べているが、この宮は桐壺朝のみならず朱雀朝となってからも、故院を偲ぶ賢木巻の構図に見られるように、源氏との間柄は親密であった。ということは自らの立太子の機会を顧慮されなかったことへの恨みとか反抗心を何ら表わしていないのである。にもかかわらず宮はその心を急変させる。それは賢木巻末の「このついでにさるべきことども構へ出でむに、よきたよりなり、とおぼしめぐらすべし」（賢木巻一八九頁）とある、弘徽殿大后の謀略が険悪の度を増してき、遠流、叛逆罪の恐れが源氏に迫ってきている政治情勢に力なき親王として保身のため、弘徽殿大后、右大臣一派を恐れたのである。桐壺朝下では立太子のことを顧慮されなかった恨みも表わさず、桐壺帝の愛子光源氏とも睦みすっかり桐壺体制下の人になっている。しかし弘徽殿大后の権勢が強まり源氏危うしと見るや源氏から離れていく。これも一つの政治的人間の姿である。日向一雅氏の述べられているように「特に式部卿の宮の政治的な野心は激しいものがあったと思われる。彼は妹の藤壺の入内や娘の王女御の入内を遂行したように、一貫して式部卿の宮家の王権を追求したように見えるのである。これは彼が本来ならば自分は即位しえたという思いを抱いていたからではなかろうか」[38]。つまり〝桐壺巻前史〟に事はさかのぼるのである。妹の藤壺の入内を遂行したのは桐壺帝への追従、迎合と読めるのである。娘王女御の入内は光源氏への挑戦だが妹の藤壺宮の助力を期待したであろう。その時その時に応じてこの宮はなかなか動きまわるのである。

この兵部卿の宮の准拠・源泉について今井源衛氏「兵部卿の宮―紫上の父―」（『日本古典鑑賞講座第四巻　源氏物語』角川書店、昭和三十二年十二月所収）は「為平親王が、兵部卿宮の源泉になっているのではないかと思う」[39]と述べていられる。為平親王は「后腹の第二皇子として生まれ、また両親の寵も厚く、兄の冷泉帝に次いで当然皇太弟たるべきであったにかかわらず、源高明の女を室としたばかりに、藤氏に忌まれ、ついにその位置を弟守平（円融）に譲るほかなかった始末は『栄華物語』にも詳しい」[39]。皇籍を離脱しない親王で、政治に関わった歴史上の人物として為平親王を挙げることができ、今井氏は「『大鏡』師輔伝の伝えるところでは、為平は皇太弟の位置を奪われて後、『わが御身の口惜しう崩をれてもおはしまさで、なほ末の世に』甥に当る花山帝が即位したので婉子を納れ、自分もしきりに内裏に出入りしたので、世の人が『いみじくそしり申し』たという。この入内には必ずや彼のあらわな政治的野心が動いていたわけで……」[39]と述べていられ、兵部卿宮との類似を詳しく論じていられる。拙著『源氏物語の主題と表現世界』（勉誠社、平成六年七月）所収の拙稿「兵部卿の宮（紫上の父・藤壺の兄）をめぐって」の「付記」に「〝桐壺巻前史〟において、立太子次いで即位の可能性を持つ位置にいたが、父帝が在位中に崩御されたことから運命が閉ざされ、……」と桐壺巻前史における兵部卿宮について触れている。本稿において、桐壺巻前史における先帝と宮の位相について考えることを得たが、坂本共展氏『源氏物語構成論』（笠間書院、平成七年十月）第一章「冷泉帝構想とその主題」及び第二章「明石姫君構想とその主題」の詳細な論考と日向一雅氏『源氏物語の準拠と話型』（至文堂、平成十一年三月）第一章「桐壺帝の物語の方法―源氏物語の準拠をめぐって―」、第二章「桐壺帝と大臣家の物語―準拠と話型構造論の観点から―」、第三章「桐壺帝と桐壺更衣―親政の理想と「家」の遺志、そして「長恨」の主題―」等から多大の学恩をいただいたことに深く感謝する。言うまでもないが両氏の論がそれぞれ有益で、論に違いがあるのは当然である。日向氏は坂本氏のみならず先行の諸説を批判的に整理された上で氏自身の説を出されている。私は一院①―先帝②（一院の弟）―桐壺帝③―前坊④―朱雀⑤の皇位継承順を想定する。これは諸注釈書が概ね取っており妥当であろうと思う。日向氏の出された、「先帝を陽成で断絶した皇統になぞらえ、一院―桐壺帝を光孝に始まる新しい皇統とする考え方[40]」は魅力的で、史実における文徳、清和、陽成に対する光孝、宇多、醍醐の皇統を正統とする考え方となるのであり、その天皇親政の聖代を一院―桐壺帝の皇統が実現していくのである。

源氏物語において「一院」は物語の背景的存在というべく、物語の前面にあらわれ出ることはない。ただし紅葉賀巻の朱雀院行幸は桐壺帝の父上皇の算賀のための行幸であり、この行幸は、延喜十六年三月七日、宇多法皇五十の賀のための朱雀院行幸を念願に置いて書かれたこと、清水好子氏『源氏物語論』（塙書房、昭和四十一年一月）第四章「紅葉賀」が詳細に論じていられる。[41]「参座しにとても、あまた所もありきたまはず、内裏《うち》、春宮《とうぐう》、一院《いちゐん》ばかり、さては、藤壺の三条の宮にぞ参りたまへる」（紅葉賀巻三二三頁）とあるように源氏の年賀のご挨拶をおうけになる上皇として尊ばれている。宇多天皇が准拠としてイメージされる一院は、「延喜の治は宇多法皇の推進」[42]といわれることからして、一院が宇多法皇のごとく家父長的存在であることを思わしめられる。物語では「宇多《うだ》の帝《みかど》の御誡《いましめ》あれば」（桐壺巻三二頁）というように桐壺帝の父上皇としての存在性を感じさせる。総じては隠微な書きぶりではあるが、一院の家父長的存在は認められねばなるまい。どの程度その家父長的力、勢威を発揮されたかは物語には明らかではない。史実から推して一院の家父長的存在を認められる坂本共展氏に対し、[43]物語に明徴を欠くことから懐疑的な日向一雅氏の立論がある。[44]私は、嵯峨天皇以後親政三代の、嵯峨天皇の家父長的存在による兄弟迭立の皇位継承のあり方が、物語において一院によって構想されていたと考える。それがすでに述べたように、先帝の急な崩御や前坊の急逝などによって、ついえていき、それらにつけ入るように右大臣や左大臣の台頭という政治的現実を招来した。桐壺帝はしかしながら一院の構想せられていた兄弟迭立の皇位継承、天皇親政の聖代を目指して、この政治的現実と格闘された。桐壺帝には皇位継承すべきと思われる光君と政治的現実からは「疑ひなき儲けの君」たる第一皇子とが存したのである。帝は執拗なまでに光君立坊の可能性を求められる。

三　光君の英質と立坊問題

この御子《みこ》三つになりたまふ年、御袴着のこと、一の宮のたてまつりしに劣らず、内蔵寮《くらづかさ》、納殿《をさめどの》の物を尽くして、いみじうせさせたまふ。それにつけても、世のそしりのみ多かれど、この御子《みこ》のおよすけもておはする御容貌《かたち》、心ばへ、ありがたくめづらしきまで見えたまふを、え嫉《そね》みあへたまはず。ものの心知りたまふ人は、かかる人も世にいでおはするものなりけりと、あさましきまで目をおどろかしたまふ。（桐壺巻一四・五頁）

『河海抄』は「このみこみつになり給ふとし御はかまぎの事」に次のごとく注する。

皇子三歳着袴《ハカマ》例

冷泉院　天暦四年七月廿三日東宮時　　円融院　応和元年八月十六日親王時

花山院　天禄元年十二月十三日東宮時　　一条院　（天元五年十二月七日親王時）

天暦御時内裏ニテ為平親王はかまき侍けるに　拾遺八

もゝしきにちとせの事はおほかれどけふのきみにはめづらしきかな　参議小野好古

『河海抄』の挙げた例で気づくことは、東宮、親王の例であること、すなわち光君は東宮でもなく親王でもないが、『河海抄』は東宮、親王になぞらえる注解を施しているのである。なお挙例すべて延喜より以後であり、いわゆる准拠論でいう先例というのではない。この『河海抄』の挙例は光君の袴着のありようが「一の宮のたてまつりしに劣らず……」とあるのに対する注解として捉えることができる。「いみじうせさせたまふ」の「させたまふ」に帝の御意志をうかがうことができる。帝は第二皇子の袴着のことを第一皇子に劣らない盛大なものに行われた。第一皇子と第二皇子をほぼ同格にということは、立坊の決まっていないこの時点では大きな意味を持つ。「明くる年の春、坊さだまりたまふにも、いと引き越さまほしうおぼせど」（桐壺巻二九頁）とあるのに徴すれば、この袴着の盛儀には帝の底意に第二皇子光君の立坊への情念が感じられる。「一の御子は、右大臣の女御の御腹にて、寄せ重く、疑ひなき儲けの君と、世にもてかしづききこゆれど、この御にほひには並びたまふべくもあらざりければ、おほかたのやむごとなき御思ひにて、この君をば、私物《わたくしもの》に思ほしかしづきたまふこと限りなし」（桐壺巻一二・三頁）。光君誕生による、第一皇子と第二皇子（光君）の対比がけざやかになされている。「世になくきよらなる玉の男御子」と光君は形容される。玉の輝くような高貴な清浄美、光り輝く美しさである。「めづらかなるちごの御容貌《かたち》」といわれ、誕生より光君の卓越性と第一皇子の劣位が本質性において帝の認識となる。皇統を継ぐべき本質的な光りは第二皇子に輝いており、一方第一皇子は政治的現実観から「寄せ重く、疑ひなき儲けの君」と世間から重んじられている。帝は本質的には光君の立太子やがての即位があってしかるべきと思し召されるようである。第一皇子には一通りの大切になさる態度でいられ、光君には心からの寵愛の大切になさる態度であられる。それと軌を一にして光君の母更衣への帝の待遇が重くなる。「この御子《みこ》生まれたまひてのちは、いと心ことに思ほしおきてたれば」と格別大切に待遇なさるようにお考えあそばしたので「坊にも、ようせずは、この御子《みこ》のゐたまふべきなめりと、一の御子の女御はおぼし疑へり」。第一皇子の母弘徽殿女御は帝の桐壺更衣に対するお扱いの変化の奥にあるものを的確に捉えたのである。すなわち第二皇子（光君）の立太子を帝は考えていられると。

光君三歳の袴着の儀式は帝が第二皇子（光君）を第一皇子と同等にお扱い処遇なさる心意を、目に見え形にあらわされたものであった。「それにつけても、世のそしりのみ多かれど」（桐壺巻一五頁）の筆頭に立つのは第一皇子の母女御であろう。「疑ひなき儲けの君」たる第一皇子の地位を揺るがしかねない帝の行為、情動は、第一皇子の母女御をはじめとする妃たちの非難という現実の壁があった。しかし「この御子のおよすけもておはする御容貌、心ばへ、ありがたくめづらしきまで見えたまふを、え嫉みあへたまはず。ものの心知りたまふ人は、かかる人も世にいでおはするものなりけりと、あさましきまで目をおどろかしたまふ」（同右頁）と作者は妃たちが第二皇子の美質に魅入られるごとく「え嫉みあへたまはず」とする。「ものの心知りたまふ人は」第二皇子を礼賛していると書く。物の道理からすれば、帝の行為は是認されるべきものなのだ!!という作者の叫びが感じられるのではないか。これを敷衍すれば、皇位継承の問題として重大である。物の道理からすれば光君に皇位継承の正統性があるということなのであるから。橋本義彦氏『平安の宮廷と貴族』（吉川弘文館、平成八年十二月）「I平安の宮廷」に説かれる皇位継承の「二つの正理」のうちの「天皇―原則として上皇を含む直系尊属―の意思による選定相続主義」[45]による ならば桐壺帝の御意思は光君に皇位継承させたい情念であられた。が、もう一つの正理の「嫡々相承主義」及び摂関政治の現実からすれば、右大臣を外祖父とする第一皇子（朱雀）が「疑ひなき儲けの君」として世間では大切にされていた。源氏物語では「嫡々相承主義」というより外戚が右大臣で後見がしっかりしている第一皇子の優位性と、器量、資質にまさる光君の優位性との対立である。「選定相続主義」を支えたのは、「名分上は中国儒教の徳治主義、聖主、賢王主義である。そしてさらにその背景には、貴族社会における才能主義、器量主義がある」[45]と橋本氏は説いていられる。儒家の子の紫式部の儒教的理想主義[46]からして、理想は「選定相続主義」にあり、しかし政治の現実を見すえた彼女は、桐壺帝が光君を〝選定〟したく意志あそばしながら、政治の現実のはざまで熟慮され、光君の立坊を断念される格闘のお姿、情念の真実を描いた。

四　高麗相人の予言

桐壺帝は光君の本質的に皇統を継ぐべき英質とそれをはばむ政治的現実のはざまで熟慮され、光君四歳の春、皇太子決定のみぎり、光君立坊は断念されたが、いかにすれば光君の英質を生かしうるかと熟慮を続けられたとおぼしい。想定ではあるが、譲位して、光君を朱雀帝の皇太弟とされる御意志もおありだったのではないか[47]。兄弟迭立の皇位継承である。が、帝の現実凝視による御判断はその御意志とは裏腹に「親王にもなさせたまはざりける」（桐壺巻三二頁）だった。光君七歳の頃、高麗相人の来朝があった。帝は光君を右大弁の子のように思わせて占わせなさった。

相人おどろきて、あまたたび傾《かたぶ》きあやしぶ。「国の親となりて、帝王の上《かみ》なき位にのぼるべき相おはします人の、そなたにて見れば、乱れ憂ふることやあらむ。おほやけのかためとなりて、天下を輔《たす》くるかたにて見れば、またその相違《たが》ふべし」と言ふ。（桐壺巻三一頁）

この高麗相人予言については諸説あるが、「帝、かしこき御心に、倭《やまとさう》相をおほせて、おぼしよりにける筋なれば、今までこの君を、親王《みこ》にもなさせたまはざりけるを、相人はまことにかしこかりけり、とおぼして、……ただ人にて朝廷《おほやけ》の御後見《うしろみ》をする」ことに決められたところから見ると、「倭相をおほせて」を観相と解しても帝御自身でなさったのであり、本居宣長が『玉の小櫛』で説いたように帝が政治的判断をなさったことをいったのだとすればなおさら、光君の英質すなわち皇統を継ぐべき器量ということを誰よりもよく分かっていられ、その上で政治的現実に直面されている帝は、まず第一に相人が光君の帝王相、帝王たるべき相を言ったことに共感され、ついで「そなたにて見れば、乱れ憂ふることやあらむ」と言ったことを、先に光君の立坊について「なかなか危《あやふ》くおぼし憚りて、色にもいださせたまはずなりぬる」（桐壺巻二九頁）とされた御判断や「今までこの君を、親王《みこ》にもなさせたまはざりける」ことに照らして「相人はまことにかしこかりけり」とお思いになったことが分かる。光君立坊への御意志、情念は光君の帝王相、帝王たるべき英質に拠るものであり、一方政治的現実との激突は国乱、民憂を招きかねない。未練を残しながら賢帝は国乱、民憂をお避けになったのである。

この相人予言は予言前半で帝王たるべき相を言いつつ「乱れ憂ふることやあらむ」で帝王たることに懸念を示す。そして予言後半で臣下として最高の太政大臣摂政関白とも違う身分になる、つまり帝王相を具現することを示した。『紫明抄』、『河海抄』は『三代実録』光孝天皇即位前紀の、光孝天皇が時康親王の時、渤海国の相人、大使王文《ブン》矩《ク》が諸親王の中に時康親王を見て「至貴之相有り、其《そ》の天位に登らむこと必せり」と言ったことを挙げる。しかしこの光孝天皇の例は明快で王文矩の予言は時康親王が天皇となる運命を言い当てているのに対し、光君の観相、予言は難解と言うべく謎を含んでいる。帝王たるべき相というのは明快であるが「そなたにて見れば、乱れ憂ふることやあらむ」のは何故なのか。現実の政治的様相に照らして帝のように納得し「相人はまことにかしこかりけり」と思うことも一解ではある。しかし臣下かというとまた違うと言い、帝王とも違うしまた臣下とも違うと言うのであるから謎と言わざるをえない。私見では「そなたにて見れば、乱れ憂ふることやあらむ」すなわち帝王となるならば「乱れ憂ふることやあらむ」のわけが謎であり、それで相人は「あまたたび傾《かたぶ》きあやし」んだのだと考えている。そのわけとは藤壺との密通事件なのであるが、相人にはそのような具体的なことは分からないのである。不審を潜在せしめたまま、しかし内実的には言い当てているのだ。若紫巻の夢占いが光源氏の運命を占って「及びなうおぼしもかけぬ筋のこと」（若紫巻二一五頁）を合わせた、すなわち天子の父たるべしと言ったこととひびきあっているのがこの相人予言なのだと捉えれば、作者がこの予言の「そなたにて見れば、乱れ憂ふることやあらむ」のわけとして具体的には藤壺密通事件を伏在せしめていることが理解できよう。帝王たるべき相でありながら懸念されるものとして、さような不義が宿命的なものとしてあるからは、帝王たるべき相の凶事と考えねばならないとする作者の儒教的正義があろう。物語作者として物語のサスペンスからも、また予言というものは具体的な事情を言うものではないから、予言に直ちに具体的理由は明かさないが、若紫巻という長篇的契機を含んだ短篇物語の中に光源氏の運命の大事を書きこんでいて、桐壺巻の相人予言の深層に潜ませている、両巻のひびきあいを考えるのである。成立の問題として若紫巻始発説に従うならば、光源氏一生の大事たる藤壺事件を念頭に作者は桐壺巻の相人予言を書いたであろうと考えられる。若紫巻の夢占いの「及びなうおぼしもかけぬ筋のこと」を、源氏は藤壺懐妊の噂と関連して、天子の父になることと「おぼしあはせ」るが、清水好子氏は「桐壺の巻の高麗の相人の予言と呼応する[48]」と言われている。「天子の父であれば、それは当然臣下ではありえないのだから[48]」と。若紫巻の夢告げは、藤壺密通事件という具体的な内容との関連を示唆している。夢解きの者の言う「及びなうおぼしもかけぬ筋」を、源氏が「心のうちには、いかなることならむとおぼしわたるに、この女宮の御こと聞きたまひて（この「女」は藤壺懐妊を表徴する）、もしさるやうもやとおぼしあはせたまふに」（若紫巻二一五頁）すなわち自分の御子ではないかと思い合わせたことによって「天子の父となる」と夢解きは言ったことを示唆している。

高麗相人予言が潜在する真相は若紫巻の夢解きが示唆するし、澪標巻の光源氏の「宿世遠かりけり」で予言の答は示される。(49)

おほかた上《かみ》なき位にのぼり、世をまつりごちたまふべきこと、さばかりかしこかりしあまたの相人どもの聞こえ集めたるを、年ごろは世のわづらはしさに皆おぼし消ちつるを、当帝《たうだい》のかく位にかなひたまひぬることを、思ひのごとうれしとおぼす。みづからも、もて離れたまへる筋は、さらにあるまじきこととおぼす。あまたの皇子《みこ》たちのなかに、すぐれてらうたきものにおぼしたりしかど、ただ人におぼしおきてける御心を思ふに、宿《すく》世《せ》遠かりけり、内裏《うち》のかくておはしますを、あらはに人の知ることならねど、相人の言《こと》むなしからず、と、御心のうちにおぼしけり。（澪標巻一七・八頁）

「宿世遠かりけり」──自分は皇位とは縁のない運命だったのだと源氏は思う。秘密のわが御子（冷泉）が御位にお即きなのを、秘密の真相は「あらはに人の知ることならねど、相人の言《こと》むなしからず」と源氏は心内に思う。このように光源氏がわが御子（冷泉）の即位を見て自分の運命は天子の父となることなのだったと、現実に起こったことと照らし合わせて、すなわち当事者的に、「相人の言《こと》むなしからず」と予言理解をする。帝王たるべき相であるが「（帝王となる）宿世遠かりけり」、しかし臣下ではない。その謎は〝天子の父〟ということで解けた。しかし天子の父ということは秘密の真相だった。このような具体的な秘密の真相は当事者がそのことの実現に照らして知るのみであり、相人は具体的なことは分からない。田中隆昭氏が、薄雲巻において源氏が冷泉帝の譲位のお考えに対して辞退するのを「自分自身十分に栄華に伴う暗い影を理解しているからである(50)」と言われているのは、全く同感である。「源氏の、王権に近いところに身を置く人生は、父桐壺院を裏切って藤壺と通じて、秘密の子が天皇になるという事実と表裏をなしている。そのことを源氏は十分承知していたのである」[51]と言われるのは、澪標巻の「(即位の)宿世遠かりけり」の感慨の脈絡を言われていることになろうか。相人予言の「乱れ憂ふること」が藤壺事件に関わる暗い影で、天皇になれば、伴って「乱れ憂ふること」が起きる懸念が物語的内実として深層にこめられていて、桐壺巻ではそのことは作者以外誰にも分からない謎で、相人も「乱れ憂ふることやあらむ」と凶を占いながらもその具体的な秘密の真相は分からないがために、帝王たるべき吉相にひそむ凶という謎に「あまたたび傾《かたぶ》きあやし」んだのだという拙説[52]に通うのであるまいか。天皇になると「乱れ憂ふることやあらむ」と観相した相人はすごいというべきで、「相人の言《こと》むなしからず」とは藤壺密通事件の当事者光源氏にして言い得ることであった。

この藤壺事件が光源氏一生の大事として、光源氏造型の原点に存するという相人予言の問題は、この予言から史実をたどることの無理を知らしめられよう。この観相は『聖徳太子伝暦』の記事に酷似するという指摘[53]や「寵愛の盛りに世を去った妃の残した皇子が数奇な運命によって至高の位に登るという物語の道筋を沢子と光孝帝の上に認め[54]」られる篠原昭二氏の説などがある。「光孝天皇」は『紫明抄』、『河海抄』が挙げている。「至貴之相」という点で挙げたものと思われるが、篠原昭二氏の説かれた内容が含意されると考えて一層『紫明抄』、『河海抄』の注解が生きてくると思われる。ただこの相人予言が若紫巻の夢解きの「及びなうおぼしもかけぬ筋のこと」(〝天子の父〟と源氏は思い合わしたようである)とひびきあう、藤壺事件を伏在させるからには、その准拠は挙げえず、逆に史実をわが国にたどることはできない、物語の虚構の核なのであった。というよりも、作者は天子たるべき器量でありながら天子にならずに終わり摂政として治政にあたられた聖徳太子や、嵯峨天皇の定められた路線通りに世が動いていたなら即位されたに違いない恒貞親王に光源氏像の原像を見たと思われるが、それを物語的真実として虚構化するにあたり、天子たるべき至貴の相をもつ主人公が、自らは天子たりえない因由に父桐壺院を裏切って藤壺と通じ、その秘密の子が天子になり、その御後見として摂政的に治政の中心となり、隠れたる秘密の真相として天子の父となり、そのことを知らしめられたわが御子の天子から准太上天皇すなわち臣下でありながら太上天皇に准ずる地位を与えられるという構想によって、皇権に最も近いところに身を置く人生を具体化したのである。その物語的内実を削いで史実化すると聖徳太子や恒貞親王が原像として見えてくるのである。モデルとは違う准拠なるものは、作者が作中人物の原像として見た史上の人物をいかにして物語的真実とするかの拠り所にほかならず、それ以上のものではあるまい。源氏物語に内在する歴史性を考える際、この准拠の概念を正しく捉えねばならないだろう。作中人物のイメージとして准拠なるものは活用されねばなるまい。本稿の冒頭に申したごとく、史実から物語の方向として捉えるより、物語から史実への方向で考える、読解の磁場において捉えたい。作者は螢巻の〝物語論〟において物語は、神代の昔からこの世に起こったことを書きとめておいたもので、伝承の記録という意味では国史よりもくわしい、人間の姿を伝えるものとし、「日本紀などは、ただかたそばぞかし」（螢巻）と光源氏に言わしめており、虚構ということも「ひたぶるに虚言《そらごと》と言ひ果てむも、ことの心違《ちが》ひてなむありける」（螢巻）と言わしめている。「小説」、「創作」とかとは違う、物語の〝史実性〟の核を、藤壺事件という極限的、究極的な愛のドラマの内発性に置いて、皇位継承という政治史を、光源氏の母恋に発する藤壺思慕に淵源するものとして描いたのである。

言うまでもないことのようであるが、高麗相人予言の具体的内実（藤壺事件）の伏在を言説することと、桐壺巻時点で作中の人びと及び読者が受けとめる理解とは区別されなければならない。桐壺巻の高麗相人予言の時点では作者以外誰も予言の深層に伏在せしめられた藤壺事件による〝天子の父〟という光君の将来は分からない。作中の人びとはそれぞれに受けとめるであろう。光源氏も自らが天子になることと思っていたようである。「おほかた上《かみ》なき位にのぼり、世をまつりごちたまふべきこと、さばかりかしこかりしあまたの相人どもの聞こえ集めたるを、年ごろは世のわづらはしさに皆おぼし消ちつるを」（澪標巻一七頁）とある。高麗《こま》の相人の予言、倭《やまと》相など多くの人相見たちがこぞって源氏が帝の位につき、天下をお治めになるはずだと申しあげたのに、源氏は今まではずっと周囲の情勢に憚って、すべて思わないようになさっていたという。若紫巻の夢解きから「及びなうおぼしもかけぬ筋」すなわち〝天子の父〟を示唆された源氏は、〝天子の父〟なら自らも天子になると思ったのであろう。源定省から宇多天皇への例がある。しかしわが御子（冷泉）が即位した今自らは臣下である現実に「（自らの即位の）宿世遠かりけり」と悟るのである。桐壺巻の高麗相人予言の「そなたにて見れば、乱れ憂ふることやあらむ」という、帝王たるべき相に潜む凶相の意味を藤壺事件に照らして源氏は知る。

左大臣などは光君の帝王相から、いったん臣下に降っていても、ついには帝となると思ったのではないか。桐壺巻で高麗相人が光君の帝王相の予言をしたことが、噂として広がって皇太子の外祖父右大臣はプレッシャーを受けた。「おのづからことひろごりて、漏らさせたまはねど、春宮《とうぐう》の祖父大臣《おほぢおとど》など、いかなることにかとおぼし疑ひてなむありける。」（桐壺巻三二頁）。帝は右大臣には「漏らさせたまはねど」、帝の最も信頼される側近的政治家である左大臣には、予言の内容を打ち明けられたと思われる。[55] 左大臣が、光源氏はいったん臣下に降っていても、ついには帝となる未来に賭けたという想定は、十分できると思われる。石原昭平氏は「左大臣は、帝の寵愛する第二皇子を、弘徽殿女御が憂慮するごとく、東宮をおびやかし、いずれ帝や親王になり給ふべき人と感知していたのではないか。生母の身分の低さ（とくに源唱の女周子所生の盛明、藤原管根の女淑子所生の兼明の各親王など）から、一時賜姓になしたとしても、後見として左大臣の自分が背後から支えれば、いずれ、親王や、帝になる可能性に賭けたのではないか、と解される。それゆえ大宮との間の一人娘を、右大臣の娘腹の東宮の夫人（あるいは玉上説にいう第二夫人、元服の時夫人がいた可能性がある。）に望まれたとしても、それは右大臣に屈服することになる。その政治的力学を考えて悩んだすえ、光源氏を選んだ。それは誤ではない。可能性に賭けたというべきであろう。」と論じられた。[56] 首肯すべきであろう。私はかつて桐壺巻の政治情勢下で左大臣の決断は右大臣家の下風に立つことを避け、帝の最大の寵愛をほしいままにする源氏をわが方のものとすることによって、帝の御心を左大臣家に決定的に傾けようとはかったのだ云々と論じた。(57) 石原氏の言われる光源氏の即位への可能性に賭けたという読み解きは、予言後半の、〝臣下で終らない〟に徴すると、桐壺巻の時点での左大臣の思惑として十分首肯できる。宇多天皇の例を思い浮かべ史実への回想をすることによって物語の歴史性をうかがい知ることができ、左大臣の思惑に根拠のあることが分かる。

高橋和夫氏は「帝の情念の中にあることは、臣下で終っても仕方がない。しかし予言の最後の、『その相違ふべし』が生きているとしたならば、この源氏の即位もないとは言えない、と信じたかったことであろう。」と言われ「この物語の作者は、光源氏即位もあり得るという可能性を設定したのである。」とも述べていられる。(58) なお、前記石原氏の論文の「付記」に「最近高橋和夫氏は『高麗人の予言』（『源氏物語の創作過程』右文書院、平成四年十月）で弘徽殿大后が光源氏の宿世はやがて帝位に即くと思った由を『世の中たもつべき相ある人』の例から論じている」とある。田中隆昭氏も「光源氏の即位の可能性」を論じていられる。(59) このように見てくると桐壺巻の高麗相人予言をめぐる作中人物たちは総じて光源氏の即位の可能性を考えていたのである。この相人予言より数年後の源氏元服の折左大臣が大宮腹の一人娘（葵上）をさしあげるのだが、思うに左大臣のこの行為は相人予言の折の帝からのお話（想定）このかたの彼の予言理解の延長線上のそれと捉えることができるのだ。いったん臣下に降っていてもついには天子へという期待である。予言の磁場の中の行為といえよう。高橋和夫氏は「一歩踏み込んで言えば、帝は左大臣に高麗人の予言を伝え、二人の間で、光源氏即位の密約をしたとする外あるまい」(60) と想定される。帝のこの行為は明らかに右大臣の擁する東宮への対抗的意味を持ち、それは光君誕生このかたの帝の情念、三歳の年の袴着の折の目に見え形にあらわしての光君への処遇などから見て十分考えられよう。高麗相人予言の〝光君帝王相〟は帝の情念を高揚させるものであったろう。

しかし、政治的現実との帝の格闘を、この予言以前から描いてきた作者は、決してローマン的な夢物語風に作中人物の期待、夢、念願を描かなかった。御袴着の折も「世のそしりのみ多かれど」と書き、四歳のときの「坊さだまりたまふ」時も「いと引き越さまほしうおぼせど、御後見すべき人もなく、また世のうけひくまじきことなりければ」（桐壺巻二九頁）と、「世」の謗り、批難を帝は意識あそばした。この「世」とは帝を囲繞する貴族集団であり、帝と貴族集団の関係は一つの一体的な世界であるから、帝が「世のそしり」、批難に抗する行動は、辻和良氏の言われる通り桐壺帝は「みずからがよって立つ宮廷社会を破壊させ兼ねない大きな賭に出たということにならざるを得ないのではないだろうか[61]」。辻氏は、天皇と貴族集団との関係、すなわち「朝廷」を、河内祥輔氏の次の説明を引用して、「貴族集団の支持の重要さは相当なものと捉えておく必要がある。[61]」と言っていられる。その通りだと思う。河内氏の説明は「朝廷はその全体が一つの親族集団ともいえるような組織であり、天皇を中心に天皇と貴族、及び貴族相互の濃密な身分関係の結合によって、排他的世界をつくった。[62]」——

辻氏は「桐壺帝は、更衣（桐壺更衣。森注）や藤壺が『皇統流』、すなわち『源氏』であるということに意義を見いだしているのである[63]」と「桐壺帝の企て」を論じられた。思うにこれは桐壺帝の親政志向である。桐壺更衣の父大納言及びその遺志を継承した更衣は、この帝の天皇親政の御意志に協賛する皇統流として、弘徽殿女御をはじめとする妃たちや貴族集団の謗りに帝とともに戦ったのである。愛の物語の内在する歴史性、政治性を読み解かなければ、源氏物語を真に読み解くことにならないであろう。作者は「女のまねぶことにしあらねば」とその政治的世界を多くは表には語らず、情意的な世界を表に語る。従って推定、想定を重ねざるをえないのが政治的世界である。諸氏とともに本稿も想定を重ねることが多かった。諒とせられたい。

相人予言をめぐる当事者たちの光源氏即位の可能性に賭ける人びとの動きを予言の磁場の中の行為として捉えてきたが、澪標巻の「相人の言《こと》むなしからず」の感慨、薄雲巻の冷泉帝からの譲位のお考えに対する辞退の心に秘められた光源氏の思念にこそ藤壺密通事件の当事者ならではの「（即位の）宿世遠かりけり」の予言理解がある。天子でもなく臣下でもない帝王相とは秘密の天子の父であることを予言は言い当てていたのだった。冷泉帝（わが御子）がその秘密を知ったことによって光源氏は臣下でありながら准太上天皇の処遇を得る。帝王相の社会的認知といえようか。

五　源氏物語の政治性

桐壺帝は王家流（皇統流）の大臣家が自滅的に衰退し藤原氏の左右大臣家が鎬を削る現実に直面され、左大臣を味方にとりこまれる戦略を立てられた。これは光君を寵愛し右大臣・弘徽殿女御と対立的姿勢であられた帝として必然であった。が、右大臣の擁する第一皇子の立太子及び即位はみとめられて、第二皇子をその後の立太子及び即位とする兄弟迭立を期待されたのであったろう。しかし藤壺の皇子（冷泉）の誕生は、帝が親政の情意を貫き皇統流の皇位継承という点で格好の事実となり、藤壺を立后させ、源氏を後見者として体制を固めあそばした。朱雀の後に冷泉、冷泉の後には朱雀の皇子という兄弟迭立の皇位継承の路線が定められ、事実、その御定めを朱雀帝と光源氏は守り実現させた。が、冷泉帝に皇子なく……ということになる。しかし光源氏の血は明石姫君を通して皇統に入り、朱雀の皇子（今上）の次は明石姫君所生の東宮以下匂宮（第三皇子）まで即位の可能性を持つ。星山健氏「宇治十帖における政治性―中君及び「宿木」巻の役割を中心に―」は、「匂宮即位及び、薫後見下での中君立后・若宮立太子への道」は「主題的物語に対し伏流するような形で確実に形成されている」(64) ことを詳しく論じていられる。

高橋敬子氏「『源氏物語』宇治の大君・中の君と皇位継承」は、橋姫巻の大君と中の君の会話のやりとり、手にした撥《ばち》によって月を招いたと言う中の君に対して、入り日を招く撥と言う大君の会話によって、「バチによって月と日を招くという情景を読者の脳裏に結ばせることに成功し」た「作者は月と日を招くということに重大な意味を込めているのではないかと思われる」とされ、「月日を皇位の象徴と見る時、それらを身近にするということが、子孫が天皇となる（皇位を継承する）という暗示と捉えて」いられる。[65] 失意の人父八の宮の姫中の君によって運命の逆転が予想されるのである。

源氏物語は、とりわけ宇治十帖は、女性の運命を主題化するが、それでも伏流として政治的世界を透視することができ、王家流、皇統流の運命の逆転、復活の物語に平安朝の歴史、皇位継承の史実をたどる情念が喚起されるのである。

注

（1）藤井貞和氏、日向一雅氏、坂本共展氏の著作参照。
（2）高橋和夫氏「源氏物語の方法と表現―桐壺巻を例として―」（「国語と国文学」平成三年十一月）
（3）秋山虔氏『源氏物語の女性たち』（小学館、昭和六十二年四月）の「桐壺更衣」
（4）秋山虔氏『講座源氏物語の世界第一集』（有斐閣、昭和五十五年九月）の「桐壺帝と桐壺更衣」
（5）鈴木日出男氏『講座源氏物語の世界第一集』の「主人公の登場―光源氏論（1）」
（6）高橋和夫氏『平安京文学』（赤尾照文堂、昭和四十九年）、『古典評釈　源氏物語』（右文書院、昭和五十四年三月）。日向一雅氏『源氏物語の主題「家」の遺志と宿世の物語の構造』（桜楓社、昭和五十八年五月）の「光源氏論への一視点」、浅尾広良氏『源氏物語の准拠と系譜』（翰林書房、平成十六年二月）の「按察使大納言と若紫―「春日野」の変相―」も同様の見解。
（7）岡田奈美氏「『源氏物語』における按察大納言―二つの『故按察大納言家』―」（「王朝文学研究誌」第7号、平成八年三月）。岡田氏は、史実の「按察大納言」が政権を奪回することはなかったが、源氏物語は政権争いに負けて没落していった一族の敗者復活戦を描いた、と論じられた。卓見であると思う。

(8) 吉森佳奈子氏『『河海抄』の『源氏物語』』(和泉書院、平成十五年十月)。史実に反する仮想の物語というべき源氏物語から私たちは無残な史実に思いを寄せる。
(9) 坂本和子氏「光源氏の系譜」(「國學院雑誌」昭和五十年十二月。のち『日本文学研究資料叢書　源氏物語Ⅳ』有精堂、昭和五十七年十一月所収)
(10) 坂本共展氏『源氏物語構成論』(笠間書院、平成七年十月)二二三頁。
(11) 前掲注(10)同書二二四頁。
(12) 坂本曻(共展)氏『講座源氏物語の世界第三集』(有斐閣、昭和五十六年二月)の「前坊の御息所論」
(13) 増田繁夫氏「六条御息所の准拠―夕顔巻から葵巻へ―」(『源氏物語の人物と構造』笠間書院、昭和五十七年五月)
(14) 拙稿「『桐壺帝と桐壺更衣の形象』再説・補説」(「王朝文学研究誌」第15号、平成十六年三月。本書第二編二)
(15) 玉井力氏『平安時代の貴族と天皇』(岩波書店、平成十二年十一月)
(16) 後藤祥子氏「光源氏の原像―皇統譜のゆがみと漢文世界―」(「王朝文学史稿」21号、平成八年三月)
(17) 安田政彦氏『平安時代皇親の研究』(吉川弘文館、平成十年七月)一九二頁。
(18) 前掲注(3)秋山虔氏『源氏物語の女性たち』の「桐壺更衣」
(19) 『歴代天皇・年号事典』(米田雄介氏編、吉川弘文館、平成十五年十二月)の山田英雄氏「朱雀天皇」
(20) 石田穣二氏「朱雀院のことと准拠のこと―源氏物語の世界―」(『源氏物語論集』桜楓社、昭和四十六年十一月)
(21) 倉本一宏氏『摂関政治と王朝貴族』(吉川弘文館、平成十二年七月)二三二頁〜二五三頁。
(22) 日向一雅氏「桐壺帝と桐壺更衣」(『源氏物語の準拠と話型』至文堂、平成十一年三月)
(23) 角田文衞氏「太皇太后藤原穏子」(『紫式部とその時代』角川書店、昭和四十一年。のち『角田文衞著作集6』法蔵館、昭和六十年七月所収)。関口力氏「皇后藤原穏子」(「歴史と旅」秋田書店、昭和六十一年一月)特集「歴代皇后総覧」の一〇八頁。
(24) 龍粛氏『平安時代―爛熟期の文化の様相と治政の動向―』(春秋社、昭和三十七年七月)の「延喜の治」
(25) 玉上琢彌先生『源氏物語研究』(角川書店、昭和四十一年三月)に「女のために女が書いた女の世界の物語」とある。

(26)『歴代天皇図巻』(肥後和男氏編、秋田書店、昭和五十年一月)の「醍醐天皇」
(27)坂本共展氏は「桐壺更衣逝去の翌春「坊定まりたまふ」とあるのは読者にとって唐突で、靫負の命婦が更衣の母北の方を見舞った後の前年冬、十・十一・十二月の間に前坊が薨去していたことになる」(『源氏物語構成論』六三頁)と述べていられる。
(28)前掲注(14)に同じ。
(29)前掲注(9)に同じ。
(30)浅尾広良氏『源氏物語の准拠と系譜』三六一頁。「中務宮と明石物語—「松風」巻の表現構造—」(「中古文学」第三十八号、昭和六十一年十一月)
(31)前掲注(16)に同じ。
(32)前掲注(26)『歴代天皇図巻』の「朱雀天皇」
(33)この想定は既に藤本勝義氏「源氏物語における先帝をめぐって」(『太田善麿先生退官記念論文集』表現社、昭和五十五年十一月。のち『源氏物語の想像力—史実と虚構—』笠間書院、平成六年四月所収)が説いていられる。
(34)日向一雅氏『源氏物語の準拠と話型』第二章「桐壺帝と大臣家の物語」六三頁。
(35)前掲注(34)同書六七頁。
(36)拙著『源氏物語の主題と表現世界』(勉誠社、平成六年七月)所収。初出「王朝文学研究誌」第4号、平成六年三月。
(37)拙著『源氏物語の表現と人物造型』(和泉書院、平成十二年九月)所収。初出「王朝文学研究誌」第5号、平成六年九月。
(38)前掲注(35)に同じ。
(39)今井源衛氏「兵部卿の宮—紫上の父—」(『日本古典鑑賞講座第四巻　源氏物語』角川書店、昭和三十二年十二月。のち『源氏物語の研究』未来社、昭和三十七年七月所収)
(40)前掲注(34)に同じ。
(41)清水好子氏のご高著『源氏物語論』(塙書房、昭和四十一年一月)は『河海抄』の准拠論の意義を高からしめた名著である。
(42) 前掲注（24）に同じ。
(43) 坂本共展氏『源氏物語構成論』第一章「冷泉帝構想とその主題」八五頁～九〇頁。
(44) 前掲注（34）同書五九頁～六三頁。
(45) 橋本義彦氏『平安の宮廷と貴族』（吉川弘文館、平成八年十二月）「I平安の宮廷」
(46) 清水好子氏『源氏物語論』第六章の「六　儒教的理想主義」
(47) 前掲注（14）に同じ。
(48) 清水好子氏「光源氏論」（「国語と国文学」昭和五十四年八月）
(49) 藤井貞和氏「『宿世遠かりけり』考」（『源氏物語の表現と構造』笠間書院、昭和五十四年五月。のち講談社学術文庫『源氏物語入門』平成八年一月所収）
(50) 田中隆昭氏『源氏物語　引用の研究』（勉誠社、平成十一年二月）「光源氏の即位の可能性」二二四頁。
(51) 前掲注（50）同書二二五頁。
(52) 拙著『源氏物語の表現と人物造型』所収の「桐壺巻の高麗相人予言の解釈」（「国文学解釈と鑑賞」『源氏物語の鑑賞と基盤知識№1桐壺』至文堂、平成十年十月）及び「源氏物語の短篇的読みと長篇的読み」（「金蘭短期大学研究誌」29号、平成十年十二月）等。
(53) 今井源衛氏「源氏物語」（『岩波講座日本文学史第一巻』昭和三十三年。のち『源氏物語の研究』所収、松本三枝子氏「光源氏と聖徳太子」（「へいあんぶんがく」1号、昭和四十二年七月）、堀内秀晃氏「光源氏と聖徳太子信仰」（『講座源氏物語の世界第二集』有斐閣、昭和五十五年十月）、中哲裕氏「源氏物語と聖徳太子伝説」（「富山工業高専紀要」16巻1号、昭和五十七年三月）等。中哲裕氏は最も詳細に光源氏と聖徳太子の関係を論じていられる。
(54) 篠原昭二氏「桐壺の巻の基盤について―準拠・歴史・物語―」（『源氏物語の論理』東京大学出版会、平成二年五月）
(55) 清水好子氏「光源氏論」、高橋和夫氏「源氏物語の方法と表現―桐壺巻を例として―」
(56) 石原昭平氏「英明なる重鎮・左大臣―賜姓源氏の「帝になり給ひ」「ぬべき君」に賭ける―」（森一郎編著『源氏物

語作中人物論集』勉誠社、平成五年一月所収）
(57) 拙稿「桐壺帝の決断」（『源氏物語の方法』桜楓社、昭和四十四年六月）
(58) 前掲注（2）に同じ。
(59) 田中隆昭氏『源氏物語　引用の研究』「光源氏の即位の可能性」
(60) 前掲注（2）に同じ。
(61) 辻和良氏「桐壺帝の企て―源氏物語の主題論的考察―」（「国語と国文学」平成七年二月）
(62) 河内祥輔氏『古代政治史における天皇制の論理』（吉川弘文館、昭和六十一年四月）
(63) 前掲注（61）に同じ。
(64) 星山健氏「宇治十帖における政治性―中君及び「宿木」巻の役割を中心に―」（「文芸研究」147集、平成十一年三月）
(65) 高橋敬子氏「『源氏物語』宇治の大君・中の君と皇位継承」（「語学と文学」40号、平成十六年三月）

〔付記〕

本稿を草するにあたり諸家のご論著から多大の学恩を賜わった。記して謝意を表したい。五の「源氏物語の政治性」では、宇治十帖がとりわけ女性の運命を主題化しながら、それでも伏流として政治的世界を透視できることを、星山健氏と高橋敬子氏のご論文を紹介するにとどまって、まるごと両氏にお頼りしたことに特に謝意を表しておかねばならない。（二〇〇四年九月）

二　桐壺巻を読み解く

一

桐壺巻は、読む限りにおいて明らかに分かる、言わば表層的な世界と、背後的と言うべき、裏に秘められて明らかには分かりがたい人物や世界があるように思われる。後者について言えば、「先帝《せんだい》」（『新潮日本古典集成　源氏物語』桐壺巻二三頁。以下も本書による）が桐壺帝とどういう関係なのか分明とは言いがたい。また桐壺巻には登場していないが葵巻や賢木巻の記事の「前坊」（「故宮」）を桐壺巻ないし桐壺巻前史においてどう位置づけるかは分明とは言いがたい。桐壺巻に書かれていない人物を取り上げることは必要ないという桐壺巻論の立場もあるが、後の巻々から想定されうべき背後的世界は桐壺巻の世界を分厚く奥深くするものであり、桐壺巻の読み解きを補完するはずである。また紅葉賀巻（二三頁）に「参座しにとても、あまた所もありきたまはず、内裏《うち》、春宮《とうぐう》、一院ばかり、さては、藤壺の三条の宮にぞ参りたまへる」とある「一院」も桐壺巻には書かれていないが桐壺帝の父上皇とおぼしく桐壺巻の読み解きに欠かせない重要な人物なのである。決して〝裏読み〟とか〝政治読み〟とかではなく、桐壺巻を読み解くために、これらの〝背後的人物〟の世界を補完的に想定したいと考える。

桐壺巻は主人公光源氏の父帝と母更衣の限りない愛の物語から始まるが、単なる男女の愛情の物語と思う人はいるまい。後宮の妃たちの、身分社会における、それぞれ「家」を背負った争闘は、愛と政治の物語である。桐壺帝が、身分社会の統轄者でありながら自ら秩序の背反者となる有様は単なる愛の惑溺と読むことはできない。そもそも桐壺更衣の入内の事情の奥に政治的世界を察知しなくてはならない。なぜ桐壺更衣の父大納言が自分の亡き後も娘を入内させようとするのかを読み解くためには、単に美女たる娘への帝の熱望にお応えする情念と解するのでは愛の物語として読むに終わるほかなく、桐壺巻のみならず源氏物語の世界の本質から遠ざかるであろう。自分の亡き後もという自らの政治的権益からはなれた、摂関政治的常識からかけはなれた情念と行為の謎に迫るには、桐壺巻の背後的政治世界を透視すべき想定が必要である。

　桐壺巻は桐壺帝の即位後を語っており、帝の政治的輔佐たる左右大臣がいて、右大臣の長女（弘徽殿女御）は「人より先に参りたまひて、やむごとなき御思ひなべてならず、御子《みこ》たちなどもおはしませば、……」（桐壺巻一三頁）とあり、「一の御子《みこ》の女御」（同右頁）と呼ばれ第一皇子の母である。左大臣は「この大臣の御おぼえいとやむごとなきに、母宮（娘の母は内親王。左大臣の北の方）、内裏《うち》のひとつ后腹《きさいばら》になむおはしければ、……」（桐壺巻三九頁）とあり、帝の厚いご信任を得ており、北の方は帝とご同腹で皇后を御母としていられる内親王である。左右大臣それぞれに帝と結びつきが深い。皇女の降嫁が臣下にとっていかに栄光であったかは柏木の女三の宮降嫁への熱望、高い志や薫への今上の女二の宮の降嫁に対する夕霧の羨望「めづらしかりける人の御おぼえ宿世なり」（宿木巻二四五頁）等によっても明らかである。後藤祥子氏が「一口に皇女の結婚といっても、父帝の強力な意志のもとで、きわめて政策的に取り運ばれる、花婿にとって栄光の降嫁（1）」と言われる「栄光の降嫁」が左大臣への内親王降嫁であったと思われ、しかも後藤氏のご調査によれば「降嫁例には、醍醐、村上朝を問わず、更衣腹が圧倒的に多いこと（1）」が報告されているのを参照すると准拠論的に言えばいわゆる史実ばなれの栄光ということになる。皇女の初めての藤原氏への降嫁である嵯峨天皇の皇女源潔姫と藤原良房の例は臣籍に降した源氏である。宇多天皇皇女源順子と藤原忠平の例も同様である。源氏物語の左大臣は后腹の内親王の降嫁という栄光なのである。今井久代氏は「『古事談』四三六段にみえるもう一つの父帝裁可の源頎子と忠平の場合は、先の源潔姫の時に似て、陽成→光孝の皇統交替ののち、醍醐天皇と藤氏の氏長者の家とが血縁関係で結ばれていない時期に行われた。（中略）こうした潔姫や頎子の例からみて、天皇が皇女を他氏に娶《マ》わ《マ》せるのは、有能な後見との紐帯を強めたいごく特殊な場合に限られるのであり、それも内親王でなくやっと源氏宮を与えているると推定される。史上の内親王の父帝裁可は、三条天皇が皇位安定をねらって道長の子息頼通に縁談をもちかける一〇一五年が初めてのことである(2)」と述べていられる。『小右記』長和四年十月十五日条に天皇が道長に禔子《しし》内親王（女二宮）を頼通に降嫁せしめんことを仰せたまう記事によっていられる。今井氏は、後藤氏の論が「皇女を切望する臣下側の意識に注目された(3)」のに対し、皇室の側からの皇女の結婚を論じていられる。今井氏は「三十五歳で左大臣に上るほどであれば、彼が氏の長者の家筋の子息だったことはまず間違いなく、醍醐天皇や仁明天皇と同じように、藤氏の実力者が母系の後見にいなかったらしい桐壺春宮の、ぜひとも後ろだてにさせたい存在だったろう。父院の肝煎りで降嫁が実現したのは、このあたりに原因があったのではないか(4)」と推定されており首肯すべき卓見である。右の氏の文中の「父院」は「一院」（紅葉賀巻二三頁）である。

この一院すなわち朱雀院で桐壺帝の算賀を受けられた父院への行幸の秘められた政治的事情として、「藤壺立后」についての一院のおゆるしをうかがうことがあったという読み解きを、玉上琢彌先生が口頭で示されたことを回想的に山本利達氏が語られた、なまなましい印象に徴しても「一院」は家父長的存在であったとおぼしい。知られるように醍醐天皇に比定される桐壺帝の父院は宇多上皇に比定され、桐壺巻に「宇多の帝の御誡《いましめ》あれば」（三一頁）と宇多天皇が譲位の際新帝醍醐天皇に遺しおかれた「寛平の御遺誡」のことがあり明らかである。史実の宇多天皇が親政の御志が強く、龍粛氏『平安時代―爛熟期の文化の様相と治政の動向―』（春秋社、昭和三十七年七月）は『貞信公記』によって、宇多法皇が藤原忠平の人柄を愛され信任あそばし、忠平はしばしば法皇の御所に伺候し、法皇が忠平と協議して諸事を沙汰せしめられたことなど宇多法皇の政治上の指導性を述べていられることを私は拙稿「光源氏像の造型―皇位継承の史実への回路―」（『源氏物語の新研究―内なる歴史性を考える』新典社、平成十七年九月所収。本書第一編二）に引用させていただいている。一院の政治上の指導性が宇多法皇同様にあったとおぼしいが、一院は背景的存在でその政治的役割は物語の表面にあらわれない。桐壺巻では書かれていないけれども今井氏のご想定のごとく左大臣への内親王（大宮）降嫁には一院の裁可が想定される。一院の御子桐壺春宮には母方に有力な藤原氏の外戚がなかった。桐壺帝は醍醐天皇に比定されているけれども母后は王氏・皇族と考えられまいか。宇多天皇の母班子女王のごとくに。准拠というのはモデルとは異なり桐壺帝が醍醐天皇に比定されるといっても基本的にそうでありながら宇多天皇のイメージがあったり仁明天皇のそれが言われたりする。吉森佳奈子氏『『河海抄』の『源氏物語』(5)』が説かれるように、史実から源氏物語ではなく、ことはその逆で、源氏物語の人物形象を明らかに読み解くために史実が引き合いに出される（だから『河海抄』は源氏物語以前のみでなく以後の史実例も挙げるのだ）のであるならば、桐壺帝はそのすべてが醍醐天皇に准拠されるのではなく宇多あるいは仁明のある部分が想起されてよいのである。桐壺帝の父院と考えられる一院もその家父長的性格が想定できるからは仁明天皇の父嵯峨院を想起してしかるべきなのだ。すると「先帝」は淳和天皇が想定され、桐壺帝には仁明天皇を想定でき、桐壺帝の叔父が「先帝」ということになる。「桐壺帝は仁明天皇に相当する位置づけがされていた(6)」ことを日向一雅氏が説述され「物語は桐壺朝を醍醐朝、宇多朝、仁明朝という三代を重ね合わせるように構想している(7)」と説いていられ卓論である。拙稿「光源氏像の造型―皇位継承の史実への回路―」に引用しているように日向氏「桐壺院と桐壺更衣(8)」が、桐壺帝は醍醐天皇よりもむしろ宇多天皇との共通点類似が見られることを説いていられる。氏は「桐壺帝の物語の方法―源氏物語の準拠の方法をめぐって―(9)」の「桐壺帝の治政と宇多天皇」（その一～その三）においてさらに詳細に宇多天皇との類似を説いていられる。そして「桐壺帝と仁明天皇」の項を立て、桐壺帝を「醍醐、宇多と並んで、もう一人仁明天皇」[10]に比定できることを説述され説得的である。私は「一院」をその家父長的性格と皇位継承の兄弟迭立構想から仁明天皇の父嵯峨天皇に比定したい。「御位を去らせたまふといふばかりにこそあれ、世のまつりごとをしづめさせたまへることも、わが御世の同じことにておはしまいつるを、……」（賢木巻一四〇頁）の箇所に『花鳥余情』（第七）は「位をさりてなお世の政を行給ふ事嵯峨天皇の御例なり後々の世には連綿なり」と注する。准拠論的な施注と思われるが、私は嵯峨天皇を想起して、『花鳥余情』のように桐壺上皇を比定するのではなく、仁明天皇に比定される桐壺帝の、父たる「一院」を仁明天皇の父嵯峨天皇に比定するのである。北山茂夫氏『王朝政治史論』（岩波書店、昭和四十五年四月）は「嵯峨以後親政三代」の項で「嵯峨による大家父長制の形成の問題」を説かれ、「嵯峨は、一林の風をもとめて嵯峨院に住まうようになっても、その死にいたるまで淳和、仁明の背後の大家父長的存在であった」[11]と述べていられる。林屋辰三郎氏も「嵯峨の帝は、譲位ののちも、律令制下の太政官の頂点にある天皇のイメージとはかなり異って、『皇室』すなわち天皇家の家父長という面影をもちつづけられた。その点は従来の天皇のなかには余り見出しにくい」[12]と言われるように家父長として背後からリードされたのだった。源氏物語の一院（桐壺帝の父）は紅葉賀巻の一例あるのみでそこから直ちに嵯峨院の面影を想起するとは言えないけれども、前述した玉上先生のご想定のごとく、桐壺帝が藤原氏の右大臣の娘弘徽殿女御を抑えて藤壺宮を立后させるという天皇親政の政治推進に一院が家父長的存在として君臨されていることを透視するとき、皇室すなわち天皇家の家父長的存在であられた嵯峨院を想起することは許されよう。そしてこのような「一院」の存在は天皇親政を志向された桐壺帝の後ろだてとして必要不可欠であったのだ。藤本勝義氏は「むろん一院は個性をもつ人間として登場してはいない。しかし当代の桐壺帝が朱雀院にて『一院』なる上皇の賀宴を盛大に挙行するという、絢爛たる算賀の行幸は、天皇親政期の輝かしさを象徴的に示威している」[13]と言われ、物語上の機能としての「『一院』の存在は必要であった」[13]と述べていられる。

兄弟迭立の皇位継承は、即位の際、前帝の皇子を皇太子に立てている。嵯峨天皇は平城天皇の皇子高岳親王を皇太子とされたが、いわゆる薬子の乱で廃太子となる。異母弟（淳和天皇）を皇太子とされ、淳和天皇は嵯峨天皇の皇子（仁明天皇）を皇太子とされ、仁明天皇は淳和天皇の皇子恒貞親王を皇太子とされたが、恒貞親王は承和の変で廃太子となる。仁明天皇の皇子（文徳天皇）が皇太子となられた。今井久代氏は、一院裁可による桐壺帝同母妹の内親王（大宮）の左大臣への降嫁は、「その長子頭中将（二条太政大臣）が藤壺と同じ年あるいはそれより上であるので、先帝在位中にとり行われた結婚であるのは間違いない。この時先帝には后腹の皇子（紫の上の父）がいる。つまり桐壺帝の即位後、一院系に皇統が伝わっていくのか、先帝皇子に伝えられていくのか、微妙な時期であった。先帝の在世中に、相次いで執り行われた東宮（桐壺帝）同母妹宮と後の左大臣の結婚、後の右大臣の長女の東宮（桐壺帝）への入内は一方に先帝の存在を置くとき、にわかに政治的意味合いを帯びてみえる。[14]」と論じていられる。一院が左大臣や右大臣をとりこんで一院系の皇統を確立していかれたことを想定されたのである。私は先帝が在位中崩御されたため桐壺東宮の急な即位があったのであり、その時「前坊」（桐壺帝の同母弟）の立太子となったが、もし先帝が譲位して桐壺帝即位であれば、仁明即位の折に前帝淳和の皇子恒貞親王を皇太子とされたように、先帝皇子を皇太子とされたであろうと推定したのであった。[15]今井氏は嵯峨系と淳和系の対立の構図を見ていられ、「仁明天皇の皇子（母は順子）が皇太子に据えられて、嵯峨直系の皇統維持が実現する[16]」ことになる承和の変の結果も「それは仁明天皇たちの意図した所でないにせよ、本意にそう遠くもなかったろう[16]」と言われる。これを桐壺巻に引きあてるならば、先帝の皇子を皇太子とせず「前坊」（桐壺帝の弟）を皇太子とされたのは一院・桐壺帝の一院直系の皇統の維持の行為ということになる。なお今井氏は、「皇統が交替するときは断絶する系統の皇女を正妃に迎える傾向がある[17]」史実例を参照され、先帝四の宮（藤壺宮）の桐壺帝との結婚は「皇統断絶の補償ともいえる、次の皇統と前の皇統の皇女との結婚でもあった[18]」とされ、「一院・桐壺系と先帝系との間には、一種の『皇統交替』があったこと[19]」を論じていられる。桐壺巻の左大臣・右大臣についての一院の役割を推定してこそ桐壺巻を奥行き深く読むことになるのである。なお、准拠を援用して先帝を一院の父とする見方[20]に対して、今井氏は桐壺帝に先帝皇女藤壺の宮の話をした典侍が「先帝の御時の人」「三代の宮仕へに伝はりぬる」と紹介されることについて「先帝の御時の人」とは「先帝の御代に時を得て活躍した人」と解される卓説を提出していられる[21]。これと同見解を藤本勝義氏がさらに詳細に述べていられ[22]、同意したいと思う。准拠説は『河海抄』の「せんたいの四の宮の御かたちすぐれ給へる」に注して「此先帝相当光孝天皇歟典侍詞にも三代宮つかへとあり光孝宇多醍醐（たるへき）歟[23]」とあり、最近新典社より出版された熊本守雄氏編『翻刻『源氏物語古註』―山口県文書館蔵右田毛利家伝来本―』でも、「「先《せん》帝《てい》の四《し》の宮《みや》」とハ、光　孝天皇《くハうかうてんわう》の四《し》のひめミや也。」と注し、「「三代《みよ》のみやか（ママ「づ」脱）へ」とハ、光　孝《くハうかう》宇多《だ》醍醐《だいご》さんだいのあひだに、云々[24]」と注している。『河海抄』にはじまる中世的な読み方というべきか。准拠論は源氏物語制作の方法論あるいは源氏物語から史実をたどる読みのために、有効なのであるが、史実から直ちに源氏物語へと、私小説風に受けとめるべきではない。想起される史実は源氏物語そのものの読み解きに資するべきである。准拠論は、清水好子氏が「物語絵合という絵空ごとを、読者に夢物語と思わせない。冷泉帝が不義の子で、史実では見あたらないが、しかしその史実は真実を伝えないのではないかと冷泉帝が思い到るところ、光源氏と藤壺の恋が架空の、絵空ごとと読者に思わせない[25]」作者の方法だと説かれたことに尽きると思われ、かくて源氏物語は「歴史的先例空間[26]」となるのであった。なお、作者が准拠を用いてきたのは、ここと思うところで准拠ばなれがしたかったからだ、と清水氏が言われたことを玩味したい。単純にご都合主義と片づけるべきでないのだった。

一院・桐壺帝の皇統が、先帝系の皇統に勝つ構図は源氏物語の歴史的空間に明らかであり、今井久代氏の論じられた「皇女の結婚[27]」に徴すれば、先帝の四の宮（藤壺宮）を桐壺帝が求められるのは、勝者の皇統が敗者の皇統の皇女を娶る構図となる。先帝の皇子（紫上の父）と光源氏の対立的構図は、一院・桐壺帝の皇統と先帝系皇統との対立を底に置いていよう。二つの皇統の対立という点からいえば日向一雅氏の想定された(28)光孝・宇多・醍醐の皇統と文徳・清和・陽成の皇統との対置が考えられる。光孝・宇多・醍醐の皇統こそ源氏物語の桐壺王朝の歴史的映像として透視されるであろう。日向氏の「先帝を陽成で断絶した皇統になぞらえ、一院―桐壺帝を光孝に始まる新しい皇統とする考え方(28)」は、史実の文徳・清和・陽成三代への批判精神に裏打ちされる源氏物語制作を論じられた後藤祥子氏「光源氏の原像―皇統譜のゆがみと漢文世界―(29)」の精神と通底するであろう。つまり文徳・清和・陽成に対する光孝・宇多・醍醐の皇統を正統とする考え方である。後藤氏のご論は、嵯峨天皇の定められた通りになっていたら、恒貞親王の即位は実現していたという無念の思いが光源氏造型のモチーフとなっていることを論じていられ、いわば史実への反実仮想の物語、虚構的真実として源氏物語がつむぎ出されたのだという卓論である。光源氏は即位しなかったが、帝（冷泉）の後見として実質的に世をたもつ、帝王相の間接的具現を果たした。嵯峨以後親政三代の聖代がまげられ文徳・清和・陽成へとひずめられた皇統譜が光孝・宇多・醍醐の皇統へと新しく交替していった歴史の様相を源氏物語の桐壺巻は背景に背負っているであろう。

「嵯峨は、天皇あるいは上皇として、皇統関係を軸に、近い皇族はいうまでもなく王族をひろく統轄して、王権そのものの安定をはかり、臣下、とくに、藤原氏の介入を容易にゆるさなかった。だからといって、藤原氏を疎外したわけではない。かれは、その女源潔姫《きよひめ》を右大臣冬嗣の二男良房の器量をみこみ、嫁がせているのである。清和朝の摂政良房も、親政三代の時期には、嵯峨の大家父圏の一隅にささやかな席を占めていた(30)。」

私は、「一院」の原像に嵯峨院を求めるものである。一院は左大臣の若い時その器量を見込んで桐壺東宮の同母妹（大宮）、一院の女三の宮を嫁がせている。桐壺東宮の後ろだてとされたことは、今井久代氏のご論にあるように有力な藤原氏の外戚のない桐壺東宮を輔佐せしめるためであり、先帝系を抑えるための勢力布置の戦略であった。一院は桐壺帝の同母弟の仲むつまじい「前坊」を立太子させ、一院・桐壺帝・前坊の皇統を安定させるようはかられたとおぼしく、これも先帝皇子（紫上の父）を疎外するものである。私は「前坊」立太子について先帝の急な崩御を奇貨とされたものと推定する。もし先帝が譲位して桐壺即位なら兄弟迭立の皇位継承路線からして先帝皇子が皇太子になられたであろう。先帝系皇統の悲運は先帝の予想外に早い崩御に始まったのであった。その四の宮（藤壺宮）を桐壺帝が求められた時には先帝は既に過去の人とおぼしく、后と皇子皇女が残っていられる没落の雰囲気であった。そもそも桐壺即位も先帝の急な崩御によるので、桐壺巻冒頭から展開する後宮における帝の若さによる不安定感もそこから来るもののようである。

　前坊が皇太子のまま急逝されたのを引き金に事態が急変する。六条御息所の父大臣や明石入道の父大臣たちの失意と没落（薨去が決定的に六条御息所や明石入道の悲運・没落の引き金となったであろう）と交替に藤原氏の左右大臣の台頭となった。前坊を擁した六条御息所の父大臣と左大臣の間には暗闘ないしは疎隔があったのではあるまいか。要するに王氏、皇親の大臣たちは敗退していった。

　嵯峨天皇には五十名に近い子女があり、源氏として臣籍降下させた皇親たちは、源信《まこと》、常《ときわ》、定《さだむ》、弘《ひろむ》、融《とおる》、勤《つとむ》、舒《のぶる》らがいずれも若年で参議になったが、父ゆずりの風雅の徒である彼らは政治力にとぼしく、藤原氏の力の伸張をゆるすことになり、親政形態が次第に形骸化し、皇権の低落、藤原氏の摂関政治へと道をひらいていった。承和の変はそれを決定的にした事件であった。[31] 皇族の大家父長として君臨してきた嵯峨上皇に「一院」の面影を求めるならば、桐壺巻前史の王氏・皇親の政治的無力化を推定するための史実的背景とすることができるのではないか。私は史実を想起するものであって、いわゆる准拠論的に言説していない。

二

桐壺巻の光君誕生直後の記述には「一の御子《みこ》は、右大臣の女御の御腹にて、寄せ重く、疑ひなき儲《まう》けの君と、世にもてかしづきこゆれど、……」（桐壺巻一二頁）とか「この御子《みこ》生まれたまひてのちは、いと心ことに思ほしおきてたれば、坊《ばう》にも、ようせずは、この御子《みこ》の居たまふべきなめりと、一の御子《みこ》の女御はおぼし疑へり」（桐壺巻一三頁）とあって、第一皇子が皇太子になるのは疑いないが、第二皇子（光君）が皇太子になるかもしれないと第一皇子の母弘徽殿女御は疑っているという記述である。葵巻や賢木巻の記事の「前坊」は書かれていず、皇太子不在として前坊は源氏（光君）誕生以前に亡くなっていると解するのがごく普通である。しかし書かれていないだけで、実は桐壺帝の皇太弟前坊は存在していたのであり亡くなられたのは朱雀帝立太子、源氏四歳の時であると解することもできよう。坂本共展氏は「桐壺更衣逝去の翌春『坊定まりたまふ』とあるのは読者にとって唐突で、靫負の命婦が更衣の母北の方を見舞った後の前年冬、十・十一・十二月の間に前坊が薨去していたことになる」(32)と述べていられる。「『坊定まりたまふ』とあるのは読者にとって唐突で」あることから、そこに前坊の急逝（「前坊」は東宮在位中に亡くなられた方をいう）を読み取られたのは坂本氏の炯眼というべきだが、それも葵巻や賢木巻の「前坊」の記述あってのことである。ただ賢木巻の「十六にて故宮《こみや》に参りたまひて、二十にて後《おく》れたてまつりたまふ。三十にてぞ、今日また九重《ここのへ》を見たまひける。」（賢木巻一三六頁）とある六条御息所の年齢記事は諸注が記すように不審で、たとえば『新潮日本古典集成　源氏物語』の頭注に「この個所の御息所の年齢は、古来不審とされている。桐壺の巻の源氏誕生直後の記述に照らせば、御息所が故宮（前皇太子）に先立たれた二十の時（現在より十年前）は、明らかに源氏誕生以前である。朱雀院の立太子は源氏四歳の時（一巻桐壺二九頁参照）で、仮にこの年故宮が亡くなったとしても、現在、源氏は十四歳のはずで、これまでの物語の記述や、藤裏葉の巻から逆算したこの年の源氏の年齢二十三歳とは合わない」とある。年立読みをすることはできないのである。しかし葵巻や賢木巻の「前坊」の記事を無視するわけにはいくまい。私見によれば、以前に書かれていなかった事であっても、後に回想的に書かれた場合、あった事として読まれるべきなのである。回想的に書かれた時点においてではあるが(33)。そこで私は桐壺巻ないし桐壺巻前史に「前坊」や六条御息所及びその父大臣の世界を回想的に捉え、桐壺巻の世界の読み解きの補完としたいのである。「前坊」の存在を位置づけることによって桐壺巻の政治的世界が分厚く見えてくるであろうから。

桐壺巻と賢木巻の六条御息所の年齢記事の矛盾はそのままとする。濱橋顕一氏が、源氏物語の「巻々の独立性は一般に考えられている以上に強く、ときにこの物語の叙法には書きっぱなしともいうべき側面があるように思われる。とりわけ初期の巻々、なかでも『桐壺』の巻についてはこうした印象がわたくしには深い(34)」とされ、「桐壺巻は独立性・完結性が強い(34)」と言われることに同感であるが、私は桐壺巻を読み解くために、前坊の存在を回想的に位置づけたいのである。玉上琢彌先生が「現在までに与えられたものだけを、わかっている事柄だけをもとにして、読み進んでゆく。それが物語の基本的な読み方である(35)」と説かれたことに背反するのであるが、一種たね明かし的に後になって作者が語ることをさかのぼらせて読み解きに援用したいのである。たとえば明石入道が語る言葉によって桐壺更衣の父大納言が入道の父大臣の弟であることを知ってそれを桐壺巻の読み解きに援用したい。本稿のはじめに述べたごとく桐壺巻は「先帝」、「一院」、「前坊」等重要な人物がそれぞれ隠れている。「先帝」は藤壺宮の父として登場するが、崩御していられ、既に過去の人であり、「一院」、「前坊」は後の巻から存在が確かめられる人物であるが、一院や先帝については前述したごとく桐壺巻を読み解くためにいかに重要な人物であるかが分かった。前坊も同じく解明する必要がある。

東宮妃であった六条御息所の父大臣や明石入道の父大臣は坂本和子氏「光源氏の系譜」（「國學院雑誌」昭和五十

年十二月。のち『日本文学研究資料叢書　源氏物語Ⅳ』有精堂、昭和五十七年十一月所収）で説かれたごとく血縁関係にあるか、坂本共展氏『源氏物語構成論』（笠間書院、平成七年十月）に説かれるごとく姻戚関係にあると考えられ、かつ桐壺更衣の父大納言の兄が明石入道の父大臣である、同族であって、この三家は血縁ないし姻戚関係にある。秋山虔氏は『講座源氏物語の世界第一集』（有斐閣、昭和五十五年九月）の「桐壺帝と桐壺更衣」で「溯源すれば帝と祖を一つにする王家に属するのであろうか[36]」と想定され、鈴木日出男氏も『講座源氏物語の世界第一集』の「主人公の登場―光源氏論（1）」で「溯れば皇胤に連なる貴種の家系を想像してよいのではないか[37]」と言われている。両氏の想定に傾聴するとき、一院が桐壺帝の同母弟、「前坊」を立太子させ、六条御息所を東宮妃とされたことは皇親の父大臣を後見にする処置・方策であった。一方に藤原氏の左右大臣、一方に王族の大臣、明石入道の父大臣、六条御息所の父大臣、桐壺更衣の父大納言で固める父一院の意図の前者については前述したが、後者については嵯峨院が「自らの親族である源氏という、朝廷内部の新しい勢力を作りだそうとする意図[38]」がみとめられる史実を想起せしめられる。なお前者についても「そうした源氏をふくめ、嵯峨天皇は桓武と同様、北家の藤原冬嗣など、腹心の貴族で朝廷を固めた[38]」ことを想起する。明石入道の父大臣の動向はさだかでないが、入道が近衛中将の官職を捨てて受領となり播磨の地に土着したのは嵯峨以後三代の頃の源氏（皇親）が地方に「土着するものがすくなくなかった[39]」史実を想起せしめられる。父大臣の急逝による没落を推定するが、「前坊」を擁した六条大臣や明石大臣、桐壺大納言ら王族が「前坊」の亡くなる頃と軌を一にして退場していったあと、左右大臣（藤原氏）の後ろだてを得つつ、なお桐壺大納言の臨終に際しても同じ血筋による結合の政治的意志――天皇親政の情念を抱かれた桐壺帝と、桐壺更衣入内の様相の背後的事実として「前坊」の在位中の急逝という悲劇を位置づけるのである。王族の退場のあと摂関政治的様相につきすすみ、なお天皇親政の志向、情念と政治的現実のはざまで苦闘される桐壺帝の後宮における桐壺更衣偏愛の姿が桐壺巻開巻に描かれるのである。秋山虔氏は「（桐壺更衣の父大納言は）帝と祖を同じくする皇胤《こういん》と目することも失当ではあるまい。（中略）帝の更衣寵愛は、更衣その人の魅力によることもさりながら、その血筋におのずから牽引されたものと解することができるかもしれない[40]」と述べていられる。父大納言との皇族としての政治的結合にもとづく寵愛であるからこそ右大臣の娘弘徽殿女御の桐壺更衣に対する敵視、圧迫は決して単なる女としての嫉妬によるものではないことは自明である。光君誕生がそのことを決定的にする[41]。

弘徽殿女御の光君への圧迫が政治的なものであることは、彼女とて光君の美質には「えさし放ちたまはず」（桐壺巻三〇頁）であったことで分かる。その美質にひそむ光君の帝王相が右大臣側にも知られることが起こった。高麗相人の予言である。この予言のうち帝王相ということが右大臣をおびやかした。「国の親となりて、帝王の上《かみ》なき位にのぼるべき相おはします人」という予言の根幹部分である。「そなたにて見れば、乱れ憂ふることやあらむ」以下がある全容・細部までは伝わらなかったとおぼしい。「おのづからことひろごりて、（帝は）漏らさせたまはねど、春宮《とうぐう》の祖父大臣《おほぢおとど》など、いかなることにかとおぼし疑ひてなむありける。」（桐壺巻三二頁）とある。帝は右大臣に予言の内容を漏らしていられない。左大臣には知らしていられるとおぼしい。その左大臣も「帝王相」のインパクトを強く感じているらしく、臣下となっても帝王相に回帰する道筋を予言後半の「おほやけのかためとなりて、天下を輔《たす》くるかたにて見れば、またその相違《たが》ふべし」に見ていたとおぼしい。内親王（大宮）腹の一人娘（葵上）を、東宮からの希望にもかかわらず光源氏を婿とした時点で左大臣は右大臣に対し敵対行動に出たことになる。右大臣を圧倒した[42]。源氏の君を婿としたことの意味の大きさが知られる。左大臣は帝のご内意をお伺い申し上げており、この縁組は帝との合意の上であり、皇太子より真実寵愛していらっしゃる光源氏をわが婿とした左大臣の政治的思惑の根本に光源氏の将来像を占った高麗相人の予言が存したであろうことはまちがいない。帝は臣下として歩む光源氏の後ろだてに左大臣を配することによって、いずれ帝王相に回帰する光源氏の道程の輔佐役とされたわけである。「おほやけのかためとなりて、天下を輔《たす》くるかたにて見れば、またその相違《たが》ふべし」――究極には帝王相に回帰するであろうことを示唆する予言後半に帝も左大臣も賭ける思いでいられたとおぼしい。今井久代氏は「この高麗相人のことばは、まさに天の声であったろう。臣下に下しても帝王相はゆらぐことがないという、相人のことばがかいまみせた『無限の未来を信じて』[43]、桐壺帝は第二皇子を臣下に下したのである。[44]」と述べていられる。この相人予言の後半部に依拠していったん臣下に下っても究極には天子となる可能性に桐壺帝、左大臣は賭けたのだとされる諸家の論があることは拙稿「光源氏像の造型―皇位継承の史実への回路―」に述べた。光源氏自身もわが即位の可能性を相人予言から思念し現実の政治情勢に憚って思わないようにしていたという。「おほかた上《かみ》なき位にのぼり、世をまつりごちたまふべきこと、さばかりかしこかりしあまたの相人どもの聞こえ集めたるを、年ごろは世のわづらはしさに皆おぼし消ちつるを、」（澪標巻一七頁）とある。作中人物たちが予言後半からいったん臣下に下ってもついには天子になることを期待した気持は理解できるが、予言後半は天子になるであろうとは言ってはいない。もともと帝王相ゆえ臣下の相とは違うと言っているのである。その意味で今井久代氏が「臣下に下しても帝王相はゆらぐことがないという」とされたのは絶妙であった。ほとんど臣下に下すことを心に決めていられた帝にとって最後の迷いを払拭してくれた「まさに天の声」が予言の後半部のことばであったのだ。宇多天皇の先例などを思い浮かべるであろう当事者の期待はさりながら予言の伏在する内容は若紫巻の藤壺懐妊とひびき合う、秘密の天子の父である。相人予言の読み解きとしては藤壺事件の伏在を言説しなくてはならないが、桐壺巻を読む時点では「臣下に下しても帝王相はゆらぐことがない」その未来に当事者たちがついには天子になる運命を期待していたと捉えるのは妥当であろう。それは高麗相人の予言のみならず、「光君」命名伝承にこの高麗相人が関わることで一層増幅されるのであった。河添房江氏は「光る君の命名伝承をめぐって[45]」で桐壺巻の末尾に「光君といふ名は、高麗人《こまうど》のめできこえて、つけたてまつりけるとぞ、言ひ伝へたるとなむ」（桐壺巻四一頁）とある「光君」命名伝承を重視され、それが予言内容に深くかかわるであろうと言われた。氏は「『源氏物語』の『ひかり』『ひかる』『かかやく』[46]」において「源氏物語が物語の主人公を『光る君』『光る源氏』と呼び慣らわしたのは、その光り輝く美貌に拠るばかりではなかった。『ひかり』と呼ぶにふさわしい容姿・才幹・勢威・救済者としての資質すべてを引っくるめた上での、讃仰をこめた命名と読み解くべきなのである[46]」、「光は王権の始源的なイメージを担った表現であった[46]」、「帝にまつわる光の表現は冷泉帝を代表格とするのであり、それを裏返していえば、この作品ではその人が最も帝王らしい帝王として描き切られていることになる[46]」等「ひかる」の本質を解明されていて、それを受けて「ほんらい皇嗣たるべき稟質の持ち主である、あの『光る君[47]』」なる叙述がある。氏は「『光る源氏』の呼び名は、主人公の颯爽とした青春期をかたどる一方で、賜姓源氏で美貌で好色というイメージを喚び起こしている。対して『光る君』は、全生涯を貫通する称号であり、この世の光となり君臨し光被するという、より正統なイメージを揺曳させることをひとまず押さえておきたい[48]」と述べていられる。そして「『光る君』はもともと高麗の相人が命名したのであれば、（中略）相人が、かの観相により『帝王の上なき位にのぼるべき相』、すなわち主人公の帝王の相を見顕わした人物であることに思いをいたすと、『光る君』の命名は、それと無縁なところにあるとも思われない。そこには、ほかならぬ王者の相貌に魅せられ冠せられた称詞、という意味合いも有しているのではないか[49]」と論じられた。予言の根幹の帝王相という至貴の相への称詞として相人は「光る君」と命名したのだと言われるわけである。その帝王相の内実のはらむ謎、なぜ帝王相なのに即位すれば「乱れ憂ふる」懸念があるのか、その理由が不可解ゆえに相人は「あまたたび傾《かたぶ》きあやしぶ」のだというのが拙説[50]である。「帝王たるべき相」即ち天子になることにはならないけれども、相人としては「帝王たるべき相」であるからこそ、「ほんらい皇嗣たるべき」でありながら、臣下に下った源氏（光る君）への無念の思いを読者に喚び起こすことになろう。桐壺巻末尾であるだけに、即ち光君が臣下に下った後だけにこの命名伝承のもたらす意味合いはむしろそこにあり、帝王相でありながら無念にも臣下に下ることを余儀なくされた「光る君」がこれからどのようにして帝王相に回帰するのか、無限の期待を読者にもたらす相人の命名伝承なのである。桐壺巻が長篇源氏物語の序章たることを真にあらしめたものと言えよう。河添氏が「世の人光君《ひかるきみ》と聞こゆ」（桐壺巻三六頁）とあったのに対して「光君といふ名は、高麗人のめできこえて、つけたてまつりけるとぞ、言ひ伝へたるとなむ」（桐壺巻四一頁）が「塗り重ねられてくれば」、前者はおのずと薄れ、「話はまた別ということになるのではないか」(51)とされ、相人の命名伝承を桐壺末尾に書いた作者の意図に特別の意味を見出されたことに共感して桐壺巻論の重要な箇所に小見も加えさせていただいた。帝王相で、本来皇嗣たるべきなのに、臣下に下った「光る君」が今後いかにして帝王相を具現していくかを改めてこの命名伝承から思うのである。末尾ということは終わりであると同時に次の巻々への序、全篇への序である。予言という主人公の運命を占った相人の命名伝承が桐壺巻末尾に付された意味は大きい。別本の国冬本がこれを削除したのは作者の真意をわきまえないいさかしらな行為であった。

桐壺巻が長篇源氏物語の首巻であることは、何より主人公光源氏の運命的生涯の根幹を占った高麗相人の予言が設けられていることにあろう。第一皇子と比較して超越的というべき光君の英質と帝の寵愛が語られてきたあとだけに、読者は光君の将来の予告たる予言の、〝帝王相〟に納得する。しかし即位すれば「乱れ憂ふることやあらむ」懸念にそれは何故なのかと思うであろう。桐壺帝にとっては光君を立太子させなかったわが所為をうべなう拠りどころとなったであろう。内乱の恐れを思い浮かべるからである。が、それはすでに帝の御判断にもあったことなのである。にもかかわらず光君の英質への未練から即位への期待を捨てきれないものがあったとおぼしい。予言後半の、「臣下となっても帝王相はゆらぐことはない」のことばは未来に期待をつなぐものであった。帝はわが譲位とひきかえに光源氏の親王宣下、立太子を思念されたかと想定しうる。(52)それは冷泉立太子がその代替と思われるからである。冷泉誕生により帝は光源氏から冷泉へ立太子の方針を変更されたとおぼしい。兄弟迭立の皇位継承路線であると同時に桐壺系王朝の確立であり、それは右大臣を後見とする藤原氏の摂関政治体制に対する、光源氏を後見とする皇親政治体制の確立であった。

帝は藤壺宮を立后させ、冷泉立太子に備えられた（紅葉賀巻四四頁）。桐壺巻で帝が光君を「ただ人にて朝廷《おほやけ》の御後見《うしろみ》」（桐壺巻三二頁）と決められたことがここに生きてくる。もっとも光源氏の「朝廷の御後見」は桐壺帝における源氏七歳このかたのこと、（「七つになりたまひしこのかた、帝の御前に夜昼さぶらひたまひて、奏したまふことのならぬはなかりしかば、」〈須磨巻二二三頁〉）であり、また桐壺上皇の朱雀帝への御遺言に「はべりつる世に変らず、大小のことを隔てず、何ごとも御後見《うしろみ》とおぼせ」（賢木巻一三九頁）とあるように、帝を輔佐する役として一貫する意味合いとして決められたものであったのであるが、源氏を後ろだてとする冷泉朝は母后藤壺宮の重いお力とともにまさに皇親政治の極致、理想の実現であった。桐壺巻の高麗相人予言の時点は源氏七歳の頃であり藤壺宮の入内がその頃であるから右のようなことを帝が見通された可能性はあるが、やはり結果論的と言えようか。それに関連するが、左大臣が一人娘（葵上）を東宮（朱雀）をさしおいて源氏の君にさしあげた思惑は藤壺入内の情況が関わっていることを今井久代氏は次のように鋭く洞察されている。「藤壺の登場により、帝の同母姉妹を妻とする左大臣は、光源氏を一人娘の葵の上に婿取る決心をしたと考えられる。けだし、藤壺が登場して初めて、左大臣は物語に登場するのであった。[53]」「藤壺が入内し帝寵を独占している状況のもとでは、左大臣家にとって、娘を直接後宮に入内させるのにも匹敵するような上策となってくる。すなわち、とりあえずは現在の桐壺帝との絆が独占的に深められるうえに、将来的にも藤壺腹の皇子が誕生すれば、桐壺帝の信任の篤い者として、光源氏とともに皇子の後見役に選ばれ、国政の中心に座ることにもなる。（中略）一見何とも現実離れした選択のようでいて、藤壺の存在する時点では、したたかな計算に裏打ちされた選択であった。[54]」省略した部分には「光源氏本人の超越的な素晴らしさもあった」と記されていて、予言の帝王相と通底する超越的な光源氏本人への傾倒も指摘されているのであるが、諸家が推測もまじえて予言後半部から光源氏の登極を帝や左大臣が期待したと言説していられるようには言っていられない点、落ち着いた現実感覚であり、事実そのようになっていくのである。ただしかし予言そのものから光源氏の登極を期待する帝や左大臣の思惑（想定）が結果的にはずれる真因が藤壺密通事件について不可知である点、今井氏の論述における左大臣もその点は同様であるのは当然で、現実の当事者たちは、藤壺事件について不可知のままに予測や期待をしているということだ。

　この藤壺密通事件こそ藤壺登場の最大の意味であり、実は光君が天子たるべき相でありながら「そなたにて見れば、乱れ憂ふることやあらむ」の真因なのである。帝王相という吉相に「乱れ憂ふる」がセットされ、即位が抑止されるのは、現実の作中人物たちが、現実の政治情況とつき合わせて〝内乱〟というように考えるのとは、実は違うということを知るのは作者ひとりのみであった。予言後半部がいったん臣下となっても帝王相はゆらぐことがないと言っていることに史実の宇多天皇の例をつき合わせて登極の可能性を期待するというのもむしろ現実的な推測なのである。現実的な推測なら現実に光源氏の登極があってもよいはずなのにそれはなかった。その理由を光源氏は父桐壺帝がお決めになった通り臣下としてお仕えする「朝廷《おほやけ》の御後見」を全うするのだと譲位をこばむことで物語は語りおさめようとし事実譲位はなかった。思うに光源氏の固辞はもっともなようではあるが、なお表面的なのである。光源氏自身は真にこばまねばならないわが宿世をすでに悟っていた。それは澪標巻で「（即位の）宿世遠かりけり」と思うところでも父帝の御心を理由にしているけれども、注目すべきは「相人の言《こと》むなしからず、と、御心のうちにおぼしけり」（澪標巻一八頁）とある光源氏の感懐が相人予言の真の意味を悟ることであり、そこに彼の固辞の真因が秘められているのだ。「相人の言《こと》むなしからず」とは何か。「内裏《うち》のかくておはしますを、あらはに人の知ることならねど、」（澪標巻一七頁）である。真相は秘密であるが、とは、言うまでもなく藤壺密通事件である。その秘密の御子が皇位におつきである、すなわち相人が「臣下となっても帝王相はゆらぐことはない」と言ったのは、隠れたる天子の父となることであったと彼が悟った予言理解が「相人の言《こと》むなしからず」である。

桐壺巻の高麗相人の予言の射程が若紫巻の藤壺密通事件、澪標巻の「相人の言《こと》むなしからず」、さらに薄雲巻の「大臣、いとまばゆく恐ろしうおぼして、さらにあるまじきよしを申し返したまふ」（薄雲巻一七六頁）に及んでいくのであるが、長篇源氏物語の首巻として桐壺巻が書かれた時、主人公の運命的生涯の予告たる高麗相人予言に彼の運命の根幹たる藤壺事件を伏在せしめたことは当然のように思えてくる。

桐壺巻が完結的、独立性がとりわけ強い(55)のは、むしろ後続の巻々を意識におきながら長篇の序章として制作されたからであろう。いうところの短篇性ではないと思う。ただ源氏物語の叙法として一巻一巻のまとまりを意図していて、さらに局面、場面性が強く、筋立てを追うというのではなく、局面にたたずみ場面に分け入って書かれるので、観照としても一巻ごとに、局面ごとに、さらには場面に沈潜して読むことになるであろう。桐壺巻を読むときも、長篇的契機たる高麗相人予言でさえも、桐壺巻の現実的政治情勢に照らして現実的に「乱れ憂ふる」も右大臣側との対立情況から「内乱」の恐れといったふうに桐壺帝など当事者、作中人物の思量に即して読む観照が妥当なようにも思われる。しかし私は、桐壺巻は長篇源氏物語の首巻として書かれたものであり、それでいて単なる序ではなく、まとまった帝と更衣の悲恋物語、そこから導き出される愛子光君の英質と立坊問題というようにまとまった物語として書かれているのだと捉え、完結性ゆえにいわば短篇的に読むべきではないと考える。ついでに言えば、若紫巻も長篇的契機を含んだ短篇的な巻である。

最初に述べたように桐壺巻は、一院、先帝、前坊等、六条大臣、明石大臣も含めて、前史あるいは背後に隠された人物について想定を加えてこそ、奥行き深く理解できると思う。源氏物語の叙法として次第に後から明らかにしていくので、想定するにしても桐壺巻を読む時点で直ちにはできない。書かれたことだけでの推定はできる。それにとどむべきだとの読み解き方もあることは承知している。順序に従って読むのが物語の基本的な読み方である。桐壺巻の高麗相人予言は若紫巻の藤壺懐妊とひびき合う。桐壺巻を書いた時作者は予言の意味に藤壺事件を伏在させ、それが「乱れ憂ふることやあらむ」の意味であることを若紫巻の藤壺懐妊と夢占いで読者に知らせる。少なくとも暗示する。澪標巻での光源氏の「相人の言《こと》むなしからず」の感懐で明白となる。予言は人の生涯を占うものである以上、その根幹は占われているはずである。が、作者は桐壺巻が長篇源氏物語の序章、首巻であることにちなみ、相人にすら「あまたたび傾《かたぶ》きあやしぶ」行為をさせ、帝王たるべき相でありながら即位すると「乱れ憂ふる」凶相の理由が分からない不審の表情のままとした。かつ桐壺巻の政治的情況において受けとめうる意味合いともした。右大弁の子としては不審という解もあるが、朝廷からの贈り物が相人に与えられるあたりで不審は解けよう。そう解するのも桐壺巻の局面にのみとどまる読み方としては理解できる。私は桐壺巻が長篇源氏物語を構想的に見はるかす首巻として書かれたものであるがゆえに物語のサスペンスということもあって、伏在させるべきことは伏在させ、表面に一種たね明かし的に具体化するのは後の巻に於て行うのだと考える。

　桐壺巻はその局面において自立、完結させるがゆえに、伏在させ隠れさせる人物や情況が多いというように、源氏物語の叙法に帰することもできる。一方首巻ゆえに物語的サスペンスのこともあって伏在させることが多くなり局面的完結性がとりわけ強くなったと解することもできよう。後からたね明かし的に明らかにする源氏物語本来の叙法に加えて首巻ゆえに伏在つまり書かないでおくことが多かったとするのが妥当であろうか。

注

（1）後藤祥子氏「皇女の結婚―落葉宮の場合」（『源氏物語の探究第八輯』風間書房、昭和五十八年六月。のち『源氏物語の史的空間』東京大学出版会、昭和六十一年二月所収）

（2）今井久代氏「皇女の結婚―女三の宮降嫁の呼び覚ますもの」（「むらさき」第二十六輯、平成元年七月。のち『源氏物語構造論―作中人物の動態をめぐって』風間書房、平成十三年六月所収）

（3）今井久代氏「皇女の結婚」。『源氏物語構造論』三〇頁。

（4）前掲注（3）同書四〇頁。
（5）吉森佳奈子氏『『河海抄』の『源氏物語』』（和泉書院、平成十五年十月）
（6）日向一雅氏「桐壺帝の物語の方法—源氏物語の準拠をめぐって—」（「国語と国文学」平成十年一月。のち『源氏物語の準拠と話型』至文堂、平成十一年三月所収）
（7）前掲注（6）に同じ。
（8）日向一雅氏「桐壺院と桐壺更衣」（明治大学文学部紀要「文芸研究」七五号、平成八年二月。のち『源氏物語の準拠と話型』所収）
（9）前掲注（6）に同じ。
（10）前掲注（6）に同じ。
（11）北山茂夫氏『王朝政治史論』（岩波書店、昭和四十五年四月）三八頁。「嵯峨以後親政三代」の項。
（12）『嵯峨天皇紀』（大覚寺、昭和六十年三月）一〇八頁。林屋辰三郎氏執筆ご担当。
（13）藤本勝義氏『源氏物語の想像力』（笠間書院、平成六年四月）二頁。
（14）前掲注（4）に同じ。
（15）拙稿「光源氏の造型—皇位継承の史実への回路—」（『源氏物語の新研究—内なる歴史性を考える』新典社、平成十七年九月。本書第一編一）
（16）今井久代氏「皇女の結婚」。『源氏物語構造論』三六頁。
（17）前掲注（16）同書三二頁。
（18）前掲注（16）同書三二頁。
（19）前掲注（16）同書三二頁。
（20）『新潮日本古典集成　源氏物語一』三三頁の頭注。『河海抄』の注をうけている。詳しく論じられた論考として濱橋顕一氏「『源氏物語』の「先帝」について—作中人物の年齢の問題—」（東洋大学文学部紀要「文学論藻」平成七年二月。のち『源氏物語論考』笠間書院、平成九年二月所収）

（21）今井久代氏「皇女の結婚」の「補」。『源氏物語構造論』四七・四八頁。

（22）藤本勝義氏「源氏物語における逆転する史実と准拠―藤壺と先帝をめぐって―」（「国語と国文学」平成十七年十月）。なおこれよりつとに氏は「源氏物語における先帝をめぐって」（『太田善麿先生退官記念論文集』表現社、昭和五十五年十一月。のち『源氏物語の想像力―史実と虚構―』笠間書院、平成六年四月所収）で「一院・先帝・桐壺帝」の順、兄弟迭立の皇位継承を想定していられる。

（23）『紫明抄河海抄』（玉上琢彌先生編、山本利達氏／石田穣二氏校訂、角川書店、昭和四十三年六月）による。

（24）熊本守雄氏編『翻刻『源氏物語古註』―山口県文書館蔵右田毛利家伝来本―』（新典社、平成十八年一月）

（25）拙稿「清水好子氏の源氏物語研究」（本書「付編」所収）参照。清水好子氏の准拠論は『源氏物語論』（塙書房、昭和四十一年一月）や『源氏物語の文体と方法』（東京大学出版会、昭和五十五年六月）所収の「絵合の巻の考察―附、河海抄の意義―」（「文学」昭和三十六年七月）、「源氏物語における准拠」（「国文学解釈と鑑賞」昭和四十四年六月）、「天皇家の系譜と准拠」（「武蔵野文学」―古注釈からみた源氏物語―河海抄、昭和四十八年十二月、改題）などに見られる。

（26）前掲注（5）に同じ。

（27）前掲注（18）に同じ。

（28）日向一雅氏『源氏物語の準拠と話型』第二章「桐壺帝と大臣家の物語」六三頁。

（29）後藤祥子氏「光源氏の原像―皇統譜のゆがみと漢文世界―」（「王朝文学史稿」21号、平成八年三月）

（30）北山茂夫氏『王朝政治史論』三九・四〇頁。

（31）前掲注（30）同書三九頁参照。

（32）坂本共展氏『源氏物語構成論』（笠間書院、平成七年十月）六三頁。

（33）拙稿「源氏物語の方法―回想の話型―」（「国語と国文学」昭和四十四年二月。のち『源氏物語の方法』桜楓社、昭和四十四年六月所収）

（34）濱橋顕一氏「『源氏物語』の「前坊」をめぐって―付・物語前史を読むことについて―」（『源氏物語の鑑賞と基礎

知識№1桐壺』至文堂、平成十年十月）
(35) 玉上琢彌先生『源氏物語評釈第二巻』賢木巻五一六頁。
(36) 秋山虔氏「桐壺帝と桐壺更衣」（『講座源氏物語の世界第一集』有斐閣、昭和五十五年九月）
(37) 鈴木日出男氏「主人公の登場―光源氏論（1）」（『講座源氏物語の世界第一集』）
(38) 網野善彦氏『日本社会の歴史上』（岩波新書、平成九年四月）一八一頁。
(39) 北山茂夫氏『王朝政治史論』三九頁。
(40) 秋山虔氏『源氏物語の女性たち』（小学館、昭和六十二年四月）の「桐壺更衣」
(41) 「この御子生まれたまひてのちは、いと心ことに思ほしおきてたれば、坊にも、ようせずは、この御子の居たまふべきなめりと、一の御子の女御はおぼし疑へり。」（桐壺巻一三頁）。
(42) 「春宮《とうぐう》の御祖父《おほぢ》にて、つひに世の中を知りたまふべき、右の大臣の御勢は、ものにもあらず圧《お》されたまへり。」（桐壺巻三九頁）。
(43) 今井久代氏は鈴木日出男氏『講座源氏物語の世界第一集』の「主人公の登場―光源氏論（1）」に拠るとされる。
(44) 今井久代氏「朝廷の御後見」（『源氏物語構造論』九五頁）。
(45) 河添房江氏「光る君の命名伝承をめぐって」（「中古文学」第七十二号、昭和六十二年十一月。のち『源氏物語表現史　喩と王権の位相』翰林書房、平成十年三月所収）
(46) 河添房江氏「源氏物語の『ひかり』『ひかる』『かかやく』」（『国語語彙史の研究六』和泉書院、昭和六十年十月。のち『源氏物語表現史　喩と王権の位相』所収）
(47) 前掲注（45）に同じ。
(48) 前掲注（45）に同じ。
(49) 前掲注（45）に同じ。
(50) 拙稿「桐壺巻の高麗相人予言の解釈」（『源氏物語の鑑賞と基礎知識№1桐壺』至文堂、平成十年十月。のち『源氏物語の表現と人物造型』和泉書院、平成十二年九月所収）

（51）前掲注（45）に同じ。
（52）拙稿「『桐壺帝と桐壺更衣の形象』再説・補説」（「王朝文学研究誌」第15号、平成十六年三月。本書第二編二）
（53）今井久代氏「『東宮の御ため』の論理―藤壺の運命と桐壺帝―」（「国語と国文学」平成十年二月。のち『源氏物語構造論』一〇六頁）。
（54）前掲注（53）同書一〇七・一〇八頁。
（55）前掲注（34）に同じ。

三　准太上天皇光源氏

知られるように藤裏葉巻に光源氏は准太上天皇になる。

> 明けむ年四十《よそぢ》になりたまふ御賀《が》のことを、朝廷《おほやけ》よりはじめたてまつりて、大きなる世のいそぎなり。その秋、太上天皇《だいじやうてんわう》になずらふ御位得たまうて、御封《みふ》加はり、年官年爵《つかさかうぶり》など、皆添ひたまふ。かからでも、世の御心にかなはぬことなければ、なほめづらしかりける昔の例を改めて、院司《ゐんじ》どもなどなり、さまことにいつくしうなり添ひたまへば、内裏《うち》に参りたまふべきこと難《かた》かるべきをぞ、かつはおぼしける。かくても、なほ飽かず帝《みかど》はおぼしめして、世の中を憚りて、位をえゆづりきこえぬことをなむ、朝夕の御嘆きぐさなりける。
>
> （藤裏葉巻三〇〇頁。頁数は『新潮日本古典集成　源氏物語』による。以下同じ）

冷泉帝が、「太上天皇になずらふ御位」を源氏に賜うた記事であるが、これは、冷泉帝即位間もない頃「入道后《きさい》の宮、御位をまたあらためたまふべきならねば、太上天皇《だいじやうてんわう》になずらへて、御封《みふ》たまはらせたまふ。院司どもなりて、さまことにいつくし。」（澪標巻三一頁）とあったのに並べてみると、両親を同じ処遇にする冷泉帝の孝心のこもる叡慮をうかがい知るのであるが、このことは父光源氏のひそかに知るところであろう。冷泉帝は光源氏を父として遇することの思案で譲位をお考えになったが、藤壺との秘事に触れるがゆえに源氏は固辞した。「帝、おぼし寄する筋のこと漏らしきこえたまひけるを、大臣《おとど》、いとまばゆく恐ろしうおぼして、さらにあるまじきよしを申し返したまふ。」（薄雲巻一七六頁）。「いとまばゆく恐ろしう」とは藤壺事件の秘密を冷泉帝が知られたことを察知しての源氏の思いである。源氏は冷泉帝に対しては、故桐壺院の「御心ざし」すなわち源氏を臣下として「朝廷《おほやけ》の御後見《うしろみ》」、天子の輔佐役とされた御意向を持ち出し「位を譲らせたまはむことをおぼしめし寄らずなりにけり」（同右頁）と申し上げて、冷泉帝の譲位を固く辞退する。これはすでに澪標巻で自らの宿世を秘密の天子の父と悟り自らの即位は「宿世遠かりけり」（澪標巻一七頁）と存念したことの不動の心であった。「みづからも、もて離れたまへる筋は、さらにあるまじきこととおぼす。あまたの皇子《みこ》たちのなかに、すぐれてらうたきものにおぼしたりしかど、ただ人におぼしおきてける御心を思ふに、宿世《すくせ》遠かりけり」（同右頁）とこの薄雲巻で冷泉帝に対して故桐壺院の「御心ざし」を持ち出して固く辞退する時の文言との類似を見られよ。「あまたの皇子《みこ》たちの御中に取り分きておぼしめしながら、位を譲らせたまはむことをおぼしめし寄らずなりにけり」（薄雲巻一七六頁）は、「あまたの皇子《みこ》たちのなかに、すぐれてらうたきものにおぼしたりしかど、ただ人におぼしおきてける御心を思ふに、宿世遠かりけり」（澪標巻一七頁）と類似の文言ならびに同じ趣意の文言である。源氏は父桐壺院の「御心ざし」すなわち「朝廷の御後見」と定められたことに固く自らを律する趣であるが、これは桐壺院が高麗相人予言などにより定められたことを知る源氏が、澪標巻で自らは天子とならず秘密の天子の父たることをわが宿世と存念し「相人の言《こと》むなしからず」と悟る姿に徴するとき、予言に深く依拠する源氏をうかがい知ることとなるであろう。准太上天皇の御位を冷泉帝から賜うた時は源氏は辞退していない。これも相人予言の〝天子ではないが臣下で終わるのとも違う〟に合致することに納得したのであろうか。相人予言、夢占い、「御子三人」の宿曜の占い等に依拠して己の運勢を信じて運命を切りひらいてきた源氏としては納得しうるものであったとおぼしい。

　しかし冷泉帝は御不満であった。冷泉帝の本意は父源氏に皇位を譲ることだったからである。「かくても、なほ飽《あ》かず帝《みかど》はおぼしめして、世の中を憚りて、位をえゆづりきこえぬことをなむ、朝夕の御嘆きぐさなりける。」（藤裏葉巻三〇〇頁）。冷泉帝の思い、認識としては光源氏は天子たるべきであり、もしくは太上天皇であるが、践祚しなかった光源氏をそのようにはできないところから「太上天皇になずらふ御位」とされたわけである。『河海抄』は本朝例として小一条院のほかは天皇の追号を挙例しているがこれはどう考えるべきなのか。漢朝の例として「不践祚太上皇例」に「漢高祖太公之例」を挙げている。「史記曰、於是高祖乃尊二太公一為二太上皇一師古曰太上極尊之親也皇君也天子之父故号曰レ皇不レ予二治国一故不レ言レ帝也」。この漢高祖の父大公と光源氏との類似をいうのであるが、漢朝の例は践祚せざる太上皇の例で、光源氏は践祚せざる准太上天皇で共に帝の生父という点が同じである。太上皇の例は漢朝にあるが、准太上天皇の例はない。わが国では東三条院の先例があり物語では藤壺の先例がある。清水好子氏は『河海抄』が漢朝の例として践祚せざる太上皇の例をあげても「太上天皇になずらふ御位」の例をあげ得なかったのは、中国はもとより我が国にも実例なきことだったからである、とされ[1]、「それはまったく我が歴史上東三条院によって開かれた特殊な母后の地位であっ[1]」たと言われた上で光源氏の准太上皇は作者の「独創的な[1]」案出の地位であると言われた。また清水氏は『河海抄』が、始皇が荘襄王を太上皇にした追尊初出の例をあげなかったのは始皇が不義の子であり、荘襄王が生父でないので、生父追尊の例のところにはあげるべきではない、『河海抄』はわざとあげなかったのだと読み解かれ、「我が国では冷泉帝は不義の子とはいうものゝ、血統においてはいさゝかの不純もない。少々の廻り道はしたかもしれないが、依然として桐壺帝の血を引くことに変りはない。我が王朝の系譜にはつゆほども不祥はないといおうとしているのではなかろうか[1]。」と述べられ、「作中人物冷泉帝は史記の記事を思い浮べ、我が国史にはさようのことなしと考えたあげくには、たとえ、あったにしても、さような不祥の秘密は誰が記しおこうと考えつく。（中略）ここで虚構の物語を正史と同じ次元にのせて比較することによって、たくみに物語の真実性を印象づけることになる。いゝかえれば冷泉帝出生の秘密は公式記録からは突きとめることのできぬ事実であったかもしれないのだ[1]。」と論じられた。清水氏は源氏物語の本質を「史上の前例に倣って書く方法―準拠の方法―」として論じられたのであるが、吉森佳奈子氏は『河海抄』が源氏物語を照らし出す注釈という点では清水氏と軌を一にしながらも、「準拠の方法」としてではなく、源氏物語を歴史的先例空間に位置づけ、源氏物語から史実への方向をとり、光源氏の位地というか位相を正当に受けとめて、それにふさわしい先例及び後《のち》の例を挙げていると言うべきではないか、[2]と画期的な刮目すべき見解を提示された。この見解に従えば、『河海抄』が本朝例として小一条院のほかは天皇の追号を挙例している意味について強い示唆を与えられよう。すなわち光源氏の位相が天皇にひとしきものとして『河海抄』は把握しているのだということである。史実の先例から物語へという方向の準拠論に立てば天皇の追号の挙例は光源氏にあてはまらない。このことは『花鳥余情』が「長岡天皇以下は皆謚号也」と述べているのが『河海抄』批判であったといえよう。『花鳥余情』は「位につき給はざる人の院号ありしは敦明太子を小一条院と号せし外は其の例なき事なり」として小一条院を例として考え「たゞし太上天皇と号せぬばかりにて院司年官年爵封戸などは太上天皇に一事かはる所なし　これによりてこの物語に薄雲女院ならびに六条院の御事には太上天皇になずらふるといふ詞をそへたり」とあって「なずらふ」は「院司年官年爵封戸」などが太上天皇とひとしいこと、すなわち御封の問題としている。吉森氏が述べていられるように、[3]後の注釈書類はこの『花鳥余情』の見解が受け継がれてゆく。このことに関わって、女三の宮の六条院への降嫁の折の、次の記事を見よう。

かくてきさらぎの十余日《じふよにち》に、朱雀院の姫宮、六条の院へわたりたまふ。この院にも、御心まうけ世の常ならず。若菜参りし西の放出《はなちいで》に御帳《みちやう》立てて、そなたの一二の対《たい》、渡殿《わたどの》かけて、女房《にようぼう》の局々《つぼねつぼね》まで、こまかにしつらひ磨《みが》かせたまへり。A内裏《うち》に参りたまふ人の作法をまねびて、かの院よりも御調度《でうど》など運ばる。わたりたまふ儀式、言へばさらなり。御送りに、上達部《かむだちめ》などあまた参りたまふ。かの家司《けいし》望みたまひし大納言も、やすからず思ひながらさぶらひたまふ。御車寄せたる所に、院わたりたまひて、おろしたてまつりたまふなども、例には違《たが》ひたることどもなり。Bただ人《びと》におはすれば、よろづのこと限りありて、内裏《うち》参りにも似ず、婿《むこ》の大君《おほきみ》といはむにもこと違《たが》ひて、めづらしき御仲のあはひどもになむ。

（若菜上巻五三一・四頁）

Aの傍線部は『新潮日本古典集成』頭注に「入内《じゅだい》なさる姫君の作法に準じて。源氏はただの臣下でなく准太上天皇だから、女御入内の法式にのっとる」とある。「ただの臣下でなく」とは臣下であることを前提としよう。Bの傍線部は明らかに、源氏は「臣下でいらっしゃるので」とある。この文は『細流抄』に「草子地也」と言うごとく、心内語でもなく会話のことばでもない。「草子地」ということは地の文とは異なる意味合いがある（後述参照）けれども、一応ここは源氏の身分は臣下ということになる。ならば「准太上天皇」とは何なのか。太上天皇に準ずる待遇を賜わるということであって、待遇の問題として読み解いた『花鳥余情』は正しく、それを受け継いだ後の諸注釈書も正しいということになるのであろうか。

しかし藤裏葉巻に、「その秋、太上天皇になずらふ御位得たまうて、御封《みふ》加はり、年官年爵《つかさかうぶり》など、皆添ひたまふ。かからでも、世の御心にかなはぬことなけれど、なほめづらしかりける昔の例を改めて、院司《ゐんじ》どもなどなり、さまことにいつくしうなり添ひたまへば、」（藤裏葉巻三〇〇頁）とあり、「太上天皇になずらふ御位得たまうて」とはすなわち地位の問題であり、「かからでも、世の御心にかなはぬことなけれど」とは太政大臣として執政する源氏はそのままでも御心のままなのであるがということで、しかしながらやはり、藤壺を准太上天皇にした例にもう一度倣《なら》って、院司どもなどが任命されると格式高く威儀いかめしくおなりになったのは准太上天皇の地位「御位」のゆえであろう。

『花鳥余情』以下諸注釈書の、待遇が太上天皇に準じるというのであれば、小一条院はその例にあてはまらないことになる。そのことを阿部秋生氏は詳細に論究していられる。「この小一条院の院号宣下は、その時の記録によると、太上天皇とは無関係に進められたことである。この小一条院は、春宮《とうぐう》を辞退しただけで、別の地位についたのではないから『前春宮』であった。その前春宮に『小一条院』という院号（尊称）を賜ったということで、新しい地位に変ったわけではない。小一条院だから『院』と呼称するが、そのことは太上天皇待遇になったことを意味するわけではない。というのは、小一条院という院号は、御在所を院号とする太上天皇の場合と全く違って、宣旨によって賜ったものだからで、太上天皇とは無関係なことなのである」(4)と論じられた上で、「小一条院院号宣下の日の『小右記』に、『年官年爵如レ元、御封如レ元』とあり、同日の『左経記』には、『年官年爵封等事如レ故』とあり」(4)春宮の時と同じ待遇であるから、太上天皇に待遇がなぞらえられたわけではない。ゆえに、源氏の六条院とはへだたりがあり、基本的な性格を異にしていると論じていられる。「また、東三条院の院号授与に伴う宣旨に、『東三条院御給年爵年官宜二如レ旧奉一レ宛』(『類聚符宣抄』)とある」(4)ので、小一条院と同じく「新しい地位・待遇があたえられたわけではない」と論じられた。すると源氏の「太上天皇になずらふ御位得たまうて、御封加はり」が、太政大臣千五百戸から太上天皇二千戸(『拾芥抄《しゅうがいしょう》』による『新潮日本古典集成』の注)へ、まさしく太上天皇になずらふ御位(地位)と待遇を得たのは、東三条院詮子を准拠としているわけでもないことになる。源氏の「太上天皇になずらふ御位得たまうて」は、藤壺の「太上天皇になずらへて、御封《みふ》たまはらせたまふ。院司どもなりて、さまことにいつくし」(澪標巻三二頁)に倣《なら》う、作者独創の地位ということが、阿部秋生氏のご論により一層強化され深まることになる。しかし准拠論としてではなく『河海抄』の挙例の意味を考えれば、『河海抄』は光源氏のありよう、帝位を践まずしてあたかも天皇にひとしい位相を把握して、中国の「太上皇」、わが国の追尊天皇の諸例を挙げ、帝位を践まないで院号を賜わった小一条院を挙げたのだと考えることができる。このことを教示されたのが吉森佳奈子氏「『河海抄』の『源氏物語』」であり、「ことはその逆ではないか」(5)の名セリフが示すごとく、史実の先例から源氏物語へ(准拠の方法)ではなく、源氏物語・光源氏の位相の把握から史実への方向をとるのが『河海抄』であったことを説いていられ十分に納得できる。准拠とは源氏物語がその制作にあたって先例とした史実の謂であろうが、『河海抄』は源氏物語以前の史実の例だけでなく以後の例をも挙げていることに吉森氏は真正面から向き合い論述を進めていられる。夕霧が臣下の子でありながら源氏が「四位になしてむとおぼし」世人もそれが当然と思っている少女巻の箇所について『河海抄』が親王の子の例を挙げてやまない姿勢は、光源氏を「親王の位地に置くしかないものとしてあ」ることを、『河海抄』の注の挙例が「そのまま表わしだしていると言えよう[6]」と説かれる。「物語が賜姓源氏の範囲で先例が見出せない展開をする場合には親王例を挙げるというように、例の側を動かすのが『河海抄』のありようで、そのことと、先例が見出し難い場合に後の例を挙げることとは、どちらも『源氏物語』の先例性が動かぬものであることを前提として初めて可能である。（以下略）[6]」と説かれた。

准太上天皇就位近い頃の光源氏を源氏物語は次のように描くと、吉森氏は六条院の灌仏会を例として、「光源氏主催の灌仏会を宮廷のそれを凌ぐものとして描いた[7]」と述べていられる。

灌仏会率《ゐ》てたてまつりて、御導師《だうし》遅く参りければ、日暮れて、御方々《かたがた》より童女《わらはべ》出だし、布施《ふせ》など、公《おほやけ》ざまにかはらず、心々にしたまへり。御前《おまへ》の作法をうつして、君達なども参りつどひて、なかなかうるはしき御前《ごぜん》よりも、あやしう心づかひせられて臆《おく》しがちなり。　（藤裏葉巻二九二頁）

「公《おほやけ》ざまにかはらず」、朝廷の儀式通り、「御前《おまへ》の作法をうつして」、清涼殿の儀式にならって、「なかなかうるはしき御前《ごぜん》よりも」、なまじ格式張った帝の御前よりも、等の文言は光源氏の帝を凌ぐ様《さま》が描かれていて『河海抄』が光源氏の准太上天皇就位のところに追尊天皇の諸例を挙げたのも、帝位を践《ふ》まないで天皇同様の待遇を受けるにふさわしい光源氏の位相をしかと捉えていたからであると考えられるのだ。小一条院を挙げたのは帝位を践《ふ》まないで院号を賜わったからである。その類似にほかならないであろう。しかし小一条院は六条院の位相とは程遠い。『花鳥余情』以下がこの小一条院を准拠とするのは生きての院号である例だから、追号よりも適しているとみとめたからであろう。史実が源氏物語から学んだ例で、文字通り「ことはその逆で」源氏物語から史実の方向をとる例である。仮に源氏物語の成立年代を小一条院以後と想定し得たとしても、小一条院を准拠とすることは、阿部秋生氏が説かれたごとく光源氏の准太上天皇の位相とは距離がある。従って光源氏の准太上天皇は作者の独創として、その〝歴史離れ〟を言説するか、吉森氏が『河海抄』の注の意味するところを、物語の光源氏のありよう、天皇にひとしく、あるいは天皇を凌ぐ位相から、帝位を践まないで天皇になった例として追尊天皇を挙げ、帝位を践まないで院号を賜わった小一条院を例として挙げることによって、准太上天皇光源氏像を照らし出したのだと説かれるのに従うかということになるのである。私は後者に今従う。〝准太上天皇〟は光源氏の地位、身分である。待遇の上昇はそれに伴うものであった。『花鳥余情』以下諸注釈書が説く待遇の問題とするよりも、光源氏造型の根本を押さえた『河海抄』の注に従い、身分の問題を根本に、待遇の問題をそれに付随するものと考えるのである。

『新潮日本古典集成　源氏物語』藤裏葉巻三〇〇頁の頭注三に、源氏が「太上天皇になずらふ御位得たまうて」につき「上皇に准じる待遇」とした上で、「源氏はすでに少女の巻二三〇頁以来、人臣最高の太政大臣になっているが、ここで、臣下の域を超えた身分になった。桐壺の巻の高麗人《こまうど》の相人の予言（三一頁）と首尾相応するものである。[8]」と記されている通り、高麗相人の予言の、帝王たるべき相だが、国乱れ民憂うる恐れがあろう。さりとて臣下として最高の位となり天皇の輔佐で終わらないだろう、にまさしく合致すべき地位、身分になった。「臣下の域を超えた身分になった」のである。

するとここで問題になってくるのは、先に見た女三の宮降嫁の折の「ただ人《びと》におはすれば」との不整合である。朱雀院の方では「内裏《うち》に参りたまふ人の作法をまねびて」（若菜上巻五三頁）、源氏を准太上天皇としてあがめ、女御入内の法式にのっとる姿勢であるから准太上天皇になった源氏を「ただ人《びと》」（太政大臣）であった時とは違う尊重の姿勢である。身分が臣下を超えた、皇族の域に入った人として遇している趣である。藤裏葉巻の准太上天皇就位の「臣下の域を超えた身分になった」ことと整合している。ところが源氏は臣下の礼をとり「御車寄せたる所に、院わたりたまひて、おろしたてまつりたまふなども、例には違《たが》ひたることどもなり。」（同右頁）とある。これを源氏の謙退の姿勢と解すれば、朱雀院の源氏尊重と相まって理解できる。しかし「ただ人《びと》におはすれば」と草子地（地の文とは異なる意味合いがあるけれども―後述参照―）に明記されると、准太上天皇とは太上天皇に待遇は準じられても身分は依然として臣下なのかと思わずにいられなくなる。この不整合はどう読み解けばよいのであろうか。

若菜上巻の准太上天皇光源氏の様態を見てみる。

> 六条の院も、すこし御ここちよろしくと聞きたてまつらせたまひて、参りたまふ。御たうばりの御封《みふ》などこそ、皆同じごと、おりゐの帝とひとしく定まりたまへれど、まことの太上天皇《だいじやうてんわう》の儀式にはうけばりたまはず。世のもてなし思ひきこえたるさまなどは、心ことなれど、ことさらにそぎたまひて、例の、ことことしからぬ御車にたてまつりて、上達部《かむだちめ》など、さるべき限り、車にてぞつかうまつりたまへる。（若菜上巻三七・八頁）

「まことの太上天皇《だいじやうてんわう》の儀式にはうけばりたまはず」が形にあらわれているのが、上達部などが車でお供なさる、ということで、「岷江入楚《みんごうにつそ》は、上皇御幸の儀式ならば、公卿は馬で供奉すべきところであるという」（『新潮日本古典集成』若菜上巻三八頁頭注二）。『岷江入楚』の「車にてぞつかうまつり」に「御幸の儀式ならば、公卿は馬にて供奉すべき事也」と注する。目に見え形にあらわしてまことの太上天皇とは変わる姿を示していることが注意される。これは源氏の謙退の姿勢である。「世のもてなし思ひきこえたるさまなどは、心ことなれど」に『岷江入楚』は、「おりゐのみかどの太上天皇よりも源をば人の用い奉る也」と注する。実勢、人びとの声望はまことの太上天皇以上という。にもかかわらず源氏の謙退の姿勢はただならぬものがある。

女三の宮降嫁の折の「御車寄せたる所に、院わたりたまひて、おろしたてまつりたまふなども、例には違《たが》ひたることどもなり。」（若菜上巻五三頁）に『河海抄』は、「臣下の礼は妻を迎時は身つから車を寄る礼也云々院中の義には此儀あるへからさる歟然而六条院たゝ人のことくふるまひて卑下し給よし歟」と注する。これは、公卿が馬にて供奉すべき太上天皇御幸の儀式とは変わって車でお供したのより格段にまさって、源氏謙退の振る舞いと言うべく、

『河海抄』は「たゝ人のことくふるまひて卑下し給よし歟」という。「たゝ人のことく」とは『河海抄』は准太上天皇光源氏を、「ただ人」ではないと認識していることをあらわす。「ただ人《びと》におはすれば」（若菜上巻五三頁）には『河海抄』も『花鳥余情』も注記がない。『細流抄』が「草子地也」と注し「内まいりにてもなし」という。「ただ人《びと》におはすれば」が「よろづのこと限りありて、内裏《うち》参りにも似ず」の因由であるという注であろうが、源氏は臣下なのであろうか。准太上天皇になり臣下の域を超える身分になったのではなかったのか。源氏が臣下の礼をとったことは彼が「まことの太上天皇の儀式にはうけばりたまはず」という謙退の心からであって、彼が臣下のままの身分だからではあるまい。「ただ人《びと》におはすれば」が『細流抄』の言うごとく「草子地」、すなわちいわゆる地の文とは異なり、語り手の文言であるのは意味深い。ここに着目され、小学館『日本古典文学全集』（『新編』も同じ）は、「以下『あはひどもになむ』まで、語り手の言葉。臣下で准太上天皇という源氏の位は、史実にはない虚構であり、読者が奇異に感じるおそれがある。物語に現実感を与えるために、語り手に批評させた[9]。」（若菜上巻同書六二頁頭注一一）と説いていられる。「語り手」は源氏が臣下であることに力点を置いて「ただ人《びと》におはすれば、……内裏《うち》参りにも似ず」と言い、同時に「婿《むこ》の大君《おほきみ》といはむにもこと違《たが》ひて、」と言い、「めづらしき御仲のあはひどもになむ」―「あまり例のないご夫婦のお間柄である」と批評した。史実には先例のない准太上天皇と上皇最愛の内親王の婚儀に対する評言として適切であるが、問題は「語り手」に作者が「ただ人《びと》におはすれば」と源氏の身分を言わしめたことではなかろうか。すなわち藤裏葉巻で源氏が准太上天皇になったことが「ここで、臣下の域を超えた身分になった。」（『新潮日本古典集成』頭注）と言われることと対比せねばならない。玉上琢彌先生『源氏物語評釈』その他現今の諸注釈書が揃って桐壺巻の高麗相人の予言の実現を説いていられる。ということは源氏の准太上天皇就位は、相人予言通り天子でもなければ臣下の最高でもない地位に就いたということである。人臣最高の太政大臣から上昇して「臣下の域を超えた身分になった」のだ。それを若菜上巻の女三の宮降嫁では「ただ人《びと》におはすれば」と作者は「語り手」に言わしめているのだ。身分は臣下で准太上天皇は待遇の問題とするならば『花鳥余情』以来の理解が有利となるゆえんでもあろうが、孤立する『河海抄』の注解の理解を吉森氏のごとく重視するならば、吉森氏が「光源氏主催の灌仏会を宮廷のそれを凌ぐものとして描いた」[10]と言われた例は、藤裏葉巻であることを私は指摘したい。それに対比すると若菜上巻の源氏は、「まことの太上天皇の儀式にはうけばりたまはず、」謙退の姿が印象的だ。若菜上巻の源氏は、基本的には理想人の人物として描かれてはいるが、准太上天皇の英姿は感じられず、人間的とも評せようが、妙に女三の宮との結婚という事態にふりまわされ小さく見える。

　わざとつらしとにはあらねど、かやうに思ひ乱れたまふけにや、かの御夢に見えたまひければ、うちおどろきたまひて、いかにと心騒がしたまふに、鶏《とり》の音《ね》待ち出でたまへれば、夜深きも知らず顔に、急ぎ出でたまふ。

（中略）

　雪は所々消え残りたるが、いと白き庭の、ふとけぢめ見えわかれぬほどなるに、「なほ残れる雪」と忍びやかに口ずさびたまひつつ、御格子うちたたきたまふも、久しくかかることなかりつるならひに、人々も空寝《そらね》をしつつ、やや待たせたてまつりて、引きあげたり。

（若菜上巻五九・六〇頁）

源氏の紫上への愛情の一幕であるが、准太上天皇に対して、人々（女房たち）が「空寝《そらね》」をするとは。「源氏を懲《こ》らしめようというつもり」（『新潮日本古典集成』頭注）なのである。紫上の心情に従う女房たちの所作である。「三日がほどは、夜離《よが》れなくわたりたまふを、年ごろさもならひたまはぬここちに、忍《しの》ぶれどなほものあはれなり。（中略）『今宵《こよひ》ばかりはことわりと許したまひてむな。これよりのちのとだえあらむこそ、身ながらも心づきなかるべけれ。またさりとて、かの院に聞こしめさむことよ』と思ひ乱れたまへる御心のうち苦しげなり。すこしほほゑみて、」（若菜上巻五五頁）。「思ひ乱れ」る源氏にうすら笑いをうかべる紫上の恨み方。ここでは一種進退きわまった源氏の心的苦境がうかがえる。女三の宮に幻滅する源氏は円熟した姿勢で宮に接すると同時に紫上の理想性が身にしみる。物語は紫上の問題に進入していく。源氏の私的生活、朧月夜との再会など色好みの点描があり、紫上が、嵯峨野の御堂で、源氏四十賀の法要を行うにも源氏は「いかめしきことは、切《せち》にいさめ申したまへば」（若菜上巻八二頁）と謙退の姿勢である。が、玉鬘が源氏四十の賀を祝った時は、「うるはしく倚子《いし》などは立てず」（若菜上巻四七頁）で、「倚子を立てると、中国風になり、正式になり、朝廷の儀式そのままになるから、源氏は避けたのである」[11]のに対し、紫上主催の四十の御賀では「螺鈿《らでん》の倚子《いし》立てたり」（若菜上巻八三頁）。「玉鬘のときとちがう。二条の院のほうが軽いからか、儀式はこちらのほうが重い」[12]。二条院だから、六条院のように秋好む中宮や女三の宮に対し遠慮しなくてはならないことはないからであるが、これは紫上が源氏を准太上天皇としてあがめる姿勢であろう。ところで、この二条院での精進落ちの「北の政所《まんどころ》の別当」（若菜上巻八五頁）について玉上先生『評釈』は『河海抄』を引かれて次のように述べていられる。「ただし『河海抄』は注意する。『北の政所』は摂政関白の奥方をいう。いま源氏は准太上天皇だ。しかし、昔のままに『北の政所』といったのであろう。准太上天皇なら『院』と呼ぶべきだのに、源氏を『おとど』と呼ぶのも同じ精神である、と。ただし、紫の上は正夫人あつかいでないから『北の政所』と呼ぶのも変だ、と注意もする。『北の政所』の号は、『源氏物語』の中では、ここ一か所である」[13]。『河海抄』は、「きたのまんところのへたう」に注して、「今時執政の室家を北政所と号す是は已院号以後也但日来執政の北政所別当をゝかれしをいまもうちたえ院中の義をふるまひ給はぬによりてもとのことくにてをかれたる歟院号のゝちも猶おとゝといへり此心歟（以下略）」。私の注意するのは、『河海抄』の「院中の義をふるまひ給はぬ」である。これは先述の「ただ人におはすれば」の語り手の文言のよって来たるところを示唆するであろう。すなわち語り手は、源氏の「院中の義をふるまひ給はぬ」姿から「ただ人におはすれば」と言ったのであろう。若菜上巻に印象される源氏の謙退の姿勢、准太上天皇として自らはふるまわないようにしている謙退の姿や、私的生活に印象される動揺する人間的な姿の、准太上天皇のいかめしさから遠い描き方を思い合わすのである。

私は「若菜上・下巻の光源氏—藤壺事件の伏在—」（日本文芸学会「日本文芸学」41号、平成十七年二月）において、源氏の謙退の因由に源氏の心の深層の藤壺事件の伏在を論じた。本稿執筆の精神も同様である。すなわち藤裏葉巻の准太上天皇光源氏は「天皇を凌ぐ」ほどの、少なくとも天皇にひとしいほどの位相に描かれたのであるが、若菜上巻の度かさなる源氏の謙退の位相から語り手は彼を「ただ人《びと》」のイメージとして捉えた。それが「ただ人《びと》におはすれば」の草子地のゆえんであろう。作者は地の文とはせずに「草子地(14)」、すなわち語り手の評言として書いた。純客観ではなく、相対的といってよい語り手の評言として。客観的には源氏の身分は准太上天皇である。しかし若菜上巻の光源氏は「ただ人」（太政大臣。摂政関白）に語り手に見え〝准太上天皇〟は待遇と思われたのである。この若菜上巻の描き方は、藤裏葉巻とは違っている。藤裏葉巻では桐壺巻の高麗相人予言の帰結としての、予言に依拠して栄光への道を勝ち抜いた光源氏の准太上天皇就位の英姿が、藤壺事件の帰結としても輝いていた。しかし若菜上巻から作者の視座が違っている。それが『河海抄』の言う「院中の義をふるまひ給はぬ」姿となった。〝ただ人のごとく〟（『河海抄』）ふるまうのである。女三の宮降嫁の折の「御車寄せたる所に、院わたりたまひて、おろしたてまつりたまふなども、例には違《たが》ひたることどもなり」（若菜上巻五三頁）はその象徴的ふるまいだった。その直後に語り手の「ただ人《びと》におはすれば、云々」の草子地（『細流抄』）が入るのである。朧月夜と逢う源氏は「六条の大殿《おとど》」（若菜上巻六七頁）であった。女三の宮のところへ渡る源氏も「大殿《おとど》は、宮の御方《かた》にわたりたまひて」（若菜上巻七七頁）。しかし紫上主催の源氏四十賀の法要では「院の御賀」（若菜上巻八三頁）である。紫上の心意をあらわすであろう。朧月夜、女三の宮に対する時、前者には私的な風貌の源氏、後者には臣下の礼をとる源氏の意識が形象化されているであろう。

臣下の礼をとる源氏の心の内部は何であろうか。「まことの太上天皇の儀式にはうけばりたまはず」（若菜上巻三八頁）の源氏の心の深層は何なのか。私は若菜上巻の源氏は藤裏葉巻及びそれ以前と違って、藤壺事件の暗部にわだかまりを持っているのだと考える。そのことは拙稿「若菜上・下巻の光源氏—藤壺事件の伏在—」（日本文芸学会「日本文芸学」41号、平成十七年二月）に書いた。が、そこにも書いたが、藤壺事件の伏在が藤裏葉巻以前にないというのではない。このことは拙稿「源氏物語の世界構造—「藤裏葉」の結末をめぐって—」(15)に論じている。

注

（1）清水好子氏「源氏物語執筆の意義」（「国語国文」昭和三十九年十月。のち『源氏物語論』塙書房、昭和四十一年一月所収）

（2）吉森佳奈子氏『『河海抄』の『源氏物語』』（和泉書院、平成十五年十月）所収の「『河海抄』の光源氏」（「国語国文」平成八年二月）など。

（3）吉森氏『『河海抄』の『源氏物語』』の第一章「『河海抄』の『源氏物語』」一七頁。

（4）阿部秋生氏「太上天皇になずらふ」（『完訳日本の古典』月報32、昭和六十年七月。『源氏物語の鑑賞と基礎知識No.31梅枝・藤裏葉』至文堂、平成十年十月に再録）

（5）吉森氏『『河海抄』の『源氏物語』』二六頁。

（6）前掲注（5）同書四五頁。

（7）前掲注（5）同書四九頁。

（8）『新潮日本古典集成　源氏物語』藤裏葉巻三〇〇頁頭注三。

（9）小学館『日本古典文学全集　源氏物語』若菜上巻六二頁頭注一一。

（10）前掲注（7）に同じ。

（11）玉上琢彌先生『源氏物語評釈第七巻』若菜上巻九四頁。

（12）前掲注（11）同書一六七頁。

（13）前掲注（11）同書一七一頁。

（14）「草子地」は、作者が直接的に介入した地の文ではなく、「語り手」に言わせることによって、作者は距離を置くのである。藤井貞和氏が、「書き手によく似た一人の語り手を『源氏物語』の作中世界の外がわ、物語する世界の内がわに登場させることによって、ほんとうの『源氏物語』の書き手（作家）は物語から絶対的に遠いところへ逃れた。草子地といわれる部分は、作家の直接の語り口どころか、最大の隠れ処《が》、作家のついに見えなくなる一点」と説かれた（『源氏物語の始原と現在』三一書房、昭和四十七年。改訂版『源氏物語の始原と現在―定本』冬樹社、昭和五十五年五月）のは、けだし至言である。

（15）『日本文芸学の世界』（弘文堂、昭和六十年四月）所収、拙著『源氏物語考論』（笠間書院、昭和六十二年九月）所収。

四　若菜上・下巻の光源氏
――藤壺事件の伏在――

一　女三の宮降嫁と光源氏四十の賀

若菜上巻は、朱雀院の姫宮、鍾愛《しようあい》の女三の宮の婿選びが、光源氏を「親ざま」の婿と定まるのと、光源氏が四十の賀を迎えるという二つの慶事が描かれる。女三の宮降嫁は螢宮、柏木、藤大納言ら求婚していた方々及び光源氏の子息夕霧などのなかで、適任者は光源氏以外にないということであるから、内親王降嫁、上皇最愛の女三の宮降嫁の栄光が光源氏の上に輝くことで、彼にとって慶事ということになる。その上に四十の賀であるから、光源氏の晩年は藤裏葉巻の准太上天皇就位の栄華をさらに押しすすめることになるわけである。

光源氏四十の賀は藤裏葉巻に「明けむ年四十《よそぢ》になりたまふ御賀《が》のことを、朝廷《おほやけ》よりはじめたてまつりて、大きなる世のいそぎなり。その秋、太上《だいじやう》天皇になずらふ御位得たまうて、御封《みふ》加はり、年官年爵《つかさかうぶり》など、皆添ひたまふ。」（藤裏葉巻三〇〇頁。頁数は『新潮日本古典集成　源氏物語』による。以下同じ）とあり、准太上天皇就位に花を添えるというか、二重の慶事として、帝主催をはじめとする、大変な世をあげての準備がなされていた。若菜上巻は、女三の宮降嫁を加えて、光源氏の栄光は頂点に達する。

が、光源氏は帝主催の四十の御賀のことを辞退申し上げる。「さるは、今年ぞ四十《よそぢ》になりたまひければ、御賀のこと、朝廷《おほやけ》にも聞こしめし過ぐさず、世の中の営《いとな》みにて、かねてより響くを、ことのわづらひ多くいかめしきことは、昔より好みたまはぬ御心にて、皆かへさひ申したまふ」（若菜上巻四六頁）。辞退の理由を、世人に迷惑をかけることの多い儀式ばったことは昔からお好みでない御心とする。民に迷惑をかけない心という立派な理由、光源氏の最高権力者としての理想性を言う。冷泉帝は源氏を父として四十の賀にかこつけて六条の院への行幸を思い立たれ、ひそかに朝覲《ちょうきん》の例に倣《なら》おうとされるが、源氏は辞退をくりかえし、帝は思いとまりなさった。源氏は「世の中のわづらひならむこと、さらにせさせたまふまじくなむ」（若菜上巻八六頁）と辞退したのである。天子の行幸は、大勢の人々の財力などを要し、迷惑をかけてはならないという儒教的正義の持主としての光源氏の理想性が示される。

しかしこれは表立っての理由ではあるまいか。源氏の内なる心には藤壺事件の暗部が潜在し、冷泉帝の心意を知るがゆえにこそ、朝覲の礼に倣おうとされる六条院行幸を辞退するのであろうと私は考える。それはかつて薄雲巻で冷泉帝が源氏の「人がらのかしこきにことよせて」（薄雲巻一七六頁）、源氏に譲位を「漏らしきこえたま」うたが、源氏は「いとまばゆく恐ろしうおぼして、さらにあるまじきよしを申し返したま」うた時の理由と同軌であろうと考えられる。田中隆昭氏は、薄雲巻において源氏が冷泉帝の譲位のお考えに対して辞退するのを「自分自身十分に栄華に伴う暗い影を理解しているからである（1）」と言われている。今、六条院へ行幸がなされれば光源氏の栄光は極まる。しかしそれを肯い得ない源氏の心こそ辞退の真の理由であろう。

藤裏葉巻においては「六条の院に行幸あり」（藤裏葉巻二〇四頁）。この違いこそ若菜巻以降いわゆる源氏物語第二部の世界が第一部と違って、栄華のうちにひそむもの、光源氏の心の内面をのぞかせる、表の世界に隠されたものをうかがわせる世界なのである。冷泉帝が夕霧に源氏の賀宴を仰せつけになり、朝廷の饗宴と同様にというところに、表面は夕霧の主催だが、内実は冷泉帝の御意向が勅命によって行きわたり、ここにも表と内実の世界があるというよりも、帝の御意向は明白で、夕霧はほとんど隠れ蓑にならないほどである。

丑寅《うしとら》の町に、御しつらひまうけたまひて、隠ろへたるやうにしなしたまへれど、今日はなほかたことに儀式まさりて、所々の饗なども、内蔵寮《くらづかさ》、穀倉院《ごくさうゐん》より、つかうまつらせたまへり。屯食《とんじき》など、公《おほやけ》ざまにて、頭《とう》の中将宣旨《せんじ》うけたまはりて、親王《みこ》たち五人、左右の大臣《おとど》、大納言二人《ふたり》、中納言三人、宰相五人、殿上人は、例の、内裏《うち》、春宮《とうぐう》、院、残る少なし。御座《おまし》、御調度《でうど》どもなどは、太政大臣《おほきおとど》くはしくうけたまはりて、つかうまつらせたまへり。

（若菜上巻八八・九頁）

右のような次第で、夕霧と共催というより冷泉院の勅命による朝廷色が濃く、「隠ろへたる（目立たぬ場所）」も意味をなさないくらいに冷泉帝の御内意が目に見え形にあらわされている。「御屏風四帖に、内裏《うち》の御手書かせたまへる、唐《から》の綾の薄緂《うすだん》に、下絵《したゑ》のさまなどおろかならむやは。おもしろき春秋の作り絵などよりも、この御屏風の墨つきのかかやくさまは目も及ばず、思ひなしさへめでたくなむありける」（若菜上巻八九頁）という帝の御力の入れようは、光源氏を父として賀す御心である。この帝の御心底を知るのは光源氏であって、他の人々は光源氏の栄華のはかりしれなさを見るのみであったろう。ひそかなる父子の心の交流を夕霧も気づかない。二人の子が共催ということを知るのは光源氏と冷泉帝である。光源氏四十の賀の夕霧主催の盛儀の内実に冷泉帝の勅命が行きわたり、帝おんみずから屏風に漢詩文をお書きになり、お道具類など宮中よりさし向けられる等々は、実質的には冷泉帝の主催に近いと申すべく、このあふれ出るような冷泉帝の御心を知るのは光源氏という父と、藤壺事件を知る読者である。表面きらびやかな光源氏四十の賀は単に准太上天皇光源氏の盛儀として表面的にのみ読むべきではなかろう。

平成十六年十月十日、中古文学会秋季大会（於・広島大学東広島キャンパス）で、金孝珍氏「准太上天皇光源氏の四十の賀―童舞をめぐって―」は『新儀式』に「天皇の算賀においては童舞が舞われないのに対して、天皇が主催する上皇・皇后の算賀では童舞が舞われる。（中略）儀式書・史実の上皇と天皇の算賀において両者の大きな違いは童舞にあるが、『源氏物語』で語られる一院、紫上の父式部卿宮、光源氏、朱雀院の四人のうち、一院と朱雀院の算賀には童舞の様子が描かれている。（中略）准太上天皇になった光源氏の四十賀は「若菜上」巻で四度にわたって挙行されるが、童舞は一度も行われていない。四度にもわたって行われた光源氏の四十賀になぜ童舞が行われていなかったのか。六条院と准太上天皇光源氏の位相と関連づけて考察する」と問題提起された。史実と関わって准太上天皇光源氏像に迫る興味深いご発表であった。(2)

私は、光源氏の四十賀に童舞が行われていない理由は晴れて冷泉帝の主催がないということだと思う。光源氏四十賀の冷泉帝主催を光源氏は辞退している。冷泉帝は勅命で夕霧に主催させ、実質的には朝廷色を濃くしていられることと前述の通りだが、夕霧主催というたてまえであることが童舞の行われていない理由なのであろうか。否である。夕霧は光源氏の子息として父の算賀に童舞を行わしめることはできるであろう。金孝珍氏の作成された表の中に関白頼通が母源倫子七十賀の主催をしているように子が親を賀しているのであって、「童舞の事有り」である。主催者は子で被賀者は親であるのが多くの史実例で童舞が行われているのであるから夕霧主催に問題はない。玉鬘（養女）、秋好（養女）主催も問題はない。しかるに童舞は行われていない。金氏は天皇の算賀に童舞が行われていないことと光源氏の四十賀に童舞が行われていないこととの関連に言及、示唆はされたが、それ以上の論は思いとどまられた。短絡的に申せば准太上天皇光源氏の位相は童舞をめぐって天皇のイメージがあるということになるであろう。六条院における疑似王権、後宮に擬せられる様相とからませて王権論的に論及していく方途があるのかもしれないが、金氏は慎重に論及されなかった。

私は、前述したように冷泉帝が光源氏を父として賀すことの表われを、童舞を行わない仕儀で、はばんだ作者の所為で、それは光源氏が藤壺事件を隠したい心情に密着しているのだと考える。夕霧、玉鬘、秋好はそれぞれ問題はないのだが、夕霧主催に冷泉帝の御心（孝心）が色濃く行きわたっていることがかえって童舞を行わしめない仕儀となり、他の人びとも同様とすることになったのではないか。他の人びとは童舞があって夕霧主催の冷泉帝の御心（孝心）が色濃い行事だけ童舞がなかったら、これまたかえって変に思われよう。事は極めて隠微なのである。冷泉帝の孝心は光源氏を准太上天皇とされたことにもよく表わされているが、四十賀の御準備もなされていた。六条院への行幸も行われた。それが藤裏葉巻のことである。それが若菜上巻は一転して四十賀にことよせての六条院行幸を源氏が辞退し、六条院行幸もなく帝主催の算賀もとりやめとなる。光源氏のつつましいという理由はさりながら、私は藤裏葉巻までの光源氏と若菜上巻以降の光源氏の違いに理由を求めるのである。

変わらないのは光源氏の藤壺思慕である。が、藤壺事件への思いは変わりゆくのが若菜上・下巻の光源氏である。そもそも藤裏葉巻の到達は光源氏が桐壺巻の高麗相人予言、若紫巻の夢占いに依拠して自負に満ちた自尊の生涯の頂点を示すものであった。藤裏葉巻よりも栄華はむしろそれ以上ではあるが、それは表面のことであって内部の世界は暗い色調となるのが若菜上・下巻以降である。作者は若菜上巻を書き起こした時からそういう世界に入っている。それが四十賀の冷泉帝主催を辞退する光源氏の行為に秘められた心情にうかがえるのである。

藤壺事件への光源氏の思いが、これを端緒として若菜上・下巻に語られていく。その極め所は若菜下巻の源氏の次の嘆きである。

六条の院は、おりゐたまひぬる冷泉院の、御嗣《つぎ》おはしまさぬを、飽《あ》かず御心のうちにおぼす。同じ筋なれど、思ひなやましき御ことならで過ぐしたまへるばかりに、罪は隠れて、末の世まではえ伝ふまじかりける御宿世《すくせ》、くちをしくさうざうしくおぼせど、人にのたまひあはせぬことなれば、いぶせくなむ。（若菜下巻一五一頁）

「罪は隠れて」という。源氏はここに藤壺事件を「罪」と思っている。その「罪」は露顕せずにすんだ。冷泉帝の皇位は保たれた。が、その代わり後世までは皇統を伝えることがかなわなかった冷泉帝の御宿世にその「罪」があらわれていることを嘆かずにおられない源氏である。新東宮も明石の姫君所生ゆえ源氏の血筋ではあるが、秘密の子冷泉帝の継嗣はなく、そこに源氏は藤壺事件の暗部、「罪」の影を見ている。源氏物語第一部では冷泉帝は光源氏の寄って立つ希望の星だった。清水好子氏「光源氏論」は「相人の予言を知り、さらに自分だけひそかに夢想を得た光源氏が、たとえ父帝に対する背信の結果であるにしても、一方おのが将来に大きな期待を持つのも無理からぬことである。それは彼に多大の自信を与え、若宮誕生を苦悩と後悔で受け止めるよりも、天子の父に近づく一歩として、『かたじけなく』『あはれ』なる思いにさせている。この世の人生だけしか持たない人間には容易に理解しがたい、倫理の問題を超える力を信じていた人々の話なのである(3)」と論じていられる。「秘密の子が、父帝の皇子と偽られたまま、皇太子になり、やがて皇位を践むであろうことについて、畏怖や疚しさを感じる箇所は、ほとんど書かれてない(3)」と述べていられる。澪標巻で「当帝《たうだい》のかく位にかなひたまひぬることを、思ひのごとうれしとおぼす」（澪標巻一七頁）とある。清水氏は「『思ひのごとうれし』とは、かねての希望であったことを臆面なく吐露している。皇子懐妊を知って以来の源氏の、人倫の道よりは予言に深く依拠していた動きが、あらためて納得される(3)」と言っていられる。前述した薄雲巻の冷泉帝からの譲位を辞退した源氏の心意に藤壺事件の暗い影がひそんでいることで、田中隆昭氏の言説を引いたことは源氏自身の即位についてであった。澪標巻でも「（わが即位の）宿世遠かりけり」と源氏は思念していて高麗相人の予言の意味を〝秘密の天子の父〟となることであったと理解している。隠れたる秘密の真相において天子の父であることがわが宿世なのだった——「内裏《うち》のかくておはしますを、あらはに人の知ることならねど、相人の言《こと》むなしからず、と、御心のうちにおぼしけり」——と思念していた。予言や夢占いに依拠していた源氏として薄雲巻の即位辞退は必然であった。ゆえに源氏物語第一部藤裏葉巻の帰結に到るまで藤壺事件の暗い影を源氏が意識しなかったということはできない。拙稿「栄華と道心」に書いたように(4)絵合巻の冷泉帝の「いみじき盛りの御世」において源氏は道心を志向する。また藤壺宮の「在五中将の名をば、え朽《くた》さじ」（絵合巻一〇五頁）という『伊勢物語』支持の、源氏の須磨退去をかげにひそめた業平賛仰に、冷泉盛りの御代の因由が何であるかを暗示している。須磨退去は源氏が「及びなうおぼしもかけぬ筋」（天子の父）実現に避けて通れない代償であった。その代償は天子の父という栄光と今の栄華のためであり、ゆえにその栄華の底にひそむ罪障を思わずにいられない。絵合巻末における源氏の道心志向は彼の栄華の因由、藤壺事件を思うところにもとづいている。が、それは〝天子の父〟という栄華の底にひそむ罪障を思うのであり、〝天子の父〟という栄華そのもの換言すれば冷泉帝即位を決して否定する心意ではない。「思ひのごとうれし」は一貫している。が、前述した若菜下巻の源氏の嘆きは冷泉帝即位そのもののよろこびは変わらないものの、冷泉帝の皇統が一代限りで絶えることに冷泉帝の御宿世を嘆く。「罪は隠れ」たけれど、〝罪は潜在した〟という思いである。「（源氏は）くちをしくさうざうしくおぼせど、人にのたまひあはせぬことなれば、いぶせくなむ」。明らかに藤壺事件の罪障につきあたり、親としてわが御子の上に罪障がふりかかるのを、人知れず孤独な思いで嘆くのである。藤裏葉巻以前、冷泉即位を「思ひのごとうれし」と思い、〝天子の父〟たるわが宿世を思い、冷泉帝の治世を補佐（「おほやけの御後見」として）して間接的に源氏自身の帝王相を具現していった勝利の日々の明るさは、若菜下巻の源氏の嘆きには消し去られている。冷泉帝の皇位は全うできた。「罪は隠れ」たのであった。しかし皇統は一代限りであることを思い、源氏はそこに藤壺事件の罪を感じている。藤裏葉巻まで若宮（冷泉）誕生以後の源氏はただ冷泉即位をねがい（それは藤壺宮も同様であった）、それがかなったのを「思ひのごとうれし」と思った。藤裏葉巻のめでたい結末、准太上天皇就位も源氏が天子（冷泉）の父たる宿世のゆえであり、冷泉誕生以後の栄光・栄華の帰結であった。冷泉帝に関して源氏は悔いること嘆くことはなく「思ひのごとうれし」であった。ところが若菜下巻の源氏の嘆きは冷泉帝の御宿世を嘆いて「人にのたまひあはせぬこと」すなわち藤壺事件の暗部につきあたっている。

　これは人物の変貌といったことではなく、作者の視点が若菜上巻以降変わったのである。女三の宮降嫁がもたらした不幸の数々、紫上の病気に至る苦悩の、女の宿世の命題はつとに論じられるところであるが、光源氏自身、柏木の密通事件に直面して、「故院の上《うへ》も、かく御心には知ろしめしてや、知らず顔をつくらせたまひけむ、思へばその世のことこそは、いと恐ろしくあるまじきあやまちなりけれ、と、近き例《ためし》をおぼすにぞ、恋の山路《やまぢ》は、えもどくまじき御心まじりける」（若菜下巻二三五頁）と、藤壺事件を「いと恐ろしくあるまじきあやまちなりけれ」と思い、悔恨の念にかられていて、彼自身の心を暗くしている。柏木事件に己が罪（あやまち）に対する罰を感じているといってよいだろう。物語の主題性としては紫上（若菜上巻）及び女三の宮（若菜下巻）の、女の宿世が描かれるが、そのかげには光源氏の、藤壺事件への悔恨の情がうかがえるのである。それ自体が主題化されているのではないが、いわば物語に書かれていること（ここでいえば柏木事件）を通して過去の藤壺事件を透視する源氏の心が書かれている。物語の主題・構想として因果応報、罪と罰が書かれているわけではないが[5]、光源氏の意識にさような思いが浮かんでいるかもしれない。「恋の山路」として、柏木事件を見る心はすなわち藤壺事件の「あるまじきあやまち」のゆえんが「恋の山路」であったことを回想するものであり、罪の潜在する「恋の山路」藤壺事件への認識であった。若宮（冷泉）誕生以前の源氏が父帝への裏切りに「恐ろしし」という畏怖の念を抱いていたことは清水好子氏「光源氏論」にご指摘[6]がある。私は源氏の「わらはやみ」（若紫巻）の原因は藤壺密通の苦悩のストレスだと考えている[7]。「わが罪のほど恐ろしう、あぢきなきことに心をしめて、生ける限りこれを思ひなやむべきなめり、まして後《のち》の世のいみじかるべき、おぼし続けて」（若紫巻一九四頁）は、父帝への畏怖であると同時に、それは「僧都、世の常なき御物語、後《のち》の世のことなど聞こえ知らせたまふ」（同右頁）折のことゆえ仏罰を恐ろしく思う「罪」の意識ではあるまいか。「生ける限り」とか「まして後《のち》の世のいみじかるべき」などから考えて藤壺との恋は「いと恐ろしくあるまじきあやまちなりけれ」（若菜下巻二三五頁）と思った「いと恐ろしく」と通底するであろう。「恋の山路」に潜在する「罪」、それが藤壺事件の本質であったのだ。光源氏の意識の問題としては、柏木事件そのものは現実的処理（柏木は光源氏の毒のある皮肉によって自滅させられる）の対象でしかなく、むしろ藤壺事件を「いと恐ろしくあるまじきあやまちなりけれ」と回想し認識する心の内面こそ重大事といえる。物語のストーリーは女三の宮や柏木の動静を語っていくわけで、源氏のかような認識（内面）が主題化されるわけではないのであるが、光源氏の意識を問題とする時、彼は柏木事件に藤壺事件をより強く意識しているといえよう。

そもそも女三の宮降嫁を導いたのは源氏の藤壺思慕であった。それは表には出ないことである。ただ、左中弁への源氏の言葉に「この皇女《みこ》の御母女御こそは、かの宮の御はらからにものしたまひけめ。容貌《かたち》も、―さしつぎには、いとよしと言はれたまひし人なりしかば、いづかたにつけても、この姫宮、おしなべての際《きは》にはよもおはせじを」（若菜上巻三四頁）とあるのに注目すると、女三の宮の容貌が美しいであろうよ、と関心をほのめかした言葉と解して源氏の色好みに動機を求める考えもあり得るが、しかし「容貌も―」とあって、女三の宮の御母女御が藤壺宮についでは美しいということは「かの宮（藤壺）の御はらから」ということが第一義の上に立ってのことである。女三の宮の容貌が並々ではあるまいという関心の示し方は、第一義の藤壺宮の「御はらから」、従って女三の宮は藤壺宮の姪であるという前提をややぼやかす心意もはたらいていると見るべく、そこにむしろ源氏の本音をうかがうのである。文章法的には女三の宮の御母女御が藤壺宮の御妹宮ということが前提条件で、藤壺宮についでお美しいと言われなさっていたから、女三の宮はお美しいであろうというのが結論で、要はこの結論を言うのが本旨ということになろうが、読者としては藤壺宮の姪ということに関心を向けざるを得ないのではないか。左中弁は藤壺事件の秘密を知らないから源氏の話法に乗せられたであろうけれども。「容貌も―」と、話を容貌に持っていくにしても、「容貌」は、藤壺宮の妹宮であるという根本義の中の一つの条件（重要ではあろうが）にほかならないことを「も」が示している。付加せられたる条件である。根本は血縁である。血縁のことをやわらげて、容貌を第一義の話のようにもっていっているところに私はかえって血縁のことを意識の中枢に置いている源氏の心をうかがうのである。左中弁には容貌への関心、色好みと思わせておけばよいのである。表の世界への通路と内実の真相の世界への回路と、若菜上・下巻以降の世界は二つの面、表裏の世界を持っている。

二　玉鬘、源氏の四十賀を祝う

源氏が帝（冷泉）の主催を辞退したことは、その底意を知らない他の御子（養女を含む）たちにも影響を与えたであろうが、玉鬘（養女）は巧みに四十賀を主催してみせた。その巧みさを玉上先生『源氏物語評釈』（第七巻）は詳細に説いていられる。「玉鬘の作戦勝ち[8]」という見出しで「予告なしなので、源氏も断わりようもなく、やむをえずこれを受けることになる[8]」とある。「賀を、若菜を奉る形にしたのも、玉鬘の頭のさえだ。年中行事である。どうせ六条の院でもすることなのだ。玉鬘の準備をことわりえないはずである。そして、若菜の準備なら秘密にできる。人の目をひくことはないのである。年中行事だから[8]」と説いていられる。年中行事の若菜献上、それも予告なしに突然で（「にはかにて」）、源氏は「えいさめ返しきこえたまはず」であった。「やむをえずこれを受けることになる」――これは源氏にとって望ましいことではなかったか。「やむをえず」ということで、帝にご辞退申しあげたあとの言いわけになり、かつこれで他の源氏の御子たち（養女を含む）や紫上などの主催が行いやすくなり、源氏の四十賀が行われないというような不吉にしてぶざまなことは避けられるはずだ。そして源氏のできるだけ控え目にということもかなえられようから、源氏の理想性も輝きをますことになる。事実、紫上、秋好中宮、夕霧がそれぞれ主催する源氏四十の賀が行われた。しかし冷泉帝の六条院行幸は「いなび申したまふことたびたびになりぬれば、くちをしくおぼしとまりぬ」（若菜上巻八六頁）となる。源氏の辞退の眼目が冷泉帝なる秘密の実子に対してであることが知られよう。「たびたびになりぬれば」は固辞のさまである。夕霧主催ということで冷泉帝が内実力を入れられるが、これは読者の眼にはあやうく見えることだが、作中世界の人びとには夕霧の栄光、光源氏の栄光と映るであろうか。ひそかな心意の世界は賀のはなやかな行事の裏側に秘められている。これが若菜上巻の世界である。女三の宮降嫁にしても、紫上の忍従により表面は円満に推移していく。六条院は安定する。四十の賀は抑制されてもそれぞれ盛大だった。明石の女御の出産、「男御子にさへおはすれば、限りなくおぼすさまにて、大殿も御心おちゐたまひぬ」（若菜上巻九七頁）という慶事に源氏は満足する。

三　権栄の世界の裏側・内に動くもの

女三の宮との密通事件を引き起こすことになる柏木も、蹴鞠《けまり》についてであるが「衛門の督《かみ》（柏木）のかりそめに立ちまじりたまへる足もとに並ぶ人なかりけり」（若菜上巻一二五頁）と礼賛されている。が、実はその直後「衛門の督《かみ》は、いといたく思ひしめりて、ややもすれば、花の木に目をつけてながめやる」（若菜上巻一二九頁）次第となる。無気味な、密通事件の胎動である。柏木の表の相貌とは異なる沈うつな心の世界をうかがわせるのである。柏木の恋、そして柏木密通事件は主題化し、本居宣長が柏木の恋の「あはれ」を称揚したように若菜上巻の終わりから下巻にかけて物語の中でも圧巻となる。が、源氏の意識の問題としていえば藤壺事件につきあたることにほかならなかったことは先に述べたごとくである。作者は、慶びの世界の裏側にひそかに藤壺事件に回帰せしめられる光源氏ということを考えているのではないか。夕霧の紫上礼賛も、可能態としてではあるが、六条院の内部にひそかなるあやうさを暗示するものなのかもしれない。紫上の危篤に六条御息所の物の怪が出現し「いみじく調ぜられて、人は皆去りね。院一所《ひとところ》の御耳に聞こえむ」（若菜下巻二一六頁）と源氏一人にのみ語りかけるのは、過去の六条御息所との悔ある罪にも似た恋のいきさつに源氏を誘わずにはおかないであろう。「……なほみづからつらしと思ひきこえし心の執《しふ》なむ、とまるものなりける」（若菜下巻二一七頁）とうったえられて、若き日のあやまちにも似た御息所への己が所業を源氏は悔恨させられるのではないか。「いとつらし、つらしと泣き叫ぶものから、さすがにもの恥ぢしたるけはひ変らず、なかなかいとうとましく心憂ければ」（若菜下巻二一七頁）と、まざまざと正体を見せられた源氏の意識は察するに余りあるであろう。藤壺事件は、あらわに過去が襲いかかるようには書かれていない。が、かえって心にいつも内在していて隠微にひそかにひそかに源氏をつき動かすのである。

若菜上巻の光源氏は藤裏葉巻以上の権栄でありつつ、ひそかに藤壺事件につきあたる苦渋をかみしめているのだといえるのではあるまいか。下巻は憂色の深い世界で柏木事件により藤壺事件がまざまざと光源氏の心に迫っているといえよう。

注

（1）田中隆昭氏『源氏物語　引用の研究』（勉誠社、平成十一年二月）二四頁。
（2）金孝珍氏「准太上天皇光源氏の四十賀―童舞をめぐって―」（平成十六年度中古文学会秋季大会研究発表要旨より）。
（3）清水好子氏「光源氏論」（「国語と国文学」昭和五十四年八月）
（4）拙稿「栄華と道心」（『講座源氏物語の世界第四集』有斐閣、昭和五十五年十一月。のち拙著『源氏物語考論』笠間書院、昭和六十二年九月所収）
（5）拙稿「女三の宮事件の主題性について―柏木との事件に関する一考察」（「国語国文」昭和三十五年十一月。のち拙著『源氏物語の方法』桜楓社、昭和四十四年六月所収）
（6）前掲注（3）に同じ。
（7）拙稿「藤壺物語の主題と方法」（「甲南女子大学研究紀要」昭和四十二年三月。のち拙著『源氏物語の主題と方法』桜楓社、昭和五十四年五月所収）
（8）玉上琢彌先生『源氏物語評釈第七巻』若菜上巻九四頁。

五　光源氏回想

匂兵部卿巻に光源氏を偲ぶ回想の一節が次のようにある。

昔、光君《ひかるきみ》と聞こえしは、さるまたなき御おぼえながら、そねみたまふ人うち添ひ、母方《かた》の御後見《うしろみ》なくなどありしに、御心ざまももの深く、世の中をおぼしなだらめしほどに、並びなき御光を、まばゆからずもてしづめたまひ、つひにさるいみじき世の乱れも出で来《き》ぬべかりしことをも、ことなく過ぐしたまひて、後《のち》の世の御勤めも後《おく》らかしたまはず、よろづさりげなくて、久しくのどけき御心おきてにこそありしか、……

（匂兵部卿巻一六九頁。頁数は『新潮日本古典集成　源氏物語』。以下同じ）

さてこの文を吟味してみるに、「母方の御後見なくなどありしに」まで桐壺巻のことが回想されているのだが「御心ざまももの深く、世の中をおぼしなだらめしほどに、並びなき御光を、まばゆからずもてしづめたまひ、」は「つひにさるいみじき世のみだれも出で来《き》ぬべかりしことをも、ことなく過ぐしたまひて」にかかると見られるので賢木巻から須磨巻にかけてのことが回想されていると見てよいであろうか。すると「御心ざまももの深く、……まばゆからずもてしづめたまひ」とは具体的にどういうことが回想されているであろうか。「つひに」から「ことなく過ぐしたまひて」は、須磨に自発的に退居することによって、謀反《むほん》罪によって流滴されるという大変な世間の騒動、天下の大乱となりそうだったことも、無事におしのぎになったことを言うのであるから、玉上琢彌先生『源氏物語評釈第九巻』二二四頁に「『さるまたなき御おぼえ』のゆえに、その父帝の崩御後、謀叛の罪におとされそうになった。普通ならじたばたして、事を台なしにするのだが、光る源氏は、身をかがめて無事にこの大難をやりすごした。須磨退居は、普通の貴族の実行しえないことであった。」と言われるように、源氏の自発的須磨退居の行動が、天下の大乱、謀反罪によって流滴されるという大変な騒動を未然に防いだのであるから「御心ざまももの深く……まばゆからずもてしづめたまひ」は端的に言えば源氏の自発的須磨退居の行動を指す。「身をかがめ」たこの行動が「御心ざまももの深く、……並びなき御光を、まばゆからずもてしづめたまひ」ということであった。桐壺院御在世とは違う現実を源氏はわきまえた。それが「御心ざまももの深く」須磨退居を自発的に決断したゆえんである。桐壺院御在世の花宴巻では彼は「まろは、皆人にゆるされたれば」（花宴巻五三頁）と自負の言葉を放ち、「並びなき御光を、まばゆからずもてしづめたま」うことはなかった。賢木巻の桐壺院崩御の後、政治情勢の険悪化への源氏の政治的配慮を「御心ざまももの深く、……まばゆからずもてしづめたまひ」の具体的内実と考えることがまずはみとめられよう。

　しかしながら私たちは源氏の自発的須磨退居をそうした政治的決断として捉えるだけでは外面的と言わざるをえない、より内的な彼の心情を、しかも藤壺との心の一致を回想しなくてはなるまい。「御心ざまももの深く、世の中をおぼしなだらめしほどに、並びなき御光を、まばゆからずもてしづめたまひ、つひにさるいみじき世の乱れも出で来《き》ぬべかりしことをも、ことなく過ぐしたまひて」を反芻すると、私は須磨巻の、藤壺の心中思惟における、「かばかりに憂《う》き世の人言《ひとごと》なれど、かけても、このかたには言ひ出づることなくて止《や》みぬるばかりの人の御おもむけも、あながちなりし心の引くかたにまかせず、かつはめやすくもて隠しつるぞかし、」（須磨巻二二九・三〇頁）を想起するのである。藤壺と源氏の仲の秘密保持、換言すれば二人の秘密の御子、東宮（冷泉）のことについて世人の口に全然のぼらないようにふるまっていた心用意、あれほど無理無体というべき恋の情熱で迫ることをしながら、一方人前では内心を隠し体よくとりつくろっていたのだと藤壺は源氏の心の様相を感知するのである。この藤壺の心中思惟こそ「御心ざまももの深く」の匂兵部卿巻の回想にあてはまるのではないか。この源氏の「御心ざまもの深く」は「そねみたまふ人うち添ひ、母方《かた》の御後見《うしろみ》なくなどありし」境遇、艱難によるであろう。いわゆる「艱難汝を玉にす」である。「母方の御後見なくなどありし」が当時の貴族社会にあっていかに負《ふ》の条件であるか言うまでもない。彼は数え三歳にして母を亡くすという薄幸の生い立ちである。父帝がそれを不憫に思し召され寵愛なさっていた間はその心おごりに「まろは、皆人にゆるされたれば」（花宴巻五三頁）の不羈奔放の言動があった。彼の好色の本性については帚木巻冒頭に述べられているが、中で注目されるのは社会人としての立場に心くばりする「さるは、いといたく世を憚《はばか》り、まめだちたまひける」である。禁忌の恋に挑む不羈の性格と矛盾するかのごときこの心性は、前述の、藤壺の心中思惟に源氏は「あながちなりし心の引くかた」がありながらその恋慕の情の赴くままになってしまわず、心の一方で目立たぬように内心を隠す心くばりがあったというのに符合する。不羈奔放の恋の情動の一方に細心な用心があったというのは「母方の御後見なくなどありし」境遇と、弘徽殿女御らの「そねみたまふ」圧迫という試練によって培われたと言えよう。彼が不羈奔放の英雄性そのままではなかったのは、母方に強力な権力者を擁する甘い坊ちゃんでなかったからだと言えよう。彼は細心に心くばりしなければ困難な政治環境を生きていけないことを母更衣の悲劇的な死の意味するところから学んだはずだ。彼は類稀な神童であり聰い皇子であったから。父帝の寵愛はその困難をカバーして余りある絶大な御力であった。しかしそれは弘徽殿女御の「そねみ」を増大させる原因ともなった。彼は父帝の領導と左大臣の思惑とによって左大臣の後見を得ることとなるが、これではっきり右大臣、弘徽殿の敵視の標的となる。この試練は父桐壺院の譲位（葵巻）、ついで崩御（賢木巻）となるに及んで決定的となり緊迫の度を加える。前述の藤壺の心中思惟の「あながちなりし心の引くかたにまかせず、かつはめやすくもて隠しつるぞかし」の源氏への無敬語は、上に「御おもむけも」と敬語があるものの、源氏への藤壺の親愛の情と事柄の緊迫感を表わしていると言えようか。

次に「世の中をおぼしなだらめし」とは具体的にどういうことを回想するであろうか。私たちは賢木巻の、弘徽殿大后の甥にあたる頭《とう》の弁が「白虹《はくこう》日を貫けり。太子畏《お》ぢたり」と源氏を風刺した時「大将（源氏）いとまばゆしと聞きたまへど、とがむべきことかは。后《きさき》の御けしきは、いと恐ろしうわづらはしげにのみ聞こゆるを、かう親しき人々も、けしきだち言ふべかめることどももあるに、わづらはしうおぼされけれど、つれなうのみもてなしたまへり」（賢木巻一六七頁）とあったのを想起するであろう。「とがむべきことかは」―咎めだてできないと源氏は現実をわきまえた。弘徽殿大后の意向は大層険悪で、大后の甥といった近親の人々も態度に出して言うのに対して「つれなうのみもてなしたまへり」―いわば挑発にのらなかったのである。

「大将、頭の弁の誦じつることを思ふに、御心の鬼に、世の中わづらはしうおぼえたまひて」（賢木巻一六八頁）の「御心の鬼」とは何に心をとがめ、おびやかされているのであろうか。「世の中わづらはしうおぼえたまひて」に続くので、この御心の咎めは政治上の不穏な情勢を恐れ憚る気持へ直結してしまいそうだが、ここは「思ふに」の無敬語と相俟って源氏の心中思惟の奥深く切実に「御心の鬼に、」で大きく区切るべきだろう。すなわち目で追う文章法的理解ではなく、声に出して読む（玉上琢彌先生「物語音読論」参照）とき、源氏の主体に即した語りから彼の心の声をじかに聞く思いがする。すると源氏の「御心の鬼」とは藤壺とのことでないのか。紅葉賀巻に「さるは、いとあさましう、めづらかなるまで写し取りたまへるさま、違《たが》ふべくもあらず。宮の、御心の鬼にいと苦しく、」（紅葉賀巻二五頁）とある藤壺宮の「御心の鬼」と同一のことと考えられるであろう。心の中にあって自分を責めるものとは藤壺も源氏も二人の密通による秘密の御子のことにほかならない。頭の弁の風刺は東宮の政治的立場について言っているから政治上の問題であるが、源氏の「御心の鬼」という心内の問題は罪障の恋についての良心の呵責でなければならない。それは同時に政治の問題であるから「世の中わづらはしうおぼえたまひて」とこれは客観的事実として語られる。「御心の鬼」はその客観的叙述への移行によって敬語「御」のついたものであるが、「思ふに」の無敬語は源氏に密着した語り手の一体化を表わすから「心の鬼に」と源氏の心内の無敬語でもありうるだろうが、「世の中」以下の地の文に移りがたくなろう。「御心の鬼に」は源氏の心内から地の文に移行する行文上に敬語化したもので、いわゆる「移り詞《うつりことば》」である。ゆえに截然《せつぜん》と区分しないで心内と地の文の融合を見て、源氏の心内のこととして読むうち地の文へと移っていったらよいのである。心内と地の文と双方を含む接点として考えてよいのである。河内本と別本の伝冷泉為相筆本、伝津守国冬筆本は「思ふに」と整合して心内のこととし、「心のおにに」と無敬語であるが、前述したようにここは「移り詞」で、源氏心内の語が地の文へと移り行き地の文へと着地することで政治上の問題、表層的な文脈となって朧月夜との問題へと移り行き、藤壺とのことは隠れた。これがもし「心の鬼」と無敬語に大きくとどまり、移っていかないならば物語は藤壺とのことに終始することになるであろう。「移り詞」については江戸時代末の国学者、中島広足の言説を、秋山虔氏編『源氏物語事典』（「別冊国文学」No.36、学燈社）で池田節子氏が解説されたのをご参照されたい。

私はこの「御心の鬼に」に立ちどまる。源氏は心中深く藤壺との罪障の密事を刻んでいたのだ。それは換言すれば東宮の御ことである。それは藤壺のより深い心事と一致する。藤壺は「（桐壺院が）いささかもけしきを御覧じ知らずなりにしを思ふだに、いと恐ろしきに、今さらにまた、さる事の聞こえありて、わが身はさるものにて、春宮《とうぐう》の御ためにかならずよからぬこと出で来なむとおぼすに、いと恐ろしければ、」（賢木巻一四九頁）と東宮が二人の密事の噂により廃太子されることを恐れている。夫桐壺院への良心の呵責におびえる藤壺であり、二人の秘事は隠し良心の呵責におびえる源氏であるが、二人ともに東宮の無事即位という政治的達成を悲願とし、父桐壺院への通した。源氏追想の「御心ざまもの深く、世の中をおぼしなだらめしほどに、並びなき御光を、まばゆからずもてしづめたまひ」から回想されることである。「並びなき御光」、源氏の威光をもって頭の弁ごとき圧し去る行動に出ず、思慮深くふるまった。源氏の須磨退居の契機となった朧月夜とのことは思慮深い行動とは言えないが、作者は「世の中わづらはしうおぼえたまひて、尚侍の君にもおとづれきこえたまはで、久しうなりにけり」（賢木巻一六八頁）として、「かれより」（同右頁）と朧月夜から便りがあったことが密会露顕への始発のように書いている。しかも朧月夜とのことは、藤壺との秘事を隠す成り行きとなる。

最後に「光君」という回想についてである。これは桐壺巻の二例が回想される。河添房江氏は「『光る源氏』の呼び名は、主人公の颯爽とした青春期をかたどる一方で、賜姓源氏で美貌で好色というイメージを喚び起こしている。対して『光る君』は、全生涯を貫通する称号であり、この世の光となり君臨し光被するという、より正統なイメージを揺曳させる」（傍線は森）と述べていられる。（「光る君の命名伝承をめぐって」「中古文学」第七十二号、昭和六十二年十一月。のち『源氏物語表現史　喩と王権の位相』翰林書房、平成十年三月所収）。けだし源氏の帝王たるべき相にちなむ政治的理想像を中核とした全人的理想を表わす呼称であった。本稿がその政治的事件を回想したのもゆえなしとしないが、私はその核に藤壺事件を回想するものである。そもそも匂兵部卿巻冒頭は光君の系譜に冷泉院を挙げて（そして引っこめて）いる。挙げて引っこめるからその隠微な様相が印象される。

第二編　女君の人物造型

一　桐壺帝と桐壺更衣の形象

一　桐壺帝の情念の真実と桐壺更衣像

桐壺巻の帝と更衣の永別の場面、帝は「死出の道にも共に行こうと誓ったではないか。私を残しては行けまい」と深い二人の結びつきを仰せになり究極的な愛の御言葉、悲しみを表白あそばす。

いとにほひやかに、うつくしげなる人の、いたう面痩《おもや》せて、いとあはれとものを思ひしみながら、言《こと》にいでても聞こえやらず、あるかなきかに消え入りつつものしたまふを御覧ずるに、来《き》しかた行《ゆ》く末おぼしめされず、よろづのことを、泣く泣く契りのたまはすれど、御いらへもえ聞こえたまはず、まみなどもいとたゆげにて、いとどなよなよと、我かのけしきにて臥《ふ》したれば、いかさまにとおぼしめしまどはる。輦車《てぐるま》の宣旨《せんじ》などのたまはせても、また入らせたまひて、さらにえ許させたまはず。「限りあらむ道にも、おくれ先立たじと契らせたまひけるを、さりともうち捨てては、え行《ゆ》きやらじ」とのたまはするを、女もいといみじと見たてまつりて、「限りとて別るる道の悲しきにいかまほしきは命なりけり　いとかく思うたまへましかば」と、息も絶えつつ、聞こえまほしげなることはありげなれど、いと苦しげにたゆげなれば、かくながら、ともかくもならむを御覧じ果てむとおぼしめすに、　（桐壺巻一五・六頁。頁数は『新潮日本古典集成　源氏物語』による。以下同じ）

桐壺更衣を「女も」と呼称している。帝のまなざしが更衣を「女も」と捉えられるのに密着した表現である。帝には「男」あるいは「男君」などの呼称は用いられてはいないが、潜在的に〝男〟としての意識、感情であられ、[1]その〝男〟としての帝の視点が更衣を「女も」と捉えていられる。と同時に更衣が「女」のまなざしで〝男〟としての帝を見上げているのである。〝男〟としての帝とは「いかさまにとおぼしめしまどはる。輦車の宣旨などのたまはせても、また入らせたまひて、さらにえ許させたまはず」という惑乱あそばす御姿であり、「限りあらむ道にも、おくれ先立たじと契らせたまひけるを」と「死出の道にも共に行こうと誓ったではないか。私を残しては行けまい」とうったえ執着あそばす御嘆き、恋情の極みの御言葉に顕現している。「限りあらむ道にも、おくれ先立たじと」に注解された玉上琢彌先生『源氏物語評釈』を参照すれば、「死は、おのおの前世からあらかじめ定まっているのである。もろともに死ぬなどというには、よほどの因縁が必要だ[2]」。帝は二人の「よほどの因縁」、結びつきをうったえていられる。究極的な愛の御言葉である。これほどまでに思って下さる帝の御言葉におこたえしたのが更衣の歌でなければならない。帝は御歌でなく御言葉であるが、更衣は帝の「限りあらむ道にも」を受けて、「限りとて別るる道」と言い、「え行きやらじ」に応じて死出の道に行きたくはありませんと唱和し、生きたいのは命でございますと掛けことばに寄りかかって応じている。死出の道を共にとの仰せに対して生きて恋の共生をねがうやりとりは、男の贈歌に対する女の答歌に似ている。心は恋情の極みとして唱和しているのである。『孟津抄』に「これほどまでおぼしめしてなげかせ給ふ程に君のためいかまほしきと也」とある。「君のために生きたい」。恋の歌にほかならない。恋する女の恋の歌であり、「女」呼称にこめられた内実である。しかし死は目前に迫っている。生きる希望はない。この歌は死別の絶望と表裏するねがいであり、むなしいものでしかなかった。ゆえに「いとかく思うたまへましかば」の反実仮想のことばが続く。歌に、生きたいと申しましたが、現実にはそれは望めないことです。もし歌のように生きたいという希望を現実に思うのでございましたならば、（どんなに嬉しいことでございましょうに）と、歌の上の句「限りとて別るる道の悲しきに」に戻っていき死別の悲しさを言っていることになる。帝の御悲嘆を前に、この帝のために生きたいと愛のねがいを歌に詠じたが、それが現実には不可能、絶望と悟る心から出た反実仮想はむなしいゆえに悲劇の度を加える。歌のねがいは反実仮想するしかないのだ。現実には不可能なのだ。帝の「死出の道をも共に云々」の御悲嘆に通底しひびきあうことになるのであった。藤井貞和氏の言われる通り(3)「いとかく思うたまへましかば」の「かく」は「歌の後半を重点的に」うけていると説かれた門前真一氏のご読解(4)が正解であろう。上野辰義氏の非常に詳密な論証(5)も門前氏説を継承していられる。藤河家利昭氏も「歌の生きたいという気持ちを受けて、本当にこのように思ったとしましたら、思うことが出来るのでしたらと取ったらどうであろうか」(6)と言っていられる。現実には死が目前に迫っている。生きたいと思っても詮ないことなのである。悲しいその現実に反する仮想を口にした更衣の心情は歌の「生きたい」「帝のために生きたい」思いをなお切なくうったえている。かくて歌の、帝とともに生きたい、恋の共生のねがいに回帰する。恋する心の「女」呼称の深い内実はこの場面においてこのように限りなく形象化されている。

　原岡文子氏は、更衣が「帝との愛の充足感(7)」を得ていることを指摘されている。思うに、母北の方が「娘の死を、横死、即ち前世の業果によるものでない死として捉えていた(7)」のと識別されている。同感である。更衣は「限りとて別るる道の悲しきに」と、自らの死を寿命と思っている。母と娘とは家の遺志をになうことでは同じであっても、帝に対する思いは同じではない。母北の方が靫負《ゆげい》の命婦《みょうぶ》に語った「横様《よこさま》なるやうにて云々」（桐壺巻二三頁）は自らも弁解しているように子ゆえの心の闇、親心の乱れ、愚痴ではあるが、娘の死の無念さが帝の寵愛を「かへりてはつらくなむ」とまで言わせた。が、更衣は「帝との愛の充足感」を抱いて帝との永別に臨んでいたのである。「聞こえまほしげなること」はこの「帝との愛の充足感」のもとにおける更衣の表情でなければならない。帝に申し上げたそうな内容は帝の寵愛による愛の結晶たる光君のことであるのはこの点からも確かなのである。この「聞こえまほしげなること」の内容について藤井貞和氏は「かの靫負命婦《ゆげいのみょうぶ》の訪問において桐壺更衣の母君が語る内容」から更衣の言い得なかった〝遺言〟は「東宮の位をわが子のために希望している」と言われる。(8)氏は「『聞こえまほしげなること』が東宮の位をわが子のために希望していることは、読みあやまるべきでない。見とどけるためには『生かまほしき』とも詠むのである」(8)とも述べられている。「聞こえまほしげなること」を母北の方の語った内容から逆照射させて読解され、さらにそれを逆照射させて「生かまほしき」に反映させて読み解かれるわけであるが、家の遺志という枠組みの中で母北の方と娘更衣の一致を考えていられるところに発していよう。氏の言われる「『聞こえまほしげなることはありげなれど』というのは、すなわち幼い光宮《ひかるのみや》の将来を帝に託そうということであるにちがいない」(8)あたりでとどまりたいというのが私見である。〝後見なき更衣〟の苦しみに悩んで死に追いつめられている位境と更衣の性格を考えたい。もともと桐壺更衣は弘徽殿女御のような強引な政治的人間とは対極的な性格と言うべきだ。「いとにほひやかに、うつくしげなる人」とは、つやつやと美しく、かわいい様子の女性で、情意的感性美が帝を魅了していたとおぼしい。犬塚旦氏『王朝美的語詞の研究』(9)の「『匂ふ』『匂ひやか』『花やか』考」によれば、「匂ひやか」は親しみある傾向性を有し、「愛敬づく」「らうたげ」「柔かに」「おほどく」と近しく用いられ、桐壺更衣は「にほひやかに、うつくしげなる人」とあり、「うつくしげ」（かわいい様子）と近しく用いられていることに徴して分かるように親しみあるかわいい女性である。「匂ふ」が「映発するような色つや、光沢をおびた華麗美であって、なつかしみのあるうちとけた親愛的なふんいきにつつまれていることをもって本来的性格とし、―中略―やわらかななつかしみのある光沢美・華麗美であったのではないか」と犬塚氏は言われ、「『匂ひやか』についても同様のことがいえるようである」と述べていられる。神尾暢子氏「源語作者の美的創造―桐壺更衣の美的規定―」(10)によれば「にほひやかなり」と「うつくしげなり」（氏は「なだらかなり」と「らうたげなり」をも並記）とが、「語構成の要素である動詞や形容詞が存在するにもかかわらず、桐壺更衣の美的語彙であることには、共通性がある」として、「作者は、更衣に対して、積極的表現や直接的表現を回避した」、「強固な女性でなく、環境も健康も、女性美までもが、消極的であり脆弱であったことを、印象づける用語選択であった」と述べていられる。孤立的情況に堪えて帝の寵愛に「なかなかなる物思ひ」（桐壺巻一四頁）をしていた更衣の身体は「か弱くものはかなきありさま」「脆弱」であったが、更衣の容姿美にはやわらかななつかしみが印象の核をなしていて、つやつやと美しく、かわいい様子は「女」としてのなつかしさ親愛感を表出するものであったろう。感性的にうったえてくる意志というものを内在させるていの「女」のなつかしき形象美の人であったと考えられる。それが「いとにほやかに、うつくしげなる人」の意味であるまいか。増田繁夫氏は更衣の父大納言の「ただ、この人の宮仕への本意、かならずとげさせたてまつれ」（桐壺巻二三頁）に着目され、更衣自身の主体的な意志を説かれたが[11]、更衣はその意志を「いとにほひやかに、うつくしげなる」風姿によって表出していたとおぼしい。が、ここは〝後見なき更衣〟の苦悩による死に臨んでいる時である。更衣は何らその意志を表わしえず、わずかに「聞こえまほしげなる」表情のみであった。帝は更衣の言い得ない心の中をお察しあそばすであろう。桐壺帝が生前の更衣の父大納言の願望とその遺志をになう入内した更衣の胸の中をおもんぱかられ政治的意志を感得あそばすことは十分ありうる。そして〝光君の立太子〟というようにお考えになるのはあくまで帝の主体的な感得であり御意志と言うべきである。「いとにほひやかに」の表わすはなやかさは更衣の内に秘めたる意志を感性的に表出するものであっても、自己意志を帝につたえようとする催促的な積極性（暗示的であっても）とは質を異にする。あくまでもやさしくあたたかな、かわいい感性的なものなのである。「うつくしげなる人」となるゆえんである。自己意志の押しつけ的な積極性とは無縁の、やさしい感性の人なのであった。明石の入道が「いとかうざくなる名をとりて、宮仕へに出だしたまへりしに」（須磨巻二四九頁）と言っていることに徴すると「大変すぐれているという評判」をとっていたとあるから、それが容姿であれ人柄であれ才能であれ（具体的に何が「いとかうざく」なのか言っていないから総体的か抽象的に言っているのであろう）大変すぐれているという評判が高かったということは地味な負性でないことをうかがわせるであろう。「いとにほひやかに」という感性的な華美の、ある種の積極性に帝は魅了され親和的なやさしさに「うつくしげなる人」との思いを抱いて寵愛あそばしてきた桐壺更衣が重態となって美貌をやつれさせ意識もうすれがちなのである。ここに〝男〟としての帝が「女」としての更衣に強く触発されるのであって、「聞こえまほしげなることはありげ」と帝が感じられたのにはさような男心の機微があろう。帝は〝男〟として主体的に感得されその御意志を愛の行為として遂行されようとするのだ。桐壺更衣は家の遺志をになって入内した頃とは違い、〝後見なき更衣〟の苦しみに悩んで死に追いやられようとする今、〝後見なき光君の立太子〟という無理を帝に望むであろうか。ただわが子の将来を念じ祈りすべてを帝に依頼するまなざし口もとであったと私は思う。ちなみに母北の方の愚痴、娘を亡くして語った打ち明け話には夫の遺言に引きずられてしまった悔いのようなものがにじみ出ているようにも思う。夫の大納言の執念・遺言ゆえに娘を入内させたが、「はかばかしう後見《うしろみ》思ふ人もなきまじらひは、なかなかなるべきことと思ひたまへながら」（桐壺巻二三頁）と、〝後見なき更衣の苦しみ〟を見通していたほどの賢明な母北の方が、〝後見なき光君の立太子〟の無理なることを思わないはずはないであろう。後にも述べるが、母北の方に限らず当時の人々の共通した考え方であり、まして桐壺更衣の強引でない性格、やさしい可憐美の形象性からして無理な自己主張は考えられないであろう。

藤井貞和氏[12]や新間一美氏[13]が桐壺更衣の造型が李夫人説話に拠ることを明らかにされ、李夫人の像が桐壺更衣の像に重ねられていることを説かれたことは卓論として名高い。李夫人が一子と兄弟との将来を帝に懇請したことは漢書外戚伝に見られる。李夫人は武帝に「（息子の）昌邑王と兄弟をよろしくお願い致します[14]」と懇請しているが、桐壺更衣はそのようなことはない。この李夫人の役割は桐壺更衣ではなく母北の方が靫負の命婦を通して帝につたえられるかたちでなされるということになるのであろうか[15]。が、漢書外戚伝に載せられている李夫人の死を悲しんで作った武帝の賦の反歌に相当する「乱」の第七・八・九句の大意「やつれた美女は大きく息をついて幼な子を嘆くが、かなしんでも口には出さずに私に頼る。仁ある者は誓わず、親しい者には約束せずとも良い。私は彼女の不言の依頼を聞き届けよう[16]」によると新間氏の言われるように「両者を比較すると更衣の方も、自分亡き後に一人残される光源氏のための不言の依頼と思われるのである[16]」となる。「かなしんでも口には出さずに私に頼る」、「私は彼女の不言の依頼を聞き届けよう」は、相互の信頼関係と、桐壺更衣の「聞こえまほしげ」であって「口には出さず」帝に頼る表情、主体的に更衣の〝依頼〟を感得し光君の将来について立太子の可能性を目指された桐壺帝の御意志とその後の御言動とによく重なる。漢書の記述よりも武帝の賦の「乱」の方が武帝自身の〝証言〟として重いと思われる。漢書外戚伝では李夫人はやつれ果てた顔を武帝に見せまいとし、布団をひっかぶって、昌邑王と兄弟のことを頼んだとある。李夫人は容色ゆえに可愛がられた自分がやつれ果てた顔をお見せしては自分の兄弟に目をかけてもらえないと思ったのだ[17]。このような李夫人の言動のイメージより武帝の賦の「乱」の「かなしんでも口には出さずに私に頼る」のイメージこそ桐壺更衣の像と重なる。

桐壺帝は更衣の〝不言の依頼〟に対し、主体的に光君立太子を目指されたが、〝後見なき立太子〟は極めて無理なことである。玉上琢彌先生『源氏物語評釈』に「皇太子がうしろみを必要とすることは、更衣の比ではない」（第一巻一〇九頁）と説かれている。先生は、賢明な祖母君はそれを考えないはずはなく、若宮立坊の不可能なることを、よく知っているはずである。更衣の死によって、いやというほど思い知らされたばかりであるはずの時だ[18]、と祖母君について説かれているのであるが、思うに、〝後見なき立太子〟が不可能なことは、確かに右のごとき祖母君の位境において痛切に感じられたであろう。が、程度の差こそあれ他の人々も同様に考えることであろう。しかるに桐壺帝は光君を皇太子にとねがわれた。更衣の母君への御言葉に「かくても、おのづから若宮など生《お》ひいでたまはば、さるべきついでもありなむ。命長くとこそ思ひ念ぜめ」（桐壺巻二七頁）とある「さるべきついで」に御気持がこめられている。「さるべきついで」について『湖月抄』に「若宮を春宮にもとおぼしめす御心なるべし」とある。

玉上先生『源氏物語評釈』に若宮が高位高官となるのは二十五、六歳だから、それまで祖母君に待て、というのでは余りに先のことになるから「あるいは、このときの主上は、若宮を皇太子に、と、ひそかに考えていられたのではなかったか[19]」と述べていられる。事実、帝は光君を皇太子にしたい熱望を抱いていられることを作者は「明くる年の春、坊さだまりたまふにも、いと引き越さまほしうおぼせど」（桐壺巻二九頁）と明記する。これからも「さるべきついでもありなむ」という暗示的な表現の中身が明らかとなる。「坊さだまりたまふにも、いと引き越さまほしうおぼせど」は「さるべきついでもありなむ」を受ける、引き続いての帝の思念であろう。しかし「おぼせど」とあるように帝の思念・御意志は断念へと向かう。ここは断念を言う「色にもいださせたまはずなりぬるを云々」（同右頁）が眼目なのであって、〝光君立坊〟は帝の熱望の御気持を述べるにとどまり、熱望は熱望のままに終わる。賢帝は内乱の恐れをお避けになったにとどまらず光君を「朝廷《おほやけ》の御後見《うしろみ》」とお定めになった。

されば「さるべきついでもありなむ」はどう考えるべきか。その時も「御後見すべき人もなく、また世のうけひくまじきことなりければ、」（同右頁）という事情は変わらないのに「なかなか危くおぼし憚」（同右頁）られなかったのは何故か。暗示的にせよ光君を皇太子にの意を仰せになったことをどう考えるべきか。私たちはここに錯誤と背中合わせの帝の情念の高ぶりを見るべきなのであろう。更衣が亡くなり帝の御悲嘆は「ただ涙にひちて明かし暮らさせたまへば、見たてまつる人さへ露けき秋」（桐壺巻一九頁）であり、「一の宮を見たてまつらせたまふにも、若宮の御恋しさのみ思ほしいでつつ、親しき女房、御乳母《めのと》などをつかはしつつ、ありさまをきこしめす」（同右頁）のである。更衣の忘れ形身光君への情念しきりでおわす。更衣が宮仕えをしたかいがあったと喜んでくれるようなことをしてやりたいと、つねづね思っていたのに「女御とだにいはせずなりぬるが、あかずくちをしうおぼ」（桐壺巻一八頁）し、亡くなってしまった今は言っても詮ないゆえに、光君を皇太子にという情念を「さるべきついでもありなむ」にこめられたのだ。「女御とだにいはせず」に注して『湖月抄』は「此詞にて后にもなすべく思し召しおかれし心見えたる也」と言う。〝後見なき更衣の立后〟も帝の情念の高ぶりを感じさせる。〝後見なき皇子の立太子〟はそれを越える情念の高ぶりでなければならない。

若い帝の更衣と光君への愛情が桐壺巻に横溢し、光君の運命をいざなうものとなる。「さるべきついでもありなむ」にこめられた帝の情念の真実が帝のその後の行為となってあらわれる。光君の立太子を断念あそばして後もなお倭相《やまとそう》、高麗人《こまうど》の観相、宿曜《すくよう》と執拗に占わせなさったのも、光君の立太子やがての即位の可能性を探求されたとおぼしく私たちは帝の情念の真実をこそ見なくてはならない。「さるべきついでもありなむ」の帝の情念を光君の祖母君は軽いものとは考えなかったと思う。〝光君立太子〟の御意向を感取したはずの祖母君は、その無理な帝の情念をかたじけなく拝したにちがいないが、現実の壁を考えたであろうと思う。〝後見なき更衣腹の立太子〟の無理なることは祖母君に限らず誰にも分かっているいわば世論である。右大臣の後見する第一皇子「疑ひなき儲けの君」をさしおくなど無理と言わねばならない。「世のうけひくまじきこと」（桐壺巻二九頁）である。世人は〝光君立太子〟の無理は分かっていたが、帝の光君への寵愛の並々ならぬことからひょっとしたらと思っていたのだ。そのように帝の情念の高ぶりを物語は書いているわけである。弘徽殿女御は、「坊にも、ようせずは、この御子のゐたまふべきなめりと、一の御子の女御はおぼし疑」（桐壺巻一三頁）っていたとあるから、世人などよりもはるかに強い疑念を抱いていた。立坊争いの激しい競い心、嫉妬のなせることで冷静さを欠いているわけであるが、女御も世人も疑ったのは帝の情念の常軌を逸したもう懸念からである。「さるべきついでもありなむ」という祖母君への帝の御言葉には情念が常軌を逸していられる趣があったが、祖母君へのひそかな御気持の表明であったから内々の秘め事にほかならなかった。「坊さだまりたまふ」時、帝は常軌を逸せず思いとどまられた。「さばかりおぼしたれど、限りこそありけれと、世人《よひと》も聞こえ、女御も御心おちゐたまひぬ」（桐壺巻二九頁）。あれほどおかわいがりだったが、やはり限度があったのだという思いは、帝の情念が限度を越えなかったことへの感慨である。かくして帝の情念と御意志は挫折するが、その情念の真実すなわち光君への愛はとどまることなく光君の将来について深い叡慮がめぐらされることとなる。

二　桐壺更衣への敬語

桐壺巻冒頭文の青表紙本（明融本）、河内本（尾州家本）及び陽明文庫本（別本）の異同を阿部秋生氏が明示して下さっている[20]。桐壺更衣への敬語で最も目立つのは陽明文庫本の「すぐれてときめきたまふおはしけり」である。明融本、尾州家本、すなわち青表紙本、河内本ともに「ありけり」である。「おはしけり」は他の諸本に見られない陽明文庫本の独自異文である。陽明文庫本の桐壺巻は「青表紙本と河内本との本文の混淆によって生じた別本ではない。青表紙本・河内本とは無関係に成立している別本であると思われる[20]」と言われている巻々の一つである。伊井春樹氏は「鎌倉期古写の別本とされる巻[21]」と言っていられる。伊井氏があるいは院政期の本文を継承している可能性も言われている本文であるから相当に尊重して、青表紙本の本文等と比較する必要があろう。

伊井氏の論文「陽明文庫本源氏物語の方法[21]」に指摘されているように陽明文庫本は「いとやんごとなきゝはにはあらぬが、すぐれてときめきたまふおはしけり」（大島本「有けり」）、「五六日になるに、日々にまさりていとよはくなりたまひぬれば（「なれば」）、「女いみじとみたてまつり給て」（「みたてまつりて」）と、語り手は桐壺更衣へ敬語を用いる点が注目される。ただし明融本、大島本（青表紙本）でも「日々におもりたまひて」が上にあるからそれを考え合わすとそう差違はない。他の二例は比較して検討したい。「みたてまつり給て」は国冬本（別本）も同じである。伊井氏は「語り手は敬語を用いることによって、より桐壺更衣の側に立っての発言をしようとする。彼女を突き放して描写するのではなく、同じ被害者からの視線がそこにはあり、その語りはむしろ近仕する親しい女房を思わせるといえよう」(21)と述べていられる。陽明文庫本源氏物語の本文は桐壺更衣への深い敬愛を表わしている。

ところでしかし桐壺巻冒頭部分の桐壺更衣の位相に重点を置いて見ると、重い敬語はいかがかと思われるのである。玉上先生『源氏物語評釈』に「『すぐれて時めきたまふ』と、最後の『まじらひたまふ』しか敬語がついていない。『人の心を動かしたまひ』はもとより、『恨みをおひたまふつもりにやありけむ』とも言わないのである。更衣の中では丁寧《ていねい》のほうだが、女御とははっきり区別されている。ここからも上下から敵視されている孤独の感じが出てくるのである」(22)と述べていられる。明融本によるご読解であるが、右の敬語については多くの諸本異同がなく、ただ陽明文庫本の「おはしけり」が目立つのである。「時めきたまふ」とある上に「おはし」と重ねてあるのだから相当重い印象を与える。こう重んぜられると、「孤独の感じが出」ないばかりか女御とも拮抗する身分的位相さえ感じられ客観的にも変である。冒頭部分は「同じほど、それより下臈の更衣たちは」で身分が更衣で、更衣の中では上位なのだと分かるので「更衣の中では丁寧《ていねい》のほう」というのが敬語法としてよろしいのである。敬語はその人物の場面、表現空間での存在性、造型性と深くかかわるように思われる。(23)「すぐれて時めきたまふ」は帝の寵愛を特に受けておられる女主人公のありようが敬語として形象化されているのだと考える。また「まじらひたまふ」は帝の「かたじけなき御心ばへのたぐひなきを頼みにて」、女御更衣たちと拮抗した交らいをしている女主人公のイメージ、造型性を敬語が形象化しているのだと考える。「まじらひたまふ」は「かたじけなき御心ばへのたぐひなきを頼みにて」を因由しているから、たぐひなき帝寵による女主人公の存在性の重みを表わしている。同時に父大納言亡き家の、母の聡明な支えにのみ頼る更衣は、有力な身内の政治家の後楯のない心細さがある。帝に仕える「さぶらひたまふ」は女御でないと敬語がつかないのだ。「女御、更衣あまたさぶらひたまひける」は上位の女御を対象として「たまひ」がついているのである。「まじらひたまふ」は女御・更衣相手だからだが、それも帝寵の厚きゆえなのだ。「更衣の中では丁寧《ていねい》のほう」の理由である。が、「すぐれて時めきたまふおはしけり」となると「丁《てい》寧《ねい》のほう」ではすまなくなる。破格の敬語・待遇表現である。桐壺巻冒頭部分でここまで語り手が女主人公を重んじてしまってよいだろうか。否である。「心細い孤独の感じ」が出なくなり、以下に語られる心細い桐壺更衣の造型とそぐわなくなる。語り手が桐壺更衣を敬愛し重んじるあまり、作品としての、文芸的効果、人物造型の上からは、ひいきの引き倒しとなろう。重い存在性では悲劇の序曲たりえない。

「いみじとみたてまつり給て」（陽明文庫本と国冬本）の桐壺更衣への敬語「給て」は、桐壺帝との別れの場面で、第二皇子の生母として「御息所、はかなきここちにわづらひて、まかでなむとしたまふを」（青表紙本、河内本）と「御息所」と呼称され「たまふ」の敬語がつけられているところなので肯けそうであるが、しばらく検討したい。「御息所……」の本文を『源氏物語大成』、『源氏物語別本集成』によって見ると、「ここち」が別本の陽明文庫本では「御心ち」とあり他の別本諸本にも見られない独自異文である。国冬本が「わづらひそめ給て」、阿里莫本、麦生本が「まかで給なむと」とあり、これら別本は敬語が多い。さて「みたてまつり給て」はこの時の桐壺更衣の「御息所」なる身分からして客観的には妥当かと思われる。帝との対面ゆえ帝が意識されるその格差を考えてもまずは妥当であろう。対面、対話の場面ではないが、帝に対する意識のこもる「女御更衣あまたさぶらひたまひける中に」では女御に敬語がついている（身分の上下の者が並んでいる場合、上の者を対象とする）。桐壺更衣は「御息所」であり「女御とだに言はせずなりぬるが、あかずくちをしうおぼさるれば」との帝の思し召しからすれば准女御と言いつべく「みたてまつり給て」が身分的に妥当と言えそうである。ところでしかし、身分的にはそうであっても、ここの場面の緊迫した情況の桐壺更衣の「女」としての切迫した恋の心情からすれば、敬語のもたらす悠長さはふさわしくないであろう。ここは女御に准ずべき「御息所」の重き存在性であるのではなく、帝を恋い慕う「女」の切ないまなざしが死に臨んで帝にそそがれる緊迫感から「見たてまつりて」の方がふさわしいであろう。帝を仰ぎ見る「女」の切なさを捉えていられる帝の視点に即した叙述なればこその無敬語でもあるが、何よりも切迫した様態を写す無敬語なのである。同じく帝の視点にもとづく桐壺更衣の様態でも敬語のつく箇所とつかない箇所とがあり、対比してみるとそのことが分かるであろう。

いとにほひやかに、うつくしげなる人の、いたう面痩《おもや》せて、いとあはれとものを思ひしみながら、言《こと》にいでても聞こえやらず、あるかなきかに消え入りつつものしたまふを御覧ずるに、来《き》しかた行《ゆ》く末おぼしめされず、よろづのことを、泣く泣く契りのたまはすれど、御いらへもえ聞こえたまはず、まみなどもいとたゆげにて、いとどなよなよと、我かのけしきにて臥《ふ》したれば、いかさまにとおぼしめしまどはる。（桐壺巻一五・六頁）

末尾に一つながら敬語のつく「ものしたまふ」や「御いらへもえ聞こえたまはず」は、帝が更衣に敬意を払っていられるのに即した叙述である。波線部は帝のまなざしがお捉えになる更衣の様態が危うい様子を呈している緊迫感が無敬語として形象化され「いかさまにとおぼしめしまどはる」帝の惑乱と呼応している。かかるばあいも帝には敬語がつく。「息も絶えつつ、聞こえまほしげなることはありげなれど、いと苦しげにたゆげなれば、かくながら、ともかくもならむを」と更衣の様態に無敬語なのはまさに緊迫の度と切迫感を形象化するのであり、帝はその更衣の表情の目もと口もとの切迫するのを御覧あそばす。「かくながら、ともかくもならむを御覧じ果てむとおぼしめす」（桐壺巻一六頁）とは度を失いあそばした帝の惑乱であり、「息も絶えつつ」の更衣のいまわの際の表情ゆえである。かかる時、無敬語の表わす更衣の様態が緊迫感、切迫感を帝にもたらしている。わが御眼で更衣の生死のほどを見とどけたいという帝の思いは、帝として宮中の掟を無視する、〝男〟の情念である。この場面は更衣の「女」呼称に呼応する帝の潜在的な〝男〟の恋の極まるところを描いている。

三　まとめ

桐壺帝と桐壺更衣の永別の場面の、更衣の「女」呼称の内実には、帝の愛の御言葉に感動し、これほどまでに思って下さる帝との恋の共生をねがう更衣の歌の、恋する女の心がこめられている。息も絶え絶えの更衣の「聞こえまほしげなる」表情から帝は二人の仲の愛子光君の将来を依頼する心をお汲みとりになり、若い帝の愛の情念は〝光君の立太子〟を御意志あそばす。帝の主体的な御意志、愛情行為としての〝光君立太子〟の熱望は、執拗にくりかえされる観相（倭相、高麗の相人の観相、宿曜）にその証左を見る。断念あそばして後のことゆえなおさら帝の情念の真実を感じる。が、帝の熱望は熱望のままに終わる。叡慮は深められ光君を「ただ人にて朝廷《おほやけ》の御後見《うしろみ》」と定められた。光源氏の誕生である。光源氏に酷似する冷泉の立太子は、桐壺帝の情念の真実を物語る。帝の政治的行為は、桐壺更衣の「いとにほひやかに、うつくしげなる」形象美への愛にもとづき、二人の仲の愛子光君の運命をひらく。帝の愛の行為が即政治的行為となるのである。けだし源氏物語は愛即政治の物語である。

「桐壺更衣への敬語」は、心細い更衣の位境と緊迫した更衣の様態の形象化を見ることによって桐壺更衣像の文学的位相に迫ろうとした。そして、その緊迫感が帝の惑乱、切迫した情念を呼び、帝の〝男〟としての愛の行為即政治的意志が光源氏運命の序曲となる。

注

（1）帝に潜在的な「男」を捉える言説は既に上野辰義氏が「桐壺更衣の歌」（『仏教大学文学部論集』平成七年三月）で述べていられる。これよりはやく高橋和夫氏は『古典評釈　源氏物語』（右文書院、昭和五十四年三月）で「ここでは、帝はもはや帝王という威厳も責任も一切放棄している。一人の最愛の女と、おそらくは再会もないだろう離別に、女々《めめ》しく躊躇し、心を動転させている一人の男である」と述べていられる。

（2）玉上琢彌先生『源氏物語評釈第一巻』桐壺巻四六頁。

（3）藤井貞和氏「神話の論理と物語の論理—源氏物語遡行—」（「日本文学」昭和四十八年十月。のち『源氏物語の始原と現在—定本』冬樹社、昭和五十五年五月、講談社学術文庫『源氏物語入門』平成八年一月所収）

（4）門前真一氏「『いとかく思う給へましかば』追考—惟規の歌との比較—」（「解釈」昭和四十五年一月）

（5）上野辰義氏「桐壺更衣の造形と人間像—『いとかく思う給へましかば』の解釈を中心に—」（「国語国文」平成七年六月）

（6）藤河家利昭氏「桐壺の巻の方法—いかまほしきは命なりけりの歌について—」（『源氏物語の表現と構造』笠間書院、昭和五十四年五月。のち『源氏物語の源泉受容の方法』勉誠社、平成七年二月所収）

（7）原岡文子氏「光源氏の御祖母—二条院の出発—」（「共立女子短期大学文科紀要」昭和五十六年二月。のち『源氏物語　両義の糸　人物・表現をめぐって』有精堂、『源氏物語の人物と表現　その両義的展開』翰林書房、平成十五年五月所収）

（8）藤井貞和氏「桐壺巻問題ふたたび—源氏物語の構想をめぐって」（「国語通信」筑摩書房、昭和四十七年九月。のち講談社学術文庫『源氏物語入門』所収）

（9）犬塚旦氏『王朝美的語詞の研究』（笠間書院、昭和四十八年九月）

（10）神尾暢子氏「源語作者の美的創造—桐壺更衣の美的規定—」（『源氏物語の探究第六輯』風間書房、昭和五十六年八月。のち『王朝語彙の表現機構』新典社、昭和六十年十月所収）

（11）増田繁夫氏「桐壺帝の後宮—桐壺巻—」（『源氏物語講座3光る君の物語』勉誠社、平成四年五月）

（12）藤井貞和氏「光源氏物語の端緒の成立」（「文学」昭和四十七年一月。のち『源氏物語の始原と現在』三一書房、昭和四十七年、定本として冬樹社所収）。同氏「桐壺巻問題ふたたび—源氏物語の構想をめぐって」（前掲）

（13）新間一美氏「李夫人と桐壺巻」（『論集日本文学・日本語2中古』角川書店、昭和五十二年十一月）。同氏「桐壺更

衣の原像について―李夫人と花山院女御忯子―」（『源氏物語作中人物論集』勉誠社、平成五年一月）。ともに『源氏物語と白居易の文学』（和泉書院、平成十五年二月）所収。

(14) 漢書外戚伝（『中国の古典シリーズ3』平凡社、昭和四十八年四月、本田済氏訳文）。

(15) 前掲注（7）に同じ。

(16) 新間一美氏「李夫人と桐壺巻」。前掲注（13）参照。

(17) 前掲注（14）の本田済氏訳文を参照させていただいた。

(18) 『源氏物語評釈第一巻』一〇九頁。

(19) 『源氏物語評釈第一巻』八三頁。

(20) 阿部秋生氏『陽明叢書源氏物語一』解説（思文閣出版、昭和五十四年三月）

(21) 伊井春樹氏「陽明文庫本源氏物語の方法」（「国語国文」平成五年一月）

(22) 『源氏物語評釈第一巻』三三二頁。

(23) 拙稿「源氏物語の表現構造としての敬語法」（「学大国文」〈大阪教育大学〉昭和六十年三月）、同（前稿続）（「学大国文」昭和六十一年三月）。拙稿「源氏物語敬語体現論」（稲賀敬二氏編著『源氏物語の内と外』風間書房、昭和六十二年十一月、のち『源氏物語の主題と表現世界』勉誠社、平成六年七月所収）。

二　「桐壺帝と桐壺更衣の形象」再説・補説

——付・「源氏物語における人物造型の方法と主題との連関」再説・補説——

一

桐壺更衣はどのような女性であったか。私たちは桐壺巻において帝の寵愛を他の妃たちにぬきんでて受けたことによって嫉妬や憎しみの渦の中であえなく死んでいく悲劇を読み、はかなく弱い女性像を看取する。「いとやむごとなき際《きは》にはあらぬ」更衣が、他の妃たち就中女御たちからけしからぬ存在としておとしめられ嫉《ねた》まれたのは身分社会として必然のなりゆきであった。桐壺更衣の「いとやむごとなき際《きは》にはあらぬ」内実は「父の大納言は亡くなりて」、「はかばかしき後見《うしろみ》しなければ、ことある時は、なほより所なく心細げなり」（桐壺巻一二頁。本文、頁数は『新潮日本古典集成』による。以下同じ）とある。このことは入内以前に予想されるべきことで、母北の方は、「はかばかしう後見《うしろみ》思ふ人もなきまじらひは、なかなかなるべきことと思ひたまへながら」（桐壺巻二三頁）と後見のない娘の宮仕えの苦しみを見通していた。にもかかわらず母北の方が娘の宮仕えを促したのは「ただかの遺言《ゆいごん》を違《たが》へじとばかりに」（同右頁）であったという。「出《い》だし立てはべりしを」（同右頁）に小学館『新編日本古典文学全集』は注して「『出だし立つ』は、促して外に出す（ここでは出仕させる）。本人の希望はどうであれ、の気持」とする。母に促されて宮仕えしたというのは真相であろう。が、「本人の希望はどうであれ、の気持」というのはいかがであろう。この言い方は娘本人の気持や意志はどうであれ母親の裁量に従わせたという趣がある。本人が入内を希望しているかいないかどちらであろうとというのは本人の意志よりも親の意志（父大納言の意志）と母北の方の裁量が強く出ており、はかなく可憐な桐壺更衣のイメージにふさわしいのではあるが、「本人の希望がどうであれ」というのは父大納言の遺言の「ただ、この人の宮仕への本意、かならずとげさせたてまつれ」（桐壺巻二三頁）の「この人の宮仕への本意」という言葉にかんがみていかがかと思う。

「この人の宮仕への本意」については玉上琢彌先生の『評釈』が「宮づかへのほい」に注して「『思ふ心ありし』とは、すなわちこの本意である。『本意』は、素志・目的。宮仕えさせようという両親のかねてよりの素志」（『源氏物語評釈第一巻』七〇頁）と述べていられ、口語訳でも「この子を宮仕えさす願いを必ずかなえてさしあげよ」（『源氏物語評釈第一巻』六九頁）とあるのによれば、この「本意」は両親のかねてよりの素志ということになる。が、「とげさせたてまつれ」の「たてまつれ」は娘への敬意表現だから「この人の宮仕への本意」は娘の宮仕えの本意と解すべきであろう。もちろん「生まれし時より、思ふ心ありし人にて」（桐壺巻二三頁）とあるように父大納言と母北の方が娘誕生このかた念願していたことであり、娘はそれに随順していたにほかならぬであろう。素直な従順さは桐壺更衣の優しい可憐なイメージとも合う。またこの時代の貴族社会においては娘が親に随順するのが普通であり、今日のように娘が多様な生き方を選択できるのとは違うこと増田繁夫氏の説かれた通りである。(1)『新日本古典文学大系』が「宮仕えは親の意向を受けつぎ娘その人の本意とするところでもある、という構想」と注解するのに従いたい。いわゆる「家の遺志」として娘の入内は父、母、娘の「本意」としてかねてより持ちつづけられていた。父大納言はそれを「この人の宮仕への本意」と言ったのであり、母北の方も同様の認識であったろう。娘がぬきんでて強い意志を持っていたというのではない。最も強い念願を抱いていたのは父大納言であり「いまはとなるまで」言いつづけ「われ亡くなりぬとて、くちをしう思ひくづほるな」と「かへすがへすいさめ」（同右頁）おいたので、母北の方は「はかばかしう後見《うしろみ》思ふ人もなきまじらひは、なかなかなるべきことと」（同右頁）ためらいも持ちながら、夫の強い遺言に押されるように娘を宮仕えにと促したのだった。娘は母の裁量に促されて出仕したのであって、これも随順である。娘の宮仕えの本意というのは父や母の意向に従ってのものなのである。母北の方は夫の意向の強さに押されながらも「はかばかしう後見《うしろみ》思ふ人もなきまじらひは、なかなかなるべきことと思」っていたというが、娘の心情については語るところがない。入内時ともなればなにほどかは母の不安に似た思いもあると思われるが、母の回顧からは、娘はわが裁量に随順するものと信じ切っているのか娘の心の中を推量した言葉もない。

父大納言が娘の入内を念願した意志はよく理解できるが、「われ亡くなりぬとて、くちをしう思ひくづほるな」と自分の亡きあともその遺志を必ずとげるように遺言したことはどう理解すべきなのであろうか。政治家として母北の方の危惧〝後見なき入内〟を案じなくてはならないにかかわらず、一途に娘の入内の完遂を遺言している。この大納言の思惑、心の中も物語は語っていない。彼はただ己の強い念願を妻に遺言したのみで死んでしまったのだ。いったい娘を後見する父が亡くなってしまった後、後見する政治家の兄弟もいない娘の入内にどういう意味があったのであろうか。父大納言は、自分の死後娘の入内によって皇子が生まれ、その皇子によるわが家の栄華を望んでいたのであろうか。結果論的に言えばそれが実現したことからそのように推測することはできるのであるが、この局面（娘の入内を遺言する）でそう考えてよいのか。私は〝天皇親政〟を志向あそばす桐壺帝と大納言の合意（想定）のうちに答を見出だしたいと考えているが、詳しくは別稿（「光源氏像の造型―皇位継承の史実への回路―」『源氏物語の新研究―内なる歴史性を考える』新典社、平成十七年九月。本書第一編一所収）に論じる。

入内後の娘の苦難、後見なき更衣の痛苦を予想しえたにもかかわらず、その無理を強行してまで入内の念願を捨てなかった父大納言の執念はしかしながら現実的な見通しとして帝に頼るほかなかったであろう。彼は帝に頼ることに何らかの成算があったはずである。生前、帝の御内意をうかがっていたと考えられる。それは帝が「故大納言の遺言あやまたず、宮仕への本意深くものしたりしよろこびは、かひあるさまにとこそ思ひわたりつれ」（桐壺巻二六・七頁）とあることからうかがい知ることができるであろう。桐壺更衣入内は父大納言の強い念願であったと同じく帝の強い御希望であったことをうかがわせるのである。「かくても、おのづから若宮など生《お》ひいでたまはば、さるべきついでもありなむ。命長くとこそ思ひ念ぜめ」（桐壺巻二七頁）との母北の方への御言葉（ゆげいの命婦を通してつたえられるであろう）の「さるべきついでもありなむ」は『湖月抄』や玉上先生の『評釈第一巻』八三頁に言われているごとく「若宮を皇太子に」という思し召しがこめられていよう。が、〝後見なき皇子の立太子〟は無理なことである。

知られるように、この思し召しは帝の熱望でありながらやがて断念あそばすのである。熱望のあまりのいわば常軌を逸した情念といいながら少なくとも〝後見なき皇子の立太子〟を暗示的にせよ口にせられ、断念されて後もなお倭相《やまとそう》、高麗《こま》の相人の観相、宿曜《すくよう》と執拗に占わせあそばし、光君の立太子やがての即位の可能性を探求されたゆえんは何なのか。光君のすぐれた資質とそれを愛する帝の愛情からであるが、困難の予想される現実の壁を思し召されて断念あそばした叡慮の一方に立太子の可能性を探りうる何かがなければそれは熱望という名の妄想でしかないではないか。私は〝天皇親政〟の情念を想定するものである。秋山虔氏『源氏物語の女性たち』の「桐壺更衣」によれば、父大納言は「帝と祖を同じくする皇胤《こういん》と目することも失当ではあるまい。―中略―帝の更衣寵愛は、更衣その人の魅力によることもさりながら、その血筋におのずから牽引されたものと解することができるかもしれない。(2)」とあり、それは「藤原氏の左右大臣家がしのぎを削る体制に釘付けられることへの拒否と表裏する帝の姿勢だったといえるかもしれない。(2)」とある。それは換言すれば〝天皇親政〟への姿勢であり、帝の情念・理念をかいまみることができるのではないか。立ちはだかる藤原氏の左右大臣家の現実の壁に抗して、藤原氏の後楯のない光君を天皇自らが宮廷において愛育あそばし、秘蔵子として卓越した資質の光君を立太子やがては即位へと念願される構図は、〝天皇親政〟の意図もしくは願望にほかならぬであろう。桐壺帝は醍醐天皇を准拠として造型されていること、醍醐天皇は延喜の聖代の君主であることを思い合わしたい。龍粛氏『平安時代―爛熟期の文化の様相と治政の動向―』によれば「延喜の治は宇多法皇の推進」[3]とある。宇多上皇が藤原時平、菅原道真の二人を登用すべきことを新帝醍醐天皇に指示されている。宇多法皇が天皇と談合の上、道真を召して関白の任を授けようとされたことなど、宇多法皇がいかに菅原道真を重用されようとしたかがうかがえ、藤原時平も、儼然たる法皇に対して奉仕するところがあったこと、龍氏は『扶桑略記』等にもとづいて述べていられる。また法皇は時平の弟忠平の人柄を愛され信任あそばした。忠平はしばしば法皇の御所に伺候したこと、法皇が忠平と協議して諸事を沙汰せしめられたことなど『貞信公記』によって龍氏は法皇の政治上の指導性をのべていられる。後の院政を思わせ、龍氏が「延喜の治は宇多法皇の推進」と言われるゆえんである。以上、龍粛氏『平安時代―爛熟期の文化の様相と治政の動向―』の「延喜の治」によってまとめたが、最新の『歴代天皇・年号事典』（米田雄介氏編、吉川弘文館、平成十五年十二月）によれば宇多天皇は「いわゆる阿衡《あこう》の紛議によって藤原氏の専横に対する不快の念を強められ、寛平三年（八九一）正月基経が死んで後、嗣子時平の若年に乗じて親政にあたり云々」とあり、醍醐天皇も「上皇の意を承けて親政を続けるが、―中略―上皇は天皇の朝を通じてなお健在で、国政上にもしばしば指示を与え、天皇も君徳すぐれて終始親政に精励した」。「その皇子村上天皇も当代を理想として親政を行い、同様の政治的文化的治世を現出させたから、当代と併せて『延喜・天暦の治』と称され、ともに聖代視された」[4]とある。これらは既によく知られているところであり、源氏物語が、延喜天暦の聖代、天皇親政の理想の憧れ心と現実凝視を桐壺帝の造型にこめたことは考えられてよいであろう。すなわち紫式部は桐壺帝の情念に天皇親政の理想を内包させ、一方政治の現実の壁という意識との矛盾の中に造型を試みたのである。即位してまだ間もなく、藤原氏の左右大臣がしのぎをけずり、則闕の官太政大臣はいない情況であり、右大臣の長女たる弘徽殿女御は第一皇子を生みながら皇子の立太子はまだという（帝の御弟宮「前坊」の存在が考えられるが、今立ち入らない）、桐壺帝最初期の政治情勢は藤原氏の権力が固定せず、天皇親政の希望が期待できるところがあったろう。桐壺帝はその希望がおありのゆえに後見のない桐壺更衣とその御子光君の将来について自らのお力に頼むところがおありだったのだ。更衣の父大納言もその天皇親政のお力を頼りとし娘の入内を自分の亡き後にもかかわらず強行しようとしたのであったろう。政治の現実に照らせば無理を強行した背景をこのように考えるものである。もし明石入道のような夢告げがあったという大納言側の仮定を考えるとしても、それでは帝の方はどうなるのか。光源氏にあった夢告げと明石入道への夢告げとの契合のようなものを、帝と大納言に仮定的に想定することはひかえたいと思う。私は前述のように〝天皇親政〟の希望と期待を想定するしかあるまいと考える。

その場合、桐壺帝は具体的にどのような方策をお考えだったのだろうか。桐壺巻の「更衣の葬送」のところで「内裏《うち》より御使あり。三位《みつ》の位贈りたまふよし、勅使来て、その宣命読むなむ、悲しきことなりける。女御とだにいはせずなりぬるが、あかずくちをしうおぼさるれば、いま一階《ひときざみ》の位をだにと、贈らせたまふなりけり」（桐壺巻一八頁）とある。「女御とだにいはせず」に注して『湖月抄』は「此詞にて后にもなすべく思し召しおかれし心見えたる也」と言っている。これによれば後見のない光君を、母を后にすることにより強いお力として、守らせようとする叡慮であったとおぼしい。紅葉賀巻で藤壺を立后させる桐壺帝の叡慮を思い合わしてそう考えるのである。

七月にぞ后《きさき》ゐたまふめりし。源氏の君、宰相になりたまひぬ。帝、おりゐさせたまはむの御心づかひ近うなりて、この若宮を坊にと思ひきこえさせたまふに、御後見したまふべき人おはせず。御母かた、みな親王《みこ》たちにて、源氏の公事《おほやけごと》しりたまふ筋ならねば、母宮をだに動きなきさまにしおきたてまつりて、つよりにとおぼすになむありける。（紅葉賀巻四四頁）

若宮（後の冷泉帝）を立坊させるために、母宮（藤壺）を立后させるのだとある。立坊のための立后という図式である。これを逆照射して考えれば、光君を立坊させる意図とからめてその母の立后を意図していられたと推察できよう。「后にもなすべく思し召しおかれし心」はそのまま光君の立坊を思し召しおかれし心、ということになろう。光君の立坊と母更衣の女御への昇格さらに立后はセットとして桐壺帝の胸中にあったとおぼしい。眼目は光君の立坊なのである。しかし秘策としての更衣の立后はその死去によりついえさった。にもかかわらず帝は母北の方に「(若宮の身の上に関し)しかるべきよい機会もあるだろう」と仰せられる(ゆげいの命婦を通してつたえられる)。〝光君立坊〟の御意志を暗示されたのであった。その御方策は何か。私見ではまだお若く即位後そう長くないと思われるにかかわらず譲位をお考えになっていたと想定するのであるが、その点はどうか。紅葉賀巻に「帝、おりゐさせたまはむの御心づかひ近うなりて、この若宮(藤壺所生の皇子)を坊にと思ひきこえさせたまふに」とある。譲位が前提条件となるのである。紅葉賀巻は桐壺巻の初めからは十八年経っており、帝の年齢は何歳かは分からないながら四十歳前後かと推定する。皇太子の御時に入内した弘徽殿女御(最初の入内)が第一皇子(桐壺巻当初は四歳)はじめ皇女たちを生んでいるので帝は桐壺巻では二十歳代かと思われる。紅葉賀巻の譲位の御意志は年齢的には納得できるのだが、それにしても冷泉誕生後間もなく藤壺の立后のことがある。その理由として、「帝、おりゐさせたまはむの御心づかひ近うなりて、この若宮を坊にと思ひきこえさせたまふに、―(中略)―母宮をだに動きなきさまにしおきたてまつりて、つよりにとおぼすになむありける」(紅葉賀巻四四頁)だった。桐壺帝譲位は花宴巻と葵巻の間の空白の一年にあった。紅葉賀巻から約二年後である。

紅葉賀巻の「帝、おりゐさせたまはむの御心づかひ近うなりて、この若宮(のちの冷泉帝)を坊にと思ひきこえさせたまふに」という帝御譲位は分かるが、それをそのまま桐壺巻にあてはめる想定はどうか。光君立坊の困難はしばらくおくとして、その前提条件となる帝の御譲位はどうか。二十歳代の桐壺帝にそのような御心が考えられるのか。想定は可能か。その点で桐壺巻の「わが御世もいと定めなきを」(桐壺巻三二頁)という帝の思念が注目されるのである。玉上先生『評釈』は「わが御世」に注して「御治世。また、御寿命。前後の関係から後者と考える」(第一巻一二〇頁）とされる。桐壺更衣を亡くし、光君立坊の秘策もむなしく（想定）、気を落とされている御心境にふさわしい。ゆえに御寿命への不安と思われるのだが、更衣を亡くして更衣立后とセットでの光君立坊の秘策がついえたにかかわらず、断念の後もなお執拗に光君立坊の可能性を探求されたのは譲位と引きかえに朱雀との交渉を考える方策をお持ちだったのであるまいかと思われてくる。御寿命への不安であればその前に譲位による朱雀との交渉を急がれる御心境を想定できよう。澪標巻で朱雀帝の譲位と冷泉帝即位との引きかえに朱雀帝皇子（承香殿女御腹）の立坊があったように。しかし桐壺帝はついにその方策・その執念をお捨てあそばしたのだ。倭相、高麗の相人の観相、宿曜が光君の帝王相を観相しながら「国乱れ民憂ふる」危惧を一致して占ったからである。帝は断念し光君を臣下に降し、「朝廷《おほやけ》の御後見《うしろみ》」と定められた。譲位による交渉云々は想定にほかならず、実現しなかったことであり物語に書かれていないことである。「倭相」が本居宣長の説くように帝の政治的判断をいったものだとするならこの「倭相」の中にこの想定は含まれようか。譲位による交渉の断念である。政治的方策をめぐらされつつ右大臣・弘徽殿女御との暗闘に勝つことのできない現実の壁と、何よりも光君の宿世、帝王相でありながら帝王たりえず、しかし臣下となるも臣下で終わらず帝王相に回帰する予言の道すじに帝は随順されるよりほかなかったのである。が、〝天皇親政〟の御志は藤壺とその若宮（のちの冷泉帝）によってよみがえり実現する。光源氏は冷泉帝の御後見、輔佐として親政に参画し実質的に治世の中心となる。

更衣が亡くなって立后という方策がついえたにかかわらず、帝の〝光君立坊〟の熱望は続きその思し召しは、ゆげいの命婦を通して光君の祖母君につたえられる帝の御言葉「かくても、おのづから若宮など生《お》ひいでたまはば、さるべきついでもありなむ。命長くとこそ思ひ念ぜめ」（桐壺巻二七頁）の「さるべきついで」に『湖月抄』の言う「若宮を春宮にもとおぼしめす御心」の通りであった。帝がかような熱望を持ち続けられたのは自らの親政への情念にもとづく、右大臣家へのあらがいの御心と意志であり、更衣の父大納言が自分の亡きあとまで期待したゆえんであったろう。「帝と祖を同じくする皇胤[5]」として帝と思いを同じくする情念と意志が臨終の時まで娘の入内を遺言したゆえんもうかがえよう。光君が即位こそ果たしえなかったものの帝王相を生きた結果に照らせば、帝と大納言の共有した情念と意志が貫かれたことになるともいえよう。桐壺帝は左大臣をとりこむことによって（左大臣は帝の同母妹を北の方としている）、光君の将来への守りとするというように、光君立坊の断念と軌を一にして方策の転換をはかられたのである。藤原氏との協調は宇多法皇が藤原忠平を信任あそばし忠平もよく奉仕つかまつった史実を思い合わすことができる。

桐壺帝は光源氏に酷似する皇子を、後の記述によれば第十皇子であるにかかわらず、他の皇子をさしおいて朱雀帝における皇太子としていられる。藤壺を母とする皇太子はもちろん藤原氏を外戚としていない。光君立坊をねがって右大臣・弘徽殿女御とあらがわれた御心は藤壺女御を立后させることでその皇子によって果たされた。かくて藤原氏を外戚としない冷泉帝の治世は光源氏の後見とあいまって天皇親政というか皇族の政治となる。冷泉帝の中宮も源氏の養女斎宮の女御がなった。また後のことであるが若菜下巻に源氏の姫明石の姫君が立后している。藤原氏を抑える構図は、桐壺帝と桐壺更衣の父大納言の共有した情念と意志が光君での挫折を経てなお源氏物語世界を貫きつづけたことを意味する。桐壺帝と大納言の遺志を光源氏が受け継ぎ結実させたのである。

二

かような源氏物語世界を切りひらく端緒となる帝の桐壺更衣への愛は、長恨歌になぞらえて言うならば、「大納言家に女《むすめ》あり初めて長成《ひととな》れり　養はれて深窓にあれば人未《いま》だ識《し》らず　天の生《な》せる麗はしき質《すがた》なれば自《おのづか》らに棄《す》て難《がた》し　一朝に選ばれて君王の側《かたはら》に在り　眸《ひとみ》を廻《めぐ》らして一《ひと》たび笑むときに百の媚《こびな》生る」のごとくとなろうか。桐壺更衣は言われているように楊貴妃とは異なる。太液《たいえき》の芙蓉《ふよう》、未央《びやう》の柳にたとえられる楊貴妃よりも「なつかしうらうたげなりしをおぼしいづるに、花鳥《はなとり》の色にも音《ね》にもよそふべきかたぞなき」（桐壺巻二七頁）と喩《たと》えようがないとある。「なつかしうらうたげなりし」、やさしく愛らしい性情を根幹としている。私は更衣の死の直前に帝が御覧あそばす「いとにほひやかに、うつくしげなる人の、いたう面瘦《おもや》せて」（桐壺巻一五頁）に注目したい。「にほひやか」の「やか」は外見がいかにもそうであると見える、という意味で、話し手の主観として言う。「にほふ」よりは、やや低い程度である場合に用いられる。(6)「にほふ」は犬塚旦氏『王朝美的語詞の研究』によれば「映発するような色つや、光沢をおびた華麗美であって、なつかしみのあるうちとけた親愛的なふんいきにつつまれていることをもって本来的性格とし、―中略―やわらかななつかしみのある光沢美・華麗美であったのではないか(7)」と言われる。「にほひやか」は帝のまなざしが捉えた主観であり、「にほふ」よりややその程度が低い。神尾暢子氏「源語作者の美的創造―桐壺更衣の美的規定―(8)」に「にほひやかなり」と「うつくしげなり」（氏は「なだらかなり」と「らうたげなり」をも並記）とが「語構成の要素である動詞や形容詞が存在するにもかかわらず、桐壺更衣の美的語彙であることには、共通性がある」として「作者は、更衣に対して、積極的表現や直接的表現を回避した」と言われるのは、「にほふ」でなく「にほひやかに」、「うつくし」でなく「うつくしげなる」とあるのが、「やか」があることによって「にほふ」よりやや低い程度、ゆるやかな感じを帝の視点に即して言っていることを述べられたものであり、「うつくしげなる」も「げ」がつくことによって「うつくし」よりもやや低い感じ、ゆるやかに言っているのを述べられたものである。「にほひやか」は「にほふ」の「華麗な光沢美」をやや程度を低めてゆるやかに言ったものであり、「うつくしげなる」は「うつくし」というのを「うつくしい様子、かわいらしい様子」と外見の印象としてやや低めてゆるやかに言ったものであるから、程度はやや低くはあるが華麗な光沢美の持主でかわいらしい様子の女性であり、感性的に印象としてはなやかさがあり、つやつやとした「にほひやか」さ、親しみあるかわいい様子の魅力を帝は感得していられたとおぼしい。「なつかしうらうたげなりし」と帝は回顧していられ、あたたかく優しい「女」としての親愛感を本性とする女性であったのである。そのあくまで感性的な表出において帝の寵愛を勝ち得たのであり、弘徽殿女御のような積極的なタイプとは対極をなす女性であるが、地味な負性ではなく、感性的なやさしさのうちに秘められた、ある種の積極性に帝は魅了されていられたまなざしの視覚的表現が「いとにほひやかに、うつくしげなる人」であると考える。華麗な光沢美をもやや抑え、かわいい女性美をもやや抑えた感じであるところにかえってこの人の奥ゆかしさがあるだろう。パッと直接的に照らし出すような光沢美ではなく、そこには陰影をともなった人柄の美があろう。単純に華麗な光沢美の人ではない、奥のあるはなやかさが「にほひやか」によって表わされ、人柄として「にほふ」よりむしろ優位さを感じさせるのである。そのことは「げ」がつくことによって本来的には「げ」のつかない形容より劣るはずが、この人の陰影の人生を背景に、「うつくし」という明るいかわいさのよさとは別に「うつくしげなる人」がこの人の単に明るくはなく「うつくし」としては劣位でありながらそれがこの人にはふさわしくやや陰影をともなうかわいい様子を外観として感じさせる。必ずしもかわいいと言い切れるかどうか分からないが、といってかわいいを否定するわけではなく、外観としてそう見える、そのような様子であるという「げ」をともなう表現は「うつくし」としてはやや劣るけれども単純にかわいい女と言い切れない余地を残すのであり、外観としてそのような様子であるとして含みを残すといえよう。桐壺更衣は「なつかしうらうたげなりし」女性、「いとにほひやかにうつくしげなる人」であり、これらの性格を言いつつ外見的視覚にとどめようとするところに、これらの性格を言いつつ、余地、含みすなわち必ずしもそれだけでないものをひそませる。桐壺更衣が単にかわいい女ではなく、はなやかなつやつやと艶なる感性美にとどまるのでなく、その奥に例えばしんのある人であったのではないかと思わせられるのである。「ヤカは、外見がいかにもそうであると見える、という意味で、話し手の主観として言う。ゲも同じく外見について言うが、外見だけであることをヤカよりも強くことわる気持で言う[9]」。もちろん外見が「いとにほひやかに、うつくしげなる人」であり、帝の主観に沿ったものということは更衣の本性がそうであることに少なくとも近いであろう。が、微妙に違う差違を見のがすべきではない。帝が、更衣のつやつやとした「にほひやか」さ、親しみあるかわいい様子の魅力を感得していられたことはまちがいないが、前述のごとき分析が認められるならば、更衣の女性像の奥には単にはなやかで、可憐な性格であるにとどまらない人間の内部が刻印されうるように思われてくるのである。華麗な艶なる感性美を持つかわいらしげな外貌の中に内なるものを秘めていたと考えておかしくないのであった。それは言われるところの「家の遺志[10]」であろうし、円地文子氏の喝破されたように「更衣は帝に熱愛されたに違いないが、愛されることだけに生きたのではなくて、自分も帝を愛し、愛すことの深さによって他から軽蔑されたりする苦しみを精一ぱい耐えて、宮仕えをつづけたのであ[11]」り、圧迫の原動力たる右大臣家をはじめとする周囲の攻勢に強く抵抗していたのであることを言いたいと述べていられる[11]ことを参照すれば、「わが身は、か弱くものはかなきありさまにて、なかなかなるもの思ひをぞしたまふ」（桐壺巻一四頁）外貌のか弱さの底に右大臣家への抵抗が秘められてい、帝の〝天皇親政〟の思いや父大納言の遺志と軌を一にしているわけである。更衣はプレッシャーによるストレスに屈して、死にゆくのであり、帝の光君立坊の手だては失われることとなったのである。

　このように考えてくると更衣が死に臨んで帝に「聞こえまほしげなることはありげなれど」（桐壺巻一六頁）という「聞こえまほしげなること」は、藤井貞和氏の言われる「光君立太子の希望」というお考えの道筋は理解されるのである。が、同時に、更衣の死によって立后の方策がついえた段階でも帝の光君立坊の熱望は続くけれどもついに断念へと向かわれるほかなかったこと、また母北の方がためらいながらも娘を出仕させた入内当初とは異なり、更衣の死を横死として悔やむ心境などにかんがみるとき、「帝との愛の充足[12]」を得て、帝に対する思いは母北の方と相違する更衣ではあるが、〝後見なき更衣の苦しみ〟を思い知ったであろう臨終《いまわ》の時に、わが苦しみ、わが無理以上の〝後見なき皇子の立太子〟の苦しみをわが子に負わせることを望むであろうかと私は思うのである。ただ光君の将来を祈り帝に託すのみというのが「聞こえまほしげなる」表情の意味だったと考えるのである。入内当初の「家の遺志」の〝皇子立太子〟の希望はついえているのではあるまいか。むしろ光君の安泰と幸福を帝の叡智に託したのだと想定したい。藤井氏の言われる「幼い光宮の将来を帝に託そうということであるにちがいない(13)」あたりでとどまりたい。げんに帝は叡慮を重ねられ、光君を臣下に降し源姓を賜い「朝廷の御後見」天皇の輔佐と定められた。天皇親政の秘策としての母更衣の立后と光君立坊のセット案がついえた後もなお執拗に帝が光君立坊を探求されたのは帝の情念の真実を物語るが、ついに現実の壁と何より光君の宿世の相にもとづき断念あそばし、桐壺更衣に代わる藤壺女御と光君に酷似する皇子を得られて後、天皇親政を勝ち得られたのであった。

むすびに代えて

桐壺帝と桐壺更衣の永別の場面は、更衣の「女」呼称、帝の潜在的な「男」としての究極的な愛の表現を注視することによって、「桐壺巻の圧巻(14)」であり「当時の宮廷における愛の極致を描き出したもの(15)」との感動を得る。円地文子氏も「一対一の恋愛(16)」、「恋愛感情の強さ(16)」を言われた。しかし円地氏が「自分の生んだ幼児《おさなご》」への名残り惜しさを出さずに「更衣の言葉として、自分のあとに残して行く幼い源氏に対する母としての悲しみや不安は一言も語られていないのである(16)」として「親子の情よりも、恋愛感情の強さを強調したかったのだと思う(16)」と言われたのは、なるほど「自分のあとに残して行く幼い源氏に対する母としての悲しみや不安は一言も語られていないのである」のはその通りだが、源氏物語作者は更衣の光君への情を「聞こえまほしげなることはありげなれど」で表わしているのである。瀕死の状態は〝後見なき更衣〟の苦しみに悩んでのことである。入内当初は父と共に、帝の〝天皇親政〟に協和する志であったであろうが、右大臣家、弘徽殿女御をはじめとする妃たちの圧迫によって、現実の壁に抗し切れなかった更衣の臨終《いまわ》の心情を思いみるとき、光君立太子の無理を、わが身の〝後見なき更衣〟の苦しみ以上のことと思い知るのではなかろうか。だから、ただただわが子光君の将来についてすべてを帝の叡慮に託すまなざし、口もとが「聞こえまほしげなることはありげなれど」であったのだ。李夫人の〝不言の依頼〟（「漢書外戚伝」の武帝の「乱」第七・八・九句の大意）に重ねられよう。

桐壺巻の帝と更衣の永別の場面は「愛の極致」、「一対一の恋愛」であると同時に、最後に〝不言の依頼〟によって光君の将来を帝に託しているのであった。

ところで、この〝不言の依頼〟は桐壺更衣のイメージ、すなわち性格にふさわしいのであるが、拙稿「桐壺帝と桐壺更衣の形象」（『中古文学』第七十二号、平成十五年十一月。本書第二編一）で「いとにほひやかに、うつくしげなる人」に注目して、「感性的にうったえてくる積極的な意志というものを内在させるていの『女』の艶やかな形象美の人であったと考えられる」と述べたことや増田繁夫氏の「この人の宮仕への本意」に着目された御論を援用した拙述とがやや合わないうらみがあろうか。「艶やか」を「なつかしき」と改めたい。私は「積極的」といっても「感性的な意志」として「感性的」ということを言いたかったのであった。また更衣の「意志」といっても父大納言に随順したものであることを本稿で補説した。「にほひやか」、「うつくしげなる」の「やか」、「げ」に注意して更衣の人物像に精細に迫ろうともした。この補説によって拙稿「桐壺帝と桐壺更衣の形象」の充足が果たしうるならばまことに幸いである。

山本利達氏は「この人の宮仕への本意」とは父大納言の本意だと言われる。私もかつてはそう考えた。『大島本源氏物語　桐壺』（和泉書院、平成三年四月）に「娘の本意というが実際は大納言の本意」と注している。今は『新日本古典文学大系』の注解の説に従う。神尾氏の述べていられることの概要に異議はないのであるが、私は更衣の

「いとにほひやかに、うつくしげなる人」という風姿に感性的に表出されるとおぼしきある種の積極的意志を感取し、氏が更衣を「消極的」といわれたことにこだわった。しかし本稿で「にほひやか」の「やか」、「うつくしげなる」の「げ」に注意し、いささか拙論の精細を期することとなり感謝したい。

私は脆弱な身体に気を張りつめて右大臣家・弘徽殿女御をはじめとする他の妃たちに抗している更衣の精神に父大納言の遺志を受け継ごうとするけなげな意志の内在を見たいのである。帝に対してはその意志を感性的に表わすのであって、それは帝の御意志（天皇親政）と協和するものであるから押しつけがましい意志ではあるべくもない。もともと更衣入内は父大納言の遺志はもとよりながら、帝の御志（天皇親政）に随順するものとおぼしく（帝の「故大納言の遺言あやまたず、宮仕への本意深くものしたりしよろこびは、かひあるさまにとこそ思ひわたりつれ」―桐壺巻二六・七頁―を参照）、更衣の「なつかしうらうたげ」な性格とこの〝意志〟は矛盾しないであろう。押しつけがましい自己主張の〝意志〟ではなくて、父大納言の遺志に随順し、帝の御志に協和随順する「なつかしうらうたげ」なありようであったと考えられるのである。

〝天皇親政〟の言説を本稿で述べているが、既に日向一雅氏『源氏物語の主題「家」の遺志と宿世の物語の構造』（桜楓社、昭和五十八年五月）、あるいは「国文学」平成三年五月〝源氏物語の人びと〟の「桐壺更衣　桐壺院」において氏の言説になされていることを申し述べておきたい。

拙稿「桐壺帝と桐壺更衣の形象」を、藤井貞和氏のお説への批判ととられる向きがあるが、必ずしもそうではない。桐壺更衣が「家」の遺志の枠組みの中に随順しており、入内後の生活に張りつめた気持を持続していたことを想像しうるのも氏のお説のたまものなのである。ただ私は既に述べているように〝後見なき更衣〟の苦闘の末のその痛苦を思い知ったであろう臨終《いまわ》の時に〝後見なき皇子光君の立太子〟の無理、わが身以上の無理をわが子の将来に望むであろうかという点で藤井氏のご論との差違があるのである。

以上、前稿の再説、補説、敷衍の本稿を閉じることとする。

注

（1）増田繁夫氏「桐壺帝の後宮―桐壺巻―」（『源氏物語講座3光る君の物語』勉誠社、平成四年五月）
（2）秋山虔氏『源氏物語の女性たち』（小学館、昭和六十二年四月）所収「桐壺更衣」
（3）龍粛氏『平安時代―爛熟期の文化の様相と治政の動向―』（春秋社、昭和三十七年七月）七〇頁。
（4）米田雄介氏編『歴代天皇・年号事典』（吉川弘文館、平成十五年十二月）の「宇多天皇」、「醍醐天皇」、「村上天皇」の項。
（5）前掲注（2）に同じ。
（6）木之下正雄氏『平安女流文学のことば』（至文堂、昭和四十五年十一月）の「げ　やか　らか」の項参照。
（7）犬塚旦氏『王朝美的語詞の研究』（笠間書院、昭和四十八年九月）の「『匂ふ』『匂ひやか』『花やか』考」参照。
（8）神尾暢子氏「源語作者の美的創造―桐壺更衣の美的規定―」（『源氏物語の探究第六輯』風間書房、昭和五十六年八月。のち『王朝語彙の表現機構』新典社、昭和六十年十月所収）
（9）前掲注（6）に同じ。
（10）藤井貞和氏「神話の論理と物語の論理―源氏物語遡行―」（「日本文学」昭和四十八年十月。のち『源氏物語の始原と現在―定本』冬樹社、昭和五十五年五月、講談社学術文庫『源氏物語入門』平成八年一月所収）、日向一雅氏『源氏物語の主題「家」の遺志と宿世の物語の構造』桜楓社、昭和五十八年五月所収「光源氏論への一視点」など。
（11）円地文子氏『源氏物語私見』（新潮社、昭和四十九年二月）所収「桐壺に見る恋愛」
（12）原岡文子氏「光源氏の御祖母―二条院の出発―」（「共立女子短期大学文科紀要」昭和五十六年二月。のち『源氏物語　両義の糸　人物表現をめぐって』有精堂、『源氏物語の人物と表現　その両義的展開』翰林書房、平成十五年五月所収）
（13）藤井貞和氏「桐壺巻問題ふたたび―源氏物語の構想をめぐって」（「国語通信」筑摩書房、昭和四十七年九月。のち

講談社学術文庫『源氏物語入門』所収）

（14） 前掲注（2）に同じ。

（15） 今井源衛氏「源氏物語の文学史的位置」（三省堂版『平安朝文学史』昭和四十年四月。のち『王朝文学の研究』角川書店、昭和四十五年十月所収）

（16） 前掲注（11）に同じ。

「源氏物語における人物造型の方法と主題との連関」再説・補説

ついでながら、山本利達氏のご高論「作者の人間理解―末摘花を中心に」（『源氏物語の探究第十輯』風間書房、昭和六十年十月。のち『源氏物語攷』塙書房、平成七年一月所収）が拙稿「源氏物語における人物造型の方法と主題との連関」（『国語国文』昭和四十年四月。のち『源氏物語の方法』桜楓社、昭和四十四年六月所収）に対して「詳細に反論」されていると解する向きがあるが、私は必ずしもそう思っていないことを、ここに記しておきたい。

山本氏がご高論の末尾で私の論点と氏ご自身の論点とをそれぞれ明快に述べて下さっている文章をあげさせていただく。

森氏の論点は、源氏物語では、同一の人物が、巻によって、同一人物とは思えない程の変貌を示していることや、あるいは、唐突と思われる付着的描写があり、それは、それぞれの巻の構想や主題によって左右されるためで、近代小説の描き方と異なる所に物語の特性が認められることを指摘されることにあった。それに対し、変貌と見える描き方をした作者は、どのような人間理解をしていたかと考え、検討を試みてきた。その結果、作者の人間理解という点からは、登場人物それぞれは、同一人物にふさわしい性格や言動をもったものとして、多角的に描写しているといえるのではないかと思う。

（『源氏物語攷』一三〇・一頁）

完璧といってよいご文章である。間然するところの多い不達意のわが文章を恥じるばかりである。氏のご文章に対応できるかおぼつかないが私の論文の中の拙文を次にあげておく。

かくて、末摘花巻の構想、主題と、蓬生巻の構想、主題とが全然別個であるところに、同一人物の性格への照明の当て方がちがってきたことが知られよう。末摘花が成長したのだ、という考え方があるかもしれない。しかし、それでは、のちに末摘花が、玉鬘巻や行幸巻で、古風で気のきかぬ、しみついた貧乏くささと出しゃばりを嘲笑されているのをどう考えるのであろう。人間的に後退したとでもいわなければならなくなり、変である。一人の統一した人間像の変貌変化として説明することに無理があるのだ。無理やりに理屈をつけようとせず、素直に源氏物語の方法に沈潜しなくてはならない。

（『源氏物語の方法』一九九頁）

末摘花巻と蓬生巻の末摘花の相貌の違いは末摘花の変貌変化というように説明されるべきでなく、構想、主題に随伴する人物造型の結果なのである。主題、構想の進展に伴って光源氏のような巨きな人物も相貌の変化を見せる。主題、構想との連関で人物論は行われなければならないのである。末摘花のような短篇的人物はその巻の主題、構想にもとづいて造型される。夕顔巻との対比が構想されている末摘花は、夕顔のような美女を求めた源氏の滑稽なまでの失敗談のヒロインとして極端なまでに嘲笑的な造型となる。それと蓬生巻での描かれ方は大いに違う。ただ昔風なところに脈絡はついており、別人・変身というわけではない。別人のようなのである。けだし文学作品における作中人物の「変貌」とは描かれ方が変わるということである。人間そのものが変わるということではない。また、「別人のよう」といっても、ある脈絡はついており、限度はある。そうでないと作者の人間そのものが疑われる。また、主題、構想の変化にも、ある必然の糸があり、何の脈絡もないものではないことは当然であろう。末摘花巻には夕顔巻との対比対照という構想の論理があり、蓬生巻は二条東院造営構想の枠組みの中で花散里の系列下に末摘花の造型が意図される構想（室伏信助氏「末摘花」（『国文学解釈と鑑賞』昭和四十六年五月）のお説参照）との連関を考えるべきであろう。

以上、私が山本氏のご高論を、拙論に対して「詳細に反論」されたものとは必ずしも思っていないことについて述べたつもりである。そもそも物語の主題構想に人物造型が奉仕させられていることを言説するあまりの「人物としての統一性をさえこわしてしまっている」というような強調表現が山本氏のご懸念とご批判を呼び起こしたのであった。「蓬生の巻で語られる末摘花は、その朴念仁ぶりであることは変わらないが、末摘花巻のようにその欠点を嘲笑の対象とする描かれ方ではない」あたりでとどめておけば穏当ではあった。末摘花巻と蓬生巻の違いを強調することが論の展開上必要であったからではあるが、両巻の末摘花像の違いを強調しすぎた表現になり間然するところが生じた。そのあたりを吉田幹生氏「蓬生巻の末摘花―物語の方法と複眼的視点―」（『古代中世文学論考第６集』新典社、平成十三年十月）は的確に指摘され、山本論文が拙論の行き過ぎた表現を叱正されたことを評価されている。しかし両巻の差異を前提にしたご論であることも指摘されている。これからは私見だが、山本氏は「変貌」という用語を人間の本性の変化と規定された上でその前提に立ってご論を進めていられるのが私にはひっかかるのである。「人物としての統一性をさえこわしてしまっているのである」という私の表現が「本性の変化」と解される仕儀を生じたことを思えば責めは私にあり恥じねばならないが、山本氏の「変貌」用語理解の前提に立てば「末摘花の本性に変化は起こってないと見られる」と言われることに異議はない。が、私は「変貌」の用語を山本氏のようには理解していないし、用いていない。山本氏が氏と私のそれぞれの論点を明快に述べて下さったご文章とそれに対応できるかおぼつかないながら拙文を対置させておいたが、拙文に末摘花の蓬生巻での成長という考え方を否定しておりそういう意味での変貌変化として説明することに無理があると述べていて、山本氏のご論と径庭はないであろう。本性の変化であるならば、玉鬘巻や行幸巻では逆もどりということになり、変である。私は主題、構想の変化に随伴して、「同一人物の性格への照明の当て方がちがってきた」のだと思うのである。山本氏の「語り手の視点の相違」といわれるのと大して径庭はなかろうと思うが、いかがであろう。語り手の視点という考え方は今の私は随所に多用しているが、昭和三十九年執筆の頃には習熟していなかった。氏のご説明に敬意を表するのは当然である。

私見を申せば「変貌」とは「本性の変化」や「成長」というべきものではなく、相貌の変化というべきもので、描かれた様相が違うということであり、従って描かれた人物像の印象が違うことになるのである。「語り手の姿勢乃至は視点を変えた結果」と山本氏が言われるのは当然である。拙論を書いた当時の私にはまだ「語り手の視点」という観点が熟していなかったので、従前の作者の描き方として考えるにとどまっていたのであるが、山本氏の言われる「語り手の姿勢乃至は視点を変え」るゆえんを、主題、構想の変化に求めたわけである。

澪標巻以降の〝政治の季節〟における光源氏の変貌（伊藤博氏「『澪標』以後」「日本文学」昭和四十年六月）や藤壺の変貌（清水好子氏『源氏の女君』三一書房、昭和三十四年二月。のち塙書房より増補版）は、変貌しているとかいないとかの論議の対象にならないのは何故であろうか。末摘花の〝変貌〟は、変貌しているとかいないとかの論議の対象になり、山本氏の観点―作者の人間理解―からは〝変貌していない〟ということになりその丹念綿密な論証によって説得力の強いものとなっている。氏の〝変貌〟用語規定の前提に立てば私も異議はない。しかし私は〝変貌〟の用語を氏のように用いていないことは前述した。にもかかわらず、末摘花が変貌しているかいないかの議論になったのは、前記吉田氏の卓論によれば、拙論が末摘花巻と蓬生巻との末摘花像の違いを、「自説の展開上強調すべき点ではあったが、しかしその点が強調されたことによって、いささか単純化して言えば、嘲笑の対象としての末摘花巻の末摘花と讃美の対象としての蓬生巻の末摘花という二極分化した図式が作り上げられてしまったのではないか」と言われる。山本氏は両巻の末摘花の差違は認める前提で「末摘花の本性に変化は起こってないと見られる」

と説明され、それが〝変貌説批判〟として受け入れられているようだ。一部の方に拙論への〝詳細な反論〟として受けとられていることを心外に思ってはいたが、看過していたのは勤務校の公務が多忙だったこともあったが、私が山本氏の高論を拙論への反論というように必ずしも思っていないからであった。反論のように見えるけれどもそれは氏の「変貌」用語規定の前提を看過しているか軽く考えるからではないか。しかしどうも変貌説批判の高論として定着してきたようでそれ自体は慶賀すべきことではあるが、拙論の趣意と違う点は山本氏は明確に述べていられるにかかわらず、拙論への反論というふうに片づけられている大方の傾向はいささか気になっていた。

拙稿を書くにあたって前記吉田氏の卓論を有難く読み返した。氏の論の「第三節　蓬生巻の構成と末摘花」は圧巻で、注目すべきは「蓬生巻の末摘花が肯定的に描かれているというのは、それほど自明なことなのであろうか」と疑問を投げかけ、蓬生巻の末摘花は「現実感覚に乏しい末摘花の特異な性格を印象づける仕組みが働いているように思われる」、「末摘花の思考や言動が世間一般の感覚とはずれてしまっている」、「常識的な発想が通じない末摘花」、「叔母の悪意さえ見抜き得ない愚鈍な末摘花の意図せざる言動」、「周囲とのずれを有する人物としての末摘花像」等、蓬生巻の展開に即して論じられ「末摘花の待つ行為をそれじたいとして取り出して論じる方向にではなく、むしろ誰の賛同も得ることのない非常識なものとして位置付けられていることの意味を物語の方法という視点から捉え返す方向に向かうのでなければなるまい」と肯綮に当たる見解を述べられた。氏の論文は先行論文を的確に捉えていられ、蓬生巻の末摘花を否定的に捉える見解は研究史的にいえば今井源衛氏「末摘花の問題」（『日本文学』昭和三十年九月）があったことを明記していられる。蓬生巻の展開に即して、三角洋一氏「蓬生巻の短篇的手法」（『源氏物語と天台浄土教』若草書房、平成八年十月）から学ぶところが大きかったと記していられる。三角氏は末摘花を「愚鈍な女性」と言っていられる。「愚直」とも言っていられる。理想の色好み源氏の恩寵とともに末摘花の愚直さがそのまま崇高なものとなりおおせていることも述べていられる。故父宮への孝心も愚直そのものであり私流に申せば朴念仁にほかならない。が、それが「そのまま崇高なものとな」る、表裏一体の相に私は注意したい。すなわち蓬生巻の末摘花はあいかわらず朴念仁ぶりは変わらないが、それが愚直さと表裏して誠実さになっている。だから否定的に捉えられるとともに肯定的に捉えられる二つの側面があるのである。これを讃美する方向でのみ捉えるのも、否定的にのみ捉えるのも一面的なのであって、あいかわらずの末摘花なのだが蓬生巻では嘲笑的に扱うことは避けて、少なくとも人並みなふるまいを加味しているということなのだろう。変化を強調しすぎた私の勇み足は反省しているが、末摘花巻との差違は認めたいのである。吉田氏の「貞女説批判」も卓論である。貞女説なるものも物語から離れた道徳的な主観的批評にほかならないように思う。「誠実」という言葉も道徳的ではあるが、源氏は須磨退居の折に見せた人びとの心意や行為に対して紫上の父宮に対する態度をはじめとして看過しているわけではない。末摘花や中川の女などは源氏としては全く大したことではないゆえに、人の心というものを味わい知る一こまにすぎないのである。「とにかくに変るもことはりの世のさがと思ひなしたまふ」（花散里巻一九八頁）た中川の女とさして径庭のない末摘花だから、源氏が大層に考えないにしても、「末摘花の待つ行為が、源氏との再会という類稀な幸福を手にし得る美徳としてにわかに位置付け直される」と吉田氏が物語の展開に即して「位置付けの転換」を認められることに徴してやはり「美徳」としての評価は見逃せない。花散里の系列下に目せられ二条東院の住人たりえたゆえんであろう。室伏信助氏「末摘花」（『国文学解釈と鑑賞』昭和四十六年五月）の述べられたように二条東院構想に随伴していると思われる。二条東院入りの一員にするには、末摘花巻の末摘花像の可能な限りでの改変がもくろまれなければならなかったのだ。朴念仁ぶりは変えないまま美点としての側面をも感じさせる方法がとられたのであった。

以上、山本氏はじめ吉田氏、三角氏、室伏氏等諸家に啓発され昔の拙論を修正的に述べ直す機会に恵まれたことを感謝したい。吉田氏が拙論を作中人物論の研究史上に克明に位置づけて下さったことも感謝に堪えない。その先蹤としては早くに増田繁夫氏「研究展望源氏物語作中人物論」(『国文学解釈と鑑賞』昭和四十六年五月)がある。思い出話になってしまうが、拙論は「国語国文」(昭和四十年四月)に掲載された。甲南女子大学就任の翌年で大変嬉しかった。玉上先生が認めて下さり、清水好子氏「物語作中人物論の動向について」(『国語通信』筑摩書房、昭和四十年八月、特集・物語文学)、秋山虔氏「源氏物語の人間造型」(『国文学』学燈社、昭和四十年十二月所載、十月九日国文学講演会の講演要約。のち『王朝女流文学の世界』東京大学出版会、昭和四十七年六月所収)が取りあげて下さったこと、後学として忘れがたく光栄に存じあげている。

(平成十六年二月二十三日)

三　光源氏と女君たち
――「はかなびたるこそは、らうたけれ」――

一

はかなびたるこそは、らうたけれ。かしこく人になびかぬ、いと心づきなきわざなり。みづからはかばかしくすくよかならぬ心ならひに、女はただやはらかに、とりはづして人にあざむかれぬべきが、さすがにものづつみし、見む人の心には従はむなむ、あはれにて、わが心のままにとり直して見むに、なつかしくおぼゆべき。
（夕顔巻一七二頁。頁数は『新潮日本古典集成　源氏物語』による。以下同じ）

右は、夕顔が急死して後、源氏が夕顔の侍女右近に語る言葉である。これは亡き夕顔をいつくしむ情と対照的に「かしこく人になびかぬ」空蟬へのうらみのこもる言葉と解してよいと思われるが、しかし知られるように空蟬は源氏から否定される対象として造型されているわけではない。夕顔と対照的に源氏の愛を拒否したことによって、「かしこく人になびかぬ、いと心づきなきわざ」と源氏に思われてはいるが、たかが中の品と見下していた源氏に対し、人間としての譲れぬ自己主張を示したことによって源氏の心に強い刻印を残したことはよく知られている。齋藤曉子氏は「空蟬の中に、己れの権威に屈せぬ自己をもった女の精神の存在を見出した時、彼は色事師から恋を形成する若者に変じていた」(1)と論じられた。右の「色事師」とは「品定で醸成された中の品への好奇心だけで接近した」(2)情意を指し、「恋を形成する若者に変じ」とは「これほど熾烈な感情を抱かされる成行き」(3)を指す。原田敦子氏も「源氏の空蝉への思いは、当初、雨夜の品定めで関心を呼び起こされた『中の品の女』とのほんのゆきずりの冒険《アバンチュール》のつもりが、拒否されることによって、より執着の度を強めていった云々(4)と述べていられる。

物語の推移に徴して右の見解は肯われよう。が、私は、源氏の空蝉への接近の動機が単に雨夜の品定めで醸成された中の品への好奇心だけ、中の品の女とのほんのゆきずりの冒険《アバンチュール》のつもりであったのか、そして、拒否されることによって、より執着の度を強めたには違いないにしても、拒否されたことに対するあやにくな性癖をもって源氏の空蝉への恋を論じ去ることについて、いささか疑義を抱くものである。源氏が雨夜の品定めによって中の品の女への好奇心を抱いたことはちがいない。当初の空蝉をわが寝所へ連れ去るというような軽侮的な扱いを見ても、中の品の女を見下す行為と言えよう。こういう行為だけを見ると源氏の空蝉への当初の情意は「色事師」のそれであり、「ほんのゆきずりの冒険《アバンチュール》のつもり」ということになる。

「うつつともおぼえずこそ。数ならぬ身ながらも、おぼしくたしける御心ばへのほども、いかが浅くは思うたまへざらむ。いとかやうなる際は、際とこそはべなれ」とて、かくおしたちたまへるを、深く、なさけなくうしと思ひ入りたるさまも、げにいとほしく、心はづかしきけはひなれば、

（帚木巻八九・九〇頁）

右の「うつつとも～はべなれ」は、軽侮的な源氏の扱いに対する空蝉の抗議であり拒絶のことばである。「おぼしくたしける御心ばへのほど」と源氏の扱いを指摘し、それを私は深く受け止めると言い放ち、容認できない拒絶を表明したのである。「かくおしたちたまへるを、深く、なさけなくうしと思ひ入りたるさまも、げにいとほしく、心はづかしきけはひなれば」は、源氏が空蝉の態度から気のひける思いをしているのに即した叙述であって、「げにいとほしく、心はづかしきけはひ」を感取しているのは、ほかならぬ源氏である。自らの「かくおしたちたまへる」行為への自意識から、思いやりのない情ないことと悲しんでいる空蝉の心情を「げにいとほしく」思い、また、気のひける思いもするのである。このような源氏の自意識にもとづく視座から捉えられた空蝉の姿態が「心はづか

しきけはひ」なのであって、私は空蝉自身の精神構造の高さもさることながら、すなわち空蝉の姿勢によって源氏の心の部位が上昇したこともさりながら、もともと源氏は空蝉その人をゆきずりの中の品の女とは見ていなかったがゆえに、自らの「かくおしたちたまへる」行為を空蝉に対し「げにいとほしく」思い、空蝉から「心はづかしきけはひ」を感じざるをえなかったのではないかと考えるのである。「思ひあがれるけしきに聞きおきたまへるむすめなれば」（帚木巻八三頁）とあり、源氏は紀伊守邸に赴く以前から空蝉のことを知っている。紀伊守との対話で「上《うへ》にもきこしめしおきて、（帝）『宮仕へにいだし立てむと漏らし奏せし、いかになりにけむ』と、いつぞやのたまはせし。世こそ定《さだ》めなきものなれ」（帚木巻八五頁）と語っており空蝉が入内の希望を持っていたこと（「思ひあがれるけしきに聞きおきたまへるむすめ」の具体的内実が入内の希望を持っていたことであることの認識が源氏にある）、そして「世こそ定めなきものなれ」。今は伊予介なる老受領の妻となっている空蝉の境涯への感慨が源氏にある。紀伊守は源氏の「世こそ定《さだ》めなきものなれ」に応じて「不意にかくてものしはべるなり。世の中といふもの、さのみこそ今も昔も定まりたることはべらね。中《なか》についても女の宿世《すくせ》は浮びたるなむ、あはれにはべる」（同右頁）と申し上げている。女の運命のさだめなさの「あはれ」を空蝉の境涯に源氏は感取していることに私は注意したいのである。

かつて桐壺帝の後宮に入内を志した空蝉が、父衛門督の死によってはかなくも老受領の妻となっている境遇を源氏は知り得ている。「思ひあがれるけしきに聞きおきたまへるむすめなれば、ゆかしくて、耳とどめたまへるに」とあるのに徴すると、未婚の娘時代の、高い理想を持っていた空蝉のイメージが、彼女に対して源氏が「ゆかしく」思うゆえんであるということが分かる。後に空蝉の弟小君に「あこは知らじな。その伊予の翁よりは、先に見し人ぞ。されど、たのもしげなく、頸《くび》細しとて、ふつつかなる後見《うしろみ》まうけて、かくあなづりたまふなめり。（下略）」（帚木巻九六頁）とうそをついて言いくるめようとするが、こういううそは、空蝉の娘時代（それは既に過去のことだが）

への仮想を語っているわけで、その過去仮想には源氏の空蟬の娘時代へのある種の真実、いつわらざる心の真実が底にあると見てよいのではないか。単に小君を言いくるめるうそではなく、その虚構がつむぎだされる空蟬の娘時代への源氏の感情がこめられているのであるまいか。「思ひあがれるけしきに聞きおきたまへるむすめなれば、ゆかしくて」と、現在人妻である空蟬を、「むすめ」と過去の娘時代のイメージで捉えている源氏の意識を見すごせないのである。過去に関係があったというのはうそであるが、子供とはいえ小君が「さもやありけむ、いみじかりけることかな、と思へる」とあるように真《ま》に受けているのは、源氏の過去仮想に空蟬への心情の真実があったからではあるまいか。

　空蟬の境遇は源氏の母桐壺更衣と紙一重の運命の分岐であり、そのはかなく浮かびたる女の宿世に対する源氏の思いは決してゆきずりの女に対する偶然的なものではなかったのである。軒端荻に対したような態度こそゆきずりの女に対するそれであり、空蟬に対してはそもそもからその運命に対する心寄せをもつ精神性を有していたのであり、空蟬の拒否によってのみ源氏の対空蟬の心情が変化したというのではなかったことを知る必要がある。源氏は空蟬の女としての運命のはかなさに「あはれ」を感じていたのであり、「はかなびたるこそは、らうたけれ」は性格上のこととしては夕顔が念頭にあるが、実は空蟬も本質的には「はかなびたる」存在であることに源氏の人間感覚は気づいていたのではあるまいか。

　「かくおしたちたまへるを、深く、なさけなくうしと思ひ入りたるさまも、げにいとほしく、心はづかしきけはひなれば」は、源氏が空蟬の態度から気のひける思いをしているのに即した叙述であり、空蟬の精神構造の高さを感じたことを表わしているのであるが、私は、空蟬の精神の高さもさりながら、源氏がそれを感得するのは、空蟬の具体的境涯と合わせ重ねているからだと考える。「心はづかしきけはひ」は「けはひ」そのものからの感知であるともいえようが、空蟬の「思ひあがれるけしきに聞きおきたまへるむすめ」のイメージとシノニムに重なって「心はづかしきけはひ」を感知しているのである。それゆえ源氏は「まめだちて、よろづにのたま」う。

「その際々《きはぎは》を、まだ知らぬ初事《うひ》ぞや。なかなかおしなべたるつらに思ひなしたまへるなむ、うたてありける。おのづから聞きたまふやうもあらむ、あながちなる好《す》き心はさらにならはぬを、さるべきにや、げにかくあはめられたてまつるもことわりなる心まどひを、みづからもあやしきまでなむ」

（帚木巻九〇頁）

例の口上手な口舌と解することもできようが、帚木巻頭の源氏の人柄を述べた作者の前口上を想起させ、「なかなかおしなべたるつらに思ひなしたまへるなむ、うたてありける」は「さしもあだめき目馴れたる、うちつけのすきずきしさなどは、このましからぬ御本性《ほんじやう》」と符合する言い分である。「あながちなる〜あやしきまでなむ」は「まれには、あながちに引き違《たが》へ心尽くしなることを、御心におぼしとどむる癖なむ、あやにくにて、さるまじき御ふるまひもうちまじりける」と符合するのであって、空蟬への情動は「まれには、あながちに引き違へ心尽くしなることを、御心におぼしとどむる癖」——好色の癖——の発動なのであった。つまり口から出まかせの口舌なのではなく、源氏固有のあやにくなる好色の癖を「みづからもあやしきまでなむ」思うと「まめだちて、よろづにのたま」うのは源氏固有の好色の真実がこめられていたのである。「げにいとほしく心はづかしきけはひ」の空蟬の精神構造の高さを感知しての源氏の真実の吐露なのである。

それと連動してか空蟬の拒否の心情が、先程の強烈な抗議のことばとは微妙に違ってくる。

いとたぐひなき御ありさまの、いよいようちとけきこえむことわびしければ、すくよかに心づきなしとは見えたてまつるとも、さるかたのいふかひなきにて過ぐしてむと思ひて、つれなくのみもてなしたり。

（帚木巻九〇頁）

これは先程の抗議のことばにこめられた拒絶の心情とは違い、源氏をあがめ仰ぐ心情ゆえの拒否であり、意志的、理性的な分別心にもとづくものである。原田敦子氏のご分析を借りるならば次のごとくである。

比類ない相手の様子が、逢った後のみじめさを募らせるであろうと、つれない態度をとり続けたというのであるから、空蟬の思いは、自分が人妻であるという点ではなく、目の前にあらわれた夢の如き相手と、現在自分が置かれた境遇に、余りにも大きな懸隔が存するという一点にかかっていると考えられる。もしこのまま源氏の求愛を受け入れたなら、或いは受け入れ続けたなら、たちまちに飽きられて顧みられなくなってしまうか、さもなくば召人の如き関係を続けねばならないであろうことを、怜悧に感じとっていたのである。[5]

そして原田氏は空蟬の拒否について「源氏の愛を失わないため、そして自分の誇りと夢を傷つけないため、唯一、空蟬に可能であったのが、愛しながら拒否するという行為だったのである」[6]と論じていられる。この空蟬の心情分析は肯われるべき卓論である。さてこの空蟬の心情は源氏の言動に連関することに私は注意したいと思う。先の抗議は、源氏がわが寝所に連れ込むという見下した態度であったのと、それを侍女の中将の君に見られて、「この人の思ふらむことさへ、死ぬばかりわりなきに」（帚木巻八九頁）という屈辱感が言わせた心の叫び、激情に発することばであったのに対し、前述したように源氏が誠意をもって己の行為を弁解したことに連動して、「怜悧に」自己の立場を認識しての拒否である。「いとたぐひなき御ありさま」は客観的叙述というよりは空蟬の目と心が捉えた源氏の風姿で、この時空蟬の心は源氏の類まれな美しさに魅せられていると言えよう。空蟬は元来がもの柔かな人柄であり、無理に気強く心を張りつめているのだと地の文に言う。「人がらのたをやぎたるに、強き心をしひて加へたれば、なよ竹のここちして、さすがに折るべくもあらず」（帚木巻九〇頁）。すると空蟬は、葵上が源氏に対したような柔かさのない拒否的な態度をとっているのではなく、元来はもの柔かな人柄であるのに、意志的に気強く努めているにほかならず、ゆえに「なよ竹のここちして、さすがに折るべくもあらず」なのだ。この地の文は源氏の感受性に即した叙述だと思う。色好み源氏の感受性は空蟬の拒否のありようをすぐれて正確に受けとめていたと思われる。「なよ竹のここちして」とは女のしなやかな感性を感じ取っているのであり、「さすがに折るべくもあらず」

は空蟬の意志を感じているからだが、にもかかわらず情交に行きつくのは、空蟬の拒否の心情が先程の抗議の頑なさとは微妙に違ってきていることに関連するであろう。頑なまでの抗議の激情、拒絶一色に偏した心的位相から、むしろ感性的には源氏の美に魅かれながら、そうであるがゆえの余りにも大きな懸隔を認識する理性との相克へと移行している。この移行のいわば間隙につけ入るように源氏は女と契る行動に出たのだった。「まことに心やましくて、あながちなる御心ばへを、いふかたなしと思ひて、泣くさまなど、いとあはれなり。心苦しくはあれど、見ざらましかばくちをしからまし、とおぼす」（帚木巻九〇頁）。情交を描く右の叙述は源氏の視点からで「いとあはれなり」は源氏の主観直叙。ここには源氏の空蟬への情感があふれており、「心苦しく」思うと同時に「見ざらましかばくちをしからまし」と空蟬を女として評価する情感が述べられている。一方、空蟬は「なぐさめがたく憂《う》し」と思うものの、原田敦子氏の説かれるごとく「源氏と一度逢った後の空蟬には、別の思いが根強く、しかも切実に育まれつつあった(7)」。空蟬は源氏から生娘《きむすめ》のように悲しみに沈んでいる、と言われて、「（娘時代に）かかる御心ばへを見ましかば、あるまじき我頼みにて、見なほしたまふ後瀬《のちせ》をも思うたまへ慰めましを」（帚木巻九一頁）と答えている。娘ではなくて「かく憂き身のほどのさだま」ってしまった今、「いとかう仮《かり》なる浮寝《うきね》のほど」であるがゆえに悲しんでいるのだと答える時、源氏の愛を受ける娘時代の自分を仮想することばで源氏への愛を示し、それがかなえられない今は「仮なる浮寝」となるがゆえの拒否の情を表わしたのである。彼女のプライドが毅然としておりそこに精神構造の高さを見るのであるが、拒否の内実がここにある。独身時代に源氏にこのような愛情を受けたのであれば、という反実仮想は、現実にはもはやありえないという自覚とともに、「仮想」という心情空間の限定においてではあるが、源氏その人の愛を受けることへの彼女の甘美な幸福感を語っていよう。〝甘美な幸福感〟は仮想の中においてしかありえないことを空蟬は知っていた。一度逢った後「かしこく」「なびかぬ」のはそのゆえである。換言すれば〝甘美な幸福感〟を仮想の中に保持するために、その後源氏を拒み続けたのである。次の文はそうした空蟬の気持を述べている。

心のうちには、いとかく品定まりぬる身のおぼえならで、過ぎにし親の御けはひとまれるふるさとながら、たまさかにも待ちつけたてまつらば、をかしうもやあらまし、しひて思ひ知らぬ顔に見消《け》つも、いかにほど知らぬやうにおぼすらむ、と、心ながらも、胸いたくさすがに思ひみだる。とてもかくても、今はいふかひなき宿《すく》世《せ》なりければ、無心《むじん》に心づきなくて止《や》みなむ、と思ひ果てたり。（帚木巻九九頁）

仮想と現実のはざまの〝拒否の心〟は源氏には届いていないようだ。「いたくうめきて、憂しとおぼしたり」（同右頁）とある。帚木巻末の贈答歌の、源氏の嘆きの歌に対する「女も、さすがにまどろまざりければ、数ならぬふせ屋におふる名の憂《う》さにあるにもあらず消ゆる帚木」（帚木巻一〇〇頁）は、「女」呼称が示す空蟬のせつない女心が、しがない身の上なるがゆえの拒否をつたえる歌によって、私たちには切実につたわってくるのだが、源氏はしゃくに思い、こういう女だからこそひかれるのだと思う一方で情なく、さりとてあきらめきれないでいる。空蟬は源氏にとって「つれなき人」（帚木巻一〇一頁）にほかならなかった。

空蟬巻の巻末に、源氏から歌を書きつけてきた畳《たとうがみ》紙の端に、「うつせみの羽《は》に置く露の木隠《こがく》れて忍び忍びに濡るる袖かな」と書きつけた歌の、空蟬の涙は読者のみの知ることなのか。「つれなき人も、さこそしづむれ、いとあさはかにもあらぬ御けしきを、ありしながらのわが身ならばと、取りかへすものならねど、忍びがたければ、この御畳紙の片つ方に」書いた空蟬の心情は源氏の歌への唱和をなすが、これが果たして小君から源氏につたえられるのか、物語は余情を残してひとまず閉じられる。夕顔巻の「かしこく人になびかぬ、いと心づきなきわざなり」（夕顔巻一七二頁）が夕顔と対照的に空蟬を念頭にしたものであれば、源氏の感懐は空蟬の態度の現象のみに対するものであり、空蟬の心を知らぬすれちがいということになろう。玉上琢彌先生『源氏物語評釈』や『日本古典文学全集　源氏物語①』（『新編』による）は夕顔のやさしさと対比されているのは葵上や六条御息所で、空蟬は問題にされていない。私は夕顔と対照される造型として「かしこく人になびかぬ」は空蟬と考えるのだが、当時の源氏の主たる生活をかんがみれば、葵上や六条御息所こそ重大で、空蟬ごとき問題ではあるまい。しかし「かしこく人になびかぬ」とある。「なびかぬ」は葵上にあてはまるとしても「かしこく」だろうか。また六条御息所は「なびかぬ」にあてはまらない。「心の休まらない」女君としてこの二人が夕顔のやさしさと対比され、心の休まらない源氏が夕顔のやさしさに溺れたことはよく分かるのだが、「かしこく人になびかぬ」の語義にぴったりしないのが気になる。重苦しい二人を「かしこく人になびかぬ」と、夕顔のやさしさに対比して表現したのでもあろうか。「わが心のままにとり直して見むに、なつかしくおぼゆべき」という志向が紫上の愛育において実現するところから見ても、重苦しい葵上や六条御息所からの〝解放〟が、当時の源氏の切実な願いであったし、夕顔巻においては夕顔は六条の貴婦人（六条御息所）との対比がなされている。が、私は同じ中の品の女同士の典型的といってよい対照的造型を空蟬と夕顔に見る。

源氏が夕顔と対比して「かしこく人になびかぬ」女として空蟬を念頭に浮かべ、空蟬の態度の表層に不快感を持ち、彼女の心の奥底の「あはれ」を知らなかったとすれば、女をなびかせようとする自己中心的な好色の癖にほかならぬが、若い源氏の、そして当時としては、はるかに身分低き女に対する心情として、やむをえなかったことなのであろう。

「はかなびたるこそは、らうたけれ」は性格上のことが第一義だが、境遇上についても考えうるとすれば空蟬も「はかなびたる」女であった。「かしこく人になびかぬ」は彼女の自己意識の厳しさであり私たちはそこに「あはれ」を感じるのだが、当代の寵児源氏はそれには思い及ばなかった。が、源氏は「はかなびたる」彼女の境遇に「世こそ定《さだ》めなきものなれ」（帚木巻八五頁）と「あはれ」を感じている。紀伊守の言う「女の宿世《すくせ》は浮びたるなむ、あはれにはべる」と同様の感懐を寄せており、私は、源氏にとって空蟬はゆきずりの女というのではないことに注意するものである。源氏は彼女の「はかなびたる」運命に「あはれ」というしみじみとした情感を寄せているのだ。

源氏の空蟬への接近の動機は確かに雨夜の品定めの中の品重視論に触発されたものではあるが、彼の心情の本質に「はかなびたるこそは、らうたけれ」と、性格であれ境涯であれ「はかなびたる」女への好尚があった。空蟬にしても夕顔にしても単に中の品の女ゆえに源氏はかくまでのめりこんだのではない。軒端荻に対する態度を見てもよく分かる。空蟬の境涯、そして夕顔の境涯は「はかなびたる」点で共通し、性格が対照的に分かれた。しかし空蟬が源氏を拒否した心情こそは拒否というより源氏との愛を仮想の中に封じこめる愛のかたちであり、ひそかなる慕情であったことは空蟬巻巻末の空蟬の歌「うつせみの羽《は》に置く露の木隠《こがく》れて忍び忍びに濡るる袖かな」（古歌）に託した心情にうかがえるであろう。彼女の拒否は次の文に見られるような自己抑制以外のものではなかった。

　身のおぼえをいとつきなかるべく思へば、めでたきこともわが身からこそと思ひて、うちとけたる御答《いら》へも聞こえず。ほのかなりし御けはひありさまは、げになべてにやはと、思ひいできこえぬにはあらねど、をかしきさまを見えたてまつりても、何にかはなるべき、など思ひかへすなりけり。（帚木巻九七頁）

源氏は空蟬のかような自己抑制のくまぐままでは思い至ってはいないであろうが、空蟬の内省的な心の内面には気づいていて、さればこそ心ひかれるという精神性の高い恋心を抱いている。右の文に続いて源氏の情況がつづられている。

　君はおぼしおこたる時の間もなく、心苦しくも恋しくもおぼしいづ。思へりしけしきなどのいとほしさも、はるけむかたなくおぼしわたる。（同右頁）

「思へりしけしきなどのいとほしさ」を思うところに空蟬との心の交流がある。空蟬の苦悩のくまぐまは分からずとも、要点《ポイント》はつかめていたとも思われる。受領風情《ふぜい》の妻になってしまってから源氏に愛されるようなことになった「心得ぬ宿世うち添へりける身」（帚木巻九五頁）を思い悩んでいることを察してその心深さにひかれて「心苦しくも恋しくもおぼしいづ」（帚木巻九七頁）。身分的に見下す人格としてではなく、苦悩し傷ついている人格を「いとほしく」思っている。しかしその一方で「かしこくなびかぬ」ことを不快に思う源氏なのである。共に源氏のいつわらざる真実であったのだ。

二

源氏が幼い紫上を求めるモチーフは藤壺のゆかりであることは言うまでもない。が、この紫上の造型が、父は存命だがなきがごとく、母は亡く、育ててくれた祖母も亡くなり、孤児同然といった境涯を源氏に引き取られた身の上であり、「うつくしくらうたげなり」という性情と契合して源氏の強い愛情を得ることになっているのを注意したい。父が左大臣、母が内親王のただ一人の姫君の気位の高さが夫婦の間をよそよそしくする葵上と対極的であり、現実の妻葵上に求め得ないやさしい素直さである。(8)「はかなびたるこそは、らうたけれ」（夕顔巻一七二頁）の典型である。夕顔も幼い紫上も共に「らうたし」の美的形容語が源氏の主観直叙となっている。夕顔も紫上も、「らうたき」女君であり、若紫巻において紫上と同時に源氏に関心を持たれる明石の君は空蝉に類同し、源氏の求愛にためらう姿には身の程の自覚にもとづく拒否の心情が見られる。結局は源氏の愛を受け入れるが、終始つきまとうのが、身の程の問題である。空蝉は老受領の妻と定まった身の上を自覚し、明石の君は受領の娘という身の程を考えて源氏に対する。篠原昭二氏「結婚拒否の物語序説―朝顔の姫君をめぐって―」（『へいあんぶんがく』2、昭和四十三年九月、のち『源氏物語の論理』東京大学出版会、平成四年五月所収）は、朝顔の姫君の結婚拒否の理由について、「世に時めく光源氏とは不釣合いに低い」境遇を「彼女の『あるまじく恥づかし』とする理由として比定するのに妥当な条件」(9)と考えていられる。氏は「しかし境遇の問題をただちに彼らの結婚の決定的な障害として認めるについては疑問が残る。[10]」とされたのであるが、私は氏が指摘されているように朝顔巻に桃園の宮邸の様子が「宮のうち、いとかすかになりゆくままに」（朝顔巻二〇六頁）と記され、光源氏の訪問に「錠《ぢやう》のいといたく銹《さ》びにければ開かず」（朝顔巻二〇〇頁）と門守が言っているのに徴しても氏の言われるように「この宮家がはかばかしい家柄でなかったこと」を注意したく思う。父宮以外に庇護者のない身の上であり、その父式部卿宮が確固とした庇護者ではないことを明らかにされた氏の論考は、朝顔の結婚拒否の意志をはぐくんだ情況を十分に示唆されていると考える。それは継母である北の方のために父宮の庇護を受けられなかった紫上よりは恵まれているが、篠原氏が「常陸宮の晩年の姫君として宮邸に寄る辺ない日を送る末摘花、あるいは宇治八の宮の姫君と類似の境遇にあったと考えてよいと思う」とされた朝顔の姫君の境遇の問題は、朝顔の姫君の結婚拒否の心情、意志を決する条件と言ってよいと私は考える。朝顔の姫君も「世に時めく光源氏とは不釣合に低い」自らの境遇を意識して結婚を拒んだと言える。つかず離れずの関係を保持したのは彼女の源氏への愛のあかしである。それ以外に源氏との関係を保持するすべを持たなかったのである。それは自らの自尊心と源氏の愛を保持する道であった。そのような朝顔を源氏は尊んだから、作者の主題的モチーフとしてかような拒否の心情を尊ぶものがあったと解せる。空蟬のばあいは源氏との余りのへだたりゆえに直ちには彼女の拒否の真意が実らなかったが、晩年尼姿としてであっても源氏の庇護を受ける身となりえた帰結は、[11]作者が彼女の拒否の真意すなわち源氏への思慕を保持する心を尊んだ結果と言えよう。源氏にその心が通じたものとして描いたのである。

源氏が幼い紫上を求める動機として、紫上の祖母尼君にうったえる次のことばは彼の心の真実を語っていると思う。心奥の動機、藤壺の代わりということは絶対に口にできない心の秘儀であったからそれは語り得ないとして、次のことばも源氏の心の真実であることは変わりないのである。

「あはれにうけたまはる御ありさまを、かの過ぎたまひにけむ御かはりにおぼしないてむや。いふかひなきほどの齢《よはひ》にて、むつましかるべき人にも立ちおくれはべりにければ、あやしう浮きたるやうにて、年月《としつき》をこそ重ねはべれ。同じさまにものしたまふなるを、たぐひになさせたまへと、いと聞こえまほしきを、かかるをりはべりがたくてなむ、おぼされむところをも憚《はばか》らず、うち出ではべりぬる。（若紫巻二〇〇頁）

自らの「あやしう浮きたるやう」な「はかなびたる」身の上と紫上が「同じさま」であることに心を寄せている。幼くして母に先立たれ、ついで祖母にも死別した薄幸の身の上を語る。紫上もまた同じく幼くして母に先立たれ祖母尼君に養われるという薄幸の身の上。このことの共感はまごうかたなく源氏の心の真実であるだろう。思うにこれは決して尼君を説得する方便ではなく、源氏の心の真実だと思われる。紫上の年齢と年齢よりも子供っぽいことを源氏の申し出にそぐわないこととして、尼君もそして女房（乳母）の少納言も受け止めがたく思うのは「道理《ことわり》」（若紫巻二〇九頁）と源氏も思うところだが、「何か、かうくりかへし聞こえ知らする心のほどを、つつみたまふらむ」（若紫巻二二二頁）といらだつ気持なのは、わが心の真実を素直に受け止めてもらえないからで、それだけに彼の心の真実は私たちにはよく分かるのである。

紫上の純情可憐な人柄が源氏の心をいやましにひきつけていく展開となるのだが、「はかなびたるこそは、らうたけれ」の命題が始発点から存したことに注意しなくてはなるまい。「はかなびたる」―頼りなげな、不安定な存在であるということは紫上が実は終生かかえこんだ人生の命題であって、そのことと常に隣りあわせに源氏の愛の問題があったのである。若菜上巻にはじまる女三の宮降嫁による衝撃は、紫上が「光源氏の妻としてきわめて不安定な存在であったという事実[12]」を「みずから発見した衝撃[13]」であるが、女三の宮降嫁によってもたらされた源氏と紫上の問題は、源氏が紫上の妻としての人生の不安定に気づいた心奥を理解せず、ただ自らの愛情の真実による紫上の幸福をのみ強調する、両者の心の乖離《かいり》である。それは大きく言えば、源氏物語第一部と第二部の相違である。第二部において紫上が自らの人生の不安定を深刻に自覚したのに対し、源氏は紫上への自らの愛を確信的に語るのみで紫上の心奥には思い及んでいない。

君の御身には、かの一節《ひとふし》の別れより、あなたこなた、もの思ひとて、心乱《みだ》りたまふばかりのことあらじとなむ思ふ。后《きさき》といひ、ましてそれより次々は、やむごとなき人といへど、皆かならずやすからぬもの思ひ添ふわざなり。高きまじらひにつけても、心乱れ、人にあらそふ思ひの絶えぬもやすげなきを、親の窓のうちながら過ぐしたまへるやうなる心やすきことはなし。そのかた、人にすぐれたりける宿世《すくせ》とはおぼし知るや。思ひのほかに、この宮のかくわたりものしたまへるこそは、なま苦しかるべけれど、それにつけては、いとど加ふる心ざしのほどを、御みづからの上《うへ》なれば、おぼし知らずやあらむ。ものの心も深く知りたまふめれば、さりともとなむ思ふ。

（若菜下巻一八九・九〇頁）

須磨謫居の折の足かけ三年の別離のほかは悩みごとはなかったろうと言うのである。后や女御、更衣の気苦労を言い、それに比べて娘分のように、苦労も知らず自分のいつくしみのもとで気楽に過ごしてきた幸福は人にすぐれた運勢だったということはお分かりか、と言う。女三の宮の思いがけない降嫁は「なま苦しかるべけれど」と一応の理解は示すが、「それにつけては、いとど加ふる心ざしのほどを」と自らの紫上への愛情の深さがいよいよまさっていることを言い、それはよくお分かりのことと思う、というのであるから、源氏は紫上の苦悩に気づいていないというよりあえて気づこうとしないばかりか、いよいよまさる紫上への愛ゆえに紫上の幸福、人にすぐれた運勢を言って聞かせるのである。源氏の言っていることは、うそいつわりはなくて、源氏の主観では紫上は幸福なのである。女三の宮の降嫁は「なま苦しかるべけれど」と言う。なぜ「苦しかるべけれど」と言わないのか。「なま」はなんとなくの意で不完全さを表わす。源氏は紫上が完全にうちのめされているのを知らないのだ。それは紫上が自己抑制をして苦悩を外に表わさないようにしていたことにもよるが、源氏が紫上の心奥を理解できない、手前勝手なというか自分の紫上への愛情の真実を確信するがゆえに、紫上の幸福を信じてうたがわないのである。「それにつけては、いとど加ふる心ざしのほど」というのは真実であるが、もともと女三の宮の降嫁を受諾した動機に藤壺のゆかりとして若き日の紫上の再現を仮想(14)したことのくずれさった幻滅と表裏する紫上の魅力なればこそなのであって、源氏はこの仮想と幻滅には触れないでいる。自らの錯誤は隠蔽しているのであるから、「いとど加ふる心ざし」は本当ではあるが手前勝手な論法と言わざるをえない。藤壺にかかわることゆえに源氏は秘さねばならず、表層の真実のみを言っていることになる。

昔、源氏が少女の紫上を求めたときの、同じような身の上同士というモチーフも、藤壺ゆえに受諾した女三の宮降嫁によって、遠くへ過ぎ去ってしまい、源氏の愛によって安泰する紫上と思うことが、実は当の紫上の内的真実とかけはなれていることに全く気づきえない源氏であることを作者は描いている。紫上は源氏の愛を説くことばに対して「のたまふやうに、ものはかなき身には過ぎにたるよそのおぼえはあらめど、心に堪へぬもの嘆かしさのみうち添ふや、さはみづからの祈りなりける」（若菜下巻一九〇頁）と言い放ち、なお多くを言い残した様子によって、源氏を圧している。「残り多げなるけはひ、はづかしげなり」。源氏が気おくれするほどだったのである。

対《たい》には、例《れい》のおはしまさぬ夜は、宵居《よひゐ》したまひて、人々に物語など読ませて聞きたまふ。かく、世のたとひに言ひ集めたる昔語《むかしがたり》どもにも、あだなる男《をとこ》、色好《いろごの》み、二心《ふたごころ》ある人にかかづらひたる女、かやうなることを言ひ集めたるにも、つひによるかたありてこそあめれ、あやしく浮きても過ぐしつるありさまかな、げに、のたまひつるやうに、人よりことなる宿世《すくせ》もありける身ながら、人の忍びがたく飽《あ》かぬことにするもの思ひ離れぬ身にて止《や》みなむとすらむ、あぢきなくもあるかな、など思ひ続けて、夜ふけて大殿籠《おほとのごも》りぬる暁《あかつき》がたより、御胸をなやみたまふ。

（若菜下巻一九四頁）

女三の宮降嫁によって、自分がずっと源氏の正式な北の方としてではなく過ごしてきたことを思い知らされる紫上の受けた衝撃、嘆きがつづられている。「あやしく浮きても過ぐしつるありさまかな」と、紫上はそれまでの源氏との夫婦生活の本質を把握しているのである。愛情による疑似後宮生成を成しとげた六条院内部の最重要の女君紫上の嘆きを通して内的変容のさまを現わす。かろうじて崩壊を食い止めている紫上はその代償として発病の痛苦に見舞われる。その発病は柏木密通事件という源氏の痛苦へとまさに六条院の悲劇を呼びこんでいく。

六条院の実質的正妻として頂点の女君の地位に長く居続けた紫上はいつしか源氏の作り上げた六条院王国の女王に安住していたのが、准太上天皇にふさわしい正夫人としての内親王降嫁という世間の風にさらされることになった。今まではたしかに源氏の言うように「親の窓のうちながら過ぐしたまへるやうなる心やすきことはなし」（若菜下巻一八九頁）だった。「そのかた、人にすぐれたりける宿世《すくせ》とはおぼし知るや」（同右頁）との源氏のことば通り、「人よりことなる宿世《すくせ》もありける身」（若菜下巻一九四頁）とは思う。しかし源氏に向かって直接言い放ったように「ものはかなき身には過ぎにたるよそのおぼえはあらめど」（若菜下巻一九〇頁）である。「心に堪《た》へぬもの嘆かしさのみうち添ふや、さはみづからの祈りなりける」。堪えられない苦悩にもとづく命の祈り。祈りによって永らえる命。心の内部が極限状態にあるのが今の紫上なのであり、世間的な、外部的な目に映る幸福はそれとして認識しないわけではないが、紫上の心は彼女の人生史―源氏との結婚生活―の意味を知る衝撃にさらされている。ここには源氏との深い心の乖離《かいり》がある。源氏は紫上を愛している。しかし彼女の心の深淵には気づかない。彼女の「ものはかなき身」を愛し「はかなびたるこそは、らうたけれ」を紫上にも実感したはずの源氏が、今紫上は己の庇護的愛、いつくしみのもとで充足していると思い、女三の宮降嫁は「なま苦しかるべけれど」程度の認識を出ないでいる。実は紫上は今が内的には最も「ものはかなき身」であり「はかなびたる」心的状況にあるというのに。

准太上天皇就位によって生じた外部的要請、准太上天皇にふさわしい正夫人内親王女三の宮の降嫁によって、六条院は後宮的レベルは上昇したが、それまでの愛情を基準としての紫上を頂点とする花散里、明石の御方たちの六条院の内的真実が、内的崩壊にさらされている。かつて拙稿「擬似王権・まぼろしの後宮・六条院　その生成と変容―「朝廷《おほやけ》の御後見《うしろみ》」から「准太上天皇」へ―」（「王朝文学研究誌」第2号、平成五年三月。のち『源氏物語の主題と表現世界』勉誠社、平成六年七月所収）に述べているように、源氏は六条院にすべて彼の心情の経緯、身分ではなく愛情、彼の愛した心の経緯によってのみ紫上をはじめ花散里、明石の御方を集めている。愛情による選択という理想の、したがってまぼろしの後宮を、擬似後宮なるがゆえにこそ成しとげた。しかし内親王降嫁という外的には理想であり准太上天皇の身分にふさわしい〝慶事〟が、実は内的には紫上との内的乖離《かいり》を生じた。「まぼろしの後宮」の頂点にあった紫上は女三の宮降嫁による衝撃のみならず、明石の御方の地位上昇にも苦悩をかかえこむこととなる。現実の苛酷さにさらされて、それまでの幸福、すぐれたる宿世が、実はまぼろし・虚構の王国のように見えてきた紫上の悲劇である。源氏にしてみれば、准太上天皇就位という栄光とうらはらに愛情を軸とする「まぼろしの後宮」六条院の変容を余儀なくされるのである。

明石の御方と対峙し、明石の御方の宿世、宿運を強く意識させられる紫上については拙稿「六条院の変容―若菜上・若菜下」（「国文学」学燈社、昭和六十二年十一月。のち『源氏物語の主題と表現世界』）に論じているのでご一読を願うが「将来の帝たるべき若宮の祖母である明石の存在性」にひきくらべて「源氏の愛情のみにとりつながれている紫上の位境」が浮き彫りされている。

源氏が女性好尚の心のおもむくままに女君たちを愛してきたモチーフ「はかなびたるこそは、らうたけれ」は、今こそ紫上の身の上についていえるにかかわらず、源氏の目と心にはそうは見えない不協和が生じているといわねばならない。若紫巻の少女紫上の孤児同然の境遇は「はかなび」て感じられ、そこにも「らうたさ」を感じていたであろうが、今、自分の厚き庇護的愛情につつまれている紫上に対してはその境遇を「はかなび」ては感じられないのは道理だが、道理であるだけにかえって見えなくなっている紫上の孤独が浮き彫りされるのである。いよいよまさる紫上への源氏の愛執、愛情を認識する一方に深まりゆく紫上の孤独感。一方的に一体感を抱く源氏の愛情とそれを受け止めつつも「この世はかばかりと、見果てつるここちする」（若菜下巻一五二頁）紫上が出離願望を持つ心の径庭を描いた若菜上・下巻はすごい内的世界である。私は内的真実と外的真実の齟齬というタームで捉えているが[15]、源氏物語第一部がおおむね光源氏の心情的視座で語られたのに対し、第二部は女君の心の内部を核とすることによって源氏との相関的視座の立ちはたらく構造と方法へ深化しているのである。

源氏物語第一部では「はかなびたるこそは、らうたけれ」のモチーフで源氏は女君たちに近づき愛しそれぞれの女君との愛のかたちを持ったが、第二部では、准太上天皇となった源氏にはさようなモチーフは外的にゆるされず、また内的には目に見えぬ世界のこととなり、違和が生じた。「はかなびたるこそは、らうたけれ」は第二部の源氏世界では埋れ去ったのである。

注

（1）（2）（3）　齋藤暁子氏「空蟬物語と雨夜の品定について」（「解釈」昭和五十二年四月。のち『源氏物語の研究—光源氏の宿痾—』教育出版センター、昭和五十四年十二月所収）

（4）（5）（6）（7）　原田敦子氏「空蟬の夢」（森一郎編著『源氏物語作中人物論集』勉誠社、平成五年一月）

（8）　今井久代氏「『源氏物語』における紫上の位相」（「国語と国文学」平成六年十月。のち、修上のうえ『源氏物語構造論』風間書房、平成十三年六月に所収）及び拙稿「紫上の造型（上）—源氏物語の表現と人物造型の連関—」（「金蘭短期大学研究誌」第30号、平成十一年十二月。のち『源氏物語の表現と人物造型』和泉書院、平成十二年九月所収）

（9）（10）　篠原昭二氏「結婚拒否の物語序説—朝顔の姫君をめぐって—」（「へいあんぶんがく」2、昭和四十三年九月。のち『源氏物語の論理』東京大学出版会、平成四年五月所収）

（11）　前掲注（4）の原田敦子氏「空蟬の夢」参照

（12）（13）　永井和子氏「紫上—『女主人公』の定位試論—」（森一郎編著『源氏物語作中人物論集』。のち『源氏物語と老い』笠間書院、平成七年五月所収）

（14）（15）　拙稿「若菜上・下巻の主題と方法―内的真実と外的真実―」（『源氏物語研究集成第２巻』風間書房、平成十一年九月。のち『源氏物語の表現と人物造型』所収）

四　源氏物語の女君

――「浮びたる」と「はかなびたる」――

一

源氏が紫上（少女）を求めたのは藤壺によく似た面《おも》ざし、藤壺の姪という血縁（ゆかり）であることが何よりの動機であるが、それは心の奥に秘めた深淵にあって、直接に動機・理由を語るときは、紫上の祖母尼君に次のように言っている。

　いふかひなきほどの齢《よはひ》にて、むつましかるべき人にも立ちおくれはべりにければ、あやしう浮きたるやうにて、年月をこそ重ねはべれ。同じさまにものしたまふなるを、たぐひになさせたまへ、

（若紫巻二〇〇頁。頁数は『新潮日本古典集成　源氏物語』による。以下同じ）

わが身の上の頼りなさ、不安定さと、紫上の境涯が「同じさま」であることを、紫上を求める動機としている。「あやしう浮きたるやう」な身の上の意識が女君を求める内的動機となっているのである。

源氏が空蟬に近づく動機は雨夜の品定めで中流の女の魅力を吹き込まれてのことであり、当初の源氏は空蟬をわが寝所へ連れ去るというような軽侮的な扱いで、中の品の女を見下す振る舞いであった。呆然としていた(1)空蟬が侍女の中将の君にわが有様を見られたのを契機に源氏に向かって抗議する。この拒否的態度がかえって源氏をひきつけたと普通言われているが、この空蟬の抗議の心情を源氏が理解したればこそであることを見落としてはならない。

空蟬のことを「思ひあがれるけしきに聞きおきたまへるむすめ」（帚木巻八三頁）と源氏は認識していてそれは具体的には「上《うへ》にもきこしめしおきて、『宮仕へにいだし立てむと漏らし奏せし、いかになりにけむ』と、いつぞやのたまはせし。世こそ定めなきものなれ」（帚木巻八五頁）と紀伊守に源氏が話している事情に基づいている。桐壺帝に入内《じゅだい》を希望していた娘《むすめ》が今は老受領の後妻に納まっている女の運命の定めなさに感慨を寄せていた。「世こそ定めなきものなれ」の感慨は紀伊守の言う「女の宿世《すくせ》は浮びたるなむ、あはれにはべる」（帚木巻八五頁）と同義であり、思えば源氏自身の「浮きたる」身の上、運命の頼りなさと通底する境涯への感慨である。この心情基盤があるからこそ源氏は空蟬の抗議を理解し、理解するからこそ「げにいとほしく、心はづかしきけはひ」（帚木巻九〇頁）を空蟬に対して感じるのである。「まめだちて、よろづにのたまへど」（同右頁）とか「心苦しくはあれど、見ざらましかばくちをしからまし」（同右頁）と、源氏が真面目な気持になり、逢っていなかったら惜しく思われる女だと、空蟬にひかれているのは、当初の中の品の女への興味、好色的態度から変化しているのであるが、空蟬の抗議によって呼びさまされた源氏自身の身の上の意識による呼応を私は見るのである。空蟬は源氏にとってゆきずりの中の品の女ではなかったのである。「思ひあがれるけしきに聞きおきたまへるむすめ」から老受領の後妻へと没落していった定めなき女の、過去の栄光と今の現実のはざまを生きる「あはれ」、「浮びたる」女の運命への心寄せが底にあったればこそ空蟬の抗議に呼応して恋へと高まっていったのである。

　空蟬の抗議、拒否の心については既に多くの論考があり、その身の程の意識については、戦後[2]の研究史をたどる余裕がないが、もはや通説となっている。空蟬は老受領の妻と定まった身の程を自覚し、明石の君は空蟬に類同して受領の娘という身の程を考えて源氏に対する。空蟬とともに登場する[3]朝顔の姫君は結婚拒否の物語の代表的女君だが、篠原昭二氏が「世に時めく光源氏とは不釣合いに低い」境遇を「彼女の『あるまじく恥づかし』とする理由として比定するのに妥当な条件」と考えられたのに賛同したい。氏自身は境遇の問題を決定的理由とはしがたいとされるが、私はこの命題がはるか後の宇治の大君へまで続いていくことからも、身の上の自覚の問題は作者にとって絶えざる命題であったと思う。空蝉が源氏を拒否した心情こそは拒否というより源氏との愛を仮想の中に封じ込める愛のかたちであり、朝顔の姫君がつかず離れずの関係を保持したのは源氏への愛のあかしである。

二

「六条わたりの御忍びありきのころ」と語り出されて、源氏が偶然に交渉を持つことになる夕顔との恋物語は、六条辺の貴婦人（六条御息所）との気の張る関係と対照的な夕顔を描いてあますところがない。夕顔は葵上や六条御息所との対比で源氏が恋しく思い愛した女君で、末摘花巻冒頭に「ここもかしこも、うちとけぬ限りの、けしきばみ心深きかたの御いどましさに、け近くうちとけたりしあはれに似るものなう、恋しく思ほえたまふ」とある「ここもかしこも」は葵上や六条御息所で、その「うちとけぬ限りの、けしきばみ心深きかたの御いどましさ」と対照的なのが夕顔の「け近くうちとけたりしあはれ」なのである。私は夕顔の性格の中核としてこの「け近くうちとけたりしあはれ[4]」を位置づける。私見により換言すれば夕顔の受動的媚態である。この受動的媚態―自卑の心とおりまざった―が夕顔の本質である。

　尾形仂氏「連衆心―挑発と領略―」（『国文学』昭和六十一年四月）は、荒院で一夜を明かした源氏と夕顔の歌のやりとりについて卓説を示された。「光ありと見し夕顔の上露《うはつゆ》はたそかれどきのそら目なりけり」（夕顔巻一四六頁）という夕顔の返歌について氏は「女は、夕顔の上に置く露（あなたのお立ち寄り）を『光あり』光栄だなんて思ったのは、私の『たそかれどきのそら目（錯覚）』でした、こんなおおけないお方とこんなおおけない関係になってしまって、と消えも入りそうにひたすら恐縮する」と説かれた。工藤重矩氏「源氏物語夕顔巻の発端―「心あてに」

「寄りてこそ」の和歌解釈—」（「福岡教育大学紀要」五〇号、平成十三年二月）によると穴山孝道氏「夕顔の花」（「文学論輯」五号、昭和三十三年三月）が「……ほんの上べのお情けだったとしか思われません。お情けを感謝してゐたのは私の思ひちがいでございました」と、せい一杯の「控え目な恨み」であると解していられ、清水婦久子氏「光源氏と夕顔—贈答歌の解釈より—」（「青須我波良」平成五年十二月。のち補筆訂正のうえ『源氏物語の風景と和歌』和泉書院、平成九年九月所収）では「夕顔の花に光がそえられていたと見えたのは錯覚だったと」「その愛情を疑った」と解していられる。いずれも学ぶべき卓説と思うが、私見を申せば、いずれも夕顔の歌意、夕顔の物言いをかたく解していられるように思うのである。

源氏の「露の光やいかに」（夕顔巻一四六頁）は、夕顔が「心あてにそれかとぞ見る白露の光そへたる夕顔の花」（夕顔巻一二五頁）とはじめに歌を贈ってきたのを踏まえて、「あの時あなた（夕顔）は『もしやあなた様（光源氏）が私（夕顔）に御関心なのかしらと当て推量に存じております（寓意として）』と私のあなたへの関心、愛情に感謝の意を匂わせていたが、私の愛情はどうです」といった気持をこめている、「うちとけ」た物言いである。それに対しての「光ありと見し夕顔の上露はたそかれどきのそら目なりけり」である。私の錯覚（思いちがい）でしたと否定するのは、おおけないことと自卑、恐縮する心もあるが、感謝の意を取り消すのは結構甘えて言っているのである。錯覚だったと否定を本心から言ったとしては自卑、恐縮あるいは愛情を疑う恨み（控え目な）ばかりになる。自卑とミックスされた甘えを見たい。「後目《しりめ》に見おこせて」（流し目にこちらを見て）、「ほのかに言ふ」（夕顔巻一四六頁）風情からしても、やわらかな物言いなのである。「露の光」（光源氏の恩顧）を肯定しているからこそ言える物言い、いわばじゃれて甘えているのである。「ほのかに言ふ」控え目さとミックスされた甘えの表情が何ともかわいらしい魅力なのである。「光ありと」の歌を源氏が「をかしとおぼしなす」のもそれゆえであろう。「たそかれどきのそら目」などと甘えて言うのを甘やかす気持なのである。この場の雰囲気はそういう「うちとけ」たものなのだ。「げにうちとけたまへるさま」（同右頁）と源氏の様子が書かれている。「『海士《あま》の子なれば』とてさすがにうちとけぬさま、いとあいだれたり」（夕顔巻一四七頁）。「うちとけぬさま」を「いとあいだれたり」（とても甘えている）と言っていることに注意したい。「うちとけぬ」否定、名を明かさないのを甘えているとするのは、「そら目なりけり」（錯覚でした、思いちがいでした）と、光源氏の恩顧を否定してみせた物言いも甘え（「いとあいだれたり」）であることをうなずかせるであろう。源氏は頭中将の女ではないかとほぼ気づいていて「海士の子」でないことを知るがゆえに、そのように擬装的に言って自卑的に甘えかかる夕顔の媚態を愛したのである。

三

夕顔の「光あり」の歌意がこのように解されるならば、夕顔のはじめの「心あてに」の歌意に「お情け」への感謝の寓意があったことを夕顔自身が明かしていることになろう。すなわち「白露の光そへたる夕顔の花」は源氏が随身に命じて夕顔の花を一房折らせた光栄に浴したことへの感謝を詠んだ表の意味と隠喩として夕顔の花のように賤しい女である私へのご関心、お情けなのかと感謝、光栄の意を匂わせていたことになるのである。「心あてに」の歌のそのような寓意を源氏が感じ取ったところに夕顔との交渉・恋物語は始まったのである。工藤重矩氏は「心あてに」の歌の「夕顔の花」は、夕顔の花に添えた献歌として植物としての夕顔の花であると言われる。確かに歌そのものから直ちに「お情け」等の寓意は読みとりがたいであろうが、源氏が随身に命じて夕顔の花を手折らせた行為に対する反応として、男女の贈答歌成立の色めかしさの契機に「心あてに」の歌はなっていると私は考える。女房、宮仕え人の贈歌と源氏が当初受けとめたのも単に女から詠みかけてきたからというより歌の内容の色めかしい寓意を感じとったからであろう。

そもそも夕顔巻のはじめから夕顔の花と夕顔の宿の女を重ね合わせる表現が見られる。秋山虔氏は、(5)「きりかけだつ物に、いと青やかなるかづらの、ここちよげにはひかかれるに、白き花ぞ、おのれひとり笑《えみ》の眉ひらけたる」（夕顔巻一二二頁）の「ひとり笑の眉ひらけたる」について「この巧みな擬人法の表現には夕顔の花とここの宿に住む女のイメージとがダブっている。そこで源氏の『をちかた人にもの申す』というひとりごちが出てくる」と言われ、「うち渡すをちかた人に物申すわれそのそこに白く咲けるは何の花ぞも」の『古今集』旋頭歌について小沢正夫氏の『日本古典文学全集』の注釈が「女に対する呼びかけ」としていること、竹岡正夫氏の『全評釈』で「女は遊女だという説」が出ていることに基づかれて「つまり遊女の宿に入り込んで、男が女に呼びかける言葉だというような解釈のようなんです。私は賛成です」と「物語展開の起動力を孕む引歌の機能」を論じていられる。

「をちかた人に物申す」が「遊女の宿に入り込んで、男が女に呼びかける言葉」であれば、夕顔の「心あてに」の歌は、後に「海士の子なれば」と卑下する夕顔が、遊女になぞらえられるわが身への源氏（貴公子）の呼びかけに貴公子光源氏のお情け（恩顧）への感謝の歌を贈るのは自然な振る舞いでなかったか。こうした寓意こそがむしろ色めかしい夕顔物語の始発にふさわしいのではないか。植物の夕顔の花のみすぼらしい風情は夕顔という女のイメージを表徴するものであろう。例えば「めぐりあひて見しやそれともわかぬ間《ま》に雲隠れにし夜半《よは》の月影」（紫式部の歌）でも歌の主題は久しぶりに出会った式部の女友だちであり「雲隠れにし夜半《よは》の月影」はその女友だちがすぐに帰ってしまったことの比喩的表現であるように、「心あてに」の歌の「白露の光添へたる夕顔の花」は光源氏の恩顧を受けた宿の女（夕顔）の比喩的表現と見る方が夕顔物語の始発にふさわしいのである。

思うに夕顔には、内気、はにかみや、引っ込み思案、可憐、かわいい女といった評語が定着していて、そのイメージにそった解釈が穏当視される。夕顔が急死した後、夕顔の侍女右近が「ものはかなげにものしたまひし人の御心」（夕顔巻一七二頁）と夕顔の性格を語ったのを受けて源氏は「はかなびたるこそは、らうたけれ」と言い自己の女性好尚について語る。そこのところの「女はただやはらかに、とりはづして人にあざむかれぬべきが、さすがにものづつみし」に注目すると、柔順で、うっかりすると男にだまされそうなあやうさであってそのくせつつしみぶかいとは、受身的な媚態の感じということになるであろう。単に頼りなげな女がかわいいのではなく詳しく言うと右の様な女の姿態を語っているわけで、そこにトータルな夕顔像が源氏の念頭に浮かべられていたとおぼしい。「はかなびたる」性格が女のあやうさとして色めいてくるところに夕顔の魅力があった。そのあやうさがついには命とりになる。朧月夜、女三の宮、浮舟へとそのあやうさは変奏的にかたどられていく。

「浮びたる」（境遇上の不安定な）女の「あはれ」と「はかなびたる」（性格の頼りない）女の「あはれ」とをこもごもに源氏物語はかたどる。

注

（1）今井久代氏「空蝉物語の『出会い』ということ」（『源氏物語構造論―作中人物の動態をめぐって―』風間書房、平成十三年六月）

（2）増田繁夫氏「品さだまれる人、空蝉」（『講座源氏物語の世界第一集』有斐閣、昭和五十五年九月）が詳細に説いていられる。

（3）篠原昭二氏「結婚拒否の物語序説―朝顔の姫君をめぐって―」（「へいあんぶんがく」2、昭和四十三年九月。のち『源氏物語の論理』東京大学出版会、平成四年五月所収）

（4）拙稿「夕顔巻を読む―「心あてに」の歌をめぐって―」（「王朝文学研究誌」第12号、平成十三年三月。本書第二編六）

（5）秋山虔氏「源氏物語作者の表現意識」（「国文学」昭和五十七年十月「対談」）

五　中の品物語としての源氏物語

――中の品の夢と現実――

一

若紫巻の明石の浦の話は、単に風景の興深い話ではなく主眼は前播磨守明石の入道とその娘にあった。明石の入道は「大臣の後にて、出で立ちもすべかりける人の、世のひがものにて、まじらひもせず、近衛の中将を捨てて、申し賜はれりける司なれど、かの国の人にもすこしあなづられて……」（若紫巻一八六頁。頁数は『新潮日本古典集成源氏物語』による。以下同じ）とあり、何やら理由がありそうだが、もとは上流の身ながら今は受領階級、中の品である。帚木巻の雨夜の品定めで馬の頭が「受領と言ひて、人の国のことにかかづらひいとなみて、品定まりたるなかにも、またきざみきざみありて、中の品のけしうはあらぬ、選り出でつべきころほひなり」（帚木巻五〇頁）と語った「中の品」であり、「なりのぼり」でなく「なりさがり」、没落上流階級としての中の品であった。「もとの根ざしいやしからぬ、やすらかに身をもてなしふるまひたる、いとかはらかなりや。家のうちに足らぬことなどはた、なかめるままに、はぶかず、まばゆきまでもてかしづける女などの、おとしめがたく生ひいづるもあまたあるべし。宮仕へに出で立ちて、思ひかけぬさいはひ、とりいづる例ども多かりかし」（帚木巻五一頁）と馬の頭が言ったのがほぼそのままあてはまるのが明石の入道とその娘である。「そこらはるかにいかめしう占めて造れるさま、さはいへど、国の司にてし置きけることなれば、残りの齢ゆたかに経べき心構へも、二なくしたりけり。後の世の勤めもいとよくして、なかなか法師まさりしたる人になむはべりける」（若紫巻一八七頁）と良清が語っているのに徴しても「中の品のけしうはあらぬ」（帚木巻五〇頁）と馬の頭が言ったのにあてはまる。受領階級の中で上段階に属する明石入道であった。「母こそゆゑあるべけれ。よき若人、童女など、都のやむごとなき所々より、類にふれて尋ねとりて、まばゆくこそもてなすなれ」（若紫巻一八八頁）とあり、入道の妻、娘の母はよい家柄の出であるから、受領の中の上段階、もともとは上流階級の明石一族ということになる。

一方、源氏が垣間見た美しい少女（後の紫上）は、祖母の兄の僧都の話から兵部卿の宮の娘であることが分かった。若紫巻では「限りなう心を尽くしきこゆる人」（若紫巻一九〇頁）、「かの人」（若紫巻一九二頁、一九六頁）と源氏の心の奥深く秘められている思慕の女性の表現であるが、桐壺巻に「先帝の四の宮の、御容貌すぐれたまへる聞こえ高くおはします、母后世になくかしづききこえたまふを、……」（桐壺巻三三頁）とあり、「御兄《せうと》の兵部卿の親王《みこ》」（桐壺巻三四頁）とあるので、藤壺宮の姪なのである。「親王《みこ》の御筋にて、かの人（藤壺）にもかよひきこえたるにやと、いとどあはれに見まほし」（若紫巻一九六頁）と源氏の内的動機がせつなく燃え上がるのだが、この紫上の境遇はと言えば、源氏が「あはれなる人を見つるかな、かかれば、このすきものどもは、かかるありきをのみして、よくさるまじき人をも見つくるなりけり、たまさかに立ち出づるだに、かく思ひのほかなることを見るよ、と、をかしうおぼす」（若紫巻一九二頁）ように、さびれた家、思いがけないところでの美女発見であり、帚木巻の雨夜の品定めで馬の頭が「さて世にありと人に知られず、さびしくあばれたらむ葎の門に、思ひのほかに、らうたげならむ人の閉ぢられたらむこそ、限りなくめづらしくはおぼえめ」（帚木巻五二頁）と語った中流の女の論にあてはまるであろう。母は故按察使の大納言の娘で、娘の入内を志していた大納言が亡くなって後、兵部卿の宮の通うところとなったが、宮の北の方の圧迫に悩み、やがて死んだというから、もともとは上流階級であるが、その娘である紫上が人里はなれた北山に祖母に養われている境遇は、雨夜の品定めで、馬の頭が「もとはやむごとなき筋なれど、世に経るたつき少なく、時世にうつろひて、おぼえ衰へぬれば、心は心としてこと足らず、わろびたることどもいでくるわざなめれば、とりどりにことわりて、中の品にぞ置くべき」（帚木巻五〇頁）と論じたのにあてはまるであろう。父兵部卿宮が健在ゆえ中の品と断じにくい面もあろうが、認知はされているとしても同居していず、母の母たる祖母尼君に育てられ、その祖母が死ねば「いかで世におはせむとすらむ」（若紫巻一九一頁）と孤児の身の上すら予想されているのであってみれば父兵部卿宮もしかと頼りになる存在ではないらしいのだ。紫上は明石の君に比べて身分的に上位とされているのであるが、父が兵部卿宮であるということ以上に、早くに源氏に引き取られて、葵上亡き後は実質的に源氏の正妻格となったことが大きいのである。紫上物語もいわば玉の輿物語なのである。若紫巻の現況は、北山に住む紫上（少女）と明石の浦に受領階級の娘として愛育され豊かに暮らしている明石の君とは甲乙つけがたく、それこそ「とりどりにことわりて、中の品にぞ置くべき」なのだ。紫上は源氏夫人としての実質的寵愛を無上に受ける身の上が明石の君を圧倒したのであって、多分に物語的世界の虚構的真実なのである。藤壺の代わりにという源氏の内的動機がなくば、さびれた家に美女を見出す「さて世にありと人に知られず、さびしくあばれたらむ葎の門に、思ひのほかに、らうたげならむ人の閉ぢられたらむこそ、限りなくめづらしくはおぼえめ」と馬の頭が語った中流の女にほかならない。明石の君も受領の娘でありながら光源氏との運命的な出会いにより、実はそれも父入道の見た不思議な夢というまことに物語的な領導による玉の輿物語の女主人公となるのであって、紫上との好一対をなすのである。作者の構想としてはそのような長篇的方途が思いめぐらされていたと思われるが、若紫巻の限りではまことに奇怪な珍しい噂話に終始する。その点紫上は藤壺の姪として光源氏の強い願望の対象となり、その前途が予想されるが、明石の君の方は父入道の奇怪な願望が嘲弄の対象となる噂話にすぎない扱いである。が、その語り方、物語の展開のさせ方が、長くその深い内的動機を明かさずにいたのであって、紫上の物語がはじめに内的動機を明らかにしたのと対照的であったことが後に（若菜上巻）分かる。前にも引いたが、帚木巻の雨夜の品定めで馬の頭の語った受領階級の上段階の娘が「宮仕へに出で立ちて、思ひかけぬさいはひ、とりいづる例ども多かりかし」（帚木巻五一頁）を思い合わすと、明石の君は「宮仕へに出で立ち」はしなかったが、光源氏の妻の一人となる。天皇の寵愛ではないので皇子を生まなかったが、光源氏の唯一人の姫君を生む。その姫君はやがて中宮となる。「思ひかけぬさいはひ」でなくて何であろうか。中の品の夢物語なのだ。その夢達成のための中の品の女の刻苦が綴られる。

二

帚木巻冒頭と夕顔巻結文の呼応により、空蟬と夕顔をヒロインとする中の品物語の一まとまりとして帚木、空蟬、夕顔の三巻が考えられているのであるが、中の品物語というならば紫上、明石の君もそうであり若紫巻も入れねばならず、ついでの末摘花の惨憺たる没落ぶりは「もとはやむごとなき筋なれど、世に経るたつき少なく、時世にうつろひて、おぼえ衰へぬれば、心は心としてこと足らず、わろびたることどもいでくるわざなめれば、とりどりにことわりて、中の品にぞ置くべき」（帚木巻五〇頁）とある「中の品」の物語にほかならない。帚木巻の雨夜の品定めの論議は女性論と中流重視論がミックスされているというか単なる女性論一般ではなく馬の頭は中流階級の女性論を行っているのであり、頭中将が上中下三段階の女を論じて「中《なか》の品になむ、人の心々、おのがじしの立てたるおもむきも見えて、分かるべきことかたがた多かるべき」（帚木巻四九頁）と中流階級の女性に個性的な女が多くて際立つ点がいろいろと多いと話を切り出して源氏の興味をそそったのと軌を一にするのである。この話に刺激されて空蟬、夕顔との情事があるのだから、雨夜の品定めは源氏と空蟬、夕顔との情事を導き出すためのものと一応は言えるのであるが、馬の頭が「受領と言ひて」と語り出した受領階級を「中の品のけしうはあらぬ、選り出でつべきころほひなり」と論じた時世観は、単に空蟬や夕顔との「隠ろへごと」を導き出すものを超えている。というよりそれとは違う。「なまなまの上達部よりも、非参議の四位どもの」と、参議にはなれないけれど四位という受領としては最高の位にある、[1]中流階級の中の上段階にある階層を強く詳しく述べて「宮仕へに出で立ちて、思ひかけぬさいはひ、とりいづる例ども多かりかし」と結んだのは玉の輿に乗る中流階級の女の話であって、空蟬や夕顔の物語とは異なる。この受領の中の「なまなまの上達部よりも、非参議の四位ども」についての言説はいわば一般論であり、明石の君の物語は直接あてはまるものではないが、いわば「思ひかけぬさいはひ」、受領階級の夢の「例」になるであろう。それにひきかえ空蟬、夕顔の話は中流階級の女の現実、そのせつない内面劇なのだ。[2]

　若紫巻にそれぞれの生涯の端緒が語られる紫上と明石の君は、光源氏の藤壺思慕という彼の運命劇と深くかかわっている。紫上は藤壺の代わりにという源氏の強く深い思いによって、単なる意外な美女発見の物語ではなくなった。明石の君は、藤壺懐妊の折に源氏が見た不思議な夢を、夢占いが「及びなうおぼしもかけぬ筋のことを合はせ」（若紫巻二一五頁）た折「その中に違《たが》ひめありて、つつしませたまふべきことなむはべる」（同右頁）と言った、「違ひめ」、須磨退居にかかわって源氏が明石で出会う女である。「正身は、おしなべての人だに、めやすきは見えぬ世界に、世にはかかる人もおはしけりと見たてまつりしにつけて、身のほど知られて、いと遥かにぞ思ひきこえける」（明石巻二七三・四頁）とあるように、空蟬の心情と通底する「身のほど」の意識がながく明石の君の生涯を貫くものとなる。明石の君の造型は、空蟬の夢、[3]反実仮想の「いとかく憂き身のほどのさだまらぬ、ありしながらの身にて、かかる御心ばへを見ましかば」（帚木巻九一頁）のより大きな超現実的な実現であるが、もし藤壺事件に関わる「違ひめ」という源氏の運命劇と関係のない出会いなら、空蟬のささやかな夢の実現にすぎない中の品物語である。

　紫上も明石の君も、藤壺思慕と密通事件を欠いた物語のヒロインなら、空蟬や夕顔の物語とそれほど変わらない短篇的物語の女主人公にほかならなかったであろう。長篇源氏物語の藤壺事件という一部大事に深く関わって、紫上も明石の君も光源氏の栄華と恋のヒロインたり得たのである。しかし若紫巻における紫上、明石の君の境涯は、一方は孤児同然のあやうい身の上、一方は受領階級の娘であり、中の品物語の女主人公に似つかわしかった。若紫巻は巻名「若紫」が示すごとく伊勢物語初段に想を得ての、さびれたところに住む美女発見の物語だが、藤壺思慕が貫かれているところに物語の深淵があった。帚木巻でも源氏は馬の頭の女性論を聞きながら「君は人ひとりの御ありさまを、心のうちに思ひつづけたまふ。これに、足らずまたさし過ぎたることなくものしたまひけるかなと、ありがたきにも、いとど胸ふたがる」（帚木巻八〇頁）とあるごとく、藤壺思慕に貫かれている。「人ひとりの御ありさま」と源氏の心中の思いに即した表現で表わし、「藤壺」とは明示していないし、「いとど胸ふたがる」と源氏の立場に即した一人称的叙述で源氏の思いを直叙する隠微な表現に終始する。「おぼすことのみ心にかかりたまへば、まづ胸つぶれて、……」（帚木巻八四頁）。帚木巻も藤壺思慕が貫かれているのである。ただそれは物語の奥深く隠れるかたちで、むしろ描かれざる世界として、描かれる世界の背後に隠見する上の品の世界である。夕顔巻の冒頭が「六条わたりの御忍びありきのころ」と、夕顔をヒロインとする物語の背後にある上の品の世界を暗示して、主人公源氏の世界の広さ、奥行きの深さを示すのとは違っているのだが、帚木、空蟬、夕顔の三巻の「隠ろへごと」[4]が源氏の青春のほんのひとこまの挿話にほかならないことを示している点では同じである。

ところでしかし空蟬という女性がその内面を深く描かれて強い印象を与えるのと対照的に夕顔はその内面を吐露することはない。わずかに「海士《あま》の子なれば」（夕顔巻一四七頁）と自卑の心を見せるが、全体としては源氏の視点に即してかたどられていく。その点は若紫巻の紫上も同じである。少女ゆえ内面の吐露などありうべくもないけれども、その人物造型が源氏の視点、その見聞によってかたどられていくのである。源氏の垣間見によって紫上（少女）の造型がかたどられるので、多分に源氏の主観にもとづく点、夕顔の造型と同じである。夕顔がかわいい女というのは源氏の見たそれにほかならず源氏は夕顔の内面像、実態はとらえていないというのが今井源衛氏このかた言われているところである。(5) それは源氏物語夕顔巻が源氏の視点によって多く夕顔像をかたどっている方法に起因する。若紫巻の紫上も源氏の見聞に即してかたどられていく。その源氏の心証が物語を領導していく。その決定的なモチーフが「限りなう心を尽くしきこゆる人に、いとよう似たてまつれるが、まもらるるなりけり、と思ふにも涙ぞ落つる」（若紫巻一九〇・一頁）という源氏の心の奥深い感動であった。そのことが若紫巻を単なる源氏の好色の中の品物語と大きく線を画するのである。少女の紫上が「うつくしげなる容貌」（若紫巻一八九頁）、「つらつきいとらうたげにて、……髪ざし、いみじううつくし」（若紫巻一九〇頁）と、かわいい、あどけない美しさに本質づけられて「さても、いとうつくしかりつる児かな、何人ならむ、かの人の御かはりに、明け暮れのなぐさめにも見ばやと思ふ心、深うつきぬ」（若紫巻一九二・三頁）と源氏に無敬語の一人称的表現で叙述され、源氏の心情にじかに接する思いとなる。「うつくし」「らうたげ」は少女なればこそとも思われる美質であるが、その境遇の心細さ（尼君たちの話を聞くにつけ）とあいまって頼りなげなありようとその可憐さは源氏の本質的に愛した美的高尚なのだった。夕顔巻に夕顔の死後、侍女右近が夕顔を「ものはかなげにものしたまひし人」と言ったのを受けて「はかなびたるこそは、らうたけれ。かしこく人になびかぬ、いと心づきなきわざなり」（夕顔巻一七二頁）と葵上や六条の貴婦人と対比して夕顔の「はかなびたる」性格を好む源氏の言説があるが、若紫巻でも紫上を求める希望を僧都（尼君の兄）にもらすときに「思ふ心ありて、行きかかづらふかたもはべりながら、世に心の染まぬにやあらむ、独住みにてのみなむ」（若紫巻一九六・七頁）と葵上との不仲を対比的に持ち出している。ともに上の品の世界を対比させていて基本的に中の品の女の物語であることをうかがわせる。夕顔巻で源氏が「なほ誰となくて二条の院に迎へてむ」（夕顔巻一三九頁）と夕顔に惑溺するが、果たされず、若紫、紫上を「二条の院に迎へ」とることになる。それは桐壺巻末に亡き母から伝領した邸を「めでたく造りののし」った二条の院に「思ふやうならむ人をすゑて住まばやとのみ、嘆かしうおぼしわた」（桐壺巻四一頁）ったことの実現であり、「心のうちには、ただ藤壺の御ありさまを、たぐひなしと思ひきこえて、さやうならむ人をこそ見め、似る人なくもおはしけるかな」（桐壺巻四〇頁）とねがったことの実現であるから、何よりも藤壺と似ていることが紫上の最大最要の本質的条件であるのだが、その紫上（藤壺によく似た少女）を発見したのは北山であり、「かかれば、このすきものどもは、かかるありきをのみして、よくさるまじき人をも見つくるなりけり」（若紫巻一九二頁）との感慨が示すように、上の品の世界とは懸絶したさびれたところに住む女であったから、上の品ならぬ中の品の世界といわねばならない。紫上の二条院入りは夕顔で仮想されたことの実現とも言いうるのであって、若紫巻と夕顔巻とは表裏をなして、上の品の世界に相反する源氏の愛情行動、中の品物語と言えるのではないか。紫上は藤壺のゆかりであるのに対し夕顔は単に葵上や六条の貴婦人に相反する中の品物語のヒロインであることの対比が、紫上を中の品の世界から上の品の世界に押し上げ、夕顔は一時的な源氏の心の慰めであるしかなかった分かれ目である。

三

明石の君は「たをやぎたるけはひ、皇女たちといはむにも足りぬべし」（松風巻一三七頁）と源氏の視点によってとらえられ、そのまま地の文にされている。明石巻で源氏が岡辺の宿の明石の君を訪れた時「ほのかなるけはひ、伊勢の御息所にいとようおぼえたり」（明石巻二九一頁）とあった。これも源氏のとらえた明石の君の人物像をそのまま地の文としてかたどったものである。教養のほど、気位、態度の立派さを「けはひ」として源氏は感得する。そしてついに抱いてみれば「人ざま、いとあてに、そびえて、心はづかしきけはひぞしたる」（同右頁）。源氏の感触そのままの地の文である。「御心ざしの近まさりするなるべし」（同右頁）との草子地は逢瀬の源氏の満足を推察し、明石の君が源氏の合格点を得たことを知らせるものであった。紫上への恋しさが明石の君との逢瀬によってつのることになるのはこれからの明石の君の前途をうかがわせ「女、思ひしもしるきに、今ぞまことに身も投げつべきここちする」（明石巻二九四頁）となる。『新潮日本古典集成』の頭注が指摘するごとく「今まで『娘』と呼ばれていたのが、ここではじめて『女』と呼ばれている」。女としての苦悩がはじまったのである。明石の君は源氏と契りを結んで以後、絶えず身分の問題につきあたり苦悩する。決して明るい玉の輿物語ではない。そこに単純な夢物語としない源氏物語の深さがあるのだが、少しでもリアリティを与えるために作者の行ったのは、明石の君の人柄を最大限高貴な気品と聡明さの持主とすることだった。明石の君の造型は空蟬と同じくその内面を深く描くことと、その優雅さ気高さを過度なまでに強調することによってなされている。その内面が深く描かれることによって中の品の女の現実性がきざまれ、その気高さ聡明さを強調することによって光源氏の世界に入りうる女性として読者を納得させ、紫上と連関的に光源氏の栄華を支えうる玉の輿物語のヒロインたりうることを図っているのである。明石巻で光源氏が都に召還されるに際して「女は、さらにも言はず思ひ沈みたり。いとことわりなりや」（明石巻二九六頁）と作者は同情を寄せて明石の君の女としての、くわしく言えば中の品の女としての悲嘆を述べる。その一方で、別れに際しての明石の君の源氏の眼に映ずる姿を優雅な気高いさまとして描き、受領の娘という中の品の明石の君をしかるべき処遇で迎えようという気を源氏に持たせようと作者は造型する。「さやかにもまだ見たまはぬ容貌など、いとよしよししう気高きさまして、めざましうもありけるかなと、見捨てがたく、くちをしうおぼさるべきさまにして迎へむとおぼしなりぬ」（明石巻二九七頁）。「めざましう」は身分の低い女なのでたいしたことはないと思っていたが意外にとても優雅な風情があり身分に似合わぬすぐれた女なのだったと感じた気持である。ここは肯定的な気持であるが、身分に似合わぬ意外さを感じる点では不愉快な気持になるときと通底している。明石の君の扱いに源氏も身分の低さにこだわらずにいられないし、明石の君はそれ以上に「わが身のほどを思ふも尽きせず」（明石巻二九八頁）であった。明石の君の身分が源氏と明石の君双方に非常に強い問題となる。のちに澪標巻に「宿曜に、『御子三人、帝、后かならず並びて生まれたまふべし。中の劣りは、太政大臣にて位を極むべし』と、勘へ申したりしこと、さしてかなふなめり」（澪標巻一七頁）と源氏が明石の姫君誕生の報を受けて思うことで明らかになるように、源氏は懐妊している明石の君が姫君を出産することを予知しえていて、姫君の生母としての明石の君を認識するから、身分に似合わぬすばらしい女であることが、この認識に立って非常な喜びだったはずである。このことが伏在していたことを澪標巻の姫君誕生を待って明らかにするのは源氏物語の筆法である。一方明石の君の方に伏在する宿世のことは、若菜上巻の、姫君、明石の女御の皇子出産にちなみ、明石入道の認めた不思議な夢想と宿願の遺書によって明らかとなるが、明石の君は姫君出産、さかのぼって懐妊の折にこの不思議な夢想を知らされてはいなかった。そのことは若菜上巻に父明石入道の文を見て明石の君が「この夢語りを、かつは行く先たのもしく、さらば、ひが心にて、わが身をさしもあるまじきさまにあくがらしたまふと、中ごろ思ひただよはれしことは、かくはかなき夢に頼みをかけて、心高くものしたまふなりけりと、かつがつ思ひ合はせたまふ」（若菜上巻一〇六・七頁）とあることに徴して分かる。

入道の夢想とは次のごとくであった。

わがおもと（明石の君のこと）生まれたまはむとせし、その年の二月その夜の夢に見しやう、みづから須弥の山を、右の手に捧げたり。山の左右より、月日の光さやかにさし出でて世を照らす。みづからは山の下の蔭に隠れて、その光にあたらず。山をば広き海に浮かべおきて、小さき船に乗りて、西のかたをさして漕ぎゆく、となむ見はべし。云々　（若菜上巻一〇二頁）

明石の君の産む姫君が皇后となり、その皇子が東宮となる予兆であった。播磨の国守に沈淪している間、明石の君に託したこの夢想はやがて明石一族に帝＝皇権の、未来を期待するものであった。受領となり下がったかつての名門（大臣家）の地位回復を上回る皇権物語の枠組み・構想[6]をはらんでいたので、それを現実化するべく作者は明石の君を身分に似合わぬ気品と優雅な風情の女性として描き、当初から「なつかしうあてはかに、心ばせあるさまなどぞ、げに、やむごとなき人におとるまじかりける」（須磨巻二四九頁）と高貴の姫君にも劣るまいことが述べられていた。「ことに触れて、心ばせ、ありさま、なべてならずもありけるかなと、ゆかしうおぼされぬにしもあらず」（明石巻二七二頁）と源氏の第一印象を述べ、明石の君に文をつかわすときの気持は「心はづかしきさまなめるも、なかなか、かかるものの隈《くま》にぞ、思ひのほかなることも籠《こも》るべかめる」（明石巻二八二頁）と意外性への好奇心であり、中の品の女への色好みの域を越えるものではなかったが、源氏への返歌「思ふらむ心のほどややよいかにまだ見ぬ人の聞きかなやまむ」と、きりかえしてくる才気は、「手のさま、書きたるさまなど、やむごとなき人にいたう劣るまじう上衆めきたり」（明石巻二八四頁）と源氏の評価を得、「心深う思ひあがりたるけしきも、見ではやまじとおぼす」（同右頁）のである。「女はた、なかなかやむごとなき際の人よりもいたう思ひあがりて」（明石巻二八五頁）と、明石の君は心中の極度の身のほどの劣等感と裏腹に気位の高い態度を示す一方、「つゆも気近《けぢか》きことは思ひ寄らず」（明石巻二八八頁）と気おくれ、卑下の心である。内心の卑下の心と表面の気位の高い態度が屈折して深い内面性を感じさせるのであろうか「ほのかなるけはひ、伊勢の御息所にいとようおぼえたり」（明石巻二九一頁）とまで感じさせたのだった。

松風巻の「皇女たちといはむにも足りぬべし」（松風巻一三七頁）は明石の君の人柄の高貴性を最大限に言うもので、姫君の生母ながら紫上に姫君を託さねばならぬ明石の君を精一杯紫上に拮抗させようとの作者の配慮であろうか。明石の君による明石一族の皇権への近づきを構想している作者の機会あるごとに行う布石の極まったものなのか。その一方で現実の中の品の階級の女としての明石の君の心の嘆き葛藤の深さを克明に綴る。構想の枠組みは若菜上巻に至って明らかにされるので、それまでは明石の君の心の葛藤が焦点化され読者はほとんど構想の枠組みに気づかず明石の君の内面の葛藤に心を奪われる。空蝉の心の内面描写に類似したものとして受けとめる。が、光源氏の紫上への配慮をからませる男と女の物語である以上にすぐれて政治家光源氏の相貌を躍如とさせる。その方が根幹なのであって、源氏の心は常に明石の姫君に向かっていて、明石の君はそれに付随する存在である。彼女は光源氏の栄華構想に組み入れられることによって、この上ない心の葛藤、苦悩を強いられる。故に空蟬に類似した内面描写ではあっても、類を絶している。同じ中の品の女の現実を描くのであっても、明石の君は父明石入道の途方もない夢につき動かされた彼女の運命的といってよい、彼女自身の心にもある夢と現実の葛藤であり、空蟬が「〜ましかば〜まし」の娘時代を仮想する後向きの葛藤ゆえに所詮は現実に埋没していかざるをえないのに対し、明石の君の葛藤は父明石入道と軌を一にした夢・未来志向であるが故の現実との苦しい戦いなのである。

若紫巻の、源氏の見た「おどろおどろしうさま異なる夢」（若紫巻二一五頁）に対する夢占いの「及びなうおぼしもかけぬ筋のこと」（天子の父になる）の実現途上に「その中に違ひめありて、つつましませたまふべきことなむはべる」（須磨退居のこと）が、予言として源氏の将来の構想をうかがわせるのに対し、明石の君のことは若紫巻では変わり者の父の奇妙な夢に従わねばならぬ娘の変わった噂話として一場の座興にすぎなくも見えるような扱い、書き方であり、はるか若菜上巻に至って明石一族の夢の物語、栄華構想であったことを、一種のどんでん返し的に作者は明らかにする。源氏は明石入道の手紙の中の夢物語を読んで次のように思う。

あやしくひがひがしく、すずろに高き心ざしありと人も咎め、またわれながらも、さるまじきふるまひを、かりにてもするかな、と思ひしことは、この君の生まれたまひし時に、契り深く思ひ知りにしかど、目の前に見えぬあなたのことは、おぼつかなくこそ思ひわたりつれ、さらばかかる頼みありて、あながちには望みしなりけり、横さまにいみじき目を見、ただよひしも、この人ひとりのためにこそありけれ、いかなる願をか心に起こしけむ、（若菜上巻一一六頁）

自らの夢告げに発する須磨・明石への流浪のことと明石入道の夢物語に発する祈願成就、皇権を目指した悲願の達成とを結びつけて考えており、「この人ひとりのためにこそありけれ」とまで思っている。明石入道一人の祈願成就のためだったのだとまで思うことは源氏の運命が明石一族の栄華に組み入れられる感慨であって、源氏の栄華の物語と思って読んできた読者も源氏の感慨に誘われて明石一族の栄華物語でもあったのだと思う。中の品の夢物語なのであると。

明石一族の栄華への道における明石の君の中の品階級出自にちなむ心の内面の苦闘の歴史と対比的に、北山に住んだ紫上（少女）は源氏に引きとられてのち、彼女の美質がくり返し絶讃され、紫上の心の内面は描かれず、まるで二条院は理想の別天地、精神的には愛の密室だった。紫上は社会的には源氏の正夫人ではなかったが、源氏の心の中の〝正夫人〟、実質的な〝正妻〟であった。二条院やがては六条院の最上位の夫人として過ごす〝幸福〟の中に紫上の身の上についての内面は彼女自身にも自覚されないまま埋もれていた。若菜上巻の女三の宮降嫁の衝撃がその自覚[7]をもたらし、そこから紫上の心の内面劇がはじまる。「ものはかなき身には過ぎにたるよそのおぼえはあらめど、心に堪へぬもの嘆かしさのみうち添ふや、さはみづからの祈りなりける」（若菜下巻一九〇頁）はその圧巻と言えよう。宮家の庶子、孤児同然の寄るべもなかった身の上が回顧されている。世間的な幸福を肯う一方に、すなわち中の品の玉の輿物語を自覚すると同時に、それがまるで白日夢のように消え去る思いの、女三の宮降嫁の苦衷をうったえている。夢物語のようであった光源氏最愛の妻の幸福のはかなさを自覚する紫上の心の内面劇は、明石の君の心の苦闘と対をなして受けとめられるであろう。私たちはこの二人の女君の心の内面劇を源氏物語の中でもとりわけ圧巻と思っている。それは中の品の夢物語の心の内実なのだった。一方、中の品の現実物語として空蟬、夕顔、そして末摘花、さらに宇治十帖の浮舟や中将の君らを思う。この稿をとじるに際し、関屋巻末の、空蟬への常陸介の愛の場面を挙げ、中の品の女の現実物語を見ることとしたい。

かかるほどに、この常陸の守、老のつもりにや、なやましくのみして、もの心細かりければ、子どもに、ただこの君の御ことをのみ言ひ置きて、よろづのこと、ただこの御心にのみまかせて、ありつる世に変らでつかうまつれとのみ、明け暮れ言ひけり。女君、心憂き宿世ありて、この人にさへ後れて、いかなるさまにはふれまどふべきにかあらむと思ひ嘆きたまふを見るに、……　（関屋巻八九頁）

拙稿「青表紙本源氏物語の表現方法」（「王朝文学研究誌」第13号、平成十四年三月）で、敬語法に留意して常陸介の心情を述べたが、空蝉はこの常陸介の愛情に接して、かえって彼の死後の、自分のみじめな身の上を思わずにいられなかった。継子に口説かれて、尼になり、空蝉のヒロインの役は終わること、知られるごとくである。

注

（1）増田繁夫氏編著『大島本源氏物語　帚木・空蝉』（和泉書院、平成四年五月）一六頁頭注一参照。

（2）吉田幹生氏「夕顔物語試論」（「むらさき」第三十七輯、平成十二年十二月）は「零落した境遇を見つめ自らを源氏と釣り合わない女だと捉えるところから、夕顔は内面の苦悩を隠し謎の女として振るまうことで源氏と繋がろうとした」と論じられている。

（3）原田敦子氏「空蝉の夢」（森一郎編著『源氏物語作中人物論集』勉誠社、平成五年一月所収。のち『源氏物語の鑑賞と基礎知識№17空蝉』至文堂、平成十三年六月に再録）は「源氏との関係が自分には不相応で、源氏と逢った後は平素うとましく見下げていた夫の方が、むしろ自分の世界に近いものと見えてきたことへの慄然たる思い」を論じ、「『中の品の女』の生を生きた」空蝉の心の内面を掘り下げていられる。

（4）玉上琢彌先生「源氏物語の構成」のサブタイトル「描かれたる部分が描かれざる部分によって支えられていること」からの借用。（「源氏物語の構成」は「文学」昭和二十七年六月。のち『源氏物語研究　源氏物語評釈別巻一』角川書店、昭和四十一年三月所収）

（5）今井源衛氏「夕顔の性格」（『平安時代の歴史と文学　文学編』吉川弘文館、昭和五十六年十一月所収。のち『源氏物語の思念』笠間書院、昭和六十二年九月所収）。最近の論考では、陣野英則氏「源氏物語と書写行為―夕顔巻と『いとけ疎げになりにける所かな』をめぐって」（『源氏物語の鑑賞と基礎知識№8夕顔』至文堂、平成十二年一月。のち『源氏物語の話声と表現世界』勉誠出版、平成十六年十一月所収）

（6）日向一雅氏「王権譚と家の物語―「澪標」巻の世界―」（『源氏物語の鑑賞と基礎知識№24澪標』至文堂、平成十四年十月所収）

（7）永井和子氏「紫上―「女主人公」の定位試論―」（森一郎編著『源氏物語作中人物論集』所収。のち『源氏物語と老い』笠間書院、平成七年五月所収）は「紫上は女三の宮の降嫁によって遂に死にまで至る程の衝撃を受けるが、それはその事態に傷ついたというよりも、そのことによって、今迄見えなかったものをみずから発見した衝撃と言うべきではないだろうか」と述べていられる。けだし紫上は今まで自らの若紫巻以来の生涯が見えていなかったのだ。女三の宮降嫁の衝撃によって「今迄見えなかったものをみずから発見した」。ここから紫上の心の内的世界が主題化されるのである。それは明石の君の心の葛藤にも増してこの物語の圧巻となる。

六　夕顔巻を読む
――「心あてに」の歌をめぐって――

はじめに

空蟬と夕顔が対照的造型であることは異論がないであろう。言うまでもないが、対照とは共通性の上に成り立つ相違でなければならない。空蟬の拒否の心情が由来する空蟬の女としての運命のはかなさへの情感は、源氏が逢う以前から感じていた空蟬への心情の真実だった(1)。中の品の女という雨夜の品定めで強調された階層の女として両者が共通するのは言うまでもないが、没落の身の上のはかなさと自卑が通底している。この共通性の上に立って対照的相違が造型されているのである。

一

夕顔の歌「心あてにそれかとぞ見る白露の光添へたる夕顔の花」（夕顔巻一一五頁。頁数は『新潮日本古典集成　源氏物語』による。以下同じ）の解釈について本居宣長以来の通説が批判され諸説があることは知られるごとくである。それらに導かれて理解してみると、「夕顔の花」は夕顔の花自体（夕顔の宿の女を隠喩）をさし、「光」は源氏を隠喩し、「白露の光添へたる夕顔の花」は源氏が随身に命じて夕顔の花を一房折らせた光栄に浴したことを詠んだもので、「心あてに」の歌は、隠喩として夕顔の花のように賤しい女の私にご関心なのかと当て推量に存じておりますの意を匂わせたものということになる。「心あてにそれかとぞ見る」の「それ」は「白露の光添へたる夕顔の花」全体をさす。「見る」のは単に「夕顔の花」をではなく「源氏のご光来の光栄に浴した『夕顔の花』（隠喩として夕顔の宿の女）」をである。「心あてにそれかとぞ見る」というように「当て推量に」と言ったのは当然なのであって、源氏のご光来の光栄、賤しい夕顔の花のご所望から暗に私（夕顔）へのご関心かということを断定的に言ったとすれば底のない浅薄な女の滑稽なくらいにたしなみのない歌になり、軒端荻か近江君の物語になってしまおう。

もしや光源氏様が私ごとき賤しい夕顔の花のような女にご関心なのでしょうかの意を匂わせたことを後に「なにがしの院」で夕顔は「たそかれどきのそら目（錯覚）」でした、と恐縮する、と解かれた尾形仂氏の卓説(2)に従うことによって、「心あてにそれかとぞ見」たのは、「なにがしの院」で「光ありと見し夕顔の上露《うはつゆ》はたそかれどきのそら目なりけり」（夕顔巻一四六頁）と詠んだ「光ありと見し夕顔の上露」であったことを知る。「女は、夕顔の上に置く露（あなたのお立ち寄り）」を『光あり』光栄だなんて思ったのは、私の『たそかれどきのそら目（錯覚）』でした、こんなおおけないお方とこんなおおけない関係になってしまって、と消えも入りそうにひたすら恐縮する。つまり女は、源氏の呼びかけた『露の光』を、源氏がこうなるべき深い因縁だったと主張する出逢いの契機を自分の錯覚だったと悔やむ文脈の中へ領略したのである」と尾形氏は説かれた。

夕顔が「白露の光添へたる夕顔の花」と光源氏のご光来を光栄と詠んでよこしたことが「出逢いの契機」だと源氏は主張する。源氏は「心あてに」の歌を自らへの誘いと受け止めたことを明らかにしている。花盗人への挨拶歌(3)、「遠方人《をちかたびと》にもの申す」（夕顔巻一二二頁）に応答した歌(4)という説は、源氏がこのように受け止めたことをわざと好色の歌にとりなした曲解(5)、誤読(6)、と理解することによって整合性を得るであろうが、私はこの「心あてに」の歌は単に植物としての「夕顔の花」自体だけを詠んだのではなく、隠喩として夕顔の宿の女のことを詠んだのであって男女の贈答歌の成立としてはこのばあい隠喩の方の意味が表の歌意となるであろうと思う。森正人氏が『紹巴抄』の説を引用されて説かれたように、[7]「白露の光添へたる」に「『露の光はもしやあなた様―光源氏の君では』と匂わせて相手の注意を喚起した、換言すれば、〈さしおどろかし〉が表の意味であると解しているわけである。そして表ならぬ裏の意は、『お尋ねの白い花の名は夕顔かと存じます』という、いわば花自身のないし花の咲く宿の〈名乗り〉であると解しているのであろう」と言われたご論に傾聴したい。さらに言えば、「白露の光添へたる」に単に「もしや光源氏の君では」というより前述したように「もしや光源氏様のご光来の光栄に浴した私なのかと当て推量に存じています」の歌意であって、それが源氏を誘うことになるのである。「光源氏様では」だと「なにがしの院」での「露の光やいかに」の問いかけの意味が不分明ないしはあの時「光源氏様では」と言ったがその通りだったねというような意を含むことになり「たそかれどきのそら目」という夕顔の応答もわけがわからなくなってしまうか、源氏を見て「たそかれどきのそら目」というからには頭中将誤認説になろう（「光」で源氏と察していることを匂わせており、頭中将誤認説は成り立たない）。「たそかれどきのそら目」は随身が家に入ってきて夕顔の花を折ったことの隠喩を回顧して言っているのである。あの時そう受け止めたのは私のまちがい、そのためにこのようなおけないことになりまして、と恐縮の辞を述べているのであると、尾形氏の卓説から学びたい。「夕露にひもとく花は玉鉾のたよりに見えしえにこそありけれ　露の光やいかに、とのたまへば」（夕顔巻一四六頁）の「夕露」は源氏、「花」は女の譬喩、「ひもとく」は、女が体を許す意と説かれた尾形仂氏の解に従う。「『夕露に』の歌は、過去のふとした行きずりの縁への回想という形を取りながら、実は『露の光やいかに』という問いかけへと直結する」[8]。この「露の光」は夕顔の「心あてに」の歌の「白露の光添へたる夕顔の花」を受けているから、光源氏のご光来の光栄に浴したと女が言ったことが二人の縁を作ったことを想起させることばとなろう。そこで前述のごとく尾形氏の説かれたような夕顔の恐縮のことば「そら目（錯覚）」が出てくるのである。

二

源氏が夕顔の歌を「さしおどろかし」と解したのは「心あてに」の歌の両義性からして誤読、誤解ではないと思う。源氏の随身の視点（目と心）に沿って述べられた次の叙述に「さしおどろかし」とあり、随身の認識に語りの叙述は寄り添っていることに注意したい。

まだ見ぬ御さまなりけれど、いとしるく思ひあてられたまへる御側目《そばめ》を、見過ぐさでさしおどろかしけるを、いらへたまはでほど経《へ》ければ、なまはしたなきに、かくわざとめかしければ、あまへて、「いかに聞こえむ」など言ひしろふべかめれど、めざましと思ひて随身は参りぬ。（夕顔巻一〇五頁）

随身は夕顔側が歌を送ってこちらの注意をひく「さしおどろかし」を行ったと認識しているのである。その認識に即して地の文が叙述されている。純粋な客観的叙述ではないけれども、これが地の文の表現形態であることの意味は軽くない。語り手は随身の視点に重なって、いわばこの随身の見るところを肯っているにひとしい。語り手の客観的叙述の中での随身の心内語ならば随身の主観的思い込みとも解せようが、そうではなくここは語り手の叙述責任がある。ただ、語り手単独の視点ではなく随身の視点に重なっているということである。

源氏が六条の貴婦人に通っていた頃、病気の乳母を見舞うべく五条の家を尋ねた時、「御車入るべき門《かど》は鎖《さ》したりければ、……むつかしげなる大路のさまを見わたしたまへる」（夕顔巻一一一頁）行為から「夕顔物語」は始まった。「簾《すだれ》などもいと白う涼しげなるに、をかしきひたひつきの透影《すきかげ》あまた見えてのぞく」（同右頁）のを源氏は見た。にもかかわらず、「御車もいたくやつしたまへり、前駆《さき》も追はせたまはず、たれとか知らむとうちとけたまひて、すこしさしのぞきたまへれば」（同右頁）という油断が「をかしきひたひつきの透影《すきかげ》あまた見えてのぞく」夕顔側の女たちに顔を見られることとなる。夕暮とはいえ光り輝く源氏の美貌は夕顔側の女たちの驚嘆を呼んだにちがいない。「白露の光」はその賛辞であり、「光源氏」と察したことを匂わしている。「くちをしの花の契《ちぎ》りや。一房《ひとふさ》折りて参れ」（夕顔巻一二二頁）との仰せに随身は花を折る。藤井貞和氏の説かれたように、[9]これを見て夕顔から歌が贈られたのであった。「白露の光添へたる夕顔の花」。「くちをしの花」「夕顔の花」すなわち私の所へのお立ち寄りを光栄に存じます。「当て推量ですが」（「心あてに」）は源氏（光）の光来を光栄に思う気持にまでひびいていると思う。「光源氏の光来の光栄」を当て推量しているという歌意の「さしおどろかし」を受け止めたからこそ源氏は筆跡を「いたうあらぬさまに書き変へたまひて」、源氏ではあり得ない筆跡にして返歌を「遣《つか》はし」たのである。随身は「（源氏であると）いとしるく思ひあてられたまへる御側目を、見過ぐさでさしおどろかしける」と認識しており、主従一致しているのである。

もしやあて推量ですが光源氏様のご光来の光栄に浴した、賤しい夕顔の花のような私かと存じます。卑下した姿勢ながら、光源氏側の花を折る行為にわが身の光栄をよそえた歌は控え目ながら誘いの歌といえよう。源氏はこの誘いに応じた。「寄りてこそそれかとも見めたそかれにほのぼの見つる花の夕顔」（夕顔巻一二六頁）。近くへ寄ってこそ、それは分かろうというもの。（近くへ寄ってきて、確かめてみないか）たそがれにほのかに見た花の夕顔よ。美しい顔をほのかに見たよ、という隠喩をこめて、誘い、親しくなろうの意志、気持をつたえたのである。この返歌の時は夕顔を「宮仕へ人なり」と思っており、「したり顔にもの馴れて言へるかな、と、めざましかるべき際《きは》にやあらむと、おぼせど、さして聞こえかかれる心の、憎からず過ぐしがたきぞ、例の、このかたには重からぬ御心なめるかし」（同右頁）とあるように、はすっぱな女房階層の女で興ざめしそうな分際の女かと思うと同時に源氏と目指して歌を詠みかけ申す心が「憎からず過ぐしがた」くて、返歌したというのであるから、源氏は明白に夕顔（女）が源氏と目指して歌を詠みかけてきたと思っており、女からの贈歌という認識である。私は「なにがしの院」

での夕顔の応答を光源氏様がこの夕顔（女）に情愛をかけるご光来の光栄と思ったのは錯覚でしたと解する限り「心あてに」の歌意は単なる植物としての「夕顔の花」の応答歌ではありえないと思うので、卑下した心情ながら、花を折らせた源氏の行為を誘いと受け止めて光栄の意を表わした、すなわち応じたのであると解する。

「なにがしの院」での夕顔の応答歌は、尾形氏の説かれたように、光源氏様と思ったのはまちがいだったというのではなく、光源氏様がこの夕顔（女）に情愛をそそぐご光来を光栄と思ったのは錯覚でしたというのである。「心あてに」の歌はまさに「心あてに」であって、もしや光源氏様のご光来の光栄に浴す私かと、夕顔のつつましさがあらわれている。まさか光源氏様が私ごとき女に情愛をお持ちになるはずもない、このみすぼらしい家に住む私ごとき女に、と思いつつも、夕顔をはじめとする夕顔の宿の女たちは、車の物見窓からさしのぞきなさった光源氏の光り輝くような美貌に驚き、ついで随身がわが家に入って来て夕顔の花を折ったことに大いに心を動かした結果が、ご光来の情意を光栄にかたじけなく思う歌を贈ることになったのであろう。ご光来を光栄にかたじけなく思う歌意は決して不当とは言えない。夕顔にとっては源氏の「花を折る」行為を見過ごすことは王朝の女として無風流となろう。源氏の行為に感動して贈歌したのである。夕顔から男（源氏）に贈歌したことを、内気ではにかみ屋の彼女に合わなくて不自然、矛盾ということが言われているが、夕顔（常夏の女）は無風流な朴念仁ではなかったはず。感受性の強い情的な可憐な女だからこそ頭中将の北の方の脅迫におびえて身を隠したのであって、それは内気とは言えようがやむをえない振る舞いだったろう。紫上の母は兵部卿宮の北の方の高い身分のプレッシャーに悩み死んでさえいるではないか。「兵部卿の宮なむ忍びて語らひつきたまへりけるを、もとの北《きた》の方《かた》、やむごとなくなどして、安からぬこと多くて、明け暮れものを思ひてなむ、亡《な》くなりはべりにし。もの思ひに病《やまひ》づくものと、目《め》に近く見たまへし」（若紫巻一九六頁）と紫上の祖母の兄たる僧都は語っている。北の方の勢威は身寄りも薄弱な没落の女君にとって恐怖であり強いプレッシャーであろう。まして北の方の脅迫となれば夕顔が身を隠したのも自然の成り行きというものであろう。内気にはちがいないが特別に内気とは言えまい。平気でいる方が不自然である。帚木巻の雨夜の品定めで頭中将が「親もなく、いと心細げにて」（帚木巻七二頁）と語った薄幸の女は薄幸であるがゆえに「むげに思ひしをれて、心細」（同右頁）く、空蝉の不満ながら受領の妻という寄るべのある身に引きくらべて夕顔はまさにはかない身の上なのであった。「涙をもらしおとしても、いとはづかしくつつましげにまぎらはし隠して、つらきをも思ひ知りけりと見えむは、わりなく苦《くる》しきものと思」（帚木巻七三頁）う内にこもる性情は、このはかない身の上に胚胎したと言えよう。「つらしと思ひけるも知らで」（帚木巻七四頁）と頭中将が反省するように、心の中に「つらしと思」う心情を封じ込める「あはれ」を有していたのだった。このような常夏の女（夕顔）の性情は頭中将の北の方の存在と「つらしと思ひけるも知らで」という頭中将のうかつさによって生じているとも言えるのであって具体的情況の中で捉える必要がある。それにしてもその女が男に歌を贈るとは矛盾ではないかという不審に対しては、光源氏の存在性と夕顔巻の最初の場面の情況を考えることによって解かねばならない。最初の場面の情況と夕顔が歌を贈った経緯と歌意についてはすでに前述している。あの情況で歌を贈るのは源氏の行為（花を折らせた）への応答と言うべく、王朝の「よしある女」ならむしろ自然な行為と言うべきであって、夕顔（常夏の女）が内気さをひどくあらわした頭中将及び北の方との情況とは、情況、場面が違う。光源氏の光来は誰しも華《はなや》いだよろこびにひたるであろう。「をかしき額つきの透影《すきかげ》、あまた見えてのぞく」（夕顔巻一二二頁）、「黄なる生絹《すずし》の単《ひとへ》袴《ばかま》、長く着なしたる童《わらは》の、をかしげなる、出《い》で来《き》て、うち招く。白き扇の、いたうこがしたるを、『これに置きて参らせよ。枝もなさけなげなめる花を』とて、取らせたれば」（夕顔巻一二二頁）などは夕顔の宿の女たちの華いだ雰囲気、色めきたつと言ってよい様相と、源氏に応じる気取った風流な振る舞いをつたえるものである。源氏が夕顔の花などに関心を寄せた好奇心、すなわち「いかなる者の集《つど》へるならむ」（夕顔巻一二一頁）の好奇心が招き寄せたものなのである。光源氏の浮き立つ好奇心が夕顔に映発し、夕顔の〝歓迎〟する心を生む。光源氏のご光来を光栄に存じますという歌意がそれを表わしていよう。常夏の女の性情は頭中将によって映発され、夕顔の性情は光源氏によって映発される。事実常夏の女は逃げ隠れたが、夕顔は死の危険を冒しても源氏につき従った。

　心の中に思いを封じて「らうたげ」に振る舞うことは常夏の女も夕顔も変わりなかった。夕顔の死後、侍女右近の語ることばの中に源氏が素性を隠して逢う「御名がくし」（夕顔巻一六八頁）を「なほざりにこそまぎらはしたまふらめ、となむ、憂きことにおぼしたりし」（同右頁）とある。夕顔も素性を隠して、源氏が名のるように促しても「海士《あま》の子なれば」（夕顔巻一四七頁）と言ってついに名のらなかった。自卑の心がなせることであり、源氏との情愛の時空を現実から遮断することによってしか保ちえないとするはかない身の程の心情がうかがわれてあわれである。「『なごりなくなりにたる御ありさまにて、なほ心のうちの隔て残したまへるなむつらき』と、うらみたまふ」（夕顔巻一四八頁）と、源氏も夕顔の心の中に思いを封じ込める「心のうちの隔て」に気づいていた。しかし夕顔の「海士《あま》の子なれば」名のらぬ自卑の心情を真に理解したかどうか。「はかなびたるこそは、らうたけれ」（夕顔巻一七二頁）は夕顔への賛辞にほかならないが、「心のうちの隔て」をうらむ源氏は夕顔の表層を見ていたのではないか。「かしこく人になびかぬ、いと心づきなきわざなり」は夕顔と対比してこれまた空蟬の表層を見た批判にほかならなかった。

三

　夕顔巻の夕顔は常夏の女と共通する素顔と、源氏とおぼしき男君（源氏は姿を変えて源氏と思わせないように最初から登場している。が、油断して車の物見窓からさし出した横顔が余りに美しく源氏の微行ではないかと夕顔側から当て推量されることになった）に対する時の終始意識的な装い、気取り、演技とが交錯している。黒須重彦氏の頭中将誤認説の有力な証拠とされている「白き扇のいたうこがしたる」にしても相手が頭中将の親友たる光源氏への親愛感からの平常の生地にもとづく装いであろう。源氏が随身に夕顔の花を折らせた行為からもしや夕顔の花（私）にご関心かと、源氏の振る舞い（夕顔の花を折らせる）に映発されてその風流に呼応して夕顔も風流な行為に及んだのであった。手近の「白き扇のいたうこがしたる」に歌をという仕儀となったのである。ゆえに「心あてに」の歌は源氏の行為に映発された答歌でまずはあるだろう。しかし単に答歌にとどまらなかったのは「光源氏様のご光来、私にご関心か」と踏み込んだ歌意が源氏の行為を受け入れる気持を表わすからである。明らかに空蟬とは対照的な応じ方であり、源氏にしてみれば「なびく」印象となり彼の好色心はそそられる。惟光の情報によっての推測ではあるが「宮仕へ人」の馴れ馴れしい振る舞いかと思ったほどに夕顔の応答歌は彼を挑発するものでもあったのだ。源氏も随身も女からのこちらの気を引く贈歌と受け止めているのである。後に「なにがしの院」で、あの時当て推量にこのように思ったことをひどく恐縮するのも、この歌がこの恋の始まり（縁）であったからである。源氏の「露の光やいかに」も、夕顔の「白露の光添へたる」（源氏のご光来、夕顔の花（私）へのおぼしめし）がこの恋の機縁を作ったのだと言っているわけで、夕顔はそれを肯うかたちで、それゆえにこのようなおおけないことになりましたと応じているのである。恐縮しているにはちがいないが、唱和しているのであって「後目《しりめ》に見おこせて」（夕顔巻一四六頁）という媚態、なまめかしい振る舞いがそれを証左しているであろう。少し後《あと》に「いとあいだれたり」（夕顔巻一四七頁）ともある。なよやかに甘える風情様子である。この恋のクライマックスであるが、源氏に対する時の装い、気取り、演ずる風情の最後の高揚であった。

　前述してきたごとく夕顔の「心あてに」の歌は源氏の花を折らせる行為への応答歌だが、源氏の花を折る行為に感動し光栄とするところに「なびく」姿勢が見られる。これも装い、気取り、源氏の行為に映発されて従う心である。その歌意は従う心、なびく心であり、その受け身の姿勢が空蟬の拒否的自我の強さと対比的なのである。源氏はこの夕顔の受け入れる心を見て、親しく付き合ってみないかと応じた。「寄りてこそそれかとも見めたそかれにほのぼの見つる花の夕顔」（夕顔巻一二六頁）は女（夕顔）を誘う歌である。近寄ってこそあなたの言う「それ」、光源氏の光来の光栄が分かるでしょう、近寄ってきなさいよ、夕暮れ時にほのかに見た花の夕顔さんよ、と誘っている。夕顔の歌の挑発性とはかかる受け身的受容を言うのであって、決して文字通り女から挑発してくる積極的好色ではない。

惟光情報が中垣のかいま見の報告をもたらすに及んで、「宮仕へ人ななり」と推測したのは誤った情報によったことを知り俄然源氏の顔がほころぶ。このかいま見の報告は女が多分あの失踪した頭中将の愛人常夏の女と推測させるに十分だった。「君うちゑみたまひて、知らばやと思ほしたり」（夕顔巻一二八頁）。「知らばや」とは、頭中将の女（常夏の女）か確かめたいということであったろう。源氏は「白き扇のいたうこがしたる」を見た時からこのような賤しい陋屋に住む女に不似合いなものを感じている。「この扇の尋ぬべきゆゑありて見ゆるを」（夕顔巻一二六頁）と惟光に言うのもそのゆえで、頭中将の失踪した女ではないかと感じていたと言ってよいだろう。その意味で現実の地平で常夏の女の素顔らしきものが隠見する。惟光のかいま見た女の〝素顔〟はまさに頭中将の失踪した女の相貌だった。

時々中垣《なかがき》のかいま見しはべるに、げに若き女どもの透影《すきかげ》見えはべり。褶《しびら》だつもの、かことばかり引きかけて、かしづく人はべるなめり。昨日《きのふ》、夕日のなごりなくさし入りてはべりしに、文《ふみ》書くとてゐてはべりし人の、顔こそいとよくはべりしか。もの思へるけはひして、ある人びとも忍びてうち泣くさまなどなむ、しるく見えはべる。（夕顔巻一二八頁）

世を忍ぶ、物思う女、侍女たちも「忍びてうち泣くさま」という情況はひそかに身を隠した頭中将の女の有様を思わせる。それゆえ夕顔巻は孤立的な短篇物語ではない。しかしながら夕顔が直接的に源氏に逢う場面では「海士《あま》の子なれば」が象徴するように終始素性を隠して装おい演技するので、常夏の女と矛盾はせぬが別の相貌「あいだれた」面を主として見せる。源氏も素性を隠し、五条の「らうがはしき大路」で見られた顔を袖で隠して、お互い化かし合う変化めいた逢瀬なので、逢瀬の場面を中心にした恋物語は短篇物語的となり、現実から離れた時空での恋の様相が夕顔の女性像をとりわけはかなく可憐で甘美なものとする。しかしそれでも今井源衛氏「夕顔の性格」(10)が指摘されたように次のように〝素顔〟と源氏の捉える夕顔像が交錯するのであって完全に孤立した甘美な恋物語ではない。

八月十五夜、隈《くま》なき月影《かげ》、隙《ひま》多かる板屋残りなく漏《も》り来て、見ならひたまはぬ住《す》まひのさまもめづらしきに、暁近くなりにけるなるべし、隣の家々、あやしき賤《しづ》の男《を》の声々、目さまして、「あはれ、いと寒しや。今年《ことし》こそなりはひにも頼むところすくなく、田舎《ゐなか》のかよひも思ひかけねば、いと心細けれ。北殿《きたどの》こそ、聞きたまふや」など、言ひかはすも聞こゆ。いとあはれなるおのがじしのいとなみに、起き出《い》でてそそめき騒ぐもほどなきを、女いとはづかしく思ひたり。えんだちけしきばまむ人は、消え入《い》りぬべき住《すま》ひのさまなめりかし。されど、のどかに、つらきも憂きもかたはらいたきことも、思ひ入《い》れたるさまならで、わがもてなしありさまは、いとあてはかにこめかしくて、またなくらうがはしき隣の用意なさを、いかなることとも聞き知りたるさまならねば、なかなか、恥《は》ぢかかやかむよりは罪《つみ》ゆるされてぞ見えける。

（夕顔巻一四〇・一頁）

今井源衛氏は、昭和三十二年刊『源氏物語上』（創元社、日本文学新書）において、夕顔がはじめに、こうした有様を「いと恥づかしく思」ったと記しながら、すぐ後には、光源氏をして、彼女について、なまじっか顔を赤くして恥ずかしがったりしないだけましだと考えさせていることの矛盾（島津久基氏によって指摘されている）は、作者が夕顔の側に立って、その心をのべるのと、光源氏の位置に立って、彼女の外面的な態度を彼なりに観察させていることとの相違によるのではないだろうか。夕顔は心の中で恥ずか

しがっているのだが、それを生来の無心のよそおいに包んでいるために、源氏には分らない。（以下略）

と述べていられ、小学館『日本古典文学全集　源氏物語第一巻』の頭注に、同趣旨の注を施されている。「夕顔の性格」はその延長線上に立つ強力なご高説であった。

「女いと恥づかしく思ひたり」は語り手の直接的な描写でありいわば夕顔の〝素顔〟であって、「なかなか、恥ぢかかやかむよりは、罪ゆるされてぞ見えける」は源氏の視点に即した語り手の叙述である。「夕顔は心の中で恥ずかしがっているのだが、それを生来の無心のよそおいに包んでいる」のが夕顔の性格の本質である。「のどかに、つらきも憂きもかたはらいたきことも、思ひ入れたるさまならで、わがもてなしありさまは、いとあてはかにこめかしくて」と語り手は明確に夕顔の性格の本質を述べている。「わがもてなしありさま（外面）は、いとあてはかにこめかしくて」という装いの顔と「つらきも憂きもかたはらいたきことも、思ひ入れたるさまならで」と内心にはつらくも憂くも思っていること（内面）を述べていてそれを外に表わさない夕顔の性格の本質が明白に述べられている。

夕顔は内心を隠して外に表わさず表面は上品にあどけない可憐さと時に媚態をもまじえて源氏（男）を引き入れる女であった。状況はちがうが、当初源氏の扱いに内心の抗議をぶつけた空蟬と全く対照的な相違である。

四

源氏が随身をして夕顔の花を折らせた行為に対して、当て推量にもしや光源氏様のご光来の栄に浴した私かという歌を贈ったのは、男の行為を素直に受け入れる受動的な媚態といわねばならない。そうは思ってもはぐらかす歌もありえたのに。六条の貴婦人に仕える中将の君が自らへの源氏の歌をわざと女主人（六条の貴婦人）のことにして「聞こえな」しているような対応もできたわけである。ご光来を光栄に存じます私（夕顔の花）ということを、当て推量にそのように見ましたと歌を贈った夕顔の対応は、素直というよりも女の媚態と男（源氏）に見られるものであったろう。断定的に言わないつつましさもある。この歌がまず源氏の気に入った。それは源氏が素直な媚態を気に入ったということでなければならない。

ただでさえ、夕顔（女）が源氏（男）に歌を贈ったのは夕顔の控え目な性格と矛盾すると言われているのに媚態だなどと言うのはこの歌を好色的にとりなす愚論だと言われるかもしれない。が、あえて私は言いたい。前述してきたように源氏が随身をして夕顔の花を折らせた行為を見て、もしや光源氏様のご光来の光栄に浴した夕顔の花かと当て推量に見ますという歌意の、夕顔の花のごとき私のところへご光来かと光栄に存じますの意を含むていの応答的歌が男（源氏）からすれば受け身的な挑発となるのであって、そのような意味での媚態は、後の源氏につき従う受動的な夕顔と軌を一にするもので矛盾するものではないのである。源氏の好色的行動に従順に従うことは受動的な好色行為であろう。この「心あてに」の歌をめぐって夕顔の控え目な性格と整合させるべくいろいろな説が出ている。頭中将誤認説もそこに端を発し終始論の基調をなしている。しかし一体控え目でつつましいとは才気のないことを意味するのであろうか。朴念仁を意味するのであろうか。夕顔は自我の無い、ひたすら従っているだけの、意志のない人間であろうか。決してそうではない。このことは今井源衛氏がつとに指摘されている通りである。氏の指摘されている中の一例を引かせていただくならば、「御使に人を添へ、暁の道をうかがはせ、御在処《ありか》見せむと尋《たづ》」（夕顔巻一三七頁）ねているあたり、ただ人形のように無意志な人間とは言えない。没落してこのような下《しも》の品の社会に住む女の素顔であり、これからすれば最初の受動的な媚態の歌は不思議とするに当たらないであろう。

藤井貞和氏の「三輪山神式語りの方法―夕顔巻」（『源氏物語論』岩波書店、平成十二年三月）は、夕顔の「心あてに」の歌は源氏の随身に花を折らせた行為への挨拶歌であり、それを源氏が好色へ曲解したのだと言われる（すると随身も主従一体で曲解したことになる。森注）。三谷邦明氏[11]も源氏が女の花盗人への挨拶歌を誤読・誤解して好色な贈歌として理解して返歌したと言われる。両氏の論とも単に右のように言ってすませるていのものではなく、三谷氏は一回目の読み、二回目の読みという持論をこのご論でも言っておられるので〝一回目の読み〟だけを取り上げるのは氏におかれては不本意に思われることと私は思うが、しばらくおゆるしを乞いたい。両氏とも夕顔の「心あてに」の歌の意図を〝花盗人〟への挨拶歌と見ていられる。また清水婦久子氏[12]はこの歌のリズムを説いて、「見る……夕顔の花を」と論じられ、源氏の「遠方人にもの申す」[13]への応答歌であることを詳説された。既述のごとく私はこの歌の両義性を説かれた森正人氏のご論や尾形仂氏のご論[14]に導かれて、「心あてに」の歌に受動的媚態表現を感取するものである。そしてそれは夕顔像と矛盾するものではなく、夕顔は空蟬とは対照的に当初から源氏になびく姿勢なのである。空蟬の拒否的姿勢については諸家に多くの論があり私にも拙論がある[15]が、単純に拒否というのではない空蟬の源氏への愛のかたちであった。夕顔も単純になびく媚態ではなく、近時吉田幹生氏[16]が「自らを卑下する彼女にとって、一夜限りの非日常的な恋の世界を共有することはできても、源氏との日常生活などは想像することさえできない別世界なのであろう」と論じられたが、非日常的な世界でのみ源氏とつながりうるとする夕顔の卑下の意識は、「愛しながら拒否する」[17]空蟬の心情と通底しつつ、表面に媚態をもって装う一種虚構的な愛の空間にのみ生き、はかなく死ぬ運命《さだめ》によって、永遠にまぼろしに似た装いの夕顔像を源氏の胸裡に封じ込めたのである。

花盗人への挨拶歌、そして光源氏の曲解、誤認、誤解説や「遠方人にもの申す」への応答歌説は、夕顔の「心あてに」の歌自体の表現意図、ひいては夕顔像自体を、従前のつつましやかな内気で従順なはにかみ屋という夕顔像と矛盾させない論であり、方向は全く違うが頭中将誤認説とその点では同様なのではあるまいか。私は「心あてに」の歌自体、ひいては夕顔それ自身の中に、源氏（当て推量に源氏とおぼしき貴公子）に対する装いの姿勢において源氏を受動的に受け入れる媚態があると見る。それはその後の夕顔と矛盾しないし、その媚態の装いによってしか源氏との愛の時空を持ち得なかった夕顔の「あはれ」な運命《さだめ》があったのであり、空蝉よりも悲劇的であったのである。

五

本稿は夕顔の受動的な媚態ということを強調してきたが、「心あてに」の歌にそれを感取したからこそ源氏が付き合ってみないかと夕顔を誘い、親しくなろうと返歌したのだと作者は語っているのだと思うのである。後に「なにがしの院」で、あの時貴女（夕顔）が「白露の光添へたる夕顔の花」（光源氏様のご光来の光栄に浴した私（夕顔の花の隠喩））と言って寄こしたがということを「露の光やいかに」で言っていると解すると一層明瞭となろう。「白露の光」は光源氏を隠喩し、「添へたる」はその光来の光栄を隠喩する。

おほかたにうち見たてまつる人だに、心とめたてまつらぬはなし。ものの情《なさけ》知らぬ山がつも、花の陰にはなほやすらはまほしきにや、この御光を見たてまつるあたりは、ほどほどにつけて、わがかなしと思ふ女《むすめ》をつかうまつらせばやと願ひ、もしはくちをしからずと思ふ妹など持《も》たる人は、いやしきにても、なほこの御あたりにさぶらはせむと、思ひよらぬはなかりけり。（夕顔巻一三三・四頁）

右の文にはっきり源氏のことを「御光」と言っている。そして光源氏のところへ身分身分に応じて出仕させたい親、兄が大勢とある。夕顔の宿の女たちの思いも同じと察せられる。六条の貴婦人の侍女中将の君などは源氏の魅力的な風姿を心深く思慕申し上げている。彼女は「ものの心思ひ知る」（夕顔巻一三四頁）女であるから。夕顔は彼女に劣らぬ「ものの心思ひ知る」女と見てなぜわるかろう。車の物見窓からさしのぞかせた光源氏の横顔を見てもしや光源氏様のご光来かと胸ときめかすこそ「ものの心思ひ知る」女である。ましてその光源氏様とおぼしき人が随身に命じてわが宿に咲く夕顔の花を手折《たお》らせたもうた。それに対応する和歌を贈るのも「ものの心思ひ知る」女としてあるべきことであると言わねばならない。

夕顔の贈歌を花盗人への挨拶歌や、「遠方人《をちかたびと》にもの申す」への応答とする理解は、随身の視点に即した「まだ見ぬ御さまなりけれど、いとしるく思ひあてられたまへる御側目《そばめ》を、見過《みす》ぐさでさしおどろかしけるを、云々」（夕顔巻一二六・七頁）という地の文を、単なる随身の心内語と同一視して相対化されるのでもあろうか。随身の誤認、誤解とされるのであろうか。私はそうではなく、作者の常套的な源氏をかばう態度、筆法からして、源氏のようなやんごとない御身がこのような「かの下《しも》が下《しも》と人の思ひ捨《す》てし住《す》まひ」（夕顔巻一二九頁）の女に興味を持つ因由、責任をつとめて源氏に負わせないようにする作者の筆法をここに見なくてはならないと考える。げんに源氏は「なにがしの院」で夕顔の歌の「白露の光そへたる夕顔の花」が二人のなれそめの契機だったとして「露の光やいかに」と問いかけている。源氏自身雨夜の品定めの中の品重視論の影響で「思ひのほかにくちをしからぬを見つけたらば、とめづらしく思ほ」（夕顔巻一二九頁）しているくせに。高貴人は都合のわるいことは自分のせいにはしないものなのか。何より作者によって仮構された語り手「古御達」（源氏のお側近く仕えた女房）は常に源氏びいきで、常に源氏をかばい、何事も源氏の側に立って語るのである。「かやうのくだくだしきことは、あながちに隠ろへ忍びたまひしもいとほしくて、みな漏らしとどめたるを、など帝の御子《みこ》ならむからに、見む人さへかたほならず、ものほめがちなると、作りごとめきてとりなす人ものしたまひければなむ。あまりもの言《い》ひさがなき罪、さりどころなく」と夕顔巻尾に言いわけ、弁明をしなくてはならなかった源氏の「隠ろへ事」の中でも夕顔との一件は「くだくだしき事」の最たるものでなかったか。「かやうのくだくだしき」夕顔との恋のなれそめを、できるだけ源氏をかばうようにするためには夕顔にもできるだけなれそめの責任を持たせるように作者はしなくてはならない。好色的意味のない応答歌を故意に好色の歌に曲解して好色の関係へと運ぶ演出は好色人源氏の面目とも言えようが、そのように一切を源氏の演出のように解するのはこの「くだくだしき事」の一切の責めを源氏に負わすことになろう。だから夕顔巻尾に弁明するのだという理屈が成り立つのかもしれないが、私は源氏物語作者はどこかで常に源氏をかばって源氏の側に立って語ると見ているのである。大枠としては夕顔物語は空蟬物語に続いて雨夜の品定めの論議に刺激を受けての好色行動だから源氏の不良性というか軽々しい恋愛遊戯であるが、それゆえに源氏の「言ひ消たれたまふ咎《とが》」（帚木巻四五頁）をつとめて少なくする筆法を施していると見る。それに対照法を筆法とする作者は夕顔をもともと空蟬とは対照的に書いているのであって、空蟬の拒否的な態度と対照的になびく姿勢を当初からとらせたと見ることができる。夕顔は藤井貞和氏のご論[18]にあるように頭中将とは切れていて（一方的にではあるが）、いわば自由の身である。空蟬のように伊予介というしがらみはない。独身時代だったらと空蟬は反実仮想したが、夕顔は夫のない身という意味で独身である。それは空蟬よりも哀れな境遇というべき身の上ではあるが、一時的な「かりそめの浮寝」に身をまかせる自由があったし、逆に言えば「かりそめの浮寝」でしか源氏との愛の世界を保ち得ないことを知っていたのだと言えよう。源氏が顔を袖などで隠して正体を見せないので「ものの変化《へんげ》めきて」、夕顔は嘆くが、「人の御けはひ、はた、手さぐりもしるきわざなりければ」（夕顔巻一三八頁）、相手が当初当て推量した光源氏ではないかという思いは消えなかったようだ。「誰ばかりにかはあらむ、なほこの好き者のしいでつるわざなめり、と大夫《たいふ》を疑いながら」（同右頁）とあるように、惟光の手引きかと疑っているので、その主人光源氏様かという推測の線は保っているのである。ちなみに手引きでなく相手が惟光かと疑っているという解釈には従わない。「たゆまずあざれありけば」（同右頁）とある。これは「私の懸想《けさう》もいとよくしおきて」（夕顔巻一三五頁）とか「おのれも隈《くま》なき好《す》き心にて、いみじくたばかりまどひありきつつ」（夕顔巻一三六頁）とあった惟光が夕顔の家の女房との色恋にせっせとはげんでいることである。「もし見たまへ得《う》る事もやはべると、はかなきついでつくり出《い》でて」（夕顔巻一二九頁）、恋文を送った相手である。その同じ男（惟光）が正体を隠して夕顔（女主人）も相手にすると疑うとは考えにくい。手引きをしたと疑うことで相手は惟光の主人光源氏という推測の線を絶やさないということであろう。思えば惟光の探偵活動は源氏の正体隠しのほころびとなる危うさがあろう。隣家の源氏の乳母の子なのだから。

源氏は当初からお忍びの、微行であった。それなのに顔を袖で隠したり、筆跡を変えたりするのは自分の油断から女がたが自分を光源氏と推測しているので、更に正体隠しをするのである。「もし思ひよるけしきもや、とて、隣に中宿《なかやどり》をだにしたまはず」（夕顔巻一三六・七頁）と用心するのは惟光の母であり源氏の乳母である者の住む家だからである。ところが「かの夕顔のしるべせし随身ばかり、さては、顔むげに知るまじき童《わらは》一人ばかりぞ、率《ゐ》ておはしける」（夕顔巻一三六頁）というのは『新大系』の一一三頁注一六に解説されているように「源氏らしからぬ筆跡の返歌を女がたへ取り次いだ（『新大系』の一〇四頁注一五）から、この随身を連れていることにより、通う男は女がたの推測する光源氏という人ではない、というメッセージを送っていることになる」。「寄りてこそ」の返歌をひどく筆跡を変えて源氏では全くないように見せかけて、それを「さっきの随身に持たせることによって、この随身が仕える人は女が考えるような光源氏ではない、という重要なアピールになる」と『新大系』一〇五頁注一七にも記されてある。源氏は自らの油断によって正体が女がたに推測されたのを打ち消すのに躍起なのである。と同時に、当初からの人物であることはこの随身を連れていることによって表わしている。その上での正体隠し、いわば、ほころびを隠す作為にほかならない。ちなみにこの随身も連れていかずでは、正体隠しにはなるが当初からの話が切れてしまって無意味になる。この随身は連れていかねばならないのである。一方折しも夕顔も頭中将の北の方から脅迫されて身を隠している。それで「素性を隠しあうゲームの始まり」（『新大系』一〇四頁注一五）みたいになったが、夕顔にも「ゲーム」の気持はあったとされるのだろうか。源氏はかような「下《しも》が下《しも》と人の思ひ捨てし住まひ」の女に「思ひのほかにくちをしからぬを見つけたらばと、めづらしく思ほすなりけり」（夕顔巻一二九頁）というわけだから好色的ゲーム感覚、恋愛遊戯心だが、夕顔は花盗人への挨拶歌を贈ったのを源氏が故意に好色歌に取りなしたとされるお説からすれば「隠しあう」のはその通りだが「ゲーム」までは夕顔の積極的意図は入らないだろう。源氏の演出に巻きこまれるように「ゲーム」に引っぱりこまれたということなのだろうか。私見のように「心あてに」の歌自体にすでに源氏の光来を光栄といわば受動的に随順の意を見せた媚態を源氏が感取したのであるとするならば、まさに「素性を隠しあうゲーム」に夕顔は随順していったと言えよう。それが源氏が可愛く思う夕顔の受動的媚態であるまいか。ひどく〝媚態〟ということにこだわったが、拙稿「源氏物語の地の文の表現構造—夕顔巻ところどころ・夕顔論—」(「金蘭短期大学研究誌」第28号、平成九年十二月。のち拙著『源氏物語の表現と人物造型』和泉書院、平成十二年九月所収)に円地文子氏『源氏物語私見』(新潮社、昭和四十九年二月)の「夕顔と遊女性」というエッセイの遊女性の論を称揚した拙論の延長線上にある。本稿は新たに諸家のお説に学びつつ、拙稿「『兵部卿物語』覚え書き」(「王朝文学研究誌」第9号、平成十年三月。のち拙著『源氏物語の表現と人物造型』所収)に述べた夕顔巻に関しての論の延長線上にもある。「遊女ならざる夕顔に何故遊女性が認められるのかという問題」を鋭く掘り下げられた吉田幹生氏「夕顔造型試論」(「むらさき」第三十七輯、平成十二年十二月)は近時出色の論文である。「一方では源氏に心惹かれてもいる夕顔が、しかし素性を明かして源氏に完全に身を任せようとは決してしないことの意味」を氏は夕顔の卑下意識に求め「自らを卑下する彼女にとって、一夜限りの非日常的な恋の世界を共有することはできても、源氏との日常生活などは想像することさえできない別世界なのであろう。(中略)夕顔は現在の落魄を思うその卑下意識ゆえに源氏に全てを任せて寄り添っていくことができないのである」と論じられた。夕顔が最後まで素性を隠した彼女の心の内面が掘り下げられている。夕顔は源氏に向かってこのような内面を表わさない。つまり源氏との時空では物語は夕顔のこのような内面を語らない。空蟬の内面を描写する空蟬物語に比して夕顔物語は夕顔の装いの媚態による「らうたさ」を源氏の前に表わしつづける。その「らうたさ」のみが夕顔の本性でないと同時に隠された内面、素顔のみが夕顔の本性ではない。「のどかに、つらきも憂きもかたはらいたきことも、思ひ入れたるさまならで、わがもてなしありさまは、いとあてはかにこめかしくて」（夕顔巻一四〇・一頁）は源氏の視点に即した地の文なのだが語り手の直接的な地の文とも思える文で、源氏も夕顔の内面にちらとは気づくが「思ひ入れたるさまならで」に打ち消され、表面に表われる「いとあてはかにこめかしくて」に魅《ひ》かれてしまうのが真相だろう。

　素性を隠しあっている二人だが、時にほころびが見え、源氏は頭中将の常夏の女かと疑い、夕顔は「人の御けはひ、はた、手さぐりもしるきわざなりければ」（大島本は「はた手さぐりも知るべきわざなりければ」。青表紙諸本によって「しるき」と読む）と「着物の手ざわりや、身ごなし、匂いなどで、人柄や身分が察せられ」（『新潮日本古典集成』頭注）て、高貴性を感じ取り、惟光の手引きを疑うことで源氏かと疑っている。夕顔も惟光の中垣のかいま見による報告は世を忍ぶ女の相貌だし、さらなる報告は頭中将の車、その随身を見て騒ぐ家の中の様子をつたえ、源氏は「もしかのあはれに忘れざりし人にやと、思ほしよる」（夕顔巻一三五頁）。そこで惟光に「かいま見せさせよ」（同右頁）と命じる。頭中将の常夏の女かと思った時に「かいま見せさせよ」という行動的な言葉になることは、頭中将がらみで物語が展開することを意味する。

　が、やっと惟光が源氏のお通いになる段取りにこぎつけた途端、「女、さしてその人と尋ね出でたまはねば」（夕顔巻一三六頁）となる。頭中将の女かどうかを確かめるよりもお忍びの「隠ろへ事」が優先されるのだ。かくて現実の地平は隠され、源氏も夕顔も素性を隠しあった装いの逢瀬となる。「女（を）、どこの誰と素性をお確かめにならない」とあり、「われも名のりをしたまはで」、相手の女に合わせるべくむやみに粗末ななりをして逢瀬に入れこむのだからこれは明らかに源氏の演出で、夕顔は一方的に引き入れられたていである。が、夕顔はこの仮構的非現実の時空に何の疑いもなくいるわけではない。「いとあやしく心得ぬここちのみして、御使に人を添へ、暁の道をうかがはせ、御在処《ありか》見せむと尋ぬれど」（夕顔巻一三七頁）と現実の素顔を見せている。光源氏の擬装と思う夕顔は、その死後に源氏が夕顔はなぜ素性を隠しつづけたのかと問うたのに対し、夕顔の侍女右近が答えて明らかにしたように、源氏が名前を隠していることを、いいかげんなお戯れであろうと「憂きことにおぼしたりし」とある。夕顔の心の内実である。右近は次のように答えている。

　などてか、深く隠しきこえたまふことははべらむ。いつのほどにてかは、何ならぬ御名のりを聞こえたまはむ。はじめより、あやしうおぼえぬさまなりし御ことなれば、うつつともおぼえずなむある、とのたまひて、御名がくしも、さばかりにこそは、と聞こえたまひながら、なほざりにこそまぎらはしたまふらめ、となむ、憂きことにおぼしたりし。　（夕顔巻一六八頁）

源氏の演出、正体を隠しての逢瀬を、現実のこととも思われないと言っていた夕顔、源氏がお名前を隠しなさったことについて、多分源氏の君に違いないと申されながらも、いいかげんなお戯れで、うやむやにすませなさるおつもりと自卑的に受けとめていた夕顔がそれを「憂《う》きことに」思っていたことが明らかにされている。まこと、あやしき逢瀬であった。それに対する源氏の言い訳ももっともな道理を含んでいる。父帝の御いさめ、左大臣家の正夫人へのはばかり、「所狭《せ》う、取りなしうるさき身のありさま」（夕顔巻一六九頁）が素性を隠した理由と言う。が、「かの下《しも》が下《しも》と人の思ひ捨てし住まひなれど、そのなかにも思ひのほかにくちをしからぬを見つけたらば、とめづらしく思ほすなりけり」（夕顔巻一二九頁）という動機は隠しているわけで、夕顔はほぼその真意らしきものを直感しているようである。決してただ流されていたわけではなかったのである。源氏もそのことに幾らかは気づいていたと思われる。次の文は地の文ではあるが、源氏の視点に即していると思う。

　顔はなほ隠したまへれど、女のいとつらしと思へれば、げにかばかりにて隔てあらむも、ことのさまにたがひたりと、おぼして、　（夕顔巻一四六頁）

「女のいとつらしと思へれば」を源氏の視点に即している地の文とするのは「げにかばかりにて隔てあらむも、

ことのさまにたがひたりと、おぼして」に直結していて、女の心の中まで察せられるほどに女の様子が感じられたのであろうと解するわけである。次の地の文も同様に源氏の視点に沿っていると見たい。

たとしへなく静かなる夕《ゆふべ》の空をながめたまひて、奥の方は暗うものむつかしと、女は思ひたれば、端《はし》の簾《すだれ》を上げて添ひ臥《ふ》したまへり。夕ばえを見かはして、女も、かかるありさまを思ひのほかにあやしきここちはしながら、よろづの嘆き忘れて、すこしうちとけゆくけしき、いとらうたし。つと御かたはらに添ひ暮らして、ものをいとおそろしと思ひたるさま、若う心苦し。　（夕顔巻一四七・八頁）

「端の簾を上げて添ひ臥したまへり」という源氏の動作から、夕顔の心の中を源氏が知るていである。女の様子から察するのであるが語り手は源氏の視点（目と心）に即しつつ地の文化する。だから「女は思ひたれば」と客観的叙述のようになる。「すこしうちとけゆくけしき」を源氏が見、「いとらうたし」が主観直叙ということは明らかだが、「女も、かかるありさまを」以下「よろづの嘆き忘れて」という夕顔の心の中まで源氏の視点に即している文というのはにわかに解しがたいであろうが、「夕ばえを見かは」す夕顔の表情を見て源氏が察していると考えられる。「女も」とある。源氏が「あやしきここち」をしているのと同じく「女も」である。源氏は自分と同じ思いをしている夕顔の様子を見た。「よろづの嘆き忘れて」の夕顔の「よろづの嘆き」を源氏の視線が捉えていたのは、この「なにがしの院」の不気味さあやしさの中の夕顔の様子から感じるのである。「ものをいとおそろしと思ひたるさま」は「さま」（様子）だから明らかに源氏が夕顔の様子をそう見ているのである。「若う心苦し」は源氏の主観をそのまま直叙したもの。このように地の文ながら源氏のまなざしが夕顔の様子から彼女の心内を捉えていることが分かる。だから源氏は夕顔の装いの様態のみに幻惑されているわけではなく、「女のいとつらしと思」う内面を隠して表面うちとけるのを、そのトータルを「いとらうたし」と感じ愛していたと言えるのである。夕顔が内面をおし隠す度合いの強いときは源氏は表面の可憐さのみを見ていたのであろうが、内面を隠すことができないほど

「つらさ」がにじみ出ているときは源氏はしかと感じているのであった。しかし真に夕顔が「つらし」と思う心情は源氏には分からない。その真意真情を明かしたのが右近の応答であった。「顔はなほ隠したまへれど、女のいとつらしと思へれば」の「いとつらし」の内実は「なほざりにこそまぎらはしたまふらめ、となむ、憂《う》きことにおぼしたりし」であったのだ。いいかげんな戯れと憂きことに思いながら夕顔は空蝉のように拒否的言動をしていない。が、「海士《あま》の子なれば」と言って最後まで名を明かさなかった。「白浪の寄するなぎさに世を尽す海士《あま》の子なれば宿も定めず」（『和漢朗詠集』巻下、雑）、賤しい身分なので家も定まらず、名を名乗るほどの者ではございません、と卑下の心を述べている。その応答は「いとあいだれたり」と評されている。甘えているのだ。なよやかすぎるというわけで、あくまでかどかどしきところがなく、空蝉の拒否的な言動とはあくまで対照的なのであるが、思うに「海士《あま》の子なれば」という卑下の心は、空蝉の「いとかやうなる際《きは》は、際《きは》とこそはべなれ」（帚木巻八九頁）に通底するといえよう。夕顔は空蝉と同様の自卑の心を口にもしているわけである。が、「いとあいだれた」態度であるところに夕顔の性格の本性があり、本心をつつみかくして源氏に随順しながら「海士《あま》の子なれば」と素性を隠しきる心の隔ては譲れぬ一線のように守っていたということなのだろう。その心の隔ては「いとあいだれ」、甘えているのだと許されている。思うに源氏の受けとめに即した評語であろう。かどかどしくなくなよびすぎる風姿に終始した女なのであった。

源氏がこの夕顔を愛し「二条の院に迎へてむ」（夕顔巻一三九頁）とまで思ったのは、夕顔の死後、夕顔の侍女右近に語った次のことばにその心情がよく明かされている。

はかなびたるこそは、らうたけれ。かしこく人になびかぬ、いと心づきなきわざなり。みづからはかばかしくすくよかならぬ心ならひに、女はただやはらかに、とりはづして人にあざむかれぬべきが、さすがにものづつみし、見む人の心には従はむなむ、あはれにて、わが心のままにとり直して見むに、なつかしくおぼゆべき。

（夕顔巻一七二頁）

源氏自身の性情が固くしっかりしていないと自ら言う。彼もなよびきすぎて情念に流されることをいうのであろうか。帝の第二皇子という高貴な身分ながら、母を三歳で、祖母を六歳で亡くした薄幸と父帝の愛育の宮廷生活が優情をはぐくみ、すきずきしさ、やさしさに親近するのであろうか。その性情が夕顔のようなやさしく受動的に受け入れてくれる女性にひかれるというのであろう。源氏は夕顔の心の隔てや「つらし」と思っている内面に気づかないわけではなかったが、それをつつみかくして「あいだれ」て愛嬌のこぼれるような夕顔に心なぐさめられるのであった。それは藤壺、葵上、六条御息所等の世界に悩む源氏の心の解放、心のやすらぎとして彼の性情の根幹に触れる女性なのであった。

　源氏は頭中将の常夏の女ではないかとほぼ気づいており、それが彼の興味をそそると同時に、「海士《あま》の子」でないことを知るがゆえにそのように擬装的に戯れて言う夕顔の本性を愛した。空蝉の抗議のようなきつさはなく、甘えて一種冗談まじりに戯れ甘えかかるていで、自卑の心は表わしているのである。そのトータルを源氏は愛している。単に可愛《かわい》いだけの女の装いを愛したのではない。頭中将から聞き知った常夏の女の事情、頭中将の北の方に脅迫されて身を隠したか細い心の女ということを重ね合わせて、夕顔の可憐さ可愛《かわい》さを見ていたのだ。「はかなびたる」とは単に性格ではなく、さような境涯における「あはれ」を持つところに胚胎する本性であり、源氏の愛した女の本質であったのである。夕顔は源氏の戯れ、恋愛遊戯を「憂《う》きことに」思いながら、吉田幹生氏「夕顔造型試論」（前掲）が説かれるように源氏への愛の時空はかような擬装の中でしかありえないと思っていたのであろう。「海士《あま》の子なれば」の内なる心である。空蝉のように「かりそめの浮寝」を拒否することによる愛とは異なり、「かりそめの浮寝」でしか源氏とつながりえないと思っていた「はかなびたる」夕顔であったのだ。彼女の〝遊女性〟の内実、真相である。ちなみに、私見によれば夕顔と対照的造型の空蝉も「はかなびたる」身の上の女なのであった[19]。

注

（1）拙稿「光源氏と女君たち―「はかなびたるこそは、らうたけれ」―」（「常磐会学園大学研究紀要」創刊号、平成十二年十二月。本書第二編三）
（2）尾形仂氏「連衆心―挑発と領略―」（「国文学」昭和六十一年四月）。「夕顔の花」を夕顔（花及び夕顔という女）をさすことを黒須重彦氏『夕顔という女』（笠間書院、昭和五十年一月）が力説された功績は大きい。
（3）藤井貞和氏「三輪山神話式語りの方法―夕顔の巻」（『源氏物語論』岩波書店、平成十二年三月。初出は「共立女子短大（文科）紀要」昭和五十三年三月）
（4）清水婦久子氏「光源氏と夕顔―贈答歌の解釈より―」（「青須我波良」平成五年十二月。のち補筆訂正のうえ、『源氏物語の風景と和歌』和泉書院、平成九年九月所収）
（5）前掲注（3）に同じ。
（6）三谷邦明氏「誤読と隠蔽の構図―夕顔巻における光源氏あるいは文脈という射程距離と重層的意味決定―」（「平安朝文学研究」平成十二年十二月）
（7）森正人氏「紹巴抄に導かれて―夕顔巻の〈首尾〉〈表裏〉―」（徳江元正氏編『室町芸文論攷』三弥井書店、平成三年十二月所収）
（8）前掲注（2）の尾形氏のご論文。
（9）前掲注（3）に同じ。
（10）今井源衛氏「夕顔の性格」（『源氏物語の思念』笠間書院、昭和六十二年九月。初出は山中裕氏編『平安時代の歴史と文学　文学編』吉川弘文館、昭和五十六年十一月）
（11）前掲注（6）に同じ。
（12）前掲注（4）に同じ。
（13）前掲注（7）に同じ。
（14）前掲注（2）に同じ。

(15) 前掲注（1）に同じ。
(16) 吉田幹生氏「夕顔造型試論」（『むらさき』第三十七輯、平成十二年十二月）
(17) 原田敦子氏「空蟬の夢」（森一郎編著『源氏物語作中人物論集』勉誠社、平成五年一月）
(18) 前掲注（3）に同じ。
(19) 前掲注（1）に同じ。

七　光源氏と夕顔

一

夕顔が急死した後に、源氏は夕顔の侍女・乳母子の右近に夕顔の身の上を聞く。右近が語る中に夕顔の性格を「物懼《ものおぢ》をわりなくしたまひし御心」（夕顔巻一七〇頁。頁数は『新潮日本古典集成　源氏物語』による。以下同じ）とか「ものはかなげにものしたまひし人の御心」（夕顔巻一七二頁）と言っている。この「ものはかなげにものしたまひし人」のはかなげにものしたまひし人の御心」を受けて源氏は「はかなびたるこそは、らうたけれ」と言った。頼りなげな性格の夕顔をかわいいと思ったことを言い、「みづからはかばかしくすくよかならぬ心ならひに、女はただやはらかに、とりはづして人にあざむかれぬべきが、さすがにものづつみし、見む人の心には従はむなむ、あはれにて」（同右頁）と、自らの性情がしっかりしていなくて固く強くない、情味のあるやわらかなせいで、女はおだやか、柔和で、うっかりすると男にだまされそうでいて、そのくせつつしみぶかく遠慮深く引っ込み思案で、夫には信頼してついてゆくといった人がかわいいと詳しく自らの性情にもとづく女性好尚を語った。右近は源氏の女性観、その理想に夕顔はちょうどお似合いだった、と言ってその死を嘆き泣く。

私たち読者も夕顔が源氏の好みに似つかわしい女君であり「はかなびたるこそは、らうたけれ」は夕顔への源氏の思いを象徴する言葉と思うのである。ところで末摘花巻冒頭は、夕顔を忘れられずなつかしむ源氏の心情に即して「思へどもなほ飽かざりし夕顔の露におくれしここちを、年月経《としつきふ》れど、おぼし忘れず、ここもかしこも、うちとけぬ限りの、けしきばみ心深きかたの御いどましさに、け近くうちとけたりしあはれに似るものなう、恋しく思ほえたまふ」（末摘花巻二四五頁）と語られている。「夕顔に置く露の消えるように、はかなく死んでしまったあとの悲しみを」（『集成』頭注訳文）とあるように、はかない死に方が、夕顔の面影の核に位置するのだが、「け近くうちとけたりしあはれ」がその夕顔像の恋しさの眼目であることに注目したい。「け近く」は「気高く」の対で、親しみ易い意と『岩波古語辞典』にある。葵上の様子が「人のけはひもけざやかにけ高く」（帚木巻八〇頁）とあるのとまさに対照的で、末摘花巻冒頭の「ここもかしこも、うちとけぬ限りの、けしきばみ心深きかたの御いどましさ」とある葵上や六条御息所の「うちとけぬ限り」に対する夕顔の「け近くうちとけたりしあはれ」なのである。私は夕顔の「はかなびたる」性情と「け近くうちとけたりしあはれ」とは矛盾なく夕顔の性格として合一してあると考える。「もののはかなげ」、「はかなびたる」といった弱々しげな性格は「け近くうちとけた」る性情と合わないようにも感じられるが、「け近くうちとけた」るふるまいは「女はただやはらかに、とりはづして人にあざむかれぬべき」と整合するのであって、「さすがにものづつみし」はその前提の上での引っ込み思案なのである。従来この引っ込み思案を夕顔の主要な性格と位置づけてきたきらいがあるが、前提を忘れた議論であるまいか。末摘花巻冒頭に「け近くうちとけたりしあはれに似るものなう、恋しく思ほえたまふ」とあり、決して「ものづつみし」たことを恋しく思っているわけではないのである。

「け近くうちとけたりしあはれ」は私は夕顔の受動的媚態[1]にあると見ている。親しみ易い、心を開いた態度である。これは源氏と夕顔の逢瀬の場面では誰しも納得するところだが、私は夕顔からの源氏への贈歌「心あてに」の歌にさかのぼって当初からの夕顔像に見ている。詳しくは拙稿「夕顔巻を読む―「心あてに」の歌をめぐって」（『王朝文学研究誌』第12号、平成十三年三月。本書第二編六）を読まれたいが、葵上や六条御息所の「うちとけぬ」態度に対して夕顔の「け近くうちとけたりしあはれ」を回想する源氏の心識に照らして夕顔が「け近」き女君であったことを私は重視する。ところでしかし、夕顔の死後、右近が源氏に語る夕顔の身の上話で夕顔の性格を「世の人に似ずものづつみをしたまひて」（夕顔巻一七〇頁）と言っており、源氏はそれを聞いて頭中将の話していた常夏の女だと合点する。雨夜の品定めで頭中将の語った女は「『うち払ふ袖《そで》も露けき常夏《とこなつ》にあらし吹きそふ秋も来にけり』と、はかなげに言ひなして、まめまめしく恨みたるさまも見えず、涙をもらしおとしても、いとはづかしくつつましげにまぎらはし隠して、つらきをも思ひ知りけりと見えむは、わりなく苦しきものと思ひたりしかば」（帚木巻七三頁）というように遠慮深い性格であったからである。この右近の話に「世の人に似ずものづつみをしたまひて」と言い、それを聞いて源氏が頭中将の話した常夏の女だと合点するところなどから夕顔は遠慮深く内気なはにかみやとされるのだが、源氏の愛した夕顔は単にそのような頼りなげな内気な性格というのではない。「女はただやはらかに、とりはづして人にあざむかれぬべき」あやうい性格、男に素直につき従うあまり、うっかりすると男にだまされそうである柔和さを前提として「さすがにものづつみし」という遠慮深さ、はにかみであって、単なる内気、はにかみやではない。単なる内気、引っ込み思案のはにかみやなら末摘花でなければならない。末摘花は、乳母子《めのとご》の大輔《たいふ》の命婦《みょうぶ》が源氏に語る言葉に「ひとへにものづつみし、ひき入りたるかたはしも、ありがたうものしたまふ人になむ」（末摘花巻二五五頁）とある。これは夕顔の「け近くうちとけたりしあはれ」とはうらはらの、逆の性格と言わねばならない。源氏はこのような単なる内気、はにかみやを好んではいない。「さすがにものづつみし」とあるように、その前提である「女はただやはらかに、とりはづして人にあざむかれぬべき」性格が「け近くうちとけたりしあはれ」として「似るものなう、恋しく思ほえたまふ」のである。夕顔巻で源氏が「いざ、いと心安き所にて、のどかに聞こえむ」（夕顔巻一三九頁）と夕顔を誘う場面の夕顔の有様は「女はただやはらかに、とりはづして人にあざむかれぬべきが、さすがにものづつみし、見む人の心には従はむなむ、あはれにて」の具体相であろう。

「いざ、いと心安き所にて、のどかに聞こえむ」など、かたらひたまへば、「なほあやしう、かくのたまへど、世づかぬ御もてなしなれば、もの恐ろしくこそあれ」と、いと若びて言へば、げに、とほほゑまれたまひて、「げに、いづれか狐なるらむな。ただはかられたまへかし」と、なつかしげにのたまへば、女もいみじくなびきて、さもありぬべく思ひたり。世になくかたはなることなりとも、ひたぶるに従ふ心は、いとあはれげなる人と見たまふに、なほ、かの頭の中将の常夏疑《とこなつ》はしく、語りし心ざま、まづ思ひいでられたまへど、忍ぶるやうこそは、と、あながちにも問ひいでたまはず。けしきばみて、ふとそむき隠るべき心ざまなどはなければ、かれがれにとだえ置かむをりこそは、さやうに思ひ変ることもあらめ、心ながらも、すこしうつろふことあらむこそあはれなるべけれ、とさへおぼしけり。（夕顔巻一三九・四〇頁）

『なほあやしう、……もの恐ろしくこそあれ』と、いと若びて言へば」は、「ものづつみし」に当たるであろう。『ただはかられたまへかし』と源氏にやさしく言われると、すっかりその気になって、それでもいいわと思うあたり夕顔の〝受動的媚態〟と言えよう。「世になくかたはなることなりとも、ひたぶるに従ふ心」とは単に従順ということではあるまい。「世になくかたはなることなりとも、ひたぶるに従」い、なびくとは、夕顔（女）にコケットリーがなければありえないであろう。それが野放図なものではなくて「『なほあやしう、……もの恐ろしくこそあれ』と、いと若びて言へば」が「さすがにものづつみし」である。源氏が「いとあはれげなる人と見たまふ」たのは「女もいみじくなびきて、さもありぬべく思ひたり。世になくかたはなることなりとも、ひたぶるに従ふ心」がメーンでなければならない。「『……もの恐ろしくこそあれ』と、いと若びて言へば」は「さすがにものづつみ」する、つつしみのある媚態が源氏の好尚であるのだ。「なほ、かの頭の中将の常夏疑はしく」とあることに徴すると、源氏は頭の中将の語った常夏の女に単なる従順を越えたコケットリーを感じていたことが分かり、注意される。

二

夕顔は可憐、内気、はにかみ屋、引っ込み思案という評語がほぼ定着し、それに反するかのごとき媚態説はもってのほかという空気もあることを承知の上で私は受動的媚態説を唱えている。そもそも、この媚態を遊女性と名づけられた円地文子氏のご活眼[2]に私は敬意を表しているのだが、「夕顔の中の無意識な娼婦性」の「娼婦」という近代の売春婦の用語の不適切さを指摘される向きや、「第二のよいパトロンを云々」の円地氏の言説に抵抗を感じられる向きも少なくないようである。確かに「第二のよいパトロン」を求める志向は夕顔の侍女たちにはあったと見てもよいが（それも夕顔巻には書かれてはいない）、夕顔自身の志向というのは当たらないだろう。女君と侍女の考えが一致するときと一致しないときがある。知られるように末摘花と侍女たち、宇治の姫君と侍女たちはその乖離《かいり》こそ一つの命題である。夕顔を可憐、引っ込み思案のはにかみ屋、内気とイメージしていられる向きから言えば、「娼婦性」や「第二のよいパトロン」志向説は全くなじめないにちがいない。円地文子氏の「夕顔と遊女性」なるエッセーが大方に受け入れられなかった原因は、夕顔にいわば男に対する積極性を感じさせるような円地氏の言説にあったであろう。作家の感覚的な言説の長短を感じさせられるが、一方学者たちの中にほぼ定着していると思われる夕顔の可憐、内気、引っ込み思案等のイメージが円地氏の感覚の長所をも見のがしていると私は見ている。私が今回夕顔巻の源氏の「はかなびたるこそは、らうたけれ」にはじまる夕顔を念頭にした女性好尚を仔細に分析したのは、夕顔の受動的媚態が源氏の好尚のメーンであり「さすがにものづつみし」とあるように、「ものづつみし」はそのメーンの上に加えられる性格であって、単にそれ（「ものづつみ」）を夕顔の性格のメーンとするがごときは大きな誤解であることを明らかにし、よってもって円地説の本質的部分への理解を促したいからであった。

末摘花巻が夕顔に似た女君を求めた源氏の失敗談であることに注意されたい。

　いかで、ことことしきおぼえはなく、いとらうたげならむ人の、つつましきことなからむ、見つけてしがな、とこりずまにおぼしわたれれば、（末摘花巻二四五頁）

夕顔を恋しく思う心情の路線に期待される女性像がかたどられている。この前置きで物語が始まるのである。夕顔のような女性。玉上琢彌先生『源氏物語評釈第二巻』一七一頁に「夕顔の巻との対照」という見出しで次のようにある。

　大弐の乳母の子供の惟光が、夕顔という女性へ源氏を導いたと同じく、左衛門の乳母の娘の大輔の命婦がここでは手引きをするのである。これは、対照の妙である。（中略）この『末摘花』の一巻は、すべて『夕顔』の巻との対比を意識して書かれている。云々

では、対比してどういうところが違うか。夕顔に似た女性を求めているからには似たところがなければなるまい。その上での違いである。私は情況とかは一応抜きにして性格やふるまいの上で見ようと思う。似ていると言えるのは、前に引いた乳母子の大輔の命婦が源氏に語る言葉「ひとへにものづつみし、ひき入りたるかたはしも、ありがたうものしたまふ人」（末摘花巻二五五頁）とある、恥ずかしがって内気な点であろう。「らうらうじうかどめきたる心はなきなめり。いと子めかしうおほどかならむこそ、らうたくはあるべけれと、おぼし忘れずのたまふ」（同右頁）と、源氏が執心（「おぼし忘れずのたまふ」）のさまを見せるのも、「……らうたくはあるべけれ」という期待によるであろう。この期待は夕顔の面影を求めてのことである。「人のけはひ、いとあさましくやはらかにおほどきて、もの深く重きかたはおくれて、ひたぶるに若びたるものから」（夕顔巻一三七頁）とか「わがもてなしありさまは、いとあてはかにこめかしくて」（夕顔巻一四一頁）、「白き袷《あはせ》、薄色《うすいろ》のなよよかなるを重ねて、はなやかならぬ姿、いとらうたげにあえかなるここちして、そこと取り立ててすぐれたることもなけれど、ほそやかにたをたと

して、ものうち言ひたるけはひ、あな心苦しと、ただいとらうたく見ゆ。心ばみたるかたをすこし添へたらば、と見たまひながら、（中略）いとおいらかに言ひてゐたり」（夕顔巻一四二頁）等の夕顔像を思いうかべながら、「らうらうじうかどめきたる心はなきなめり」の末摘花像への推測を、「もの深く重きかたはおくれて」とか「心ばみたるかたをすこし添へたらば」の夕顔像に重ね、「いと子めかしうおほどかならむこそ、らうたくはあるべけれ」の期待を、「やはらかにおほどきて」、「いとあてはかにこめかしくて」、「いとらうたげに」、「いとらうたく見」えた、「いとおいらか」な夕顔像に重ねたからこそ「おぼし忘れずのたまふ」（末摘花巻二五五頁）の執心となったのである。

が、源氏は大輔の命婦の「いでや、さやうにをかしきかたの御笠宿りには、えしもやと、つきなげにこそ見えはべれ」（同右頁）の理由として「ひとへにものづつみし、ひき入りたるかたはしも、ありがたうものしたまふ人になむ」（同右頁）の言説があった文脈を「らうらうじうかどめきたる心はなきなめり」（同右頁）の推測にとどめたばかりか、それを好意的希望的に解釈して、いわば誤解して「いと子めかしうおほどかならむこそ、らうたくはあるべけれ」（同右頁）と期待に転じてしまっている。命婦の「いでや、さやうにをかしきかたの御笠宿りには、えしもやと、つきなげにこそ見えはべれ」には、風情ある相手にはなりがたい、不毛の末摘花像が隠されていたのだ。源氏がしばしば手紙を送っても返事がない。命婦が「ただ、おほかたの御ものづつみのわりなきに、手をえさし出でたまはぬとなむ見たまふる」（末摘花巻二五六頁）というように弁解するものだから源氏は末摘花の不毛性に気づかないばかりか、「そこはかとなく、つれづれに心細うのみおぼゆるを、同じ心に答《いら》へたまはむは、願ひかなふここちなむすべき」（同右頁）とまで過大な期待に及んでいる。源氏は末摘花の心細げな境遇にいる心境を思いやり、自己の「そこはかとなく、つれづれに心細うのみおぼゆる」心境の合一性を言うのである。源氏の「そこはかとなく、つれづれに心細うのみおぼゆる」心境とは、少女時代の紫上を求める折の、紫上の祖母尼君に語る言葉の中の「いふかひなきほどの齢《よはひ》にて、むつましかるべき人にも立ちおくれはべりにければ、あやしう浮きたるやうにて、年月をこそ重ねはべれ。同じさまにものしたまふなるを、たぐひになさせたまへ」（若紫巻二〇〇頁）云々の「あやしう浮きたるやうにて、年月をこそ重ねはべれ」と同質の源氏のわが身の上、境遇への思い、感懐であろう。「同じさまにものしたまふなるを、たぐひになさせたまへ」と同軌のことを「同じ心に答《いら》へたまはむは、願ひかなふここちなむすべき」と末摘花に対して求めている。「現在の境遇にいる末摘花の気持と、自分の気持は似ていて、二人は理解し合えるはずだというのである」（『新潮日本古典集成』末摘花巻二五六頁頭注四）。かなり精神性の高いモチーフといわねばならないだろう。夕顔に対した時とは違う心意のあり方は相手が故常陸宮の姫君だからであろう。末摘花は紫上との対照もはかられているのである。同じく親王の姫君としてさびしい境遇の二人である。「故常陸の親王《みこ》の、末にまうけていみじうかなしうかしづきたまひし御女《むすめ》、心細くて残りゐたるを、もののついでに語りきこえければ、あはれのことやとて、御心とどめて問ひ聞きたまふ」（末摘花巻二四六頁）とあった。大輔の命婦の巧みな演出で末摘花の琴《きん》の音《ね》を聞く源氏は「いといたう荒れわたりて、さびしき所に、さばかりの人の、古めかしう、ところせく、かしづきすゑたりけむ名残なく、いかに思ほし残すことなからむ、かやうの所にこそは、昔物語にもあはれなることどもありけれ、など思ひ続け」（末摘花巻二四八・九頁）ていた。荒れはてた所に思いがけぬ美女という昔物語の幻想にひたっているのだ。

　こうした源氏の幻想が破られていくのが末摘花物語であることは知られるごとくである。その第一は源氏のたびたびの恋文に対し末摘花からの返歌がないことに始まる。これは夕顔との第一の相違点である。夕顔は源氏に歌を贈り、それに源氏が心ひかれたことが物語の始まりであった。ところで「夕顔は源氏に歌を贈り」には説明を加えなくてはならない。既に拙著『源氏物語生成論』（世界思想社、昭和六十一年四月）に書いているが、源氏が庭の白く咲く夕顔の花を随身に手折らせているその行為に対して歌は詠まれたのである。「夕顔の花」は「夕顔の女君」を指すことを力説された黒須重彦氏『夕顔という女』（笠間書院、昭和五十年一月）のお説に賛成し従う。「手折られた夕顔の花の光栄は、そのままかような陋屋の花に関心を寄せられた女君の光栄であった」と拙著に書いているが、近時、その後の私の読み得た先行論文に学び導かれて書いた拙稿「夕顔巻を読む—「心あてに」の歌をめぐって—」(前掲)で「夕顔の花」は夕顔の花自体(夕顔の宿の女を隠喩)をさし、「白露の光」は源氏を隠喩し、「白露の光添へたる夕顔の花」は源氏が随身に命じて夕顔の花を一房折らせた光栄に浴したことを詠んだもので、「心あてに」の歌は、隠喩として光源氏のご光来の光栄に浴す夕顔の花のように賤しい女の私かと当て推量に存じておりますの意を匂わせたもの云々と述べている。

三

右拙稿の投稿後、工藤重矩氏から「源氏物語夕顔巻の発端—「心あてに」「寄りてこそ」の和歌解釈—」(「福岡教育大学紀要」五〇号、平成十三年二月)をいただいた。「⑸詠歌の事情—女から呼びかけた歌ではない—」はお説の通りである。が、女から源氏に歌を寄こす贈歌であったことは動かない。末摘花などと比較するのがおかしいと言われるかもしれないが、返歌もしない(できない)末摘花が、夕顔と対比、対照されているとするならば、同じはにかみ屋、引っ込み思案の内気なもの同士としてこの夕顔の贈歌行為は際立って受けとる必要があるのではないか。工藤氏が説かれたように「詠歌事情」を考えることが大切であり、夕顔(常夏の女)は無風流な朴念仁ではなく感受性の強い情的な可憐な女であるからこそ「詠歌事情」に随順しえたのだった。さてしかしこの「詠歌事情」のとらえ方は工藤氏と私とでは違っていて、従って「心あてに」の歌意のとらえ方も相違している。「心あてに」の語義についての氏の所論が第一に注目されなければならないが後述することにし、「詠歌事情」から氏と私との違いを述べることにする。「『心あてに』の歌は、光源氏が夕顔の花を求めたことに対する反応であって、女から能動的に詠みかけた歌ではない。それがこの和歌の理解の大前提である」と工藤氏は言われる。正しくその通りである。が思うに、管見では一般には夕顔からの贈歌が女からの誘惑、挑発として率爾に詠みかけられたものというふうに受けとられているのではなく、単に女から贈歌されたことについて、引っ込み思案で内気なはにかみ屋とイメージされている夕顔にしては不審だとか矛盾とか言われているのである。私は夕顔が内気ではあっても「無風流な朴念仁ではなかったはず」だから、と矛盾はないと前掲拙稿で論じた。工藤氏が「夕顔自身も頭中将の寵を受けていたのだから、高貴の人がわが宿の花を折ろうとするとき、風雅のたしなみとして、花を載せる何かを用意しなければと思うのではないか」と述べられた「風雅のたしなみ」のある夕顔像を強く確認したく思う。「個人の性格に帰することのできない詠歌状況、物慎みのひどい、はにかみやさんであっても歌を詠まざるを得ない状況なのである」から性格的に矛盾する等々の議論とは無縁である、と工藤氏は言われるのだが、惟光からの情報による判断ではあるが「さらばその宮仕へ人ななり、したり顔にものなれて言へるかな、と、めざましかるべき際《きは》にやあらむと、おぼせど」（夕顔巻一二六頁）とある源氏の感想、判断からすると、男ずれ、いわゆる世づいた宮仕え人の得意気な、なれなれしさ、興ざめしそうな身分の低い女の行為として当初、夕顔の贈歌行為は受けとめられていることが分かる。「詠歌事情」として、光源氏かと思われる貴公子がわざわざ随身に命じてわが家の夕顔の花を手折らせる行為への感動ということがある。〝得意顔に、なれなれしく、歌を贈ってきた〟と受けとめたのは源氏の主観であるから、必ずしも当を得たものでなく〝誤解〟、〝曲解〟(3)といえるのかもしれないが、たとえ誤解、曲解としても誤解、曲解させるだけの理由が夕顔側の反応、贈歌行為になければならない。理由もないのに好色的にとりなす源氏の意図的曲解だとされるのなら、源氏の一方的好色にしてしまうことになる。くだくだしき源氏の好色スキャンダルとして割り切る向きもあろうけれど、私は拙稿「夕顔巻を読む―「心あてに」の歌をめぐって―」に書いたように、尾形仂氏の卓説(4)に従い、もしや光源氏様が私ごとき賤しい夕顔の花のような女にご関心なのでしょうかの意を匂わせたことを後に「なにがしの院」で夕顔は「たそかれどきのそら目（錯覚）でした」と恐縮する（ただし、私見では後述するように夕顔は甘えて言っている）と解する。「心あてに」の歌の「それかとぞ見る」は「白露の光添へたる夕顔の花」を「見る」のであり、「白露の光」に光源氏を隠喩し、光源氏が随身に夕顔の花を手折らせたことを夕顔の花の光栄、隠喩として夕顔（女）の光栄を詠んだ、と解する。この隠喩を受けとめたからこそ源氏はこの歌に受身的媚態の好色的意味を見たのであり、誤解でも曲解でもないのである。「白露の光添へたる夕顔の花」―源氏が目をとめてくれたことへの感謝を表わしている―と詠じているところに源氏からすれば女（夕顔）が源氏の行為への随順すなわち受身的媚態の好色的意味を感じとるゆえんがあるのであって、源氏の理解は理由のないことではない。源氏がこの贈歌から宮仕え人の行為を感じているのは、宮仕え人（女房）が男性貴族との折衝をしたり上流男性貴族の情事の相手ではありえても結婚の対象たりえない存在であって、男性との交渉に洗練され、男の目にさらされると同時に高い文化に触れての風流のたしなみもある女房の行為と感じられる内容（歌意）が「心あてに」の歌にあったからだと考えられよう。このような宮仕え人（女房）の性質がこの歌にないのに「さらばその宮仕へ人ななり、したり顔にものなれて言へるかな、と、めざましかるべき際《きは》にやあらむと」（夕顔巻一二六頁）源氏が思うであろうか。「したり顔にものなれて言へるかな」とか「めざましかるべき際《きは》」とはまさしく女房の性質ではないか。男性との交渉に馴れたものを源氏は感じているのである。高い文化と教養の風に触れての風流のたしなみだけではなく男に対するなれなれしさを感じている。これを源氏の誤解、曲解とするよりも、源氏の理解、感性を肯う方向で私は考えたいのである。なれなれしさと源氏が感じたのは惟光からの情報にも基づいており、その内実は頭中将の親友たる源氏への間接的な親近性であったのであるが。

四

さて工藤氏は玉稿を、清水婦久子氏の論文[5]に触発されて書かれたと記していられるように、清水論文の「それ」は「夕顔の花」を指すとする説を支持された上で、氏の修正の論考が加えられている。工藤氏は、「和歌として、『それ』は植物としての『夕顔の花』しか意味しない」と確固として言われる。「寓意としては、貴人（光る君）が夕顔の花に殊更御目をとどめ、召されることになったのを『白露の光そへたる』と言った」と述べられ、それ以上というかそれ以外の寓意は認めずあくまで植物の花のお召しとの解でいられる。一方源氏の「寄りてこそ」の歌では、「表面は『心あてに』の歌に応じて、夕顔の花のこととして詠んでいるのだが、『花の夕顔』と言い換えたところに、色めいた寓意のあることは明瞭である」と言っていられる。「色めいた寓意」すなわち好色的意味は源氏の答歌（返歌）にのみあるとのご見解のようである。ところで和歌のリズムを説いて「それかとぞ見る……夕顔の花ヲ」と植物の夕顔の花を見ると解された清水婦久子氏だが、荒院での「光ありと見し夕顔のうは露はたそかれどきのそら目なりけり」については「夕顔の花に光がそえられていたと見えたのは錯覚だったと」「その愛情を疑った」と寓意を認める解釈をしていられる。となると「白露の光そへたる夕顔の花」に源氏の夕顔（女）への愛情という寓意を認められることになるのだろうか。しかし『源氏物語の鑑賞と基礎知識№8夕顔』（至文堂、平成十二年一月）でもそのような解はされていない。私見では、「愛情を疑った」といわれるのなら、「光ありと見し」は「白露の光そへたる」を指しているのだから、源氏の愛情を感じる寓意を認めたことになると思うがいかがであろう。「白露の光そへたる夕顔の花」に光源氏が御目をとどめて下さり随身に手折らせてお召しになった夕顔の花の光栄をすなわち夕顔（女）の光栄とする寓意、花への関心を女への関心とする寓意を認める私見は尾形仂氏の卓説に導かれての、荒院の「光ありと見し夕顔のうは露はたそかれどきのそら目なりけり」から逆算した解釈として夕顔像の一貫性を見るのだが、「心あてに」の歌には寓意を認められない清水氏が「光ありと見し」の歌には「愛情を疑った」といった寓意を認められるのは、当初の夕顔から源氏との愛のむつびを体験した夕顔への変貌と解されるのだろうか。

躬恒の歌との関連で、工藤氏は清水論文や藤井日出子氏「『源氏物語』夕顔の巻」（『解釈学』七輯、平成四年六月）が「躬恒の『初霜の置きまどはせる白菊の花』と同発想だと考え、これに強く拘束されたための誤りである」と批判されている。その通りで「『白露の光』にまぎれて『白き花』が『夕顔の花』だと確認し難い」とか「白露の光がまぶしくて見定められませんが」（『源氏物語の鑑賞と基礎知識№８夕顔』）という清水論文の解は躬恒の「初霜の置きまどはせる白菊の花」に「強く拘束され」ており、「『白露』（あなた様）がその光を添えて（下さったおかげで）白く輝いている夕顔の花を」という清水氏の口語訳の（下さったおかげ）とは工藤氏の言われる「恩顧」とすれば「確認し難い」とか「まぶしくて見定められません」と整合しないであろう。私は「白露の光そへたる」に光源氏の恩顧を感謝する（おかげ）寓意を重く見る。源氏もその寓意をこそ受けとめたから夕顔の贈歌に男女として交際を求めていく契機を見出したのである。源氏が卒爾にあるいは故意に交際を求めたわけではなく、「心あてに」の夕顔の歌に契機があるのである。まさしく「この歌がなくては、この巻の話は起こらない」（玉上琢彌先生『源氏物語評釈第一巻』夕顔巻三五六頁）のである。夕顔も卒爾に歌を贈ってきたわけではない。源氏が随身に命じて夕顔の花を手折らせた行為に反応しての贈歌である。「白露の光そへたる夕顔の花」はその源氏の行為を詠んだのであり、それを植物の夕顔の花をお召しになったことの意にとどめるか、夕顔という女へのご関心という寓意を見るかが解釈の分岐点である。もし植物の夕顔の花と限定する解しか考えられないのならば、源氏が「さらばその宮仕へ人ななり、したり顔にものなれて言へるかな、と、めざましかるべき際《きは》にやあらむと、おぼ」すのは単に女から見知らぬ男に歌を詠みかけてきたことについて、はすっぱさを感じていることになる。しかし工藤氏も言われるごとく夕顔は卒爾に歌を詠みかけてきたわけではない。この歌は贈られるべき状況において贈られたのである。このことを源氏が認識しないわけはない。だから単に歌を贈ってきたことだけで宮仕え人、女房の仕業と思ったのではなく、歌の内容（歌意）にもとづくと見なくてはなるまい。寓意に好色性を感じて、宮仕え人の所為と感じたのではないか。源氏のイメージしている「宮仕え人」は女官ではなく女房で、増田繁夫氏「『女房』とは何か」（「むらさき」第三十七輯、平成十二年十二月）が説かれた「内侍や命婦といった身分の高い女性が『女房』」とある「女房」、源氏物語で源氏と交渉のあった葵上づきの女房、中納言の君、六条御息所づきの中将の君、はたまた末摘花を仲人口した好色な大輔の命婦といった女房たちを思いうかべるとよいのであろう。教養とともにしたたかな馴れ馴れしさもあり色好みに洗練されている女房からの贈歌と受けとめたこの歌の内容が寓意として源氏が随身をして夕顔の花を手折らせた行為に夕顔（女）へのご関心かと光栄に思う歌意があり源氏の好色の契機たりえたのであることを改めて確認したいのである。

この歌が源氏の「遠方人《をちかたびと》にもの申す」に対する答歌とする清水氏や新間一美氏「夕顔の誕生と漢詩文」（『源氏物語の探究第十輯』風間書房、昭和六十年十月）への工藤氏の批判は同感である。氏の言われるように「源氏は随身の応答で花の名は知り得て」いる。ならば「それかとぞ見る……夕顔の花を」という構造において氏はこの歌意をどう理解されるかというと、現代語訳として、「〈夕暮れのなかで、はっきりとは見えませんので〉見当をつけて、たぶんこれがその夕顔の花かと見ました。白露が光を添えている夕顔の花を」（三四頁上段）とあり、「夕暮れ近いので、白い夕顔の花も見えにくいのですが、白露が光を添えて白く輝いて見える夕顔の花を、心あてに（見当をつけて）それ（夕顔の花）かと見て、折り取りました、の意。白露の光ゆえに夕顔の花をそれと見分けることができたと、「白露」を車中の貴人（光源氏）に寓して感謝、賛辞を加えている表現である」（三七頁下段）と説明されている。三三頁下段に「細かに説明すれば、〈夕暮の薄明りのなかで、夕顔の花はどれかな、夕顔の花はどれかな、と探し求めて、白露が光を添えているので一層白く見える夕顔の花を、これがそれ〈夕顔の花〉だと見当をつけて見定めた〉ということである。」と説明され、その前に「女が『心あてにそれか』と見た対象は植物の『夕顔の花』である。心に思い当ててほぼ確信に近い推量でその花を夕顔と見たと表現した」（三二頁下段）と説明された上での口語訳である。氏は「心あてに」の語義を「心あて」の用例検討から「心に思い定めて、見当をつけて」の意であるとされ、「心に思い当ててほぼ確信に近い推量で」と言われるのだが、氏の現代語訳の「見当をつけて」「たぶんこれがその夕顔の花か」という訳文からは「心に思い定めて」というはっきりとした「ほぼ確信に近い推量」というより「当て推量で」と解されているように思われ、「当て推量で」を批判していられるのにあわないように思う。いろいろ考えて多分夕顔の花かと見当をつけたのであれば、「当て推量で」であろう。なお「あてずっぽう」は「目的をいいかげんに判断すること」（『新潮現代国語辞典』）とあり、いいかげんな判断であるのに対し「当て推量」は「確かな根拠もなく自分勝手に推量すること。あてずっぽう。憶測」（同右辞典）とあり「あてずっぽう」と同意のように解してもいるが、「いいかげんに」とは異なり「自分勝手に推量」と自分の考えで見当をつけて推量する意で、主観的な判断であるがいいかげんというわけではない。工藤氏の言われる「頭中将は、心に思い当たるところをいろいろ考えて」（三二頁下段）は「いいかげんな判断」ではないから「あてずっぽう」ではないが、「心にはっきりと見当をつけて」でもない。「当て推量」である。確かな根拠はないが、「心に思い当たる」主観的判断である。

尾形論文に導かれての私見では「いろいろ考えて多分あなた様（光源氏）が私（夕顔）にご関心かと当て推量に存じています」の寓意を見る。「心に思い定めて」はっきりそう思っていると言っては私解の寓意にあてはめると僭越な女になってしまう。当て推量ですがとことわるところに控えめさが表わされ、自分（夕顔）へのご関心かという出すぎた推量を緩和することになり、男になびく受動的媚態をつつましやかにする。私見では「当て推量で」でなければならない。また「いいかげんに判断」でもない。もっとも「心あてに」の歌に夕顔（女）へのご関心かという寓意を見られない方々にとっては無縁な話である。私見（尾形論文に導かれての解）の難点は「心あてに」の歌から直ちには私見のような寓意は見いだしにくいということであろう。植物の夕顔の花に光源氏が御目をとどめて随身に命じてお召しになったことへの感謝を「白露の光そへたる夕顔の花」と詠じたとしか理解するべきでないという立場からは私見のような寓意説は肯定できないであろう。確かに卒爾には「心あてに」の歌から〝源氏の女（夕顔）への関心〟を読みとるのは穏当ではあるまい。しかし「白露の光」で「光源氏」を匂わせていることによって、車の主（油断して美貌を車からさしのぞかせた）を当て推量に光源氏と見たことを表わしていることは認められねばなるまい。そして「白露の光そへたる」の「そへたる」で輝きを加えていただいた夕顔の花ということになるが、植物としての夕顔の花を扇にのせてさしあげるときの歌ゆえ、植物としての夕顔の花のことに限るのが少なくとも表の意味である。あるいはそれだけのことと解するのが穏当ということになるのかもしれないが、源氏が興趣を感じ宮仕え人かと思ったというのも女の風流のたしなみ、時と場を心得た振る舞いにのみよることなのだろうか。私がひっかかるのは「さらばその宮仕へ人なり、したり顔にものなれて言へるかな、と、めざましかるべき際《きは》にやあらむと、おぼせど」という、見下したような思い方である。そこから直ちに好色を云々できないが、女房というものの属性に対する反応として私は既に述べたような男に対する馴れ馴れしさ「け近」さをこの歌に源氏は感じたのではないかと思うのである。荒院で源氏が「心あてにそれかとぞ見る白露の光添へたる夕顔の花」を踏まえて「露の光やいかに」と言った時、「光ありと見し夕顔のうは露はたそかれどきのそら目なりけり」と夕顔が応じた歌意を、あの時「夕顔の花に光がそえらえていたと見えたのは錯覚だったと」「その愛情を疑った」（清水論文）、「……ほんの上べのお情けだったとしか思はれません。お情けを感謝してゐたのは私の思ひちがいでございました（穴山孝道氏「夕顔の花」「文学論輯」五号、昭和三十三年）─工藤氏の論文からの孫引きである─等は、「愛情」「お情け」を「白露の光添へたる」の寓意として詠んでいたことを夕顔自身が「光ありと見し夕顔のうは露は」で証左していることになろう。「心あてに」の歌を卒爾に読むときは植物の夕顔の花のことと受けとめるのが穏当としても、夕顔自身が寓意の「愛情」「お情け」を受ける感謝を詠んでいたことを証左していることの意味は大きい。さかのぼって源氏が「心あてに」の歌意に寓意を見ていたと解することは不当といえまい。「露の光やいかに」と「あなたはあの時私の愛情・関心に感謝していたが、私の愛情やいかに」といとしみをこめて言ったのを受けて、あれは私の錯覚でしたという夕顔は結構甘えている。「ひたすら恐縮する」（尾形論文）、「愛情を疑った」（清水論文）、「せい一杯の『控え目な恨み』」（穴山論文）等は夕顔の返歌について硬い解釈なのではないか。「後目《しりめ》に見おこせて」（夕顔巻一四六頁）とか「いとあいだれたり」（夕顔巻一四七頁）とあるこの時の夕顔のさまからして、源氏がいとしみをこめて愛情表現をしたのに対し、甘えた表現として言っていると見たい。「そら目」を文字通り「錯覚」だったと硬く解してはこの場の二人の雰囲気にそぐわないであろう。「そら目」と否定しているようで実はそれは甘えた表現で源氏の情愛の行動から「露の光」（恩顧）を肯定している心が裏にある。源氏が「をかしとおぼしなす」のも「をかし」でないのを「おぼしなす」というよりも「たそかれどきのそら目」などと甘えて言うのをいいよ、いいよと甘やかす気持で「おぼしなす」のである。「愛情を疑った」とか「私の思ひちがいでございました」（「控え目な恨み」説）「消えも入りそうにひたすら恐縮する」（尾形論文）等いずれもこの場面の二人のやりとりを硬く解釈されているように私は思うのである。ともあれ拙稿「夕顔巻を読む」では私が見落としていた「愛情」「お情け」説を、尾形論文に加えて、私見の「心あてに」の歌解釈に援用させていただくことを感謝したい。夕顔自身による「光ありと見し」が「白露の光添へたる」に恩顧、愛情、お情け、関心等の寓意を証明する意味は大きいから。

注

（1）拙稿「夕顔巻を読む——「心あてに」の歌をめぐって——」（「王朝文学研究誌」第12号、平成十三年三月。本書第二編

六）

（2）円地文子氏「夕顔と遊女性」（『源氏物語私見』新潮社、昭和四十九年二月）

（3）藤井貞和氏「三輪山神話式語りの方法―夕顔の巻」（『源氏物語論』岩波書店、平成十二年三月。初出は「共立女子短大（文科）紀要」昭和五十三年三月）、三谷邦明氏「誤読と隠蔽の構図―夕顔巻における光源氏あるいは文脈という射程距離と重層的意味決定―」（「平安朝文学研究」平成十二年十二月）

（4）尾形仂氏「連衆心―挑発と領略―」（「国文学」昭和六十一年四月）

（5）清水婦久子氏「光源氏と夕顔―贈答歌の解釈より―」（「青須我波良」平成五年十二月。のち補筆訂正のうえ、『源氏物語の風景と和歌』和泉書院、平成九年九月所収）

八　夕顔巻のもののけ

——夕顔巻の構造に徴して——

一

夕顔巻のもののけを某院にすむもののけとする説と六条御息所の生霊とする説とが古来あり、玉上琢彌先生は「『無名草子』『源氏心くらべ』『伊勢源氏十二番女合』の類はみな妖物説であって、これは『源氏物語』の本文を素直に読みとった考えだと思う[1]」と述べていられる。「諸学者ひとしく注意するように夕顔の上の四十九日の法要のあと『君は、夢にだに見ばや、とおぼしわたるに、この法事したまひてまたの夜、ほのかに、かのありし院ながら、そひたりし女のさまもおなじやうにて、みえければ、あれたりしところにすみけむものの、われにみいれけむたよりに、かくなりぬること、とおぼしいづるにも、ゆゝしくなむ』という源氏の結論にそのまま従ったものである。[1]」「だから『九条家本古系図』は、『夕顔上……のちに源氏の中将にともなひてなにがしの院にてものにとられてうせぬ』と注し、爾余の『無名草子』は、『あさましきこと。夕顔のこだまにとられたること』といい、『源氏心くらべ』の中の『源氏四十八ものたとへのこと』には『あさましきこと。なにがしの院にて夕かほのうえこだまにとられたること』とかき、『伊勢源氏十二番女合』には『こだまとかいふものきたりて……』としるす。『源氏物語』の本文にそのまま従って妖物と解釈しているのである[1]」と述べられ、六条御息所生霊説は「『細流抄』に始まるであろうか[1]」と述べていられる。

このご論文は、某院にすむもののけ説が源氏物語の本文を素直に読みとった考えで、『細流抄』などより以前の読者の読みとりとして注目すべきであることを説かれた点とその論拠に作中人物の主人公源氏の受けとめを挙げていられることが眼目かと思う。ところでしかし妖物説の最大の根拠はもののけの発言内容という源氏物語の本文にあることを岩城準太郎氏が最初に指摘していられた(2)。岩城準太郎氏は「此の変化の解釈に就いては古来異説があって一致しない。多くの註解者はこれを六条御息所の生霊《いきりょう》としてゐるが、それは後に葵上を悩ますもののけがそれであるところから逆に類推した憶測に過ぎないことは、萩原広道が源氏物語餘釋に説く通りである。その広道も、かれこれと理論の上で御息所説を否定しようとして、結局源氏の幻に見た『をかしげなる女』をば、『此院に住める妖物の御息所の様になりて現はれたるさまと心得べきなり』と妥協してゐる。文章を離れて理窟をいへば如何やうにも説けるが、忠実に文章を解し、正直に言葉を釈するものは、一見して廃院の妖精であることを知るので、その他の解釈のはひる余地が無いのである。文章とは光君の述懐をさすのではなくて、変化自身の言った言葉をさすのである」(3)とすこぶる明快に断定していられる。萩原広道の『源氏物語餘釋』の「をかしげなる女ゐて」の項に「〔細〕御息所の念なるべし〔萬〕御息所の事也源氏の思ひくらべ給へるによりて邪気になれるにや（釋）これらの説どもにこの変化の物を御息所の怨念と見られたるは葵ノ巻の事によりておしあてに定められたる也そはまづ此巻のはじめに六条わたりの云々と書出せしより次々にかのわたりの事は見えたれど未《ダ》いかなる人といふ事をばあらはさずたゞ六条わたりの一人のやんことなき女にかよひ給ふさまにのみいへるに此夕顔の事は俄に出来たる事にて御息所の知せ給ふべきやうもなければ怨念あるべきことわりなしされば唯此あれたる院にすめる変化の物の所為《シワザ》とのみ見るべき也」と述べながらも「然れども六条の事もそのにほひとはしたる書ざま也（中略）おのがいとめでたしと見奉るをば云々といへるも全くかの御息所の事を源氏君のいとほしく思ひ出給ふによりてあらはれたる変化とおぼしき書ざまなれば也されば此院にすめる妖物の御息所のさまになりて源氏君の思ひしをれ給ひ夕顔ノ上の物おぢする本上《ママ》なるを気どりてあらはれたるさまとは心得べき也」と説明を加えている。
岩城氏がもののけの発言を正確に忠実に理解すれば「一見して廃院の妖精であることを知る」、と言っていられる根拠は、「おのがいとめでたしと見たてまつるをば」の「をば」に眼目があるのであろう。岩城氏は『源氏物語講義』の通釈で次のように訳していられる。

宵過ぎた頃、少し寝入りなさったところ、御枕もとにいかにも美しい一人の女が坐ってゐて、「私が大層いゝ方だと思ひ申してゐる御方を、尋ねて下さらないで、こんな格別なこともない人をつれて来て、御寵愛なさるのは大層めざはりでつらいことでございます」と言って、此のお傍らの女をひき起さうとすると、夢に見なされた。その時何かに襲はれるやうな感じがして、眼が覚めて見ると、燈火は消えてゐた。(4)

この訳文の「私が大層いゝ方だと思ひ申してゐる御方を、尋ねて下さらないで」は「をば」を格助詞として対象語を「御方」としていられる。「一見して廃院の妖精であることを知る」というおっしゃり方から「をば」を格助詞と解するのは自明、当然と思っていられる風である。

門前真一氏はこのことに関して詳細に説いていられる。門前氏は「このもののけの発言は生霊説に不利である。夕顔の巻のもののけが生霊でない最も重要な根拠はこのもののけの発言内容にあるのであらう《ママ》。岩城準太郎が「黄昏より黎明まで」国語と国文学 1924―10 源氏物語講義 国文学講座8 1928 などにおいて最初にこの事を指摘した」(5)と述べていられ、ついで

岩城以前の解釈のほとんどすべては、つぎのⅡのやうな解釈をとってゐたので比較的安易にもののけの正体を生霊と考へてゐた。

Ⅱ わたくしがあなたを大変立派なお方だとお慕ひ申上げてゐますのに、たづねても下さらないでこんな格別なこともない人を……

この解釈は『をば』についてあまりにはっきりした文法上の初歩的のミスを犯してゐる。

　与へられた本文を一切の先入見を排して忠実に読まなければならない。それにもかかはらずこのやうなあまりにはっきりした誤訳が源氏物語の多くの註釈家によって長らく行はれてゐたのは、もののけの正体を最初から独断的に生霊と決めてかかったからであらう[5]

とされ「問題の本文は連体節が省略された体言□にかかり、□には「人」を想定すべきである[6]」とされ、接続助詞と考えるのは問題外としりぞけ、□に「こと」を補充したり、また同格あるいは再格とする説も批判していられる。

　かくて六条御息所生霊説はもののけの発言内容から否定されたといえるが、門前氏は「しかしこれは発言だけを対象にして判断するので、もののけの正体がなんであるかは、それ以外にいろいろとり上げるべきものがいくらもある[7]」と慎重姿勢をくずされない。氏は丹念に物語の前半から後半へ、妖物説、生霊説双方に目くばりした分析を行っていられる。「もののけの姿や発言は必ずしも生霊（六条の女君の生霊―森注）らしくはないことはすでに述べた通りである。それはしかし荒れはてたなにがし院にすむこだまや狐狸の類とも異なってゐる[8]」とされ、「この書（『新見』―森注）ではもののけの正体は不明[9]」とまで言っていられる。「古来の難問に対する最後の回答が不明といふ消極的のものしか出ないのは作品自体の側にもその責任がある[10]」とそれが夕顔巻の本文そのものの姿なのだと結論づけられたわけであるが、思うに氏はもののけの発言内容から（「をば」についてのご説明参照）「おのが」が六条の女君たりえず、「をば」（格助詞）の対象語が六条の女君であることを説かれて、このもののけは六条の女君の生霊ではないことを確認されながら、なおこのもののけの発言内容が六条の女君に関わる人間的であることから、「なにがし院にすむ妖怪の正体が一応鬼のやうな非人間的のものと考へられてゐることと矛盾するのではなからうか[11]」と考えられた。氏の疑問はそれだけにとどまらない。生霊説論者を批判されると同時に生霊説論者の言い分をも引用されて妖物論への疑問を述べられる。妖物論の根拠とする源氏の述懐について「本人の判断が必ずしも当らない[12]」例を挙げられ、それは「(山口剛氏)夕顔の巻に現はれたるもののけに就いて以来、生霊説をとる諸家によって引合に出される[12]」と述べていられる。しかし氏はそれで生霊説に加担されるわけではない。「もののけの正体が本人の考へるものと別のものであった場合」宇治十帖や明石の巻では作者は取り消したり修正したりしているが、夕顔巻ではそのような修正がない。そのままであることを述べていられるのは、挙げられた例とは夕顔巻の源氏の述懐が異なることに注意されているのである[13]。氏は妖怪説の方を生霊説より有利とされつつ疑問点を挙げていられるのであるもののけの発言内容から六条の女君のもののけではないと考えられた上でなお慎重を期していられるわけである。

二

もののけが出現する直前の叙述ともののけの出現は関係があると考えるのが自然であろう。源氏が皇子としてあるまじき下の品の世界に住む女に惑溺している自分を「あやしの心や」と自省した時にすぐに思い浮かんだのが「六条わたり」六条の女君で、「六条わたりにも、いかに思ひ乱れたまふらむ、うらみられむに、苦しうことわりなりと、いとほしき筋は、まづ思ひきこえたまふ」(夕顔巻一四八頁。頁数は『新潮日本古典集成　源氏物語』による。以下同じ)。六条の女君に無沙汰を恨まれるのもつらいことであり無理もないと、すまないと思うことにかけては、まっさきに六条の女君のことを思い浮かべる、とある。そして夕顔のおっとりとした性格をかわいいと思うにつけ、六条の女君のあまりに思慮深くて、息が詰まるような重苦しいところを、少しなくしたいと六条の女君に批判的な気持である。

『細流抄』は「なに心もなく　此夕顔上のあまりにおほとけたると御息所のうちとけさりしをゆつろへたきと源の思くらへ給也かく思給たより得て霊も通するにや」（伊井春樹氏編『内閣文庫本細流抄』桜楓社、昭和五十年二月による）と注する。生霊の出現は源氏の心理心情の反映と見るべく源氏の六条の女君へのすまないと思う心情に食い入ってくる感のあるもののけの発言内容である。「己《おの》がいとめでたしと見たてまつるをば、尋ね思ほさで、かくことなることなき人を率《ゐ》ておはして時めかしたまふこそ、いとめざましくつらけれ」（夕顔巻一四八頁）。このもののけの言葉は六条の女君を敬愛し、夕顔のような取るに足りない身分の取柄のない女を寵愛している源氏を恨んでいる。それは夕顔と「思ひくらべ」て六条の女君を批判的に考えた源氏に反発するかのようである。「いとめでたし」は六条の女君を敬慕する言葉であり、対比的に「かくことなることなき人」と夕顔を見下している。さような夕顔を寵愛する源氏に対する心外感と恨みが「いとめざましくつらけれ」である。『細流抄』は、源氏の「思ひくらべ」に対する反発をもののけの言葉から読み取っている。恋する女性にとって他の女の長所と自分の欠点とを比較され批判されることはつらいことである。[14] 高橋和夫氏はこの時出現した女の正体を六条の女君に仕える侍女中将の君と考えていられる。[15] 詳しくは氏の論文に直接当たっていただきたいが、これに従うと「をば」の解釈について門前真一氏が詳細に述べられたことと合致する。つまり六条の女君の生霊説でもなく某院にすむもののけ（妖物）説でもない第三の新説である。

　六条わたりにも、とけがたかりし御けしきをおもむけきこえたまひてのち、ひきかへしなのめならむはいとほしかし、されどよそなりし御心まどひのやうに、あながちなることはなきも、いかなることにかと見えたり。女は、いとものをあまりなるまでおぼししめたる御心ざまにて、齢《よはひ》のほども似げなく、人の漏り聞かむに、いとどかくつらき御夜がれの寝ざめ寝ざめ、おぼししをるること、いとさまざまなり。　（夕顔巻一三一・二頁）

「人の漏り聞かむに」という六条の女君の懸念は、高橋氏の言われるように「世間一般に知られるというのではなくて[15]」侍女特には中将の君のような側近の女房に知られる懸念であり、六条の女君の嘆き、嘆息は、側の女房中将の君に「漏り聞か」れているであろう。中将の君が深く同情するのも無理はない。また召人として源氏の愛情を受けている身であれば夕顔に対する対抗的心情、嫉妬も重なるであろう。女房というのは主人に従属するのであって主人の高みから物言いをする。夕顔を「かくことなることなき人」と見下すのもそれゆえである。ましてここは「いとめでたしと見たてまつる」六条の女君と対比しての物言いである。中将の君自身源氏の召人として、六条の女君邸に訪れた源氏との見事なやりとりに見られる上臈女房の誇りがある。この顕界の中将の君が幽界の場面に現われたのだというのが高橋氏説である。「この女は枕上にいたのであって、葵巻の生霊のようには対象の女の肉体を占領していない。これは私の説明からすれば当然で、『かくことなることなき』女であるから、御息所本人の生霊が来て取って代わることは身分違いの誇りが許さない[15]」と氏の言われることはよく分かる。中将の君の生霊も夕顔の肉体を占領していないのは女主人六条の女君の高みから夕顔を見下しているからなのであろう。夕顔取り殺しの下手人として彼女はふさわしく、敬愛する六条の女君への源氏のおとずれの途絶えと夕顔への惑溺を心外に思い恨む気持はよく理解できる。かくて六条の女君生霊説ではなくて高橋氏の侍女中将の君生霊説に注目したいと思う。

ところでしかし作中の源氏はこの「をかしげなる女」を中将の君と感じていない。知られるように某院にすむ妖物説の根拠とする源氏の受けとめは妖物「荒れたりし所に住みけむもの」である。これについて説明する必要があろう。源氏はこのもののけについて六条の女君に関連するものと思っていず、「荒れたる所は、狐などやうのものの、人おびやかさむとて、け恐ろしう思はするならむ。まろあれば、さやうのものにはおどされじ」（夕顔巻一五〇・一頁）とか「ものにけどられぬるなめり」（夕顔巻一五一頁）と言ったり思ったりしている。「ただこの枕上《まくらがみ》に、夢に見えつる容貌《かたち》したる女、面影に見えてふと消え失《う》せぬ。昔物語などにこそかかることは聞け、といとめづらかにむくつけけれど」（同右頁）と、怪異談のように受けとめ、某院の外の現実の地平につなげていない。「南殿《なんでん》の鬼の、なにがしの大臣《おとど》をおびやかしけるたとひをおぼしいでて、心強く『さりとも、いたづらになり果てたまはじ。……』」（夕顔巻一五二頁）と、太政大臣藤原忠平の若い頃の逸話を思い浮かべて帝寵愛の皇子たる自負から鬼退散への自信を感じている。源氏が終始思うのは狐とか鬼のしわざである。某院が「荒れたる所」荒廃した所だからである。「『鬼』は、人の目には見えず、荒廃した所に住み、人を食うと当時信じられていた」（『集成』一四六頁頭注五参照）。そもそも某院に着いた翌日、木立や前栽を見わたした源氏は「けうとくもなりにける所かな。さりとも鬼なども、われをば見ゆるしてむ」（同右頁）と荒廃した某院に「鬼」の存在を感じており、合わせて帝の御子だからと自負している。状況設定が作中人物源氏に某院出現のもののけを「荒れたりし所に住みけむもの」と思わしめるようになっている。

もののけ出現直前（「すこし寝入りたまへる」前）の六条の女君にすまないと思った源氏の心理心情との関連を読者としては考えざるをえないのだが、当事者たる源氏は六条の女君関連に全く思い及んでいないのは、某院の荒廃した状況ゆえだけだろうか。思うにそれは近因ではあるが、そもそも源氏の意識として夕顔とのことは「隠ろへごと」であり、彼の上の品の世界とは遮断された世界であることが根本だと私は考える。帚木巻冒頭の「忍びたまひけるかくろへごと」は空蟬との情事、夕顔との情事をさすが、空蟬とのことは現実的で、いわば現実の地平とつながっている。ところが夕顔とのことはそもそも下の品と思っていた女（時には頭中将の愛人ではないかと疑うので現実とつながるがそれはたまゆらである）であるから空蟬とのことより隔絶した世界で、源氏は袖で顔を隠してまでして身分を隠し、女も素性を明かさないというなりゆきがいよいよ現実の地平から遠いものとしている。そのような状況の中であるから、六条の女君とのことを念頭に思い浮かべても、夕顔とは隔絶した上の品の世界の六条の女君及び周辺（中将の君など）の現実とつなげる方途を源氏はたどらなかったのだと私は考える。

総じて源氏と夕顔の物語は互いに身分素性を隠して「いづれか狐なるらむな」（夕顔巻一三九頁）といったぐあい

に現実を遮断する。もっとも「なお、かの頭の中将の常夏《とこなつ》疑はしく」（同右頁）と現実との交渉面も見せるが「あながちにも問ひいでたまはず」（夕顔巻一四〇頁）となり、切れてしまうことになる。源氏は夕顔との「隠ろへごと」の世界に耽溺する。その現実遮断の意識からは彼の上の品の世界は見えない。源氏にとっては「をかしげなる女」は単に「をかしげなる女」でしかない幽界の女にほかならない。顕界の女（中将の君）と結びつかないわけである。

私たちは、源氏が夕顔との「隠ろへごと」の世界に耽溺して現実を遮断し、時には六条の女君や頭中将など彼の上の品の世界を心中に思うけれども、それも一瞬に近いたまゆらだという夕顔物語の大わく、語り方を重視しなければならないと思う。「荒れたりし所に住みけむもの」が自分の美しさに目をつけたせいでそのまきぞえで夕顔は死んだのだと結論づけた源氏は終始現実との没交渉の「隠ろへごと」の〝密室空間〟に呼吸したわけであるが、夕顔物語の大わくが源氏の「隠ろへごと」として現実と遮断する源氏の意識に即して語りすすめられたものである以上、夕顔巻のもののけをこの源氏の意識と切りはなして理解すべきではないであろう。夕顔物語は結構怪異的である。怪異的な物語であるから六条の女君関連の生霊などより某院にすむ妖怪の方がふさわしいと言える。

しかしながら一方作者は地の文でもののけ出現直前に源氏の六条の女君への同情や反省、そして夕顔の長所と六条の女君の短所を「思ひくらべ」たことを述べている。これを無視するわけにいくだろうか。たまゆらのことであっても現実の事実である。無視するわけにいかないであろう。作者の地の文は作者の意図のあらわれたものとして、作者が客観的事実として書いた源氏の六条の女君への思念とものののけの言葉は関連させることにしよう。もののけの言葉の「をば」は格助詞で対象は六条の女君。その六条の女君を「いとめでたしと見たてまつる」のは高橋和夫氏の言われるように六条の女君に仕える侍女中将の君。幽界の中将の君はただ「をかしげなる女」の姿で現われ、六条の女君の侍女中将の君を名乗るわけではない。名乗ったら現実の地平とつながる。名乗らないまでもそれと分かるしぐさでもすればだが、源氏の夢の中の「をかしげなる女」は源氏の現実遮断の意識から現実の映像をむすばない。そもそも六条の女君のことを思い浮かべたからといって六条の女君関連からもののけが出現するとまで思わないのであろう。葵巻の六条御息所の生霊出現の時もはじめ源氏は葵上の体内に侵入した六条御息所の生霊の言うこと（葵上の口から発せられる）を、葵上が語りかけたと思った。「とのたまふ声、けはひ、その人にもあらず、かはりたまへり。いとあやしとおぼしめぐらすに、ただかの御息所なりけり」（葵巻八六・七頁）とやがて気づく次第であった。「あさましう、人のとかく言ふを、よからぬ者どもの言ひ出づることと、聞きにくくおぼしのたまひ消つ」（葵巻八七頁）と噂を否定していたのである。葵巻の六条御息所生霊出現はその必然を作者は丹念に描く。その必然的な客観的事実があってさえ源氏はかくのごとしである。夕顔巻では六条の女君関連から夕顔を怨んで生霊が出現する前提となる物語上の客観的事実は葵巻のようには書かれていない。もののけ出現直前に源氏の思念があるのと秋、六条の女君を源氏が訪れた折「女は、いとものをあまりなるまでおぼししめたる御心ざまにて……おぼししをるる」（夕顔巻一三二頁）などが関連するであろうが、生霊化へ直接するとは思えない。換言すれば中将の君の生霊とおぼしきもののけは背後的事実であり夕顔物語の前面におどり出てはいないのである。二層構造的にとらえる必要があると考える。玉鬘巻に夕顔の乳母は大宰府で夕顔の夢を「いとたまさかに」見る、その時「同じさまなる女など、添ひたまうて見えたまへば」（玉鬘巻二八四頁）とある。夕顔に添っている女に「たまうて」と敬語が使ってある。「乳母の夢に見た姿が上流の方の身なりをしていたので、敬語を使ったのである(16)」。『添ひたまうて』は、その女を尊敬しているのである(16)」。乳母にはその女が誰かは分からない。が、夕顔巻のもののけ出現前の源氏の思念とものののけの言葉を関連させて考えると、「おのがいとめでたしと見たてまつるをば」と六条の女君を敬うもののけであることなど侍女中将の君の生霊と結論してよいと思われ、またこの乳母が敬語を用いていることとも合致する。高橋氏説以前は生霊説を六条御息所のそれとのみ考えていたが、もののけは六条の女君を敬っているのだから侍女の生霊がふさわしいのである。乳母から見れば上臈の女房中将の君の姿も敬意の対象となろう。乳母には中将の君とは分からないけれども、その風姿は美しく尊重されるべきものだったろう。

作者は玉鬘巻でこの乳母の夢によって夕顔巻の世界の背後的事実と脈絡をつけたのだと思う。背後的事実としては客観的に中将の君の生霊は存在したとおぼしい。しかしながら玉鬘巻の乳母の夢もそれをさだかに示すわけではない。この夢は夕顔の死を乳母に気づかせるはたらきが中心である。が同時にこの夢は夕顔巻の背後的事実の存在をあかすものとなっていよう。ここに長篇的な照応を見ることができる。しかし夕顔巻の怪異的な短篇的世界、作者が帚木、空蟬、夕顔の三巻をひとまとまりとして終結させた意図からすれば、それは夕顔巻ではあくまで背後的事実でしかないのではあるまいか。そのように二層構造的にとらえなくてはなるまい。夕顔巻では当事者源氏が受けとめた某院の妖物を夕顔巻の「場」（〝密室空間〟）の存在感としてとらえるのがよいのではあるまいか。夕顔巻はそのように書かれているからである。もののけ正体論からするとこの玉鬘巻の脈絡のつけ方を注目するべきで背後的事実として中将の君の生霊を合点する。二層構造的に現実の地平と怪異的世界が存在している。夕顔巻のもののけに関しては源氏は後者の人である。

三

玉鬘巻の乳母の夢は夕顔の死を気づかせることに中心があり、私たちが問題にしている「いとをかしげなる女」の正体は、乳母には分からない。であるから、夕顔巻の「いとをかしげなる女」と玉鬘巻の「同じさまなる女」との照応はみとめられるが、それは夕顔巻の世界の背後的事実との脈絡にほかならないのである。源氏が夕顔をいざなった某院での二人の世界の本質はかつて木村正中氏が言われたごとく「非日常的で、非地上的でさえある恋愛の世界」(17)である。「源氏がその置かれた社会的環境とのつながりをあえて断絶し」(17)た世界である。もののけは彼が断絶した社会環境―六条わたりの女君関連―から出現しているのだが、「隠ろへごと」の「非日常的、非地上的世界」に呼吸する源氏には見えないのではないが幻の女でしかないのである。狐とか鬼とか某院にすむもの（妖物）など源氏の解釈が彼の自負とともになされるのである。「非日常的で、非地上的でさえある」[17]世界を視座とした源氏の解釈は夕顔物語の本質に徹すれば従わねばならない。が、この巻を二層の構造的世界としてとらえるとき、客観的事実として六条の女君の侍女中将の君の幽界の姿が「をかしげなる女」の影像であるのだが、断絶した世界にすむ源氏はその日常的次元のままには見えなかったということになるのである。遠くはなれた九州で乳母が夢に見たことによって源氏が見た夢との同一性を作者は明かして客観的事実（私見では背後的事実）の証とするのであろうが、私たちは背後的事実でも事実として重視するか、夕顔物語の本質に徹してその非日常的怪異の世界の源氏とともに受容するかということになるのであろうか。私は、二層構造に徹して受容することを主張したい。背後的事実としては中将の君がもののけの正体であるが、夕顔物語の怪異的世界では某院にすむ妖物である。門前氏の言われたごとく[18]、夕顔巻では源氏の理解を作者は修正したり取り消したりしていない。このことを重視せねばならないと思うからである。

六条御息所生霊説は広道が説いたように葵巻の生霊出現からさかのぼらせて考えたものと言わざるをえない。以下六条御息所生霊説否定を明確にしたいと思う。

増田繁夫氏の説かれたように[19]、夕顔巻の六条の女君と葵巻以後の六条御息所とは人物造型として一貫した性格であり矛盾はない。しかしながら彼女の生霊化の契機は従来から言われているように葵巻のいわゆる車争いであり、彼女の受けた屈辱に発する。相手は身分的に互角というか、過去の東宮妃の栄光を思えばそもそも彼女の方が上であった。その自尊心が、現実には相手から見下される位境であることをまざまざと衆人環視の中で見せつけられて傷ついたのである[20]。夕顔巻は彼女が内攻的で物を重く考えて悩むことは書かれているが生霊化するほどの激しい原因のようには見られない。相手も身分的に問題にならないくらいはるかに下の夕顔である。その意味でも彼女の側近く仕えて、源氏の途絶えの彼女の嘆きを看取する侍女（中将の君）が彼女に同情して同時に源氏の召人・愛人としての嫉妬を夕顔に向けて生霊化したのならばうなずけることである。夕顔巻のもののけに六条御息所の生霊を考えることはその意味からも妥当でない。某院にすむ妖物だとすると「おせっかい」(21)ということになるが、中将の君が六条の女君の嘆きに同情するのはよく分かることだし自らの源氏の愛人としての心情からも理解できることである。

もののけ出現直前に六条の女君への途絶えがちをすまないと思っているのだからもののけの発言内容から六条の女君関連（中将の君など）を考えてもよいようなものだが、源氏は全然考えていない理由については既に述べたところであるが、現実の論理としても夕顔を下の品の世界に住む女と考えていた源氏は六条の女君側からの怨念などは思い及ばない対象として夕顔を考えていたであろう。私たちには中将の君の生霊にしても生霊化するほどの怨念を抱いたのであろうかという疑問があろうが、それは侍女を個人としての主体として考えるからで、侍女は女主人に従属する召使いとして女主人の嘆きにむしろ過剰に反応するのである。もののけの発言内容の「いとめざましくつらけれ」の「めざましく」は身分の上の者からの不快、心外感で、中将の君個人からの源氏への言葉ではありえない。六条御息所の代弁ともいうべき中将の君の言葉でなければばならない。六条御息所の心持の代弁を中将の君のもののけはしたのであると考えなくてはならない。ただし「いとめざましくつらけれ」についてであって、もののけの発言内容は中将の君の立場からのものである。

秋、六条の女君を源氏が訪れた時の、中将の君の女主人（六条の女君）を思うこまやかな言動のエピソードの場面は、主人思いの心と源氏の愛人としてのなまめかしさを優艶に描いて余りある。彼女の心の奥の影が夕顔巻のもののけとなって出現したのであろう。もののけの発言内容の源氏や六条の女君に対する敬語、六条の女君に同情し、六条の女君を源氏が訪ねることを求めて、合わせて自分の求愛の情をものぞかせていることなど、秋の六条邸の場面と照応させると、中将の君の生霊と考えてうなずける。正体は彼女だった！しかしそれを夕顔物語は秋霧の彼方に隠しているのだ。在れども知らざれば存在せず。認識論を持ち出すまでもなく、源氏の認識の圏外に彼女の正体は隠れた。某院の荒廃した「場」で、源氏が幻の女を某院にすむもののけと見たのは迫真的であった。

作者は二層構造的、いわば二元的に書いている。現実の影を暗示してはいるが怪異的な物語の前面には出さない。この作者の方法に徴してもののけの問題を二元的に考えなくてはならないのではあるまいか。二層の世界を現実の層に重点をおけば源氏の受けとめは彼の主観ということになろうし、怪異的な世界に重点をおけば現実の層は背後的事実として彼方に押しやられるであろう。私たちは二者択一的に考えるのではなく、夕顔巻の構造そのままに二層的にとらえるべきかと思うのである。

作者は右近をして夕顔が三位中将の娘であったことを源氏に知らせるが、後日譚的なこのくだりはむしろ読者向けの作者のメッセージであって、当の源氏にとって忘れがたい夕顔の思い出は怪異的な某院の「非日常的、非地上的な」世界における夕顔とその死であった。夕顔をとり殺したもののけは源氏にとってあくまで某院にすむもののけでなければならず、現実の地平につながる事実のことはさほど意味を持たない夕顔物語の源氏であったのだ。読者は夕顔が三位中将の娘であったことを知り、それまでにも頭中将の愛人であったことに気づいていたことに加えて源氏の愛した女（夕顔）が元は上の品の女君であったことに納得もするであろう。ここに言う読者とは当時の読者である。

夕顔巻をその二層的構造のままに理解する読者なら、夕顔をとり殺したもののけを、現実からのみ、あるいは怪異的世界からのみ、とらえないであろう。もののけ出現の源氏の夢の中の「をかしげなる女」を、現実的視座から中将の君の生霊と認定しつつも、某院の怪異的な「場」で直ちに結びつけえようか。もののけに関しては作者は終始源氏に某院にすむもののけと思わせる。これは作者の意図するところ、すなわち怪異性において夕顔物語をとり結ぶものであり、源氏に実はこうこうしかじかと現実的後日譚は語らなかったのである。読者にもメッセージはなかった。夕顔巻ではいわゆる種明かし的なもののけの正体についての作者からのメッセージはもらえなかった。玉鬘巻の乳母の夢が、侍女中将の君の生霊とは定かではないけれども、それにあたるであろうが、はるか後でのことである。夕顔巻でのもののけは夕顔巻の本文と構造に徴して、考究されねばなるまい。

注

（1）玉上琢彌先生「平安文学の読者層　第二部　夕顔の巻のもののけ」（慶応義塾大学国文学会「国文学論叢」第三輯「平安文学」昭和三十四年十一月。のち『源氏物語研究　源氏物語評釈別巻一』角川書店、昭和四十一年三月所収）

（2）門前真一氏『源氏物語新見』（門前真一教授還暦記念会、昭和四十年三月）が、岩城準太郎氏が最初に指摘されたと述べていられる。

（3）岩城準太郎氏「黄昏より黎明まで」（「国語と国文学」大正十四年十月）

（4）岩城準太郎氏『源氏物語講義』（日本文学社、昭和十年一月）

（5）前掲注（2）門前真一氏『源氏物語新見』一七三頁。「夕顔の巻の構成と、もののけの正体」

（6）同右書一七五頁。

（7）同右書一七九頁。

（8）同右書一八一頁。

（9）同右書一六四頁。

（10）同右書二一九頁。

（11）同右書二一八頁。

（12）同右書二一六頁。

(13) 同右書二一六・七頁参照。

(14) 高橋和夫氏「源氏物語・六条御息所論の問題点」(群馬女子短期大学「国文研究」第二十二号、平成七年三月)は「恋する女にとって、他の女と比較されるということは致命的に誇りを傷つけられる。ましてや、その着眼点が自分の欠点・他の長所と、男が比較することは、それが想念であっても、いや想念だから、霊が振動し出して男と他の女のいる許に行く」と述べていられる。

(15) 前掲注(14)高橋氏論文の「夕顔巻の幻の女の正体について」

(16) 玉上琢彌先生『源氏物語評釈第五巻』玉鬘巻三〇頁。

(17) 木村正中氏「夕顔の女」(『講座源氏物語の世界第一集』有斐閣、昭和五十五年九月。のち『中古文学論集第五巻』おうふう、平成十四年三月所収)

(18) 前掲注(13)に同じ。

(19) 増田繁夫氏「六条御息所の准拠―夕顔巻から葵巻へ―」(『源氏物語の人物と構造』笠間書院、昭和五十七年五月)

(20) 葵巻の六条御息所の生霊化について吉田幹生氏「六条御息所の人物造型―その生霊化をめぐって―」(「国語と国文学」平成十一年十二月)が詳細に説いていられる。氏の説かれるように葵巻の「御息所」「前坊妃」という人物設定の意義が大きく関わる悲劇なのである。

(21) 玉上琢彌先生『源氏物語評釈第一巻』夕顔巻四一三・四頁。先生は妖物説でいらっしゃるが、妖物説に立つと、もののけの発言が「おせっかいな」ものになることを述べていられるわけである。それで発言内容の解釈に工夫をめぐらしていられるが、先生ご自身「なお落ちつかない」とおっしゃっている。その通りだと思われる。中将の君の生霊の発言としてぴったりである。なお栗山元子氏「夕顔の女の命を奪った物の怪の正体」(『源氏物語の鑑賞と基礎知識№8夕顔』至文堂、平成十二年一月)は「物の怪の正体」についての諸説を見事に整理され有益であるが、高橋和夫氏の群馬女子短期大学「国文研究」第二十二号、平成七年三月号の新説「中将の君生霊説」は見落とされている。高名な高橋氏であるが、ご論の掲載誌の性格から多くの諸賢に知られていないであろうからここに顕彰しておきたい。

〔付言〕

夕顔巻は短篇的物語であり、怪異性をもののけの出現に見るべきであろう。六条の女君生霊説は長篇的視座に立ち、後の巻からさかのぼらせて読み解こうとするものと言えよう。夕顔巻の物語場面に徴して読むのが物語の基本的な読み方である。中将の君生霊説は背後的なものとして認められるべきものなのである。私は元来玉上先生の妖物説に従ってい、本稿でも夕顔巻のもののけ出現の怪異的場面に徴してそう考えるが、背後的事実としては中将の君生霊説に注目し賛同するという、二層構造的に考えたいのである。なお、一方で私は背後的に前坊の死霊伏在説を主張している。本書の「夕顔のもののけの正体」に関する拙稿の説述をお読みいただければ有難く幸いである。

九　源氏物語・夕顔巻のもののけの正体

――源氏物語二層構造論――

宵《よひ》過ぐるほど、すこし寝入りたまへるに、御枕上《まくらがみ》に、いとをかしげなる女ゐて、「己《おの》がいとめでたしと見たてまつるをば、尋ね思ほさで、かくことなることなき人を率《ゐ》ておはして時めかしたまふこそ、いとめざましくつらけれ」とて、御かたはらの人をかき起こさむとすと見たまふ。

（夕顔巻一四八・九頁。頁数は『新潮日本古典集成　源氏物語』による。以下同じ）

源氏が「すこし寝入りたまへる」夢に見たのは「いとをかしげなる女」である。ところでこの女のもののけ発言の「己《おの》が」の「己《おの》」という自称代名詞の用例が真木柱巻に「式部卿の宮聞こしめして、『今は、しか今めかしき人をわたして、もてかしづかむ片隅に、人わろくて添ひものしたまはむも、人聞きやさしかるべし。おのがあらむこなたは、いと人笑へなるさまに従ひなびかでものしたまひなむ』とのたまひて」（真木柱巻二一一頁）、「父宮、聞きたまひて、『今は、しかかけ離れてもて出でたまふらむに、さて心強くものしたまふ、いと面《おも》なう人笑へなることなり。おのがあらむ世の限りは、ひたぶるにしも、などか従ひくづをれたまはむ』と聞こえたまひて、にはかに御迎へあり」（真木柱巻二二二頁）と二例、式部卿宮の発言の中にある。この用例に徴すると、夕顔巻の女のもののけの発言の「己《おの》が」に男が女にのりうつって語っている感じを私は抱く（「己《おの》が」の用例は女にもある。ゆえに男の言葉というわけではない）。

夕顔巻のもののけの正体については古来六条御息所生霊説と「なにがしの院」の死霊説とがあり、加えて近時高橋和夫氏の六条の女君の侍女中将の君説がある。知られるように源氏はこの「いとをかしげなる女」について六条の女君とも中将の君とも思わない。この女の姿から源氏が六条の女君とも中将の君とも感じないということは、この「いとをかしげなる女」に六条の女君ないし中将の君の面貌けはいが見られないということであろうから、この二人のいずれも特定することには難があろう。しかし一方「なにがしの院」の死霊説にも「おせっかいなもののけ」という難がある（玉上琢彌先生は某院の妖物説でいらっしゃるが、『源氏物語評釈第一巻』夕顔巻四一三頁において「おせっかいなもののけ」とも指摘していられる）。そこで私は、もののけの発言内容の心理的関係性にちなみ、おせっかいでない「なにがしの院」の死霊を考えてみたのである。「なにがしの院」が皇室御領であることにちなみ皇族を考え、もののけの発言内容が六条の女君（六条御息所）を尊び同情していることからその夫宮前坊を考えたのである。申すまでもないことながら夕顔巻に前坊は登場していない。六条の女君も高貴な女性とは分かっても、前坊の未亡人六条御息所とは書かれていない。であるから葵巻からさかのぼって考えているわけである。換言すれば夕顔巻を読む時点で前坊の御霊は考えようがない。故に夕顔巻をまず読む時点の言説として前坊の御霊説を言うことは当を得ない。六条御息所生霊説が葵巻の六条御息所生霊出現からさかのぼらせたものだと批難されている以上に難がある。六条の女君（六条御息所）生霊説は「いとをかしげなる女」（もののけ）出現の前に、源氏の六条の女君へのうしろめたさ、すまないと思う心情が述べられているので、その関連から、もののけの正体への暗示と解してきたわけだが、「前坊」なる人物は登場すらしていないのである。

前坊の死霊を伏在させているのだという拙論はあくまで葵巻からさかのぼらせて読んでいるのである。そもそも源氏物語は各巻の短篇的完結性が強い。桐壺巻のような長篇的序章と目される巻でさえそうである。まして誰しも短篇物語とみとめる夕顔巻はなおさらである。その短篇的完結性に従って読むのが第一義でなければならない。しかし単にそれにとどまるのではなく、背後的世界の存在を思いみるのである。伏在するゆえにその局面ではあらわれない。後の巻々から立ちもどって考えうることが多い。さてそれがはじめから構想されて伏在していたと考えるのは構想論のあやうさである。前後を連結させて作者の構想とするのが構想論である。その時は考えていなかったが後に付加的に書くということが考えられ、拙著『源氏物語生成論』（世界思想社、昭和六十一年四月）のサブタイトルは「局面集中と継起的展開」であった。人物も付着的造型が見られ、主題、構想に連関して付着される。夕顔巻の主題と葵巻の主題とは大いに異なる。六条の女君の造型と六条御息所、前坊未亡人の造型の意味は異なる。そのことをあくまで踏まえたうえで、「なにがしの院」（皇室御領）に住む死霊に葵巻からさかのぼらせて前坊の御霊の伏在を考えたのである。『本朝文粋』巻第十四に載せる紀在昌の「宇多院為二河原院左大臣一没後修二諷誦一文」に「大臣亡霊、忽託二宮人一申云」とあるごとく源融の霊が「宮人《みやびと》」（融に仕えた女房）にのりうつって語ったように、前坊の霊が、前坊に仕えた女房にのりうつって語ったのだと考えた。

拙論「源氏物語の二層構造―長篇的契機を内在する短篇的完結性―」（『源氏物語の展望第一輯』三弥井書店、平成十九年三月）、「源氏物語の局面的リアリティーと背後的世界の伏在」（『源氏物語の展望第二輯』平成十九年十月）に述べているように「伏在するゆえにその局面ではあらわれない」から、その局面では分からない。後の巻から立ちもどって考えて、その局面では伏在していたのであると考えるのである。前坊の御霊について言えば、葵巻の桐壺院の御言葉から前坊が六条御息所を寵愛していられたことを知る。その六条御息所を疎略にするではないという桐壺院のお叱りの心情は、そのまま弟宮前坊の冥界でのそれであると考えられよう。そこでもののけの発言内容が六条の女君（六条御息所）を尊びかつ同情していることに徴して、「なにがしの院」（皇室御領）に住むと考えうる前坊の死霊が女（前坊に仕えた女房）にのりうつって女の口を通じて語ったのだと考えたのである。河原院に住む源融の死霊が「宮人《みやびと》」にのりうつって「宮人」の口を通じて苦患をうったえた故事（前記「諷誦文」参照）、つまり男が女にのりうつって語った例を参看した。

六条御息所生霊説が葵巻の六条御息所の生霊出現をさかのぼらせたものであるとの萩原広道の批判によって否定的に受けとられていることは周知の通りである。それ以上に前坊の死霊説は夕顔巻での読みとしては肯われまい。葵巻の桐壺院の御言葉に徴してさかのぼらせた読み解きであるとの批判を受けることは必定である。第一、前坊は夕顔巻で登場していない。六条御息所は六条の女君としてではあるが、同一人物であって登場している。登場もしていない前坊の霊を夕顔巻で読むなど当を得ないことである。後の葵巻からさかのぼって読み、夕顔巻では伏在していたのだと考えるのである。

さて、その伏在は、はじめから構想されていたかどうか。考えにくいとされる人も多いであろう。前坊の存在が夕顔巻で片鱗すら窺えないことが第一の理由であろうが、後の巻である葵巻の記事からさかのぼらせて読み解くことへの抵抗、批判があろう。構想論のあやうさは常につきまとうが、しかし構想論を否定してしまうこともできない。作品は作者が産み出して成立し読者によって読まれることによって真に成立する。近時、後者が強調されることによって構想論が古びた扱いを受けているきらいがある。確かに後の巻の記事によってそれがはじめから構想されていたと解するのは、流動展開する物語の実態からかけはなれた、結果論的推理、結果から推理する論であり、途中から流動し改変もありうる物語の進展を考慮の外に置いた推理といわざるをえない、あやうさ、不確実さがある。しかし作者の胸のうち、構想を推理する構想論を、そのあやうさのゆえに、一方の読者論、テキスト論のみに終始する作品論が古びたものとして押しやってしまうのもいかがであろうか。

この議論にはいわゆる短篇的読みと長篇的読みの問題もからんでこよう。短篇的読みとは、源氏物語の各巻々の短篇的完結性に随順してその巻の局面的リアリティーを読む立場であり、各巻々は継起的に展開すると捉える。それに対し当初から長篇的構想のもとに書かれているとする立場が長篇的読みである。前坊死霊伏在説も長篇的読みに立つ人びとからは比較的受け入れていただけそうに思うのであるが、それでも、夕顔巻を読む時点で夕顔巻に登場していない前坊の死霊の伏在を読むことはありえないのであって、葵巻から立ちもどってそう読むのである。

桐壺巻は長篇的序章であるが、知られるように桐壺帝と桐壺更衣の悲恋の物語として前半が短篇的完結性においてまとまり、後半は光君の政治的生涯の始発をかたどって長篇的契機をはらむ高麗相人予言もありながらその相人予言の理解も桐壺巻の局面での理解を重視する読みと長篇的展望をうかがおうとする読みとが交錯している。短篇論者もさすがに藤裏葉巻の准太上天皇就位の構想を言説している。近時、藤井貞和氏の「『宿世遠かりけり』考」（中古文学研究会『源氏物語の表現と構造』笠間書院、昭和五十四年五月）のすぐれたご考察によって、源氏が即位の宿世から遠いことと「隠された実の子当帝が帝位に即いた」こととは一体のものであり「相人の言《こと》むなしからず」という源氏の予言理解が、立ちもどって相人予言の内在していた真の意味を私たちに気づかせるのである。「内裏《うち》のかくておはしますを、あらはに人の知ることならねど」（澪標巻一七・八頁）とは藤壺密通事件の真相である。高麗相人予言の言っていたのは源氏が隠されたる天子の実の父となるということだったのだ。しかし桐壺巻を読む時点で予言をそのように受けとめ解することはできない。澪標巻から立ちもどってそう理解するのである。若紫巻の藤壺密通事件（御子懐妊）が近接していることに徴して、作者は相人予言に〝隠されたる天子の実の父〟を伏在させていたと見てよいだろう。私たち読者は桐壺巻ではその政治的局面で読むほかないだろう。しかし澪標巻の源氏の感慨に徴して立ちもどりその〝隠されたる天子の実の父〟の伏在を読むのである。二層構造として把握する読みを主張したい。くり返すが後の巻から立ちもどっての読みである。

巻々を読みすすめてだんだん分かっていく。先走りしてはいけない。それが物語の読み方である、と玉上琢彌先生は説かれた。夕顔巻のもののけの問題で言うと、源氏が亡くなった夕顔にせめて夢の中ででも逢いたいと思い続けている頃しも、四十九日法要の翌晩「ほのかに、かのありし院ながら、添ひたりし女のさまも同じやうにて見えければ、荒れたりし所に住みけむものの、われに見入れけむたよりに、かくなりぬることと、おぼしいづるにもゆゆしくなむ」（夕顔巻一七八頁）とある。源氏は「荒れたりし所に住みけむもの」の仕業と考えている。夕顔が「ほのかに」あの時の「なにがしの院」そのままに、夕顔につき添っていた女の姿もあの「なにがしの院」の夜の時と同じ様子で、夢に見えた、とある。夕顔が「ほのかに」夢に見えたというのが主眼ではあるけれど、この時源氏はあの時枕上にいた魔性の女をも見たのである。もののけの正体を見て「荒れたりし所に住みけむもの」の仕業と考えた当事者源氏の局面的真実に夕顔巻では従うべきだというのが玉上先生のお考えである。「なにがしの院」の妖物説である。ところでその妖物が「われに見入れけむたよりに、かくなりぬることと」源氏は考えている。「自分の美しさに目をつけたまきぞえで」（『新潮日本古典集成』傍訳）夕顔は死んだのだ、という源氏の思いは夕顔の死への悔恨と同情の哀感に満ちていることもさりながら、例によって自尊の念ではあるが、「物の怪の狙いは源氏その人であった」（『新日本古典文学大系』脚注）という指摘の通り源氏がもののけの狙いは自分に対してであることを自覚していることは注意されてよい。が、例によってというか源氏は自尊の念によって「自分の美しさに目をつけた」「なにがしの院」の妖物のせいと考え、誰かの死霊が自分を狙って現われたとは全く考えていない。私はもののけの発言内容が六条の女君（六条御息所）を尊びかつ同情し、夕顔ごとき女にうつつをぬかしている源氏を心外に思っていることにかんがみ、源氏のいわば主観の、自分の美しさに目をつけた単なる妖物ではなく、六条の女君と関係性のある人物の霊を想定するわけである。もののけの発言内容の「いとめざましくつらけれ」の「めざましく」は前坊の死霊が発した叔父から甥の源氏に対する心外感の言葉と考える。

作者は夕顔巻の短篇的完結性の中でもののけの正体を明らかにせぬばかりか、ついに後の巻でも明らかにしていない。私の前坊死霊説も読者たる私が葵巻の桐壺院の源氏への御言葉に徴してさかのぼって伏在を論じているにほかならない。夕顔巻を読む時点で作者が前坊の死霊を伏在させていると読むことはできない。その点六条御息所生霊説は、もののけ出現の直前に六条の女君に対する源氏のすまないと思う心情が述べられていて暗示的なので、夕顔巻では暗示にとどめておいて興味を持たせ、葵巻の六条御息所生霊出現でさかのぼって夕顔巻のもののけの正体を確認させる作者の技法だという考え方も成り立つのであろう。が私は門前真一氏『源氏物語新見』の「おのがいとめでたしと見たてまつるをば」の「をば」を中心に六条御息所生霊説を克明に批判されたご論考に従う。「をば」の対象は六条の女君であるからもののけは六条の女君ではない。

桐壺巻の高麗相人予言に〝隠されたる天子の実の父〟たる帝王相の伏在は近接する若紫巻の藤壺密通事件（御子懐妊）により作者の構想を推測しうるが、〝前坊死霊〟の伏在が作者の構想か否かは私も決めがたい。ただ、六条の女君が六条御息所と同一人物で夕顔巻執筆の折から一貫して作者の胸裡にあったと見ること（増田繁夫氏「六条御息所の准拠—夕顔巻から葵巻へ—」（『源氏物語の人物と構造』笠間書院、昭和五十七年五月）は肯われようから、さらに拡充的に関連して夫宮（前坊）の構想を潜在させていたと憶測することはゆるされないであろうか。「まことや、かの六条の御息所の御腹の前坊の姫君、斎宮にゐたまひにしかば」（葵巻六六頁）とある「かの」は、夕顔巻の「六条わたり」の貴婦人が、皇太子在位中に亡くなられた夫宮の未亡人という悲境の具体相が明らかにされるので、夕顔巻の「六条わたり」、若紫巻の「六条京極わたり」、末摘花巻の「六条わたり」を受けており、就中夕顔巻に描かれた「六条わたり」の貴婦人が、皇太子在位中に亡くなられた夫宮の未亡人という悲境の具体相が明らかにされるので、夕顔巻の六条の女君（六条御息所）の背後に故前坊の死霊の存在を憶測する端緒がひらかれる。そしてさらに桐壺院の源氏への御叱責の御言葉からいよいよその様相が明らかになっていく段取りである。このように考えることによって、作者の〝前坊御霊伏在〟の構想をあながち否定し去ることもできないのではあるまいか。いったい構想論は常にあやうさをはらんでいる。後の巻の記事からさかのぼって作者の構想を論ずるのだから、先の巻のことを当初から作者が構想していたかどうか不分明である。桐壺巻の高麗相人予言でも藤裏葉巻の准太上天皇就位が構想されていたと解する傾向であったのが、近時、澪標巻の「宿世遠かりけり、内裏のかくておはしますを、あらはに人の知ることならねど、相人の言《こと》むなしからず」（澪標巻一七・八頁）に徴して、源氏自身の即位はなく、秘密の御子が天子になる、すなわち源氏は秘密のわが御子の即位によって隠れたる天子の実の父となる構想が作者の胸中にあり相人予言にひめやかに伏在せしめられていたのだと解しうることになった、というぐあいである。後の巻で書かれていることから推測するわけだから、書かれない、構想の立ち消えもある作者の胸のうちの問題は、常に推測というあやうさがつきまとう。そのことを承知のうえであえて構想の可能性にも踏み込んだ次第である。諒とせられんことを乞う。

構想の問題は、構想の立ち消えということもあり簡単ではない。澪標巻の「宿曜《すくえう》に、『御子三人、帝《みかど》、后《きさき》かならず並びて生まれたまふべし。中の劣りは、太政大臣にて位を極むべし』と、勘《かむが》へ申したりしこと、さしてかなふなめり」（澪標巻一七頁）と夕霧太政大臣就任が予言されながら、物語に書かれないで終わる事例は、予言として予告されるということが構想を示していることでありながらそれが不発に終わることであるから構想の立ち消えも甚だしい例である。中井賢一氏は「夕霧〈太政大臣予言〉の論理―〈夕霧権力体制〉の誤算と物語の〈二層〉構造―」（「国語国文」第七十六巻第六号、平成十九年六月）をはじめとする一連の論考で、夕霧が太政大臣に退隠できない政治状況を詳しく説いていられる。若菜上・下巻以降の柏木の登場、女三の宮との密通事件の結果として薫の誕生、そして橋姫巻に匂宮と薫という新しい世代の政治勢力が登場して夕霧の権力体制と対峙する政治状況の中であくまで現役として残らねばならない夕霧はついに太政大臣に退隠できなかった、という中井氏の論理はあざやかというべきである。換言すれば太政大臣光源氏のように政治の最高の立場から政局をリードできる立場になりえず、匂宮、薫という世代の政治勢力と対峙せざるを得ない夕霧の相対的立場の弱さが露呈しているということだ。このような宇治十帖の政治状況は、澪標巻執筆時の作者の念頭になかったと言わざるをえない。一定の構想のもとに書き下ろしていく書き方でないこの物語のあり方を如実に示した例といえよう。その局面に集中し場面性に奉仕する書き方に留意する時、いよいよ構想論のあやうさを感じる私なのだが、あえて構想の伏在という二層構造論に踏み込んでいる今日この頃なのである。それは構想論の復活再生でもあるが、単に短篇的完結性にとどまる読み方ではなく、伏在する背後的世界を透視する読み、二層的に、背後に伏在する重大な人物や事件が並行してあることを見落とさない読みを提示するものである。

十　「己《おの》がいとめでたしと見たてまつるをば」について

——自称代名詞「おのが」を中心に——

夕顔巻のもののけの発言

宵《よひ》過ぐるほど、すこし寝入りたまへるに、御枕上《まくらがみ》に、いとをかしげなる女ゐて、「己《おの》がいとめでたしと見たてまつるをば、尋ね思ほさで、かくことなることなき人を率《ゐ》ておはして時めかしたまふこそ、いとめざましくつらけれ」とて、御かたはらの人をかき起こさむとすと見たまふ。

（夕顔巻一四八・九頁。頁数は『新潮日本古典集成　源氏物語』による。以下同じ）

このもののけの発言は、前坊の死霊が「いとをかしげなる女」にのりうつって源氏に向かってうったえたものである。「いとめでたしと見たてまつる」は前坊が六条御息所を大層立派な人と見申している、と言っているのである。「見たてまつる」という敬意表現は普通身分の下位者から上位者への謙譲語であるが、会話では身分の同等ないし下位の者（といっても家来とかではなく、親から子へ、兄から弟へ、夫から妻へといった程度）へ用いる。尊敬語「たまふ」と同断。このもののけの発言は前坊が六条御息所を深く寵愛していた心情（葵巻の桐壺院の源氏への叱責の御言葉を参照）の現われとして理解できる。高橋和夫氏のお説の中将の君（「源氏物語・六条御息所論の問題点」群馬女子短期大学「国文研究」第二十二号、平成七年三月）ならばいかにも「見たてまつる」の敬意表現はぴったりするが、問題（難点）は「己《おの》が」という自称表現である。「まろ」が「自称の語として使われ、親愛の情のこめられた表現」（『岩波古語辞典』）であるのに対し、「己が」は後見者が子とか孫に言って聞かせる物言いの自称表現で使われ、きつい感じがこめられている。紫上の祖母が孫の紫上に言って聞かせる「おのがかく今日明日におぼゆる命をば、何ともおぼしたらで、雀したひたまふほどよ。罪得ることぞと、常に聞こゆるを、心憂《う》く」（若紫巻一九〇頁）は叱責の言葉であり、式部卿宮が娘の髭黒の北の方に「『おのがあらむこなたは、いと人笑へなるさまに従ひなびかでもものしたまひなむ』とのたまひて」（真木柱巻三一一頁）、「『おのがあらむ世の限りは、ひたぶるにしも、などか従ひくづをれたまはむ』と聞こえたまひて、にはかに御迎へあり」（真木柱巻三三二頁）と父親としての強い自我をうかがわせる自称表現が「おのが」である。夕顔巻のもののけの「いとをかしげなる女」（〝若く美しい女〟と見る）の自称表現としてはそぐわないものと言えよう。中将の君の自称表現とするには難があろう。桐壺院の同母弟である前坊の死霊が「いとをかしげなる女」にのりうつって発した語と見れば肯けるのではないか。「なにがしの院」の准拠とされる河原院に住んだ源融の死霊が「宮人《みやびと》」（女房）にのりうつって苦患をうったえたように（拙稿「源氏物語・夕顔巻のもののけの正体―源氏物語二層構造論―」本書第二編九参照）。前坊の死霊は生前深く寵愛した六条御息所が源氏から疎略に扱われ、あまつさえ夕顔ごとき女を自分の霊の住む「なにがしの院」に連れこみ可愛がるのに「いとめざましくつらけれ」と怒りを発せられたのだ。「めざましく」は前坊という父帝の弟宮からの源氏への心外感の表現としてふさわしい。中将の君が六条御息所の代弁的に言ったと以前（拙稿「夕顔巻のもののけ―夕顔巻の構造に徴して―」本書第二編八）解したけれども、前坊と解するとぴったりするであろう。源氏が夕顔の四十九日の供養の「法事したまひてまたの夜、ほのかに、かのありし院ながら、添ひたりし女のさまも同じやうにて見えければ、荒れたりし所に住みけむものの、われに見入れけむたよりに、かくなりぬることと、おぼしいづるにもゆゆしくなむ」（夕顔巻一七八頁）とあるように、「なにがしの院」（荒れたりし所）に住んでいたもののけ（死霊）が、源氏にとりつこうとしたついでに、その巻き添えで夕顔は死んだのだと源氏が回想する。前坊の死霊のうったえは源氏に向かって発せられている。「尋ね思ほさで」「率《ゐ》ておはして」「時めかしたまふこそ」と連続する敬語は源氏への敬意表現である。「いとめざましくつらけれ」は卑者の夕顔ごときを源氏が寵愛することへの心外感と恨みであって、すべて源氏への恨みのうったえである。まさに夕顔は巻き添えを食ったのである。その源氏の認識は正しい。しかし源氏は自分を恨んで現われたもののけの正体は分かりえていない。ただ「なにがしの院」に住むもののけ（死霊）の仕業と考えている。源氏が気づきえないのは六条御息所に対して「六条わたりにも、いかに思ひ乱れたまふらむ、うらみられむに、苦しうことわりなりと、いとほしき筋は、まづ思ひきこえたまふ」（夕顔巻一四八頁）と六条御息所に対してすまないとまっさきに思いながら、このもののけを六条御息所の関連とは思わないこと、葵巻の、はっきり御息所の霊と分かるまでの源氏の思念と同断による。前述のごとく「なにがしの院」に住む妖物という認識である。しかし単なる妖物では既に言われているようにおせっかいということになる。前坊の死霊だと十分に理由があることになろう。前坊は桐壺巻前史このかた背後的存在であって物語の前面に現われないのである。葵巻にしても「かの六条の御息所の御腹の前坊の姫宮、斎宮にゐたまひにしかば」以下、六条御息所とその姫君に関連して記されるのであって前坊その人が登場してその記事が述べられるわけではない。前坊と御息所の関係も桐壺院の源氏への叱責の御言葉で知ることになるのであり、それも六条御息所への源氏の処遇についての御訓戒に関わっての御言葉である。前坊はあたかも影のごとく背後的に伏在するのであり物語の前面に現われないのを透視する読み解きが私の言う源氏物語二層構造論である。

　これは多分に読者サイドの読みであるが、作者の構想がみとめられるとするならば、その糸口はやはり「おのが」であろうか。前述したように「おのが」は「まろ」とちがって叱責とか怒りとかの感情がこめられる際の自称代名詞として使われている。『うつほ物語』でも「世の中に女はなきか。それにまさりたらむ人をも、おのれ奉らむ。近うは、おのが一人持ちたてまつりたる女皇子得たまへ。さりとも、その女《め》の子どもには劣らじ」（「国譲下」『新編日本古典文学全集　うつほ物語③』二五七頁）は后の宮が立坊争いの中で怒りの語気で使っている。

　桐壺院の同母弟である前坊が甥の源氏に対して叱責と怒りをこめてうったえているのだと考えることはみとめら

れるのではあるまいか。自尊自負に満ちた源氏にはそのうったえはとどかない。ただ「なにがしの院」の妖物が自分に向かってうったえているとの認識である。「悲境にある前坊未亡人」を気づかう前坊のうったえは夕顔巻の短篇的自立性の幕の中に遮断されている。前坊のうったえは伏流のように潜み、時にほのかに姿を感じさせるのであろう。

「おのが」の用例を『落窪物語』で見ると落窪の君の継母である北の方が、縫物のことで落窪の君をののしる言葉の中に「あやしう、おのが言ふことこそ、あなづられたれ」（『新編日本古典文学全集　落窪物語』八二頁）、また継母の北の方が夫の中納言（落窪の君の父）に讒言《ざんげん》し奸計をめぐらす言葉の中に「おのが思ふやうは、あまねく人知らぬさきに、部屋に籠めてまもらせむ」（同右一〇一頁）とあり、きつい言葉づかいでの自称表現である。落窪の君の姑である北の方の用例はきつい言葉づかいではなく次のようである。「北の方、『騒がしうて、思ふこと聞こえずなりぬ。いざ給へ。一、二日も心のどかに語らひきこえむ。中将の物騒がしきやうに聞こゆるはなぞ。おのが聞こえむことに従ひたまへ。中将はいと憎き心ある人ぞ。な思ひたまひそ』とて、笑ひたまへり」（同右一九八頁）。冗談もまじえた親しみをこめた話しぶりの中の言葉であって、きつい物言いでは決してないが、姑から嫁に言って聞かす言葉での用語である。『落窪物語』でも「おのが」の用例は後見者の立場の者が用いていることが分かる。『竹取物語』でも竹取の翁が用いている。「『おのが生《な》さぬ子なれば、心にもしたがはずなむある』」と求婚者たちに言う。（『新編日本古典文学全集　竹取物語』二一頁）。『竹取物語』ではかぐや姫が昇天を前にして翁に向かって「おのが心ならずまかりなむとする」（同右六六頁）と用いているが、変化の者としての物言いなのであろうか。竹取の翁はかぐや姫に対しては「我こそ死なめ」と言っている。求婚者たちへの拒否の心情と対比して「我《われ》」はやわらかな物言いの自称表現といえる。かぐや姫の「おのが心ならずまかりなむとする」は変化の者としての自覚があってむしろもの悲しいのだが、それが人間的な親愛の世界と決別する心情から発せられたのが「おのが」なのであったろう。

源氏物語手習巻の、横川僧都の妹尼の「おのが寺にて見し夢ありき」（手習巻一七九頁）も決してきつい自称表現というわけではないが、亡くなった娘の身代わりを授かるという夢のお告げを長谷寺で受けた妹尼の浮舟への思い入れが「泣きてのたまふ」（同右一八〇頁）とあるように、感情の高揚から発せられた自称表現が「おのが」であった。ほかならぬ私が見たという自意識がある。

　これらの用例に徴するに夕顔巻のもののけの発言の「己《おの》がいとめでたしと見たてまつるをば」の「己《おの》が」は「いとをかしげなる女」の自称表現として違和感があるのではなかろうか。前坊の死霊を背後に想定するゆえんである。

十一　夕顔巻のもののけの正体について

――大阪教育大学国語教育学会・中古文学ゼミ発表に寄せる――

夕顔巻のもののけの正体についての拙稿を三弥井書店刊『源氏物語の展望』第一輯及び第二輯（平成十九年三月と十月）に書いた。前坊死霊説である。二〇〇七年十二月二十二日に大阪教育大学国語教育学会が催され、中古文学ゼミが夕顔巻を取り上げるという予告を見てぜひ参加したいと思ったが都合で参加できなかった。当日の中古文学ゼミの発表に関わるかどうか分からないけれども、当日出席していたらあるいは発言したであろう内容をここに述べて、おくればせながら〝誌上参加〟を試みたいと思う。

宵過ぐるほど、すこし寝入りたまへるに、御枕上に、いとをかしげなる女ゐて、「己《おの》がいとめでたしと見たてまつるをば、尋ね思ほさで、かくことなることなき人を率ておはして時めかしたまふこそ、いとめざましくつらけれ」とて、御かたはらの人をかき起こさむとすと見たまふ。

（夕顔巻一四八・九頁。頁数は『新潮日本古典集成　源氏物語』による）

このもののけの発言についてはその内容と表現において次のごとく言えよう。もののけは「いとめでたしと見たてまつる」（女君）、源氏が「尋ね思ほさ」ない女君を尊びかつ同情し、源氏が夕顔を某院に連れ込んで寵愛していることを不快に思い情けなく思い恨んでいる。「見たてまつる」という敬意表現から夕顔巻では高橋和夫氏の中将の君（六条の女君の侍女）説が説得力がある。「をば」の対象は六条の女君であるからもののけを六条の女君（六条御息所）の生霊とする説は否定されねばならないだろう（このことに関し門前真一氏のご高論を「王朝文学研究誌」第

17号―平成十八年三月―の拙稿「夕顔巻のもののけ―夕顔巻の構造に徴して―」に引用している）。高橋氏の中将の君説に敬意を表したのも右の「王朝文学研究誌」第17号の拙稿に於てであった。その私が前述のごとく前坊死霊説を出した。もののけの発言内容の六条の女君（六条御息所）を尊びかつ同情していることは夕顔巻では中将の君がふさわしいが、葵巻での桐壺院の源氏への御叱責の御言葉に「故宮（「前坊」森注）のいとやむごとなくおぼし時めかしたまひしものを、軽々しうおしなべたるさまにもてなすなるが、いとほしきこと。（以下略）」とあるのに徴して、「前坊が六条御息所を大層重んじてご寵愛なさっていたのを軽々しく並々の女扱いをしているらしいのが気の毒だ」ということから、前坊が六条御息所を尊び寵愛していたことを知り、六条御息所を疎略に扱い夕顔ごとき女にうつつを抜かしている源氏に対し心外に思い恨む心情の人物として前坊を考えたのである。「たてまつる」は、会話なら身分の上ないし同等の人物から身分の下ないし同等の人物へ用いうるので、もののけの発言を会話に準じて考えれば前坊の死霊のそれと考えて不都合はない。前坊の死霊と考えうる理由として、もののけが出現した「なにがしの院」は皇室御領であるから前坊が皇子の時代に関わっていたと想定しうるし、また「なにがしの院」が河原院を准拠としていることから、『本朝文粋』巻第十四に載せる紀在昌の「宇多院為㆓河原院左大臣㆒没後修㆓諷誦㆒文」の、「大臣亡霊、忽託㆓宮人㆒申云」とある、河原院に住んだ源融の死霊が「宮人《みやびと》」（源融に仕えた女房）にのりうつって「宮人」の口を通じて苦患をうったえたように、前坊の死霊が前坊に仕えた女房にのりうつって語ったのだと考えたのである。「いとをかしげなる女」はその女房であったのだ。「己《おの》がいとめでたしと見たてまつるをば」の「おの」は前坊の語り口としての自称代名詞のけはいを感じとってよくはあるまいか。「おのが」は真木柱巻の式部卿宮の言葉の中に用例があるので参看したい。若紫巻の尼君の「おのが」、若菜下巻の六条御息所の死霊の「おのれ」は女の用例であるが夕顔巻の「いとをかしげなる女」のイメージとはちがった、老女、さだすぎたる女のそれを感じる。「いとをかしげなる女」に若い女のイメージを感じるので「おのが」にそぐわない印象を受けるのは私ひとりの勝手な思いこみだろうか。「おのが」は男性用語というわけではない。が、夕顔巻の「いとをかしげなる女」の背後に前坊の死霊のけはいを、式部卿宮の用例を参看して、私は感じるのである。

言うまでもないことながら夕顔巻に前坊は登場していないから夕顔巻を読む時点では前坊を言説しえない。葵巻を読んで六条の女君が前坊未亡人という悲劇の女性であることを知り、前述したごとく桐壺院の御言葉から前坊の六条御息所への寵愛を知ることによって、もののけの発言内容の心理的関係性の具体性を読みとるわけである。

知られるように六条御息所生霊説が根強くあるのは、夕顔巻の六条の女君の嘆きの悲境と、もののけ出現前の、源氏の六条の女君へのすまないと思う心情、夕顔と思いくらべて六条の女君の性格批判をしたことからの、六条の女君の心外感、うらみの心情を思わせられるので直感的に六条の女君の生霊と考えるのであるが、これとて葵巻の六条御息所生霊出現からさかのぼらせた説との批判を受けている。まして私の前坊死霊説は葵巻からさかのぼらせたものであり、夕顔巻には登場すらしていない前坊の死霊を言説することをいぶかしまれるかもしれない。実は冒頭に記した『源氏物語の展望』第一輯及び第二輯に「源氏物語二層構造論」を言説していて、その巻（ここでは夕顔巻）では見えない世界を「伏在する背後的世界」として後の巻から立ちもどって考える読みを説いている。夕顔巻の六条の女君の悲境は単に源氏からの冷たい扱いにとどまらず、在位中に亡くなられた前皇太子の未亡人という政治的悲境のリアリティーが見えてくるのである。夕顔巻の短篇的自立性の中で読むことがまずは第一義であるけれど、回想的読みというべく分厚い現実の位相を伏在する背後的世界として二層的に読むのである。局面的真実のみを読んでいくのではない読みはかつての拙稿「源氏物語の方法―回想の話型―」（「国語と国文学」昭和四十四年二月。のち『源氏物語の方法』桜楓社、昭和四十四年六月所収）の「第八節　読者の回想的読み―夕顔巻のもののけの正体。賢木巻『兵部卿宮』―」にその淵源があるかもしれない、「読者の回想的読み」である。ただしこの論文では前坊死霊説は言説していない。この拙論は前述の『源氏物語の展望』第一輯にはじめて書き第二輯にさらに詳しく述べた。

また「礫」平成二十年新年号に補説的に書き、本稿もその延展である。

なお「礫」平成二十年四月（平成二十年三月下旬刊）の拙稿において「おのが」（自称代名詞）の用例を源氏物語、うつほ物語、落窪物語、竹取物語等で検討し、「おのが」は親愛の情のこめられる自称代名詞「まろ」や「我《われ》」とちがって叱責とか怒りとかの感情がこめられる際の自称代名詞として使われていることを明らかにした。桐壺院の同母弟である前坊の死霊が甥の源氏に対して叱責と怒りをこめてうったえているのだと考えることはみとめられるのであるまいかと私は考えている。「おのが」の用例に徴するとき高橋和夫氏の中将の君生霊説には難があり、拙説の前坊死霊説に説得性があるのではないかと私は考えている。拙稿「夕顔巻のもののけの発言『己《おの》がいとめでたしと見たてまつるをば』について―自称代名詞「おのが」を中心に―」（本書第二編十）で述べたように、もののけの発言の「いとめざましくつらけれ」の「めざましく」は前坊から源氏への心外感の表現としてぴったりするであろう。中将の君よりも前坊の方が直接的でよく分かるであろう。しかし中将の君説の方が「いとをかしげなる女」（とても美しい女）のもののけの姿として直接的で、前坊だと女にのりうつったとしなければならない。

十二　源氏物語における自称表現「己が」
――夕顔巻のもののけの正体　前坊死霊説に関わって――

「まろ」「われ」が親愛の情のこめられる自称表現であるのに対し「おのが」は後見者としての強い自我を感じさせる自称表現である。若紫巻の尼君が孫の紫上（少女）に語る「おのがかく今日明日におぼゆる命をば、何ともおぼしたらで、雀したひたまふほどよ。罪得ることぞと、常に聞こゆるを、心憂く」（若紫巻一九〇頁。頁数は『新潮日本古典集成　源氏物語』による。以下同じ）や「ただ今おのれ見捨てたてまつらば、いかで世におはせむとすらむ」（若紫巻一九一頁）は孫への愛情のこもる言葉ではあるが、叱責をこめた不安の心情で後見者としての強い自我を感じさせる。同じく真木柱巻の式部卿宮が娘の鬚黒の北の方に語る「今は、しか今めかしき人をわたして、もてかしづかむ片隅に、人わろくて添ひものしたまはむも、人聞きやさしかるべし。おのがあらむこなたは、いと人笑へなるさまに従ひなびかでものしたまひなむ」（真木柱巻二一一頁）も哀れな娘への愛情の言葉ではあるが、鬚黒への怒りの情にあふれ、この私が生きている限りは、と「おのが」に強い自我の意識をこめる、きつい言葉づかいと言えよう。「父宮、聞きたまひて、『今は、しかかけ離れてもて出でたまふらむに、さて心強くものしたまふ、いと面《おも》なう人笑へなることなり。おのがあらむ世の限りは、ひたぶるにしも、などか従ひくづをれたまはむ』と聞こえたまひて、にはかに御迎へあり」（真木柱巻二二二頁）は娘を引き取る父宮の鬚黒への怒気にあふれており「おのがあらむ世の限りは」には後見者たる父親として強く自らに力をこめる自称表現「おのが」の語気が感得できよう。若菜下巻の六条御息所の死霊の「人は皆去りね。院一所の御耳に聞こえむ。おのれを月ごろ調じわびさせたまふが、情なくつらければ、同じくはおぼし知らせむと思ひつれど、……」（若菜下巻二一六頁）は情なくつらい自分を強く意識し怒りをこめた語気が「おのれ」という自称表現に感じられる。手習巻の横川僧都の妹尼の「『おのが寺にて見し夢ありき。いかやうなる人ぞ。まづそのさま見む』と泣きてのたまふ」（手習巻一七九・八〇頁）はきつい言葉づかいというわけではないが、自分の亡くなった娘の身代わりを授かるという夢のお告げに深く思いをこめそのことを強く告げる自我の語気を感じる。

夕顔巻のもののけの「己《おの》がいとめでたしと見たてまつるをば」（夕顔巻一四八頁）の「己《おの》が」には六条御息所を愛している前坊の強い自我意識があり、御息所を疎略に扱う源氏に抗議する強い語気がこめられているのだと推理するものである。

十三　夕顔からの贈歌

一

六条辺の貴婦人にお忍びで通っていた頃、乳母《めのと》が重病で尼になったのを見舞おうと、源氏は五条にある乳母の家を尋ねる。乳母の家の正門が開けられるのを待っている間、源氏は乳母の家の隣の家の様子を見ていた。その家の中からも多くの女たちが源氏の車を見ていた。源氏は御車もひどく粗末になさっているし、自分が誰か分かるまいと思って、少し顔をのぞかせてご覧になると、蔓草《つるくさ》の白い花が目にとまった。随身からその花の名を「夕顔」と聞き、「花の名は人めきて、かうあやしき垣根になむ、咲きはべりける」と聞き、随身の言う通り小家《こいえ》の軒に、はいまつわる夕顔を、かわいそうな花のさだめよと感慨を持った源氏は「一《ひと》ふさ折りて参れ」と随身に命じる。随身が門の中に入って折ると、かわいらしい女の童《めわらわ》が出て来て、随身を手招きする。よく香をたきしめた白い扇を出して、「この扇に置いてさし上げなさい」と言って扇を随身に渡した。

乳母の家を出ようとして、源氏がこの扇をご覧になると、「もてならしたる移香《うつりが》、いと染《し》み深うなつかしくて、をかしうすさび書きたり。　心あてにそれかとぞ見る白露の光そへたる夕顔の花　そこはかとなく書きまぎらはしたるも、あてはかにゆゑづきたれば、いと思ひのほかにをかしうおぼえたまふ」（夕顔巻一二五頁。頁数は『新潮日本古典集成　源氏物語』による。以下同じ）。

周知のように、この歌について諸説があるが、その前に、「そこはかとなく書きまぎらはしたる」について、駒井鵞静氏『源氏物語とかな書道』（雄山閣出版、昭和六十三年六月）の「はっきりとしない書き方、とりとめのない書き様（目立たぬ、控えめな書き方も、これを含む）」という説明を引用し、「『そこはかとなく書きまぎらはしたる』は、『はかない墨付きで濃淡に変化をつけて書いてある』という意味になる」と説く清水婦久子氏『光源氏と夕顔―身分違いの恋―』（新典社新書、平成二十年四月）の説述に注目しておこう。「書きまぎらはす」は、既に玉上琢彌先生の『源氏物語評釈』に「特色を出さない筆使い」（語釈）と解していられ、「誰と分からぬように変えてある筆跡」（『集成』）は、清水婦久子氏の批判される通りだろう。これはその前の「をかしうすさび書きたり」―美しい字で書き流してあった―と同様に流麗というべく風情のある上品な書き方だったのだ。だから源氏は「いと思ひのほかにをかしうおぼえたまふ」。（賤しい小家に住んでいるにしては）意外に「をかしう」思ったのだ。「をかし」は、ほめ言葉で、興を覚えたのである。すばらしいと思うその意外性に源氏は心ひかれたのである。雨夜の品定めに言説された意外性の好尚が源氏の興趣の核心である。風趣ある教養、上品さ。玉上先生は『源氏物語評釈』で「気どらず、見せびらかさず、ばを作らぬ筆の運び。よほどの者である。なれて、こんなことに大して興味を持たないおとな、といった感じ。教養も素姓も生活も察せられる」（『評釈第一巻』夕顔巻三五六頁）と解説されている。

ところでしかし、この解説の中に「この歌の作り主は結局だれとも明記されていないが、夕顔の花咲く宿の女主人と見るべきだろう。ところが、この女あるじは、『源氏物語』の中でも無類のはにかみ屋であって、一目見た路上の人に、こんな歌を贈るべき人ではない。が、この歌がなくては、この巻の話は起こらないので、この一事は作者の無理、失策なのであろう。」（四〇八頁鑑賞参照）と述べられ、夕顔からの贈歌と彼女の性格との違和、矛盾に言及、「作者の無理、失策」と言われ、その矛盾を少しでも解消すべく「鑑賞」（四〇九頁）で「あの歌は、侍女たちの合作であったと思えるふしがある」と「女房合作説」を出され、しかし「女房の合作であっても、その女房が自分の名を名乗らずに出した以上、女主人の責任は逃げられない。云々」と結局は夕顔自作の歌として扱うべきとされる。

「心あてに」の夕顔の歌及び「白い扇に載せて」と女童に指図したであろう夕顔（女あるじ）のしゃれた感覚、風趣と内気な夕顔から路上の男（光源氏の光来と当て推量した）に贈歌してきたことについて、従来さまざまな説が出されているが、思うに、諸説には夕顔の内気な人柄と矛盾せぬようにはかられていると思われるふしがある。一方、夕顔からの贈歌、つまり女から男に贈歌してきたことを「遊女性」等、男に対する挑発的な意味に理解する論がある。それらは賛成論、反対論ともによく知られており、ここではそれを改めて反復するのを避けておく。私はこの小稿で、内気な夕顔から源氏に贈歌してきた事実について論考する。

夕顔から源氏に贈歌してきたことは事実である。夕顔の正体を知ろうと惟光に探らせ、この夕顔の宿に「宮仕へ人」がしょっちゅうやって来るという報告を聞いた源氏は「さらばその宮仕へ人ななり、したり顔にものなれて言へるかな、と、めざましかるべき際《きは》にやあらむと、おぼせど、さして聞こえかかれる心の、憎からず過ぐしがたきぞ、例の、このかたには重からぬ御心なめるかし」（夕顔巻一二六頁）とある。「さして聞こえかかれる心の」以下は地の文で、自分（源氏）を目ざして歌を贈ってきた心根が、と作者が認めている。もっともこれは源氏の心事に即した地の文で、源氏の認識に寄り添っている。源氏の返歌「寄りてこそそれかとも見めたそかれにほのぼの見つる花の夕顔」を夕顔の宿に持ってきた随身は「まだ見ぬ御さまなりけれど、いとしるく思ひあてられたまへる御そばめを見過ぐさで、さしおどろかしけるを、いらへたまはでほどへければ、なまはしたなきに、かくわざとめかしければ、あまえて、いかに聞こえむ、など、言ひしろふべかめれど、めざましと思ひて、随身は参りぬ」（夕顔巻一二六・七頁）とあり、随身も、夕顔からの贈歌（「さしおどろかし」）と認識している。右の文は随身の視点で書かれたもので「めざまし」だけが随身の心内語というよりも「まだ見ぬ御さまなりけれど」以下全文随身の心内語とも言いつべきだが、地の文（随身の心事に即した）と解すべき微妙な文体である。作者が認めているのだ。

二

さて、夕顔からの贈歌ということを認めていただいた上で、小論に入ろう。

そもそも男女の贈答歌において歌を贈る方は相手に対してうったえかける切実な思いをこめて贈歌する。恋愛においては普通男から女に贈歌する。男が女を誘うのである。女はそれをうべなわず否定的に返歌するのがパターンである。ところがこの夕顔巻では夕顔から源氏に贈歌してきた。「花の名を答えた歌」とされる清水婦久子氏（『新典社新書』）も源氏の「寄りてこそそれかとも見めたそかれにほのぼの見つる花の夕顔」を夕顔の「心あてに」の歌への返歌（『新典社新書』七〇頁）として「花のすぐそばに近寄ってこそ、それ（夕顔）だともわかるだろうに。人の顔の区別もつかないたそがれ時でほのかに見た花の夕方のお顔を」と解釈していられる。「さきほどは遠くから見ていたので、もっと近づいてみればその花が夕顔だとはっきり見えたものを、と、源氏は、自らの問い「をちかた人にもの申す」をも受けて、花の名を問うたのは近寄って見なかったからだ、と答えたのである」（七二頁）と説明されている。「花の夕方のお顔を」（付点は森）と訳されているように「ほのぼの見つる花の夕顔」は（女の姿～「をかしき額つき」とあった透き影）の（夕方の顔）であり、「『あやしき垣根』に身を隠す女の存在を暗示し」（七三頁）ていると言われる。私はその「暗示」の方、つまり女（夕顔）を重視するのに対し、清水氏は「暗示しつつ、夕暮れにほのかに見た植物としての花の夕顔を詠んだ」とされる。「心あてに」の歌の「夕顔の花」も植物としての夕顔とされることはよく知られている。知られるように工藤重矩氏も大筋において同様かと思う。つまり植物としての夕顔説である。和歌の詠み方として両氏の言説に教わるところ多大であるが、私は「心あてに」の歌を夕顔から源氏への贈歌（清水氏も「この歌に対して次の歌を返した」と言われ、「寄りてこそ」の歌が「心あてに」の歌への返歌で「心あてに」の歌はその意味では贈歌となることは認めていられるのであろう。ただし源氏の「遠方人にもの申す」の答えの歌というお考えの上でのことであるが。）とする。

植物説に従ってそれを源氏が色好み的に曲解して「寄りてこそ」と誘いをかけたという論も想起されるが、前述のごとく諸説の問題点は多くの議論の中で論じられている、それをここでは繰り返すまい。清水氏の『新典社新書』の「従来の諸説と問題点」はご自説を主張されることを軸にしつつだがよく諸説を整理していられるので参考されたい。私は「心あてに」の歌の「それかとぞ見る」は「白露の光そへたる夕顔の花を」と解する。光源氏の光来を「白露の光」で表わし、その光をまぶしく受ける女としての夕顔の光栄を詠んだのだと思っている。つまり懸けことばの喩の方を重んじている。表の植物としての夕顔の花は、光源氏が目にとめてくれたこと、随身に命じて手折らせ所望してくれたことが賤しい花の夕顔の光栄であることは言うまでもない。植物としての夕顔の花はその白さゆえに白露の光にその姿もはっきりと見えないほどであるのだが、女としての夕顔は光源氏の思いがけぬ光来に、その光のまぶしさに身も世もない思いだったのではないだろうか。光源氏の君のご光来によって彼女はまぶしくも輝く身を思ったのである。しかし「心あてに」である。そこに控え目な人柄もあらわれていよう。女房たちは騒ぎはしゃいだにちがいない。女房たちの合作説は必ずしも夕顔の内気な性格と贈歌の矛盾を解消する意味だけではない。彼女らの嬉々として騒ぐ姿が私には目に浮かぶようだ。夕顔もその内心のよろこびは女房たちと同様であるはずだ。だからそのよろこびに動かされての贈歌だったのだ。女房たちの嬉々として騒ぐよろこびに囲まれ支えられ促されての贈歌だったのである。しゃれた感じの女童に白い扇をさし出させた振る舞い、そして「心あてに」の歌の流麗な書き流し等、夕顔は単に内気な女ではなく十分に風雅な、しゃれた風趣の女のイメージを思わせる。源氏はそこに心ひかれたのだと私は考える。とすれば私たちは、内気とかはにかみ屋とのみ夕顔の人物造型を断じるのを修正すべきではあるまいか。彼女は決してあの末摘花のような無口で内気な無風流な女ではない。表面的にいかにも期待させつつ裏切った末摘花と対照的に夕顔の本性は風雅であったと見るべきで、そこを見落として単に内気、はにかみ屋と断じて、それとの整合をはかり、つじつまを合わせようとするのは、無用のことと気づくべきであろう。私は、夕顔は風雅な女だと思っている。が、内気ということを否定するものではない。ではその内気な夕顔が源氏に向かって贈歌してきた事実について今しばらく論を重ねねばなるまい。

贈答歌において贈る側は心情において相手をあがめるゆえに内気な性格、控え目な人柄の女が贈歌することは矛盾しない。むしろ卑下する側の心情表現としてふさわしい。例えば花散里は控え目な人柄だが源氏に対して贈歌している。贈歌するモチーフがあれば紫上だって源氏に贈歌している。それは別に風流とか艶なるモチーフではなく、心情のあふれるところ贈歌となる。須磨巻で須磨に赴く源氏が花散里を訪ねての帰りの場面、いつものように、源氏のお帰りが月の入り方に思い合わせられ、胸迫る花散里から源氏に「月かげのやどれる袖はせばくともとめても見ばやあかぬ光を」と贈歌した。数ならぬ身の私ですが、仰ぎみるあなたを止《とど》めたい、と切なる思慕と別れの悲しさを詠んでいる。夕顔の贈歌のモチーフは前述したごとく源氏のご光来かと推測しての光栄に感激する心であったが、花散里は永遠の別れとなるかもしれぬ哀切さに持ち前の卑下の姿勢をわきまえつつも源氏を引きとめたいと切なる心をうったえたのである。死を直前にした御法巻の紫上は、いよいよ自分が死ぬとなった時の源氏の嘆きを思って悲しむ心から源氏に贈歌している。ここは源氏、明石中宮との唱和の場面だが、紫上から発しているところに死を目前にしてあとに残る源氏、中宮への紫上の情動が察せられるのだ。

十四　夕顔の「心あてに」の歌〈女からの贈歌〉

――夕顔物語の発端――

内気な夕顔が行きずりの路上の男へ歌を贈るのはおかしい、と、彼女の性格との矛盾が言われ、議論のあることはよく知られているが、夕顔は、路上の男を光源氏と察し、〝光源氏の光来〟かと感動したから贈歌したのである。単なる「行きずりの路上の男」へ歌を贈ったのではない。「礫」(平成二十一年三月)掲載の拙稿「夕顔からの贈歌」(本書第二編十三)にそのことを述べた。本稿はそれを繰り返すようで恐縮だが、なお補強させていただきたい。

路上の男を光源氏と察したのは、光源氏が車から少し顔を出し、世にまたとない美貌を見せたからである。夕顔巻の発端は、乳母《めのと》の病気見舞いに五条の家を訪れた際、その家の門が開くのを待つ間、乳母の家の隣の小家から光源氏の車の方を多くの女たちが覗《のぞ》いていた。「御車もいたくやつしたまへり、前駆《さき》も追はせたまはず、誰とか知らむとうちとけたまひて、すこしさしのぞきたまへれば」とあるように、光源氏は油断して車から少し顔を出して横顔を少し見せたのである。その顔は絶世の美貌であるから夕顔の宿の女たちは光源氏と察したのだ。夕顔の「心あてに」の歌は「心あてにそれかとぞ見る」の「それ」が何を指すか(誰を指すか)が問題になっているが、「それ」は光源氏を指すのでもなく頭中将を指すのでもなく「白露の光そへたる夕顔の花」を指すのである。私は喩《ゆ》としての〝光源氏さまのご光来に輝く夕顔の花の私〟を指すと考える。夕顔の花を随身に命じて所望する光源氏の行為を見て、賤しい小家に咲く夕顔の花と同義的に自分自身を比喩したのである。光源氏さまのご光来の恩恵に浴す私かと当て推量ながら拝察いたします、とは、夕顔の花を所望した光源氏の行為にわが身への働きかけを比喩してみせたのであるから色めいたものと言わねばならないが、あくまで受動的、受身的表現であって、そこに内在する感情は感興として光源氏が受けとめ、やがて光源氏が夕顔に誘いかける、切り返しとして光源氏の返歌「寄りてこそそれかとも見めたそかれにほのぼの見つる花の夕顔」が夕顔へ贈られることとなる。

近くに寄ってこそ「それ」（「白露の光そえたる夕顔の花」私のあなたへの愛情）が分かるのだよ、近くに寄って確かめてみないかと誘いかけるのがこの歌の趣意であろう。夕暮れ時に「をかしき額つきの透影《すきかげ》、あまた見えてのぞく」のを光源氏は見た。ものの隙間から見える姿、美しい額ぎわの隙間影を「ほのぼの見つる」である。「花の夕顔」の「花の」は美しいという意の形容語で、「美しい夕顔さんよ」と口の上手《うま》い、色好みの光源氏の、夕顔への誘いかけであることは言うまでもない。

夕顔物語の発端の出来事として光源氏が車から少し顔を出して顔を見せたという行為は、最も看過してはならない事実である。高橋和夫氏・敬子氏ご夫妻の今年（平成二十一年）の年賀状に書かれた敬子夫人の「研究余滴」に「さしのぞく」という語のすべての用例を検討した結果、顔を出す、顔を見せるという意味であることが分かった旨が記されている。これは重要なご指摘であった。光源氏が牛車の中から少し顔を出し、顔を見せたこと、その絶世の美貌から光源氏さまのご光来かと夕顔側が感動したことが、夕顔から「心あてに」の歌が光源氏に贈られた因由、モチーフなのだから。

光源氏という源氏物語の主人公は桐壺巻当初このかた神格化にもひとしく造型され、「世の人光君と聞こゆ」（桐壺巻）、「光源氏、名のみことことしう」（帚木巻）とあり、「光る」は光源氏を讃える頌詞である。夕顔の「心あてに」の歌の「白露の光そへたる夕顔の花」の「光」に「光君」と察していることを匂わせている、という注解は正しいわけである。しかし当て推量したのは光源氏のご光来の栄に浴した夕顔自身の身の上であった。そこにいらっしゃるのは光源氏さまでしょうと名あてをしたのではなく、光源氏のご光来の栄を思うわが身の上の感激がこの歌のモチーフ、主題である。

夕顔からの贈歌を、女から詠みかけたのは、夕顔の内気な性格と矛盾すると言説されてきたが、控え目な人柄の花散里から源氏へ贈歌していることで分かるように（「礫」平成二十一年三月に掲載の拙稿「夕顔からの贈歌」。本書第二編十三参照）自己卑下する心意、身分的に低い位相さながらに心をこめて女から贈歌するのはしかるべきことであったようだ。高木和子氏『女から詠む歌　源氏物語の贈答歌』（青簡社、平成二十年五月）の第三章「女から歌を詠むのは異例か―和泉式部日記の贈答歌―」に、宮からは贈歌がなくとも、宮からの何らかの働きかけがあれば、女は原則的に返歌している、それは宮と女との不均衡な関係が暗示されていよう、と言われているのは大いに示唆に富む。身分的に低い明石の君からの贈歌四首については高野晴代氏「光源氏物語の終幕―贈歌不在の視点から」（小嶋菜温子氏・渡辺泰明氏編『源氏物語と和歌』青簡社、平成二十年十二月所収）に卓論があり、「四箇所とも、積極的に詠み出すことはない。源氏の会話を受けて、また衣裳を贈るために添えて、さらには行ってしまう娘の様子に感極まって、詠んだ歌が贈歌になった状況が確認できる」。明石の君は「歌は下位から上位という順序関係で詠まれる」ことにちなみ、「下位であるために、その詠歌の形態は、男に歌を贈らせる方式を採る。受領の娘は、中宮の母でありながらも、最後まで、歌の詠み方において矜持を貫いた」ため「積極的に詠み出さないの」だと言説されている。高木氏のご論に戻ると、夕顔は光源氏が顔を少し見せた行為、夕顔の花を随身に命じ手折らせた行為に感動して受動的に光源氏に贈歌したということになる。夕顔がはじめから積極的に贈歌してきたわけではない。『和泉式部日記』の場合、宮からの「働きかけ」は、逢瀬の翌日、宮からの御文を例の童が持ってきていないという例をも含めて高木氏は考えていられ、女が心に強いインパクトを受けたとき、女からの贈歌がなされるのである。ゆえに夕顔からの贈歌も、光源氏が車から少し顔を出して顔を見せたことは、氏によれば光源氏からの「働きかけ」ということになるのであろう。この光源氏の行為は字義通りの「働きかけ」とは言い難いが、結果として、こちらを見ている夕顔側に感動、インパクトを与えていることになる。このあたりの事情を目撃していたのが随身である。「まだ見ぬ御さまなりけれど、いとしるく思ひあてられたまへる御そば目を見過ぐさで、さしおどろかしけるを」は随身の視点に即した地の文である。随身は夕顔側の女たちが光源氏の横顔をはっきり見たことを目撃していたことが分かる。それで夕顔が贈歌してきたのだと認識していることも分かる。

夕顔は車の主を光源氏と察し、光源氏が夕顔の花を随身に手折らせた行為に感動して歌を贈った。車から顔を出し顔を見せた行為はこのように夕顔への〝働きかけ〟（高木氏の説かれる意味で）となったのであった。ゆえに夕顔から光源氏に歌を贈ったことは、女からの贈歌として異例ではないわけであった。高木氏は『和泉式部日記』の宮も、夕顔巻冒頭の光源氏も、「女の贈歌を暗に促した男の所為だと考え」ていられる。作者は、随身の目と心に即した地の文で、随身を生き証人として、夕顔から「心あてに」の歌を贈ってきた事情を証したのであった。その意味で、夕顔物語発端部の光源氏の車から顔を出して見せる行為はなくてはならないもので、これがあって、夕顔からの贈歌〈女からの贈歌〉が納得できるのである。

〔付記〕

この小稿は「礫」（平成二十一年三月）掲載の小稿（本書第二編十三）と相補うものである。

夕顔巻の論議、中でも夕顔の「心あてに」の歌の解釈についての諸説は多いが、この小稿ではいちいち記さなかった。清水婦久子氏『光源氏と夕顔―身分違いの恋―』（新典社新書、平成二十年四月）、高木和子氏『女から詠む歌　源氏物語の贈答歌』（青簡社、平成二十年五月）にそれぞれ諸説を整理してあり、参考されるとお分かりいただけることを記しておきたい。

夕顔の人物造型は単に内気ではにかみ屋なのではなく趣味、教養、品性、しゃれた感覚の持主であることは、この「心あてに」の歌の内容、書きぶり（筆跡）の流麗などに表われていることを私はかねがね感じてきており、詳論したかったが紙幅などの都合で今回は割愛した。

十五　光源氏と夕顔

――「隠ろへごと」の恋――

一　夕顔物語の発端

――夕顔の「心あてに」の歌の詠歌事情――

車から少し顔を出し横顔を見せた源氏の世にまたとない美貌を見た夕顔と女房たち。こちらを覗き見しているその女たちの「透影《すきかげ》」を見る源氏。やがて、庭に咲く白い夕顔の花を随身に命じて折らせ所望する源氏。それを見る夕顔と女房たち。夕顔巻の発端の場面情景である。この場面で夕顔から「心あてにそれかとぞ見る白露の光そへたる夕顔の花」が源氏に贈歌された。世にまたとない源氏の美しい横顔に、かつ庭に白く咲く賤しい夕顔の花を所望した源氏の行為に、強く情動したであろう夕顔の詠歌である。私はこの歌の動機を右のように見るので歌は「白露の光そへたる」の表現で光源氏の光来を匂わし、〝その光来によって美しく輝く夕顔の花〟の表現で光源氏を讃え光来に輝くわが身の光栄を推量したのだと考える。「夕顔の花」は黒須重彦氏『夕顔という女』（笠間書院、昭和五十年一月）の説かれた通り女としての夕顔自身の比喩である。「心あてに」は、光源氏の光来の栄に輝くわが身、というおこがましい推量だから、〝当て推量〟と控えめな言い方をしたのである。〝あてずっぽう〟は〝当て推量〟のくだけた言い方だが不謹慎な感じの訳語で私は採らない。

つまりこの歌は寓意の方を言うのが目的で眼前の場面情景を詠んだのだと私は考えるのである。この場面における詠者（夕顔）の感動からそう考えるのであるが、これを裏づける作中人物随身の視点（目と心）の文を引いておく。

まだ見ぬ御さまなりけれど、いとしるく思ひあてられたまへる御そば目を見過ぐさで、さしおどろかしけるを

（夕顔巻一二六・七頁。頁数は『新潮日本古典集成　源氏物語』による。以下同じ）

随身は源氏の側に居て、家の方からこちらを覗き見している女たちの「透影《すきかげ》」を目撃していたのだ。「いとしるく思ひあてられたまへる御そば目」とある。夕顔側が源氏とはっきり察する御横顔。世にまたとない美貌だからだ。ちなみに頭中将は「花のかたはらの深山木《みやまぎ》」（紅葉賀巻冒頭部）である。頭中将誤認説が成り立たないことは、この夕顔の宿の童女が、大路を渡って行く車の御随身《みずいじん》を、頭中将の随身たちを名ざしして頭中将の車の証拠として申していました、と惟光が源氏に報告した件（夕顔巻一三五頁）で明らかだと既に論じられているが、夕顔巻冒頭部で作者は「御車もいたくやつしたまへり、前駆《さき》も追はせたまはず、誰とか知らむとうちとけたまひて、すこしさしのぞきたまへれば」（夕顔巻一二一・二頁）と、源氏が油断して、車から少し顔を出し顔を見せたと書いていて、こちらを覗き見している夕顔の宿の女たちが、随身の目撃によるいわば証言通り、車の主を源氏とはっきり知ったことを読者に知らせているのだから、この時点で頭中将誤認説は成り立たないことを知るべきである。高橋和夫氏・敬子氏ご夫妻の平成二十一年の年賀状の敬子夫人の〈研究余滴〉に「源氏物語夕顔巻で光源氏は、牛車の中から『すこしさしのぞきたまへれば』という行為・動作を行ったのです。これは、物語中の『さしのぞく』という語のすべての用例を検討した結果、顔を出す・顔を見せるという意味であることがわかりました。源氏はその美しい顔を少し出したのです。これに対して『のぞく』は、顔を出したり見せたりする動作ではないことがわかりました。この違いは重要だと思われます」と重要なご指摘があった。源氏は油断して少し顔を見せたのであるから、意図して顔を見せたわけではない。つまり彼から夕顔の宿の女に働きかけたわけではない。しかし夕顔側からするとあの名高い源氏の美しい顔、横顔を見た感動が自らの心への働きかけとなる道理であろう。狭義に源氏の「働きかけ」はなかったが、作者の所為としては、源氏が油断して少し顔を見せ、それを覗き見した夕顔側が非常に感動する場面設

定を行い、和歌が詞書で詠歌事情を表わすように、夕顔の「心あてに」の歌の詠歌事情を発端部で書いているのであった。

内気な夕顔が、女の側から贈歌してきたことを、その性格との矛盾が問題にされたり、逆に遊女性などが言説されたりしているが、和歌の贈答で男から女に贈歌するのが一般なのは、誘う側は心情的に下位に立って相手に対するゆえ、男は相手の女を恋する心情をうったえる点で心情的に下位に立つからである。贈歌は何らかの情動のモチーフによってなされる。夕顔は、光と仰ぐ光源氏の行為、賤しい夕顔の花を所望してくれた行為に感動した情動をモチーフとして〝光源氏のご光来の栄に浴す私〟を主題とする心を、しかし控えめに当て推量とことわって詠んだのである。わが身の上の感動を詠歌したのであって、あなたは多分光源氏さまでしょうと言ったのではない。もしそう言ったのならずいぶんおてんばな女であり、無礼なイメージとなろう。まして「心あてに」を〝あてずっぽう〟と訳したのでは、いい加減な感じの女となろう。ここは根拠のあることだから、工藤重矩氏「源氏物語夕顔巻の発端―「心あてに」「寄りてこそ」の和歌解釈―」（「福岡教育大学紀要」五〇号、平成十三年二月）の言われるように「心にそれとはっきり見当をつけての意」と見るのがよいかとも思われるが、しかし寓意の「光源氏さまのご光来に輝く私」を「心にそれとはっきり見当をつけ」るのは、内気で控えめな夕顔としてはふさわしくないので、私はやはり「当て推量に」と、謙辞として言っているのだと考えたい。工藤氏は植物としての夕顔の花を指して言っているとされるゆえ「見当をつけて、たぶん」で筋が通っている。清水婦久子氏も〝植物説〟で大筋において工藤氏と同様かと思われる（清水氏は、「心あてに」は当て推量にと解し控え目な内気な夕顔にふさわしいと言っていられる）。

夕顔は、「夕顔の花」をわが身自身の比喩として用い、「白露が光を添えている」は、光源氏がそのご光来によってまぶしくも私を輝かしてくださっていることを、「白露」が白く夕顔の花を輝かせている情景で表現した。白い花の夕顔は白露が白く光ることによってはっきりとは見えないけれども、という表現で、光源氏のご光来の栄をおぼめかして、かつ「心あてに」としたのは、夕顔の内気な人柄にふさわしい。白露が白く光ることによって白い花の夕顔がはっきり見えないという清水氏の解し方は、夕方で暗くてはっきり見えないとは違い、光源氏の光来をまぶしくも仰ぎ見る夕顔の心情に通底している。夕顔の花は賤しい花として、夕顔自らの卑下する女の比喩としてふさわしくも哀切であるが、特に光源氏のご光来の栄に輝く賤しいわが身と思う心情の喩としてふさわしい。

この歌の「それ」は「白露の光そへたる夕顔の花」を指す。すなわち、「光源氏さまのご光来の栄によってまぶしくも輝く私（女）」を指す。歌の光景としては、白露が光を添えている夕顔の花であり、白露の「白」と白い花の夕顔が重なり合うことによってはっきりとは見えなくなっていることを意味し、それゆえ「心あてに」の言葉が生きてくる。「当て推量」とか「たぶん」という「推量」の訳語が生きてくるのである。寓意としては「当て推量」は謙辞として用いたと考える。寓意として「光源氏さまのご光来の栄に輝く私」などという、おおけないことは「心あてに」でしか思えない、つまり当て推量ですがとことわらねばすまないことである。私はこの寓意の方にこそ「心あてに」（当て推量に）が必須でなければならないと考える。

おおけないこと、恐れ多いことであったから後に夕顔は「たそかれどきのそら目なりけり」（夕顔巻一四六頁）と否定したのである（尾形仂氏「連衆心—挑発と領略—」「国文学」昭和六十一年四月参照）。

夕顔は路上の行きずりの男に歌を贈ったという捉え方は正しくない。相手を光源氏さまと察した感動からであるから、どこの誰とも分からぬ行きずりの路上の男が相手ではない。もしそうなら遊女と言われても仕方ないだろうが、女から歌を贈ることは高木和子氏の近著『女から詠む歌　源氏物語の贈答歌』（青簡社、平成二十年五月）に説かれているように、男からの何らかの働きかけ（女がそうと感じとった場合も含む）に応じた場合、異例ではない。夕顔の贈歌もそうであって、光源氏の行為に応じたものであった。

夕顔の「心あてに」の歌が、どこの誰とも分からぬ路上の行きずりの男に贈られたという捉え方は大きく是正されなければならない。路上の行きずりの男に夕顔から歌を贈ったと捉えられてきた前提で諸論がなされてきたのではなかろうか。その前提を大きく崩さねばならないのである。先行諸論が、夕顔から歌を贈ってきたことについてその性格（内気）との矛盾を言ったり、逆にその挑発性を言って遊女性を言説したりしたのはすべて路上のどこの誰とも分からぬ行きずりの男に贈歌したという誤解を前提としていたのであった。

二　夕顔の人物形象

夕顔の人物形象の論議も当然右の誤解を前提として行われてきたとおぼしい。「内気」という性格との整合をはかってなされる諸論の一方に、逆に積極的な性情を見る論も行われた。右の前提を崩した今も基本的な私見は変わらないが、内気な性格という夕顔の基本的な性格は看過してはならないと思っている。

夕顔の人物形象について私は拙稿「源氏物語の二層構造―長篇的契機を内在する短篇的完結性―」（『源氏物語の展望第一輯』三弥井書店、平成十九年三月）の「夕顔の人物形象」の項で、艶情を内に秘め、ここぞという時にあらわれる、と述べた。詳しくはこの拙稿をご参照されたいが、その「付記」に今井上氏「白露の光そへたる―夕顔巻の和歌の言葉へ」（「文学」平成十八年九・十月）の卓見を引用して夕顔の「いとおいらか」な風情の内にこめられた艶情の顕現のさまを確認させていただいた。夕顔はしゃれた感性、風雅な心の持主なのである。

夕顔は源氏をして「はかなびたるこそは、らうたけれ」（夕顔巻一七二頁）と言わしめた。右近が「ものはかなげにものしたまひし人の御心」（同右頁）と言ったのに応じた言葉であるが、「はかなびたる」、頼りなげな、弱々しそうな夕顔をいたわってやりたいと思う心情である。夕顔の人物形象として「らうたし」が第一義に考えられるのは周知のところである。なつかしさ、親和性はここぞという時に顕現するのである。私は単に「らうたし」という心情だけでは源氏の惑溺はなかったのではないかと考えるもので、夕顔との愛の構図の核に夕顔のなつかしさ、親和性を言説するわけである。ただ夕顔の境涯がもたらす「ものはかなげ」なさまを、右近の言葉に徴して真実と捉える。夕顔の境涯とは「頭中将の恋人となり玉鬘を儲けながら、正妻の脅迫によって身を隠し……」（日向一雅氏「玉鬘物語の流離の構造」（『源氏物語の王権と流離』新典社、平成元年十月。初出「中古文学」第四十三号、平成元年五月））と言われるように「去年《こぞ》の秋ごろ、かの右の大殿より、いと恐ろしきことの聞こえ参《ま》で来《こ》しに、物懼《ものおぢ》をわりなくしたまひし御心に、せむかたなくおぼし懼ぢて、西の京に、御乳母住みはべる所になむ、はひ隠れたまへりし。それもいと見苦しきに住みわびたまひて、山里にうつろひなむとおぼしたりしを、……」（夕顔巻一七〇頁）と右近が源氏に語る言葉に徴せられる。「今年よりは塞《ふた》がりけるかたにはべりければ、違《たが》ふとて、あやしき所にものしたまひしを、見あらはされたてまつりぬることと、おぼし嘆くめりし。世の人に似ずものづつみをしたまひて、人にもの思ふけしきを見えむを、はづかしきものにしたまひて、つれなくのみもてなして、御覧ぜられたてまつりたまふめりしか」（同右頁）と語った右近の言葉によって「つれなくのみもてなして」いた事情が分かる。親和性の様態の内側に「世の人に似ずものづつみをし」「人にもの思ふけしきを見えむを、はづかしきものに」する性情を隠していたのである。五条の「あやしき所にものしたまひしを、見あらはされたてまつりぬることと、おぼし嘆くめりし」心を隠した振る舞いが夕顔の親和的な風情だったと言えよう。夕顔は「ものづつみを」する性情ではあるが、源氏の文使いを尾行させ、明け方の源氏のお帰り道をつけさせるなど才覚をめぐらすあたり単に内気ではにかみ屋とは思われない。もともと三位の中将を父とし一説によれば入内を父は考えていたかとする（『新編日本古典文学全集』夕顔巻一八五頁に「いとらうたきものに思ひきこえたまへりしかど、わが身のほどの心もとなさを思すめりしに、命さへたへたまはずなりにし」の注に「娘を将来できれば後宮に入れたいなどと考えていたか」と記している）。また『新潮日本古典集成』頭注は「（夕顔の御父は）三位の中将となむ聞こえし」（夕顔巻一六九頁）に「官は近衛の中将で、位は三位のものをいう。中将の相当位は従四位下。三位以上は上達部（公卿）に入るので、夕顔はもと上の品の出身ということになる」と注している。このようであるから零落の身をことさら「忍びすぐし」（夕顔巻一六九頁）たのであったろう。父亡き娘の哀れという点では桐壺更衣も同じ。ついでながら空蟬も同じ。薄幸の身の上に追いうちをかけるように、頭中将の北の方の家、右大臣家から脅迫を受け、身を隠していたところを偶然源氏に見いだされた夕顔の境涯は「物懼をわりなくしたまひし御心」を加速させたであろう。「あやしく世の人に似ずあえかに見えたまひしも、……」（夕顔巻一七二頁）という源氏の印象もこの境涯に由来するかと思われる。同じような境涯でも空蟬は対比的でその人物形象は桐壺更衣、夕顔のそれとは別である。夕顔巻の次の巻若紫巻に登場する紫上こそ桐壺更衣、夕顔の系譜なのである。

　夕顔を「人目をおぼして、隔ておきたまふ夜な夜ななどは、いと忍びがたく、苦しきまでおぼえたまへば、なほ誰となくて二条の院に迎へてむ」（夕顔巻一三九頁）という源氏の執着は夕顔の急死により実現しなかったが、少女の紫上を二条院に迎えたことは単なる符合なのだろうか。もちろん知られるように紫上の引き取りは藤壺への思慕をモチーフとしており、夕顔への執着とは次元を異にするであろう。しかし北山に祖母の尼君に育てられている紫上の境涯ははかなく頼りなげであった。母は亡くなっており父はいるが北の方（紫上からは継母）の存在が疎隔の因となっていて、真実に親として頼っていない。境涯的に見れば夕顔に通ずるような哀れがあった。しかも年端もゆかない少女で祖母尼君は自分が死んだあとの憂えを嘆いていた。秘密の藤壺への思慕は隠されているがゆえに現象面に限って言えば夕顔と紫上の境涯的な類似は一方が急死により二条院に迎えられずに終わったのに対し一方は迎えられてその後の幸福を得るという決定的な差違を現象する。玉鬘巻で、源氏の藤壺思慕という心の秘儀を知らない夕顔の侍女右近は、夕顔の遺児玉鬘と紫上を「幸《さいは》ひのなきとあるとは隔てあるべきわざかな」（玉鬘巻三一一頁）と見くらべるが、それはそのまま母の夕顔と紫上の違いなのであった。私たちはモチーフとしての藤壺思慕を重視するので紫上の幸福の原因をそこに見る。それは正しいのであるが、この境涯のはかなさに心を寄せる源氏の心情のモチーフも見落とすべきではあるまい。源氏は尼君に向かって言う。「あはれにうけたまはる御ありさまを、かの過ぎたまひにけむ御かはりにおぼしないてむや。いふかひなきほどの齢《よはひ》にて、むつましかるべき人にも立ちおくれはべりにければ、あやしう浮きたるやうにて、年月《としつき》をこそ重ねはべれ。同じさまにものしたまふなるを、たぐひになさせたまへと、いと聞こえまほしきを、云々」（若紫巻二〇〇頁）。源氏自身幼少の折に母や祖母などの肉親に先立たれた境涯から同じような身の上の紫上に共感を寄せるというのである。はかない境涯の身の上に寄せる源氏の共感の情理は夕顔への情感にも吐露されていた。夕顔の死後侍女の右近に語る言葉に「はかなびたるこそは、らうたけれ。かしこく人になびかぬ、いと心づきなきわざなり。みづからはかばかしくすくよかならぬ心ならひに、女はただやはらかに、とりはづして人にあざむかれぬべきが、さすがにものづつみし、見む人の心には従はむなむ、あはれにて、わが心のままにとり直して見むに、なつかしくおぼゆべき」（夕顔巻一七二頁）とある。「みづからはかばかしくすくよかならぬ心ならひ」という。自分がきつくない性質ゆえ、やさしい女に共感の情理を寄せると言う。彼の境涯から心に染みこんだ習性が求める女の性情である。夕顔の性情の「はかなびたる」はその境涯の哀れに由来するであろう。前述した右近が源氏に語る言葉に徴すれば「あやしき所にものしたまひしを、見あらはされたてまつりぬることと、おぼし嘆くめりし」とある卑下の感情が基底にある。

夕顔巻の発端は、源氏が油断して牛車から少し顔を出し、世にまたとない美貌を見せ、さらに夕顔の寓居する家の庭に咲く白い花に目をとめたことに始まる。源氏はその白い花（夕顔の花）の名を知らなかった。夕顔の花は見すぼらしい庶民たちの住む五条の界隈に咲く花であり源氏の見たことのないものであった。源氏はこの白い花は何の花かという気持で「うちわたす遠方人《をちかたびと》にもの申すわれそのそこに白く咲けるは何の花ぞも」の上の句の「遠方人にもの申す」を「ひとりごち」た。側に控えていた「御随身」が「夕顔と申しはべる」と申し上げた。源氏の随身の「かうあやしき垣根になむ、咲きはべりける」という言葉の通りの実景を見て「くちをしの花の契りや。一ふさ折りて参れ」（夕顔巻一二二頁）と随身に「のたま」うた。随身が庭に入って花を折ると召使の少女が白い扇をさし出して「これに置きて参らせよ。枝もなさけなげなめる花を」（同右頁）と言って扇を取らせた。風情のない花を白い風情のある扇に載せるようにということだが、女主人（夕顔）の指示で動いているであろう召使の少女の言動から、はやくも夕顔（女）のしゃれた風情の人物形象を感じる。「（源氏が）ありつる扇御覧ずれば、もてならしたる移香《うつりが》、いと染《し》み深うなつかしくて、をかしうすさび書」（夕顔巻一二五頁）いてあった。「なつかしく」は温かく優しい親愛感を表わし、「をかしうすさび書」くとは美しい字で書き流してある風流優雅な書きぶりを表わす。「（歌は）そこはかとなく書きまぎらはしたるも、あてはかにゆゑづきたれば、（源氏は）いと思ひのほかにをかしうおぼえたまふ」（夕顔巻一二五頁）。「そこはかとなく書きまぎらはしたる」について清水婦久子氏は近著『光源氏と夕顔―身分違いの恋―』（新典社新書、平成二十年四月）に於て駒井鵞静氏『源氏物語とかな書道』（雄山閣出版、昭和六十三年六月）の説明を引用して「『はかない墨付きで濃淡に変化をつけて書いてある』という意味になる」と述べられていて説得力がある。末摘花の「黒々と書かれた文字は風情がない」（清水氏前掲の著書）と対比すれば瞭然だ。私は前掲の拙稿「源氏物語の二層構造―長篇的契機を内在する短篇的完結性―」の「夕顔の人物形象」の項に於て玉上琢彌先生『源氏物語評釈第一巻』三五六頁の鑑賞文を引かせていただいたが、再度ここに先生のご文章を引く。「書きまぎらはす」は「特色を出さない筆使い」（語釈）と解していられ、「気どらず、見せばを作らぬ筆の運び。よほどの者である。なれて、こんなことに大して興味を持たないおとな、といった感じ。教養も素姓も生活も察せられる。それほどの人が、この、むつかしげなる大路の、ものはかなき住まいにいるとは。口惜しき契りなる夕顔の花のたよりの歌である。下品な、見たくもないものだろう、との予想がはずれたのである」。源氏は「寄りてこそそれかとも見めたそかれにほのぼの見つる花の夕顔」と返歌を随身をしてつかわした。夕顔（女）の歌とその書きぶりに惹かれたからである。「寄りてこそ」の歌は、清水氏は「近寄ってこそはっきりと見ることができようものを、夕暮れ時でほのかに見た花の夕顔ではよく分からない」（清水氏前掲書）の意とされ、「さきほどは遠くから見ていたので、もっと近づいてみればその花が夕顔だとはっきり見えたものを、と、源氏は、自らの問い『をちかた人にもの申す』をも受けて、花の名を問うたのは近寄って見なかったからだ、と答えたのである」と説かれる。私なりに説明を補足すると、「白き花」は「おのれひとり笑《えみ》の眉ひらけたる」（夕顔巻一二二頁）で源氏の目には「白き花」だけが夕暮の薄暗い時だからこそ白く涼しげに咲き誇って見えている。清水氏が力説されているように「白露の光」の白い色と花の白い色とでははっきり見えないのに対し、源氏は白い花はよく見えている。ただ彼は高貴な人間だから賤しい家の庭に咲くこの白い花は見たことがなく花の名を知らない。しかし、賤しい花で見たことがないから名前を知らない、だから名前を尋ねたのだというのでは失礼だから、言葉のあやとして、遠くからで分からなかったので、と言ったというわけだろう。「遠方人」にこだわるならば、源氏が花の名を尋ねた相手は遠くにいる女たち、こちらを覗き見している「透影」（夕顔と女房たち）で、はやくも好色者源氏が胎動し女たちへの関心がうかがえるのだ。ただしいきなりみすぼらしい小家の女たちに贈歌するのは身分の上からはしたなく、「ひとりごち」た次第であった。随身は源氏が問いかけた相手ではなかったが、源氏の側にいたので源氏のひとりごとに答えたわけであった。

さて、この歌は女の夕顔を誘う意向を示す色あいの方が濃く、女への積極的な働きかけ、誘いかけになっていると思う。「ほのぼの見つる花の夕顔」は「をかしき額つきの透影、あまた見えてのぞく」（夕顔巻一二一頁）のを源氏が夕暮時なのでほのかに見た実景に合う。この歌の動機が「さして聞こえかかれる心の、憎からず過ぐしがたきぞ、例の、このかたには重からぬ御心なめるかし」（夕顔巻一二六頁）とあることからしても源氏の好色心が女を誘う意向、女に誘いかける気持をこの歌にこめていると言えよう。こちらへ私に近寄ってこそ、それ（「白露の光そへたる夕顔の花」、光源氏さまのご光来の光栄に浴した）かどうか分かるというもの、とは近寄って確かめてみないかと夕顔を誘う歌だ。この源氏の気持を誘発したのが夕顔の「心あてに」の歌と書きぶりであり白い扇に夕顔の花（白い花）を載せるようにと女童をして随身に言わしめた行為であった。そこに女のしゃれた風情を源氏が感じてのことだった。決して女が誘いかけたわけではない（その意味で遊女とか娼婦の比喩は不穏当だ）が、誘発するものがあったのは一連の風雅な夕顔の風姿にある。夕顔は無類のはにかみ屋、内気な女であるが、内に隠れたる心性が時にあらわれるのだ。その心性こそなつかしき親和性である。それは夕顔物語における源氏との歌のやりとりの夕顔の歌、答え方に顕現している。清水婦久子氏は『光源氏と夕顔―身分違いの恋―』八四頁に「その宿からは、意外にも『どうぞ。枝も風情のない花ですが』と、歌の風景にふさわしい白き扇を差し出したのだ。しかも後で見ると、その扇には、花が白く輝いて見えるのは源氏様のご威光がまぶしすぎるからと讃えた歌が控えめに書いてあった。なんて粋なやり方だろう」と述べられている。私はこの「粋なやり方」と「源氏様のご威光がまぶしすぎるからと讃えた歌」という喩を重視する。

「白露の光そへたる」で車の主を光源氏だと察したことを匂わせたが「心あてに」と、断定ではないから、察しながらも夕顔は正体を探るべく後をつけさせたりし、源氏は女が察していると思うから歌を贈るにも「いたうあらぬさまに書きかへたまひて」（夕顔巻一二六頁）となる。恐らく字をやや下手に筆跡を変えたのであろう。夕顔は源氏の筆跡を知らないけれど、源氏が普段通り書いたら、何事にも優れた源氏ゆえすばらしい書きぶりとなり、夕顔は、源氏だという推察を確信にまで高めるだろう。その点夕顔は源氏に自分の素姓を知られていず筆跡も知られていないから、普段のまま上品に書いた。相手を源氏と察している夕顔が源氏と頭中将の親密な関係を推測して頭中将への自らの返書を源氏が見る機会を危惧することを想定すれば、筆跡をごまかすこともありうるが、上品な筆づかいは普段のままであろう。夕顔はその危惧はしていないわけだ。私は雨夜の品定めで源氏が頭中将に「そこにこそ多くつどへたまふらめ。すこし見ばや」（帚木巻四八頁）と言っているのを想起して、右の想定をしてみたのであるが、夕顔はそこまで思い至りはしなかったのだ。ただ夕顔が自分の素姓やこの家に住む事情を隠すのは当然であったので、源氏は分からないまま自分も名のらないで、相手に合わせてとても粗末な身なりをして行動した。下層の住まいの女に通うことを秘密にしたいために「かの夕顔のしるべせし随身ばかり」（夕顔巻一三六頁）を夕顔の花（白い花）を手折らせた者というしるしに連れていった。この随身を連れていかなかったら、全く何のいわれもない別人の行動となってしまい、夕顔巻の発端は何の意味もなくなってしまう。

夕暮の薄暗い中に「白き花ぞ、おのれひとり笑の眉ひらけたる」に目をとめ、「あやしき垣根に」咲く花と言った随身の言葉通りの花に同情し、「くちをしの花の契りや。一ふさ折りて参れ」と随身に命じた源氏の行為に対し、女（夕顔）は卑しい花に心を寄せてくれたことに感謝しその恩恵を「白露の光そへたる夕顔の花」と詠んだ。ちなみに「光」は源氏物語の中で光源氏、その御子の冷泉に用いられる特別な頌詞である。夕顔は光源氏と自分との身分の隔たりの大きさを常に心につきまとわせていたはずだ。光源氏と夕顔の情事は互いに身分素姓を明かさぬ関係の中でこそ成り立った「隠ろへごと」であった（吉田幹生氏「夕顔造型試論」「むらさき」第三十七輯、平成十二年十二月参照）。このことを自覚するからこそ夕顔は最後まで名を明かさなかったのである。「『海士《あま》の子なれば』とて、さすがにうちとけぬさま、いとあいだれたり」（夕顔巻一四七頁）。「あいだれ」はなよなよとした風情で、「うちとけぬ」自覚とあいまって卑下の心情が「らうたし」の感情を誘発するのではなかったろうか。かかる意味で「いとあいだれた」る夕顔は源氏をしていとしいと思わせるのだ。「さすがにうちとけぬさま、いとあいだれたり」は源氏の視点（目と心）に即した地の文である。「いとあいだれたり」は源氏の主観直叙と言ってよい。「いとあいだれたり（とても甘えている）」と源氏が思うのは、夕顔が「うちとけぬ」（名を明かさない）のを甘えているなあ、よしよしと甘やかす心情なのだ。

夕顔が急死した後、源氏が右近に語る言葉について玉上先生『源氏物語評釈』（第一巻四六七頁）にその「はかなびたるこそは、らうたけれ」と夕顔を回顧する心情と対比して葵上と六条御息所のきゅうくつさをあげていられる。「それらの人に対する時、男君の心は休まらない。心の休まる女は、源氏の知る範囲では、この夕顔の女君ひとりであったのだ」と。その時単に性格の違いというより性格を形成する境遇のはかなさにも好尚が向けられていたというべきであろう。夕顔巻はごみごみした五条界隈のみすぼらしい家の夏の庭に咲く白い花の涼しげなさまに源氏の目がとまるという場面設定が女との情事への序曲となる。名も知らぬ花に目がとまる。何やら象徴的であるが、先を急いではいけない。作者としてはこの夕顔の花―賤しい家の庭に咲く―にヒロインを象徴する意図があろう。しかし読者としてはこの場面にたたずみ白い花に目を向けた源氏の印象・心象から味わうべきだ。ただしその前にこの家から多くの女が源氏の方を覗いて見ていることから注意しなくてはならない。「誰とか知らむとうちとけたまひて、すこしさしのぞきたまへれば」という源氏を彼女たちは見ているのだ。その中に夕顔がいると考えなくてはならない。そこで夕顔の「心あてに」の歌の「白露の光そへたる」が彼女らの覗き見で「誰とか知らむとうちとけたまひて、すこしさしのぞきたま」うた源氏を見てのことであると分かる。「心あてに」の歌が源氏の「遠方人にもの申す」に対するもので「夕顔の花」と答えた歌だと清水氏は説かれるのだが、氏も単に「夕顔の花」と答えたと言われるのでなく「白露の光そへたる夕顔の花」を「それ」が指していると言っていられる。「白露の光（あなたさまのお姿）に照らされて輝く夕顔の花を」と下の句を訳していられる。「源氏が夕顔（花―森注）に情けをかけた」その「源氏の恩恵を『光そへたる』と感謝しつつ、白き花『夕顔』の名を答えたのだ」という説明があり「女は、源氏の姿を確信して『白露の光』にたとえ」という文言もある。夕顔は白い花の名を夕顔だということははっきり分かっている。それなのに「心あてに」と言ったのは「花の名を問うた貴人に対して、その名を、『もちろん夕顔ですよ』ではなく、『心あてに』と控えめに答えながら、源氏の『光』（姿）を讃えたものだったのだ」と説明される。私は源氏の光来の恩恵を受ける夕顔自身の光栄を詠じたものと考える。氏の「夕顔」という花の名を答えたということに対して、読者としては随身が既に答えているのでその繰り返しかと思う。当の源氏にしても既に随身から聞いているので「白露の光そへたる」で自分を光源氏と推察していることを匂わせたことの方にインパクトを受けるのではあるまいか。そして源氏をまぶしくも仰ぎ見る光栄を詠んでいることで受動的媚態を感取したと考える。清水氏の言われる通り「歌を贈る相手の正体や身分をあばく」ことを目的にした失礼な歌ではないが、「白露の光そへたる」によって匂わせたことは源氏をはっとさせるものがあったにちがいない。それは夕顔のしゃれた行為というべきであろう。私はそのように考えて、「白露の光そへたる夕顔の花」にこそ源氏と夕顔の情事へ展開する起動力があり、源氏の「寄りてこそ」の返歌すなわち女を誘う意向、親しくなろうという誘いかけとなる誘因であると思う。

夕顔の最後の歌「光ありと見し夕顔のうは露はたそかれどきのそら目なりけり」は「白露の光そへたる夕顔の花」を「そら目」だったというのである。つまり光源氏の恩恵・愛情を疑うことによって、夕顔になぞらえる自分を卑下したのであって、首尾呼応するのである（尾形仂氏前掲論文参照）。私見によればそれも甘えて言っているということになる。

おわりに

夕顔の「心あてに」の歌の「それ」が指すのは「白露の光」でもなく単に「夕顔の花」でもない。「白露の光添へたる夕顔の花」である。喩としての「光源氏さまのご光来にまぶしくも輝く夕顔の花（わたくし）」という大それた推測を「心あてに」と、根拠のない推測ですが、と卑下したのは夕顔の身分、性格、内気な人柄にふさわしい。

その内気な夕顔が歌を光源氏に贈ってきたのは、光源氏が油断して車から少し顔を出してその美しい横顔を少し見せたのをはじめとして、ついで随身に夕顔の花を手折らせたのを夕顔と女房たちが見た感動、情動のなせる行為であった。その歌と筆跡は光源氏に感興をもたらした。女童をして白い扇をさし出させ光源氏の随身に与えた、しゃれた振る舞いも合わせ、夕顔という女は風雅な女というべきで単に内気ではない風姿がみられる。

夕顔巻発端部の情景を作者はよく考えて書いていると思う。夕顔は「路上の行きずりの男」に歌を贈ったのではない。世にまたとない光源氏の美貌を見、その光源氏が随身をして賤しい夕顔の花を所望してくれた行為に感動し、その情動から歌を詠じ贈ってきたことを書いている。工藤重矩氏の言われるように夕顔の花を捧げる扇に書くことは夕顔の花を献ずることに関連して表の意味は植物としての夕顔の花を詠じたことになるが、私は喩の方に主意があると見る。

発端部においてつとに頭中将誤認説は成り立たない。「路上の行きずりの男」に歌を贈ったという従前の誤りと共に明確に否定しなくてはならない。本稿を書くことによって私はその確信を得た。

夕顔巻は古来愛読されてきた。『源氏物語聞書』（京都大学蔵）など古写本でも多くの書き入れがあるのは愛読と研究の跡を物語っている。多くの議論が尽きず、諸家の論考があいついでいる。工藤重矩氏、清水婦久子氏の論説は迫力があるが、称名院の説に「遠方人に物申との給しを聞て何の花とも我さへ分別もなけれとも推（ヲシ）あてに申さは道行人の光そへたる夕かほとこそ申へけれと云々」（中野幸一氏編『岷江入楚』武蔵野書院、昭和五十九年六月による）とある。これは「箋曰此歌夕顔上の詠せると見るはあまりに卒尓也とて天文十年六月十五日栖雲寺発起の時今案ノ仰云称名院ノ義也」とあるように、古注でも「路上の行きずりの男」に夕顔が贈歌したと受けとめてあれこれ考えていたことが分かる。「今これについて箋義曰木枯の女のことくならは此哥尤夕顔上の詠なるへし　夕顔上はさやうのかろ〳〵しき人にはあらす　自哥とは称しかたし　自然官女なとの私の義としてかくのことき時相かはりて詠する事も有へし」と侍女代作説も既に出ている。また『花鳥余情』に「夕顔は女の我身にたとへてよめり　露の光は源氏によそへたるへし（中略）夕顔花はいやしき垣ねにさく花なれは女も我身にたとへていへり」とあり「箋聞」に「是は頭中将と見なしてしたなるへしと云々」とある。思うに、古注このかた現在の諸説も、夕顔の贈歌の相手を「路上の行きずりの男」と捉えたところから発している。頭中将説にしても「路上の行きずりの男」では夕顔の性格から考えておかしいと、頭中将から身を隠している夕顔がもしや頭中将さまではないかと期待、心待ちの心から誤解したのだと解釈されたのである。

「路上の行きずりの男」という捉え方、「頭中将誤認」説は、作者の夕顔巻発端部の周到な書き方をよく注意して読むことによって否定されよう。

工藤重矩氏「源氏物語の和歌の読み方」（『源氏物語の展望第一輯』三弥井書店、平成十九年三月）における、室田知香氏「夕顔物語の発端」（「国語と国文学」平成十六年九月）と同様に、本稿の寓意尊重の歌解釈についてご教導をいただければ幸いである。

十六　古注を読む

――夕顔の「心あてに」の歌をめぐる諸注――

古注に限らないが、こちらが考えを深め多くの知見を蓄えていて読む時、古注の与える感動は深い。多くの論考が発表されている夕顔の「心あてにそれかとぞ見る白露の光そへたる夕顔の花」の古注を中院《なかのいん》通勝《みちかつ》の諸注集成の書『岷江入楚《みんごうにつそ》』で通覧すると、今日諸家が発表されている論説の先蹤が見られ、昔の人もこのように諸説を言挙げしていたのだという感慨に誘われ、敬意と感動を抱くのであるが、同時に批判も覚えるのである。もとより諸家の論考のおかげであるが、いささか私見を加えて述べてみたい。

心あてにそれかとそみるしらつゆの光そへたるゆふかほのはな　河心当てにおらばやおらん初霜の置まとはせる白菊のはな　心あては思ひあて也　光源氏をいまたみしらされとも思ひあてにもしるきといへる也　詞にもまたみぬ御さまなれといとしるく思ひあてられ給へるとあり　又夕顔の花を美人にたとへたる事秘説あり　花夕顔は女の我身にたとへてよめり　露の光は源氏によそへたるへし　河海に夕かほを美人にたとふる事をのせ侍り　こゝには相当せさるへし　夕顔花はいやしき垣ねにさく花なれは女も我身にたとへていへり　われ美人と称すへき事にあらさる物也　毛詩に歯如瓠犀といへるは美人の歯をひさこのさねにたとへたる事もあれとそれもこゝの心にはいらぬ事なるへし　弄さし過たるやうなれと源氏と思ひやりて折ふしのなさけに出したる扇なるへし　光そへたるは源氏によそへたる也　聞書夕かほの上の哥也　但官女なとのよめるにても有へし　秘心あてはをしあてに也　源氏にてましますと推したるによりて花の光もそひたると也　夕顔上の哥と見るは卒尓

也　箋曰此哥夕顔上の詠せると見るはあまりに卒尓也とて天文十年六月十五日栖雲寺発起の時今案ノ仰云称名院ノ義也遠方人に物申との給しを聞て何の花とも我さへ分別もなけれとも推《ラシ》あてに申さは道行人の光そへたる夕かほとこそ申へけれと云々　今これについて箋義曰木枯の女のことくならは此哥尤夕顔上の詠なるへし　夕顔上はさやうのかろ〳〵しき人にはあらす　自哥とは称しかたし　自然官女なとの私の義としてかくのことき の時相かはりて詠する事も有へし　然れは夕顔上の哥にあらさる所も決しかたし　所詮作者をつけすしてみる義可燃歟　奥に　光ありとみし夕かほのうはつゆはたそかれ時のそらめなりけり　と有　弥疑を決すへし　又此次の詞に夕顔上の哥にあらさるよし分明也　箋聞義は前同し　是は頭中将と見なしてしたなるへしと云々

（中野幸一氏編『岷江入楚』源氏物語古注釈叢刊）

知られるように本居宣長の『玉の小櫛《おぐし》』に「心あてに」の歌に注して「源氏君を、夕顔の花にたとへて、今夕露に色も光もそひて、いとめでたく見ゆる夕顔の花は、なみ〳〵の人とは見えず、心あてに、源氏君かと見奉りぬと也、三四の句は、白露の、夕顔の花の光をそへたる也、露の光にはあらず」というのが長く支持されてきたのであるが、『河海抄《かかいしよう》』の「光源氏をいまだみしらざれども思ひあてにもしるきといへる也　詞にもまだみぬ御さまなれどいとしるく思ひあてられ給へるとあり」を見ると、宣長は『河海抄』を「ちうさくは、河海抄ぞ第一の物なる」（『玉の小櫛』）と尊んでいることからして、その影響もあるのかなと思えて興味深い。夕顔の花を美人にたとえる事を言った『河海抄』の説は『花鳥余情《かちようよせい》』によって否定されている。『花鳥余情』の「夕顔花はいやしき垣ねにさく花なれは女も我身にたとへていへり　われ美人と称すへき事にあらさる物也」は正解で、黒須重彦氏『夕顔という女』（笠間書院、昭和五十年一月）の「序章　夕顔とはいかなる花か」で力説されたことの先蹤なのである。もちろん先蹤があるからといって黒須氏の説かれた「夕顔の花」は女としての夕顔自身の比喩であるという言説が、宣長の「夕顔の花」を光源氏の夕方の美しいお顔の比喩と見た説の長く大きい影響に大修正を加えられた功績を看過してはならない。ついでながら黒須氏の頭中将誤認説も『岷江入楚』の「箋聞」に「是は頭中将と見なしてしたなるへし」と先蹤が見られるのである。しかしこの頭中将誤認説は誤りである。夕顔巻発端部に光源氏が油断して世にまたとない美しい横顔を少し見せたこと、それを夕顔の宿の女たちが家の中から覗き見している情景をよく注意して読んで、夕顔の「心あてに」の歌の「白露の光そへたる」の「光」が光源氏と察していることを匂わせたものと知れば、夕顔は車の主を頭中将と誤認してはいないことが分かるであろう。頭中将誤認説は、内気な夕顔が「路上の行きずりの男」に歌を贈るはずがない、頭中将だと思ったから贈歌したのだと考えるところから生まれたものである。「礫」平成二十一年三月、四月に連載していただいた拙稿に述べたように、夕顔が「心あてに」の歌を「路上の行きずりの男」に贈ったという捉え方は正しくないのである。ところが『岷江入楚』の称名院の説述中に「道行人の光そへたる夕かほとこそ申へけれと云々」と「道行人」という言い方がある。道を通る人とは「路上の行きずりの人」にほかならない。称名院が「遠方人に物申との給しを聞て何の花とも我さへ分別もなけれとも推あてに申さは道行人の光そへたる夕かほとこそ申へけれ」と言ったのも「此哥夕顔上の詠せると見るはあまりに卒尓也」というのが理由になっていて、その理由のゆえんも「道行人」（「路上の行きずりの男」）に夕顔が歌を詠じ贈るのはおかしいということにある。「箋義曰木枯の女のことくならは此哥尤夕顔上の詠なるへし　夕顔上はさやうのかろ〳〵しき人にはあらす」という言説はそのことを明白に述べている。そして侍女代作説の先蹤というべき「自哥とは称しかたし自然官女なとの私の義としてかくのことときの時相かはりて詠する事も有へし」となる。内気で無類のはにかみ屋の夕顔が「路上の行きずりの男」に贈歌するはずがないというところから発して称名院の、「夕顔の花」と、植物としての名を答えたという言説もあったのである。これは清水婦久子氏、工藤重矩氏の迫力ある言説の先蹤である。「路上の行きずりの男」に夕顔が贈歌したという捉え方は今日までずっと続いていることが分かる。円地文子氏の遊女性説もそこから発していたわけである。しかし夕顔の詠歌は光源氏の光来の栄かと推量した感動からであって、決して誰とも分からぬ路上の行きずりの男に声をかけるような振る舞いなのではない。光源氏の世にまたとない美しい顔を見た感動、随身をして夕顔の花を手折らせた行為への感動からである。「路上の行きずりの男」への贈歌という前提は誤りである。

『岷江入楚』に見られる諸注には、遊女性等の積極的な性格を見る説は見られない。わずかに夕顔の侍女たちの代作と見る説がその積極的な振る舞いの解釈としてある。つまり夕顔は内気ではにかみ屋という性格と捉えているわけで、これは基本的に正しい。しかし夕顔の振る舞いは夕顔巻全巻にわたって内気のみで一貫しているわけではない。夕顔の人物形象について「艶情が時にあらわれる」ことを私は既に拙稿「源氏物語の二層構造―長篇的契機を内在する短篇的完結性―」(『源氏物語の展望第一輯』三弥井書店、平成十九年三月)に於て述べているが、今も基本的にはその考えは変わらない。内気と諧和する艶情、心細い思いの中に「あいだれ」甘える性情、「はかなびたる」「らうたき」性情に源氏がひきこまれていったのだ。単に内気ではにかみ屋ではない。しかしその心細げなる、多分にその境涯のあわれから発するであろう内気さは夕顔の性格の根本である。「はかなびたるこそは、らうたけれ」と源氏は夕顔の死後侍女右近に語っている。ゆえに単に艶情という積極性をいうのもまちがっている。内気と諧和しているところに源氏の心ひかれたゆえんがあったのだ。遊女性という言説はそもそも「路上の行きずりの男」に歌を詠み贈ったという誤解に基づいている。しかしこの誤解は今日の通説どころか中世このかたの通説だったのだ。『岷江入楚』に見られる諸注を読んでそのことを痛感する。正しくは「通りすがりの光源氏と察しられる貴人」である。

内気と艶情は、消極性と積極性と対立する概念ではある。しかし夕顔の性格はこの二つが融合しているところに限りない魅力があったのだ。源氏は「はかなびたるこそは、らうたけれ。かしこく人になびかぬ、いと心づきなきわざなり。みづからはかばかしくすくよかならぬ心ならひに、女はただやはらかに、とりはづして人にあざむかれぬべきが、さすがにものづつみし、見む人の心には従はむなむ、あはれにて、わが心のままにとり直して見むに、なつかしくおぼゆべき」（夕顔巻一七二頁）と右近に真情を吐露している。彼は葵上や六条御息所に窮屈な思いを抱いていた。それと対照的というか正反対というべき性情の夕顔に愛着の思いを抱くのである。右近は「『このかたの御好みにはもて離れたまはざりけり、と思ひたまふるにも、くちをしくはべるわざかな』とて泣く」（夕顔巻一七三頁）。夕顔が源氏の「御好み」、女性についての好尚に適う女君だったのに、とその急逝を嘆く。ところで源氏が右近に語った女性好尚の言葉の最後のくだり「わが心のままにとり直して見むに、なつかしくおぼゆべき」は、死去してしまった夕顔に関しているとは思われず、私たち読者からすると、これは若紫（少女の紫上）にあてはまることだなあと思わせられる。源氏最愛の生涯の伴侶となる紫上の人物形象は、紅葉賀巻に「をさなき人は、見ついたまふままに、いとよき心ざま容貌《かたち》にて、何心もなくむつまれまとはしきこえたまふ。しばし殿《との》の内の人にも誰と知らせじとおぼして、なほ離れたる対《たい》に、御しつらひ二なくして、われも明け暮れ入りおはして、よろづの御ことどもを教へきこえたまふ」（紅葉賀巻一六・七頁）とあって、「女君《をんなぎみ》、ありつる花の露に濡れたるここちして、添ひ臥したまへるさま、うつくしうらうたげなり。愛敬こぼるるやうにて、（中略）『入りぬる磯《いそ》の』とくちずさみて、口おほひしたまへるさま、いみじうされてうつくし」（紅葉賀巻二九・三〇頁）と「いみじうされてうつくし」で、夕顔の「らうたし」と同じ可愛いでも、小さな幼い子を可愛いと思う気持で、夕顔をいたわる感情とは異なるが、それは少女と成熟した女性との違いであり、又源氏のもとで愛育されている身の上と五条界隈のごみごみした所に仮住居にせよ居住している境遇のあわれさの違いにもとづくものであって、この二人に共通するのは、しゃれた、甘えた感覚である。少女の紫上はこの紅葉賀巻で、源氏が他の女の所へ外出するのを「例の、心細くて屈したまへり。絵も見さして、うつぶしておはすれば、いとらうたくて」（紅葉賀巻三一頁）と描かれるのであり、「やがて御膝《ひざ》に寄りかかりて、寝入りたまひぬれば」（同右頁）とは天性のコケットリーであり、源氏は「いと心苦しうて」（同右頁）（いじらしくて）外出をとりやめる。夕顔巻の、某院で物の怪出現の直前、「『海士《あま》の子なれば』とて、さすがにうちとけぬさま、いとあいだれたり」（夕顔巻一四七頁）は成熟した女の甘えぶりで、身分の隔たりを卑下する一方で、気を許さない態度は源氏に甘えているのだ。しかし源氏は「よし、これもわれからななり」と怨情をもって接するのは女（夕顔）の甘えを許す気持である。源氏は最後まで夕顔の甘えぶりを愛していたのだった。「かつはかたらひ暮らしたまふ」—むつまじく話し合って一日を暮らす—のとシノニムな行為にほかならない。

十七　女君からの贈歌・主として夕顔の「心あてに」の歌について

一　感動の心の結晶としての女君からの贈歌

桐壺更衣は死に臨んで、帝への愛の心の結晶と言うべき歌を詠じた。「限りとて別るる道の悲しきにいかまほしきは命なりけり」。帝のために生きたい恋の歌であり、帝への愛の歌である。息も絶え絶えの中から痛切な思いを詠じ、歌に続けて「いとかく思うたまへましかば」と申し上げ、なお申し上げたそうな様子ながら不言のまま、すべてを帝にお頼り申す表情である。[1]「か弱くものはかなき」更衣の最後の姿である。

この更衣の歌が詠まれて発せられるにはその詠歌事情が述べられている。

いとにほひやかに、うつくしげなる人の、いたう面痩《おもや》せて、いとあはれとものを思ひしみながら、言《こと》にいでても聞こえやらず、あるかなきかに消え入りつつものしたまふを御覧ずるに、来《き》しかた行《ゆ》く末おぼしめされず、よろづのことを、泣く泣く契りのたまはすれど、御いらへもえ聞こえたまはず、まみなどもいとたゆげにて、いとどなよなよと、我かのけしきにて臥《ふ》したれば、いかさまにとおぼしめしまどはる。輦車《てぐるま》の宣旨《せんじ》などのたまはせても、また入らせたまひて、さらにえ許させたまはず。「限りあらむ道にも、おくれ先立たじと契らせたまひけるを、さりともうち捨てては、え行《ゆ》きやらじ」とのたまはするを、女もいといみじと見たてまつりて、

（桐壺巻一五・六頁。頁数は『新潮日本古典集成　源氏物語』による。以下同じ）

帝の愛情の極みと言うべき御言葉「限りあらむ道にも、おくれ先立たじと」共に契った愛の極みの歳月を更衣に思い浮かべさせ、更衣は恋する「女」の情動から帝への愛を心こめて詠じたのである。「女もいといみじと見たてまつりて」の「女」呼称は、更衣が帝への恋情に思いを込め、この帝のために生きたいと帝を思う女心を形象化している。「見たてまつりて」と謙譲語だけで「たまふ」がないのは、語り手が更衣に密着し一体化していることを表わし、帝の御言動を拝する更衣の感動の心の姿勢を読者に直接的につたえる表現である。更衣の意識もないような状態に、帝が困惑され途方にくれられ、更衣の部屋に入られて「限りあらむ道にも」の御言葉を賜わった帝の御言動への感動が、更衣の詠歌のモチーフである。意識朦朧の中にも更衣は帝の愛の御姿と御声を受け止め、絶えゆく息の中から歌を詠んだのである。この歌は更衣の帝への愛の心の結晶である。この歌の機能がいかにこの場面で大きい役割を果たしているかを知らねばならない。更衣の歌及び「いとかく思うたまへましかば」の反実仮想は、帝のために生きたいという切なる願いと、歌のように生きたいのは命だと思っても、もはや詮ない絶望の悲苦をつたえて哀切である。『無名草子』に「『桐壺』に過ぎたる巻やは侍るべき」と言われる「あはれに悲しきこと」の極まる場面であり、更衣の歌の機能はその要《かなめ》であり核でなければならない。

夕顔巻の夕顔の「心あてに」の歌は、夕顔が源氏の光来の光栄に感動した心の結晶であった。内気な夕顔が未知の源氏に歌を贈るのは余程の感動がモチーフでなければならない。拙稿「光源氏と夕顔―「隠ろへごと」の恋―」（「王朝文学研究誌」第20号、平成二十一年四月。本書第二編十五）に述べたように、私はその感動のモチーフとして源氏の光来、就中源氏が油断して車から少し顔を出し世にまたとない美しい横顔を見せたことを重視する。夕顔からの「心あてに」の歌は、源氏と察しられる貴人にそのご光来の栄に浴した感動をつたえることに主意があると考える。源氏の光来は源氏と夕顔との身分の隔たりの大きい恋物語の発端の世界、「隠ろへごと」の恋の始発の要件として作者は周到克明に描いている。「六条わたりの御忍びありきのころ」と大きく書き出してこの夕顔物語はその余波にほかならないことを画定し、「内裏《うち》よりまかでたまふ中宿《なかやどり》に」（夕顔巻一二一頁）と帝の皇子たる源氏の御忍びの行動を印象づけ、五条界隈の下町を訪れる理由に乳母の病気見舞を設定する。乳母の家の正門は鍵が下ろしてあって、その門が開くまでの間、源氏が五条大路のさまを見渡し、ついで乳母の家の隣に目を転じる情景を描く。五条界隈のごみごみした様子を源氏に印象づけたあと、乳母の家の隣の新しい家具「檜垣《ひがき》といふもの」や「いと白う涼しげな」簾《すだれ》などを際立たせる。白く涼しげなのが暑い夏には何より好ましい。それに引きつけられたであろう源氏の目と心を一段と強く引きつけたのは、こちらを覗き見している何人かの女たちの美しい「額つきの透影《すきかげ》」であったろう。「いかなる者の集《つど》へるならむ」（同右頁）という不審は「たちさまよふらむ下《しも》つかた思ひやるに、あながちにたけ高きここちぞする」異様な光景ゆえであるが、小家に幾人もの女たちが集っていることへの不審も含まれていたかもしれない。これは夕顔が侍女たちにかしずかれている身の上で、かりそめの居住であるのだが、源氏の探究心をそそるものであったのではないか。女たちの美しい「額つきの透影」はこの庶民的な五条界隈には違和感をもたらし、源氏の興味をひいたとおぼしい。しかしあたり全体は庶民的な下町であり、源氏の油断はそこに生じた。美しい顔つきの女たちと庶民的な下町の違和に源氏は引き裂かれている。庶民的な下町ゆえに源氏は油断して車から少し顔を出し、世にまたとない美しい横顔を女たちに見られてしまったのだ。この小家にしては不審というべき幾人もの女たちの美しい顔つきからすれば、彼女らは源氏と察するかもしれない集団だったのに、源氏はごみごみした界隈に気をとられて、そのことに気づく心の用意を欠いたわけである。大路の「むつかしげなるさま」に足もとをすくわれた。

ごみごみしたこの界隈ゆえにこの小家の白く涼しげな様子は際立って印象的である。「白き花ぞ、おのれひとり笑《ゑみ》の眉ひらけたる」という最も印象的な光景が源氏の心を強く捉えていく段取りである。あの白く咲く花は何だろうという気持から「うちわたす遠方人《をちかたびと》にもの申すわれそのそこに白く咲けるは何の花ぞも」の上の句「遠方人にもの申す」を源氏は「ひとりごちたまふ」（夕顔巻一二二頁）た。「ずっと向うにおられるお方にお尋ね申す」とは、「をかしき額つきの透影《すきかげ》、あまた見えてのぞく」に向けられた言葉だが、「ひとりごちたまふ」ゆえに返歌は求めていない。ところがこの言葉は夕顔の宿の女に受け止められたとおぼしく「心あてに」の歌が贈られてきた。「白き扇の、いたうこがしたるを、『これに置きて参らせよ。枝もなさけなげなめる花を』」（同右頁）と言ってこの家の女童の差し出した「白き扇」に書かれていたのである。ゆえに「心あてに」の歌は「遠方人にもの申す」すなわち「そのそこに白く咲けるは何の花ぞも」に対する答えの歌ということになる理路がある。（が、後述のごとく私は源氏の光来の光栄に浴した感動による贈歌と考える）。しかし返歌を求めていなかった源氏にしてみれば「したり顔にものなれて言へるかな、とめざましかるべき際《きは》にやあらむと、おぼせど、さして聞こえかかれる心の、憎からず過ぐしがたきぞ」（夕顔巻一二六頁）と夕顔の宿の女からの贈歌という認識である。この受け止めは、惟光からの報告で乳母のいる家の管理人が言う「宮仕へ人」だろうと思ったことからの推測である。この推測と「心あてに」の歌を「そこはかとなく書きまぎらはしたるも、あてはかにゆゑづきたれば、いと思ひのほかにをかしうおぼえたまふ」（夕顔巻一二五頁）（「無造作に、さらりと書いた筆蹟も、上品に奥ゆかしく感じられるので、まったく意外に興ぶかくお感じになる」―玉上先生『評釈』口語訳）を整合させて考えると、源氏としては所詮意外性の域を出ない「あてはかにゆゑづきた」る歌だということになる。源氏が「寄りてこそそれかとも見めたそかれにほのぼの見つる花の夕顔」と返歌を随身をしてつかわしたのも「例の、このかたには重からぬ御心なめるかし」（夕顔巻一二六頁）である。「御畳紙《たたうがみ》に、いたうあらぬさまに書きかへたまひて」（同右頁）は、源氏は夕顔の「心あてに」の歌の「白露の光そへたる」の「光」で相手が自分を源氏（光る君）と察していることを知ったから筆跡をすっかり変えて恐らく下手に書いて源氏と思わせぬようにしたのである。遊戯的な心で女に接近をはかろうとしているのである。「寄りてこそそれかとも見め」は、近寄ってこそ「それ」（「心あてに」の歌の「それ」―「白露の光そへたる夕顔の花」―）が分かるというもの、近寄って確かめてみないか、と女を誘ったのである。「（賤しい小家に住んでいるにしては）意外に気が利いている」（『新潮日本古典集成』頭注）と「心あてに」の歌を思った源氏はこの歌を贈ってきた女に興味を持ったのである。

夕顔の「心あてに」の歌の「白露の光そへたる」の「光」が源氏（光る君）の光来と察していることを匂わせているのを源氏は受け止めたが、随身の視点に即した次の叙述は「心あてに」の歌の詠歌及び贈歌の事情を証している。「まだ見ぬ御さまなりけれど、いとしるく思ひあてられたまへる御そば目を見過ぐさで、さしおどろかしけるを」（夕顔巻一二六・七頁）。源氏が油断して車から少し顔を出し世にまたとない美しい横顔を見せたことにより、はっきり源氏と察しられた、その感動から歌を贈ってきたというのである。しかし清水婦久子氏の言われるように（2）、あなたは多分光源氏さまでしょうと名あてをするような失礼な歌ではない。光源氏と察していることを「白露の光そへたる」の「光」で匂わせているが、まぶしく輝いて光る夕顔の花のように源氏さまのご光来によってまぶしくも光栄に浴している私（ども）かと当て推量に存じております、と卑下の感情を込めつつ感激、感謝の気持を詠じた歌なのである。女の身の上の感動が歌の趣意である。みすぼらしい垣根に咲く「夕顔の花」は女の喩である。内気な夕顔が歌を贈るほど「光源氏と察しられる貴人」の光来と夕顔の花を源氏が所望したことに感動したのである。夕顔はどこの誰とも分からない「路上の行きずりの男」に歌を贈ったのではない。「光源氏と察しられる貴人」の光来への感動による贈歌も内気な夕顔にしてはなお不自然であろう。侍女合作説の生じるゆえんである。が、侍女合作なのだろうか。

二　頭中将の愛人という立場からの間接的な源氏への親近性による夕顔の贈歌

思えば夕顔は源氏の親友頭中将の愛人である。直接源氏を知らないが言わば間接的に源氏を仰ぎ見る世界の人物である。文字通り源氏を知らない五条界隈の住人ではない。頭中将の北の方の家から脅迫されて隠れ住んでいたことを夕顔の死後侍女右近が源氏に語っている（夕顔巻一七〇頁）。五条の宿は方違《かたたが》えの一時的な住居であった。頭中将の愛人であった夕顔はもともとは上流社会の人物であった。父は三位の中将で夕顔を「いとらうたきものに思ひきこえたまへりしかど」（夕顔巻一六九頁）と右近が語るのに徴すれば、『新編日本古典文学全集　源氏物語』夕顔巻一八五頁の頭注に「娘を将来できれば後宮に入れたいなどと考えていたか」と推測していられるように天皇の妃にもなれた可能性のあったかと思われる夕顔である。しかし父も亡くなったあと、ふとした縁で頭中将（少将時代）の愛人になった。頭中将は源氏の正夫人葵上の兄である。知られるように源氏の無二の親友である。夕顔にしてみれば頭中将と同じ世界に住む源氏である。間接的に源氏を仰ぎ見る世界の人物と前述したのはその意味である。源氏は仰ぎ見る親わしい人物である。その源氏と察しられる貴人が「遠方人《をちかたびと》にもの申す」と「ひとりごちたま」い、庭に白く咲く花の名を尋ねていられる。側にいた随身が「夕顔と申しはべる」と応答している。「くちをしの花の契りや。一ふさ折りて参れ」と源氏の命じるままに随身が花を折る。この情景に心動かされての贈歌であった。この夕顔側の対応のすばやく、しゃれた動きはまさに注目に値する。すばやい対応は、源氏と随身の言動を見聞きしているさまを推察させる。しゃれた動きは夕顔の源氏と察しられる貴人への頭中将との関わりによる親しい感情をうかがわせよう。天下に名高い源氏の光来への感動と言っても、頭中将の愛人という立場からの間接的な親近性がなくては、感動による贈歌を源氏に向かってすることはありえないであろう。単に源氏の光来を知っての感動から贈歌したとするのは不十分である。従来は「路上の行きずりの男」に夕顔が贈歌したという誤解を前提に諸説がなされてきたことを拙稿「光源氏と夕顔―「隠ろへごと」の恋―」（前掲「王朝文学研究誌」第20号）で批判、訂正したが、なお単に光源氏と察してそのご光来に感動しての贈歌とするのでは不十分で、それでは天下の光源氏さまのご光来への感動という一種のファン心理にすぎなくなる。ファン心理だけなら侍女合作説がよいだろう。内気な夕顔の行動としては不自然である。頭中将の愛人という立場だからこそ頭中将と源氏の関係性から心理的に親しい感情を源氏と察しられる貴人に持てたのであって贈歌という行動がとれたのである。

頭中将の愛人ということは身を隠している夕顔として隠さねばならないので夕顔はついに最後まで名乗らなかったが、意外にそのもともとの出自、上《かみ》の品《しな》の教養、趣味性、素姓の良さは隠していない。「心あてに」の歌は玉上琢彌先生『源氏物語評釈第一巻』三五六頁に「気どらず、見せばを作らぬ筆の運び。よほどの者である。なれて、こんなことに大して興味を持たないおとな、といった感じ。教養も素姓も生活も察せられる。それほどの人が、この、むつかしげなる大路の、ものはかなき住まいにいるとは。口惜しき契りなる夕顔の花のたよりの歌である。下品な、見たくもないものだろう、との予想がはずれたのである」と述べられている。夕顔は自分の素姓は源氏とおぼしき貴人に知られていないと思うから自分の筆跡をごまかすことなどを考える必要はない。その点ありのままの自分を出しているのであろう。頭中将の愛人として三年ほど熱愛を受け、女児をもうけている仲である。成熟した女の感覚が出て当然である。逆境の身の卑下の心はありながらも、素姓、生活、教養の矜持を持っている。それが「心あてに」の歌の書きぶりに出ているのだ。源氏にしてみれば意外性のおどろき、感嘆にすぎないが、女に対する興味はそそられた。それが「この扇の尋ぬべきゆゑありて見ゆるを」（夕顔巻一二六頁）という源氏の惟光への言葉の心である。白い扇に流麗に書かれた「心あてに」の歌の書きぶり、筆跡の「あてはかにゆゑづきた」（夕顔巻一二五頁）る奥に感じられる女（夕顔）の生活、素姓を探求したい心である。女（夕顔）は自らの生活の様態を隠していない。「ありつる扇御覧ずれば、もてならしたる移香《うつりが》、いと染《し》み深うなつかしくて、をかしうすさび書きたり」（同右頁）とあるように普段使い馴らしている扇を用い、女（夕顔）の移り香が深くなつかしくしみこんでいる、その扇に美しい字で書き流している。頭中将の愛人生活の生地がそのまま現われていると言ってよい。無論、源氏はこの段階で頭中将の愛人かとは疑い得ない。私の申したいのは、夕顔が頭中将の愛人という立場に基づき普段の生活の生地を隠してはいないということである。このような五条の下町の隠れ家に身を潜めることの卑下の心はありながらも、頭中将の愛人という立場による、頭中将と源氏の関係性からの親和感なくして、「心あてに」とことわりつつも源氏の光来にまぶしくも輝く夕顔の花に自らを擬すことはできまい。源氏の光来は不意のものであっても、頭中将の義兄弟の仲の源氏ということで心理的に親和感はあったであろう。帝の皇子である源氏との身分の隔たり、逆境の身の上の自分を考えた時おおけないことながら、頭中将との関係から間接的に仰ぎ見ることはできる心持でなかったろうか。夕顔は決して文字通りの五条の下町に住む女ではない。そのことを「心あてに」の歌の書きぶり筆跡等から感じ取った源氏が、その曰くありげな女の生活、素姓に興味と探求心をそそられたのが前述したごとく「この扇の尋ぬべきゆゑありて見ゆるを」の言葉の意味である。源氏の返歌「寄りてこそそれかとも見めたそかれにほのぼの見つる花の夕顔」は近くに寄ってこそ光源氏の光来の栄というのも分かろうというもの、近寄って確かめてみないかと女を誘う歌である。「ほのぼの見つる花の夕顔」は、こちらを覗き見していた「をかしき額つきの透影《すきかげ》」、美しい顔つきの女たちの代表たる女あるじ、贈歌してきた女を指す。源氏が「ほのぼの見」たというのは実景に合う。もちろん贈歌してきた女を見たというわけではない。そのように言いなしているのだが、女たちの中の代表という意味で「ほのぼの見」たと言ってよかろう。この贈歌の主《ぬし》、集団の代表たる女に近寄ってこいという女への誘いかけである。

だから源氏の返歌を受け取った女たちは大騒ぎとなった。「まだ見ぬ御さまなりけれど、いとしるく思ひあてられたまへる御そば目を見過ぐさで、さしおどろかしけるを、いらへたまはでほどへければ、なまはしたなきに、かくわざとめかしければ、あまへて、いかに聞こえむ、など、言ひしろふべかめれど、めざましと思ひて、随身は参りぬ」（夕顔巻一二六・七頁）。これは随身の視点（目と心）に即した叙述ではあるけれど、はっきり心内語と言えるのは「めざましと思ひて」の「めざまし」で、他は作者の叙述責任のある客観性を持つであろう。随身の視点に即した叙述は臨場感があって、この場面の女たちの大騒ぎの心と動きを生き生きとつたえる。源氏の返歌の趣意は誘いかけであるから、女たちが大騒ぎするのは当然であろう。随身は「調子にのりおって」と舌打ちする心持であるようだが、それは夕顔はじめ女たちを五条界隈に住む者と見下げているからである。随身は惟光を通じて扇を奉る低い身分の者であるから、無論扇に書かれた歌など見知る由もない。「遠方人《をちかたびと》にもの申す」に応答したあたり上出来ではあったが。それなりの教養はある随身で、夕顔の花の名を答え「花の名は人めきて、かうあやしき垣根になむ、咲きはべりける」と夕顔の花を説明申し上げる役割を果たし、源氏の「くちをしの花の契りや。一ふさ折りて参れ」（夕顔巻一二二頁）の言葉を引き出す。「白き花ぞ、おのれひとり笑《ゑみ》の眉ひらけたる」、「花の名は人めきて」、「くちをしの花の契りや」と続く擬人法的表現は文字通りの植物の夕顔の花でない、かわいそうな女の身の上のさだめを暗示するかのようである。「花の名は人めきて」の「人」は、身分のある者をいう（『新潮日本古典集成』頭注参照）。夕顔の「顔」からいうのであるが、この賤しい家に身分のある女が住んでいることを暗示する語となる。「夕顔」という「顔」から「夕顔の花」は植物の花の名に身分ある女の意をひそませることとなる。「花の名は人めきて」であるから身分ある女を指すわけではないが、「めく」、「らしい」という意味合いにむしろ探求心をそそられるかもしれない。この五条界隈にもしかして「身分ある女」らしい者が隠れ住んでいるのかもという期待感を抱かせる花の名だったのではないか。「くちをしの花の契りや」には植物の花に対する感慨にしては過剰な思い入れが感じられる。擬人法は象徴的な意味を表わすので、女としての夕顔の身の上のさだめを表わす言葉のように感じられる。源氏がこの家に住む女あるじを「をかしき額つきの透影」から「夕顔の花」に擬して「くちをしの花の契りや」と言ったとするのは過剰な解釈となろうが、作者の意図がそのようにこめられていると解するのは失考とは言えまい。擬人法の表現を夕顔の花について発端から用いるのには「くちをしの花の契り」に似た夕顔（女）の身の定めを描こうとする作者の意図が表出したものと見てよいであろう。

夕顔の「心あてに」の歌もその作者の構想の線に沿って夕顔の身の上を詠んでおり、「夕顔の花」は女の喩である。前述のごとく夕顔は光源氏と察しられる貴人がこの家の白い花に目をとめてくれて、随身が花を折るまでの経過を見た感動から、源氏の光来の栄に浴した私（ども）かと、当て推量ながらとことわった上で詠じ贈ったと私は考えており、本稿では夕顔が頭中将の愛人という立場を内に秘めてその関係性による源氏への親和の情からその詠歌及び贈歌は不自然でないことを加え強化した。そのような頭中将との関係から間接的につながる心情からして「心あてに」の歌に植物の花としての夕顔の花の名以上の喩としての女の光栄の感激、感謝の気持をつたえる趣意があり、発端以来の作者の擬人法の表現の意図に連なるものと言えよう。

三　「植物としての夕顔の花」説について

中世の諸注集成の書『岷江入楚』の中で称名院の説として夕顔の「心あてに」の歌は、源氏の「遠方人《をちかたびと》にもの申す」を聞いて「何の花とも我さへ分別もなければとも推《ヲシ》あてに申さは道行人の光そへたる夕かほとこそ申へけれと云々」とあり、源氏の「遠方人にもの申す」に対する答えの歌だというのである。基本的にこの説の系譜に清水婦久子氏、工藤重矩氏両氏の迫力あるご論考がある。[3] 清水氏は「その正体を知っていて目の前に『ほのかに』見えているのだが、何かにさえぎられてはっきりとは確認し難いものを『それか』と推量する意味なのである。そして、『それ』の正体は、他の和歌表現では常に和歌のことばに明示されていた景物（花）を指すから、この場合も『夕顔の花』であるかどうか見定め難いと言っていることがわかる」とされ、「『あやしき垣根』に咲く夕顔の花が（同色の）白露の光につつまれた美しい光景を描きながら、高貴な人が『花の名』を問うたことに対する答えと挨拶の歌だったのである」と言われる。そして、「光が『そへたる』ことで花が輝いているので、読者の知っている干瓢の材料になる無粋な実をつける植物の花――夕顔らしくない。それゆえ、その宿の住人としては挨拶せずにはいられない気持ちだったのである」と「心あてに」の歌の詠歌と贈歌（清水氏は「答えと挨拶の歌」と言われる）の動機を述べていられる。工藤氏も「植物としての夕顔の花」説である。工藤氏はそのご論文の要点を箇条書きにして示していられるのでご参照ありたい(4)。

称名院の説は「行きずりの男」に内気な夕顔というか軽々しくない夕顔が贈歌したとするのはおかしいという理由だが、清水氏、工藤氏ともに「和歌の詠み方・読み方」から説いていられる。和歌の構造、「『それ』の和歌構文」を説かれている。「てにをは」の理から言って、この歌の本歌「心あてに折らばや折らむ初霜のおきまどはせる白菊の花」（古今集、巻五秋下、凡河内躬恒）において「心あてに」「折る」対象は、「同じ白さゆえに見分け難くなっている『白菊の花』であった」ように、「夕顔の歌においても、「心あてに」「見る」対象は、「白露がその光を添えたことで見えにくくなっている『夕顔の花』なのである」と清水氏は説いていられる。その理路は鮮やかであるが、「花が輝いている」がゆえに「挨拶せずにはいられない気持ち」と言われる、植物の花としての夕顔の実景は、清水氏も「源氏の『光』を讃えたのである」と言われるように、「『あやしき垣根』に咲く夕顔の花が（同色の）白露の光につつまれた美しい光景」も隠喩としての源氏の「光」すなわち光来こそ夕顔の宿の女たちの感動の核ではあるまいか。「御車もいたくやつしたまへり、前駆《さき》も追はせたまはず、誰とか知らむとうちとけたまひて、すこしさしのぞきたまへれば」（夕顔巻一二一・二頁）という、油断して少し顔を車から出して世にまたとない美しい横顔を見せたことが事の始まりで、「おのれひとり笑《ゑみ》の眉ひらけたる」白き花に目をとめ、何の花かという思いから「『遠《をち》方人《かたびと》にもの申す』と、ひとりごちたまふ」（夕顔巻一二二頁）源氏の発声がいよいよ夕顔の宿の女たちの心を揺り動かしていく。源氏の言う「遠方人にもの申す」の「遠方人」は源氏の方を覗き見している夕顔の宿の女である。「をかしき額つきの透影、あまた見えてのぞく」のを源氏は見ている。しかし問いかけの相手は夕顔の宿の女であるが文字通り問いかけてはいない。「ひとりごちたまふ」である。「何の花ぞも」という問う気持はあるけれど相手に返答を求める気持はない。ここに随身の答える必要があったわけで、決してよけいな出過ぎた行為ではない。が、源氏の問いかけの気持は「遠方人」（夕顔の宿の女）に向けられている。随身に問いかけたのではない。その意味で夕顔の「心あてに」の歌が源氏の「遠方人にもの申す」に対する答えだという解は理路を持っている。工藤重矩氏が説かれるように、源氏に献上する夕顔の花を載せた扇に書いた歌ゆえ、植物としての「夕顔の花」についての歌という理路があり、源氏の「遠方人にもの申す」を五条界隈に雲散霧消させてはならないという意味で尊重したいし、夕顔の宿の女へ関心を向けた源氏の心の表われとして「遠方人にもの申す」を私も受け止めたい。しかし前述したように「ひとりごちたまふ」であるから、問いかける気持はありながら返答は求めていない。身分差の懸隔により、問いかける気持はあっても問いかける贈歌はありえず、「何の花ぞも」という関心が「ひとりごちたまふ」こととなったのである。

　心に求めつつ応答を期待しない例として、事情は大変違うが、明石巻で源氏が明石の君のいる岡辺の宿に向かう折、都の紫上に思いを馳せ「秋の夜のつきげの駒よわが恋ふる雲居を翔《かけ》れ時の間も見む　と、うちひとりごたれたまふ」（明石巻二八九頁）。都の紫上に向かう源氏の独詠の心は痛切で自然に口ずさまれたものである。遠い都の紫上に今返歌は求めえない。夕顔の宿の女へは身分の懸隔から返歌は求めていない。ただ「白き花ぞ、おのれひとり笑《ゑみ》の眉ひらけたる」、涼しげに、ここちよげに、暑い夏の夕方に、白く咲く花への印象は強かった。自然、何の花かと問いかける気持になったのである。が、「ひとりごちたまふ」である。返歌を夕顔の宿の女に求めていない源氏は、夕顔の「心あてに」の歌を「遠方人にもの申す」の答えの歌とは思っていない。「さして聞こえかかれる心の、憎からず過ぐしがたきぞ」（夕顔巻一二六頁）とある。自分を目ざして歌を贈ってきた、という認識である。随身も「まだ見ぬ御さまなりけれど、いとしるく思ひあてられたまへる御そば目を見過ぐさで、さしおどろかしけるを」（夕顔巻一二六・七頁）という認識である。随身は、源氏の「いとしるく思ひあてられたまへる御そば目」を夕顔の宿の女が「見過ぐさで、さしおどろかし」てきたと、「心あてに」の歌の贈歌の事情の目撃証言なので、夕顔の「心あてに」の歌の詠歌動機の証左として取り上げることができる。

なお「ひとりごつ」独詠は、応答を求めないか求めえない例として、須磨巻に源氏が「『ただこれ西に行《ゆ》くなり』と、ひとりごちたまひて、『いづかたの雲路にわれもまよひなむ月の見るらむこともはづかし』」と詠じ、「例の、まどろまれぬ暁《あかつき》の空に、千鳥いとあはれに鳴く」情景に『友千鳥諸声《もろごゑ》に鳴く暁はひとり寝覚《ねざめ》の床《とこ》もたのもし』と詠ずるが、「また起きたる人もなければ、かへすがへすひとりごちて臥《ふ》したまへり」（須磨巻二四六・七頁）とあり、ほかに起きている人もいないので唱和を求めえないゆえ「ひとりごちて」となっている。

夕顔巻の、夕顔死後、源氏と右近の対話の場面「空のうち曇りて、風冷やかなるに、いといたくながめたまひて、見し人の煙を雲とながむればゆふべの空もむつましきかなとひとりごちたまへど、えさしいらへもきこえず。かやうにておはせましかばと思ふにも、胸塞《ふた》がりておぼゆ」（夕顔巻一七三頁）の源氏の「ひとりごちたまへど」について玉上琢彌先生『源氏物語評釈』（第一巻四六八頁）に「右近によみかけたのではないのである。右近をそれほどの者とは思っていないのだ。右近は『えさしいらへも聞えず』、だまっている。よみかけられないにしても、こういう時は返歌をする方がよいのであるが、遠慮しているのだ。女君が生きていられれば、と思うばかりの右近である」と述べていられる。随身の場合、「遠方人《をちかたびと》にもの申す」の「遠方人」ではないし、かつ「ひとりごちたまふ」であるのに「かの白く咲けるをなむ、夕顔と申しはべる。花の名は人めきて、かうあやしき垣根になむ、咲きはべりける」（夕顔巻一二二頁）と、あの白い花が夕顔という名であること、身分ある人めいた名だけれど、こんなみすぼらしい垣根に咲きます、と、夕顔の花を「顔」から身分のある者めいた名だと持ち上げたり、かつみすぼらしい垣根に咲くと花の境遇を擬人化して、源氏の「くちをしの花の契りや」という擬人化した言葉を引き出している。随身は問いかけられたわけではないが、「遠方人」に当たる夕顔の宿の女にも「ひとりごちたまふ」からして問いかけられたのでもない状況で源氏の側近くいる随身が答えたのはしかるべき行為であったのだ。随身を褒めてやらねばならない。随身のこの白い花、夕顔についての解説が源氏の「くちをしの花の契りや。一ふさ折りて参れ」を導いたのである。この主従のやりとりは夕顔の宿の女たちの少なくとも見るところである。小さい家の近くでの問答、やりとりゆえ聞こえてもいるだろう。称名院にしても、清水、工藤両氏にしても、その前提でのご論である。

さて、夕顔の「心あてに」の歌が源氏の「遠方人にもの申す」への答えと、白露が光を添えて美しく輝く夕顔の花が常のイメージの夕顔の花と違って美しいので挨拶せずにはいられない気持との、「答えと挨拶の歌」という論のの、随身の答えと重複することになるが、問いかけられた真の相手だから、随身の答えのそれはそれとして自らは理路があることは前述した。源氏主従のやりとりを見聞してであるならば、問いかけられた真の相手ではあるも答え、清水氏の説かれるように歌で答えるべきところを随身はそうしていないから重複ではなく、夕顔の「心あてに」の歌こそ真の答えということなのだろう。単に「夕顔の花」という花の名を答えたのではなく、白露が白く光を添えて同色の白い花が夕顔かどうかはっきり分かりませんが当て推量に夕顔の花かと見ます、と世の常のイメージの夕顔とは違う美しい光景に感動して挨拶せずにいられない気持からの歌という、「答えと挨拶」の歌と言われていることは知られる通りだが、私は、源氏が油断して車から少し顔を出し、世にまたとない美しい横顔を見せたことによって夕顔の宿の女たちがそれを覗き見して感動し、ついで源氏が庭に咲く白い花に目をとめ何の花かと問いかける「遠方人《をちかたびと》にもの申す」を聞き、随身の応答の後、「くちをしの花の契りや。一ふさ折りて参れ」と夕顔の花を所望した源氏の一連の言動に深く感動したから夕顔が「心あてに」の歌を詠み贈ってきたのだと考えている。すなわち源氏の言動がインパクトを与えたのである。それは花の光栄と同義的に女の光栄感を歌に詠じたものであるが「心あてに」であって、そこに内気な夕顔の人柄が込められている。清水氏の言われる「『夕顔の花』であるかどうか見定め難い」というのはそれほどに白露が光り輝いて白い花がはっきりとは見定め難くなっている、その白露が「光」を添える輝きに主意があるのであって、すなわち「源氏の『光』を讃え」ることに歌の主意があろう。白露が光を添えた美しい夕顔の花の光景に感動したから挨拶せずにはいられない気持、と清水氏はあくまで植物の花としての夕顔の花の光景に感動しての歌と考えていられ、『細流抄』が「さし過たるやうなれども、折ふしのすぐしがたくて出したる扇なるべし」と言う「折ふし」を、夕顔が常の花の状態でなく白露が「光そへたる」美に輝いている状態を指すと解していられるのであるが、私は「光そへたる」の「光」は源氏〔光る君〕の光来を匂わす語という解に従い、「折ふし」を源氏の光来に浴して輝いている夕顔の花〔私ども〕の状態を指すと解したい。「白露」が「光そへたる」光景への感動は喩としての源氏〔光る君〕の光来を象徴する光景への感動と解する。

その感動を詠み贈歌した行為は、内に秘めた頭中将の愛人という立場、その関係性による源氏への親和、讃仰の気持に基づく夕顔自身の詠歌及び贈歌と私は理解している。この関係性を抜きにして夕顔から「路上の行きずりの男」に歌を贈ったとするところに円地文子氏『源氏物語私見』〔新潮社、昭和四十九年二月〕の遊女性の説が生まれたり、称名院の、「遠方人にもの申す」への答えの歌という説があったのだ。「路上の行きずりの男」は長い間通説だったが、これは誤りである。私はこれを改めたいと思っている。

四　親和、親愛の情の関係に立つ仰ぎ見る感動からの女君の贈歌

親和、親愛の情の関係性のある限り、女君からの贈歌は不自然ではない。仰ぎ見る男君に対して歌を贈るのは感動する女君の行為として本稿のはじめに桐壺更衣から桐壺帝への贈歌で見たところである。それは見られる通り更衣が死に臨んでの極限の状況における、帝の愛情の極みの御言動に対する感動によるものであって通例のことでは

ない。夕顔の場合も通例ではなく、その意味では異例と言わねばならない。以下の夕顔物語では源氏からの贈歌、夕顔の返歌であって、発端の「心あてに」の歌だけが夕顔からの贈歌で源氏が「寄りてこそ」の返歌をしている。

女君から歌を詠むことには、親和、親愛の情の関係性のある限り不自然はなく、夕顔からの贈歌も含めて源氏物語に例を見ることができるが、桐壺更衣の例に見られる極限状況の関係性など特別の意味合いをはじめとしてそこには特別の場合を考えることが必要でありそうだ。例えば花散里は控えめな人柄だが、むしろ控えめな人柄ゆえに仰ぎ見る源氏への贈歌となっていて、内気な夕顔から源氏への贈歌を異例でないとする例証にできるのだが、しかし「花散里と光源氏との贈答歌は、常に女の側から詠みかける形をとる」[5]。それは「光源氏の女君たちの中での相対的な位置づけの軽さのために、花散里から和歌を詠む、という贈答の形式が繰り返される」[5]花散里の人物造型上の特別な意味合いを考えねばならないので、内気、控えめといった共通する性格の関連で夕顔からの贈歌を異例でないとする例証には必ずしもできないが、しかし源氏を仰ぎ見、讃仰する心、感動の情念からの贈歌ということでは十分に例証たりうると思う。贈歌する側は相手への情念を強く抱くがゆえに歌を詠みかけるのである。普通、恋の贈答歌を男君から女君へ贈歌するのは男君が恋する女君への情念、恋慕の情をうったえるからである。花散里は源氏の恋慕の対象でない女君という造型から、源氏からの贈歌がないか、あったとしても書かれていないと高木和子氏の言われている[5]ごとくだが、それだけに花散里からの贈歌は源氏を仰ぎ見、讃仰する心、思いの切なる歌の例として典型的とも言えるのである。夕顔の「心あてに」の贈歌が夕顔物語での源氏と夕顔の贈答歌の中で唯一異例の夕顔からの贈歌であることを考える上で参考例として有効である。すなわち夕顔が源氏と察しられる貴人に対してその光来の恩恵にいかに深く感動し、源氏を仰ぎ見、讃仰する心の余り歌を詠み贈ったことを理解させてくれる参考例となるのである。夕顔自身が直接的に源氏の顔を見たかどうか定かではない。騒ぎ立てる侍女たちの中にあって夕顔自身は矜持ある女君として「立ちさまよふ」はしたない女たちの中にはいまいと思われるけれども、侍女たちから報告を受けて知るであろう。それで当時は女君（女あるじ）が見たことになる。侍女たちの騒ぎの中にあって前述のごとく頭中将との関係性の中から源氏の「光来」を仰ぎ見、讃仰する心の最も深いのは夕顔自身であったと思うので、私は侍女合作説は採らず夕顔自身の感動、源氏への讃仰の心を詠んだ歌と考えるのである。

源氏が須磨に赴く前、花散里を訪ね、その帰りの場面、花散里から源氏へ贈歌している。

例の、月の入り果つるほど、よそへられて、あはれなり。女君の濃き御衣《ぞ》に映《うつ》りて、げに濡るる顔なれば、

月かげのやどれる袖はせばくとも
とめても見ばやあかぬ光を

いみじとおぼいたるが、……　（須磨巻二一四頁）

数ならぬ身の私ですが、仰ぎ見る光のあなたをお引きとめしたく存じます、と切なる胸のうちを詠んで贈歌している。花散里の哀れな境涯、源氏の庇護を失っては生きるのもおぼつかない状況とあいまって本来控えめで地味な性格と容姿の卑下感からの源氏を仰ぎ見る（「月」の喩）「光」として別れを悲しむ情念が贈歌となっている。

切なる感情の高まりが贈歌となる例として絵合巻で源氏の須磨明石での絵日記をはじめて見た紫上からの歌は、一人京に残って悲しく暮らしていた年月が今さらのごとくよみがえりその悲しさの情念を詠じている。女君からの贈歌が痛切な心の結晶として機能することが分かる。

かの旅の御日記の箱をも取り出でさせたまひて、このついでにぞ女君にも見せたてまつりたまひける。御心深く知らで今見む人だに、すこしもの思ひ知らむ人は、涙惜しむまじくあはれなり。まいて忘れがたく、その世の夢をおぼしさますをりなき御心どもには、取りかへし悲しうおぼし出でらる。今まで見せたまはざりける恨《うら》みをぞ聞こえたまひける。

「一人ゐて嘆きしよりは海士《あま》の住む

かたをかくてぞ見るべかりける

おぼつかなさは、なぐさみなましものを」とのたまふ。いとあはれとおぼして、

憂きめ見しそのをりよりも今日はまた

過ぎにしかたにかへる涙か

中宮ばかりには、見せたてまつるべきものなり。（絵合巻一〇一・二頁）

源氏の須磨明石絵日記を見た衝撃にも似た感動が紫上を揺り動かしている。やはり女君からの贈歌は特別な場合、状況における行為なのである（花散里の場合、常にそうであるのは特異な人物造型なのである）。紫上は御法巻で死の直前、そのはかない命を、庭前の萩の上露に託して詠む。源氏の深い愛情のさまに感じての、紫上からの歌である。それは桐壺巻の桐壺更衣からの桐壺帝への贈歌の哀切に似て呼応するかのごとき趣である。

風すごく吹き出でたる夕暮に、前栽《せんざい》見たまふとて、脇息《けふそく》によりゐたまへるを、院わたりて見たてまつりたまひて、「今日は、いとよく起きゐたまふめるは。この御前《おまへ》にては、こよなく御心もはればれしげなめりかし」と聞こえたまふ。かばかりの隙《ひま》あるをも、いとうれしと思ひきこえたまへる御《み》けしきを見たまふも、心苦しく、つひにいかにおぼし騒がむ、と思ふに、あはれなれば、

おくと見るほどぞはかなきともすれば

風に乱るる萩《はぎ》のうは露

（御法巻一一一・二頁）

「思ふに、あはれなれば」の無敬語「思ふに」は語り手が紫上に密着し一体化した語りの叙述を表わし、「あはれなれば」は紫上の心情を直接的につたえる主観直叙の言葉である。紫上が「おくと見る」の歌を詠む動機を直接的につたえる表現である。源氏と明石中宮は唱和してそれぞれ歌を詠み、紫上は「明け果つるほどに消え果てたまひ

ぬ」（御法巻一一三頁）。御法巻は紫上死去の哀切な巻で、紫上は右のごとく源氏や明石中宮に対して歌を詠むばかりでなく、「明石の御方に、三の宮して聞こえたまへる」（御法巻一〇四頁）とあったし、「花散里の御方に」（御法巻一〇六頁）も歌を贈っていた。残り少ない「心細」い思い、「遠き別れめきて惜しまる」感慨からの詠出であり贈歌であった。女君からの贈歌の動機をこの御法巻の紫上の歌の詠出がまさに心の結晶の歌とともに深々とつたえる。親愛なる思いが死に臨んでは、挑《いど》み交わした明石の御方にもこみあげたのであった。就中源氏との永別は前述のごとく桐壺更衣の桐壺帝とのそれが思い合わせられ哀切の極みである。うろたえ悲嘆にくれられる桐壺帝の返歌もない状況はその後の帝の光君への深い情愛への序曲となったが、ひきかえ紫上の死去のさまを描く御法巻は、唱和の歌とともに静かな終焉をつげる。紫上に実子のいないことも匂宮の存在によってカバーされようし、源氏は紫上に実子のいないことを嘆いているけれども一面女子の育愛の難かしさを思い「よくこそ、あまたかたがたに心を乱るまじき契《ちぎ》りなりけれ」（若菜下巻二四三頁）と紫上に語っているのは、女三の宮のこと（密通事件）が念頭にあっての言葉であるとともに子の生まれなかった紫上への配慮もあると思われるのである。永別は悲しいけれど静かな終焉となるゆえんである。御法巻の深い哀愁は紫上の贈歌によって切り拓かれ源氏をはじめ女君たちの唱和によって静かに幕を閉じる。

賢木巻で藤壺宮から源氏へお歌が贈られているのは、源氏が朱雀帝の御前にいたことを聞かれて、朱雀帝の時代が同じ宮中でありながら、昔に変わっている事が多く悲しいとの思いがこみあげられての情動による。その思いを同じうする源氏にうったえるように贈歌されたのは、出家の決意を心に秘められた藤壺宮の切なる感情の極みからのことで、特別の場合といえよう。出家を決意していられる藤壺宮の心の奥底の揺れを見る、「女君からの贈歌」である。

夕顔巻の源氏と夕顔の恋物語は、夕顔の「心あてに」の歌の詠出と贈歌によって切り拓かれ源氏の「寄りてこそ」

の返歌によって始動した。前述のごとく頭中将の愛人という要件を内に秘めて背負うことによって源氏への親和、仰ぎ見る心を「心あてに」つたえたのであった。以後の二人の恋物語の贈答歌における夕顔の返歌、応答ぶりは、しゃれた親和的な風情であって、「心あてに」の歌にこめた、源氏さまのご光来によってまぶしくも輝く私（ども）かと存じ感謝、感激しております、とおおけなくも申し上げた、親和的にして仰ぎ見る心は、一貫している。夕顔の最後の歌「光ありと見し夕顔のうは露はたそかれどきのそら目なりけり」（夕顔巻一四六頁）は「白露の光そへたる夕顔の花」―源氏のご光来にまぶしくも輝いた私（ども）―を「そら目」だったというのである。つまり光源氏の愛情・恩恵を疑う女の甘えた応答であり、言わば女の媚態である。「ほのかに言ふ」のはつつましく、「『海士《あま》の子なれば』とて、さすがにうちとけぬさま」と、名を名乗れと源氏に言われても名を明かさぬところを「いとあいだれたり」と評されるのは源氏の目に捉えられる夕顔の親愛的な風情を表わしている。「あいだる」は玉上先生『評釈』に「甘えている」、『集成』に「甘えている」、『新編全集』に「なよなよと甘えた様子」、『新大系』に「まことにあいそよく戯れている」とそれぞれ訳しているように、夕顔の人なつこい親しみやすいさまである。「あいだる」は柏木巻に柏木を褒《ほ》めて評する語に用いられており、玉上先生『評釈』に「人なつこい」、『集成』に「親しみやすい人柄」、『新編全集』に「人なつこい親しみやすさ」、『新大系』に「慣れ親しみやすくしていらっしゃった。『あいだる』は、ユーモアがある、あいそよい、人なつこい。『愛敬づく』にも近い語」とあり、「かの君は、五六年のほどのこのかみなりしかど、なほいと若やかに、なまめき、あいだれてものしたまひし」（柏木巻三〇八頁）は『岩波古語辞典』に「なよやかすぎる様子を呈する。一説、愛嬌のこぼれるような様子である」と述べ柏木の用例をあげる。小学館『新選古語辞典』は柏木の例には「なよやかである。なまめかしい」とする。夕顔の例では『明解古語辞典』（三省堂）など「甘える」とする。夕顔の「いとあいだれたり」は、「非常に（とても）甘えている」で、柏木への評言を参考にしても、なよやかでなまめかしい、愛嬌のこぼれるような様子である。

さて、内気ではにかみ屋と言われる夕顔が一貫して内気、はにかみ屋というのではなく親愛の情を表わす様態は「心あてに」の歌にもひそんでいたが、「光ありと見し」の歌の「そら目なりけり」は一層甘えてみせることのできる仲になったことを証左する言わば媚態なのである。「いとあいだれたり」は源氏に求められても名乗らぬ、卑下の心をまじえた甘え親しみの様態を言っているのである。その意味で、「おおけないこと、恐れ多いことであったから『たそかれどきのそら目なりけり』と恐縮する」(6)意に説かれた尾形仂氏のご論にいささか私なりに補足的に説明させていただくと、甘えた親愛の情の言わせた否定だということになる。死の迫ることも知らない二人の甘い睦言が源氏の「夕露に」の歌と夕顔の「光ありと見し」の歌だったのである。やがて名は明かさぬものの「すこしうちとけゆくけしき、いとらうたし」(夕顔巻一四七・八頁)となる。もののけ出現の直前の愛情の風情、姿であったことになるのである。

夕顔の性格について言われる内気、はにかみ屋は確かにその通りであるが、単に内気、はにかみ屋ではなく、「いとあいだれたり」、とても甘えている、親愛的な風情に夕顔の魅力があり、そこに源氏は惹かれたのであると見なくてはならないであろう。ただ源氏の見る常の夕顔の風姿は内気、はにかみ屋というべきものなのであった。親和性は「いとあいだれたり」と評される風情に表われていることは前述したが、私はそもそも夕顔物語の発端の「心あてに」の歌の贈歌行為に夕顔の源氏への親和的にして仰ぎ見「光」と讃仰する心がこめられていると考えており、本稿において内に秘めた頭中将の愛人という立場による、頭中将と源氏の関係性に基づく親和の心が内気な夕顔をして源氏への贈歌という行為を可能ならしめた要件であったろうことを説述した次第である。ところでしかし夕顔の内気、はにかみ屋が主として印象されるのは何故か。特に夕顔の死後、源氏が右近に語った言説は源氏の夕顔評として印象が強い。

はかなびたるこそは、らうたけれ。かしこく人になびかぬ、いと心づきなきわざなり。みづからはかばかしくすくよかならぬ心ならひに、女はただやはらかに、とりはづして人にあざむかれぬべきが、さすがにものづつみし、見む人の心には従はむなむ、あはれにて、わが心のままにとり直して見むに、なつかしくおぼゆべき。

（夕顔巻一七二頁）

これは一般化した言い方で、作者の構想的意図の表出として、むしろ紫上の愛育を予想していて、必ずしも個別的な夕顔評とも言えないが、しかしこれを承った右近が「『このかたの御好みにはもて離れたまはざりけり、と思ひたまふるにも、くちをしくはべるわざかな』とて泣く」（夕顔巻一七三頁）ように「はかなびたるこそは、らうたけれ。……女はただやはらかに、とりはづして人にあざむかれぬべきが、さすがにものづつみし、見む人の心には従はむなむ、あはれにて、……」は夕顔にあてはまる、源氏の女性好尚である。それは夕顔の境涯にもとづく性情なのである。右近が源氏に語った夕顔の身の上の哀れが一切である。夕顔が秘め続けた身の上の悲しさは「親たちは、はやう亡《う》せたまひにき。三位の中将となむ聞こえし。いとらうたきものに思ひきこえたまへりしかど、わが身のほどの心もとなさをおぼすめりしに、命さへ堪へたまはずなりにしのち」（夕顔巻一六九頁）と右近が語るように、母親は父親より早く亡くなっていると思われる（「親たち」とあって母親の死は個別的には語られず遠い彼方のようである。父の死も続いて早いので「親たちは、はやう亡《う》せたまひにき」と一括して言うのであろう）が、父三位の中将の死が夕顔の運命を暗くし没落の境涯（上の品から中の品へ）に落ちる原因となったのだ。頭中将の愛人となったのも中の品の身の上としてであったことは雨夜の品定めで頭中将の体験談（「常夏の女」）の女であることで明らかで、源氏の光来の時は五条の宿に隠れ住む、一見「下の品」の境涯であった。「（頭中将の正夫人の家）右の大殿より、いと恐ろしきことの聞こえ参《ま》で来《こ》しに、物懼《ものおぢ》をわりなくしたまひし御心に、せむかたなくおぼし懼《お》ぢて、西の京に、御乳母《めのと》住みはべる所になむ、はひ隠れたまへりし。……」（夕顔巻一七〇頁）と右近の語るように頭中将の北の方の家からの脅迫で身を隠し、さらに山里に移ろうとしたときの方違えに、五条のあやしげな宿にいたところを源氏に見つけ出されたわけである。夕顔が卑下の感情を持つのは当然である。ところで「物懼《ものおぢ》をわりなくしたまひし御心」とあるがこれを夕顔の生来の性格のように固定的に考えるのは間違いであろう。父三位の中将が「いとらうたきものに思ひきこえたまへりしかど」早くに亡くなった薄幸の運命のなせるわざと考えねばならない。「世の人に似ずものづつみをしたまひて、人にもの思ふけしきを見えむを、はづかしきものにしたまひて、つれなくのみもてなして、御覧ぜられたてまつりたまふめりしか」（同右頁）と右近の語るごとくに自らの嘆きを人に隠した風情が控えめなつつましい人柄の印象を与えた。大方には内気、はにかみ屋の印象であって、源氏が「はかなびたるこそは、らうたけれ」と言ったのは夕顔の大方の性情を指しているのである。嘆きなどを内に秘めて表に現わさぬのは、もともとは上の品の出自である矜持によるものであろう。

むすび

『花鳥余情』の言う「夕顔は女の我身にたとへてよめり」、「夕顔花はいやしき垣ねにさく花なれは女も我身にたとへていへり」に賛同するのは、五条の下町に仮住まいする我身を卑下する女自身の比喩として「いやしき垣ねにさく」夕顔の花はふさわしいからである。しかし夕顔（女）は文字通り我身を卑しき女と思っていたわけではない。もともとは上の品である出自、頭中将の愛人という矜持があった。流麗な美しい「すさび書き」、「あてはかにゆゑづきた」る「心あてに」の歌の書きぶり、筆蹟は普段の生地を表わしたものである。今井上氏の言われるように(7)「夕顔巻においてその花は『いと青やかなる葛の心地よげに這ひかかれるに、白き花ぞおのれひとり笑みの眉ひらけたる』と、源氏の目を引くに値する好ましき花として描かれている」のであって、賤しき花としてさげすまれているわけではない。とは言っても桜とか藤の花とは違い、「あやしき垣根に咲く花」である。「枝もなさけなげなめる花」

である。随身の言葉に「かの白く咲けるをなむ、夕顔と申しはべる。花の名は人めきて、かうあやしき垣根になむ、咲きはべりける」とある。「白き扇」をさし出した女《め》の童《わらわ》が「枝もなさけなげなめる花」と言っている。「げにいと小家《こいへ》がちに、むつかしげなるわたりの、このもかのも、あやしくうちよろぼひて、むねむねしからぬ軒のつまなどに、はひまつはれたるを、『くちをしの花の契りや。一ふさ折りて参れ』とのたまへば」（夕顔巻一二二頁）とあるように源氏の「くちをしの花の契りや」はまさに夕顔（女）の境涯を象徴するかのようである。すなわち「夕顔」の『顔』が「人めきて」、身分のある者のようで、しかし「あやしき垣根になむ咲」くのは五条の下町に身を隠す女の境涯を表わしていよう。もともと五条の下町の女ではない、もとは上の品の、今は中の品の女であるが頭中将の愛人である夕顔（女）が頭中将の北の方の家から脅迫されて五条の下町に隠れ住む情況を象徴化する「夕顔の花」はやはり女自身の比喩としてふさわしいのであった。

夕顔―「心あてに」の歌を詠じた女君を賤しき花としての夕顔にそのまま比喩するのは失当であるが、同時に美しい夕顔の花として源氏の比喩とするのは、はばかられるのである。確かに夕顔巻の夕顔の花は美しく描かれている。しかしその美しい夕顔の花は「あやしき垣根に」咲いている。そこにまさにもともとは高貴な出自で没落したとは言っても頭中将の愛人である（頭中将から離れて隠れ住んでいるので正確には頭中将の愛人であった）女が五条の下町に隠れ住む喩としてふさわしいゆえんがある。

　今井上氏の説かれたように「それだけでも価値のあるものに、さらに価値が付加したことを意味する」のが「そへ」るという語である。されば「心あてに」の歌の「夕顔の花」は「賤しき花」であってはならない道理である。本稿で力説した頭中将の愛人という立場、もともとは上の品の出自という矜持は「それだけでも価値のあるもの」に相当するであろう。その上に源氏の光来という「光そへたる」価値が付加したのであるかと夕顔は「心あてに」見たのである。

『岷江入楚』の「露の光やいかに」の項に「箋曰露の光やいかにといへるちやつと聞ては自称のやうなれどさにはあらず　心あてに——といへる詞にあたりてのたまふ也　その時の心あてにのごとくなる歟　又御推量と相違したる歟　いかにとの給ふ也」とあるのは正解で源氏の「自称」ではなく、夕顔が「心あてに」推量したのはその通りだったか違っていたかと源氏は聞いたのである。それに対し夕顔は源氏のご光来の栄に浴したなどと推量したのはまちがいでしたと自卑したのである。このやりとりは男女のそれとして甘美なものであった。

注

（1）拙稿「桐壺帝と桐壺更衣の形象」（「中古文学」第七十二号、平成十五年十一月。本書第二編一）
（2）清水婦久子氏『源氏物語の風景と和歌』（和泉書院、初版平成九年九月。増補版平成二十年四月）の第六章「光源氏と夕顔」の第一節「夕顔の歌の解釈」の「二、『心あてに』歌の解釈」
（3）清水氏前掲注（2）に同じ。工藤重矩氏「源氏物語夕顔巻の発端―「心あてに」「寄りてこそ」の和歌解釈―」（「福岡教育大学紀要」五〇号、平成十三年二月。のち『源氏物語の婚姻と和歌解釈』風間書房、平成二十一年十月所収）
（4）工藤氏「源氏物語の和歌の読み方―夕顔『心あてに』と藤壺『袖ぬるる』の和歌解釈―」（『源氏物語の展望第一輯』三弥井書店、平成十九年三月。のち『源氏物語の婚姻と和歌解釈』所収）
（5）高木和子氏「花散里・朝顔の姫君・六条御息所の物語と和歌」（池田節子氏・久富木原玲氏・小嶋菜温子氏共編著『源氏物語の歌と人物』翰林書房、平成二十一年五月）
（6）尾形仂氏「連衆心―挑発と領略―」（「国文学」昭和六十一年四月）
（7）今井上氏「白露の光そへたる―夕顔巻の和歌の言葉へ―」（「文学」平成十八年九月・十月号）

十八　玉鬘物語の方法と構造

——玉鬘巻を中心に——

一

「年月隔《へだ》たりぬれど、飽かざりし夕顔を、つゆ忘れたまはず、心々なる人のありさまどもを、見たまひかさぬるにつけても、あらましかばと、あはれにくちをしくのみおぼし出づ」（玉鬘巻二八一頁。頁数は『新潮日本古典集成源氏物語』による。以下同じ）。この玉鬘巻冒頭の文は末摘花巻冒頭の「思へどもなほ飽《あ》かざりし夕顔の露におくれしここちを、年月経《としつきふ》れど、おぼし忘れず、ここもかしこも、うちとけぬ限りの、けしきばみ心深きかたの御いどましさに、け近くうちとけたりしあはれに似るものなう、恋しく思ほえたまふ」（末摘花巻二四五頁）に酷似する。後藤祥子氏は[1]「源氏が玉鬘を探し求めようとした動機」を、この両巻冒頭の「極めて等質なものが感ぜられる」ところから、「子供の少い淋しさから養女をといった今一つの動機がからんでいることも否定できないが、（中略）源氏のおもわくはむしろどちらかといえば、妻妾の一人として夕顔的な女を求め、その最も手っとり早く確実な候補として玉鬘を心がけていた」と言われる。夕顔巻を受けるということはいわゆる帚木系の好色物語が発想されることを意味する。もっとも好色ということは若紫系の巻々においても不可欠であり、単に帚木系の専有するところではないが、若紫系は藤壺思慕にせよ朧月夜との恋にせよ、近くは斎宮の女御への恋慕にせよ、禁忌の恋であり、紫上にしても藤壺思慕の内的動機があった。

玉鬘巻冒頭近く、行方不明になっていた夕顔の忘れ形見の「夕顔巻」以降の人生の軌跡が語られ出す。夕顔巻から十八年の歳月を経ており、夕顔の遺児も二十一歳の女盛りに成長しているのだ。「夕顔的な女」とは夕顔の娘なのであるらしいのである。となると玉鬘巻は夕顔巻からつながると共に六条御息所の遺児斎宮の女御への源氏の恋慕と同様に母娘への恋慕の構想となるわけである。斎宮の女御への思うにまかせぬ恋の憂いを対置させて、夕顔の遺児という身分的に気軽な玉鬘への恋を描こうとするのだ。玉鬘巻は斎宮の女御や朝顔前斎院への恋慕に引き続くまさに中年の恋物語のはじまりであり、権勢を握った源氏の六条院物語における色好みの花の役割を玉鬘はになう。舞台は上の品の世界、ヒロインは中の品というのが玉鬘十帖の世界といえよう。九州における玉鬘はまさに受領階級の姫君の人生である。夕顔、玉鬘、浮舟は同質の人生であり、右近が夕顔についてもし生きていたら「明石の御方ばかりのおぼえには劣りたまはざらまし」（玉鬘巻二八一頁）と反実仮想する夢物語が遺児玉鬘に託されようとするかのごとくである。右近は夕顔の形見《かたみ》と見られて長く源氏に近仕して源氏や紫上の信頼を得ている。その右近は亡き夕顔を追慕し、夕顔の遺児（玉鬘）について源氏が言ったことば「人にさとは知らせで、われに得させよ。あとはかなく、いみじと思ふ御かたみに、いとうれしかるべくなむ」（夕顔巻一七一頁）を忘れないでいるようだ。「一昨年《をととし》の春」生まれたという夕顔の遺児をわがもとへ連れてこいと言う源氏は夕顔の形見として夕顔をしのぶよすがにしたいという気持にほかならなかったにちがいない。若紫（紫上の少女期）に対して求めたような深い内的動機（藤壺思慕）はないから、成人後までを見通しての遺児獲得願望であったかはいぶかしい。しかし二十年近くもの歳月を経た今、成人した玉鬘が源氏のもとに連れてこられたら、夕顔追想は玉鬘への恋につながることは必定であろう。玉鬘巻冒頭の書き出しは、玉鬘登場を構想する作者が源氏の夕顔追想を二十年近くもにわたるものとして書いていると見れば、夕顔によく似た女君として、夕顔→玉鬘を潜ませている文言といえよう。

六条御息所との対比で語り出された夕顔であったのに対し、六条御息所の遺児斎宮の女御との対比で夕顔の遺児玉鬘が登場するけはいである。薄雲巻で、源氏は、二条の院に里下がりした斎宮の女御に対面し思慕の情を抑えかねる。「今はむげの親ざまにもてなして、あつかひきこえたまふ」（薄雲巻一七八頁）とあるように親代わりで養女の斎宮の女御をお世話申し上げなさっている。ところが「秋の雨いと静かに降りて、御前《おまへ》の前栽《せんざい》のいろいろ乱れたる露のしげさに、いにしへのことどもかき続けおぼし出《い》でられて、御袖も濡れつつ、女御の御かたにわたりたまへり」（同右頁）とあるように亡き六条御息所との昔のことを追慕する源氏の情念が涙に濡れて斎宮の女御のもとへ誘うのだ。夕顔巻で六条御息所の邸を訪れた秋の庭の情景も「前栽のいろいろ乱れたる」（夕顔巻一三二頁）であった。今、二条の院の御庭の「いろいろ乱れたる露のしげさに」触発されるとき、源氏は昔の六条御息所の邸の秋の庭の色とりどりの草花が思い出されたであろう。斎宮の女御への恋慕は六条御息所への追慕からみちびき出される構図である。夕顔追慕から玉鬘への恋がみちびき出される先蹤となるのだ。

斎宮への禁じられた恋、六条御息所の娘であるこの人への恋は「かうやうに例に違《たが》へるわづらはしさに、かならず心かかる御癖《くせ》にて」（賢木巻一三六頁）と書かれている。しかし澪標巻で源氏は恋の心を思い返し、将来、冷泉帝へ女御として入内させると心に決着をつけているように書かれている。

> 下《くだ》りたまひしほどより、なほあらずおぼしたりしを、今は心にかけてともかくも聞こえ寄りぬべきぞかしとおぼすには、例の、引き返し、いとほしくこそ。故御息所《こみやすむどころ》の、いとうしろめたげに心おきたまひしを、ことわりなれど、世の中の人もさやうに思ひ寄りぬべきことなるを、引き違《たが》へ心清くてあつかひきこえむ、上《うへ》の今すこしものおぼし知る齢《よはひ》にならせたまひなば、内裏住《うちず》みせさせたてまつりて、さうざうしきに、かしづきぐさにこそ、とおぼしなる。（澪標巻四五・六頁）

六条御息所の遺言「世づいたる筋におぼし寄るな」（澪標巻四一頁）がブレーキをかけている趣である。が、薄雲巻で斎宮の女御に対面した源氏は「胸のうちつぶるる」（薄雲巻一七九頁）思いをやはり女御に対して抱く。「おぼろけに思ひ忍びたる御後見とはおぼし知らせたまふらむや。あはれとだにのたまはせずは、いかにかひなくはべらむ」（薄雲巻一八〇・一頁）と抑えかねての慕情をうったえている。実の御子冷泉帝の女御であり、母六条御息所の遺言のいさめもあるにかかわらずである。面倒な事情のある恋に必ず心ひかれる好色の癖（賢木巻一三六頁）は帚木巻冒頭に好色者光源氏の「癖」として本質的に規定せられていた。薄雲巻での源氏の慕情のうったえはなお続くが、対応しかねている斎宮の女御に源氏の恋は一人相撲に似て、やがて自ら反省する。そっと奥に引っこんでいく女御に、源氏はこの恋の幕をおろすようである。女御は色めかしい源氏には拒否反応を示すのだ。女御とのことをいかにも不都合なことだと反省する源氏は中年期のわが分別を自覚する。この恋は「おぼし返す」（澪標巻四二頁）、「例の、引き返し、いとほしくこそ」（澪標巻四五頁）、「わが御心も、若々しうけしからずとおぼし返して」（薄雲巻一八三頁）等「おぼし返す」ことがくり返される。次の朝顔巻は前斎院への恋慕と前斎院の結婚拒否を描いて、斎宮の女御への恋慕と対をなす。

作者はこの源氏の恋をこのように拒否にあって終わらせるのとは異なる新たな対象として、母娘への恋の構図は斎宮の女御と同じながら、身分的に軽い夕顔の遺児を登場させる。斎宮の女御への恋が、母六条御息所の遺言や、源氏の実の御子たる冷泉帝の女御であること等の制約によって無理であるのに対し、これらの制約のない夕顔の遺児を相手に可能な限り源氏中年期の色好みを解放的に花咲かせることを作者はもくろんだとおぼしい。朝顔前斎院への恋を描く朝顔巻は結婚拒否の女君として斎宮の女御に並記されたものであって直接玉鬘をみちびき出すものではないであろう。もともと朝顔前斎院は六条御息所と対比的な人物であって、玉鬘と対比対照されはしない旧世代の人物である。斎宮の女御と並記されたのは結婚拒否という連関であって世代的には並べられるべくもないのである。玉鬘は斎宮の女御に対比対照せられるべく登場する。母の夕顔が六条御息所に対比対照されたように。となると斎宮の女御が源氏の養女であるのと対をなして玉鬘も源氏の養女となる構図は作者の構想の見取り図として構えられることは想定できよう。問題はどのようにそれを具現していくのであるかという点である。

二

夕顔によく似た女君をと夕顔の面影を追う源氏には成長している夕顔の遺児ほど恰好の相手はないだろう。作者はその腹案を持ち夕顔の遺児を呼びこもうとする。斎宮の女御は六条御息所の遺児、言うまでもなく上の品である。それに対比される夕顔の遺児玉鬘は中の品である。侍女に預けられたまま行方不明というから薄幸の身が想察される。「流離譚」と日向一雅氏は名づけていられる。(2) 日向氏は「源氏は玉鬘の幸福あるいは繁栄のために尽くさなければならない」(2) とする「夕顔鎮魂の論理」(2) を説かれるが、斎宮の女御の「幸福あるいは繁栄のために尽くさなければならない」のが六条御息所鎮魂の方法・論理であるのと対をなすであろう。共に若き日の逸脱、過誤にも似た行為をつぐなうかたちとなることも両者がセットになっている構造を思わせる。それぞれの母への追想からみちびき出されてくるという意味で過去回想の物語といわねばならない。(3) 西村亨氏が朝顔巻の朝顔前斎院の物語は「後日譚だ」(4) と看破されたように、薄雲巻も朝顔巻も過去につながる回想的な物語だ。朝顔巻は藤壺宮が中有に迷っている話まで語られる。ここでは立ち入らないが、私は藤壺との関わりを重視したいと思っている。過去、光源氏の罪深い過去が一斉に顔を出してくるのだ。朝顔巻は源氏が紫上に語るかたちで藤壺のこと、前斎院のことを回想的に語っている。また朧月夜のことを紫上が話題にしたのを受けて源氏が回想する。さらに明石の御方と花散里を批評するのも源氏の回想である。玉鬘巻冒頭の「心々なる人のありさまどもを、見たまひかさぬるにつけても」は身分的に中の品の女性を対象とするのであろうが、この朝顔巻の源氏の女人回想も含めてよいのではないか。陽明文庫本〈別本〉は「人の御ありさまを」とする。

玉鬘の六条院入りの構想は、玉鬘の六条院での住居が「花散里、東の御方の西の対である」ことからして「六条院造営の構想よりも後」と高橋和夫氏は言っていられる。(5)「玉鬘の並びで第一に活躍する玉鬘がこうした待遇を受けているのは、既に六条院の四季の構図が執筆されてしまっていたからだと考える方が妥当なように思う(5)」と言っていられる。そうであるにしても、玉鬘の身分的位相からしてまことにふさわしい処遇なのではなかろうか。秋好中宮の西南の町では中宮にお仕えする女房と同じように人に思われる恐れがあると源氏に思われている玉鬘である。それほどに軽く思われているのである。花散里と「あひ住み」というのも同格で、低い待遇とは思えない。むしろこうした待遇に源氏の玉鬘への待遇意識のありようを見てとるべきであろう。すなわち召使扱いとはせぬ、女君扱いをする源氏の心組みをである。花散里に後見を託したことは娘分の扱いである。花散里は明石の姫君のほかに新たに姫君が加わったと思っている。源氏は紫上の前でも「親めきてのたまふ」（玉鬘巻三一三頁）、実の親のような言い方をする。しかし源氏の本意は夕顔追想の延長線上に玉鬘を女君として見ている。

「あはれに、はかなかりける契りとなむ、年ごろ思ひわたる。かくて集《つど》へたる方々《かたがた》のなかに、かのをりの心ざしばかり思ひとどむる人なかりしを、命長くて、わが心長さをも見果つるたぐひ多かめるなかに、いふかひなくて、右近ばかりを形見《かたみ》に見るは、くちをしくなむ。思ひ忘るる時なきに、さてものしたまはば、いとこそ本意《ほい》かなふここちすべけれ」とて、御消息《せうそこ》たてまつれたまふ。かの末摘花のいふかひなかりしをおぼし出づれば、さやうに沈みて生《お》ひ出でたらむ人のありさまうしろめたくて、まづ文《ふみ》のけしきゆかしくおぼさるるなりけり。

（玉鬘巻三一四・五頁）

玉鬘巻冒頭の地の文を裏づける源氏自身の告白である。「かのをりの心ざしばかり思ひとどむる人なかりしを」とは最高級の思いと言うべきだ。急死させてしまった悔恨がいやます思いとなるのであろうが、いろいろな女君たちの性格の中で一番いとしく思われるとあった冒頭文と同じく夕顔ほど心ひかれる人はいないとは最大級の讃辞である。何がかくも言わせるのかといえば、源氏が紫上に語る夕顔の性格「あはれとひたぶるにらうたきかたは、またたぐひなくなむ思ひ出でらるる」（玉鬘巻三一八頁）とあるに尽きよう。源氏が玉鬘に求めようとするのもこの夕顔的な性格である。後藤祥子氏が「源氏が夕顔のかけがえとしてその娘をどこまでも考えていたことは、玉鬘に会う前にこれを末摘花と対照させて考えていることからもいえると思う」(6)と鋭く指摘されている通りである。「かの末摘花のいふかひなかりしをおぼし出づれば」（玉鬘巻三一五頁）とある。玉鬘巻冒頭文からして末摘花巻冒頭文とモチーフを同じくして夕顔的な女を求めている。末摘花の失敗も手痛く忘れがたいのだ。「さやうに沈みて生《お》ひ出でたらむ人のありさまうしろめたくて」というのも末摘花の失敗が思い合わされるからだ。

ところが源氏はその本心は口にせず「われは、かうさうざうしきに、おぼえぬ所より尋ね出だしたるとも言はむかし。好きものどもの心尽くさするくさはひにて、いといたうもてなさむ」（玉鬘巻三一四頁）と言うのだった。「好きものどもの心尽くさするくさはひに」するというのも好色事だが彼自身の玉鬘に対する好色心は内に隠しているのだ。源氏の娘としてという第一の真の理由はこの自らの本心を隠すためであるにちがいない。これと符合するように右近が玉鬘を源氏の養女として六条院へと口にしたのは、玉鬘の乳母が源氏には多くの妻妾がいるからそのようなところへ玉鬘を入れるのはと難色を示したことに対する返答においてであった。乳母は父内大臣にお知らせ申し上げてほしいと再度にわたり言っているのももっともであるし、れっきとした夫人たちが源氏にいるからと心配するのは年齢も二十歳ばかりの玉鬘であるから源氏の思い人になるのを予想してであり、もっともなことと言わねばならない。右近の言う「世に忘れがたく悲しきことになむおぼして、かの御かはりに見たてまつらむ、子も少なきがさうざうしきに、わが子を尋ね出でたると人には知らせてと、そのかみよりのたまふなり」（玉鬘巻三〇八頁）はなるほど同様のことが源氏の意向として、夕顔の死の当時に、右近につたえられているのだが、しかし当時は「一昨年《をととし》の春ぞ、ものしたまへりし、女にて、いとらうたげになむ」（夕顔巻一七〇・一頁）と語った右近のことばによって分かるように幼児の玉鬘である。源氏の意向も納得できる。「人にさとは知らせで、われに得させよ。あとはかなく、いみじと思ふ御かたみに、いとうれしかるべくなむ」（夕顔巻一七一頁）は夕顔をしのぶ形見として言っており、将来夕顔の代わりにわが女とする底意があると言えなくはないが、言い過ぎだろう。その時の気持の真実は亡き夕顔をしのぶところにあったろう。ところが右近がその時の源氏の意向をそのまま今に移して二十歳ばかりの玉鬘を養女にと、その時の源氏の意向を盾に言うのは強弁ではないだろうか。というよりその場しのぎの弁というべきか。乳母を説き伏せるための論理は、実の父親へ知らせてほしいという乳母の言い分より無理があるのではなかろうか。右近としては源氏にかわいがられ信頼もされている身として昔の源氏の意向を忘れないで、忠勤を尽くす気持と、昔、源氏の邸に引きとられたその時から「絵に画きたるやうにおもしろきを見わたして、心よりほかにをかしきまじらひかなと」（夕顔巻一七一頁）感動した源氏邸の輝くような生活、すばらしい源氏のもとへお連れすることこそ姫君（玉鬘）の幸福だと一途に思ってのことであろう。長い二十年近くにもわたる源氏や紫上（源氏の須磨退居時に紫上の侍女となる）のもとでの生活はすっかり源氏方の身になりきるのは必然である。右近からすれば源氏と政治的に対立する内大臣の家庭事情こそ批判的に見ざるをえないであろうと思われる。子沢山の中に玉鬘が入っていってどうなるかといった不安である。しかし玉鬘はじめ乳母たちは右近の話から内大臣は多くの側室たちの生んだ御子どもを皆結構一人前に引き立てていると聞いてやはり実父の方を頼りにするのも人情として当然である（玉鬘巻三一〇頁）。

急ぎ源氏の邸に姫君（玉鬘）発見の報告に参上した右近は、うちとけて並んでおいでの源氏と紫上の様子を目のあたりに拝し、玉鬘を紫上の美しさに劣るまいと見たけれども、やはり格段の相違だと思わずにいられない。「幸《さいは》ひのなきとあるとは隔てあるべきわざかなと見あはせらる」（玉鬘巻三一一・二頁）。右近はこの時わが姫玉鬘の現実と同時にひそかに夢を見なかったであろうか。「幸ひのなきとある」というように玉鬘と紫上を比較していることを掘下げて考えてみると、右近は夕顔急死後、源氏の二条院に引きとられ召し使われているから、紫上が源氏の邸二条院に引きとられた深く細かい事情は知らないにしても、父宮による婚儀等の晴れがましい正規の結婚でなかったことは知っているのであるまいか、という想定が可能であろう。物語は一切そのようなことは語っていないのであくまで想定である。つまり紫上は今でこそ六条院の女主人として時めいているが、右近が二条院に引きとられて後、紫上が二条院に引きとられた頃、葵上方に紫上の様子がつたわった時、葵上側近の女房たちの噂し合った内容は「誰ならむ。いとめざましきことにもあるかな。今までその人とも聞こえず、さやうにまつはしたはぶれなどすらむは、あてやかに心にくき人にはあらじ。内裏《うち》わたりなどにて、はかなく見たまひけむ人を、ものめかしたまひて、人やとがめむと隠したまふななり。心なげにいはけて聞こゆるは」（紅葉賀巻三二頁）というものだった。左大臣家つまり葵上に仕える女房の中の誰かが二条の院に仕える女房の誰かから「漏り聞」（同右頁）いて葵上に報告しているのだ。同じ二条の院内の女房である右近が知る情報は確度が高いであろう。特に源氏の須磨退居後紫上づきの女房になり紫上の信頼を得ているから、紫上の身辺にあって、その心の奥は見えないにしても外部的にうかがい知る情報は多くなっている。紫上が幼い頃から二条の院に引きとられ前述のごとき位相であったことを知ることは可能であり、葵上亡きあとの女主人としての位相も知っている。朝顔の姫君によってゆらぐ位相も知りうるであろうと思われる。すなわち紫上が六条院の女主人として君臨するに至るまでの概要について見聞できる立場だったのである。となると紫上の今の身の上は彼女の幸運にもとづき（早く源氏に引きとられたこと）、玉鬘の流離の身の上は彼女が夕顔死後源氏にいちはやく引きとられなかった不幸、不運にあり、紫上に劣らない美人でありながら磨かれ方の違いによって格段の相違が生じたのだと比較できているのもよく肯けるのである。

若く美しい玉鬘の将来を源氏に託したいと思う右近の心の中は紫上のような幸福を夢みていたのではあるまいか。それは紫上を裏切る心ともいえるかもしれない。私は、右近は紫上の幸福のような源氏の玉鬘への寵愛を夢みていたと思うが、「明石の御方」ぐらいの待遇を夕顔に想定した右近は、夕顔の娘にもほぼ同程度の幸福の位相を想定していたかと考える。それとても紫上を不快にする〝裏切り〟となるではあろうが。「幸ひのある」紫上はもはや六条院の女主人である。「幸ひのなき」玉鬘に今後の「幸ひのある」ことを祈るとしても、六条院の現実、紫上の幸福をよく知っている者として右近は〝夢〟の限界、限度、上限をわきまえるであろう。が、その〝夢〟は右近ごときが規定できるものではない。源氏に「ただ御心になむ」（玉鬘巻三一四頁）と申し上げるその心情において〝夢〟をふくらませるほかないであろう。ただ右近は「いたづらに過ぎものしたまひしかはりには、ともかくも引き助けさせたまはむことこそは、罪軽《かろ》ませたまはめ」（同右頁）と〝夕顔鎮魂〟の論理を〝主張〟し、夕顔を急死させてしまった源氏の昔の罪に触れ、源氏を涙ぐませている。「ともかくも」と、源氏のご意向どおりどのようにでも、というのはつつましくもあるが上限を設けない夢がたりでもあるのだ。紫上のような幸福はもはや夢のまた夢としても、源氏の御心にゆだねて、玉鬘の幸福を夢みる右近の夢は案外物語の伏線なのかもしれない。しかしそれは右近が領導するのではなく源氏の御心である。右近は源氏の御心次第と思っている。右近の願いは源氏によって玉鬘が幸福になることである。その具体的展開は当然のことながら源氏にゆだねられる。源氏が涙ぐんだその涙は玉鬘の運命をいざなうものとなる。〝夕顔鎮魂〟の涙であるから。右近の「ただ御心になむ」は、源氏が実の子の姫を捜し出したということにして玉鬘を「好きものどもの心尽くさするくさはひに」と言った時の応答であるから、たちまち玉鬘の運命は源氏の妻妾の一人となるのではなく源氏の〝実の子の姫〟という擬装において始発させられる。何やらすっきりしない擬装の〝目的〟というのが「好きものどもの心尽くさするくさはひに」というのだった。右近が「かつがついとうれしく思ひつつ」、「ただ御心になむ」と申し上げたのは、右近の微妙というか真率な気持がこもっている。「何はともあれ、ともかく」という意の「かつがつ」には「好きものどもの心尽くさするくさはひに」という源氏の意向に、真に実の子の姫に対する扱いとは違う、好色心の不純さを右近が感じたことを表現しているであろう。しかし「いといたうもてなさむ」、大事に扱おうという源氏のことばに「いとうれしく思」うほかなかったのである。右近の本心は紫上の幸福のような玉鬘の幸福を夢みていたかと思われるのだが、一女房の身でそのようなことは口にできることではない。ともあれ六条院で大切に扱っていただけることを非常に喜ばなくてはならない玉鬘の身の上であることを賢い右近は感得していたであろう。源氏の御心次第というのは賢い右近の悟りにも似た自覚である。この結果、玉鬘の運命は源氏にゆだねられることとなる。物語を領導するのは源氏の「御心」ということになるのである。右近の役割は〝源氏一任〟とするところにあり、作者はそのように操作している。

源氏は玉鬘への関心を隠して親ぶっている。紫上への気くばり配慮からその嫉妬心をおもんばかって「『われに似たらばしも、うしろやすしかし』と、親めきてのたまふ」（玉鬘巻三一三頁）といったぐあいに振る舞っている。彼の本心というべき玉鬘を求める好色心を隠して言動している。彼の言動は紫上への気くばりに発している。従前より紫上の嫉妬への気くばりは対明石の君についても見られた。紫上を重んずるからである。対玉鬘のばあいも同じである。紫上の態度にも余裕がある。何やらあやしいぞという気でいる。突然出現した女の話である。〝源氏の実の子〟というが、右近を紫上からも他の女房たちからも「召し放ちつつ」（同右頁）、右近を一人だけそっとお呼びになっているけはい様子から紫上はあやしいものを感じているはずだ。〝実の子〟ということの偽りと〝好色〟のにおいを察知するのではあるまいか。やがて間をおかず「上《うへ》（紫上）にもかたらひきこえたまへるなるべし」（玉鬘巻三一五頁）となるのもその間の事情を物語っている。隠し通さねばならないほどの重大な対象とは思っていない源氏は、玉鬘の居所を、花散里と「あひ住み」（玉鬘巻三一七頁）と決めると「上《うへ》にも、今ぞ、かのありし昔の世の物語聞こえ出でたまうける」（同右頁）。夕顔とのことを打ち明けたということは玉鬘が夕顔の娘であることを話したということである。源氏は夕顔の美質を語り「世にあらましかば、北の町にものする人（厳密には予定であるが）のなみには、などか見ざらまし」と反実仮想の弁をふるうが、それはそのまま夕顔の娘への処遇を暗示するものであろう。しかしこの時紫上の嫉妬は明石の御方に向けられている。源氏の姫君の生母であることからのプレッシャーを受けているのであろう。引きかえ玉鬘に対して嫉妬めいた風が見られないのは〝実の子の姫君〟という擬装はそのままにしてあるからだろうが、私はその上に〝夕顔の娘〟にプレッシャーを受けるものがない余裕であろうと思う。どうやら〝実の娘〟という擬装に紫上ははっきりとは疑いをはさんでいないようだが、〝好きものどもの心尽くさするくさはひ〟と言ってのける源氏の口上に「あやしの人の親や。まづ人の心はげまさむことを先におぼすよ。けしからず」（玉鬘巻三二三頁）と応じるのは、源氏の玉鬘を扱う軽さ、つまり明石の姫君に対するのとは違った、まじめならざるものを十分に感じているはずだ。そして紫上自身もそうきびしく源氏を批判しているようでもなく、源氏のそうした好色、「好《す》きものどもの心尽くさするくさはひ」にするということに対するとがめだてにも軽妙なものを感じる。だから源氏も「まことに君をこそ、今の心ならましかば、さやうにもてなして見つべかりけれ」（同右頁）とたわむれてみせるのだ。が、この冗談、反実仮想ながら、当時まかりまちがえば紫上もそうなりかねない位相だったことを、語ってもいよう。違うのは反実仮想が示す通り当時の源氏は「今の心」でなかったことである。藤壺思慕と夕顔追慕との決定的な「心」の違いである。それと青年の情熱と中年の好色の違いである。それにしても同じ母娘への恋情でありながら六条御息所の娘斎宮の女御へのそれといちじるしく違う玉鬘への源氏の好色心である。玉鬘へひとすじに向かっていくのではなくて、他の懸想人を夢中にさせる恋の演出に彼自身の好色を隠微にひそませるのである。〝実の娘〟という擬装における養女構想は、斎宮の女御への恋という養女への恋を踏襲する源氏の、夕顔の娘という相手を得ての思いつき、着想であって、〝養女への恋〟がはじめにあって、それを隠すための方便として〝実の娘〟という擬装を思いつき、夕顔の娘という手軽さから懸想人たちを夢中にさせる演出という好色を着想していった趣である。養女への恋がはじめから着想されていたのは斎宮の女御への恋と挫折があるからである。はじめ妻妾の一人として扱おうと思ったが紫上への気くばりから方向転換したという捉え方もあるが、私は斎宮の女御への恋という〝養女への恋〟の体験にひき続くものとして作中人物源氏の着想を想定するものである。

玉鬘その人への好色心が源氏の本心といっても、六条院の栄華を演出することもこの時期の源氏にとって重要なことだった。秋山虔氏は鈴木一雄氏との対談で、(7)「例えば『古今和歌集』に四季の部や恋の部があるように、そこで恋の営みが行われれば、それが六条院の文化の証しになるわけですから、玉鬘の存在は重要な意味を持つのです。源氏は、懸想人に対してどのような態度をとったらいいのかということを、六条院の秩序を遵守すべく玉鬘に教えていったのでしょうね」とおっしゃっていられる。また「初めはむしろ低次元の懸想だったのが、やがてそうではなくなって、源氏と玉鬘はうるわしい恋の演技者になっていくのではないでしょうか。それが六条院の『みやび』だと想うのです」とおっしゃっていられる。「六条院の『みやび』の創造者」としての源氏の協力者としての玉鬘の役割があるわけなのだ。野分巻で夕霧に見られてしまう際どい源氏と玉鬘の姿態の好色性をかかえこみながら、単なる好色物語とはしない六条院物語の文化と栄華の構図がある。それはかつて高橋和夫氏が言われたように玉鬘物語が帚木系と若紫系の合流する地点に成立しているということである。(8)

ただし玉鬘巻すなわち玉鬘物語の始発部における玉鬘は紫上との対比においてその位相は軽く、夕顔母娘への源氏と紫上の扱い思惑は余裕があって、中の品の階層でしかない夕顔母娘のことなのだ。紫上は六条院の「上《うへ》」（玉鬘巻三一三頁）、押しも押されもせぬ女主人の地位にいる。源氏にすれば六条院第一の女君である。寵愛のみならず身分的にもである。玉鬘は紫上にとってさして問題にならない身分的位相にある。玉鬘巻に紫上を「上《うへ》」と呼称していることに注意したいと思う。六条院における女主人、その貫禄が、玉鬘と対比されてくる。源氏が夕顔のことを打ち明ける相手としての紫上は「上《うへ》」（玉鬘巻三一七頁）である。遠い昔、夕顔とのことがあった頃の紫上とは違う、六条院第一の、源氏の妻なのだ。その現時点での紫上に対して「上《うへ》」（紫上）にも、今ぞ、かのありし昔の世の物語聞こえ出でたまうける」（同右頁）、夕顔とのことを打ち明ける源氏の意識は軽いものであろう。それでも紫上は「かく御心に籠《こ》めたまふことありけるを恨みきこえたまふ」（同右頁）のだが、これはむしろ艶態というべきでなかろうか。だから源氏も「困りましたね」とは言うものの、「この機会にもう死んでしまった人のことまで隠さずに話すのは、あなたのことを人より格別に思っているからだよ」と紫上をあやしつつ、紫上にあまり気をつかうことなく夕顔の思い出を語り「あはれとひたぶるにらうたきかたは、またたぐひなくなむ思ひ出でらるる」（玉鬘巻三一八頁）と夕顔の美質を臆面もなく語るのは、もう死んでしまった人だからというだけではなく、身分上の大いなる格差のある夕顔のことだからであろう。「上にも」という呼称が紫上の存在感を対比的に感じさせている。右近に語りかけるときに紫上のことを源氏が「上《うへ》も」（玉鬘巻三二二頁）と言っているのも右近という召使を相手とした物言いであった。このようにこの巻で紫上を「上《うへ》」と呼称するのは、六条院における玉鬘（夕顔の娘）を対紫上の関係において位相づけるであろう。

螢巻では「紫の上も」（螢巻七七頁）と呼称されている。遠い昔、二条の院で「紫の君、いともうつくしき片生《かたお》ひにて」（末摘花巻二八一頁）と言われた幼な姿との対比が思われる六条院の「紫の上」である。作者の付けたこの呼び名（紫の上）はながくこの人の呼び名として固有名詞のように定着する。しかしこの同じ場面でも、幼い姫君が昼寝していたところへ男君が来て契りを結ぶ場面の物語絵を見ている紫上は「女君」（螢巻七七頁）である。明石の姫君（源氏の実の娘）の教育について源氏と対話する紫上は「上」（同右頁）である。源氏が右近に玉鬘を紫上と比べてどうかねと問いかけるとき紫上を「この君」（玉鬘巻三一三頁）と呼んでいた。「大殿油《おほとなぶら》など参りて、うちとけ並びおはします御ありさまども、いと見るかひ多かり。女君は、二十七八にはなりたまひぬらむかし、さかりにきよらにねびまさりたまへり」（玉鬘巻三一一頁）と「女君」と紫上が呼ばれているのは、源氏と並んでの美しい女盛りを右近が拝見している時だ。源氏という〝男君〟との夫妻の姿の美がクローズアップされているのであって、紫上が六条院第一等の妻、女主人ということが意識されるよりは紫上の女としての美しさを、玉鬘のそれと比べて「かの人（玉鬘）をいとめでたし、劣らじと見たてまつりしかど、思ひなしにや、なほこよなきに、幸《さいは》ひのなきとあるとは隔てあるべきわざかなと見あはせらる」（玉鬘巻三一・二頁）右近の視点に即した呼称なのである。

以上によっても知られるのは、紫上の「上」呼称のいちいちが、玉鬘の位相、すなわち源氏や紫上が玉鬘をどう見ているか、それが玉鬘物語の展開に根底的に関わりゆくかの予見である。私が玉鬘巻を中心に、玉鬘物語の枠組みを探る上で、紫上の「上」呼称に注目したいゆえんである。

むすびに代えて

玉鬘物語の方法の考察の上で、秋山虔氏の「源氏物語の方法に関する断章―『若菜』巻冒頭をめぐって―」（『国文学論叢―平安文学研究と資料』至文堂、昭和三十四年十一月所収。のち『源氏物語の世界―その方法と達成―』東京大学出版会、昭和三十九年十二月所収）から導かれて、玉鬘物語の方法について、逆照射的に考察されたかと思われる後藤祥子氏「玉鬘物語展開の方法」（『日本文学』第十四巻第六号、昭和四十年六月。のち森一郎編『日本文学研究大成　源氏物語I』国書刊行会、昭和六十三年四月所収）、吉岡曠氏「玉鬘物語」（紫式部学会編『源氏物語とその周辺―古代文学論叢第二輯―』武蔵野書院、昭和四十六年六月所収。のち『源氏物語論』笠間書院、昭和四十七年十二月所収）などが先行論文として貴重である。朝顔への恋が紫上をゆさぶったという意味においてプレ若菜といわれる以上に、物語制作の方法においてプレ若菜なのである。朝顔は光源氏に情愛を抱きつつも結婚拒否に終始する女性であり、斎宮の女御が源氏の色めかしい態度を拒否するのと連関的に登場させられるのが朝顔巻だ。朝顔巻は西村亨氏の言われたように〝後日譚〟で、紫上をゆさぶるというのもほとんど色あせていないだろうか。朝顔は六条御息所と対位対照された女性である。もはや昔日を懐旧する恋の名残といってもさしつかえないであろう。女五の宮が昔のことを回顧的に語るのも象徴的で、やや滑稽的に描かれているのもすべては昔のことなのだという印象を与える。葵上亡きあとの正妻の座をめぐって、六条御息所も今は亡き人であり、朧月夜も朱雀院との間に定着の感があり、確かに朝顔はその候補をたるを失わないであろう。客観的に紫上をゆさぶる意味を持つ人ではあろう。しかし光源氏と紫上の関係の進展・成熟との相対性において源氏と朝顔の関係は色あせていく感があるのではなかろうか。朝顔巻は恋の名残の物語だといっても過言ではないのではないか(9)。玉鬘巻の紫上の「上」呼称は六条院の女主人として定着する紫上の存在性を象徴し、薄雲巻の斎宮の女御への恋慕の情の幕がおり、朝顔巻の恋の名残の後の紫上を浮き彫りするものといってよかろう。

朝顔巻の朝顔への恋情とは異なり、薄雲巻の斎宮の女御への恋慕は、〝養女への恋〟の先蹤として、玉鬘への恋慕という玉鬘物語の中心的な主題を引き出してくる。すなわち玉鬘巻冒頭の文言が意味する源氏の夕顔的な女を求める意図は当初から妻妾としてのそれではなく、養女への恋慕というかたちで玉鬘に向かっていったと考えられるのである。玉鬘は〝夕顔的な女〟として、夕顔にまさる魅力の女、気品高き女君だった。「源氏が夕顔のゆかりとして玉鬘に惹かれたとしても、玉鬘にのめり込むのは、玉鬘独自の魅力によってなのである(10)」。玉鬘が夕顔のゆかりとして源氏の夕顔追慕の恰好の対象であるとしても、それを抜きんでた気品高き女君であることは、斎宮の女御への恋慕に対位される〝養女への恋〟としてしかるべきことである。

玉鬘巻冒頭文にこめられた源氏の夕顔的な女を求める意図は末摘花巻とは違って〝養女への恋〟というかたちを志向していた。夕顔の遺児であり頭中将（現内大臣）の姫である玉鬘は、実父と養父の政治的対立の構図の中でそのわが身の条件をどう生きるのか。源氏は玉鬘を夕顔的な〝女〟として恰好の対象とするが夕顔の娘という点で末摘花に対していった時とは異なり、斎宮の女御という養女への恋慕のかなわざる体験のあとだけに、夕顔の娘という恋慕の比較的しやすい対象を養女への恋としてかたどろうともくろみ、かてて加えて、〝実の姫君〟と擬装することによって六条院の花に仕立てあげ貴公子たちの恋の競争を演出すると同時にひそかに自らも加わるというもくろみを潜在させていたと見るのは、事態の成り行きを知った者の結果論的な逆照射的読みと言われることを覚悟してあえて推測しておきたいと思う。

言うまでもなく源氏は夕顔との恋の若き日とは違って、その身は太政大臣、六条の院の栄華とみやびの主宰者として振る舞わねばならない。玉鬘を「女」として対象化するもくろみはかつての「隠ろへごと」とはおのずから異なる様相が期せられねばならない。玉鬘が頭中将（現内大臣）の実の姫君であることはおのずから政治的対立の構図の中に組み入れられることが予想される。玉鬘巻はこのような位相の中で玉鬘の運命が始発するのである。そしてそれは光源氏の「御心」にゆだねられるというように作者は用意した。このような情況設定にいわば立ち向かうかたちで玉鬘がその運命とたたかう開始の巻が玉鬘巻なのである。玉鬘十帖全体の構想の枠組みについて、田中隆昭氏「二人の養女―光源氏の栄華の構想―」（「平安朝文学研究」十、昭和三十九年六月。のち『源氏物語　歴史と虚構』勉誠社、平成五年六月所収）が卓見である。

注

（1）後藤祥子氏「玉鬘物語展開の方法」（「日本文学」第十四巻第六号、昭和四十年六月。のち、森一郎編『日本文学研究大成　源氏物語Ⅰ』国書刊行会、昭和六十三年四月所収）

（2）日向一雅氏「流離する姫君・玉鬘」（森一郎編著『源氏物語作中人物論集』勉誠社、平成五年一月所収。のち『源氏物語の準拠と話型』至文堂に「玉鬘物語の流離譚の構造」として所収）

（3）回想的雰囲気の濃い巻であることは、すでに鈴木日出男氏「『朝顔』巻の構造と方法」（「へいあんぶんがく」1号、昭和四十二年七月）、吉岡曠氏「鴛鴦のうきね」上、下（「中古文学」第十三、十四号、昭和四十九年五月、十月。のち『作者のいる風景　古典文学論』笠間書院、平成十四年十二月所収）などに説かれ、原岡文子氏「朝顔の巻の読みと『視点』」（「共立女子短期大学文科紀要」昭和六十二年二月。のち『源氏物語　両義の糸　人物・表現をめぐって』有精堂所収、『源氏物語の人物と表現　その両義的展開』翰林書房、平成十五年五月所収）は朝顔巻が光源氏の視点から過去を負う生の問い直し、過往の静かな整理に基調があるとおぼしいと論じていられる。

（4）西村亨氏「朝顔の宮追従に発して—源氏物語成立に関する一考察—」（慶応義塾大学国文学研究室編『王朝の歌と物語　国文学論叢　新集二』桜楓社、昭和五十五年四月所収）

（5）高橋和夫氏「源氏物語第一部における若紫系と帚木系の問題　（一）若紫系と帚木系との関連　2玉鬘の並びの部分について」（原題「源氏物語成立論二題」「群馬大学学芸学部紀要」昭和三十二年十一月。のち『源氏物語の主題と構想』桜楓社、昭和四十年六月所収）

（6）後藤祥子氏前掲注（1）の論文。

（7）秋山虔氏・鈴木一雄氏対談「源氏物語の女性たち」（『源氏物語の鑑賞と基礎知識No.12玉鬘』至文堂、平成十二年十月）

（8）高橋和夫氏前掲注（5）の論文。

（9）朝顔巻で源氏と朝顔のあいだが終わってしまうということではない。若菜上巻で、女三の宮の婿選びにつき朱雀院の相談を受けた乳母が「（源氏は）やむごとなき御願ひ深くて、前斎院などをも、今に忘れがたくこそ聞こえたまふなれ」（若菜上巻二二頁）と申しあげている。「近くは、梅枝二五五、二五六、二六九頁に、薫香調合、草子執筆の依頼などにかこつけて、文通が窺《うかが》える」（『集成』頭注）。しかし、源氏の情念のそれはそれとして、朝顔巻が「後日譚」であり、その後のことは更にその後日譚であって、「恋の名残」にほかならない。玉鬘物語の先蹤は斎宮の女御への恋慕であり、〝養女への恋〟として対比的に位相づけられよう。

（10）藤本勝義氏「〝ゆかり〟超越の女君—玉鬘—」（「国文学解釈と鑑賞」別冊、鈴木日出男氏編「人物造型からみた『源氏物語』」至文堂、平成十年五月。のち『源氏物語の人　ことば　文化』新典社、平成十一年九月所収）

第三編　源氏物語二層構造論

一　源氏物語の二層構造
――長篇的契機を内在する短篇的完結性――

はじめに

すでに識者によって言われていることであるが、文学作品の研究は、対象の作品に沈潜し、対象を解き明かすのであり、対象に即してなされねばならない。源氏物語によって何かを説述するのではなく、源氏物語の世界に即して論ずるのでなければならない。

対象をどう解釈するかということが作品論的研究だと思うが、それは源氏物語に内在する方法に即してなされるべきで、まずは源氏物語そのものを熟視するのである。源氏物語は細緻な言葉づかいによる内在的形象的言語芸術であるから、大まかな見方ではなく細緻に見つめ、表現を内在的に捉えねばならないことになる。源氏物語が細緻だからこちらも細緻にならねばならないのである。

宮廷文化の精粋たる源氏物語を見つめていると、いきおい平安時代の歴史を知らねばならないということになる。『河海抄』など古注釈が源氏物語の人物形象を読み解くために史実例を引き合いに挙げている貴重な研究に学ばねばならないことも多い。

一　桐壺巻の高麗相人予言

源氏物語の各巻々は短篇的にまとまりつつ長篇的契機をはらむ構造である。夕顔巻などは誰しも短篇的な完結性を思うであろうが、六条の女君の世界が対比的に存在し、頭中将と夕顔のあいだに生まれた撫子《なでしこ》（後の玉鬘）が長篇的因子としてからませてある。桐壺巻は首巻として長篇源氏物語の序でありながら、桐壺帝と桐壺更衣の悲恋物語としてまとまって前半を構成し、後半は光君の政治問題が中心となって局面的にまとまっている。高麗相人予言は光君の生涯を占うものとして当然長篇的であるのに、桐壺巻の局面的理解に終始する解が多く見られるほどに完結的である。従って桐壺巻を読む時点ではその政治的局面において読み解くのが素直な読みと言えよう。しかし光源氏の生涯を占った予言が単に現実の政治的局面における意味にとどまるのであろうか。私にはそうは思えない。そこで私が注視するのは「そなたにて見れば乱れ憂ふることやあらむ」（桐壺巻三一頁。頁数は『新潮日本古典集成源氏物語』による。以下同じ）である。「国乱れ民憂うること」の懸念である。桐壺巻の政治的局面では〃内乱〃〃天下動乱〃と解されている。しかし、となると光君が立太子し、即位に向かう途上でなければならないことになろう。「そなたにて見れば」とは帝王（天子）の位に即いたとして観相するとの意であって、帝王（天子）になろうとするとの意ではあるまい。帝王（天子）になるべき相であるが、その相として見ると「乱れ憂ふることやあらむ」であって、帝王相に潜む凶である（その凶は伏在し藤壺事件なのである）。だからこそ臣下の相として見るということになるのであった。が「またその相違《たが》ふべし」（同右頁）。臣下の相と違うことが「また」であることは、帝王の相でありながら「乱れ憂ふることやあらむ」懸念によって帝王（天子）であることに懸念という〃否定〃がなされているがゆえに臣下の相の否定が「また」という副詞をともなうのである。その否定は光君がもともと帝王相だからであるから、予言後半は光君が帝王相に回帰する未来を示しているのであるが、予言前半に帝王たることが「乱れ憂ふることやあらむ」で否定的抑止的に言われていることからして帝王（天子）そのものになることは否定されていることと呼応するものでなければならないし、予言後半は、予言前半の帝王相ゆえに臣下たる相とは違うと言っているだけで、帝王（天子）になるでしょうと言っているわけではないのである。

「国の親となりて帝王の上《かみ》なき位にのぼるべき相おはします人」（同右頁）とは光君が本来皇嗣たる資質の人と言っている。彼の英質を見抜いたのである。そのことに帝の御満足がまず第一にあったであろう。「相人はまことにかしこかりけり」――。しかし、「相人はまことにかしこかりけり、とおぼして」の前後の文を見よう。「帝《みかど》、かしこき御心に、倭相《やまとさう》をおほせて、おぼしよりにける筋なれば、今までこの君を、親王《みこ》にもなさせたまはざりけるを、相人はまことにかしこかりけり、とおぼして、無品《むほん》の親王《しんわう》の外戚《げさく》の寄せなきにてはただよはさじ、わが御世もいと定めなきを、ただ人にて朝廷《おほやけ》の御後見《うしろみ》をするなむ、行く先も頼もしげなめることとおぼし定めて、いよいよ道々《みちみち》の才《ざえ》をならはさせたまふ」（桐壺巻三二頁）。光君の英質はその誕生直後から帝の感得されたことであり注意すべきは第一皇子との対比においてその優位がみとめられていることであった。「急ぎ参らせて御覧ずるに、めづらかなるちごの御容貌《かたち》なり。一の御子《みこ》は、右大臣の女御の御腹にて、寄せ重く、疑ひなき儲《まう》けの君と、世にもてかしづききこゆれど、この御にほひには並びたまふべくもあらざりければ、おほかたのやむごとなき御思ひにて、この君をば、私物《わたくしもの》に思ほしかしづきたまふこと限りなし」（桐壺巻一二・三頁）。摂関政治的世論と光君の英質との対比であり換言すれば政治的現実と本来的資質との対立である。本来皇嗣たるべき器量を「この御にほひ」に感じ取ったればこそ帝の寵愛はすぐれて第二皇子に向かうのであった。「この御子《みこ》生まれたまひてのちは、いと心ことに思ほしおきてたれば、坊にも、ようせずは、この御子《みこ》の居たまふべきなめりと、一の御子《みこ》の女御はおぼし疑へり」（桐壺巻一三頁）。桐壺更衣に対して寵愛の余りとはいえ「上《うへ》宮仕へ」、日常身辺の雑用をする並の女房のようにも見えた扱いを一変された帝の変貌の政治的底意を弘徽殿女御は早くもかぎ取ったのである。

「この御子《みこ》三つになりたまふ年、御袴着のこと、一の宮のたてまつりしに劣らず、内蔵寮《くらづかさ》、納殿《をさめどの》の物を尽くして、いみじうせさせたまふ」（桐壺巻一四頁）。「一の宮のたてまつりしに劣らず」それが「いみじうせさせたまふ」帝の御意志であった。「させたまふ」の最高敬語がずしりと重い。それは桐壺更衣への愛に発するとともに天皇親政の御意志がうかがえるのだ。右大臣家を抑える御意志である。弘徽殿女御は第一皇子の母として右大臣家を背負うものとして、単に更衣への嫉妬にとどまるのではなく政治問題としてこれを受けとめる。「世のそしりのみ多かれど」（桐壺巻一五頁）の世論は彼女に味方するのだ。が、超絶的な光君の英質に対するとき妃たちは「え嫉《そね》みあへたまはず」（同右頁）。嫉《そね》み通すことができなかった。「ものの心知りたまふ人は、かかる人も世にいでおはするものなりけりと、あさましきまで目をおどろかしたまふ」（同右頁）と、世俗的論理に対する本来的道理が述べられ、第二皇子（光君）が皇嗣たることこそ本来そうあるべき道理なのだということを作者は語っている。帝の思いがそこにあることは言うまでもない。「月日経て、若宮参りたまひぬ。いとどこの世のものならず、きよらにおよすけたまへれば、いとゆゆしうおぼしたり。明くる年の春、坊さだまりたまふにも、いと引き越さまほしうおぼせど」（桐壺巻二九頁）とある。しかし続けて「御後見《うしろみ》すべき人もなく、また世のうけひくまじきことなりければ、なかなか危《あやふ》くおぼし憚りて、色にもいださせたまはずなりぬるを」（同右頁）と断念に向かわれる。三年後、光君七歳の頃、高麗相人の来朝とその予言があった。「帝《みかど》、かしこき御心に、倭相《やまとさう》をおほせて、おぼしよりにける筋なれば、今までこの君を、親王《みこ》にもなさせたまはざりけるを」（桐壺巻三二頁）は、この断念の脈絡である。本居宣長『玉の小櫛』が帝が政治的判断をなさったことを、高麗の相人のことを言った所だから「やまとさうをおほせて」と言ったのだと説いているのが思い合わされる。玉上琢彌先生『源氏物語評釈』の語釈に「『おほす』は、こころみる意（岷江入楚の聞書の説）。言いつける意ならば『やまと相におほせて』とあるはず」（第一巻一二〇頁）と述べていられる。

帝御自身で日本流の観想をあそばしてお気づきだった事なので、今までこの君を親王にもなさらなかったことと「相人はまことにかしこかりけり」は関連させて思考しておいでであるから相人予言の「そなたにて見れば乱れ憂ふることやあらむ」に眼目があろう。その懸念をすでに「おぼしよりにける筋」だったのだ。それゆえ「今までこの君を、親王にもなさせたまはざりける」だったのである。すでに皇太子としたい思いを抑えられた。この君四歳の時のことである。今七歳。その間「親王《みこ》にもなさせたまはざりける」。親王になれば皇太子から天皇になる可能性がある。「親王《みこ》となりたまひなば、世の疑ひ負ひたまひぬべくものしたまへば」（桐壺巻三二頁）である。ここで考えさせられるのは、帝がこの君四歳の時すでにこの君の立坊を断念され第一皇子が立坊されたにかかわらずまだこのように「親王《みこ》となりたまひなば」と仮定して思念されるのは、否定に向かうにせよその裏側に断念しきれない情念がくすぶっていることをうかがわせる。さらに「宿曜《すくえう》のかしこき道の人に、勘《かんが》へさせたまふにも」（同右頁）とあるように、宿曜に考えさせていられることで一層その情念は確かなのである。第一皇子が立坊されて三年が経つ今なお光君立太子への帝の情念がくすぶっていることは、帝は譲位のみぎりその条件に光君立太子を考えていられるのではないかと想定され、「わが御世もいと定めなきを」の帝の思念がそれを裏づけよう。が、親王宣下されても、光君はまだ七歳。元服までは無品親王。となると「無品《むほん》の親王の外戚《げさく》の寄せなき」（同右頁）不安定な状態になってしまう。そして何より第一皇子（東宮）と争うことになるのではないかという疑惑を世間から持たれる。右大臣側を強く刺激することになる。げんに右大臣は高麗相人の予言の「帝王相」に強いプレッシャーを受けたとおぼしく「春宮《とうぐう》の祖父大臣《おほぢおとど》など、いかなることにかとおぼし疑ひてなむありける」（同右頁）とある。帝は相人が光君の帝王相を占ったことに満足されると同時に「乱れ憂ふることやあらむ」懸念に第一皇子（東宮）との争いによる国の乱れ、内乱を引き当てていられるとおぼしい。それが「帝《みかど》、かしこき御心に、倭相《やまとさう》をおほせて、おぼしよりにける筋なれば、今までこの君を、親王《みこ》にもなさせたまはざりけるを、相人はまことにかしこかりけり」の意味であることを確認しておきたい。内乱を避け、「ただ人にて朝廷《おほやけ》の御後見《うしろみ》」と決められ「源氏になしたてまつるべくおぼしおきてたり」（桐壺巻三二・三頁）となるのである。

しかしもともと帝王相であるから「おほやけのかためとなりて、天下を輔《たす》くるかたにて見れば、またその相違《たが》ふべし」となる。この予言後半から臣籍降下してもいつかは天子になられると帝や左大臣は期待されたであろうとの論が生じるがこれはあくまで想定にほかならない。結果論的に言えばこの想定ははずれる。予言後半はもともと帝王相ゆえに臣下となっても臣下とは違う帝王の相に回帰するであろうと言っているのであって帝王（天子）になるだろうと言っているわけではない。が、源定省《さだみ》（宇多天皇）の例からその期待を抱かれたかとの想定は成り立つ。帝王相とは天子たるべき相だから。しかし私見はすでにくり返し述べてきたように、(1)帝王相は「乱れ憂ふることやあらむ」とセットされているのであって、「乱れ憂ふることやあらむ」を切り離したり、克服すればすむことといったふうに私は考えない。この予言は若紫巻の藤壺懐妊とひびき合い、澪標巻で源氏が自らの即位の「宿世《すくせ》遠かりけり」と思念し、「内裏《うち》のかくておはしますを、あらはに人の知ることならねど、相人の言《こと》むなしからず、と、御心のうちにおぼしけり」（澪標巻一七・八頁）とあるように秘密の御子が即位していることを、すなわちわが運命は秘密の御子が天子となる、〝天子の実父〟であることを、相人予言は占っていたのだということを悟った通り、彼が天子になることを占ったのではなく、秘密の御子が天子になる、さような天子の父ということが彼の帝王相の中身というか正体だったのである。

しかし桐壺巻でさようなことは全然分からない。一種短篇的に完結している桐壺巻では桐壺巻の政治的局面で桐壺帝の御決断の思念に随順して受けとめるほかない。けれどもまた若紫巻や澪標巻で一種たね明かし的に相人予言に伏在していた真の意味を知らされるとき、そうだったのかとこの物語の深淵というべき奥の深さに触れることとなる。

二　夕顔の人物形象

夕顔巻は怪異性において短篇的にまとまっている。すでに言われているように帚木巻の冒頭の文と夕顔巻の結末との首尾照応から帚木三帖のひとまとまりが印象される。しかし頭中将とのことは背後的にあるのみでなく、夕顔の死の衝撃に病みついた源氏の見舞いに帝の御使いとして来るなど、孤立的な短篇の完結性ではない。問題になる六条の女君とのことはつながっていると見るべく、切り離して短篇的に読むにとどめることもできないであろう。

そもそも「六条わたりの御忍びありきのころ」（夕顔巻一二一頁）の偶然事にほかならない。夕顔とのことは、「遠方人《をちかたびと》にもの申す」（夕顔巻一二二頁）の源氏のひとりごとと夕顔の宿に咲く夕顔の花を随身に命じて折らせた源氏の行為に始まるのではあるが、「白き扇の、いたうこがしたる」（同右頁）に書かれた夕顔の歌が情事の発端と見るべきではないか。「惟光に紙燭《しそく》召して、ありつる扇御覧ずれば、もてならしたる移香《うつりが》、いと染《し》み深うなつかしくて、をかしうすさび書きたり」（夕顔巻一二五頁）。――「もてならしたる移香」から「をかしうすさび書きたり」まで源氏の視点に即した地の文である。玉上琢彌先生『源氏物語評釈第一巻』三五六頁の鑑賞文を引かせていただく。「気どらず、見せばを作らぬ筆の運び。よほどの者である。なれて、こんなことに大して興味を持たないおとな、といった感じ。教養も素姓も生活も察せられる。それほどの人が、この、むつかしげなる大路の、ものはかなき住まいにいるとは。口惜しき契りなる夕顔の花のたよりの歌である。下品な、見たくもないものだろう、との予想がはずれたのである。」――相当な評価を源氏が持ったことを述べていられる。「そこはかとなく書きまぎらはしたるも、あてはかにゆゑづきたれば、いと思ひのほかにをかしうおぼえたまふ」（夕顔巻一二五頁）も含めての鑑賞文である。さて歌であるが「心あてにそれかとぞ見る白露の光そへたる夕顔の花」。『源氏物語評釈』の語釈の「白露の光そへたる」の項に「『白露』は主格。君の御光来によってとくに花が輝く意」（第一巻三五五頁）とある。夕顔の花が光源氏のご光来によって輝くとは光源氏のご光来の栄に浴した夕顔の花（すなわち私〈女〉）の意を掛けているであろう。「心あてにそれかとぞ見る」の「それ」は「白露の光そへたる夕顔の花」を指すと考える。「当て推量にそうではないかと存じます。白露に光る夕顔の花、光君のご光来による光栄に浴した私かと」。――「『光そへたる』の『光』で『光る君』と察していることを匂わせている」（『新潮日本古典集成』頭注）のである。周知のように「歌」を女（夕顔）から詠みかけてきたことが、その後の女の性格と合わないと問題にされている。その夕顔の性格にしても内気と見ているのは源氏であって必ずしも夕顔は内気ではないとの論も今井源衛氏はじめ提起されている。(2)円地文子氏『源氏物語私見』(3)の「夕顔と遊女性」は単に内気ではないという論ではなくその積極性を「遊女性」と捉えて説かれたもので作家のすぐれた直感によるエッセイであったが、学者の論文でないせいかあまり取り上げられて論の対象とならなかったようである。積極的にこれを取り上げ尊重されたのが原岡文子氏「遊女・巫女・夕顔―夕顔の巻をめぐって」である。(4)氏のご論文は貴重有益で諸説を批判的に整理されたうえで、詳細に自説を展開されている。先行の著作を踏まえつつ批判的に展開されるご論はまことに説得力がある。「遠方人《をちかたびと》にもの申す」の引歌の内容の見事なご分析があり、また「くちをしの花の契りや。一ふさ折りて参れ」（夕顔巻一二三頁）の源氏の言葉から「風流な花盗人と好色人とのイメージを兼ね備える源氏像を、巻冒頭文に読み取る指摘が既にある」として石井正己氏「『夕顔』巻の冒頭について」（『太田善麿先生退官記念論文集』表現社、昭和五十五年十一月）を挙げていられる。となると夕顔との情事の物語の発端は源氏の「遠方人にもの申す」と「一ふさ折りて参れ」から始まると言わねばならないが、それに応じて「心あてに」の歌を詠みかけた夕顔の行動、その歌の詠みぶりが源氏の行為に唱和したところにこそ夕顔の性格とその後の二人の情事の本質的な始まりが顕現しているのである。

女君（夕顔）から歌を詠みかけたのであるが、源氏の「遠方人にもの申す」と「一ふさ折りて参れ」の「風流な花盗人と好色人とのイメージを兼ね備え」た行為に応じたものである。ただ「心あてに」の歌は源氏のご光来の栄に浴したよろこびを詠じて源氏の行為を肯定的に受け入れる内容となっている。それが遊女性とも言われるゆえんなのであろう。それが、五条のごみごみした界隈の陋屋に隠れ住む卑下した身分意識とあいまって案外容易に行動となってあらわれたのであろうが、この親和的な振る舞いはそれとしてまずはみとめておくべきであろう。しかし「遊女性」と言われるのは夕顔の卑下した身分意識とマッチするとはいうもののそれは文字通りの「遊女」と言われているのではない。玉上先生の鑑賞文にあった通り「教養も素姓も生活も察せられる。それほどの人」なのである。「気どらず、見せばを作らぬ筆の運び。よほどの者である」。生硬でない、洗練性を感じさせ、上品な育ちと品位を有している。その洗練性は、六条の女君に仕える侍女中将の君と好一対をなすべく、ただ夕顔は中将の君のように才気煥発というのではなくて、洗練性、親和的な風情である。内に秘めた艶情はここぞという時にはあらわれる。なにがしの院での歌の贈答の場面の風姿などまさに典型的である。内気とかつつましやかと言われるのも間違いではないがそれは決して末摘花のごとき低能性を内に秘めているのではない。「思へどもなほ飽《あ》かざりし夕顔の露におくれしここちを、年月経《としつきふ》れど、おぼし忘れず」（末摘花巻二四五頁）に始まる末摘花の物語はひどく内気な没落の姫君なのだが――。大輔《たいふ》の命婦が「『いでや、さやうにをかしきかたの御笠宿《かさやど》りには、えしもやと、つきなげにこそ見えはべれ。ひとへにものづつみし、ひき入れたるかたはしも、ありがたうものしたまふ人になむ』と、見るありさま語りきこゆ」（末摘花巻二五五頁）とあるように、風流、風情のある対応ができないことを言っているにかかわらず、源氏は夕顔幻想から「らうらうじうかどめきたる心はなきなめり。いと子めかしうおほどかならむこそ、らうたくはあるべけれと、おぼし忘れずのたまふ」（同右頁）となる。「秋のころほひ、静かにおぼしつづけて、かの砧《きぬた》の音も、耳につきて聞きにくかりしさへ、恋しうおぼしいでらるるままに、常陸《ひたち》の宮にはしばしば聞こえたまへど、なほおぼつかなうのみあれば、世づかず、心やましう」（末摘花巻二五五・六頁）。しばしばお手紙をお送りになるが、相変わらずお返事がないので「世づかず、心やましう」となる。夕顔が扇に歌を書いて寄こしたことに心ひかれたのと極めて異なるにかかわらず、夕顔幻想から「ただ、おほどかにものしたまふ」（末摘花巻二六〇頁）姫君を、「君は、人の御ほどをおぼせば、されくつがへる今やうのよしばみよりは、こよなう奥ゆかしうとおぼさるるに、いたうそそのかされて、ゐざり寄りたまへるけはひ、忍びやかに、えびの香いとなつかしう薫りいでて、おほどかなるを、さればよとおぼす」（末摘花巻二六〇・一頁）とあるように満足するのであるが、これは夕顔が「人のけはひ、いとあさましくやはらかにおほどきて」（夕顔巻一三七頁）であったからである。しかし夕顔は「もの深く重きかたはおくれて、ひたぶるに若びたるものから、世をまだ知らぬにもあらず」（同右頁）という感じであった。「世づかず、心やましう」感じられる末摘花とは大いに異なる。「やはらかにおほどきて」の性情と「世をまだ知らぬにもあらず」の男女の情を解さぬでもない女らしい夕顔像こそ源氏がひきつけられていったゆえんであることを末摘花像が対比的というかその劣性によって逆照射してくれるのである。「世をまだ知らぬにもあらず」は「ひたぶるに若びたるものから」に続けての感懐で、子供っぽく世間知らずの性情と男女の仲を知らないというのでもない性情とは背反するものの一つに諧和する。調和して夕顔像を形象化する。源氏は「やはらかにおほどきて」の性情のみにひかれていたのではなく「世をまだ知らぬにもあらず」の性情が「ひたぶるに若びたる」性情の奥に感じられることにひかれたのであった。それはそもそも扇に「心あてに」の歌を書いて寄こした夕顔の行為から感じ取られたことでなかったか。「世をまだ知らぬにもあらず」というより「世」（男女の仲）を知った親和的な振る舞いに源氏の好色心は刺激されたとおぼしいのである。惟光からの情報によって「さらばその宮仕へ人なり、したり顔にものなれて言へるかな、と、めざましかるべき際《きは》にやあらむと、おぼせど、さして聞こえかかれる心の、憎からず過ぐしがたきぞ、例の、このかたには重からぬ御心なめるかし」（夕顔巻一二六頁）とあるように、自分を目ざして歌を贈ってきた心を憎からず思っている。源氏は夕顔の世づいたふるまいに好色心を刺激され「憎からず」思っていることに注意したい。源氏の捉えた夕顔像が表層の内気ではにかみ屋であることが従来強調されているようであるが、そもそもからしてそれとは異なる親和的な夕顔像に心ひかれていた「あてはかにゆゑづきた」る、気品があって奥ゆかしい「心あてに」の歌の詠みぶりの延長線上にやや下落した夕顔像「したり顔にものなれて言へるかな」となっても源氏は「さして聞こえかかれる心」の積極的な親和性を「憎からず」思っていることは源氏の好尚が単におっとりと可愛い女であるという従来の捉え方に再考を促し、従って源氏の愛した夕顔についての論をそもそもからに立ちもどらせるであろう。

八月十五夜、源氏は夕顔の宿に泊まった。源氏が直対した時の夕顔の印象が叙されている。隣人の賤しい男たちが気ぜわしく立ち騒いでいるのも間近なのを夕顔は恥じる。しかし夕顔はこの男たちの話の内容を理解しない。「いかなることとも聞き知りたるさまならねば」（夕顔巻一四一頁）である。下情に通じないのである。ゆえに「いとはづかしく思ひたり」（夕顔巻一四〇頁）と「恥ぢかかやか」ないは矛盾しない。共に夕顔の素性のよさ上品さをあらわす。「心あてに」の歌を受け取って感じた印象が一貫している。

「世をまだ知らぬにもあらず」（夕顔巻一三七頁）だが、「世馴れたる人ともおぼえねば」（夕顔巻一四二頁）。男女の仲の艶情を知らぬのでもないが、男女の間のことによく馴れているとも思われない。艶情が上品に保たれる機微に源氏はひかれている。「世になくかたはなることとなりとも、ひたぶるに従ふ心は、いとあはれげなる人と見たまふに、なほ、かの頭の中将の常夏《とこなつ》疑はしく、頼りし心ざま、まづ思ひいでられたまへど」（夕顔巻一三九頁）――ここで源氏は頭中将の愛した女、雨夜の品定めの時に頭中将が話した女を思い出す。すなわちもともと下層社会の女ではない夕顔の位相、素性のよさを感取しているのだ。が、「忍ぶるやうこそは、と、あながちにも問ひいでたまはず」（夕顔巻一四〇頁）と、密室空間の世界に立ちもどる。

三　夕顔巻のもののけ

なにがしの院で源氏の夢に現われた魔性の女「いとをかしげなる女」について、その直前というか寝る前に源氏が六条の女君に同情し、そして目の前の夕顔のおっとりとした性情をかわいいと思うままに、六条の女君の、あまりに思慮深くて息が詰まるような重苦しいところを少しなくしたいと批判的に「思ひくらべられたまひける」とあるゆえに六条の女君の生霊と考える説が古注以来根強くある。ところが密室空間の世界にいる当の源氏は全然思いを致していない。「『こはなぞ。あなもの狂ほしの物懼《ものおぢ》や。荒れたる所は、狐などやうのものの、人おびやかさむとて、け恐ろしう思はするならむ。まろあれば、さやうのものにはおどされじ』とて、引き起こしたまふ」（夕顔巻一五〇・一頁）といったぐあいである。夢に現われた「いとをかしげなる女」の正体を荒院に住む「狐などやうのもの」と考えている。このような怖い目にあうのは「かかる筋におほけなくあるまじき心の報《むく》いに」（夕顔巻一五四頁）と、藤壺への恋情の報いと考えている。六条の女君のことつまり六条の女君の怨念を考えてはいない。これはどうしたことか。もののけ出現の前に六条の女君への同情「六条わたりにも、いかに思ひ乱れたまふらむ、うらみられむに、苦しうことわりなりと、いとほしき筋は、まづ思ひきこえたまふ」（夕顔巻一四八頁）とあるように彼女のうらみ、源氏から冷たくされているうらみ、怨念には思い到っている。「六条わたりにも、とけがたかりし御けしきをおもむけきこえたまひてのち、ひきかへしなのめならむはいとほしかし、されどよそなりし御心まどひのやうに、あながちなることはなきも、いかなることにかと見えたり。女は、いとものをあまりなるまでおぼししめたる御心ざまにて、齢《よはひ》のほども似げなく、人の漏り聞かむに、いとどかくつらき御夜がれの寝ざめ寝ざめ、おぼししをるること、いとさまざまなり」（夕顔巻一三一・二頁）とあった二人の仲を考えると六条の女君の女としての切ない怨念が夕顔ごとき身分の低い女に夢中になっている源氏を心外で恨めしく思い生霊と化したのだと考えることは一つの道理かと思われる。が、この六条の女君（六条御息所）生霊説には反論があることも知られている。「己《おの》がいとめでたしと見たてまつるをば、尋ね思ほさで、かくことなることなき人を率《ゐ》ておはして時めかしたまふこそ、いとめざましくつらけれ」（夕顔巻一四八頁）というもののけの発言内容の「をば」は格助詞で対象語を六条の女君と見ると、このもののけは六条の女君たりえない。六条御息所生霊説に対立してきたのは某院に住むもののけとする説で、六条御息所生霊説は萩原広道が説いたように葵巻の生霊出現からさかのぼらせて考えたものというわけである。夕顔巻では源氏が受けとめた某院の妖物を夕顔巻の「場」（密室空間）の存在感としてとらえるのがよいように思われるのである。けだし夕顔巻の短篇的構造に徴して読むのである。ただ、某院に住むもののけとすると、おせっかいなもののけ[5]ということになると言われている。六条御息所（六条の女君）生霊説が長篇的視座から捉えた考えであるのに対し、某院に住むもののけ説は短篇的完結性において怪異事件として読みとる考えと言えようか。このもののけ出現は源氏の夢に、悪夢の中の出来事として終始するが、源氏がはっと目覚めると「火も消えにけり」（夕顔巻一四九頁）とか「西の妻戸に出でて、戸を押しあけたまへれば、渡殿の火も消えにけり」（同右頁）とか暗闇の不気味さを現出し、紙燭《しそく》の灯を大殿油にうつして明るくなったとたん、夕顔のついその枕もとに、夢に見えたそのままの女が、幻に見えてふと消え失《う》せた。「昔物語などにこそかかることは聞け」（夕顔巻一五一頁）と源氏は怪異的に感じて恐ろしく思う。夕顔はすでに急死していたのであった。茫然とする源氏は途方にくれる。「火はほのかにまたたきて、母屋《もや》の際《きは》に立てたる屏風《びやうぶ》の上《かみ》、ここかしこの隈々《くまぐま》しくおぼえたまふに、ものの足音ひしひしと踏み鳴らしつつ、後ろより寄り来るここちす」（夕顔巻一五三・四頁）。魔性のものの足音がみしみしと踏み鳴らしながら、後から寄って来る感じがするとは恐怖そのものである。「からうして、鶏の声はるかに聞こゆるに」（同一五四頁）、鶏鳴《けいめい》と共に魔は去ると考えられていたから、ここに人心地を得た源氏が思ったことは、「命をかけて、何の契りにかかる目を見るらむ、わが心ながら、かかる筋におほけなくあるまじき心の報《むく》いに、かく来《き》し方行《ゆ》く先の例《ためし》となりぬべきことはあるなめり」（夕顔巻一五四頁）と、命を失うほどの死の恐怖の罰はあの藤壺との密通の報い（書かれていない最初の逢瀬。若紫巻の逢瀬は二度目の情事）という心の深淵だった。ということは六条の女君にすまないと思う心はあっても、夕顔をとり殺し自らをも死の恐怖におとしいれたもののけ事件の原因にひきあててはいないということであり、藤壺への罪障の恋の罰に思いあたる彼の心の最も深い核心に触れる事件であったのだ。藤壺への恋の重さにくらべれば六条の女君とのことは軽く、源氏の冷たさが感じられ、すまなく気の毒に思う程度のことだったのだ。もののけ出現直前の六条の女君への源氏の思いからもののけと六条の女君とを結びつける読者は源氏の心理を根拠にしてもののけの正体を六条の女君の生霊と考えたのだが、源氏の六条の女君への心理をそう重くは考えない方がよいようだ。葵巻の六条御息所の生霊は車争いでの屈辱にもとづく重いモチーフがある。それとの対比からも夕顔巻のもののけを六条の女君の生霊とするのは根拠が薄いであろう。読者にそう思わせるぐらいの暗示にはなっている。しかし作者ははっきりさせているわけではない。ここではっきりさせてしまっては面白くないからとして、正体は六条の女君の生霊だが源氏の心理を書いて暗示程度にしてはっきりとは書かないのだという作者の技法としてとらえる考え方もあるが私は採らない。(6)

夕顔をとり殺したもののけ事件を源氏は藤壺への罪障の恋の罰と受けとめたが、もののけの正体を藤壺とむすびつけているわけではない。言うまでもなくそんな考えは古来から無い。ただ源氏が恐怖体験を己のおぞましい所業の罰と受けとめているだけである。さらに源氏はもののけを六条の女君とも結びつけて考えていない。源氏の心理からして六条の女君のうらみを生霊と化すほどに深刻なものとは受けとめていないだろう。六条の女君は確かに源氏の冷たさをうらんでいる。悲しんでいる。「女は、いとものをあまりなるまでおぼししめたる御心ざまにて、齢《よはひ》のほども似げなく、人の漏り聞かむに、いとどかくつらき御夜《よ》がれの寝ざめ寝ざめ、おぼししをるること、いとさまざまなり」(夕顔巻一三二頁)。六条御息所生霊説の根拠ともなろう。が、だからといって夕顔巻のもののけとにわかに結びつけるようには作者は書いていない。読者(六条御息所生霊説の論者)が結びつけるだけである。葵巻の六条御息所の生霊化と対比して考えると、夕顔巻は彼女が内攻的で物を重く考えて悩むことは書かれているが生霊化するほどの激しい原因のようには見られない。葵上に対する傷つきようの具体性とは同日に語ることはできない。

さて高橋和夫氏は「夕顔巻の幻の女の正体について」(7)において六条御息所の侍女中将の君をもののけの正体だという新説を出された。私はこのお説を読んだ時、もののけの発言内容の「己《おの》がいとめでたしと見たてまつるをば」の「見たてまつるをば」の解釈がすっきりする、ぴったりであると思った。侍女の中将の君が六条の女君を敬って「私が大層ご立派なお方とお慕い申しているお方(六条の女君)をば」となる。六条の女君の側近く仕えて、源氏の途絶えによる彼女の嘆きを看取する(高橋氏は「御息所が『人の漏り聞かむ』ことを、寝覚め寝覚めに思いしおれているというのは、世間一般に知られているというのではなくて、ここの侍女たちが、毎夜側にいて御息所の嘆息を聞いている、これが切ないのである。世間が知るのはもっと後で、この夕顔巻の段階では、御息所は侍女に対して、同じ女として不甲斐ない自分を嘆いているのである。侍女がしているであろう陰口を想像すると堪え難いのである」と言っていられる)侍女中将の君が御息所に同情して同時に源氏の召人・愛人としてのわが嫉妬を夕顔に向けて生霊化したのならばうなずけることである。高橋氏は中将の君という女房名から「おそらく、父親が中将でこの世を去った、薄幸の女房の切なさが源氏を求めているのであろう。ここまで書いて気がつくことは、夕顔もその父は三位中将だったことである。中将の君が果たして亡き父の官職を女房名としたのかどうかどこにも書いていないが、例の幻の女出現の場の前提の、顕界としての御息所邸での、六条御息所、中将の君、光源氏という三者の在りようをみれば、それが幽界での男と女をどう理解すればよいか明瞭である」と述べていられる。中将の君と夕顔は身分的に互角なのである。作者の配意を見ることができようか。もののけの発言の「かくことなることなき人」は「このような特に取柄のない女」

の意だが、身分的に見下す意もこめられていよう。とすると六条の女君の立場からの物言いだが、女房は女主人に従属する召使いとして夕顔に対して女主人と同じ高みから物を言っているのだと解すればよい。また中将の君が生霊化するほどの怨念を抱いたであろうかという疑問があろうが、侍女は女主人の嘆きに過剰に反応するのだと考える。中将の君は側近の女房であり六条の女君の「かくつらき御夜がれの寝ざめ寝ざめ、おぼししをるること、いとさまざまな」るを身近に痛切に看取している。いったい女房の過剰反応についてはそもそもの夕顔の「心あてに」の歌への源氏の返歌「寄りてこそ」を持っていった随身の眼が捉えていたのを想起されたい。意味合いは同じではないが、女房はさわぐのだ。「まだ見ぬ御さまなりけれど、いとしるく思ひあてられたまへる御そば目を見過ぐさで、さしおどろかしけるを、いらへたまはでほどへければ、なまはしたなきに、かくわざとめかしければ、あまえて、いかに聞こえむ、など、言ひしろふべかめれど、めざましと思ひて、随身は参りぬ」（夕顔巻一二六・七頁）。「言ひしろふ」女房たち。当の夕顔よりさわぐのである。中将の君は女主人思いの忠義な女房である。源氏が六条の女君邸へ途絶えがちなのを悲しみうらみ心外に思うであろう。「まして、さりぬべきついでの御言の葉も、なつかしき御けしきを見たてまつる人の、すこしものの心思ひ知るは、いかがおろかに思ひきこえむ、明け暮れうちとけてしもおはせぬを、心もとなきことに思ふべかめり」（夕顔巻一三四頁）。これは中将の君を念頭に書かれた文である。六条の女君がたまさかのお忍びの相手であって、天下公認の相手、妻の一人として通われていないことを、「心もとなきことに思ふべかめり」とは源氏を慕う心情であるが、同時にそれは六条の女君を思う心情につながるであろう。だからもののけの発言内容の「己《おの》がいとめでたしと見たてまつるをば」の「たてまつる」、「をば」との整合性から考えて、もののけの正体を中将の君という高橋氏のお説はうなずけるのである。

　ところでしかしこの説は史上高橋氏がはじめて提起されたもので古来誰も言ってはいない。それだけに私はいつもながらであるが氏の独創性に敬服するのである。古来誰も考えなかったのは、六条御息所の生霊（葵巻）の印象があまりに強すぎて、長篇的視座からこのもののけを六条御息所の生霊と考えるのと、一方この夕顔巻の短篇的完結性の局面的真実に沈潜して、当の源氏の受けとめに従い某院に「住みけむもの」と考えるのとに終始してきたからであるが、高橋氏はこの夕顔巻の、秋、源氏が六条の女君邸を訪れた翌朝の、中将の君の御送り途中の場面を注視され、中将の君の存在をクローズアップした作者の意図を読み解かれたのである。この場面を顕界、もののけ出現の場面を幽界として「呼応させた」と読み解かれた。「御息所の霊でもない、某の院の霊でもない。侍女中将の君の霊である」とものの正体を論じられたのである。

しかしもののけ出現の直前に書かれている源氏の想念は専ら六条の女君のことであるから、もののけと結びつける怨念を考えるとすれば直感的には六条の女君の生霊であろう。事実、古来多くの読者はそうしてきた。作者の暗示があるとすればそう解するのが素直な読みであろう。中将の君は何ら暗示すら与えられていない。が、前述したように、もののけの発言内容の「見たてまつるをば」の敬語、「をば」が格助詞でその対象を考えるともののけの正体は中将の君となる。中将の君は六条の女君に随順し女主人より過剰に反応したのである。

源氏は亡くなった夕顔にせめて夢の中ででも逢いたいと思い続けていると、四十九日の法要をなさった翌晩「ほのかに、かのありし院ながら、添ひたりし女のさまも同じやうに見えければ、荒れたりし所に住みけむものの、われに見入れけむたよりに、かくなりぬることと、おぼしいづるにもゆゆしくなむ」（夕顔巻一七八頁）と、源氏は「荒れたりし所に住みけむもの」の仕業と考えている。このもののけ事件に遭遇した当事者源氏の局面的真実に夕顔巻では従うべきだというのが玉上琢彌先生のお考えである。(8) 巻々を読みすすめてだんだん分かっていく。先走りしてはいけない。それが物語の読み方であるとのお教えである。短篇的完結的な夕顔巻では特にしかるべきことである。しかし高橋氏の中将の君説は夕顔巻の中で考えられたお説であって、六条御息所生霊説のように葵巻の生霊出現をさかのぼらせたわけではない。つまり先走りなさったわけではない。

玉鬘巻に夕顔の乳母は大宰府で夕顔の夢を見る。「われは忘れず」――夕顔のことは忘れない思いによって夕顔が「いとたまさかに見えたまふ時なども、「同じさまなる女など、添ひたまうて見えたまへば、名残《なごり》ここちあしくなやみなどしければ、なほ世になくなりたまひにけるなめりと思ひなるも、いみじくのみなむ」（同右頁）。魔性の女を夢に見ている。その女こそもののけの正体だが「たまうて」と敬語を使っている。玉上先生『源氏物語評釈第五巻』玉鬘巻三〇頁に「『添ひたまうて』は、その女を尊敬しているのである」、「乳母の夢に見た姿が上流の方の身なりをしていたので、敬語を使ったのである。乳母には、それがどなたかわからない」と述べられている。この乳母の夢は従来の二つの説では六条御息所生霊説に有利に援用されるところであるが、乳母から見れば上臈の女房中将の君の生霊の姿も「上流の方の身なりをしていたので、敬語を使った」と考えられるから、中将の君生霊説に援用できようと拙稿「夕顔巻のもののけ―夕顔巻の構造に徴して―」に述べたのであった(9)。が、というより「同じさまなる女」とは乳母から見て夕顔と同じ様子の女の意であるから、夕顔と同格で中将の君がふさわしい。「添ひたまうて」の敬語は乳母からその主人夕顔への敬意に準ずる敬意表現なのである。生霊説が六条御息所のそれとのみ考えられ、中将の君説を誰も思いつかなかった頃ではこの「添ひたまうて」の「同じさまなる女」が「上流の方の身なりをしていた」となれば六条御息所の生霊説に有利な箇所となろう。玉上先生はそのようには明言されてはいないから私の憶測にすぎないがあるいは「上流の方の身なりをしていた」という文言に「六条御息所生霊説」の影がさしてはいないであろうか。もしそうなら、「同じさまなる女」を夕顔と同じ様子の女と解する限り六条御息所生霊説の影響を脱して中将の君生霊説に転移するべきだと私は考える。『新日本古典文学大系』の玉鬘巻三三五頁脚注に「敬語の使用から高貴な女である」とされている。「六条御息所」とは明言されてはいないが、「高貴な女」という文言に「六条御息所生霊説」の影がさしていまいか。もしそうだとすれば、敬語の使用は主《あるじ》である夕顔と「同じさまなる女」への敬語であって主人（夕顔）への敬意に準ずるもので「高貴な女」だからではない。つまりここは六条御息所の生霊ではなく中将の君の生霊が相当するであろう。

しかし「乳母には、それがどなたかわからない」のだから、作者はもののけの正体をここで明らかにしているとは言えまい。作者はついに種明かしをしなかった。乳母の夢は乳母に夕顔の死を気づかせることに中心があり、私たちが問題にしている「いとをかしげなる女」の正体を示すわけではない。すると作者は夕顔巻では源氏のもののけ解釈だけをはっきり書いていることになる。六条御息所生霊説も中将の君生霊説もいわば〝状況証拠〟による読者の推測的理解である。読者がそのように理解するのは作者の仕向けたことだと言えるであろう。けれども作者がはっきりそうだとは書かず作中人物源氏に全然そう思わせていないことはどう解すべきだろうか。正体を早くから明かしては面白くないのはよく分かるが作者はついに最後まで種明かしをしていないではないか。中将の君生霊説は夕顔巻の構成的理解というべく高橋氏の論考によって説得的であり特にもののけの発言内容の理解がよくできたのではあるが、作者が端的に暗示を与えることもない。六条御息所生霊説は作者から暗示らしい地の文を与えられていて直感的にはそのように受けとめられることとなり根強く支持をあつめていると言えよう。しかしもののけの発言内容（「をば」から）にもとづく反論があり、萩原広道による批判の説得力により某院に住むもののけ説の方が有利になっていようか。しかしこの説の難点は〝おせっかいなもののけ〟ということになることである。これを〝おせっかい〟と解さないことはできないだろうか。霊界において某院に住むもののけ＝死霊は、皇室御領に住んでいることからして、六条御息所、前坊の未亡人に同情するということを想定できないだろうか。もちろん夕顔巻では六条の女君は貴婦人とは分かっていても前坊の未亡人といったことは書かれていない。しかし同一人物である。葵巻、賢木巻に書かれたことを持ち込むことになるが、背景としてさような長篇的理解を想定してはいけないだろうか。このもののけの発言内容が人間的、心理的な関係性であることに徴して単なる妖怪ではないもののけとして、想定、憶測してみたのである。この想定がゆるされれば、某院（皇室御領）に住むもののけ（死霊）は前坊未亡人を敬い、源氏に冷たくされていることに同情する何者かで、皇族（前坊未亡人）として悲境にある六条御息所に同情する誰かである。従来某院に住むもののけ説は短篇的理解として受けとめられてきたが、背後的には夕顔巻に自閉しない世界をこのように想定できるのではないか。ただしあくまで想定であって、夕顔巻の世界そのものにはあらわれていないし、この想定が正しいとしても隠れたる背後的事実にほかならない。源氏の「荒れたりしところに住みけむもの」という解釈が夕顔巻の「場」（〝密室空間〟）の存在感として端的にとらえられる、短篇的理解にこの〝背後的事実〟の想定を加えて二層構造的に考えることはできないだろうか。

作者はあえて明確にもののけの正体を明らかにせず読者に投げやっているように解されもしてくる。すなわち客観的事実としては謎を残した。読者の推理の圏内のことにとどめた。夕顔物語が怪異的な推理小説めいてそれが読者をひきつけるゆえんの一つにもなっていようか。私は本稿で高橋和夫氏の中将の君生霊説に敬服すると共に一方某院に住むもののけ説にも背後的世界の想定を試みた。

おわりに

長篇的序章のシンボルともいうべき桐壺巻の高麗相人予言の理解について桐壺巻の短篇的完結性の中で局面的に作中人物桐壺帝の理解に随順する読み解きがみとめられる短篇的局面的理解と、予言という光君の生涯の運命を占う性格にかんがみて読み解く長篇的理解が、二つながら要請されるのは桐壺巻の長篇的契機を内在する短篇的完結性に即して読むからである。夕顔巻の短篇性からもののけを読むときは怪異的な場面の現場に居た源氏の解釈に従って読むことが最も素直な読みではあるが、なぜ夕顔をとり殺すかという人間的な心理関係性がなく、ただ源氏の自負をともなった解釈にもの足らなさをおぼえる読者は六条の女君（あるいは侍女中将の君）との心理的関係性に思いを致すことになる。それは多分に読者の推理に属することで作者の明示があるわけではない。もちろんはやくから明示がされては面白くない。問題なのはついに最後まで明示がなかったことであるまいか。となるとこれは最後まで読者の推理にとどまる。学者はその推理に論証を加える。高橋氏のすぐれた推理と論証に説得力をおぼえ敬服した私も、玉鬘巻の乳母の夢に見られる〝暗示〟が一種、種明かしかと思われるものの、作者がついに明快には種明かしをしなかった意図を考えざるをえない。あえて謎を残したのではないかと。私の言う二層構造とは(10)、短篇的完結性と背後的にひそむ世界とを二層的二元的に夕顔巻の構造は持っているという意味である。某院のもののけ説は源氏の受けとめという明示的な部分だけに素直に従うのであるが、私があえてその背後に六条御息所の悲境に同情する皇親王族（もののけの発言内容の敬語から考えて身分的には王命婦のような女房がふさわしいかと思うが、「会話」では主語が対等ないし上の身分の人も「たてまつる」敬意表現をすることを参看すれば、前坊の御霊を憶測できようか）の死霊を憶測、想定を試みたのも短篇的にのみ自閉しない構造を思いみるところからであった。換言すれば夕顔巻は単に怪異的世界ではない。もののけの発言には人間的、心理的な関係性があり、源氏の溺愛する夕顔がとり殺されたのは源氏の所業に罰を下した人間的なものの必然を見なければならない。短篇的、表層的に怪異事件とのみ捉えるのではなく、その奥にひそむ世界をも視野に入れなくてはなるまい。短篇的完結性に内在する長篇的契機が源氏物語の巻々にあることを見のがすべきでない。従来とかく短篇的に読む動向と長篇的に読む動向とに分かれてきた。各巻々は短篇的完結性に長篇的契機を伏在しているのである。この源氏物語の本性に即して考えていくことが要請されよう。

注

（1）　拙稿「桐壺巻の高麗相人予言の解釈」（『国文学解釈と鑑賞』至文堂、平成十年十月）、拙稿「源氏物語の短篇的読

みと長篇的読み―源氏物語の構造と方法―　桐壺巻の高麗相人予言をめぐって」（「金蘭短期大学研究誌」29号、平成十年十二月）。共に『源氏物語の表現と人物造型』和泉書院、平成十二年九月所収。

(2)　今井源衛氏「夕顔の性格」（山中裕氏編『平安時代の歴史と文学　文学編』吉川弘文館、昭和五十六年十一月所収。のち『源氏物語の思念』笠間書院、昭和六十二年九月所収）

(3)　円地文子氏『源氏物語私見』（新潮社、昭和四十九年二月）

(4)　原岡文子氏「遊女・巫女・夕顔―夕顔の巻をめぐって」（「共立女子短期大学文科紀要」平成元年二月。のち『源氏物語　両義の糸　人物・表現をめぐって』有精堂所収。さらに『源氏物語の人物と表現　その両義的展開』翰林書房、平成十五年五月所収）

(5)　玉上琢彌先生『源氏物語評釈第一巻』夕顔巻四一三頁。先生は妖物説でいらっしゃるが、妖物説に立つと、もののけの発言が「おせっかいな」ものになることを述べていられるわけである。

(6)　佐藤信雅氏は六条御息所生霊説の立場から、拙稿「夕顔巻のもののけ―夕顔巻の構造に徴して―」（「王朝文学研究誌」第17号、平成十八年三月。本書第二編八）を読まれての手紙で述べられた。

(7)　高橋和夫氏「源氏物語・六条御息所論の問題点」（群馬女子短期大学「国文研究」第二十二号、平成七年三月）

(8)　玉上琢彌先生「平安文学の読者層　第二部　夕顔の巻のもののけ」（慶応義塾大学国文学会「国文学論叢」第三輯「平安文学」昭和三十四年十一月。のち『源氏物語研究　源氏物語評釈別巻一』角川書店、昭和四十一年三月所収）

(9)(10)　拙稿「夕顔巻のもののけ―夕顔巻の構造に徴して―」参照。

〔付記〕

「はじめに」でいささか私見を述べさせていただいたのは、『源氏物語の展望』（研究シリーズ）刊行に当たり編者の一人として心がまえを述べた次第である。おこがましいことであるが諒とせられんことを乞う。

夕顔巻のもののけについての拙論は、古来からの某院もののけ説と六条御息所生霊説に加え高橋和夫氏の新説中将の君生霊説のそれぞれについて相対化した趣がある。

長篇的契機をはらむ短篇的完結性について、より多く源氏物語全体の巻々について述べるべきであるが、桐壺、夕顔の二巻のみにとどまった。前者は光源氏の生涯を予告する政治的な長篇的序章であり、後者は短篇的な光源氏の「かくろへごと」の一つである。その意味では対照的に相違しながら、ともに短篇的完結性を有し、かつ長篇的契機を内在する。両巻をとりあげたのは意味なしとしないであろう。

脱稿後、今井上氏「白露の光そへたる―夕顔巻の和歌の言葉へ」（「文学」平成十八年九・十月号）に接した。某院についたばかりの源氏と夕顔が取り交わした歌についての今井氏の卓見を読み、夕顔の人物形象についての私見を一層深めることができた。「夕顔は源氏に対して、『山の端』（私）の心も知らず、思うがまま天空を渡る『月』のようなあなたですもの、『上の空にて影や絶えなん』、いまはご自分の愛情の深さをおっしゃっていても、いつかは『いにしへ』の人（今井氏は「頭中将」とされた。卓見である）同様、他に心を移して私のもとを訪れてくださらなくなってしまうかもしれませんね、そう思うと『心細』いこと、とたくみに切り返したのである。（中略）暗に頭中将のことをほのめかし、あなたの過去は知っているのだよといわんばかりの源氏に対して、夕顔は、昔の人（頭中将）のことを言うのなら、彼がそうであったようにやがてあなたも私に飽きてしまうかもしれませんねとかわす――ここにあるのはかみ合わぬどころか、実にしたたかな恋のかけひき、丁々発止のやり取りというべきであろう」と氏は述べられた。そこには源氏と六条の女君の侍女中将の君のやり取りを想起させる艶情がある。「これからはじまろうとするアバンチュールに胸高鳴るこの男女の間には、右のようなきわどい軽口をも許すようなくつろいだ雰囲気が漂っていたのであり、さような濃密で官能的な時間云々」と氏は述べていられる。この「くつろいだ雰囲気」、「濃密で官能的な時間」は、源氏の「夕露に紐《ひも》とく花は玉鉾《ぼこ》のたよりに見えしえにこそありけれ　露の光やいかに」に対して、「後目《しりめ》に見おこせて（流し目にこちらを見て）、光ありと見し夕顔のうは露はたそかれどきのそら目なりけり　と、ほのかに言ふ」夕顔の姿態にもあらわれ、源氏の「げにうちとけたまへるさま、云々」とあいまって「くつろいだ雰囲気」であり、「名のりなさい」という源氏の問いかけに「『海士《あま》の子なれば』とて、さすがにうちとけぬさま、いとあいだれたり」とある。甘えている夕顔は、たおやかで愛嬌のあふれる風姿である。それは「いとおいらか」な風情の内にこめられた艶情の顕現のさまである。親和的な「心あてに」の歌以来貫かれている夕顔の人物形象なのである。

「文学」（平成十八年九・十月号）には高田裕彦氏「光源氏の忍びの恋―『源氏物語』冒頭諸巻の仕組み」が桐壺更衣、夕顔、紫上の母の類似性を述べていられる。それは悲劇のモチーフについてであるが、桐壺更衣の弱々しい風姿が帝の御心を誘うとともに「いとにほひやかに、うつくしげなる」情意的感性美の親愛的な雰囲気、親しみあるかわいい風情すなわち艶情の内に秘められた形象に帝はひかれていたと拙稿「桐壺帝と桐壺更衣の形象」（「中古文学」第七十二号、平成十五年十一月。本書第二編一）に述べたことを想起した。拙稿「光源氏と女君たち―『はかなびたるこそは、らうたけれ』―」（「常磐会学園大学研究紀要」創刊号、平成十二年十二月。本書第二編三）には空蟬、夕顔、紫上の人物形象の類似性を論じたので、氏のご論を読み、私は女君たちの境涯の悲劇のモチーフと源氏の好向の関連において共鳴するのである。なお、高田氏のご論には短篇性と長篇性の問題が論じられているが、本稿において私もほぼ同じ問題に関心を向けている。私は二層構造として捉えたい。それは作者の構想の方法であるのだ。二層構造というタームは拙稿「夕顔巻のもののけ―夕顔巻の構造に徴して―」（「王朝文学研究誌」第17号、平成十八年三月。本書第二編八）で用いている。その巻の局面性において読むことを第一義としつつ、単にそれにとどまるのではなく、背後的世界の存在を思いみるのである。なお拙稿「桐壺巻を読み解く」（日向一雅、仁平道明両氏編『源氏物語の始発―桐壺巻論集』竹林舎、平成十八年十一月。本書第一編二）において桐壺巻の短篇的完結性と長篇的契機の伏在を論じていることを申し添えておく。

二　源氏物語の局面的リアリティーと背後的世界の伏在

はじめに

長篇的契機を内在する短篇的完結性と言うと、源氏物語の各巻々が単に短篇的完結性ではなくて、長篇的展望を有していることを言おうとするものと受けとられようか。つまり長篇的視座に軸心をおく言説と考えられやすいであろうか。源氏物語は人生の局面にたたずみ沈潜し、場面性、局面性を重んじ、人物造型においてもその局面性に随順する傾向が強い。すなわちその巻の局面に読者も沈潜することを要請するのである。しかしそのことにのみ偏すると長篇的契機の伏在を見失うであろう。

私は二層構造として把握したい。その巻の局面性において読むことを第一義としつつ、単にそれにとどまるのではなく、背後的世界の存在を思いみるのである。伏在するゆえにその局面ではあらわれないから、後の巻々から立ちもどって考えうることが多いが、その局面では背後的世界として伏在していたのであると考え、単に現象としてあらわれている局面性のみに自閉しないのである。

一　夕顔巻・荒院に住むもののけの伏在的真相

私は拙稿「源氏物語の二層構造—長篇的契機を内在する短篇的完結性—」（『源氏物語の展望第一輯』三弥井書店、平成十九年三月。本書第三編一）において夕顔巻の荒院に住むもののけ（死霊）は前坊（六条御息所を寵愛した夫宮）の御霊ではないかと憶測した。もののけの発言内容は心理的関係性があり六条の女君（六条御息所）を尊び同情していることから、単なる何の関係もない妖物であるまいと考えられ、荒院が皇室御領であることにちなみ皇族であり六条御息所に同情する人物として前坊を考えたのである。もののけ発言内容の「おのがいとめでたしと見たてまつるをば」の「たてまつる」表現は「会話」では身分の上位ないし対等の人物が主語となることを参看すれば、前坊が六条御息所を「いとめでたしと見たてまつる」というのも不思議はない。従来は六条御息所より身分的に下位の者の発言として高橋和夫氏の侍女中将の君説（「源氏物語・六条御息所論の問題点」群馬女子短期大学「国文研究」第二十二号、平成七年三月）はその点ぴったりすると私なども思い、荒院に住むもののけも六条御息所より身分的に下位の者がふさわしいと考え、王族で女房の身分の者の死霊を想定してみた。生きているので例にはならないが身分的に女房で皇族出身の王命婦、「わかむどほり（皇族の血筋）の兵部の大輔《たいふ》なる女《むすめ》なりけ」る大輔の命婦などのような王族で女房の死霊が血筋、身分のうえでふさわしいかと思ったが、この「たてまつる」発言を「会話」に準じて考えれば、必ずしも身分的に下位の者と限らなくてもよいのだった。

前坊は、桐壺院（前坊の同母兄）の次の御言葉によれば六条御息所を大切に愛していられたのである。

故宮《こみや》のいとやむごとなくおぼし時めかしたまひしものを、軽々《かるがる》しうおしなべたるさまにもてなすなるが、いとほしきこと。斎宮をも、この御子《みこ》たちの列《つら》になむ思へば、いづかたにつけても、おろかならざらむこそよからめ。心のすさびにまかせて、かくすきわざするは、いと世のもどき負ひぬべきことなり。

（葵巻六六頁。頁数は『新潮日本古典集成　源氏物語』による。以下同じ）

「いとやむごとなくおぼし時めかしたまひし」は、もののけの発言の「己《おの》がいとめでたしと見たてまつる」（夕顔巻一四八頁）と通底するであろう。その六条御息所を「軽々《かるがる》しうおしなべたるさまにもてなすなるが、いとほしきこと」と宣《の》たまう桐壺院の御心情は、もののけの発言の「尋ね思ほさで、かくことなることなき人を率《ゐ》ておはして時めかしたまふこそ、いとめざましくつらけれ」（同右頁）に通底しよう。このもののけの発言内容は、桐壺院が、六条御息所を疎略に源氏が扱うことを気の毒に思われ源氏を叱責あそばすのとほぼ同じ心意心情に発していると見てよいだろう。前坊は、自分の大切に愛した六条御息所を疎略に扱い夕顔ごとき女にうつつを抜かしている源氏を心外で恨めしく思った、と考えることは理にかなうのではあるまいか。

「己《おの》がいとめでたしと見たてまつるをば」の「己《おの》」という自称代名詞の用例がこの夕顔巻のもののけの発言のほかに真木柱巻に「式部卿の宮聞こしめして、『今は、しか今めかしき人をわたして、もてかしづかむ片隅に、人わろくて添ひものしたまはむも、人聞きやさしかるべし。おのがあらむこなたは、いと人笑へなるさまに従ひなびかでものしたまひなむ』とのたまひて」（真木柱巻二一一頁）、「父宮、聞きたまひて、『今は、しかかけ離れてもて出でたまふらむに、さて心強くものしたまふ、いと面《おも》なう人笑へなることなり。おのがあらむ世の限りは、ひたぶるにしも、などか従ひくづをれたまはむ』と聞こえたまひて、にはかに御迎へあり」（真木柱巻二二二頁）と二例、式部卿宮の発言の中にある。若紫巻の北山の尼君（紫上の祖母）が孫の紫上に語る言葉の中に「おのれ」という用例がある。「ただ今おのれ見捨てたてまつらば、いかで世におはせむとすらむ」（若紫巻一九一頁）。私はこの中、式部卿宮の「おの」という自称代名詞に注意する。荒院が皇室御領であることにちなみ、この荒院はもと前坊が父院（一院）から伝領し住んでいたことがあると想定してみた。六条御息所の住む六条京極邸は父大臣からの伝領かと思われるが、荒院はこの邸と近い。『江談抄』の故事すなわち宇多法皇と京極御息所が河原院に赴いたとき源融の霊が現われて御息所を気絶させたという話は荒院のもののけ出現を考えるうえで准拠とされるが、京極御息所と夕顔、宇多法皇と源氏が相当する。源融に相当するのは誰だろう。河原院は源融の霊が住む所である。そのように荒院に住む霊は誰かと考えるとき、六条御息所を愛した前坊の霊が住むのだと私は憶測し想定した。源融の亡霊が「宮人《みやびと》」（嵯峨天皇の皇子たる源融に仕えた女房）にのり移ったように（『本朝文粋』所載の「宇多院為二河原院左大臣一没後修二諷誦一文」に「大臣亡霊、忽託二宮人一申云」）前坊の亡霊が前坊に仕えた女房にのり移って「いとをかしげなる女」として源氏の夢に現われたのだと考える。

源氏は六条の女君を気の毒には思っているが、もののけと結びつけて考えないように、それ以上に前坊の死霊の出現とは思わない。夕顔巻における源氏、換言すれば父帝の寵愛に甘え、帚木巻冒頭に書かれた好色人光源氏の色好みの「癖」に生き、身分違いの情事のスキャンダル、恋の惑溺まっただ中の源氏は「さりとも鬼なども、われをば見ゆるしてむ」（夕顔巻一四六頁）という自負に生きていたのと、夕顔の死の衝撃に「命をかけて、何の契りにかかる目を見るらむ、わが心ながら、かかる筋におほけなくあるまじき心の報《むく》いに、かく来《き》し方行《ゆ》く先の例《ためし》となりぬべきことはあるなめり」（夕顔巻一五四頁）と藤壺への恋情「おほけなくあるまじき心」の報いと受けとめたことで分かるように、藤壺への恋情の罪障意識以外にもののけと結びつける反省的な心の鬼はあるだろうか。もののけ出現の前の六条の女君（六条御息所）に対する「六条わたりにも、いかに思ひ乱れたまふらむ、うらみられむに、苦しうことわりなりと、いとほしき筋は、まづ思ひきこえたまふ」（夕顔巻一四八頁）という心の鬼が六条御息所生霊説を言説する際の源氏の心理的な反映として読者（研究者）によって引かれるのだが、当の源氏がもののけと結びつけていない。藤壺への恋情の報いとは思っても藤壺のもののけと考えているわけではない。源氏は「荒れたりし所に住みけむもの」と考えているだけで、その「もの」が誰の「もの」なのかに思いを致していない。もののけの発言内容が心理的関係性があるのに。それほどに六条の女君に対して彼の心識では桐壺院の御言葉通り「軽々しうおしなべたるさま」であったと解するほかあるまい。単なる妖物、つまり何の関係もない妖物だとすると、ずいぶんおせっかいな妖物である。玉上琢彌先生『源氏物語評釈第一巻』四一三頁に「さて、この夢の中の美人の言葉が、よくわからない。『おのがめでたしと見たてまつる六条の女君をば』と見る説もあるが、それではずいぶんおせっかいなもののけになってしまう」と述べられている。先生は妖物説（「平安文学の読者層　第二部　夕顔の巻のもののけ」慶応義塾大学国文学会「国文学論叢」第三輯「平安文学」昭和三十四年十一月。のち『源氏物語研究　源氏物語評釈別巻一』角川書店、昭和四十一年三月所収）でいらっしゃるが、妖物説に立つと、もののけの発言が「ずいぶんおせっかいなもののけ」になることを述べていられるわけである。荒院に住むもののけ説は、源氏の受けとめとして明示的であり尊重されるべきであるが、「おせっかい」つまり何の関係もないのに口出しをしているのであれば問題であり妖物説の障害となろう。私見では前述したように荒院に住むもののけは実はおせっかいではない人物の死霊であって、私の憶測した人物前坊は、夕顔巻の局面的真実では伏在し隠されており、二層構造の見えない世界の人物である。そもそも二層構造というタームは、高橋和夫氏「源氏物語・六条御息所論の問題点」（群馬女子短期大学「国文研究」第二十二号、平成七年三月）のご論述中の、二階に居て見えない一階部分を想像・推測する云々の言説に導かれたものである。前坊はその想像・推測する世界の人物である。夕顔巻では全く現われない。が、六条の女君（六条御息所）の夫宮として深い関係性がある。夕顔巻では伏在し隠されているのであると考える。六条の女君も前坊の妃であることなど隠されている。前坊妃であることは葵巻で語られるが、同一人物であることが明らかであるから夕顔巻では隠され伏在しているのだと見る。短篇的完結性において夕顔巻の局面的真実では前坊や六条御息所の世界は押し隠されねばならない。夕顔という女性に惑溺する源氏の世界に夕顔と対比される六条の女君は身分的に高くはあるが主としては夕顔との性格的対比の造型で十分だったのである。六条御息所、前坊妃という条件は葵上との葛藤、対立において求められたのである。物語の局面に随順する人物造型である。

夕顔怪死の衝撃に源氏が藤壺への恋情の罪障を感じていることは、夕顔巻を単なる怪奇的な短篇的完結性に自閉せしめない奥深い構造を思わしめるであろう。誰しもが短篇性を強く認める夕顔巻においても、巻の局面的世界を第一義としつつ、それに自閉的にとどまるのでないことを要請されよう。長篇的契機を内在する短篇的完結性が各巻々の構造である。それはすぐれて作者の構想の方法なのである。その方法に即して読み解いていかねばなるまい。夕顔巻のもののけの謎には伏在する真相が秘められているのではないか。それは背後的世界として伏在し、短篇的世界を奥深く支えているのである。伏在すると想定できる世界へのまなざしを持つ読みを要請する作者の構想の方法である。

前坊の御霊が夕顔ごとき身分の女を恨み、とり殺すであろうかといった疑問がもしあるとしたら、私は前坊の御霊は夕顔を恨んだのではなく源氏を恨んだのだと答えたい。前坊が六条御息所を大切に愛した心情から源氏の六条御息所への疎略な扱いを心外に恨まれてのことと解する。夕顔は源氏に溺愛されたがゆえにいわば巻き添えを食ったことになる。四十九日の法要の翌晩、源氏は「荒れたりし所に住みけむものの、われに見入れけむたよりに、かくなりぬることと」（夕顔巻一七八頁）思い出している。もののけは本来源氏にとりつこうとしたのだという認識である。もののけの正体が誰かとは察知していないが、自分にとりつこうとしたという認識は注意すべきであろう。深く源氏を寵愛される桐壺院が、六条御息所を疎略に扱う源氏を叱責あそばした（葵巻）ことを参照すれば、前坊の死霊の恨みも不当ではあるまい。見えない闇の世界の憶測ではあるが、理は合っていよう。もののけの発言内容は、六条の女君（六条御息所）を大切にせず夕顔に夢中になっている源氏を恨めしく思っているのである。「いとめざましくつらけれ」というもののけの発言の「めざましく」は身分の上の者からの心外感を表わし、前坊（源氏の叔父）からの源氏への叱責の言葉としてふさわしいであろう。

二　明石の入道と明石の君の造型の局面的真実と伏在する真相

若紫巻の明石の浦の話は、局面的には風景の美しさと明石の入道及びその娘の風変わりな話である。源氏の人生にとって大きな邂逅となる人物たちとはこの時源氏も誰も思わなかった。後の物語の展開から構想論的に言えば伏線ということになるであろうか。短篇論者からすればこの若紫巻ではこの風変わりな噂話は、源氏が「『なべてならず、もてひがみたる事このみたまふ御心』であると、強調したいから」ということになる（玉上琢彌先生『源氏物語評釈第二巻』若紫巻四〇頁）。「さればこそ、つぎの小柴垣のすき見もなさるのである」（同右書）と言われるように若紫巻の主眼である若紫の君（少女期の紫上）への邂逅に向かっていく、風変わりなことを好む源氏の性格の対象として描かれただけということになる。作者は若菜上巻というはるか先の巻で詳細に明石入道の奇矯な行動の理由の種明かしをすることになるが、その伏線とまで考えるのは構想論の危うさというものであろう。が、伏在していた背後的世界を作者が証明してくれたわけであるから、若紫巻という短篇的世界の背後に長篇的世界が存在していたことになる。二層的二元的構造である。

構想論は、叙述の前後関係から推測を加えるのであり、構想は作者の胸中にあることであるから、構想の立ち消えもあったであろう。源氏物語は局面的完結性が強いから、そうなってもさほど無理なく感じられ、人物の立ち消えも容認されるのである。明石の君は後々にわたって活躍する重要な人物なので若紫巻においてつとに構想が立てられていたであろうと推測されるが、しかし現在に見るような具体的な巻々の過程を構想していたのではなく、構想の核とでもいうべきものが胸中に宿っていたということであろう。若紫巻の短篇的世界の背後的世界は、若菜上巻の詳細な種明かしの核に相当する想念としてのみ作者の胸中に存していたのである。奇矯な明石入道の言動を単に面白がるのではなく、その動機、理由に思いを致すまなざし、読みが求められよう。明石入道と娘の噂話は良清の視座で語られており、明石入道は「大臣《だいじん》の後《のち》にて、出で立ちもすべかりける人の、世のひがものにて、まじらひもせず、近衛《このゑ》の中将を捨てて、申し賜はれりける司《つかさ》なれど、かの国の人にもすこしあなづられて、『何の面目《めいぼく》にてか、また都にも帰らむ』と言ひて、頭《かしら》もおろしはべりにけるを、……」（若紫巻一八六頁）というように、奇矯な人物、変人、「世のひがもの」と捉えられている。この表層的な捉え方、人物評は、この場面の座興に類するものとして機能するのであるが、何故明石入道が「近衛の中将を捨てて」播磨守になったのかについては、知られるようにその娘との関連で考えられており、「思ふさま異《こと》なり」（若紫巻一八七頁）と言い「もし我に後《おく》れてその志とげず、この思ひおきつる宿世《すくせ》違《たが》はば、海に入りね、と、常に遺言《ゆいごん》しおきてはべるなる」（同右頁）と、異様というべき入道の執念が語られていることは、その理由はここでは分からないものの（若菜上巻に照らせば作者の構想のうかがえるところであるが）、この入道の執念からこの娘一人の宿世に随順する行為と察せられ、受領による蓄財を目的とし[1]都へ捲土重来を期したものの「かの国の人にもすこしあなづられ」るしまつで「『何の面目《めいぼく》にてか、また都にも帰らむ』と言ひて、」出家してしまった次第なのだ。ただ執念だけが残った。構想論的に言えば、源氏の須磨・明石流謫との照応からして明石入道は明石にとどまるべく構想せられていたことになるが、「何の面目《めいぼく》にてか、また都にも帰らむ」からは捲土重来を期して都に帰ろうとしていたことがうかがわれ、その挫折・絶望から出家となりながら執念だけが残るというのは、娘の将来について「思ふさま異なり」という「その志」、「思ひおきつる宿世《すくせ》」という執念を支えている背後的世界がなければならぬであろう。ここに二層構造が存するのである。結果（若菜上巻の種明かし）を知った者の言説との批判は受けねばなるまいが、若紫巻での、この入道の異様な執念をただ変わり者のそれと笑うのでは、この座の源氏の供人たちと変わらぬ表層的受けとめとなるであろう。短篇的読みはそれでよしとする言説だし、長篇的読みはとかく伏線といったふうに言説するのであるが、私はこの若紫巻を構造的に捉え、背後的世界に思いを致すのである。

明石巻で入道が源氏に語る言葉の中に「親、大臣《だいじん》の位をたもちたまへりき」（明石巻二七九頁）とあるので、入道は大臣の子息であったことが分かるのだが、良清の語る「大臣の後《のち》にて」という言い方は、「後《のち》」が子孫の意であるところから与謝野晶子は「二代ほど前は大臣だった家筋で」と訳している。大臣の家筋、名門の家筋で出世もできたはずということなのだが、父が大臣である事実に徴すれば、この「後にて」は父の大臣が亡くなって過去の人となっていることをあらわしているのであろうか。父が大臣であったが遠い過去のことなので「大臣《だいじん》の後《のち》にて」という言い方になったのであろう。それほどに明石入道は名門ながら没落の身なのだ。秋山虔氏が「時勢の移り変わりとともにしだいに下落していく家運にそのままおとなしく従っていることに堪えられなかった[2]」と述べていられるような時勢相と明石入道のその時の心的状況を思いみるべきであろう。恐らく父大臣の薨去が大きな引き金となって衰運に向かっていく中での彼の近衛中将辞任、播磨守への赴任は、彼のいらだちとも見られる奇矯な行動と世人の眼には映じたであろう。良清の話はそれをあらわしていよう。実は秘められた真相として起死回生の夢が隠されていた。すなわち若菜上巻において若紫巻の奇矯な話の背後的世界が語られることによって私たちは若紫巻の二層構造を知ることになる。過去を照射する方法によって二層構造が確かめられることとなるのである。

桐壺更衣の父大納言の兄が明石入道の父大臣であるということが須磨巻で明石入道の「故母御息所は、おのが叔父にものしたまひし按察《あぜち》使の大納言の御娘《みむすめ》なり」（須磨巻二四九頁）という言葉で分かるので、明石入道が娘を「いかにして都の貴《たか》き人にたてまつらむと思ふ心深き」（明石巻二八〇頁）と源氏に語った「都の貴《たか》き人」は、日向一雅氏の説かれるように[3]早くから光源氏を意図していたとおぼしい。同族の希望の星として光源氏を、娘誕生の時から注目していたと考えられる。彼の見た娘誕生の前の夢が子孫から帝と后が出ると解される夢であることに照応する相手として同族の源氏の少年時代の「光る君」と讃えられた風姿は彼にとってまたとない対象だったろう。彼は時機を住吉の神に祈りつづけて待ったのである。「わが君、かう、おぼえなき世界に仮《かり》にても移ろひおはしましたるは、もし、年ごろ老《おい》法師の祈り申しはべる神仏《かみほとけ》のあはれびおはしまして、しばしのほど御心をもなやましたてまつるにやとなむ思うたまふる。その故は、住吉の神を頼みはじめたてまつりて、この十八年になりはべりぬ。女の童《めわらは》のいときなうはべりしより、思ふ心はべりて、年ごとの春秋ごとに、かならずかの御社《やしろ》に参ることなむはべる。昼夜《ひるよる》の六時《ろくじ》の勤《つと》めに、みづからの蓮《はちす》の上の願ひをばさるものにて、ただこの人を高き本意《ほい》かなへたまへとなむ念じはべる」（明石巻二七九頁）と切々と語る入道の言葉にはその時機が来たのだという思いがあふれている。「住吉の神を頼みはじめたてまつりて、この十八年になりはべりぬ」と言う。十八年もの長い間待ち続けた悲願であるから「わが君、かう、おぼえなき世界に仮《かり》にても移ろひおはしましたる」を悲願実現のしるしと受けとめたのであった。「これは、生れし時より頼むところなむはべる。いかにして都の貴《たか》き人にたてまつらむと思ふ心深きにより、ほどほどにつけて、あまたの人の嫉《そね》みを負ひ、身のため、からき目を見るをりをりも多くはべれど云々」（明石巻二八〇頁）と言うのは、娘が生まれる前に、入道が見た子孫から帝と后が出ると解される夢に相応する「都の貴《たか》き人」との結婚を願い、土地の国司の求婚をことわって恨みを受けたことであるが、若紫巻の北山での良清の話に「代々《だいだい》の国の司《つかさ》など、用意ことにして、さる心ばへ見すなれど、さらにうけひかず」（若紫巻一八七頁）とあったのと照応する。「この子の将来については特別に考えるところがある。播磨の国司の息子風情《ふぜい》を婿《むこ》には取れぬという気持である」（同右頁『新潮日本古典集成』頭注）。「代々の国の司」がそれぞれの息子の相手として、それもすぐにというのでなく将来の予約として申し込んできたと解することができようか。(4) 没落したとはいえ大臣の家筋という名門に対して「代々の国の司」はあこがれたであろう。「代々の国の司」といっても国司自身ではなくその息子のための求婚であるから代ごとに国司自身の求婚があったというのではなく、求婚はそう間をおかずにあったのだと考える。良清はそう遠い過去からのことを語るのでなく身近に次々とあった話として語っているとおぼしい。ゆえに娘（明石の君）の年齢もそう動いてはいないのではないか。求婚者（国司の息子）たちも今の「播磨《はりま》の守の子」の良清とさして変わらぬ年齢と考えられる。それらが次々と断わられているというのだ。ただ問題なのは明石の君が「けしうはあらず、容貌《かたち》、心ばせなどはべるなり」（若紫巻一八七頁）と良清に評言されていることだ。この時九歳という年立て上の年齢から言うとそぐわない評言である。もっとも良清も明石の君と会ったわけではなさそうだから右の評言も伝聞にすぎないし、「さて、その女《むすめ》は」と問うた源氏の好奇心に応える即答だから、「わるくはありません」と言ったのだが、九歳の少女に対する感じでなくもう少し年かさの女に対する評言と感じられ、年立て読みを避けたい気がするのである。

若紫巻の良清の話と明石巻の入道の話は間然するところなく照応していることに注意したい。良清の話の「わが身のかくいたづらに沈めるだにあるを、この人ひとりにこそあれ、A思ふさま異《こと》なり。Bもし我に後《おく》れてその志とげず、この思ひおきつる宿世《すくせ》違《たが》はば、海に入りね、と、常に遺言《ゆいごん》しおきてはべるなる」（同右頁）は、入道の「これは、A生れし時より頼むところなむはべる。（中略）Bかくながら見捨てはべりなば、波のなかにも交《まじ》り失《う》せねとなむ、掟《おき》てはべる」（明石巻二八〇頁）と照応する。前述した代々の国司の求婚をことわった話の照応ともども若紫巻の明石入道の話は明石巻に直結し、まるでほぼ同時期のようにすら感じられるぐらい近接感がある。[5] 一つの構想圏内のことであるだろう。明石の君の年齢にしても良清の話と入道の話の近接感からするとそう隔たっていない感じすらする。[5]

濱橋顕一氏は「結論から先にいえば、読者は、二つの巻の間に、たとえば年立上の『九年』というような、実質的な時間の経過を読むべきではないのだと思う」[5]と述べられた。「須磨・明石の巻の叙述は、若紫の良清の噂話の叙述を正確に受けている。作者は、若紫の叙述を想起して読むように、読者に指示して書いている。叙述の一々には、若紫との正確な照応が見られる」[5]と指摘していられる。若紫巻と明石巻の近接感から「最も大胆に比喩的にいえば」とことわられたうえであるが、濱橋氏は「明石の時点で〝ほぼ十八歳〟と判明する明石の上は、回想される良清の噂話の時点においても、〝ほぼ十八歳〟なのであり、代々の国司が求婚していたのも当然なのである。というよりも、回想は、十八歳などという具体的な年齢をともなわないほうがよい。ただ、『代々の国司が求婚していた』というような、事柄だけでよいのである」[5]と言説されている。いわゆる年立て読みへの批判であるが、「回想される良清の噂話」である以上、時間的間隔は考えるべきだし、若紫巻の光源氏と須磨・明石巻の光源氏との間には明らかに時間的経過がある以上、歳月の隔たりは考えなくてはなるまい。若紫巻で明石の君九歳と年立て読みをすることは問題があるが、明石巻の十八歳より歳月をさかのぼらせるのが〝自然な読み〟であろう。紫上と明石君は生涯にわたって対比的、対偶的に組み合わされる造型として構想されており、北山に対する明石の浦の海辺という対照もあり、年齢的にもほぼ同じぐらいがふさわしいと思われる。紫上の「十ばかり」に対して明石の君は若紫巻で年齢がしるされない。紫上の年齢は源氏が見た印象である。明石の君を「けしうはあらず、容貌《かたち》、心ばせなどはべるなり」と良清はまるで見てきたように言うが、伝聞推定にほかなるまい。明石の君に仕える侍女が姫君（明石の君）をほめる言葉にもとづくものにちがいない。紫上が実年齢より幼く見えたことは藤井貞和氏[6]はじめ多くの人がみとめるところである。逆に明石の君は実年齢よりしっかりした少女だったと想定できようか。実年齢は紫上とほぼ同じ年齢すなわち十二歳ごろと想定してよいのではあるまいか。坂本共展氏が想定されたように[7]、紫上への源氏の〝求婚〟を尼君（祖母）が幼いことを理由に拒んでいたのと同様に明石入道もまだまだ早いといったふうに拒んでいたのではないかと想像するのである。

若紫巻と須磨・明石巻の近接感は、作者の構想として若紫巻の夢告げ、夢占いの「その中に違《たが》ひめありて、つつしませたまふべきことなむはべる」（若紫巻二一五頁）が須磨退居のことをいうものであるように一つの構図圏内にあるからである。といっても須磨退居に至る経過を藤壺への罪障の恋を核に丹念に描かねばならず、若紫巻の逢瀬と懐妊、夢告げを軸にして、緊迫する政治情勢を朧月夜との密会を語るなど書き込んでいるうちに予定より延びた経緯について、濱橋氏が賛同的に引用されているのが次の秋山虔氏のご見解である。

「若紫」巻が語られているとき、光源氏とつながる明石君、というより大きくは明石一族の奇しき運命は、作者の魂の内奥にはぐくまれ、そだてられていたのであるといえよう。その端緒が良清の語りとなったにほかならない。が、それがいかに特異な人生図であろうともじっさいに物語世界に客観化具象化するとき、それは物語の世界の時間的整序のもとにしか展開しないのである。源氏の君の須磨・明石流離は、いわゆる貴種流離譚の趣向に順応するかれの運命の証しの重要な過程であるが、作者は、やはり「若紫」巻から「紅葉賀」「花宴」「葵」「榊」の巻々を具現化し、これを切実に経過することによってしか、この主人公を須磨に送りだすことができなかったのである。そのことに対応して、明石君は物語の世界の年代のなかで前後にひきのばされてしまうことになったのであると考えられよう。(8)

若紫巻と須磨・明石の巻の叙述の近接感からすると、秋山氏のご見解にあるように「『紅葉賀』『花宴』『葵』『榊』の巻々の具現化」によって、「ひきのばされてしま」った創作過程が想察されるであろう。若紫巻と須磨・明石の巻の叙述の近接感は明石君造型の構想的意図を歴然とさせるものであって、源氏の須磨退居と緊密に結びついている。その構想の核というべき作者の想念を証していると言える。それはあたかもほぼ同時期であるかのごとく思わせてしまうのでもあるけれど、「『若紫』巻から『紅葉賀』『花宴』『葵』『榊』の巻々を具現化」している以上、その時間の経過を見ないわけにはいかないであろう。年立て読みによる矛盾にあえて従う必要はないが、近接感にそのまま従いほぼ同時期的に考えるのも現実に書かれている物語に対して無理というものであろう。何歳と書かれていない若紫巻の明石君は国司の息子の求婚相手としてそれも将来の予約としてふさわしい年齢（ほぼ十二、三歳ごろ）を想定して読めばよいのではあるまいか。年齢も紫上（少女）との対偶という構想的意図を考えてしかるべきであろう。須磨巻では「この娘、すぐれたる容貌《かたち》ならねど、なつかしうあてはかに、心ばせあるさまなどぞ、げに、やむごとなき人におとるまじかりける」（須磨巻二四九頁）と述べられていて、「心ばせ」、気品、やさしさ等が眼目となっている。良清の「けしうはあらず、容貌《かたち》、心ばせなどはべるなり」が容貌も心ばせも共に相当なもののように評価しているのは結婚したい願望の相手としてまた源氏の好奇心に即座に対応するために背伸びした評言になっているとおぼしい。それが成人した女に対するような評言になったゆえんであり、実際は坂本氏の想定されたように入道が幼いことを理由に断わっていたであろう少女だったろう。良清は明石の君を見ていない。入道の邸に仕える女房から伝え聞いたであろう伝聞に彼自身の期待とその場の話に興を添える加工が施されていると見たい。「先《さい》つころ、まかり下《くだ》りてはべりしついでに、ありさま見たまへに寄りてはべりしかば」（若紫巻一八六頁）の折に入道の邸の女房に接近して情報を得たであろう。そもそも年齢という数字的なことを女房は言わないであろう。紫上十歳というのも源氏の見た印象によるものであった。

さてしかし良清がいくら熱をあげて明石の君への接近をはかろうともそれは徒労に終わるほかない。事実その望みは徒労に終わる。が、彼は真の理由を知らない。須磨、明石に源氏の供をした彼は、源氏のせいで自分の望みが断たれたと思うであろう。源氏の思念に「良清《よしきよ》が領《らう》じて言ひしけしきもめざましう、年ごろ心つけてあらむを、目の前に思ひ違《たが》へむもいとほしうおぼしめぐらせて」（明石巻二八四頁）とあるのと表裏するが、良清は源氏の好色と思うだけだし、源氏も明石の君に対して良清の推測の域を出ない気持にすぎない。「人進み参らば、さるかたにてもまぎらはしてむとおぼ」（明石巻二八五頁）しているように入道の方から進んでこちらに女房として出仕させることを想定しているのが源氏の明石の君に対する処遇意識にほかならなかった。若紫巻の「なべてならず、もてひがみたること好みたまふ御心」（若紫巻一八八頁）と供人たち（当然良清も入る）が思うのと照応する。なお言えば源氏と良清の関係は夕顔巻の源氏と惟光の関係に似ている。「わがいとよく思ひ寄りぬべかりしことを、ゆづりきこえて、心ひろさよ、など、めざましう思ひをる」（夕顔巻一四七頁）という惟光の思念に対し明石の君についての源氏の思念の「良清が領《らう》じて言ひしけしきもめざましう」は対応していよう。惟光の思念は地の文で語られ、良清のは若紫巻の良清の噂話の口調に見いだせるものであるが源氏の感じとっているのは正しいであろう。惟光は夕顔をわがものとしようと思えばできたと思っているし良清は明石の君をまるで自分のもののように思っているのだ。つまり客観的には明石の君は良清の相手としてふさわしい受領階級の女である。入道が秘めている明石の君の宿世と結びつく運命的邂逅など源氏の意識にはない。明石巻のこの時点は若紫巻での良清の噂話を聞いた時の興味から一歩踏み出してはいるけれども（文通をして明石の君の考え深く気位の高い様子を知る）、良清が自分のもののように思っている女、つまり受領階級の女に対する興味という点では基本的に変わっていない。明石の君の「身のほど」の意識もこれに相応する。これが明石巻のリアリティーというものであって、一人明石入道の言動が現実的でない。それは若紫巻の良清の噂話における奇矯な入道の行動の因由を語るものとして一種説得力を持つのであるが、入道の真の内的動機を語るものではなくて、ただ源氏に対して娘の高い望み、都の高貴な人つまり眼前の源氏に娘をという願いを語るものとなっている。源氏はこの入道の願いをまっすぐに受け入れて「横さまの罪にあたりて思ひかけぬ世界にただよふも、何の罪にかとおぼつかなく思ひつるを、今宵《こよひ》の御物語に聞き合はすれば、げに浅からぬ前《さき》の世の契りにこそはと、あはれになむ」（明石巻二八〇頁）と言うが、それはただ明石の君との男女の縁を言うものであるにほかならない。源氏はこの明石の君がどのような宿世を持っているかを知らない。ただ「心細きひとり寝のなぐさめにも」（明石巻二八一頁）と入道の願いを聞き入れたのである。入道は「限りなくうれしと思」った。この局面ではこうとしてのみ読むのが作者の意図に沿うことなのであろう。が、入道が「限りなくうれしと思」（同右頁）った真の理由が伏せられていたことを若菜上巻の、入道の遺書によって知るのである。いわば種明かしを、作者は若菜上巻の東宮妃明石姫君の皇子出産に際して長年の悲願のゆえんを入道が明かすことによって行っている。それまで入道の一挙手一投足を局面的に読んできた私たちが伏在していた背後的世界を知ることによって明石一族の運命と光源氏の運命との契合というこの物語の骨格ともいうべき物語の深淵にたたずむこととなる。

物語は語られた順序に従って読むべきであるから各巻々の局面的理解が第一である。明石入道が源氏を自邸に迎えた喜びを述べた次の文章の「月日の光を手に得たてまつりたるここちして」はこの局面での理解が当然なされよう。

舟より御車にたてまつり移るほど、日やうやうさしあがりて、ほのかに見たてまつるより、老《おい》忘れ、齢《よはひ》延ぶるここちして、笑《ゑ》みさかえて、まづ住吉の神を、かつがつ拝《をが》みたてまつる。月日の光を手に得たてまつりたるここちして、いとなみつかうまつること、ことわりなり。（明石巻二六九・七〇頁）

『新日本古典文学大系』の脚注に記すごとく「『月日の光』は、帝、東宮、中宮などの比喩、暗示として用いられることが多い」。ゆえに帝に比喩されるべき光源氏の相貌を入道は感得して喜んだのだと言えよう。「まづ住吉の神を、かつがつ拝《をが》みたてまつる」は、入道が娘の将来についての長年の苦労を源氏に打ち明けた話の中に「住吉の神を頼みはじめたてまつりて、この十八年になりはべりぬ。女《め》の童《わらは》のいときなうはべりしより、思ふ心はべりて、年ごとの春秋ごとに、かならずかの御社《やしろ》に参ることなむはべる。昼夜《ひるよる》の六時《ろくじ》の勤《つと》めに、みづからの蓮《はちす》の上の願ひをばさるものにて、ただこの人を高き本意《ほい》かなへたまへとなむ念じはべる」（明石巻二七九頁）とあることによってその理由が分かる。明石の君誕生以来「高き本意」（「都の貴《たか》き人」すなわち光君に「たてまつらむ」と念じていた願い）がかなう可能性のひらけたことを住吉の神のおかげと感謝するのである。光君と称えられた幼少の源氏は明石入道にとって同族の希望の星だったから娘を「たてまつらむ」対象として念願していたのだった。その源氏を奇しくも自邸に迎えることになったのだ。源氏の相貌を見てその帝王相に「月日の光を手に得たてまつりたるここちして、いとなみつかうまつる」入道の心底にはただに源氏の帝王相に感激するにとどまらない、もっと具体的な彼のみ知る夢のお告げが伏在していたのである。若菜上巻の入道の遺書に徴するに明石の君が生まれる前に入道が見た夢の「山の左右《さう》より月日の光さやかにさし出でて世を照らす」（若菜上巻一〇二頁）にもとづく彼の喜びであったことが分かるのである。作者はそのことを伏在させているゆえに、明石巻の局面的真実は源氏の帝王相への入道の感激だった。その帝王相は入道にとって子孫から帝、皇后が生まれるという夢告げと無関係には思えないことだったろう。しかし読者としては明石巻では入道の感激は源氏の帝王相の相貌を見てのことと思うよりほかない。ところが、澪標巻に、明石での姫君誕生の報告を受けた源氏が想起した宿曜の予言「御子三人、帝、后かならず並びて生まれたまふべし。中の劣りは、太政大臣にて位を極むべし」（澪標巻一七頁）によって、既に冷泉院が皇位に即《つ》いていることからこのたびの女子も入内立后するであろうと源氏は確信するのである。源氏と明石の君の結婚の結晶としての明石姫君の誕生にちなみ宿曜の予言という源氏サイドの運命予告から読者は明石入道の執念の秘められたるゆえんを想察するまなざし、読みが求められよう。青表紙本の伝藤原家隆筆本、平瀬本、三条西家本は「中のおとり腹に女は出でき給ふべし」、池田本は「なかのおとゝ(り)はらに女はいでものし給べしとありし事」、河内本の御物本は「なかのおとりのはらに女いで物し給べし」とあり、七毫源氏、高松宮家本、大島本、尾州家本が「中のをとりのはらに女はいでものし給べし」（『源氏物語大成』による）とあって、明石の君（おとり腹）に女が生まれることを予言していたと諸本がしているのはいかにもこの宿曜の予言の眼目が明石姫君誕生にちなむことを明白にしていよう。換言すれば明石入道の執念のゆえんをのぞかせていることになろう。宿曜の予言という光源氏サイドの運命予告から明石入道の執念の秘められたるゆえんを想察するまなざし、読み解きが私の言う二層構造の見えない部分を思いみる読解なのである。多屋頼俊氏は見えない部分を宿世の縁という冥々の力と言われる(9)。思想的読みと申すべきか。私は作者の構想の方法として読み解こうとするものである。後の若菜上巻の入道の遺書を持ち込んで考えれば、入道は明石姫君誕生の時に未来の皇后を信じていたことになるという論理を立てる一方で、作者がそのことの明示をはるか先、明石女御が皇子を生む時点で行う腹づもりでいたのだなと、若菜上巻の入道の遺書によって知らせる、作者の構想の方法を思いみるのである。長篇的構想の存在は明らかというべきであろう。が、作者は宿曜の予言によって構想の骨格は示すが、その帰結に至るまで巻々のリアリティーを確保する方法をとる。若菜上巻の入道の遺書は種明かし的なもので全貌を帰結的に明らかにする。明石巻の「月日の光を手に得たてまつりたるここちして」に伏在している入道の意識は、私の言う二層構造の、見えない部分であるが、伏在していたことを作者が証しているのが若菜上巻の、入道の遺書なのである。

三　一字一句の内在する意味を透視する

このように作者が種明かしをしてくれれば伏在していた世界を全貌的に知ることができるのであるが、そのような種明かしのないばあいにおいて伏在する世界を見すごさないためには一字一句の内在する意味を透視しなければならない。読み解く姿勢が必要なのである。若紫巻に「おはする所は六条京極わたりにて」（若紫巻二一六頁）とあって、夕顔巻の「六条わたりの御忍びありきのころ」（夕顔巻一二一頁）という言い方よりも詳しく限定的になっている。この点について増田繁夫氏「六条御息所の准拠―夕顔巻から葵巻へ―」（『源氏物語の人物と構造』笠間書院、昭和五十七年五月）は「六条京極にあった源融の河原院は『なにがしの院』の准拠としてだけではなく、御息所の准拠にも関わっていると考えられ」、「夕顔巻の『なにがしの院』の准拠の河原院、若紫巻の六条御息所の屋敷の『六条京極わたり』が源融の六条院の地にあたって、それらがいずれも重明親王斎宮女御にゆかりの地であるとすれば、斎宮女御徽子がすでに夕顔巻から六条御息所の准拠として重要な意味を帯びてくることになる」と論じられた。「夕顔巻においても少なくとも斎宮女御徽子の姿は潜在しているということはできるであろう」と結んでいられる。

夕顔巻の「六条わたり」の貴婦人は、夕顔巻の夕顔を中心とする短篇的世界と二層的に源氏の愛人としての哀しい愛に生きている。葵巻の前坊の未亡人六条御息所の悲境に密接につながる。斎宮女御徽子女王は六条御息所の伊勢下向の准拠であるが、前坊妃であったこととは関係がない。斎宮女御徽子女王の母である藤原忠平の次女寛子の姉の貴子が文彦太子妃となり東宮と死別、前坊妃である（増田繁夫氏「六条御息所の准拠—夕顔巻から葵巻へ—」参照）。准拠というのはモデルとは違うから、六条御息所の造型の虚構性を考えなければならないが、夕顔巻の「六条わたり」の女君の悲境が若紫巻の「六条京極わたり」と限定されてくることによって、斎宮女御徽子女王を准拠として、読者が徽子女王をイメージすることがなされよう。葵巻の六条御息所、前坊妃へつながっていく想念が作者の胸中にあったであろう。構想論は作者の胸中を物語のあとの部分から推定するいとなみとも言えるが、あとの部分の具体的経過まで構想していたかどうかまでは言えない。しかし六条御息所、前坊妃という人物像が設定されると源氏物語の「歴史空間」に実在的に作動しはじめる。夕顔巻、若紫巻の世界に伏在する六条御息所、前坊妃の悲境を読むことになる。前述（一　夕顔巻・荒院に住むもののけの伏在的真相）の荒院に住むもののけが河原院に住む源融の霊を准拠とし、源融の霊に相当するものとして六条御息所の故夫宮、前坊の御霊に想い到る道筋もひらけてくる。

末摘花巻は末摘花といわれる故常陸宮の姫君との源氏の失敗談、「をこ話」として短篇的にまとまっているが、「瘧病《わらはやみ》にわづらひたまひ、人知れぬもの思ひのまぎれも、御心のいとまなきやうにて、春夏過ぎぬ」（末摘花巻二五五頁）とあるように若紫巻の源氏の瘧病、藤壺密通事件があって「春夏過ぎぬ」と、末摘花のことはその間忘却していた、そして「秋のころほひ」となる。末摘花の物語は短篇物語に自閉していない。その点夕顔巻と同断であって、夕顔巻に「秋にもなりぬ。人やりならず、心づくしにおぼし乱るることどもありて、大殿には絶えま置きつつ、うらめしくのみ思ひきこえたまへり。六条わたりにも、とけがたかりし御けしきをおもむけきこえたまひてのち、ひきかへしなのめならむはいとほしかし、……」（夕顔巻一三一・一三二頁）とあり、藤壺への思いの煩悶（二度目の密通事件のことか）、葵上に「絶えま置きつつ」、六条の女君との「とけがたかりし御けしきをおもむけきこえたまひて」

と春、夏のことがあって、秋の「霧のいと深き朝」の六条の女君邸の場面となる。そして「まことや、かの惟光があづかりのかいま見は」（夕顔巻一三四頁）と夕顔の話題に立ちもどる。夕顔や末摘花のことは源氏の全生活の一部分にすぎないのである。「まことや」の語りの表現機能は、思い出したように副次的に話題を語り出しながら実はその巻の短篇的完結性の中心的な話を語り出す。(10)ゆえにその巻としては重要なのであるが、さりとて短篇的に自閉して読むことは、事柄として重大な人物や事件が並行してあることを忘却していることになる。つまり前述の若紫巻の「六条京極わたり」にしても末摘花巻の「瘧病《わらはやみ》にわづらひたまひ、……」にしても軽く見すごして短篇的に自閉する読み方をすることは、源氏物語の二層構造すなわち短篇的完結性に伏在する長篇的契機を見おとしているのである。第一義的にはその巻の局面に沈潜すべきであるがそれだけに自閉することは全的に巻の構造を捉えない読み方と言わねばなるまい。

紅葉賀巻は夕顔巻や末摘花巻と違って上の品の世界が描かれ、巻頭「朱雀院の行幸」が語り出される。この朱雀院への桐壺帝の行幸は若紫巻に「十月に朱雀院の行幸あるべし」（若紫巻二三一頁）と予告されていた。末摘花巻にも「朱雀院の行幸、今日なむ、楽人《がくにん》、舞人《まひびと》定めらるべきよし、……」（末摘花巻二六三頁）と書かれている。若紫巻の「野辺の若草」（若紫巻二三一頁）少女への思いがつのる話の中に多忙な公的行事として書かれ、末摘花巻も末摘花に逢う話の中に頭中将の会話として書かれ、公的生活が話題の世界の奥に存していることをうかがわせたが、紅葉賀巻は真正面に「朱雀院の行幸」を語る。「朱雀院の行幸は神無月の十日あまりなり。世の常ならず、おもしろかるべきたびのことなりければ」と「大規模な特別の催しであることを強調する筆致から見て、単なる遊覧の行幸でなく、朱雀院におられる上皇（宇多上皇を思わせる）の算賀のための行幸と見るべきであろう」と『新潮日本古典集成』の頭注に言う。この朱雀院の行幸に桐壺帝は父上皇に「藤壺立后」(11)のおゆるしをうかがうことがあったということ秘められた政治的事情を洞察された玉上琢彌先生のご教示（口頭）は、延喜（醍醐天皇）の聖代の背景にある父宇多上皇の存在という史実を想起せしめられ、「一院」の、桐壺帝の治世における重い意味を考えさせられる。朱雀院で算賀を受けられた上皇は紅葉賀巻の、「参座しにとても、あまた所もありきたまはず、内裏《うち》、春宮《とうぐう》、一院ばかり、さては、藤壺の三条の宮にぞ参りたまへる」（紅葉賀巻二三頁）とあるように、源氏は年賀のご挨拶に「一院」（上皇）に参上しており、前述の、一院の重い存在意味を考えると桐壺帝や源氏をバックアップされる一院の存在が透視される。紅葉賀巻は一院（上皇）の家父長的な力を背景に桐壺朝が天皇親政の輝きを放っていることを、朱雀院の華麗な紅葉の景観とともに現出しているのである。天皇家の家父長的存在として嵯峨院を想起するが、宇多上皇はその嵯峨院の御志を継承された[12]上皇として、この「一院」にその御相貌を思い浮かべることができる。紅葉賀巻は桐壺帝が藤壺を立后させ、御譲位後の若宮の立太子、その若宮の「つよりにとおぼす」叡慮が着々と実行されていく天皇親政の輝かしさが描かれるのだが、「朱雀院の行幸」という一大イベントに秘められた政治的力学の核に「一院」（上皇）が存在していることを読み解いてこそ紅葉賀巻の分厚い政治的世界をうかがい知ることになるのであった。「げに、春宮の御母にて二十余年になりたまへる女御をおきたてまつりては、引き越したてまつりたまひがたきことなりかしと、例の、やすからず世《よ》人《ひと》も聞こえけり」（紅葉賀巻四四・五頁）という世論がありながら強行された桐壺帝の親政の御力とその後ろだてとなられている一院（父上皇）を透視してこそこの巻を構造的に捉えることになるのである。続く花宴巻は源氏の「まろは、皆人にゆるされたれば」に象徴される源氏の絶頂期を描くと同時にその危うさも予感させる。真に桐壺帝の親政が輝くのは紅葉賀巻であり、「朱雀院の行幸」に秘められた「一院」（上皇）の重い政治的意味を、嵯峨院の御志を継承された、宇多院と重ねて読み解くことによって後の院政の面影・さきがけを透視するのである。

ただし、ことわっておかねばならないのは、史実から源氏物語を読み解くというのではなく、源氏物語を熟視することにより史実に思いを馳せるにほかならないのである。しかもその〝史実〟そのものもそれぞれの史観（個人というより時代における）によってかたどられたものにほかならないことも銘記しておく必要がある。知られるように歴史研究そのものが流動発展することによって〃史実〃そのものが流動し、固定的なものではない。知られるように、注記した中村直勝氏の著述は皇国史観の時代のものである。平安王朝の政治史、宮廷政治の実態は、近年の歴史学によって改新せられていることは周知であろう。宇多院についての知見も新たになってきている。が、嵯峨院・宇多院の〃親政〃を、本稿では簡潔に言うにとどめる。

注

（1）阿部秋生氏『源氏物語研究序説下』第二篇第二章の二「播磨守」（東京大学出版会、昭和三十四年四月）

（2）秋山虔氏『源氏物語の女性たち』（小学館、昭和六十二年四月）所収の「明石の君」

（3）日向一雅氏「按察使大納言の遺言―明石一門の物語の始発―」（日向一雅、仁平道明両氏編『源氏物語の始発―桐壺巻論集』竹林舎、平成十八年十一月）

（4）坂本共展氏『源氏物語構成論』第二章「明石姫君構想とその主題」の4「五つの大臣家と明石入道」（笠間書院、平成七年十月）

（5）濱橋顕一氏『源氏物語論考』第一章の二「明石の上の年齢をめぐって―作中人物の年齢の問題―」（笠間書院、平成九年二月）

（6）藤井貞和氏「少女と結婚」（『イメージの冒険、少女』河出書房、カマル社、昭和五十四年四月。のち『物語の結婚』創樹社所収）。「かばかりになれば、いとかからぬ人もあるものを、故《こ》姫君は十ばかりにて殿におくれたまひしほど、いみじうものは思ひ知りたまへりしぞかし。ただ今おのれ見捨てたてまつらば、いかで世におはせむとすらむ」（若紫巻一九一頁）の「十ばかりにて」が青表紙本の榊原家本、肖柏本、三条西家本は「十二にて」とある。玉上先生『源氏物語評釈第二巻』四七頁は「ここは、はっきり年齢を言う方が、死んだ子の年が忘れられぬことになり、よいと思う」と注記され、本文を、「十ばかり」を改めて「十二にて」としていられる。紫上の実年齢は十二歳で母君がその父に死別した年齢と同じであり、尼君の「かばかり」の内実は「故姫君は十二にて」の「十二」と同年齢と考えることができよう。

（7）前掲注（4）に同じ。

（8）秋山虔氏「隣接諸学を総合した新しいアプローチ　源氏物語（四）若紫」（「国文学解釈と鑑賞」第三十二巻第二号、昭和四十二年二月）

（9）多屋頼俊氏『源氏物語の思想』第二「宿世の縁―光源氏を中心に―」の三「源氏を須磨明石へ導いた冥々の力」（法藏館、昭和二十七年四月）。のち『源氏物語の研究　多屋頼俊著作集第五巻』（法藏館、平成四年三月）所収。

（10）拙稿「源氏物語の『まことや』―源氏物語の語りの表現機構―」（「金蘭国文」第2号、平成十年三月。のち『源氏物語の表現と人物造型』和泉書院、平成十二年九月所収）

（11）拙稿「桐壺巻を読み解く」（『源氏物語の始発―桐壺巻論集』、本書第一編二）参照。

（12）中村直勝氏『宇多天皇御事紀』（宇多天皇一千年御忌臨時局、昭和五年五月）一二四頁。

三　源氏物語二層構造論
――夕顔巻・荒院に住むもののけの伏在的真相・六条の女君登場の意味――

秋にもなりぬ。人やりならず、心づくしにおぼし乱るることどもありて、大殿には絶えま置きつつ、うらめしくのみ思ひきこえたまへり。六条わたりにも、とけがたかりし御けしきをおもむけきこえたまひてのち、ひきかへしなのめならむはいとほしかし、されどよそなりし御心まどひのやうに、あながちなることはなきも、いかなることにかと見えたり。女は、いとものをあまりなるまでおぼししめたる御心ざまにて、齢《よはひ》のほども似げなく、人の漏り聞かむに、いとどかくつらき御夜がれの寝覚め寝覚め、おぼししをるること、いとさまざまなり。（夕顔巻一二一・二頁。頁数は『新潮日本古典集成　源氏物語』による。以下同じ）

夕顔巻における「六条わたりの御忍びありきのころ」（夕顔巻一二一頁）の源氏と六条の貴婦人の関係と女君の内攻的性格が述べられている一文である。

夕顔巻は源氏と夕顔の情事を描いた短篇物語であるが、この六条の貴婦人との関係が描かれて二層構造をなすのである。

右の一文は「秋にもなりぬ」とあるように秋になった現在の六条の女君の「御夜がれ」の嘆きが叙されている。「とけがたかりし御けしきをおもむけきこえたまひてのち」とあるように、それまでの「とけがたかりし御けしき」を「おもむけきこえたま」うたのはこの夏（夏とは書いていないが、秋になって事態が冷たくなったと書いてあるから、夏に「おもむけきこえたま」うたのだ）、それが秋になって「ひきかへしなのめ」になった（高橋和夫氏「源氏物語・六条御息所論の問題点」群馬女子短期大学「国文研究」第二十二号、平成七年三月参照）。「とけがたかりし」承知なさらなかった期間は夏に至るまでの何年かは分からない。前坊が亡くなって後の、ある日、ある時からということでその間女君はなかなかなびかなかった。しかし夕顔巻の「秋」、夕顔との情事にふける頃には夏の逢瀬を境に六条の女君とは冷却していった。かつての執心は一変して通りいっぺんの扱いとなっていた。これが夕顔との情事の背景的世界である。夕顔巻が単に夕顔との情事のみで完結的でないのは夕顔の死の衝撃を藤壺への恋情という「おほけなくあるまじき心」の「報《むく》い」と源氏が受けとめている事実が証左する。六条の女君は夕顔巻では短篇的世界に自閉せしめられる造型として形象化されるが、実は六条御息所、前坊妃であった女性である。夕顔との情事という主題性との関連で描かれるとき源氏はさほど重くはこの女君を考えない。もののけを藤壺への罪障の恋と関連づけるが、六条の女君とは関連させない。六条御息所生霊説はもののけ出現の前の源氏の女君へのすまないという心情を理由に読者が結びつけるのである。しかし六条御息所が無関係といえないのはもののけの発言内容が六条の女君を「己《おの》がいとめでたしと見たてまつる」（夕顔巻一四八頁）と言い、その女君をば源氏が「尋ね思ほさで」と恨んでいるからである。もののけは六条の女君と関係がある人物の死霊であり荒院に住んでいるのだ。夕顔巻ではこのもののけの正体は分からず荒院に住む死霊と思われるだけである。ゆえに夕顔巻の短篇的世界に自閉して読む限りでは荒院のもののけというしかない。しかしそれでは玉上琢彌先生の言われたようにおせっかいな妖物ということになってしまう。それは夕顔巻に書かれた世界に即して自閉的に読むからで、私たちはもののけの発言内容の心理的関係性を注視し、隠され伏在する真相にまなざしをそそがねばならない。短篇的局面の真実と背後に伏在する真相との二層構造として捉えるのである。伏在する真相は書かれていないのであるから憶測することになる。もっとも憶測も論理を要する。それは別稿で書いているのでここには書かない。その別稿は『源氏物語の展望第二輯』三弥井書店。本書第三編二。ただ一言だけの憶測の記述は平成十九年三月刊行の『源氏物語の展望第一輯』（三弥井書店）に「前坊の御霊」を憶測している。本稿で書いておきたいのは夕顔物語で何故六条の女君（六条御息所）が登場するのかということである。冒頭「六条わたりの御忍びありきのころ」と書き出されているのは単に源氏が五条の「大弐《だいに》の乳母《めのと》」を見舞い、そこで夕顔の宿の夕顔の花に目をとめるための書き出しにすぎないのであろうか。そうではなく「六条わたりの御忍びありきのころ」というからはこの短い一句に源氏と六条の女君との愛と生が凝縮されていることを知らねばならない。そして本稿のはじめに引いた「秋にもなりぬ」からの夏から秋にかけての六条の女君との恋の概略を知り、さらには前坊が亡くなってからの歳月を思わねばならない。このように言うと六条御息所生霊説を言説しようというのかと思われるかもしれないがそうではない。六条御息所生霊説は「己《おの》がいとめでたしと見たてまつるをば」の「をば」を中心に克明に批判された門前真一氏『源氏物語新見』の詳述で否定されている。「をば」の対象は六条の女君であるからもののけは六条の女君ではない。夕顔巻で書かれている人物で言えば高橋和夫氏「源氏物語・六条御息所論の問題点」（前掲）の説かれた侍女中将の君説が「をば」及び「いとめでたしと見たてまつる」を解するうえでぴったりする。私は拙稿「夕顔巻のもののけ―夕顔巻の構造に徴して―」（「王朝文学研究誌」第17号、平成十八年三月。本書第二編八）で敬服、賛同の意を表したことであった。しかしその後検討を加え相対化した（拙稿「源氏物語の二層構造―長篇的契機を内在する短篇的完結性―」『源氏物語の展望第一輯』。本書第三編二）。夕顔巻の短篇的完結性の中で読む限りでは荒院に住むもののけ説が妥当であろう。しかし「おせっかい」な妖物という難点があった。もののけの発言内容の心理的関係性、六条の女君を尋ねようとしない源氏を恨んでいること、六条の女君を「いとめでたく見たてまつ」っていることなどの心情に徴するに、夕顔巻に書かれている人物で言えば中将の君がぴったりするが、『本朝文粋』巻第十四所載の、紀在昌の「宇多院為㆓河原院左大臣㆒没後修㆓諷誦㆒文」及び『江談抄』の故事に見られる源融の霊に相当する人物として前坊を私は憶測した。前坊は夕顔巻には書かれていない。その妃である六条御息所も夕顔巻では「六条わたりの御忍びありき」の相手にほかならず前坊妃とか御息所とは書かれていない。しかし同一人物である。増田繁夫氏の説かれたように（「六条御息所の准拠―夕顔巻から葵巻へ―」『源氏物語の人物と構造』笠間書院、昭和五十七年五月）夕顔巻の六条の女君と葵巻以後の六条御息所とは人物造型として一貫した性格であり矛盾はない。夕顔巻から葵巻へと展開する中で葵巻での伊勢下向に合わせて徽子女王を准拠とする造型へと付着したと見るか、夕顔巻では朧化していたと見るかは論の分かれるところであるが、作者が同一人物として一貫させていることには異論はあるまい。夕顔巻の短篇的完結性の中では表に現われない隠れたる世界に前坊の死霊や六条御息所は伏在しているのである。夕顔巻の局面的真実に即する限りでは、もののけは源氏の受けとめた荒院に住む妖物と解するほかないだろう。しかし夕顔巻の怪異的世界を単に怪異的世界たらしめないのが六条の女君（六条御息所）の存在である。六条の女君の夜がれの嘆きと夕顔への溺愛とは関連しているがゆえに六条御息所生霊説もあるのだが、もののけの発言内容の「をば」に注意して六条の女君を「いとめでたしと見たてまつる」人物の存在を、夕顔巻の短篇的完結性からは隠れたる世界に私は求めた。それは六条御息所を大切に愛した前坊である。「六条わたりの御忍びありきのころ」に凝縮されている源氏と御息所の関係、「秋にもなりぬ」からはじまる現在の御息所の悲境の叙された文章を熟視することによって透視できる六条御息所と前坊の世界の推測へと想像をはたらかせることから導かれていったのであった。葵巻、賢木巻の記事をさかのぼらせて援用したこともしるしておこう。

四　源氏物語・構想論と構造論
——二層構造論——

作品の成立について、かつては作者サイドから考えられていたのに対し、近時（といってもかなり前から）、作品は読まれることによって成立することが言説される。前者は構想論として作者の創作過程を追尋し、後者は作品を読者の受容に即して捉えようとするもので作品を読者の読みの側に引き寄せて論ずる。作品の構造そのままに直対しようとすると言えようか。

例えば玉鬘は玉鬘巻からヒロインとしてその流離の運命を開始するのであるが、夕顔巻に夕顔の遺児として登場していて、源氏が夕顔の侍女右近に「人にさとは知らせで、われに得させよ。あとはかなく、いみじと思ふ御かたみに、いとうれしかるべくなむ」（夕顔巻一七一頁。頁数は『新潮日本古典集成　源氏物語』による。以下同じ）と言っていることに徴して、玉鬘物語の構想の端緒を見ることも可能であろう。しかしそれは玉鬘巻から始まる玉鬘の流離の運命物語から振り返って考えられることであって、夕顔巻に夕顔の遺児として登場している時点で玉鬘の運命物語が描かれることを読者として予想できるであろうか。ただ夕顔巻の源氏の右近への言葉は玉鬘巻から始まる玉鬘物語の端緒として照応するので構想論として成り立つであろう。一方、夕顔巻の時点で読者として作品に直対する時は、源氏の右近への言葉は夕顔への思いの深さのあらわれとして読むのが精一杯で、後の長大な玉鬘物語の端緒を読みとることはむつかしいであろう。構想論としても玉鬘のヒロインとしての登場は少女巻の六条院造営後の構想と考えるのが妥当と思われ、(1) 構想論すなわち作者の胸の中を考えることは作品の微細な証跡を確かめつつ論じていかねばならない。

源氏物語は各巻々の短篇的自立性が強い。長大な長篇もその連鎖としてまとまっているけれど各巻々の自立性に特色がある。一定の長篇的構想のもとに書き下ろされた長篇物語とひとしなみにはできない長篇物語である。しかしさりとて長篇的構想がなくただ書きついでいくうちに長篇になったというふうに言ってよいかというとそうとも言えないだろう。構想論は作者の胸の中のことを、作品に書かれた結果から推測、推理するいとなみであり、前後の照応を決め手とする。かつて桐壺巻の高麗相人予言の意味を藤裏葉巻の准太上天皇就位に求めたのも照応を見たからであった。ところが藤井貞和氏「『宿世遠かりけり』考」（中古文学研究会『源氏物語の表現と構造』笠間書院、昭和五十四年五月）の詳密な論考により顕著になったごとく、高麗相人予言の言っていたのは源氏が隠されたる天子の実の父となるということであり、澪標巻の「宿世遠かりけり、内裏《うち》のかくておはしますを、あらはに、人の知ることならねど、相人の言《こと》むなしからず、と、御心のうちにおぼしけり」（澪標巻一七・八頁）に照応を見るのである。すると若紫巻の藤壺密通事件（御子懐妊）が想起され、高麗相人予言の謎との連関が見えてくる。作者の胸の中、構想がうかがえてくるのである。桐壺巻を読む時点では右のような作者の構想は分からない。構想論の術語では「伏線」と言って後でそうだったのかと分かるのであって、はじめから分かるのでは話にならないということになる。

昔は源氏物語を長篇物語として巻々の短篇的自立性に考慮を払わなかった読みと一方に手塚昇氏『源氏物語の新研究』（至文堂、大正十五年二月）の串刺式継穂式説があった。短篇的自立性が強いといっても各巻々は長篇的契機を内在する構造である。よって串刺式とは言えない。継起的で継穂式だが。例えば若紫巻は伊勢物語初段に想を得て短篇性が強いけれども、藤壺密通事件が描かれていて、前述したごとく桐壺巻の高麗相人予言と連関して源氏物語の長篇的展望の核として内在している。また良清の噂話は、源氏の一風変わった色好みに応える、明石入道とその娘の話で座興としてその場を盛り上げるもので、短篇的自立性の中ではそれ以外ではないけれども、その後の明石入道と明石の君の長大な運命物語を切り開く端緒だったのだと後から振り返って思えてくる。すなわち構想の芽、糸口だったのだと。

この構想の芽、糸口と後の物語（叙述）との照応によって構想論が成り立つが、私が最近提示している夕顔巻のもののけの前坊死霊説は、夕顔巻に明白な糸口がないように見られる。が、糸口はないのであろうか。後から振り返って糸口かと思われるものがあれば、構想の芽としてみとめられよう。源氏は「なにがしの院」に住む妖物がとりついたと思っているが、何の関係もない妖物だとしたら玉上琢彌先生『源氏物語評釈第一巻』夕顔巻四一三頁に述べていられるように「おせっかいな」もののけということになる。もののけの発言内容の心理的関係性に注目すれば、単なる妖物、樹木の精霊といったものとは考えられまい。心理的関係性を説明しうる、おせっかいではないもののけとして、葵巻の、桐壺院の源氏への叱責の御言葉にうかがえる前坊の六条御息所寵愛の事実（「故宮《こみや》のいとやむごとなくおぼし時めかしたまひしものを」葵巻六六頁）に徴して、私は前坊の死霊と考えるのである。「なにがしの院」に住む死霊を前坊のそれとするからにはこの院と前坊の関係を想定しなければならないが、前坊とは東宮在位中に亡くなられた方（原田芳起氏『平安時代文学語彙の研究　続編』風間書房、昭和四十八年参照）であるから、東宮は内裏に住み、東宮時代にこの院に住むことは考えられないし、東宮が自由にこの院に赴くといったことも想定しがたいゆえ、東宮になられる以前の皇子時代にこの院との関係を想定するほかない。六条御息所は東宮を退いた後の前坊と結婚したとする説があるけれど従わない。賢木巻に「父大臣の限りなき筋におぼし心ざして、いつきたてまつりたまひし」（賢木巻一三六頁）とある。「限りなき筋」とは将来皇后という希望であったと見られるから結婚は「坊」の時代が対象と見なくてはならないこと拙稿「六条御息所の造型」（「岡山大学教育学部研究集録」第三七号、昭和四十八年。のち拙著『源氏物語作中人物論』笠間書院、昭和五十四年十二月所収）に述べたが、増田繁夫氏はさらに鋭く桐壺帝が皇太弟亡き後も御息所に「やがて内裏住《うちず》みしたまへ」（葵巻九九頁）と仰せになっていることに徴して

「御息所は故宮の亡くなる時点まで宮中に住んでいたのであり、それは当然故宮も薨時まで春宮であったことを示すものである。」（「六条御息所の准拠―夕顔巻から葵巻へ―」（『源氏物語の人物と構造』笠間書院、昭和五十七年五月）と説いていられ、藤本勝義氏も賛同していられる（『源氏物語の創造力』笠間書院、平成六年四月）。東宮を退いた後の結婚だと前坊はこの院で亡くなったと想定できるのであるが、それはありえないわけであるから、私は前坊が東宮になる以前、皇子の時代のゆかりのところであったとこの院を想定し、皇子時代に住んでいたと想定したい。この院は六条御息所（当時父大臣とともに住んでいた娘）の邸と近く、その皇子時代の頃から父大臣は皇子との縁組を希望していたと思われる。一院によって桐壺帝の同母弟のこの皇子は皇太子と定められた。皇太子妃となった大臣の娘は一女をもうけ将来は后と夢をかがやかせていた幸福もつかの間僅か四年の結婚生活で皇太子は薨じた。

　夕顔巻はこの桐壺巻前史を伏在的に背負っているのだ。「なにがしの院」は「預かりいみじく経営《けいめい》しありくけしきに、この御ありさま知り果てぬ」（夕顔巻一四五頁）と右近（夕顔の侍女）が感知するように皇室御領で、私は皇子時代の前坊が自由に使っていたと想定したいのである。住んでいたと想定するとこのゆかりの院に前坊の死霊が住むことが想定できよう。短篇的自立性の幕に遮断されている夕顔巻では伏在していて見えない。

　嵯峨天皇の皇子源融がこの院の准拠とされている河原院に住み、死霊となって「宮人《みやびと》」（融に仕えた女房）にのりうつって「宮人」の口を通じて苦患をうったえたように（『本朝文粋』所載の「宇多院為二河原院左大臣一没後修二諷誦一文」に「大臣亡霊、忽託二宮人一申云」とあるごとく）、前坊の死霊が前坊に仕えた女房にのりうつってその口を通じて源氏にうったえたのが「いとをかしげなる女」（もののけ）の発言内容だったのだ。生前六条御息所を寵愛した前坊の死霊が、源氏に冷たくされ疎略に扱われている御息所に同情し、夕顔ごとき女をこの院に連れこんで可愛がっている源氏に怒りを発し源氏の非を責めているのだ。「『つらし』は、相手に非があると感じ、『薄情だ』『冷淡だ』『むごい』と相手を責める気持ちの時に用いる」（山口仲美氏『『源氏物語』を楽しむ』丸善ライブラリー、（丸善株式会社、平成九年七月）七一頁）。もののけの発言の「己《おの》がいとめでたしと見たてまつるをば」の「己《おの》が」（自称表現）に前坊の死霊の語気があるようだ。「礫」平成二十年四月号の拙稿に源氏物語、うつほ物語、落窪物語、竹取物語の「おのが」の用例を検討し、「まろ」「われ」が親愛の情のこめられる自称表現であるのに対し「おのが」は後見者としての強い自我を感じさせる自称表現であることを明らかにした（本書第二編十）ので参照されたいが、夕顔巻のもののけの「己《おの》がいとめでたしと見たてまつるをば」（夕顔巻一四八頁）の「己《おの》が」には六条御息所を愛している前坊の強い自我意識があり、御息所を疎略に扱う源氏に抗議する強い語気がこめられているのだと推理することは理にかなうであろう。高橋和夫氏の中将の君説は、六条の女君を尊び同情し、源氏が夕顔ごとき女を寵愛していることを恨むという点では理にかなっているが、この「おのが」の用例に照らすとそぐわない。中将の君は六条の女君に仕える身であり、前坊が夫宮として御息所に対し後見者の立場にあったのと大いに異なる。源氏に対して怒りを発するという立場の身ではない。前坊なら甥の源氏に対し叱責の恨み、その非を責める怒りの気持はしかるべきことであり（「つらし」の感情）、また源氏に対して「めざまし」と心外感を表わされるのも肯けるのである。このもののけの発言は源氏に対するうったえで、それは「尋ね思ほさで」「率ておはして」「時めかしたまふこそ」と連続する敬語にあらわれている。それは中将の君でも理解できるところだが、「めざましく」という心外な気持、また「つらけれ」といううったえは前述のように源氏の非を責める気持であり、「おのが」という自称表現に叱責、怒りの心情がこめられる後見者としての強い自我意識をみとめる時、前坊こそふさわしいと言えよう。「礫」平成二十年四月号の拙稿に「おのが」の用例を検討して明らかにしたことを参照していただければ、「おのが」は見すごしえない自称表現であることを分かっていただけよう。「おのが」というもののけの自称表現に前坊の死霊という隠れたる伏在的存在の語気が想定できるなら、伏在的に作者の構想の端緒、糸口をそこに見ることができよう。前坊の死霊は伏流のように潜み、ほのかにその糸口を「おのが」という自称代名詞に暗示していたのだ。局面的には見えない世界を、後の巻から立ちもどり二層的物語構造として透視することを主張したい。

前坊は夕顔巻に登場していないが、そもそも〝桐壺巻前史〟に伏在する人物である。伏在的人物は前坊以外にも六条御息所の父大臣、明石入道の父大臣、桐壺帝の父と考えられる一院、私見では一院の弟とおぼしい先帝（在位中崩御され、急遽若い桐壺東宮の即位となった）等があり、前坊は源氏誕生以前に亡くなっていると解するのが普通で、源氏四歳の時、朱雀立坊の前に薨去という説[2]もある。

注

（1）　高橋和夫氏『源氏物語の主題と構想』（桜楓社、昭和四十年六月）八二頁参照。

（2）　坂本共展氏『源氏物語構成論』（笠間書院、平成七年十月）六三頁参照。

第四編　表　現　論

一　青表紙本源氏物語の表現方法

一

私たちは現在、おもに青表紙本源氏物語によって『源氏物語』を享受している。そこで私は、河内本や別本と比較しながら、青表紙本の表現の特性を考えようと思う。

夕顔巻は源氏物語の中でも、作中人物光源氏の心情的視座に基づいた「語り」が極めて多いことは既に指摘されており、(1)承認されるところであろう。次の文章の傍線部Aなどはそのことを証左する最も特徴的な例と言える。

日たくるほどに起きたまひて、格子《かうし》手づから上げたまふ。いといたく荒れて、人目もなく遥々《はるばる》と見わたされて、木立《こだち》いとうとましくものふりたり。け近き草木などは、ことに見所《みどころ》なく、みな秋の野らにて、池も水草《みくさ》にうづもれたれば、Aいとけうとげになりにける所かな。別納《べちなふ》のかたにぞ、曹司《ざうし》などして、人住むべかめれど、こなたは離れたり。B「けうとくもなりにける所かな。さりとも鬼なども、われをば見ゆるしてむ」とのたまふ。顔はなほ隠したまへれど、女のいとつらしと思へれば、げにかばかりにて隔てあらむも、ことのさまにたがひたりと、おぼして

（夕顔巻一四五・六頁。頁数は『新潮日本古典集成　源氏物語』による。以下同じ）

「格子手づから上げたまふ」た源氏の見た光景が、源氏の心情的視線を追って述べられている。『集成』の夕顔巻一四六頁の頭注に、次のようにある。

ほんとに何とも恐ろしそうな感じになってしまった所だな。格子を上げて、外を見渡している源氏の視線を追って、木立や前栽の様を叙《の》べてきたので、源氏の心中の感想が、そのまま地の文になっているのであろう。あとに、ほとんど同文が源氏の言葉として出る。

作中人物の詠嘆が、そのまま地の文になるということは、語り手が作中人物に寄り添い一体化して語る表現であることを際立って示していると言えよう。『集成』の夕顔巻は大島本を底本とするが他の青表紙諸本も御物本（東山御文庫御蔵）を除いては異同がない。河内本はこの箇所「おそろしげなり」。別本では陽明文庫本が「いとけうとうなりにける所かな」だが、あとの傍線部B「けうとくもなりにける所かな」がなく、異文になっている。麦生本と阿里莫本が「物おそろしげ也」（『源氏物語大成』及び『源氏物語別本集成』による）。「御物本」は、大島本の「うづもれたれば」からあとの「けうとくも」までが、「埋もれたれば、おそろしげなり。別納の方にぞ、曹司などして人住むべかめれど、こなたは離れたり」が補入されており、いったんは脱落していた。思うに「いとけうとげになりにける所かな」の詠嘆表現が地の文であることに不審を抱き、ひとまず欠落させた上で河内本によって補入した書写とうかがわれる。かような青表紙本系統と認められる御物本の書写行為の改訂作業は、河内本の本文製定の態度に連なるものであり、別本の麦生本と阿里莫本も同断である。河内本は青表紙本系の「いとけうとげになりにける所かな」を地の文としてはおかしいと否定したわけである。陣野英則氏「源氏物語と書写行為―夕顔巻の『いとけ疎げになりにける所かな』をめぐって」（『源氏物語の鑑賞と基礎知識№８夕顔』至文堂、平成十二年一月所収）は詳細にこの問題を扱われ、本居宣長『源氏物語の玉の小櫛』の誤写説の合理性を認めていられる。また上野英二氏の「誤写」ではなく、「写し手の意識」に関わるものとして書写者が物語世界あるいは光源氏の心情に同化して洩らした感嘆（「かな」）表現という説[2]も紹介されている。これらは誤写説にしろ書写者の意識説にしろ物語作者とは別のいわばテクストの外部的因由によるとするものである。上野氏はこれを原作者の「書きかえ」にも匹敵する行為とされるのだが、その論理はよく分かるものの所詮は原作者とは異なる者の行為である。一方青表紙本の本文自体も原作者のそれとは決めつけられないものの、青表紙本の本文を古伝本の一つとして尊重し、この特性を究めていく道を私は選びたいのである。青表紙本の特性を河内本あるいは別本と対比して浮き彫りしていきたいと思う。(3)

「いとけうとげになりにける所かな」と対比して河内本「おそろしげなり」は客観的叙述で地の文として穏当ではある。しかし源氏が見わたして目に入ってくる光景に恐ろしさを感じている心情がつたわってくる青表紙本の「主観直叙」(4)の表現がもたらす感動には及ばない。この源氏の恐れの心情に即すればこそ、続く「別納のかたにぞ、曹司などして、人住むべかめれど、こなたは離れたり」が一見客観的叙述であるもののそうではなくて「こなたは離れたり」に源氏の心細さがこもるのである。されば「けうとくもなりにける所かな。さりとも鬼なども、われをば見ゆるしてむ」という源氏の発する恐れの言葉と、その恐れを自らうち消すべく「さりとも」以下の言葉となっていくのである。これは源氏の自負というよりも鬼に大目に見てほしいという願いの言葉と言うべく、恐れや心細さの心情に裏打ちされていよう。それほどに怪異的な場面設定がなされていて、「いとけうとげになりにける所かな」の源氏の主観直叙に続いて源氏の発する「けうとくもなりにける所かな」という重複的な言葉がその不気味さを強調しているのだと見たい。青表紙本本文は作中人物源氏の情感、心情に濡れているのに対し河内本本文は客観的、説明的で乾いていると言えよう。

二

この論文のはじめに述べたごとく、夕顔巻は光源氏の心情的視座に基づいて、言わば光源氏主導で物語が進められ、彼の受けとめる感動に沿って物語られていく。従って私たちも源氏に随順し、彼の受けとめに従って物語を読んでいくのが筋道なのである。

語り手は冒頭に源氏が五条の大弐《だいに》の乳母《めのと》を尋ねてくる状況設定を行うが、五条の大路の様子を「見わたしたまへるに」から、はやくも源氏の心情的視座に基づき、彼の視線を追って述べていく。

この家のかたはらに、檜垣といふもの新しうして、上《かみ》は、半蔀《はじとみ》四五間《けん》ばかりあげわたして、簾《すだれ》などもいと白う涼しげなるに、をかしき額つきの透影《すき》、あまた見えてのぞく。たちさまよふらむ下《しも》つかた思ひやるに、あながちにたけ高きここちぞする。　（夕顔巻一二一頁）

「この家のかたはらに」以下「のぞく」まで源氏の眼に飛び込んできた光景にほかならない。「檜垣といふもの新しうして、上は、半蔀四五間ばかりあげわたして」には語り手の説明口調が入るが、傍線部「思ひやるに」、「ここちぞする」の無敬語表現は源氏に一体化した語りの表現である。それだけに異様に感じている源氏の心情がじかに読者につたわってくる。「をかしき額つきの透影《すきかげ》」が「あまた見えて」こちらをのぞいている。それを源氏が知る感じが伝わってくる文章だ。源氏は見られていることを知る。が、お忍びで粗末な御車の源氏は、先払いの者にも声を立てさせず、自分が誰だか分かるまいと安心して、少し顔をのぞかせてこの家を見る。「白き花」が眼に止まった。「遠方人《をちかたびと》にもの申す」（夕顔巻一二二頁）と、ひとりごつ源氏の思いはこの家の女あるじに向けられている。「遠方人」—ずっと向こうにいるこの家の女あるじ—への問いかけである。こちらをのぞく多くの女たちに触発されて源氏の好色心が始動していると見てよいであろう。「雨夜の品定め」によって触発された陋屋の美女への期待もあると見るのは言いすぎだろうか。私は決して夕顔を知っている私の立場から言説しているのではない。言うまでもなく源氏はこの家に夕顔がいることを知らない。しかし源氏の「遠方人《をちかたびと》にもの申す」が単に花の名を尋ねたのではないことは既に先学の教えがある。「遊女の宿に入り込んで、男が女に呼びかける言葉」(5)という解釈である。随身は花の名—夕顔—を答えた。が、後に「海士《あま》の子なれば」（夕顔巻一四七頁）と卑下する夕顔（この家の女あるじ）は、遊女になぞらえられるわが身への貴公子（源氏かと当て推量される）の呼びかけに「心あてに」の歌で応じたのだった。当て推量にとことわった上でもしや光源氏様が夕顔の花のように賤しい女の私へお呼びかけかと光栄の歌意（寓意）を「白露の光添へたる夕顔の花」（夕顔巻一二五頁）に匂わせたのである。「遠方人にもの申す」に対する答歌であったのだ。当て推量にとことわるところに夕顔のつつましさがあらわれ、流麗な書きぶりに源氏は「あてはかにゆゑづきたれば」と感じた。夕顔を知る私たちはそこに夕顔の正体につき当たっている源氏を見るのだが、無論源氏は知らないから、賤しい小家に住んでいるにしては、意外に気が利いている、素敵だと思ったのみである。「心あてに」の歌に対して「いと思ひのほかにをかしうおぼえたまふ」（同右頁）たことがこの家の女あるじへの執心を深めた。「遠方人にもの申す」にこめられた好色心は「心あてに」の歌の気品と奥ゆかしさに一種恋心にも似た好色心に高められているとも言えようか。陋屋の美女への期待心が高鳴るとでも言おうか。源氏は「心あてに」の歌に魅せられたと言ってよい。この歌は夕顔物語の始発に不可欠の重要な位置にあり、夕顔の正体が秘められている。されはその正体をつきとめようとする源氏の情動は物語展開の道筋にかなっているのだった。が、これは物語の内容を知る読者（私）の言説にほかならず、当の源氏はまだその緒に就いたばかりである。惟光に探索を命じた源氏は、惟光の報告から「心あてに」の歌の女を「宮仕へ人」かと思い、女房らしい馴れ馴れしさ、「めざましかるべき際《きは》」（夕顔巻一二六頁）かと女の贈歌行為を誤断するのだが、当初の「いと思ひのほかにをかしうおぼえたまふ」からは一歩後退の感である。このようにジグザグに進むところに推理小説めいた夕顔物語の面白さがあるのであって、当初「心あてに」の歌からほとんど夕顔の女としての正体に近づいていた源氏が、惟光の報告から女房風情の歌かとまちがうジグザグ行進につき従うのが物語の読み方であり、先走ってはいけないのであるが、「心あてに」の歌意には後の夕顔に見られる受動的媚態が感じられるのであって、それは惟光の報告から女房の贈歌かと誤断したことと大きく矛盾するものであってはならないだろう。男性との交渉に洗練され、男の目にさらされると同時に高い文化に触れての風流のたしなみもある女房の行為と感じられる内容（歌意）、すなわち受身的な媚態の色めかしさは、「女房」と誤断して見れば、男に対する馴れ馴れしさ、「めざましかるべき際《きは》」の歌と感じられるはすっぱなもの、受動的媚態がつつましやかでないもののようにも変色して見えてきたということではないか。

このように正体の見えないままに源氏が見せる感情の推移を私たちは追っていくのである。「宮仕へ人」かと思われる相手、正体の分からない相手に対応して源氏は自らも正体を隠しながら好色の心のままに「寄りてこそそれかとも見めたそかれにほのぼの見つる花の夕顔」（夕顔巻一二六頁）と、近寄って確かめてみないかと女に呼びかけた。私に近寄ってこそ、私のそなたへの情も分かろうというもの、と女を誘ったのである。「花の夕顔さんよ」は、「美しいあなた（女）よ」という、源氏の好色者らしいリップサービスである。この段階では、正体の分からない相手、が、なかなか教養もある女への好色心にほかならなかった。私はこの源氏の好色心を、源氏の「遠方人にもの申す」から見てきた。単に花の名を尋ねているのではなかった。が、随身は単純に花の名を答えた。女（夕顔）は源氏の真意を遊女の宿とおぼしき小家にみすぼらしく咲く夕顔の花のイメージの自分への呼びかけと解して「心あてに」の歌で答えた。呼びかけられた光栄を詠んだのであった。この夕顔の対応はまさに見事であり受動的媚態を含んでいた。源氏が「いと思ひのほかにをかしうおぼえたまふ」たゆえんである。随身は「遠方人にもの申す」から下句の「そのそこに白く咲けるは何の花ぞも」に答えたのは正解であるが、女の夕顔は自分への呼びかけに答えねばならなかったのである。そして見事に答え源氏に気に入られたのである。しかしその正体（素性）は知られていない。これが夕顔物語の始発だった。「心あてに」の歌の解釈についての清水婦久子氏の卓説[6]に感服したのであったが、私は「夕顔の花」を女を象徴するものということに力点を置いてきた。植物としての夕顔なら既に随身が答えており、その重複ならあまり意味をなさないのではないか。そう思い続けてきた私は、秋山虔氏が「国文学」昭和五十七年十月号の「対談」記事に「物語展開の起動力を孕む引歌の機能」を論じていられ、「をちかた人にもの申す」

について小沢正夫氏の『日本古典文学全集』の注釈、竹岡正夫氏の『全評釈』の説に基づかれて「つまり遊女の宿に入り込んで、男が女に呼びかける言葉だというような解釈のようなんです。私は賛成です」とおっしゃっていることに強くご高教をいただくものである。「そのそこに白く咲けるは何《なに》の花ぞも」の「花」は女性を隠喩し、「何の花か」という問いかけは女に名を名のれという求婚の問いかけである。「心あてに」の歌は「夕顔の花」と答えたことで隠喩として自分の名を告げており、花を擬人化して男の呼びかけに応じていることになろう。「夕顔の花」のように賤しい私というのである。「白露の光添へたる夕顔の花」で「心あてに（当て推量）ですがもしや光源氏様が夕顔の花（私）にご関心か（隠喩として）」と匂わせて「さしおどろかし」たのであった。表の意味は、源氏が植物としての夕顔の花に目をとめた光栄を寓意する。もしや気づかれたかと思った源氏は急ぎ正体隠しを行った上で女に接近をはかり、恋愛遊戯を開始したのであった。源氏の「遠方人にもの申す」と夕顔の「心あてに」の問答は実態化して考えるのではなく、象徴的戯曲性として感得すべきであろう(7)。

かくして始まった夕顔巻が源氏の心情的視座で語られ、夕顔像も源氏の目と心で捉えられかたどられているという周知の「語り」の表現を確認したい思いで光源氏と夕顔についての再説まがいのことを述べてきたことを諒とせられたい。光源氏の情動の変転を追う夕顔巻の「語り」の叙述の特徴が極まったのが「いとけうとげになりにける所かな」の一句であったと言えよう。

三

この「語り」の表現の特徴は夕顔巻にとどまらない。夕顔巻を強く受け、夕顔巻と対比して書かれた末摘花巻を見てみよう。

末摘花が途方もなく内気で引っ込み思案で恋文に対する返事もないのを源氏も頭中将もおもしろくなく思っている。「重しとても、いとかうあまりうもれたらむは、心づきなくわるびたりと、中将はまいて心いられしけり」（末摘花巻二五四頁）とあり、また「君は深うしも思はぬことの、かう情《なさけ》なきを、すさまじく思ひなりたまひにしかど」（同右頁）とある。ただ頭中将への競争心から、乳母の娘で末摘花のことを源氏の耳に入れた大輔の命婦に対して真剣に相談する成り行きとなったのである。そういうはやる心のせいもあってか、命婦が源氏のお望みには似つかわしくない末摘花の性情を告げるにもかかわらず、いいように解釈してしまう。「ひとへにものづつみし、ひき入りたるかたはしも、ありがたうものしたまふ人」（末摘花巻二五五頁）とひどい恥ずかしがりの内気さを命婦が言うのを「らうらうじうかどめきたる心はなきなめり。いと子めかしうおほどかならむこそ、らうたくはあるべけれ」（同右頁）と希望的観測をしているのは夕顔に代わる女性を求める心からの幻想に陥っているのであろう。「秋のころほひ、静かにおぼしつづけて、かの砧《きぬた》の音も、耳につきて聞きにくかりしさへ、恋しうおぼしいでらるるままに、常陸《ひたち》の宮にはしばしば聞こえたまへど、」（同右頁）と末摘花への執心の動機が語られている。そもそも末摘花巻冒頭に「思へどもなほ飽《あ》かざりし夕顔の露におくれしここちを、年月経《としつきふ》れど、おぼし忘れず」（末摘花巻二四五頁）とあった。「思へども」～「ここちを」は、源氏の心のままをたどったもので、心内語のような地の文である。夕顔幻想こそ末摘花への源氏の執心のモチーフなのである。その幻想ゆえに、「おほかたの御ものづつみのわりなきに」（末摘花巻二五六頁）と末摘花の欠陥的性情を大輔の命婦が言うのをさえ、世間知らずと批判するものの、「（末摘花なら）何ごとも思ひしづまりたまへらむと思ふにこそ」（同右頁）と買いかぶった言い方をするのは、あながち色好みの口上手とのみは言えないようなのである。というのは続けて「そこはかとなく、つれづれに心細うのみおぼゆるを、同じ心に答《いら》へたまはむは、願ひかなふここちなむすべき」とまで言っているからである。わが境涯の心細い思いと末摘花の現在の境遇における気持の類似を想定して、「二人は理解し合えるはず」（『新潮集成』頭注参照）という精神性の高い、夕顔幻想を越える極みにまで幻想が高まっているのは、末摘花の身分が没落しているとはいえ故常陸の親王の姫君だからだろうか。若紫巻で「いふかひなきほどの齢《よはひ》にて、むつましかるべき人にも立おくれはべりにければ、あやしう浮きたるやうにて、年月をこそ重ねはべれ。同じさまにものしたまふなるを、たぐひにならせたまへ」（若紫巻二〇〇頁）と紫上の祖母尼君に語っているのと同軌の、わが境涯の心細さと同様の同じ気持という心情の合一性を求めているのである。

このような源氏の末摘花への気持は次のような場面に生動していて、末摘花への敬語は源氏からの敬意に即した表現と見てよいであろう。

　君は、人の御ほどをおぼせば、されくつがへる今やうのよしばみよりは、こよなう奥ゆかしうとおぼさるるに、いたうそそのかされて、ゐざり寄りたまへるけはひ、忍びやかに、えびの香いとなつかしう薫りいでて、おほどかなるを、さればよとおぼす。年ごろ思ひわたるさまなど、いとよくのたまひつづくれど、まして近き御答《いら》へは絶えてなし。（末摘花巻二六〇・一頁）

源氏は末摘花の身分を重んじている。「御ほど」の敬語は源氏の敬意に即しているであろう。そこから奥ゆかしい人柄を想像している。「ゐざり寄りたまへるけはひ」がもの静かであるのを感じ取っているのはまずは源氏であり、従って「ゐざり寄りたまへるけはひ」の敬語は源氏の敬意に即しているのである。「近き御答《いら》へ」の敬語も同様に考えてよく、この場面は末摘花の身分にふさわしい「おほどか」さを、思ったとおりだと源氏が満足し末摘花の無返答に対しても批判、失望するのでなく、「うち嘆きたまふ」（末摘花巻二六一頁）のである。

しかし逢瀬の瞬間から失望に変わる。それでも「心得ずなまいとほしとおぼゆる御さまなり」（末摘花巻二六二・三頁）と敬語がつくのは故常陸の親王の姫君への敬意なのだろう。「ゐざり寄りたまへるけはひ、忍びやかに」のときのような満足感にもとづく敬意ではなく、単に身分への敬意である。夕顔幻想は失敗に終わった。「軽《かる》らかなしける」（末摘花巻二六三頁）。気の毒だとは思う気持で、暇を得て「時々おはらぬ人の御ほどを、心苦しとぞおぼしける」（末摘花巻二六七頁）。「心長う見果ててむとおぼしなす御心」（末摘花巻二六五頁）からの所為にすぎなかった。

四

敬語は身分を基準にしていることは知られるとおりである。しかし地の文という語り手の客観的叙述において源氏物語の敬語は必ずしも客観的でない。それは源氏物語の叙述は外在的ではなくて、作中人物の心情に即してその人物の敬意に即して述べられるからである。その場面における作中人物の心情という内的視点からの描写がなされて、人物の心情の生動する場面描写がすぐれて臨場感のあるものとなる。例えば次の文章を見られたい。関屋巻の巻末部分である。

かかるほどに、この常陸《ひたち》の守《かみ》、老《おい》のつもりにや、なやましくのみして、もの心細かりければ、子どもに、ただこの君の御ことをのみ言ひ置きて、よろづのこと、ただこの御心にのみまかせて、ありつる世に変らでつかうまつれとのみ、明け暮れ言ひけり。女君、心憂き宿世《すくせ》ありて、この人にさへ後《おく》れて、いかなるさまにはふれまどふべきにかあらむと思ひ嘆きたまふを見るに、命の限りあるものなれば、惜しみとどむべきかたもなし、いかでか、この人の御ために残し置く魂《たましひ》もがな、わが子どもの心も知らぬをと、うしろめたう悲しきことに言ひ思へど、心にえとどめぬものにて、亡《う》せぬ。しばしこそ、さのたまひしものをなど、情《なさけ》つくれど、うはべこそあれ、つらきこと多かり。とあるもかかるも世の道理《ことわり》なれば、身一つの憂きことにて嘆き明かし暮らす。（以下略）

（関屋巻八九・九〇頁）

「ただこの君の御ことをのみ」（地の文）、「ただこの御心にのみまかせて」、「つかうまつれとのみ」（会話文）等、空蟬を敬う敬語「御」、「つかうまつれ」は常陸介の空蟬への切なる敬愛の念を表わし、「ただ……のみ」という一途な思いとあいまって、老いて命旦夕に迫った常陸介の心情が切実に息づいている。「思ひ嘆きたまふを見るに」はただ空蟬の嘆きの姿を見るのではなく、常陸介が空蟬の嘆きの心情を見ている。もともと入内を志した身が老いたる受領の後妻になった空蟬の悲しい宿縁を常陸介は思いみている。「思ひ嘆きたまふ」の「たまふ」はもともと入内を志した身の上の空蟬への常陸介の敬意に即した敬語である。「女君、心憂き宿世ありて」は作者（語り手）の心情描写ではあるが、常陸介の推察が入り込んでいるように思われる。自分の死後の空蟬の運命への嘆きを「見る」心は彼がそのことを何より案じている心である。「命の限りあるものなれば、惜しみとどむべきかたもなし」以下「わが子どもの心も知らぬを」までの常陸介の心中思惟に引き続いていくゆえんである。「身一つの憂きことにて嘆き明かし暮らす」と空蟬への敬語がないのは語り手の客観叙述・描写といってもすませられようが、右の常陸介の空蟬への敬愛の情に即した「思ひ嘆きたまふ」に対比すると周囲にその身を思いやる人のいない空蟬の姿が表徴されているようにも感じられてくる。

右に述べてきた鑑賞的理解は青表紙本の大島本に基づくものである。河内本や別本を見ると私が右に述べてきた常陸介の空蟬に対する切実な心情がかなり薄らいでくる。まず「御ことをのみ」が河内本の御物本では「事を」とあり「御」がない。他の河内本六本では「御事を」とあり「のみ」がない。別本の陽明家本も「御事を」で「のみ」がない。「ただこの御心にのみ」は河内本では「この御心に」で、「ただ」や「のみ」の強調的限定表現がない。別本（陽明家・平瀬本）も「この御こゝろに」で、同様である。「つかうまつれとのみ」の「のみ」は別本（陽明家・平瀬本）にはない。「明け暮れ」が河内本にない。常陸介の切実さを強調する言葉が河内本や別本になく、平静なのである。青表紙本は常陸介の空蟬への敬愛と情念が切実に盛られているのである。それは青表紙本が作中人物の心情的視座に即した内在的な語りの表現方法であることによって成り立っているのである。

五

東屋巻の左近少将への敬語の使われ方について考えてみたい。

(A)左近の少将とて、年二十二三ばかりのほどにて、心ばせしめやかに、才《ざえ》ありといふかたは人にゆるされたれど、きらきらしう今めいてなどはえあらぬにや、通ひし所なども絶えて、いとねむごろに言ひわたりけり。この母君、あまたかかること言ふ人々のなかに、この君は人柄もめやすかなり、心定まりてもの思ひ知りぬべかなるを、人もあてなり、これよりまさりてことことしき際《きは》の人はた、かかるあたりを、さいへど尋ね寄らじ、と思ひて、（東屋巻二七二頁）

(B)かくてかの少将、契りしほどを待ちつけで、「同じくは疾《と》く」とせめければ、（東屋巻二七三頁）

(C)少将の君にまうでて、「しかしかなむ」と申しけるに、けしきあしくなりぬ。「はじめより、（中略）浮かびたることを伝へける」とのたまふに、いとほしくなりて、「くはしくも知りたまへず。女どもの知るたよりにて、仰せ言《ごと》を伝へはじめはべりしに、中《なか》にかしづく娘とのみ聞きはべれば、守のにこそは、とこそ思ひたまへつれ。（下略）」と、腹《はら》あしく言葉多かるものにて申すに、君、いとあてやかならぬさまにて、「かやうのあたりに行《い》き通《かよ》はむ、（以下略）」とのたまふ。（東屋巻二七四・五頁）

文例(A)、(B)で左近少将に敬語がついていない。地の文だけでなく浮舟の母の心中思惟でもそうである。浮舟に対しては「せさせたてまつる」（東屋巻二七二頁）と敬意が払われている。これは浮舟の母の浮舟への敬意に密着した表現で、浮舟の母は仲人への会話の中でも「この君の御ことをのみなむ云々」（東屋巻二七四頁）と浮舟へ敬語を用いている。八の宮の姫君という思いからである。この母の心中思惟で左近少将に敬意を払わないのも八の宮の姫君の相手として不足と思うからである。ただ八の宮の認知を受けていない浮舟なので、世間では常陸介のほかの子供と区別してもいないし、八の宮の姫君と知っても八の宮が認めていないことで、かえって軽く見るだろうと判断して、縁組を求めてくる人々の中で左近少将を最上と認めて少将との縁談に踏み切ったわけで、結婚の当日になっても「少将などいふほどの人に見せむも、惜しくあたらしきさま」（東屋巻二八三頁）と浮舟の相手として「少将」という分際を見下しているので、そのような彼女の意識から敬意を払う気になれないのである。彼女は「あはれや、親に知られたてまつりて生《お》ひたちたまはましかば、おはせずなりにたれども、大将殿のたまふらむさまに、おほけなくとも、などかは思ひ立たざらまし」と反実仮想していて、彼女の現実認識からは遠ざけていても薫のことを仮想するのは、浮舟が八の宮の姫であるという事実にこだわるからで浮舟への敬意と左近少将への見下しは共にそこに由来するのである。語り手はこのような浮舟の母の心情的視座に即して語っており、文例(B)「かくてかの少将……待ちつけで、……せめければ」と無敬語なのも、彼女の視座から語られているからである。

ところが仲人の男が少将のところへ参上するとき（文例(C)）は「少将の君」と敬称がついているし、「まうで」「申し」と少将を敬うのは仲人の男からの少将への敬意に密着した表現である。少将は「のたまふ」とあるのは仲人の男の視座からの表現である。「君、いとあてやかならぬさまにて」は、全く上品さなど少しもない様子の少将なので仲人の男も敬意を持てない心情的視座からの無敬語であろう。しかし「君」の敬称と「のたまふ」がつくのは仲人の男からは尊ばれるべき少将だからで、その敬意に即しての敬語である。

常陸介はこの仲人の男の視座から無敬語である。この両者の会話はほぼ対等に丁寧語等を用いている。浮舟に仕える女房の兄である仲人の男と対等に話し合っていることからも、浮舟の母がこの夫を軽んずるのも無理ないことがよく分かる。

さて右は青表紙本の大島本によって論述してきたのであるが、仲人が「少将の君にまうでて」の箇所、河内本は

「少将」、別本の御物本、保坂本、池田本も「少将」である。ただしこの別本の三本は、「けしきあしくなりぬ」が「きみけしきあしくなりぬ」とあるので「少将」で欠いた「君」をここで用いている。だから河内本が「君」を欠いているのを対比すると、河内本は、仲人からの敬意に密着するのでなく、統一的に客観的に呼んでいるのであろう。

匂宮邸における少将は全く生彩がない。当然無敬語である。

　今朝《けさ》より参りて、さぶらひの方《かた》にやすらひける人々、今ぞ参りてものなど聞こゆるなかに、きよげだちて、なでふことなき人のすさまじき顔したる、直衣《なほし》着て太刀《たち》佩《は》きたるあり。御前《おまへ》にて何とも見えぬを、「かれぞこの常陸《ひたち》の守《かみ》の婿《むこ》の少将な。はじめはこの御方にと定めけるを、守の娘を得てこそいたはられめ、など言ひて、かしけたる女《め》の童《わらは》を得たるななり」「いさ、（中略）かの君の方《かた》より……」　（東屋巻二九四頁）

中君方の女房の心情的視座に即して述べられている文章である。女房の会話文中に「少将」と無敬語であり、「定めけるを」、「言ひて」、「得たる」とすべて無敬語である。浮舟に対しては「この御方」と敬意を表わしており、中の君の異母妹への敬語である。「かしけたる女《め》の童《わらは》」（十分発育していない女の子）という言い方には少将が得た常陸介の娘への悪意があろう。地の文に「きよげだちて、なでふことなき人のすさまじき顔したる、直衣《なほし》着て太刀《たち》佩《は》きたるあり。御前《おまへ》にて何とも見えぬを」とすべて無敬語であるばかりか、「きよげだちて」と揶揄し、「なでふことなき」とけなし、「すさまじき顔したる」と、しらけた感じのつまらない顔つきと、興ざめな男とこきおろすのも「御前にて何とも見えぬ」とある通り、高貴で華麗な匂宮邸・中の君の世界に住む女房の視座から描写されているからである。

右の引用本文は大島本を底本とするが、大島本の「御方」を「この御方」、「持たる」を「得たる」と諸本により改められている。「持たる」の「る」は軽い敬語である。「かの君の方《かた》より」（東屋巻二九四頁）は河内本「かの君の御もとより」で少将を敬っている。別本の御物本、保坂本は「かの君の方より」がなく、別本の池田本は「かの君の御かたより」。御物本、保坂本は、少将から聞くつてがあることに不審を抱き削除したのであろう。池田本は少将を敬うべきと考えたのであろう。池田本は「かしけたる」が「いはけなき」とおだやか。「あなづらはしく思ひなりぬ」（東屋巻二九五頁）も池田本は「あなづらはしく思ひ」がなく、上の「いとどしく」に続けて「なりぬ」で、これもおだやかになっている。青表紙本は場面での作中人物の心情的視座、換言すれば感情移入によって左近少将への軽侮の念の強い表現になっている。それゆえ場面における作中人物の心情にかたどられた人物造型が生動すると言えよう。河内本、別本は客観的に平静に捉えているぶん、この生動感がとぼしい。私たちは青表紙本の本文によって作中人物の心情に即して場面における人びとの心を読むことができるのである。

　最後に、左近少将の会話文の中に「さらに守の御娘《みむすめ》にあらずといふことをなむ聞かざりつる（東屋巻二七四頁）とある「御娘《みむすめ》」について触れ、この稿をとじることにする。既に玉上琢彌先生『源氏物語評釈第十一巻』東屋巻三二二頁の語釈に「別本の多くが、そして青表紙本の中にも『むすめ』とする本がある。そのほうがよいかも知れない。（以下略）」とある。青表紙本の榊原家本、別本（『源氏物語大成』の東屋巻に採択された七本すべて）は「むすめ」。しかし『大成』の東屋巻に採択された青表紙本三本の中の二本の大島本、三条西家本は「みむすめ」で河内本も「みむすめ」。この「御娘《みむすめ》」の敬語「御《み》」は、左近少将の常陸介への敬意を表わしており、彼が常陸介の財力めあてで常陸介の娘との縁組を望み、その意味で常陸介を尊重していることは次の会話文の中に吐露されている。「わが本意は、かの守《かむ》の主《ぬし》の、人柄もものものしく、おとなしき人なれば後見《うしろみ》にもせまほしう、見るところありて思ひはじめしことなり」（東屋巻二七六頁）と。そして家柄や美女よりも富裕な生活をというのである。少将の「守の御娘《みむすめ》」という敬意表現はこの結婚観に基づいているのである。ゆえにここは「守の御娘」とするのがよく、青表紙本の大島本、三条西家本や河内本の本文に従うべきであろう。別本は常陸介の身分から「娘」でよいとするのであろうが、このときの少将の切実な気持を表わした「守の御娘」を思いみるべきであろう。河内本も「みむすめ」とすることに注目しておこう。仲人が常陸介に話す会話文中に「守《かむ》の殿《との》の御娘」（東屋巻二七七頁）とあって、常陸介を敬う言い方をしていることも参考になろう。

注

（1）今井源衛氏「夕顔の性格」（『平安時代の歴史と文学　文学編』吉川弘文館、昭和五十六年十一月所収。のち『源氏物語の思念』笠間書院、昭和六十二年九月所収）。最近の論考では、陣野英則氏「源氏物語と書写行為―夕顔巻の『いとけ疎げになりにける所かな』をめぐって」（『源氏物語の鑑賞と基礎知識№８夕顔』至文堂、平成十二年一月所収）
（2）上野英二氏「はかもなき鳥の跡とは思ふとも―源氏物語を書くこと」（上野氏著『源氏物語序説』平凡社、平成七年九月所収。初出は「文学」第55巻５号、昭和六十二年五月）
（3）阿部秋生氏「別本の本文」（『源氏物語の本文』岩波書店、昭和六十一年六月所収。初出は「文学」昭和五十八年十月～五十九年四月）
（4）島津久基氏「敬語要記」（『日本文学考論』河出書房、昭和二十二年五月所収）。三谷邦明氏は「自由直接言説」という述語で説いていられる（「源氏物語の〈語り〉と〈言説〉―〈垣間見〉の文学史あるいは混沌を増殖する言説分析の可能性―」三谷氏編『双書〈物語を拓く〉Ｉ源氏物語の〈語り〉と〈言説〉』有精堂、平成六年十月所収など）
（5）秋山虔氏「源氏物語作者の表現意識」（「国文学」昭和五十七年十月「対談」）は、小沢正夫氏の『日本古典文学全集』の注釈の「女に対する呼びかけ」説、竹岡正夫氏『全評釈』の「女は遊女だという説」に基づかれて「物語展開の起動力を孕む引歌の機能」を論じられている。
（6）清水婦久子氏「光源氏と夕顔―贈答歌の解釈より―」（「青須我波良」平成五年十二月。のち補筆訂正の上、『源氏物語の風景と和歌』和泉書院、平成九年九月所収）
（7）片桐洋一氏『古今和歌集全評釈』（講談社、平成十年二月）は「問者と答者の間にかなりの距離が置かれていて、日常会話の一コマとは思えないばかりか、後代の狂言のようなセリフとシグサ云々」と述べていられる。夕顔巻のこの場面を理解する上で示唆に富む。光源氏と夕顔との間に「かなりの距離」があり、光源氏が「遠方人にもの申す」

と「ひとりごちたまふ」のは夕顔には聞こえたかどうか定かではないが、そういう実態的理解ではなく、象徴的戯曲的に解すべきなのであろう。

二　源氏物語の語りの表現法
――敬語法を中心に――

次の文章（地の文）の浮舟に対する敬語の有無について私見を述べさせていただく。

まほならねどほのめかしたまへるけしきを、かしこにはいとど思ひ添ふ。つひにわが身は、けしからずあやしくなりぬべきなめり、といとど思ふところに、右近来て、「殿の御文は、などて返したてまつらせたまひつるぞ。ゆゆしく、忌《い》みはべるなるものを」「ひがことのあるやうに見えつれば、所違《ところたが》へかとて」とのたまふ。あやしと見ければ、道にてあけて見けるなりけり。よからずの右近がさまやな。見つとは言はで、「あないとほし。苦しき御ことどもにこそはべれ。殿はもののけしき御覧じたるべし」と言ふに、おもてさとあかみて、ものものたまはず。文見つらむと思はねば、異《こと》ざまにて、かの御けしき見る人の語りたるにこそは、と思ふに、「誰《たれ》かさ言ふぞ」などもえ問ひたまはず。この人々の見思ふらむことも、いみじくはづかし。わが心もてありそめしことならねども、心憂《う》き宿世《すくせ》かな、と思ひ入りてゐたるに、

（浮舟巻七九・八〇頁。頁数は『新潮日本古典集成　源氏物語』による。以下同じ）

二重傍線部分の敬語についてどう考えるか。私見を述べるならば、これは侍女右近の浮舟に対する敬意に即した語り手の表現と考える。この物語の語り手は作中人物の意識に一体化してその人物の対する人物への敬意に即して語っていく。その時、読者もその場面に入り込んで作中人物の意識を共有する。それがこの物語の語りの表現法に即した読み方となるであろう。右の本文は明融本であるが、『源氏物語大成』の底本は浮舟巻については池田本（伝

二条為明筆）である。明融本の「言ふに、おもてさとあかみて、もののたまはず」は池田本では「言ふに」から「文見つらむと思はねば、……え問ひたまはず」に続き、そのあとに「おもてさとあかみて、もののたまはず」が来る。横山本、榊原家本、平瀬本、肖柏本、三条西家本（いずれも青表紙本）及び河内本、別本は明融本と同じである。右近の言葉、特に「殿はもののけしき御覧じたるべし」を聞いてすぐに「おもてさとあかみて、もののたまはず」と浮舟の反応を書く叙述がふさわしく呼吸がよい。「文見つらむと思はねば、……」という反応がすぐで浮舟の思案が先に来て、そのあとに「おもてさとあかみて」だと、浮舟の恥じらいがまのびした感じだし、思案が先に来るのは浮舟らしくないであろう。ところでしかし敬語については異同がない。

次に浮舟への無敬語について私見を述べよう。浮舟が一人ものを思い悩むところは敬語がない。これは語り手が浮舟の思いに寄り添い、浮舟と一体化する表現であると考える。「思ひ添ふ」、「いとど思ふ」、「思はねば」、「思ふに」、「思ひ入りてゐたるに」等すべて浮舟が一人思念している箇所は語り手が浮舟と一体化してまるで浮舟が語るのに似て、読者は浮舟の独白を聞く思いがする。「この人々の見思ふらむことも、いみじくはづかし」はいわゆる主観直叙で、浮舟の、側にいる女房たち（右近や侍従）への気のひける思いがじかにつたわってくるもので、浮舟に密着する語り手の一人称的語りの究極と言えよう。しかし終始一貫一人称的語りなのではなく「のたまふ」、「のたまはず」、「問ひたまはず」等敬語が付く。これは前述したように右近の浮舟への敬意に密着した表現である。「のたまふ」、「のたまはず」、「問ひたまはず」等いずれも右近の見聞に属することである。それに対し、「思ひ添ふ」、「いとど思ふ」、「思はねば」、「思ふに」、「思ひ入りてゐたるに」等は浮舟の心の中を述べる箇所で右近の見聞に属さない。浮舟の心の中を語り手が浮舟に一体化して語っていくのである。これが私見であるが、侍女と同座する場面だから浮舟に敬語がつくのだという考え方もあろうか。しかし、例えばこのあと右近や侍従がこもごも意見を述べる場面でも、浮舟の心中の思いを述べる箇所は、「つくづくと思ひゐたり」（浮舟巻八三頁）と無敬語であり、「まろは、いかで死なばや。……」（同右頁）と浮舟が語る箇所は「とて、うつぶし臥《ふ》したまへば」（同右頁）と浮舟に敬語がついている。右近や侍従と同座するという点では同じなのに一方は無敬語、一方は有敬語であるから、場面を語り手が客観的にとらえて同座する人との身分的関係を相対的にとらえての敬語の有無と考えるより、私見のように語り手の視座で考えるのが正当であり、それが語りの表現法の本質に迫ることとなろう。すなわち語り手は物語の人物や事件を第三者的に述べるというよりは作中人物の誰かの視点で語るのであり、本人の思念を述べる箇所は語りが一人称的になるがゆえに無敬語なのである。たまたま浮舟は身分的に高くないので無敬語であることが自然であり、その浮舟に敬語がつく場合の理由を論じなければならないとする議論が正当視されようかと思われる。すなわち有敬語の箇所だけを論じて侍女の視点を説くのである。無敬語の箇所は語り手が客観的に描いている本体的なので、有敬語の箇所だけ特別視して侍女の視点に即しての語りゆえと考えるわけである。が、私は浮舟の無敬語部分がこの物語世界における浮舟の位相からして自然であるとしても、なお語り手が作中人物に一体化する語りの叙法を考えたいのである。主観直叙「いみじくはづかし」（浮舟巻七九・八〇頁）を心中表現、心内語と見ることもできようか。それほどにこれが地の文として浮舟の心中を直叙しているのである。語り手が浮舟の心と一体化していわば一人称的に語っている証左となる主観直叙の表現だと私は考えるのである。

人物の心の中、思念を述べる箇所は無敬語だと述べてきたのであるが、源氏物語の作中人物の心の中、思念を述べる箇所はその人物に敬語がつかないと言おうとしているわけではない。心の中、思念を述べる箇所でも敬語のつくべき人物には敬語がついているからである。浮舟巻のはじめあたり「くちをしくてやみにしことと、ねたうおぼさるるままに」（浮舟巻一一頁）と匂宮に敬語であり、「ありのままにや聞こえてまし、とおぼせど」（同右頁）と中の君に敬語である。また薫にも「待ち遠《どほ》なりと思ふらむと、心苦しうのみ思ひやりたまひながら」（浮舟巻一二頁）と敬語である。するとやはり浮舟への無敬語はこれらとの対比からは身分的に低いからであり、それが本体的なものであって、有敬語の箇所が例外として考察の対象とすればよいのだということになるのであろうか。敬語のつくはずの人物に無敬語なら考察の対象となるが、浮舟は本来敬語のつかない人物で、敬語のつく場合は考察の対象となるが、敬語のつかない箇所は当然のこととして取り立てて考える必要はないのであろうか。

私があえてこだわるのは、浮舟に敬語のつかない箇所も侍女と同座の場面であるということである。「同座」ということをどう考えるべきだろうか。右近や侍従が語り続けているのを聞き思案にくれている浮舟は侍女達と「同座」と見るべきでないか。しかるに無敬語なのである。〝侍女と同座ゆえに浮舟に有敬語〟という議論はなり立たないではないか。そこで私は前述のような私見を述べさせていただいた。また浮舟に敬語のついた箇所についても侍女と同座ゆえというふうに場面を客観的に第三者的に人物同士の相対的身分関係の上下をとらえて作者は敬語を施しているのだとは考えないで、作中人物（侍女）の視点に密着した表現と考えた。

源氏物語では作中人物の視点に即して語る表現法がとられ、敬語の有無も人物造型も作中人物の視点にもとづいている。作中人物（視点者）に密着した語りの表現はその視点者の心の鼓動までつたえてくれる。匂宮が垣間見《かいまみ》する場面の文章を見よう。

やをら上《のぼ》りて、格子《かうし》の隙《ひま》あるを見つけて寄りたまふに、伊予簾《いよす》はさらさらと鳴るもつつまし。あたらしうきよげに造りたれど、さすがにあらあらしくて隙《ひま》ありけるを、誰かは来て見む、ともうちとけて、穴《あな》もふたがず、几帳《きちやう》の帷《かたびら》うちかけておしやりたり。火明う燈《とも》して、もの縫《ぬ》ふ人三四《さんし》人《にん》ゐたり。童《わらは》のをかしげなる、糸をぞよる。これが顔、まづかの火影《ほかげ》に見たまひしそれなり。うちつけ目《め》かと、なほうたがはしきに、右近と名のりし若き人もあり。君は、かひなを枕にして、火をながめたるまみ、髪のこぼれかかりたる額《ひたひ》つき、いとあてやかになまめきて、対《たい》の御方《かた》にいとようおぼえたり。

（浮舟巻二四頁）

「さらさらと鳴るもつつまし」。伊予簾が音をたてるのにも匂宮は身のちぢむ思い。その思いが直叙されている。

さすがにあらあらしくて隙《ひま》ありけるを、誰かは来て見む、ともうちとけて、穴《あな》もふたがず」は作者の描写なのではあるが、匂宮の垣間見の視点が重なっていよう。「几帳《きちやう》の帷《かたびら》うちかけておしやりたり」以下、『新潮日本古典集成』頭注に言うごとく「匂宮の目に映る室内の光景」である。ただし「これが顔、まづかの火影《ほかげ》に見たまひしそれなり」と語り手の説明が入るので、匂宮と一体化した視点が貫かれるわけではないのであるが、「うちつけ目《め》かと、なほうたがはしきに」となると語り手は匂宮の心の中に入っている。匂宮の立場からの、匂宮のつぶやきのような語りであり、「右近と名のりし若き人もあり」となると匂宮の回想さながらである。ただし東屋巻の右近は中の君づきの女房であるから、玉上先生の『源氏物語評釈第十二巻』浮舟巻四八頁に論じられているごとく「作者のケヤレス・ミステイク」と言わざるをえないが、「君は、かひなを枕にて」以下、匂宮の視点による語りの表現・叙述である。「対《たい》の御方《かた》にいとようおぼえたり」、「対《たい》の御方《かた》」すなわち中の君にとてもよく似ている、というのは中の君を夫人とする匂宮の実感さながらの叙述である。浮舟を「君」とあって「女君」あるいは「女」でないのは、浮舟がこの邸での主人というだけの存在性を表わすのであろう。ちなみに匂宮が薫を装って浮舟と契った直後には浮舟を「女君は、あらぬ人なりけり、と思ふに」（浮舟巻二九頁）と「女君」と呼称している。この邸の主人（「君」）であった浮舟は匂宮と契ることによって「女」となり、この邸の主人として「女君」となったのである。

このようにほかならぬその場面の臨場感あふれる人物造型が、その場面の人物の視点によってかたどられる叙述、語りの表現であることに思いをいたす時、侍女の同座する場面の浮舟への無敬語は、侍女たちの目に見えない浮舟の心の中、思念を述べる箇所の語りが浮舟の立場に即しているからであるまいかというのが私見であった。侍女たちの敬意の遮断された浮舟と言いかえてもよい。源氏物語の人物造型の表現法はかくのごとく場面に生動しているのである。

確かに思念を述べる箇所でも高貴な人物には敬語がついている。ゆえに思念を述べる箇所ということが無敬語の理由にならないだろう。私は浮舟の無敬語について思念の箇所ゆえと述べたが、侍女たちとの同座という同じ条件なのに無敬語なのは侍女たちの視点がとどかない心のなかを述べる箇所だからという論点は以上ではっきりしたと思う。「同座」ということを第三者的客観的にとらえ身分の相対的上下によって敬語の有無を考えるのはこの物語の叙述法に即していないということをうったえたいのである。「源氏物語の語りの表現法―敬語法を中心に―」は今後とも追求していきたい研究テーマと思っている。

三　源氏物語の敬語
——語りの表現機構——

次の場面における浮舟と母君への地の文における敬語の有無をどのように考えるか。同一人物なのに敬語がついたり無敬語だったりしている。

なやましげに痩《や》せたまへるを、乳母《めのと》にも言ひて、さるべき御祈りなどせさせたまへ、祭《まつり》祓《はらへ》などもすべきやうなど言ふ。御手洗川《みたらしがは》に御禊《みそぎ》せまほしげなるを、かくも知らでよろづに言ひ騒ぐ。「人少ななめり。よくさべからむあたりをたづねて、今参りはとどめたまへ。やむごとなき御仲らひは、正身《さうじみ》こそ何ごともおいらかにおぼさめ、よからぬ仲となりぬるあたりは、わづらはしきこともありぬべし。かいひそめて、さる心したまへ」など、思ひいたらぬことなく言ひおきて、「かしこにわづらひはべる人もおぼつかなし」とて帰るを、いともの思はしく、よろづ心細ければ、またあひ見でもこそ、ともかくもなれ、と思へば、「ここちのあしくはべるにも、見たてまつらぬがいとおぼつかなくおぼえはべるを、しばしも参り来《こ》まほしくこそ」としたふ。「さなむ思ひはべれど、かしこもいとものさわがしくはべり。この人々も、はかなきことなどえしやるまじく、狭《せば》くなどはべればなむ。武生《たけふ》の国府《こふ》にうつろひたまふとも、忍びては参り来《き》なむを、なほなほしき身のほどは、かかる御ためこそいとほしくはべれ」など、うち泣きつつのたまふ。

（浮舟巻七〇・一頁。頁数は『新潮日本古典集成　源氏物語』による。以下同じ）

Aの傍線部は浮舟への敬語、Bの傍線部は母君への敬語である。波線〰〰は母君への無敬語、二重波線≋≋は浮舟への無敬語である。

Ｂの敬語について玉上琢彌先生の『源氏物語評釈第十二巻』一三九頁に「『宣たまふ』と母君に敬語がある。今、この一座で主人格なのである」と述べていられる。しかし「この一座」はここだけなのではない。右の文章全体が「この一座」なのであるが、このＢ以外は、波線部に見られるように母君に敬語がついていない。「この一座で主人格」だから敬語がつくのであれば、「この一座」全体にわたって敬語がつくべきではないか。私は、「いともの思はしく」から傍線Ｂの「のたまふ」までは浮舟の心情的視座から述べられてい、この「のたまふ」は母君を「したふ」浮舟からの母君への敬意に密着した語り手の表現なのだ、と考える。Ａの敬語は母君からの浮舟への敬意に密着した語り手の表現である。語り手は母君に密着して語る。ゆえに母君には無敬語である。後半の浮舟への無敬語も語り手が浮舟に密着して心情的に一体化して語っているからである。語り手が作中人物に一体化し、その人物が向かっている相手に対する意識や感情に密着するのが、源氏物語の地の文における敬語なのである。

次の文章の地の文における浮舟と母君への敬語は、作中人物乳母に一体化した語り手の、乳母からの敬意に密着した表現である。

大将殿は、卯月《うづき》の十日となむ定めたまへりける。誘ふ人あらば、とは思はず、いとあやしく、いかにしなすべき身にかあらむ、と浮きたるここちのみすれば、母の御もとにしばしわたりて、思ひめぐらすほどあらむ、とおぼせど、少将の妻《め》、子産《う》むべきほど近くなりぬとて、修法《ずほふ》読経《どきやう》など隙《ひま》なく騒げば、石山《いしやま》にもえ出で立つまじ、母ぞこちわたりたまへる。乳母出て来て、「殿より、人々の装束《さうぞく》なども、こまかにおぼしやりてなむ。いかできよげに何ごとも、と思うたまふれど、ままが心ひとつには、あやしくのみぞし出ではべらむかし」など言ひ騒ぐが、ここちよげなるを見たまふにも、君は、けしからぬことどもの出《い》で来て、人笑へならば、たれもたれもいかに思はむ、あやにくにのたまふ人はた、八重《やへ》立つ山に籠《こも》るとも、かならず尋ねて、われも人もいたづらになりぬべし、なほ心やすく隠れなむことを思へ、と今日《けふ》ものたまへるを、いかにせむ、とここちあしくて臥したまへり。「などかかく例ならず、いたく青み痩《や》せたまへる」とおどろきたまふ。（浮舟巻六五・六頁）

Aの傍線部は浮舟への敬語、Bの傍線部は母君への敬語。右の文章では浮舟と母君に敬語がついている。これは語り手の視座が乳母とともにあるからであろう。「母」とあって「母君」でないのは、浮舟の思念の中の「母の御もとに」が引き続いているからで、ここは浮舟の意識に語り手が随伴していると見たい。浮舟や母君に敬語がつかない箇所は、多くはその心中思惟に語り手が一体化して一人称的表現となっているのである。「暮れて月いと明《あか》し。有明《ありあけ》の空を思ひ出づる、涙のいととめがたきは、いとけしからぬ心かな、と思ふ」（浮舟巻六七頁）など、読者は直接的に浮舟の心中思惟に接する思いになる。逆に心中思惟のあと三人称的に敬語がつけば、語り手（乳母と一体化した視座）の客観的表現となるので、直接的に接する思いとはならず、切実さは薄くなる。一人称的無敬語表現はその人物の思いが切実なひびきとなって読者に迫る。母が、二条院での出来事（匂宮に浮舟が迫られたこと）を念頭において、匂宮と不都合なことをしでかしたら親子《おやこ》の縁を切る、と弁の尼君と話し合っている言葉を聞いて浮舟は「いとど心ぎももつぶれぬ」（浮舟巻六九頁）と切迫した表現となる。

なほわが身を失ひてばや、つひに聞きにくきことは出で来《き》なむ、と思ひ続くるに、この水の音《おと》の恐ろしげに響きて行《ゆ》くを、「かからぬ流れもありかし。世に似ず荒ましき所に、年月《としつき》を過ぐしたまふを、あはれとおぼしぬべきわざになむ」など、母君したり顔に言ひゐたり。（中略）君は、さてもわが身行方《ゆくへ》も知らずなりなば、誰も誰も、あへなくいみじと、しばしこそ思うたまはめ、ながらへて人笑へに憂《う》きこともあらむは、いつかそのもの思ひの絶えむとする、と思ひかくるには、障《さは》りどころもあるまじく、さはやかによろづ思ひなさるれど、うちかへしいと悲し。親のよろづに思ひ言ふありさまを、寝たるやうにてつくづくと思ひ乱る。

（浮舟巻六九・七〇頁）

語り手は浮舟に一体化し、ほとんど浮舟のモノローグに近い語り方をしている。Ａの傍線部は浮舟への無敬語で、語り手が浮舟の耳目に即して浮舟の思いをたどっている証左である。浮舟の「いと悲し」の主観直叙はその極みである。Ｂの傍線部は母君への無敬語。なぜ浮舟の視座からの語りが母君へ敬意を払わないのか。「母君したり顔に言ひゐたり」の「したり顔に」が、浮舟の追いつめられている心情からはかけはなれた表情なので、母君とはいえ敬意を払えぬ浮舟の心意、感情の反映であると考える。「親のよろづに思ひ言ふありさま」は浮舟の「思ひ乱る」心を増幅させる以外の何ものでもないのである。親の「思ひ言ふありさま」は切々として無敬語がその切迫感にふさわしい。

付編

玉上琢彌先生

一　玉上琢彌先生の源氏物語研究

玉上琢彌先生は角川書店刊『源氏物語評釈』全十四巻、晩年の「六条院考証復元」(『季刊大林』No.34、平成三年)等によって、源氏物語の研究に大きな創造的業績を残された。平成八年八月三十日、先生は永眠された。が、先生が「仮説」とことわって説かれた物語音読論、短篇始発・書きつぎ説等々は不滅の学説とも申すべく人々の中に生きつづけている。先生の研究は文化史的な具体性の追究をベースにしていられ、緻密なことばへの感覚によって作品源氏物語の表現に見入り、当時の読者の中に生きた作品として見ることに努められた。先生の論文には挑発的な言辞をもって始められた、次のような文がある。

いつしか、物語を小説と考える人が多くなってきた。小説と見なすことが、物語の価値を高めることになると、思ってなのであろうか。しかし小説が認められ初めたのは前世紀ごろからであって、日本ほど文学を独占する状態を示している国は、ほかにどこがあるであろうか、わたくしは知らない。小説と見なすことによって物語の価値を高めんとする人は、いずれまた比すべき他物を探し求めることであろうか。かかるはかなきわざのために、もし、物語の本義本性を失うことがあったら、その利少なく害多きは言うをまたない。

（「物語音読論序説―源氏物語の本性（その一）」「国語国文」昭和二十五年十二月）

これは太平洋戦争終了後はじめての論文で、「源氏物語の本性」を説述する意図のもとに書きはじめられた意気込みがつたわってくるのであるが、先生は既に戦前、戦中に「源語成立攷」（「国語国文」昭和十五年四月）、「昔物語の構成」（「国語国文」昭和十八年六・八・九月）に源氏物語を物語として読む、つまり当時の読者の中に生きた作品として見る、非常に創造的な論文を発表していられる。いわゆる短篇始発説・書きつぎ説である。一巻ずつ発表したとは限らず、数巻を一まとめにして発表したこともあった、と思うとおっしゃっていて、帚木・空蟬・夕顔の三巻を一まとめにして観照することを、萩原広道の帚木冒頭文と夕顔結文との首尾照応の言説を評価された上で広道よりもはっきり言説された。これは広道の言説の影響を受けられたのではなく、それ以前に先生は作者が一部分ずつ発表していった源氏物語の成立過程についての考えを固めていられたからであることを表わしている。その論証には現存の平安朝短篇物語集『堤中納言物語』十篇と源氏物語諸帖の冒頭の短篇物語的である類似を言説していられるのだが、この両者の短篇物語の性格が西洋の近代小説の求心的なのに対し生活の断片的であることについて詳しく言説されている。「主題に直接関係しないものを書くことは、実は、主人公の生活を広く深く暗示することにもなるのである。作品のほかにも、描かれない部分にも、主人公が生きていることを暗示しているのだ。描かれたものは一部分にすぎない。たまたま作者が見て、そして読者に示す一部分なのだ。

作者さえ知らない部分が、もっともっと広くひろがっており、深くつながっているのだ。われわれには断片がほんのちらちらと見えるにすぎない。近代の短編小説に見るような、断片というものは一つもなく、すべてがつながりあっているおもしろさ、そういう構成美とは違ったおもしろみである。自然そのままの構成である。云々」（「昔物語の構成」『源氏物語研究』一一九頁）。これには鼓常良氏『日本芸術様式の研究』（昭和八年十一月）の「現実生活その儘の構造」の所説に共鳴的に示唆を受けられるところがあったとおぼしい。鼓常良氏は我が国の小説史の冒頭に全く異なる『竹取物語』と『伊勢物語』の二つの型が現われ、竹取は稀に見る統一のある小説であり、伊勢はその反対と規定される。伊勢は百二十六の各々が孤立して断片性の技巧の典型のもので一つ一つを取り出して鑑賞できると言われ「この特性は、程度の差こそあれ、我が物語に共通の著しい特徴であると思ふ。それでこの伊勢の特徴は後世の作者によって充分に理解せられて、その影響を受けない者はない位であるといふ点に鑑みても、これが我物語の顕著な特徴であることが分るのである」（『日本芸術様式の研究』六八六頁）と述べていられる。鼓氏は源氏物語の適確精細な叙述が人間性の底に探針を突込んでいるところもあるので千古不朽の詩的価値を認められることにもなったのであるが、筋の統一という側から見ればやはり『伊勢物語』の類に属するのであって、源氏物語は筋の統一がないところがむしろその特色であって、これこそ生活表現の芸術の一典型で、その統一と名づけ得るものを強いて求めれば現実生活にその儘に見出し得る種の統一にほかならない、と説述していられる。「これ現実生活その儘の構造と言はねばならぬ」（『日本芸術様式の研究』六九一頁）とある。玉上先生は「人生の断片を描く作者の業」（「源語成立攷」『源氏物語研究』八六頁）と述べられるところに「『現実生活その儘の構造』を作者は試みたのである。（鼓常良氏『日本芸術の様式』六九一頁）」と引用されている。「そうして、登場人物にまだ親しみのない初め数帖のほうがこの感じが強いことは否定できないようである」と言われ、短篇始発説と結びついていくのである。玉上先生は「『竹取物語』のあの短さの中に短篇物語が幾つも集まって出来ている。かぐや姫の異常成長譚と、五人の貴公子と帝との六つの求婚譚と、かぐや姫の昇天譚と、富士の煙の由来譚。物語の出で来はじめの親というにふさわしい」(「源氏物語に影響を及ぼした先行文学」「国語と国文学」昭和三十一年十月)と述べていられるように鼓常良氏の竹取を伊勢と区分する考えとは異なっていられる。『うつほ物語』は「短編物語を続け続けて一作品にする試みではあった(「国語国文」昭和二十九年一月号所載小西甚一氏「俊蔭巻私見」、同九月号所載片桐洋一氏「宇津保物語の構成」)」と述べていられるように源氏物語短篇始発・書きつぎ説は、先行文学に『伊勢物語』のみでなく作り物語の竹取、うつほの短篇書きつぎの様相をとらえていられる。

当時の読者の中に生きた作品として見ることに努められた先生が、物語を今日的に小説と考えて読む傾向に対して批判、警鐘を発せられたことはこの稿のはじめに紹介した。物語の本義、本性を求める「源氏物語の本性」という総称のもとに発表された四編の論文の「その一」が「物語音読論序説」(「国語国文」昭和二十五年十二月)である。「物語」の当時における位置から説き起こされ「帚木」巻の左馬の頭の詞「わらはにはべりし時、女房などの物語よみしを聞きて、いとあはれに悲しく、心ふかきことかな、と、涙をさへなむ落しはべりし、今思ふには、いとかるぐ〳〵しく、ことさらびたる事なり」は物語音読の証となると思われるが先生はこの論文で物語が「女子供の娯楽」にすぎなかった証として挙げていられる。耳から聞いて観照した証として『紫式部日記』に「うちのうへの源氏の物語、人によませたまひつゝ聞しめしけるに」とあるのを挙げていられる。そうして『紫式部日記』に、公任・道長・一条天皇の一顧をえたことを、誇らしく作者が記していることから、源氏物語は従前の物語が女子供の娯楽であったのとは、一線を引かなくてはならないとされ、しかも、和歌と物語とでは大きな差がのちのちまでも存していたことを強調されている。こうした「物語」の定位に力をそそがれたのは、物語を小説と同様に読み評論するのでなく、学問として扱おうという姿勢からである。この「序説」には「紫の上に仕え、光る源氏の君をも親しく知っている古女房の問わず語りの記録というたてまえで、巻々が作られている」とある、今では誰もが知っている、紫上や光源氏に仕えた古御達の問わず語りという言説がなされ、物語の真の読者は僅少の権門の姫君であり、仕える女房が語るのを姫君は絵を見ながら聞く鑑賞を物語の享受と説かれている。この「序説」は「源氏物語の読者―物語音読論―」（「女子大文学」昭和三十年三月）で敷衍されていて、「三人の作者」、「観照の深浅」、「結語、二種の読者」等、「序説」を補って余りあり、今日はむしろこの論文の「三人の作者」説が大きく取り上げられ、修正的批判の論文も出ているのであるが、いずれも先生の御説を基盤としている。中には黙読説をもって反論される論者もいられるが、「二種の読者」はあるいはそうした反論を予想されてか、「序説」発表当時の批判的言辞を耳にされてかのお答えとしての補説であったろう。

物語音読論に対する反論として『更級日記』作者の「はしるはしるわづかに見つつ、心も得ず心もとなく思ふ源氏を、一の巻よりして、人もまじらず、几帳のうちにうち臥《ふ》して引き出《い》でつつ見る心地、后の位も何にかはせむ。昼は日ぐらし、夜は目のさめたるかぎり、灯《ひ》を近くともして、これを見るよりほかのことなければ、云々」を黙読の例として挙げられた中野幸一氏『物語文学論攷』（教育出版センター、昭和四十六年十月）や西郷信綱氏『源氏物語を読むために』（平凡社、昭和五十八年一月）がある。玉上先生は「物語音読論序説」の末尾に「この仮説を認める立場に一往立たれた上で、説明できない事実をお見出だしならば、御教示ねがいたい。この仮説を認めない立場から、この事実はこう解釈すべきだと仰せられても、お答えもうす術をわたくしは知らない」と述べられているように「この仮説を認めない立場」の説に対しては基本的に並行線であるが、「源氏物語の読者―物語音読論―」の「二種の読者」の項に黙読する読者については第二種の読者と言われ、また「観照の深浅」の項に幾段階かの読者を示唆されていて、あらかじめ、あるいは発表当時耳にされた反論への立論となっていると思われる。「物語音読論序説」に先生は「当時の文献を引いて、物語音読論を実証する道を、わたくしは採らなかった」と述べていられるが、増田繁夫氏「源氏物語の語り手と音読論」（『源氏物語研究集成第四巻』風間書房、平成十一年九月）は「物語や和歌を、書かれた文字を目で見ることを通じてではなしに、耳から聞く声によって理解し感得するという享受方法」が読書法の進んだ中世に入っても行われていたことを当時の文献を引いて実証的に論じていられるのを指摘しておく。増田氏の論文には玉上先生の「三人の作者」説について氏自身の批判的言説や諸氏の批判的論考の解説がされていて有益である。これらの物語音読論批判は主として修正的批判であり、玉上先生の「三人の作者」説を基盤としていることは前述したごとくである。増田氏も言われるようにほぼ通説として認められているのである。「作者が三人いたように、読者は二種類あったと言えよう」（「源氏物語の読者―物語音読論―」『源氏物語研究』二六四頁）と言われる「二種の読者」説は「真の読者は、読ませて聞く、上の品の姫君である。もう一種の読者は女房階級、あるいは読み上げて姫君に聞かせる女房であり、あるいは几帳のかげに一人テキストを拡げて耽読する中の品である」（『源氏物語研究』二六四・五頁）と述べられている。「上の品の姫君は、作中人物と等しい世界に住む」。「中の品は、作中世界を夢みるだけである。（中略）彼らにとって物語は物語であり、現実とは別のものなのだ。だからこそ、中の品の女は、物語を読み、批評し、作るのである。現実世界を忘れて物語の世界に生き、現実世界に帰りつつこれを批評し、批評が高じてはおのれの好むふうに添削し敷衍し、やがて新作もするのである。（中略）彼ら中の品の女は、物語を黙読したこともあったであろうか、一人見る場合も必ず声にあげたであろうか、文献によって決定することはむつかしいことだが、彼ら中の品の女のために物語があったのでないことは確かである。しかし最も熱中して読むのは彼らであり、物語作品の声価を決定するのも彼らの力のあずかるところ、大であった」（『源氏物語研究』二六五頁）とあるように真の読者は上の品の姫君という御説を敷衍して中の品の読者、第二種の読者について詳しく述べられているのが注意されよう。

この「二種の読者」に関連して、「平安女流文学論」(『河出書房日本文学講座Ⅱ古代の文学　後期』所収　昭和三十年十月)の次の文を引いておきたい。

> 玉の輿はいつの世にも変わらぬ女の夢であるが、中の品の物語が当代の読者に喜ばれたのも、玉の輿の幸福を秘かに思い続ける女心に迎えられたからであろう。女房に認められなければ、真の享受者たる高貴な姫君たちの前に、物語は進められない。作者は意識してか、まず中の品の物語を語り続ける。玉鬘も源氏に迎えられてたちまち栄華の生活にはいる(六条の院にあってさえ、彼女は遜色なき才能を示した。このありうべからざる玉鬘も、また、女の夢である)。
>
> (『源氏物語研究』二七一頁)

右の文によれば、「源氏物語」の内容は、「真の享受者たる高貴な姫君たちの前に」進められる以前に、仕える女房に認められるべく、女房階級中の品の女の好尚に迎えられるものであったと言われており、時間的に言えば、一次読者は女房ということになろう。物語の真の享受者が高貴な姫君で、その物語の内容がまずは女房の好尚に迎えられるということであるから物語の二種の読者の中の第二種女房階級の位置は相当に重いということになる。が、女房(召使)はあくまで姫君に従属する存在として姫君の物語享受に奉仕すべく本来的な物語享受の陰の存在である。ここで少し問題なのは、陰の奉仕者であるにしても女房の好尚する内容が姫君の前に進められる時、中の品物語、玉鬘に見られる〝女の夢〟の物語をも姫君は上の品の立場から珍しきものとして享受したのであろうかという点ではなかろうか。「上の品の姫君は、作中人物と等しい世界に住む。云々」(『源氏物語の読者』)は上の品の世界の物語にはあてはまるが、中の品物語にはあてはまらないであろうから。空蝉や夕顔の卑下の気持は女房には切実だが高貴な姫君には無縁のことであろう。夕顔巻には光源氏が閉口する「碓《からうす》の音」などなどの庶民のいとなみを作者は「くだくだしきことのみ多かり」

と弁解している。『新潮日本古典集成』頭注が述べるように「身分の高い読者に対して、下層の問題を提供したことを弁解する草子地」であり、高貴な姫君にはまさに「あやし」の世界だが、光源氏と「あやし」の世界を共有する興趣であったのであろうか。空蟬の心情は女房階級には共感されたであろう。姫君は中の品の女の心情を遠くに（心理的に）かいまみられたのであろうか。「観照の深浅」があったと思う（「源氏物語の読者」）と述べていられるのは、かかる場合の姫君の理解の「浅さ」を考えていられるのであろうか。光源氏の少女歌劇的造型など物語初期の作品自体が「浅い」と言わねばならず、第二部「若菜」以降の「深さ」は、作者も読者も随分成長したことによると先生は述べていられる（「平安女流文学論」『源氏物語研究』二七一頁）。

宮仕えに出た中の品の女、すなわち女房は、姫君に物語を読み上げて聞かせ、作って聞かせ、書き写して進める（書き写すのは底本どおりに書くとは限らず、添削も敷衍もある程度自由であったこと、読み上げる場合と変わらない）。彼らは、演者になり、作者になる。物語の語り手、筆記編集者は、演者と同じく、女房であったことを想定されたい。

（「源氏物語の読者」『源氏物語研究』二六五頁）

物語と女房の関係について、第二種の読者、女房を詳述されているのであるが、これが「源氏物語の読者」なる御論文で行われていることを私は興深く意義深く思う。物語の真の享受者が高貴なる姫君ではありながら、これに参与、奉仕する女房がまずは物語の第一次読者（時間的に）であったということは、物語の本質、本性を規定する上で見のがせない。物語の本来的な享受者たる姫君に従属し奉仕する役割ながら彼らがまずは熱中する読者として玉上先生流に申して物語の作者として関与したのである。だからこそ彼らはやがて新作もする物語作者となったのである。源氏物語は姫君と女房の二種の読者の関わり合いの様相に「読者」を見るのである。女房が孤立的に読む場もあったであろうが、女房の本来的な役割は仕える姫君のために読むのであるから姫君に一体化し従属する陰の存在と見なくてはならない。女房（召使）を姫君と独立する存在であるかのように女房階級を真の読者扱いするとしたら、平安時代の高貴な姫君に従属的に仕えた女房からかけ離れた時代錯誤なのである。女房階級が最も熱心な読者（作者になり得るほどの）であることと矛盾するものではないのである。「二種の読者」の項は、女房に詳しく言及されているが、物語の真の読者（享受者）は上流の姫君であるという御説を敷衍されたものなのであり、それ以外のものでない。

「源氏物語の本性」（その二）の「敬語の文学的考察」（『国語国文』昭和二十七年三月）は「『源氏物語』自体に見入り、その物の示すところをそのままに受け取ろうとする試みの一つ」であり、実証精神に貫かれ、既成の観念や思想で裁断批評的に解釈することなく、「人々の関係と、心もちいの動きを感じとる」「文学的考察」で「例外、変動の解釈に多くむか」われた。その場面々々におけるその人物の存在性に関わって敬語の有無があるなどに気づかせて下さった。明石の君は受領の娘として「身の程」、身分に悩むのだが、「明石の姫君の母君と意識されるときは敬意が現わされるらしい」（『源氏物語研究』一六八頁）とあるように。「姫君は何心もなくて、御車に乗らむことを急ぎ給ふ、寄せたる所に、母君自ら抱き出で給へり」（薄雲巻）。「敬語のつくはずの人についていない場合」の横川の僧都について吉沢義則氏『源氏随攷』の御説に対し提起された玉上先生の御説は極めて斬新で説得性があった。手習巻のはじめのあたりで横川の僧都が怪しい若い女性を発見するくだりで、僧都に対する敬語の有無について吉沢義則氏が『源氏随攷』の中で、この段について「前半に敬語の無いのは、僧都の行動を否定したもの、後半に敬語のあるのは、僧都の行動を肯定したものである」と述べていられるのに対し「儒教的な感のある毀誉褒貶、春秋式筆誅と見るよりも、切迫した雰囲気を醸し出すための技巧と解したい」（『源氏物語研究』一七四頁）と述べられている。

　先づ僧都渡り給ふ、いといたく荒れて、恐ろしげなる所かなと見給ひて、「大徳たち経読め」など宣ふ、（中略）〈とく夜も明けはてなむ、人か何ぞと見あらはさむ〉と、心にさるべき真言を読み、印を作りて試みるに、しるくや思ふらむ、「これは人なり、さらに非常のけしからぬ物にあらず、よりて問へ、亡くなりたる人にはあらぬこそあめれ、もし死にたりける人を捨てたりけるが、よみがへりたるか」と言ふ、（以下略）

「作中人物に、読者が自己を没入し、彼の心をわが心と思い誤るに至らしめるために、敬語が省略される」と説かれる例として、若紫巻で源氏の幼い紫上への感動を叙したくだりの「〈さてもいと美しかりつるちごかな、何人ならむ、かの人の御代りに、明け暮れの慰めにも見ばや〉と思ふ心、深うつきぬ」とある、源氏に無敬語「と思ふ心、深うつきぬ」は、「作者が光源氏について客観的立場から語っているのでなく、読者が彼の心を直接知った感じである」と述べていられる。島津久基氏『敬語要記』（『日本文学考論』河出書房、昭和二十二年五月所収）に「主観直叙」と呼んでいられるものを、より詳しく文学的考察を加えていられるのである。「敬語のつかぬはずの人につく場合」も、「これも特別な技巧と考えたい」と言われ、東屋巻の左近少将の例などを挙げて説述していられる。この左近少将への敬語については拙稿「青表紙本源氏物語の表現方法」（「王朝文学研究誌」第13号、平成十四年三月、本書第四編一）に述べており、参照されたいが、与えられた紙数の制約もあるので、私は地の文における敬語は、作中人物たちの関係や、その人物が置かれている場や、その人物が向かっている相手に対する意識や感情に密着する表現といわねばならないと考えているので、先生の御説明とは異なるのだが、例外的な敬語表現の考察に導いて下さった学恩に深く感謝申している。

「源氏物語の本性」（その三）は「屛風絵と歌と物語と」（「国語国文」昭和二十八年一月）で、物語と絵との関係を論じていられる。「わたくしが特に注意したいことは」とおっしゃって、「大嘗会屛風和歌」の「三条天皇のときの屛風歌のように、歌人は、屛風絵中に描かれている人物の心になって、作歌するということである。屛風絵を見ている者としてよむのではない。歌人は仮に画中の人物となり、画中の景色を眺めながら作歌するのである。フィクションである。題詠である」（『源氏物語研究』一九三頁）と述べていられるように、屛風歌製作にフィクションたる物語との関連を見出だされているのである。「高さ四尺の屛風絵は風景を描き小さく人物を書き添える。その画中人物となって画中の風景を詠ずるのが屛風歌なのであるが、これに恋の歌がある。『古今集』十五恋五、八〇二　寛平の御時御屛風に歌かゝせたまひける時よみてかきける　素性法師　忘れ草なにをかたねと思ひしはつれなき人の心なりけり　恐らくは忘れ草と女とを描いた絵に書いたのであろう。女になっての歌と思う」と述べられ、『貫之集』第三の「承平五年十二月、内の御屛風の歌、仰せによりて奉る」歌の中の、「月夜に女の家に男ゐよりてゐたり　山の端に入りなんと思ふ月見つゝわれはとながらあらんとやする　女返し　久方の月のたよりに来る人は到らぬ所あらじとぞ思ふ」を、「これは物語りである。この男女贈答歌は、歌物語の一段に作りあげることが出来る。（以下略）」（同右一九八・九頁）

と述べられる。のちの御論文「源氏物語に影響を及ぼした先行文学」（「国語と国文学」昭和三十一年十月）の中に「物語は短編を常とした。一つの恋の顚末を、贈答歌を中心に語るのである。屛風絵に書きこまれた屛風歌を見ながら、女房が姫君に語って聞かせるのが、物語の初まりであった（「国語国文」昭和二十八年一月号所載「屛風絵と歌と物語と」）」（『源氏物語研究』二九一頁）と述べていられるように物語の発生ないし勃興に絵との相互関係を説かれているのである。

「源氏物語の本性」（その四）は「桐壺巻と長恨歌と伊勢の御」（「国語国文」昭和三十年四月）で、この論文を理解するには次の文をよく読まねばならない。

現代日本においては、典故を用いる作品を忌む風潮がある。平安時代の作品、作者をも、現代と同じと考える人があれば、これは学者ではない。平安時代にあっては舶載漢詩文を文学とし、これによって文学観を養った。真の文学は同じ様式なる本朝漢詩文であり、仮名をもってするものは、和歌がこれに準じられた。（中略）一字一語も典拠

あるを好しとする心、古典主義的なる心は、大陸より渡り、本朝人を支配した。（以下略）

（『源氏物語研究』二二〇頁）

長恨歌から桐壺巻への移しの一つ一つを克明にたどられたのも、伊勢の御に注目されたのも、紫式部の創作の手のうちの、一字一語の典拠を明らかにされようとしたもので、当時の「古典主義的なる心」に即した解明であった。

「源氏物語の構成―描かれたる部分が描かれざる部分によって支えられていること―」（「文学」昭和二十七年六月）は、『日本文学研究大成　源氏物語Ⅰ』（森一郎編、国書刊行会）の私の「解説」を引用させていただきたい。

この論文は、「描かれたる部分が描かれざる部分によって支えられている」源氏物語の構成、構造的特質を論じ、小説とは異なる源氏物語の世界構成を明らかにしたものである。「物語に描かれたのはほんの一部分にすぎず、外に広い世界がある、そういう描き方である」と、いわば重層的な物語構造とその方法を論じられたのである。「描かざる部分を、作者は意識して多く残し」ているから、ほんの少し触れたのみの部分が、後には描かれる部分に転じてもいけるし、そのまま描かれないままで終ることにもなりうる。そのような構造的特質がそのままこの物語の構成的特質となるのである。この玉上論文は「昔物語の構成」（「国語国文」第十三巻六・八・九号。昭和十八年六・八・九月。『源氏物語研究』所収）の延展上にあるといえよう。（中略）玉上論文は、描かれざる部分に源氏の政治家としての生活があることを示教し、描かれたる部分の〝女に関係ある〟世界を支える物語構造であることを論じ、単に女物語、恋物語かのように受け止めていた従前の表層的理解から顕脱した。戦後間もない時代の新しい研究的所産であり、今日の構造的研究の先導的役割をなすものである。

「源氏物語に影響を及ぼした先行文学」（「国語と国文学」昭和三十一年十月）は、まず『蜻蛉日記』を取り上げていられるのだが、その「不文」への批判をこのように明快になされているのは珍しいと言わねばならない。それは何より先生が文学史を当代の中において見ようとされているからである。紫式部が『蜻蛉日記』に対した時のありようを推察されるわけである。それは先生自身の批判であるけれども、当代の紫式部の立場、紫式部の見識、その作品源氏物語から見た場合の『蜻蛉日記』の「許しがたき」「不文」を言説されているのである。『蜻蛉日記』は平安時代の貴族女性が身の上の日記を書いたものとして文学史上高く評価され、源氏物語の先蹤とも目されるほどであるが、先生はむしろ紫式部が反撥・批判の対象としたであろう先行作品として位置づけられている。内容的に言っても、「受領階級に生まれた女が、摂関と婚し、世を睥睨した事例も、いつか過去と化し去った。（中略）女が、女のために、女の目で見た女の生活を語る。仮名で、女文字で、女が、身の上の日記を書く。『蜻蛉日記』筆者はこの道を創始しながら、あるかなきかのかげろうのごとき、情ない作品を残したにすぎない。玉の輿に乗らなかった女、日記に書くべき生活を持たない女は、『蜻蛉日記』筆者の攻撃した、その物語、作り物語を、と考える。（中略）いまだかってあらざる深く大きなる真実を、創作は示しうるはずである」（『源氏物語研究』二八九・九〇頁）。まさに紫式部の自負の声そのままである。ちなみに先生は「源氏物語のことば」（「文学」昭和三十三年十二月）で「『蜻蛉日記』は、女性の口頭語をそのまま文字に写して、まだ十分の芸術価値を生むには至らなかったけれども、しかし漢詩文的仮名文学以外の道のあることがこれによって知られ、以後の人々を力づけたのであった。」（『源氏物語研究』三三〇頁）とか「この日記をよむと、これこそ日本語だという感じがする。たゆとう心理の屈折と不決断を写すには、孤立語たる漢詩文より膠着語たる日本語のほうが、委曲を尽くし細い襞をきわめうることに気づく。漢詩文をまねる以外の道があることを『蜻蛉日記』は教えたのである。紫式部は、この日本語の能力を信じ、長を延ばし短を矯めることに努めて、ついに『源氏物語』五十四帖を創作したのだ、と思う。『蜻蛉日記』がなかったら『源氏物語』は出なかった、と思う」（『源氏物語研究』三三二頁）と述べていられ、「歌をよみ消息を書くときに古歌を引用し、自然口頭にものぼすことがあり、その結果、日記文にまで書き入れるようになった」（同右三三五頁）と述べられ、『蜻蛉日記』が源氏物語の「引き歌」の先蹤とも目されるように例を挙げていられる。

先生は中央公論社から『源氏物語の引き歌　解釈と鑑賞』（昭和三十年四月）を刊行していられ、これは谷崎源氏の読者のためということが事の起こりであったが広く源氏愛好者や研究者に便益を与える好著で、のちに池田亀鑑氏編著『源氏物語事典』（東京堂、昭和三十五年六月）の「所引詩歌仏典」へと拡充される。両著作とも今までにない述作で、創造的な業績である。「国語国文」昭和三十三年八月の「源氏物語の引き歌」（その一）及び同誌昭和三十三年十月の（その二）はほぼ並行しての論考で、多くの例について精細な分析がなされている。巻名、人物呼び名の論等も先生独自の論考であり学恩は深い。

全十四巻（「源氏物語研究」別巻一、「作中人物総覧評釈事項索引」別巻二を含む）に及ぶ『源氏物語評釈』の偉業に触れておきたい。本の帯に「はじめて試みられた新しい形の文学的注釈」とある通りで、従来の注釈書とは異なる。「語釈」にもその段落に即した具体的説明があり、「鑑賞」も従前の印象批評的なものではなくて、広義の注釈、「知的な操作」であり、詠嘆的感傷的なものではない。「国語国文」昭和三十一年三月号に「国文解釈の試み」という論文があり、「知的な操作」としての解釈、文学作品を文学として読む「通釈以後」を説いていられる。いわゆる注釈書は「通釈以前」なのに対し『源氏物語評釈』は「通釈以後」が「語釈」「鑑賞」にわたり行われているのである。どなたかが「昭和の湖月抄」と讃えられたように広く江湖の愛読書たりうる『評釈』である。別巻二の人物総覧、事項索引も有益。昭和三十二年一月に学生社から『評釈　源氏物語』を出された。桐壺から夕顔までのもので、これを見て角川書店社主角川源義氏がこのやり方で五十四帖全体を「評釈」してほしいと言われ、この大仕事が始まったのだった。学生社の本の序文（「はじめに」）に「鑑賞」「文学的注釈」を重んじる言説が見られる。

先生の御論文自体「文学的注釈」である。先生の御研究の真髄である。

＊　＊　＊　＊

玉上琢彌先生略歴

大正四年三月二十四日生。（東京府）
昭和九年三月　大阪府立浪速高校卒業。
昭和十二年三月　京都帝国大学文学部卒業。
昭和十七年三月　京都帝国大学大学院修了。
昭和十二年三月　文学部副手。
昭和十八年四月　龍谷大学予科教授文学部講師。
昭和二十四年六月　京都大学助手。
昭和二十七年六月　大阪女子大学教授。
昭和五十三年四月　大谷女子大学教授。
昭和六十三年三月　大谷女子大学定年退職。
平成八年八月三十日逝去。

著書目録抄

『（絵入白文）源氏物語』第二冊　帚木 空蟬 夕顔　新日本図書、昭和二十二年
『（絵入白文）源氏物語』第一冊　桐壺　新日本図書、昭和二十四年
『（評注）源氏物語全釈』夕顔 若紫　紫乃故郷舎、昭和二十五年
『源氏物語』桐壺 帚木　東門書房、昭和二十七年
『源氏物語新釈』　金子書房、昭和二十九年
『源氏物語の引き歌』解釈と鑑賞　中央公論社、昭和三十年
『紫式部』少年少女新伝記文庫　金子書房、昭和三十一年
『評釈 源氏物語』桐壺～夕顔　学生社、昭和三十二年
『日本古典鑑賞講座 4「源氏物語」』角川書店、昭和三十二年
『蜻蛉日記』本文篇（柿本奨と共著）古典文庫、昭和三十四年
『物語文学』塙書房、昭和三十五年
『角川文庫 源氏物語㈠～㈩』角川書店、昭和三十九年～五十年
『源氏物語評釈㈠～㈩㈡』角川書店、昭和三十九年～四十三年
『源氏物語研究　評釈別巻一』角川書店、昭和四十一年
『一条摂政御集注釈』（共著）塙書房、昭和四十二年
『源氏物語作中人物総覧 評釈事項索引　評釈別巻二』角川書店、昭和四

十四年

『源氏物語入門』　新潮社、昭和四十七年

『王朝人のこころ』　現代新書　講談社、昭和五十年

『古今和歌集』　桜楓社、昭和五十一年

『陽明叢書　源氏物語(二)』若紫―花宴　翻刻と解説　思文閣、昭和五十四年

『斎宮女御集注釈』(共著)　塙書房、昭和五十六年

『長能集注釈』(共著)　塙書房、平成元年

二　秋山虔氏著『古典をどう読むか

日本を学ぶための『名著』12章』を読む

『名著』12冊への共感的感動が刻まれた本書は、秋山氏の国文学への学びの姿勢を跡付けるものとなっている。「すぐれた先学がどのような姿勢で、どのような関心から何を明らかにされ、また何を明らかにしえなかったか」ということに氏の問題意識があり、そのことは鈴木日出男氏の言われるように「これからの研究者にとって大切」（本書「あとがき」による）であり、本書が多くの読者への導きとなるゆえんがある。しかしながら秋山氏はいっさい説教がましい言辞を用いられない。氏の共感された『名著』からの文言の引用を通して私たちは氏の心意のありどころをうかがい知るのである。本書は『名著』紹介のスタイルをとられているが、決して単なる『名著』紹介ではない。共感を通して『名著』から氏が学ばれたことがつたえられている。氏がどのようなことに共感され、何に学的関心を強く抱いていられるかといえば、「文学にじかに触れる」ということと文学史的把握と申せよう。「文学というものにじかに触れる」という文言は、藤岡作太郎氏著『国文学全史　平安朝篇』についての高木市之助氏『国文学五十年』（岩波新書）の評言の一節で、秋山氏はこの文言を共感的に引用され、本書で扱われた〝出会いの『名著』たち〟にそのままあてはまる場合もおおいにありうるであろうと「あとがき」に述べていられる。

文学史への省察、文学作品に対する姿勢には、秋山氏自身の批評的文言を引いておきたい。それは『国文学全史　平安朝篇』に対するもので讃仰されたうえで次のように述べていられる。

ただ、ここでやはり指摘しておきたいことは、藤岡がその時代の人とならねばならぬとして説き進めてきた平安時代の政治、社会、風俗、宗教等々は、それが精密克明であればあるほど、そして多くの知見を与えられれば与えられるほど、時空の遠方に押しやられる世界であるほかない、という実感をいかんともしがたいのである。いったい、その時代の人となるということはその時代の精密画を描くことで可能なはずはなかろう。あらゆる歴史は現在の歴史である、といわれるが、そのことは歴史を現在的に解釈するということではなく、却って、現在に生きる私たちが能動的に過去の時代に転位し、同時にそちらから現在を見るという視座を、現在のなかに据えるということであろう。いいかえれば現在と過去の間の往反運動の緊張的な持続によって現在を相対化し、現在から離脱する営為が、とりもなおさず過去の時代の人となるということなのであろう。

秋山氏の歴史意識が、研ぎすまされた批評の文言としてかたどられている。歴史の知見は「時空の遠方に押しやられる世界」を知ることではなく、歴史の真相に生き生きと迫ることだという心意がつたわってくるように思われる。大岡信著『あなたに語る日本文学史』から引用された次の文言からもそれはうかがえるであろう。

歴史が歌によって彩られているというところを無視すると、本当はでたらめかもしれないものまで事実であるかのごとく思い込む、近代主義的なテキスト至上主義に陥ってしまう。後ろに歌がついているということは、要するにある意味でいえば眉唾ものであるということです。それを、この人の事績はこうだ、と信じてしまうと、根っこで古代の編纂者が仕掛けた罠にはまっている可能性が大いにある。『万葉集』を読む場合いちばん面白いのはそこだと僕は思います。

文献学的実証研究が学者としてのオーソドックスな道筋であるものの、そこにとどまらず歴史の真相を洞察する、文献の批判的把握への志向がうかがえるのである。

大岡氏の著書を解説される秋山氏の次の文章が、私には強くひびく。

著者自身のなかに擡頭してきた内的要求の一つは「昭和ひとけた生れの人間の責任」としてあるべき常識を欠如した「若い人たち」のために知見を提供すること、二つには現下の日本の社会に対して感じている居心地の悪さへの対処である。古い時代のことを親身に知る機会がふえるのは、人間の落着きを取り戻すにいいことだ、との思いであった、という。

今や人文系（文学、歴史等）の学問が危機に陥っていて、就中「日本人の全学問の基礎、人格形成の基本である国語・国文学研究が、大学から姿を消しつつある現状」（「全国大学国語国文学会創立五十周年記念事業趣意書」平成十七年三月。「文学・語学」181号）について識者の憂いと嘆きが語られる時勢のなかで、右の大岡氏の〝内的要求〟を引かれている心意に深く共鳴した。

今から六十年前、戦争が終わって、新しい日本が求められていた。本書を読む時、私は切実に懐旧の情に誘われる。引用された風巻景次郎氏の文章にみなぎる〝時代との格闘〟は、東京大学在学時学徒出陣され終戦を迎えられた秋山氏にとって最も魂にひびく先学の業績であったとおぼしい。西郷信綱氏の著作への傾倒もこの心意、姿勢からとおぼしい。

（四六判・上製・三〇〇頁。本体二二〇〇円（税別）笠間書院、二〇〇五年発行）

三　清水好子氏の源氏物語研究

清水好子さんは研ぎすまされた文学的感性、言語感覚の持主であられ、同時に極めてオーソドックスな実証的学風であられ、文学研究者として類い稀なお方であった。氏ご自身の文言を引用しておきたい。「私は物の作り方を知るのが好きだ。物に心の宿る過程にもっとも興味がある。本当はその作り手になりたいぐらいなのだ」（『源氏物語の文体と方法』東京大学出版会、昭和五十五年六月「後記」より）。氏の源氏物語研究はこの文言通り、表現方法、制作方法に関する考究である。

『源氏物語の文体と方法』の巻頭の論文「物語の文体」（「国語国文」昭和二十四年九月）は、氏の学問的資質のつとにあらわれたもので、すぐれた言語感覚と実証的考究によって「心の襞を一枚一枚めくるように丹念に述べる」源氏物語の叙法を解き明かされた。「物語の文体」は、源氏物語が「模写的な言語」から「感情的な言語」へ、そして「可能な限り凝集を求め」た文体を達成したことを細緻に述べていられる。『竹取物語』、『洞物語』の模写的な文章に比し『伊勢物語』の「月日のゆくをさへ嘆く男」などの内面的で、「人物に焦点を集め」「非常に圧縮された印象の強い言い方で」感情的な言語が用いられていること、女流日記が感情的な言語への感度がすぐれていること、その系譜下に源氏物語はあること、そして、鈴虫巻の「御世の背き」、夕霧巻の「少し物思ひはるけどころ」など「非常に多くの意味と感情を一語に纏めようと」して、凝集的な造語を試みていることを解き明かされている。

「源氏物語の作風」（「国語国文」昭和二十八年一月）

の冒頭のあたりの「おのおのの語は、選ばれ、吟味され、そのおかれる順序は、絶対に誤られてはならない。（中略）いつでも繰り展げられた順序に従って説かれるしか方法がない。これが作品の内容を受け取る唯一の道である」という文言は、「文芸の言語」つまり文学作品を考えるときの教導的なお言葉として私の胸底にひびいた。この論文（「作風」）で「二人の相対座する中心人物のいる場面、これが、この物語の心象世界を刻みあげてゆく際の原型である」等、氏から教わったのは源氏物語の「場面性」である。「人物対座の場面を設定」し、場面を次々に置き、「対座する各人物に語らせることで、話を進めてゆこうとする」源氏物語の方法は「人物の心情を十分に伝えることができるという利点があるし、対人的には、言葉遣いや、ものの言いの変化のなかに、さまざまの意味を表現することができる。この物語が、我々をも魅了するような人物の内面をあらわしえたのは、会話を生かしたためである」と説いていられる。

この氏の言説は「場面表現の伝統と展開」（『源氏物語講座㈠』有精堂、昭和四十六年五月、「源氏物語における場面表現」改題）において、浮舟の母と乳母の会話の意義を説かれるところで胸にしみて分かる。「常陸守の実子に見返られて口惜しがる乳母が薫の申し出を受け入れようと勧めると、母は身分の高い人は嫌だ。もしや薫の母女三の宮方の女房にしてときどき慰もうというのではないか。女にとってそれはひどく辛いことだ。自分の経験が何よりの証拠、八宮はいかにも風情があってご立派だったが、自分を人並みに扱って下さらなかったのが、しんじつ悲しかった。『人数にも思さざりしかば、いかばかりかは心憂くつらかりし』――とは、あのころの女房の哀れさを伝えてあまりある。云々」。紙幅へのはばかりから、実はもっと引き続けたい氏の言説を割愛せざるをえないが、浮舟の出家が、「母親の言葉のようなデーターの累積の上で」考えられることを述べていられることをぜひともしるしておきたい。割愛した部分の文言には氏のヒューマンな心情が窺え、ありし日の氏の姿を偲ぶのであるが、脇田晴子氏、伊藤敏子氏との交友の信頼関係を改めて思うのである。

『源氏の女君』は昭和三十四年二月、三一書房より出版され、昭和四十二年六月増補版が塙書房から刊行されたが、氏のヒューマンな心情が「藤壺宮」「紫の上」「宇治のおんなぎみ」「侍女たち」に切実にそそがれ、多くの読者を魅了した。増補版には「横川の僧都」一章が書き加えられ、「自在の人」として見事に描いていられる。氏の文学的感性の根底にある人間性の輝きが窺えるのである。それは自ら「小説好き」とおっしゃっていたように、岩波文庫の赤帯で培われた教養の輝きであろう。「本書はわずかの時間を工面して勉強を続けていられる職場の、家庭の婦人に捧げたい気持である」（本書増補版あとがき）とお書きになっているように、源氏研究が広い世界で市民権を得た功績を讃えたいと思う。源氏物語作中人物論の研究史上、記念的著作というべく学問的レベルの高い著作であった。

紫式部は「本質的に事件よりは人間の在り方により大きな関心を持っていた、事件さえも人間の在り方の一つとして見ようとし、そのため最後まで場面設定を止めようとしなかった」（「場面表現の伝統と展開」）と述べていられることに徴して、氏の源氏物語作中人物への深いまなざしは源氏物語の本質に適うものと言えるが、氏のより強い関心は文体、表現方法にあったとおぼしい。それは、清水さんが奈良女高師三年生のときにはじめて源氏物語を読まれて「文章が素敵にいいんですね。（中略）文章の抑揚というふうなものもわかりますし、そういう読み方でございます」（秋山虔・池田弥三郎・清水好子三氏共著『『源氏物語』を読む』筑摩書房、昭和五十七年四月の「『源氏物語』との出会い」）と語っていられる「読み方」、氏の本質的な資質に根ざしているのである。内容を事柄として捉えてすますのではなく、どのように表現されているか、表現の内質を問うことによって真に作品の内容を受け取ることができるということを氏の諸論文から学ぶのである。桐壺巻の「野分の段の時間を示す尺度たる月」は「人物の心の内側に深く結びつくものとして使われている」（「場面と時間」「国文学解釈と鑑賞」昭和四十一年十二月、「源氏物語の文体―時間の処理について―」改題）ことの、順を追っての細緻な解析は氏ならではの感がある。「……起きさせたまふとても」の「とても」は河内本の「朝に起きさせ給ひても」の「肝腎のものが欠けている」表現とは絶する「作者の独自な言語的達成能力」を説述されるあたり魅了される。「野分の段の遠近法について」（『源氏物語必携』学燈社、昭和四十二年四月、「源氏物語の文体—その遠近法」改題）は「南面におろして、女君もとみにえ物ものたまはず」の「南面におろして」から「次の『女君もとみにえ物ものたまはず』」と続く文との断絶の深さ、行間の意味の豊富さに注意され、まさに行間を読み取る氏の絶妙な至芸を見る思いがする。「作者は『おろして』と述語のみをあげ、車のことだとは一言も発しない。感じさせるためにはわざと省く。暗示し、想像させる方法を最大限に利用していると言えよう」等の文言は、私はここだけのこととしてではなく、源氏物語の文章に対する教導の文言として読む。

与えられた紙幅に限りがあるためすべての論文について述べることができないし、氏の絶妙な論述は直接お読みいただくことによって魅了されるので、さかしらな私の紹介は控えねばならないが、この物語の作り方を考究された准拠論を最後に紹介させていただきたい。

氏の准拠論は『源氏物語論』（塙書房、昭和四十一年一月）や『源氏物語の文体と方法』所収の「絵合の巻の考察—附、河海抄の意義—」（「文学」昭和三十六年七月）、「源氏物語における準拠」（「国文学解釈と鑑賞」昭和四十四年六月）、「天皇家の系譜と準拠」（「武蔵野文学」昭和四十八年十二月、「古注釈から見た源氏物語—河海抄—」改題）などに見られる。「河海抄は物語の主要人物や事件に可能なかぎり延喜天暦の事跡や実在人物を当てはめようと試みる」（「天皇家の系譜と準拠」）。その結果、物語絵合という絵空ごとを、読者に夢物語と思わせない。冷泉帝が不義の子で、史実では見あたらないが、しかしその史実は真実を伝えないのではないかと冷泉帝が思い至るところ、光源氏と藤壺の恋が架空の、絵空ごとと読者に思わせない。光源氏と藤壺の不義の子が天皇になる、光源氏は天皇の秘密の父となるこの物語の政治的主題の真実性は、歴史上の天皇を准拠とする作者の方法によって確保されるのだという清水さんの源氏物語論の根幹が見えてくるのである。物語の冷泉帝の〝歴史ばなれ〟が、架空の人物だと分からせながらも、「光源氏と藤壺の恋が架空の、絵空ごとであってはならぬ」という「紫式部の情熱」が生み出した方法が准拠ということなのであった。清水さんの情熱を、作者の制作方法を追求してやまない論考の行文に感じ、ありし日の清水さんの学問的姿勢を偲び改めて深く尊敬申し上げるものである。

四　藤井貞和氏「『宿世遠かりけり』考」

　この論文が発表された昭和五十四年五月当時、桐壺巻の高麗相人予言の帰結を藤裏葉巻の准太上天皇就位とするのが通説であったと言えよう。私は既に「澪標巻の源氏の『相人の言《こと》むなしからず』に『予言の実現』をみとめるこの論文は、ながく准太上天皇就位に予言の実現を見てきた眼をはっとさまさせる画期性を有している」（『日本文学研究大成　源氏物語Ⅰ』国書刊行会、昭和六十三年四月）と高く評価している。「藤井論文は精細に分析し真正面に論じて問題を浮彫り」した「画期性と影響力の大きい論文である」と論評した。この度機会を与えられて、このすぐれた論文の意図・役割・功績を明らかにするにあたり、論文を適宜引用して具体的に述べるとともに、関連して他の藤井論文にも触れたいと思う。

　藤井論文は表現に直対し、綿密な言語分析によって問題を論じていくところに特質がある。澪標巻の、『源氏物語大成』の次の本文の中心思惟はどこからどこまでかを綿密に分析する。実はそれは、「『宿世遠かりけり』という想いと」「相人の言《こと》むなしからず」が「一続きになっている」ことを検証しようとするいとなみなのである。すぐれて直感的なよみとりを言語分析によって論証しようとするのである。

　おほかたたかみなきくらゐにのほりよをまつりこち給ふへき事さはかりかしこかりしあまたのさふ人とものきこえあつめたるをとしころは世のわつらはしさにみなおほしけちつるをたうたいのかく位にかなひ給ぬることを思のことうれしとおほすみつからもてはなれ給へるすちは更にあるましき

事とおほす㋑あまたのみこたちの中にすくれてらうたきものにおほしたりしかとたゝ人におほしをきてける御心を思に㋺すくせとをかりけりうちのかくておはしますを㋩あらはに人のしる事ならねとさうにむのことむなしからす㋥と御こゝろのうちにおほしけり……　（大成本、四八七・八頁）

心中思惟を㋑から㋥まで、とする岩波文庫本、小学館版日本古典文学全集本と㋩から㋥までとする角川文庫本とを対比し、角川文庫本の配慮に留意しつつも、「岩波文庫本や、小学館本に拠って、『宿世遠かりけり』と『相人の言《こと》むなしからず』とを一続きに心中思惟的な部分であるとみる」見解に私は賛同する。

「宿世遠かりけり。は源氏の深い感慨ではなかろうか」としたうえで「さらにいえば、宿世が遠かった、という父帝の決断にもとづく現在の源氏のありかたが、結局『桐壺』における高麗の相人の予言に沿うものであった、という一続きであるとみるのに、重大な支障はない」と言う論述は、源氏が即位の宿世から遠いことと「隠された実の子当帝が帝位に即いた」こととは一続き、一体のものだということを看破していることになる。

「隠された実の子当帝が帝位に即いたいま、『予言』を強力に想いおこしている」。「実現されたあかつきに強力に想いおこすべき『予言』が、ここに想いおこされている事実は、この事実が源氏にとり『予言』の実現であるとかんがえられたのではないかということを、きわめてすなおに推測される」という論理はあざやかというべきである。藤井論文は、「おほかた上《かみ》なき位にのぼり、世をまつりごちたまふべきこと、さばかりかしこかりしあまたの相人どもの聞こえ集めたるを」、「源氏は、長年のあいだ、それを『思しけち』、考えないようにしていた。今日まで『思しけち』、考えないようにしていたとすれば、ここにおいて強力に想いおこす理由はなんであるか」とも問うている。源氏の即位のないことも予言に含まれるということだ。『宿世遠かりけり』と『当帝のかく位にかなひたまひぬること』とはセットされて予言の実現の感慨となることを藤井論文は説くのである。「うちのかくておはしますをあらはに人のしる事ならねど」とは藤壺密通事件の真相である。「相人の言《こと》むなしからず」―すると桐壺巻の高麗相人予言には藤壺事件が伏在しているのだ。もちろんそのことを知るのは作者ひとりのみである。相人もそのような具体的なことが分かるはずがない。そもそも予言は具体的なことを言わない。

澪標巻の、「相人の言《こと》むなしからず」の感慨に藤壺事件が想いおこされているという事実に開眼させられるとき、桐壺巻と若紫巻の相関、予言と藤壺密通事件（藤壺の懐妊）の深い連関からこの物語の構想・成立の問題に藤井論文は寄与する功績があることが分かろう。

冒頭に述べたように藤井論文は表現に直対し、綿密な言語分析を通じて問題を論じていく。さきの『源氏物語大成』の本文中「どうしても立ちどまっておかねばならない異文問題がある」として「角川文庫本によれば」と次の文をあげる。

当帝《たうだい》の、かく、位にかなひ給ひぬる事を、「思ひのごと、うれし」と思《おぼ》す。自《みづか》らは、もて離れ給へる筋は、「さらにあるまじき事」と、思《おぼ》す。

「自らは」の「は」について角川書店の『源氏物語評釈第三巻』澪標巻二七八頁に「底本『も』。青表紙系の数本および河内本による」とあり、鑑賞欄に「わが子の帝位に即いたのを喜ぶべく、自分は帝位は考えない。それが父帝の遺志を守る道だと思うのである」とあって、わが子の即位を喜び、自らは帝位は考えない区別性を明確にする本文を採用したことが分かる。それに対し藤井論文は「文脈上、当帝のことにたいして、源氏『自らも』という対比になっているようによむことは、すなおな流れとしてあるのではなかろうか」とし、「当帝の、……（A）自らも、……（B）の（A）と（B）とが、範疇的にひとつになる。（A）で言われている内容が、相人の予言にかかわり、その実現を『うれし』とおもっているものならば（B）で言われている内容もまた、『予言』の実現にかかわる内容なのではないか、ということを考えてみなければならない―」。「自らもであることの理由は、『予言』の一部に、源氏じしんもまた、組みいれられていることによろう。源氏じしんもまた?かの『予言』は、源氏じしんのものだったのではないか。あれはいったいいかなる『予言』であったのか」と右の「（A）と（B）とが、範疇的にひとつになる」という言語分析が、高麗相人予言の読み解きに有効に生かされる方途に向かっていく。（A）当帝が位に即いたことをよろこび、（B）源氏じしんの即位はないことが、ひとつになることが源氏の運命を占う予言であるというならば、自らは帝位に即くことなく、隠された実の子当帝の父ということによってその帝王相をあらわしていくということを予断しているのがうかがえた。

藤井論文は「ここ『澪標』で、その『予言』の前半部が実現したのではなかろうか」と見る。正しいと思う。「帝王たるべき相がある。しかし帝王になるとすれば『乱れ憂ふること』がある。（中略）それならば、帝王の相を持つ源氏であるにもかかわらず、乱憂の治世を避けるために、帝位そのものに即くことがない、ということもまた、『予言』のなかにふくまれていなければならない」との言説に全く同感である。源氏が「帝位そのものに即くことがない」のは「帝王の、上《かみ》なき位にのぼるべき相おはします人」と「乱れ憂ふることやあらむ」はセットとしてあるからである。高麗相人予言の「帝王の、上なき位にのぼるべき相」は藤井論文も言うように、「源氏の帝位に即くべき資格（私見に言う資質）」であり、資質的には帝位に即くべき相だと言っている。「そなたにて見れば、乱れ憂ふることやあらむ」とセットにされて「帝位そのものに即くことがない」ことが暗示され含まれることになるのであった。世上にはセットとせず切り離して、帝位に即くべき相だけを強調する議論がある。左大臣などがそう思ったのかもしれない可能性はあるが、相人予言は「乱れ憂ふることやあらむ」をセットにし帝位そのものに即くことがないことを暗示している。さればこそ「おほやけのかためとなりて、天下を輔《たす》くるかたにて見れば、またその相違《たが》ふべし」の「また」の語がある。帝王そのものでなく摂政関白ともまた違う、帝王相の具現は、隠された実の子当帝の父であることによってかたどられていくこととなる。藤井論文は「帝位に即くことなく、しかも帝王の相をあらわすような『予言』の実現とはどんな内容であろうか。すでに明らかであろう、実の子を帝位に即けること、それによって、当帝の父となることであったと考えられる」と説く。「思ひのごと、うれし。といい、相人の言《こと》むなしからず。といい、『予言』が実現したという想いではなかったか。『桐壺』の、かけられた謎、かの『予言』の射程は、ここ『澪標』へと、ぴたりと狙いさだめられていたのではなかったか」と論じ、ついで「『藤裏葉』の准太上天皇なるものが、かの『桐壺』の謎のような『予言』の意味するところのものであったと、物語そのものには一行も書かれてない。これは疑うに足るべきことではなかったか」と藤裏葉巻の准太上天皇就位を「予言の実現、予言の意味するところ」と見る通説を疑問とした。「それでは『藤裏葉』の准太上天皇とは何であるか」と問い、「『予言』の後半部に、それが対応しているらしく見えることは、あきらか」だが、「帝位そのものでない、ただに輔弼の座の臣である身分を越えた、ということだけが確実な内容であるだろう」という藤井論文の慎重な言説は尊ばれるべきである。

臣下の身分を越えたということは確実で、帝位そのものには即かない帝王相の具現であるが、それは既に澪標巻で実体的内実（隠された実の子当帝の父であるという位相）が確認されており、藤裏葉巻の准太上天皇就位はその社会的表明というべきかと思う。

藤裏葉巻准太上天皇就位を桐壺巻の高麗相人予言の意味するところと見てきた通説は、相人予言を書いた時に作者は准太上天皇就位を構想していたと見るのかどうか。「さて、おそらく渤海には准太上天皇のごとき地位はなく、それで相人は若宮の人相を現わすべき言葉を知らなかったのであろう」（『源氏物語評釈第一巻』桐壺巻一一六頁）という言説を見ると、相人は分かっていないが作者は胸中に構想していたと見ているようである。もちろんそれに至る詳細ではなく准太上天皇就位そのことをである。澪標巻に、藤壺の「太上天《だいじやうてん》皇《わう》になずらへて、御封《みふ》たまはらせたまふ。院司どもなりて、さまことにいつくし」とあるから、藤井論文が高麗相人予言の射程が澪標巻へ「ぴたりと狙いさだめられていたのではなかったか」と論じているのを参照すると、藤裏葉巻を待たず作者の胸中には藤壺の准太上天皇に倣《なら》う源氏の准太上天皇が構想されていて、相人は分からないということだったのかとも思えてくる。が、藤井論文は「『桐壺』の時点で、作者がはっきりと、それを構想していたか、よくわからない、というほかはない」と構想論のあやうさに留意して慎重である。「高麗の相人の『予言』が、前半部と後半部とに遊離して、二段階の実現をみた、ということが結果から指摘できる、というのにとどまる」と、源氏の運命の進展に即して、澪標巻と藤裏葉巻の二段階の実現を見ている。これは構想論ではなく読者サイドの作品論的言説である。物語の進展に即して読む限りそう言うほかないだろう。藤井論文は「桐壺」の相人予言が藤裏葉巻の准太上天皇を意味するものであったと「物語そのものには一行も書かれてない」として「疑うに足るべきことではなかったか」とするのだが、それでも「『桐壺』の時点で、作者がはっきりと、それを構想していたか、よくわからない、というほかはない」と、否定的ニュアンスながら、はっきりと否定はしていないのは慎重な構想論の言辞というほかない。

研ぎ澄まされた言語感覚とそれを検証していく論理の運び、綿密な思考によってつむぎだされたこの論文を江湖に推賞してやまない。

関連してこの慎重、綿密な藤井論文の一つとして「藤壺」（「国文学解釈と鑑賞」別冊「人物造型から見た『源氏物語』」至文堂、平成十年五月。のち『源氏物語論』岩波書店所収）をとりあげたい。

宮もあさましかりしをおぼしいづるだに世とともの御もの思ひなるを、さてだにやみなむ、と……

（若紫、新大系一―一七六頁）

「『あさましかりし』ことがあった、とここでは本文は何があったということまで書いて、そのなかに立ち入ることをしない。だから何があったのかを確定することはできない」と慎重である。表現読み（表現のまま読む）として納得できよう。が、続けて「しかし『だに』を二つ重ねているところから見ると、源氏が寝所をおそうというような突発事件に遭遇しながら、かろうじて身はまっとうしたらしいと見て取れる」と踏み込んで推測している。推測の根拠は「『だに』を二つ重ねているところ」にある。しかし私見は、はじめの「だに」は「あさましかりし」ことの軽さを言うのではなく、逢瀬に対比して「思い出すだけ」の軽さを言うのであり、あとの「だに」も「さ」の内容の軽さではなく、今またという二度の逢瀬の現実に対比してせめて一度だけで終わることの軽さをあらわすと考える。

「世とともの御もの思ひ」とは深刻である。『新大系』の訳文「この世の続く限りのお悩みのもと」、『集成』の「あれ以来一時も忘れられぬお悩みの種」など深刻な内容をつたえている。以前から逢瀬説と、言い寄られた、おそわれただけという説とがあるわけだが、私は「世とともの御もの思ひ」の深刻さから推して初めの逢瀬の事と解する。

周知のごとく藤井論文は数多く、その学的視野も民俗学的視点をはじめ多彩で、その創造的な論考はすこぶる刺激的で大きな影響力を持っている。ここには、表現に直対しその言語感覚と綿密な論理的思考によってつむぎ出された論文として傑出した「『宿世遠かりけり』考」を高く評価し、関連して「藤壺」の人物造型の論考についても論評した。

藤井論文の創造的な着想、表現に直対する詩人的直感、綿密な論理的思考の特質を玩味すべきである。

本書所収論文初出一覧

第一編　光源氏像の造型

一　光源氏像の造型——皇位継承の史実への回路——
坂本共展氏・久下裕利氏編『源氏物語の新研究—内なる歴史性を考える』新典社、平成十七年九月

二　桐壺巻を読み解く
日向一雅氏・仁平道明氏編『源氏物語の始発—桐壺巻論集』竹林舍、平成十八年十一月

三　准太上天皇光源氏
「王朝文学研究誌」第16号、大阪教育大学大学院王朝文学研究会、平成十七年三月

四　若菜上・下巻の光源氏——藤壺事件の伏在——
「日本文芸学」第四十一号、平成十七年二月

五　光源氏回想
「礫」平成二十年七月

第二編　女君の人物造型

一　桐壺帝と桐壺更衣の形象
「中古文学」第七十二号、平成十五年十一月

二　「桐壺帝と桐壺更衣の形象」再説・補説——付・「源氏物語における人物造型の方法と主題との連関」再説・補説——
「王朝文学研究誌」第15号、平成十六年三月

三　光源氏と女君たち――「はかなびたるこそは、らうたけれ」――
　「常磐会学園大学研究紀要」創刊号、平成十二年十二月
四　源氏物語の女君――「浮びたる」と「はかなびたる」――
　「湘南文学」第15号、平成十四年一月
五　中の品物語としての源氏物語――中の品の夢と現実――
　「日本文芸学」第三十九号、平成十五年二月
六　夕顔巻を読む――「心あてに」の歌をめぐって――
　「王朝文学研究誌」第12号、平成十三年三月
七　光源氏と夕顔
　「常磐会学園大学研究紀要」第二号、平成十三年十二月
八　夕顔巻のもののけ――夕顔巻の構造に徴して――
　「王朝文学研究誌」第17号、平成十八年三月
九　源氏物語・夕顔巻のもののけの正体――源氏物語二層構造論――
　「礫」平成二十年一月
十　夕顔巻のもののけの発言「己《おの》がいとめでたしと見たてまつるをば」について――自称代名詞「おのが」を中心に――
　「礫」平成二十年四月
十一　夕顔巻のもののけの正体について――大阪教育大学国語教育学会・中古文学ゼミ発表に寄せる――
　「国語と教育」第33号、大阪教育大学国語教育学会、平成二十年三月
十二　源氏物語における自称表現「己が」――夕顔巻のもののけの正体　前坊死霊説に関わって――

「王朝文学研究誌」第19号、平成二十年四月

十三　夕顔からの贈歌
「礫」平成二十一年三月

十四　夕顔の「心あてに」の歌〈女からの贈歌〉――夕顔物語の発端――
「礫」平成二十一年四月

十五　光源氏と夕顔――「隠ろへごと」の恋――
「王朝文学研究誌」第20号、平成二十一年四月

十六　古注を読む――夕顔の「心あてに」の歌をめぐる諸注――
「礫」平成二十一年六月

十七　女君からの贈歌・主として夕顔の「心あてに」の歌について
『源氏物語の展望第六輯』三弥井書店、平成二十一年十月

十八　玉鬘物語の方法と構造――玉鬘巻を中心に――
「金蘭国文」第8号、平成十六年三月

第三編　源氏物語二層構造論

一　源氏物語の二層構造――長篇的契機を内在する短篇的完結性――
『源氏物語の展望第一輯』三弥井書店、平成十九年三月

二　源氏物語の局面的リアリティーと背後的世界の伏在
『源氏物語の展望第二輯』三弥井書店、平成十九年十月

三　源氏物語二層構造論――夕顔巻・荒院に住むもののけの伏在的真相・六条の女君登場の意味――

「王朝文学研究誌」第18号、平成十九年五月

四　源氏物語・構想論と構造論――二層構造論――

「礫」平成二十年六月

第四編　表現論

一　青表紙本源氏物語の表現方法

「王朝文学研究誌」第13号、平成十四年三月

二　源氏物語の語りの表現法――敬語法を中心に――

「王朝文学研究誌」第14号、平成十五年三月

三　源氏物語の敬語――語りの表現機構――

「礫」平成十五年六月

付編

一　玉上琢彌先生の源氏物語研究

「むらさき」第三十九号、平成十四年十二月

二　秋山虔氏著『古典をどう読むか　日本を学ぶための『名著』12章』を読む

「常磐会学園大学研究紀要」第六号、平成十八年三月

三　清水好子氏の源氏物語研究

「女性史学」第16号、平成十八年七月

四　藤井貞和氏「『宿世遠かりけり』考」

『源氏物語と紫式部　研究の軌跡』角川学芸出版、平成二十年七月

あとがき

十年前、長年親交のある和泉書院社長廣橋研三氏に依頼して『源氏物語の表現と人物造型』を出版していただいた。この度も拙著の出版を氏に託し快諾を得て刊行の運びとなったこと感謝に堪えない。

あいも変わらず源氏物語の作中人物に関しての論が多い私であるが、就中光源氏と中の品の女君が本書の中心である。中の品の女君はもともとは上の品であって、運命のなすところ没落して中の品となった哀切な身の上である。夕顔の哀れは中でも心を打つ。光源氏が「はかなびたるこそは、らうたけれ」と思った夕顔の心性は、後の宇治十帖の浮舟とともに読者が古来愛してきた女君のそれであろう。私は本書に収めた夕顔論諸篇の中で「女君からの贈歌・主として夕顔の『心あてに』の歌について」で具体的に夕顔の人生に迫った。私の夕顔への愛情がこもっていると言えよう。光源氏の豊穣な人生は限りない魅力で、私は讃仰の念で彼を仰ぎ見るとともに、幼くして母を亡くした光源氏に愛情をそそいでやまない作者紫式部の情念にも心を寄せる。いったい源氏物語とは何なのか。光源氏の政治的生涯の造型にかくも情熱をそそぎ、宮廷秘史を〝まこと〟の歴史として刻み上げた作者と源氏物語は、まだまだ追究していかねばならない深淵である。作者自身の身の上である中の品の女君の物語はテーマとして強い命題がこめられているようだ。明石の君、夕顔は、上の品の女君に対比されることによって、光源氏の心をとらえ愛情を受けた。藤壺、六条御息所の深い造型も決して忘れることはできないが、夕顔をはじめとする中の品の女君の流離の物語は源氏物語の中核をなして読者に迫る。本書に収めた論考はその意味で源氏物語の本質に迫るいとなみと言い得ようか。少くとも私の源氏物語への愛を語っているのである。

ちなみに本書の書名『源氏物語の方法と構造』は「玉鬘物語の方法と構造」から採った。夕顔の遺児玉鬘も中の品の女君である。

私は源氏物語の政治的世界につとに関心を抱いていたが、『源氏物語の新研究—内なる歴史性を考える』というテーマのもとに執筆を求められた折は大いに感奮して執筆にとりかかった。平成十六年春のことである。折しも東京大学安田講堂で中古文学会があり、編集者の久下裕利氏に「頑張ります」と申し上げたのを憶えている。編集者の坂本共展氏にお世話になったことを感謝している。坂本氏とのその後の機縁はこの『源氏物語の新研究—内なる歴史性を考える』への拙稿執筆のおすすめに始まる。執筆の機会を与えられた坂本、久下両氏に感謝申し上げる。この拙稿では多くの諸家の論著から多大の学恩を受けた。多くの論著から学んだことが「頑張ります」の実行であった。数年前のことだが若々しい気分、心情であった。

申すまでもないことながら、先学、知友の学恩、教導のおかげで本書も成った。尽きせぬ感謝、御礼を申し上げる。本書刊行を快諾してくださった和泉書院社長廣橋研三氏に感謝、御礼を申し上げる。

平成二十二年夏

森　一郎

■著者紹介

森　一郎（もり　いちろう）

昭和4年7月25日　大阪市に生まれる。

広島高等師範学校国語科を経て、昭和27年3月広島文理科大学国語国文学科卒業。同年4月京都大学大学院（旧制）入学。昭和37年3月旧制大学院制度終了とともに退学。大阪府立春日丘高校教諭、甲南女子大学文学部講師・助教授、岡山大学教育学部助教授・教授、大阪教育大学教育学部教授、金蘭短期大学教授、常磐会学園大学教授を経て、現在大阪教育大学名誉教授。

著　書　『源氏物語の方法』（桜楓社、昭和44年）
『源氏物語の主題と方法』（桜楓社、昭和54年）
『源氏物語作中人物論』（笠間書院、昭和54年）
『源氏物語生成論』（世界思想社、昭和61年）
『源氏物語考論』（笠間書院、昭和62年）
『源氏物語の主題と表現世界』（勉誠社、平成6年）
『源氏物語の表現と人物造型』（和泉書院、平成12年）

編　著　『新選　源氏物語五十四帖』（和泉書院、昭和60年）
『日本文学研究大成　源氏物語Ｉ』（国書刊行会、昭和63年）
『源氏物語作中人物論集』（勉誠社、平成5年）

共　著　『源氏物語手鏡』（新潮社、昭和48年）

共編著　『王朝物語を学ぶ人のために』（世界思想社、平成4年）
『源氏物語の展望』（三弥井書店、平成19年第一輯～平成22年現在、第八輯）

研究叢書411

源氏物語の方法と構造

二〇一〇年一〇月一〇日初版第一刷発行©

（検印省略）

著　者　森　　一　郎

発行者　廣　橋　研　三

印刷所　遊　文　舎

製本所　平　田　製　本

発行所　有限会社　和　泉　書　院

大阪市天王寺区上之宮町七-六

〒五四三-〇〇三七

電話　〇六-六七七一-一四六七

振替　〇〇九七〇-八-一五〇四三

ISBN978-4-7576-0567-1　C3395

—— 研究叢書 ——

類聚句題抄全注釈	本間洋一 著	401	二一〇〇〇円
勧化本の研究	後小路薫 著	402	一六八〇〇円
行幸宴歌論	廣岡義隆 著	403	八一九〇円
日本語学最前線	田島毓堂 編	404	一三一二五円
生活語の原風景	神部宏泰 著	405	八四〇〇円
国語表記史と解釈音韻論	遠藤邦基 著	406	一〇五〇〇円
谷崎潤一郎の表現 作品に見る関西方言	安井寿枝 著	407	八四〇〇円
定家 早率、重早率、十題百首 注釈	小田剛 著	408	一一五五〇円
解析的方法による万葉歌の研究	八木孝昌 著	409	八四〇〇円
中世宮廷物語文学の研究 歴史との往還	小島明子 著	410	九四五〇円

（価格は５％税込）